Smaragdvogel

LINDA HOLEMAN

Smaragd-vogel

ROMAN

Aus dem Englischen
von Monika Köpfer

Weltbild

Die englische Originalausgabe erschien unter dem Titel
The Linnet Bird
bei Headline Book Publishing, London.

Das zitierte Gedicht stammt aus *Der grüne Hänfling*,
William Worsworth, Gedichte, herausgegeben
von Alexander von Bernus, Heidelberg 1959, S. 32 und 33.

Besuchen Sie uns im Internet:
www.weltbild.de

Genehmigte Lizenzausgabe für Verlagsgruppe Weltbild GmbH,
Steinerne Furt, 86167 Augsburg

Übersetzung: Monika Köpfer
Umschlaggestaltung: Atelier Seidel – Verlagsgrafik, Teising
Umschlagmotiv: Mauritius Images, Mittenwald
Gesamtherstellung: GGP Media GmbH, Pößneck
Printed in the EU
ISBN 978-3-8289-8946-7

2011 2010 2009 2008
Die letzte Jahreszahl gibt die aktuelle Lizenzausgabe an.

Für Holly Kennedy,
die an diese Geschichte glaubte

Ein Hänfling im goldenen Käfig

Ein Hänfling im goldenen Käfig,
Ein Hänfling auf einem Ast –,
Welcher ist wohl glücklicher,
Wenn der Winter ist kalt von Frost?

Doch kaum sprießen grün die Blätter,
Erscheinen auf den Ästen Vogelnester:
Welcher ist nun zu beneiden?
Oh, gibt es da einen Zweifel?

Aus: *Sing-Song: A Nursery Rhyme Book (1872)*
von Christina Rossetti

Prolog

Kalkutta 1839

Opium zu rauchen ist eine Kunst.

Vor mir steht das Tablett mit den Utensilien – die kunstvoll mit Silber verzierte Pfeife, die kleine Spirituslampe, die lange, stumpfe Nadel, der Behälter mit *chandu* und die erbsengroßen Bällchen aus der dunkelbraunen Paste. Meine Lippen sind trocken. Ich schließe die Augen, und doch sehe ich das Opiumkügelchen auf der Nadelspitze, höre das Blubbern, während es sich über der Flamme bläht, bis sich das schlammige Braun in Gold verwandelt. Dann streife ich es am Rand des Pfeifenkopfs ab und ziehe es mit der Nadelspitze in längliche Fäden, damit es schneller den Siedepunkt erreicht. Schließlich rolle ich die Streifen wieder zu einem Kügelchen und gebe es rasch in das Innere des Pfeifenkopfs. Nun halte ich die Pfeifenöffnung an die Spirituslampe, und die Flamme leckt nach ihr. Ich sehe, wie sich meine Lippen um das vertraute Jade-Mundstück schließen, dann nehme ich einen tiefen Zug und noch einen und noch einen. Das Geräusch der Pfeifenzüge gleicht dem gleichmäßigen, ungebrochenen Rhythmus des Herzschlags.

Ich öffne die Augen, befeuchte mit der Zunge die Lippen. Es ist früher Morgen. In einigen Stunden wird die indische Sonne ihren Höhepunkt erreichen; es ist noch Zeit, ehe die kupfernen Strahlen alles zum Backen und Schrumpfen bringen, ehe die Bediensteten die Jalousien herunterlassen und mit Wasser bespritzen. Ich schaue auf mein Tablett.

Noch nicht. Ich werde nicht schon wieder an der Pfeife ziehen. Denn ich muss eine Geschichte erzählen.

Durch das geöffnete Fenster höre ich die Stimmen der Kinder, die im Garten spielen. Ich stehe auf, um ihnen zuzuschauen. David spielt mit dem Sohn des *dhobi*. Ihr Spiel, ein scheinbar sinnloses Galoppieren auf einem langen Stock, wird mit den sorglosen, leichten Bewegungen ausgeführt, wie sie nur Sechsjährigen zu Eigen sind. Malti sitzt auf der obersten Stufe der Veranda. Langsam flicht sie sich einen Zopf vor ihrem glatten, ovalen Gesicht. Sie strahlt die Zufriedenheit der *ayah* aus, die das ihr anvertraute, geliebte Kind hütet.

Die Jungen tollen vor der Kletterhecke des *doob*. Daneben zeigen sich die Bougainvillea und der Hibiskus in ihrem schönsten Scharlachrot.

Ich habe nie wie mein Sohn gespielt. Nur wenig älter als er, arbeitete ich in einer Buchbinderei auf der Harvey Close in Liverpool. Zehn Stunden am Tag, sechs Tage die Woche. Als Kind kannte ich das Gefühl nicht, barfuß über Gras zu laufen, vernahm nie Vogelgezwitscher und spürte nur selten die Wärme der Sonnenstrahlen auf dem Gesicht. Mein Sohn wird nie solche Arbeit kennen lernen, wie ich sie verrichten musste. Weder die Arbeit, mit der ich als Kind begann, noch die Arbeit, zu der ich etwas später gezwungen wurde, als ich auch noch ein Kind war, jedoch ein wenig älter. Dieser Teil meines Lebens wird ihm für immer verschlossen bleiben, nicht jedoch dem Leser.

David hält inne, den Kopf zur Seite geneigt, als ob er auf ein Geräusch lauscht oder etwas seine Aufmerksamkeit erregt. Jetzt bückt er sich, streckt die Hand zu der niedrigen Bleiwurz-Hecke aus.

Dann rennt er mit sorgenvoller Miene zu Malti hinauf, in den gewölbten Händen einen Vogel. Auch von hier drinnen erkenne ich die grünen Federn und das strahlende Rot über seinem Schnabel. Er reckt den Kopf, doch ein Flügel hängt seltsam verdreht herab. Es ist ein kleiner, gewöhnlicher Vogel, ein Kupferschmied. *Basanti bauri*. Gestern erst hörte ich sein vertrautes *pock-pock* aus den Mangobäumen. David ruft etwas, seine Stimme klingt bewegt. Ich sehe seine sonnengebräunte Haut, sehe, wie vorsichtig seine langen Finger sich um den Vogel schließen, in dem Versuch, ihn ja nicht entwischen zu lassen, aber auch voller Sorge, dem hilflosen Wesen wehzutun.

Ich denke daran, wie meine Hände aussahen, als ich jung war – vom kalten Wind der Mersey rissig, mit Tintenflecken übersät und zwischen den Fingern die Reste von billigem Leim. Und einige Jahre später dann befleckt mit etwas, das sich nicht abwaschen ließ. Lady Macbeth und ihre befleckten Finger. Und dann schließlich, als ich meine Jugend hinter mir ließ und meine Reise antrat, da schienen meine Hände makellos sauber, aber sie waren voller Schnitte von scharfkantigem Papier und ausgetrocknet vom Umgang mit Büchern, und sie bargen, zumindest in meiner Vorstellung, den Geruch von zu vielen Männern und von Blut. Wie, wird man sich fragen, bin ich von jener Welt in diese hier gekommen?

Neben meinem Opiumtablett liegen Papier und Feder, die Malti mir heute früh gebracht hat.

Doch ehe ich zu schreiben beginne, will ich mich noch ein wenig meinen Träumen hingeben. Es wird mein letzter Traum sein. Dieses Versprechen habe ich mir schon etliche Male gegeben. In Gedanken, im Flüstern, in Gebeten, Worten. Aber diesmal habe ich es über dem Kopf meines Kindes geschworen, als ich in der Dunkelheit vor Sonnenaufgang an Davids Bett saß und seinen flachen, süßen Atemzügen lauschte, in die sich wie zur Antwort die tiefen Atemzüge Maltis mischten, die auf ihrer Matratze in der Ecke schlief. Ich hatte mich in ihr Zimmer geschlichen, mich neben Davids Bett gekniet, um meinen Schwur abzulegen, während ich seine dicken schwarzen Haare unter meinen Fingern spürte.

Heute werde ich meinen Traum zum letzten Mal, so schwor ich, von den Schwingen des weißen Rauchs tragen lassen. Aber ich fürchte, dass sich meine Träume ohne seine Hilfe wieder zu dem einen vertrauten Albtraum verzerren werden, dem ich so lange schon vergeblich entfliehen möchte.

Ich schließe die Jalousien und entzünde die Lampe in der Düsterheit des Zimmers. Eine Motte nähert sich schwirrend und surrend dem sanften Glühen der Lampe. Das Geräusch schmerzt. Zu lange schon nehme ich Opium; meine Sinne sind zum Zerreißen gespannt, gleichen einem glühenden Draht, der bei dem kleinsten Anlass ins Vibrieren gerät: dem Flügelschlag der Motte, dem Trommeln des heißen Regens auf meinem Handrücken, dem verschlungenen Muster meines Saris.

Nicht länger vermag das Opium mich glücklich zu machen. Es erlaubt mir nur noch weiterzumachen. Und heute wird es zum letzten Mal meine zitternde Hand und meinen Geist besänftigen – so lange, bis ich geschrieben habe, was ich schreiben muss. Sodass mein Sohn eines Tages die Wahrheit erfährt. Für ihn will ich nur aufschreiben, was wichtig für seine Zukunft ist. Für dich, Leser, will ich alles aufschreiben – Wahrheit, Erinnerung und Albtraum –, alles, was zu meinem Leben zählt, das vor so langer Zeit an einem Ort weit entfernt von hier begann.

Erstes Kapitel

Liverpool 1823

Im Winter meines elften Lebensjahrs verkaufte Pa zum ersten Mal meinen Körper. Er war unzufrieden mit dem geringen Lohn, den ich in der Buchbinderei für meine Arbeit bekam. Er selbst hatte seine Arbeit in einer Seilerei verloren, nachdem er wieder einmal betrunken erschienen war und beim Spinnen den Hanf verdorben hatte.

Es war eine feuchte Novembernacht, als er zu Hause mit Mr Jacobs auftauchte. Wahrscheinlich hatte er ihn in einer seiner Kneipen getroffen: Wo sonst sollte einer wie er jemanden kennen lernen? Von weitem schon hörte ich ihre lauten Stimmen und wie Pa den Namen des Mannes immer wieder sagte – Mr Jacobs hier und Mr Jacobs dort. Die beiden stolperten durch das Zimmer, sodass die wenigen Möbelstücke unserer Wohnung ins Wackeln gerieten.

Mein Schlafplatz war hinter der Kohlekiste in der Küche. Da ich nur eine Decke hatte, war mir dieser Platz am liebsten: Zum einen war es beim Herd etwas wärmer, und zum anderen glaubte ich hier wenigstens ein klein wenig Privatsphäre zu haben. Damals bewohnten wir eine gemietete Einzimmerwohnung im zweiten Stock eines heruntergekommenen Hauses, die auf einen Hinterhof in der Nähe der Vauxhall Road ging.

»Hier irgendwo muss sie sein«, hörte ich Pa sagen. »Sie ist wie eine kleine Maus, die überall herumhuscht.«

Und noch ehe ich richtig zu mir kommen konnte, zerrte er mich unter meiner Decke hervor und in die Mitte des niedrigen, nur spärlich beleuchteten Raums.

»Hatten Sie nicht gesagt, sie ist elf?« Mr Jacobs' Stimme klang rau und schneidend vor Ungeduld.

»Genauso ist es, Mr Jacobs. Schon etwas über elf. Ihr Geburtstag war lange vor Michaelis.«

»Sie ist klein, sie hat ja kaum Rundungen.«

»Aber sie hat schon kleine Titten, Sir, das werden Sie rasch feststellen. Sie ist sehr zart, ein feines, zierliches Persönchen. Und sie ist ein hübsches Ding – überzeugen Sie sich selbst.« Dabei strich Pa mir mein langes Haar unsanft aus dem Gesicht und zog mich zum Küchentisch, wo er eine Kerze entzündet hatte. »Wo haben Sie zuletzt solches Haar gesehen? Es ist golden und üppig wie eine reife Birne. Und, wie ich Ihnen bereits sagte, ist sie unberührt. Sie werden der Erste sein, Mr Jacobs, Sie können sich wahrlich glücklich schätzen.«

Mein Mund öffnete und schloss sich vor Grauen, und ich wich vor ihm zurück. »Pa! Pa, was sagst du da? Nein, Pa.«

Mr Jacobs' fleischige Unterlippe schob sich schmollend vor. »Wie soll ich sicher sein, dass Sie nicht schon hundert andere Männer vor mir über den Tisch gezogen haben?«

»Sie werden sich gleich selbst davon überzeugen können, dass Sie der Erste sind, Mr Jacobs, o ja, das werden Sie. Sie ist eng wie die Faust eines Toten, überzeugen Sie sich selbst.«

Ich riss meinen Arm aus Pas Umklammerung. »Du kannst mich nicht dazu zwingen«, sagte ich, während ich mich rückwärts zur Tür schob, »niemals wirst du …«

Mr Jacobs trat vor mich. Er hatte nur einen Kranz weißer Haare, und seine Glatze glänzte schmierig im flackernden Kerzenlicht. Den Nasenrücken zierte eine blutverkrustete Wunde. »Was haben wir denn da für eine kleine Schauspielerin, hm?«, sagte er. »Du kannst jetzt mit dem Theater aufhören. Wenn ich herausfinde, dass du nicht bist, was mir versprochen wurde, dann bekommt ihr keinen Penny.«

Mit einer heftigen Bewegung zog mein Vater mich am Arm und in eine dunkle Ecke des Zimmers. »So, Mädchen«, sagte er mit schmeichlerischer Stimme, »irgendwann muss ja das erste Mal sein. Besser, es passiert hier, in deinem Zuhause, als irgendwo draußen in einem feuchten Hauseingang. Es gibt viele Mädchen, die ihrer Familie unter die Arme greifen, wenn sie in Not geraten ist. Warum solltest du da eine Ausnahme sein?«

Natürlich wusste ich, dass einige der älteren Mädchen, die in der Buchbinderei, der Glasbläserei oder einer der Töpfereien arbeiteten, sich für ein paar Stunden in den engen Gassen der Hafengegend verdingten, um ein paar zusätzliche Shilling nach Hause zu bringen, wenn die Haushaltskasse leer war. Aber ich hatte immer gedacht, dass ich anders wäre. Ich bin nicht wie die, redete ich mir ein. Meine Andersartigkeit lag mir im Blut, so dachte ich.

»Nun komm schon. Er wird uns gut entlohnen.« Pa beugte sich zu meinem Ohr hinab, und ich konnte seinen sauren Atem riechen. »Du weißt doch, dass uns nichts anderes übrig bleibt, jetzt, wo ich arbeitslos bin. Ich habe mich immer um dich gekümmert, und jetzt bist du an der Reihe, etwas beizusteuern, etwas mehr als die lächerlichen Pennys, die du nach Hause bringst. Und es ist ja auch gar nicht so schlimm. Was meinst du, wie ich rangenommen wurde, als ich kaum älter als du auf dem Schiff gearbeitet hab. Und, hat es mir geschadet, hm?«

Die Arme über der Brust verschränkt, wich ich vor ihm zurück. »Nein, Pa. Mutter würde niemals …«

Pa packte mich grob bei den Oberarmen und schüttelte mich. »Es wird jetzt nicht über deine Mutter geredet.«

Auf ein ungeduldiges Schnauben von Mr Jacobs rief mein Vater über die Schulter hinweg: »Dann setzen Sie sich doch schon mal auf die Bank da, und ich werde dem Mädel inzwischen Vernunft beibringen.«

Dabei hatte er längst jede Geduld verloren; als ich wiederholte, dass er mich nicht zwingen könne, und versuchte, zur Tür zu laufen, versetzte er mir einen Schlag gegen den Kiefer, dass ich zu Boden sackte. Für eine Weile bekam ich nichts mehr mit, bis ich von heißem, drängendem Atem auf meinem Gesicht jäh ins Bewusstsein zurückgezerrt wurde. Mein Nachthemd war bis zur Hüfte hochgeschoben worden, und ich spürte Mr Jacobs' Gewicht schwer auf mir.

Mein Rücken rieb schmerzhaft gegen das splitternde Holz der Bank und mein Kopf gegen die Rückenlehne, während Mr Jacobs heftig grunzend in mich stieß. Gleichzeitig spürte ich, wie der Schmerz in mir explodierte, und ich sah die blaue Ader auf seiner Stirn hervortreten wie einen dicken Wurm. Schweiß glänzte auf seiner Lippe, obwohl das Feuer erloschen und der Raum kalt wie ein Grab war. Doch etwas war noch schlimmer als das, was Mr Jacobs mir antat. Als ich den Kopf nach Pa umwandte, um vielleicht doch noch sein Mitleid zu erregen, sah ich, wie er von seinem Stuhl aus das Geschehen beobachtete: das Gesicht zu einem Ausdruck verzerrt, den ich noch nie zuvor an ihm bemerkt hatte, während sich eine Hand unter dem Tisch zu schaffen machte.

Ich presste die Augen fest zusammen und lag hilflos unter dem schweren Mann. Ich wusste, dass ich mich hätte wehren müssen, aber ich war auf seltsame Weise abwesend. Während mein Körper innerlich brannte, stob mein Geist davon. Fort von Mr Jacobs' pulsierender Ader und dem stierenden Blick meines Vaters. Und dann hörte ich die Stimme meiner Mutter, ganz leise und dennoch klar. Und ich vernahm die zweite Strophe von *The Linnet Bird*, *Der grüne Hänfling*, meinem Lieblingsgedicht, dem ich meinen Namen zu verdanken hatte.

Den Glücklichsten werd ich gewahr
Im Wirbel dieser heitren Schar
Glück zu! Du überjubelst klar
Und überfliegst den Reigen:
Du, Hänfling, grünlichen Gewands,
Führst an des Maies Freudentanz,
Heut hier der Geister Fürst, und ganz
Ist dir dies Reiche zu eigen.

Dreimal hörte ich meine Mutter alle Strophen des Gedichts aufsagen, und gerade als ihre Stimme zum vierten Mal ansetzte, gab Mr Jacobs ein zerrissenes Stöhnen von sich und sackte auf mir zusammen. Lange lag er regungslos auf mir, sodass ich schon fürchtete, er würde mich unter seinem Gewicht ersticken. Ich sehnte mich nach der Stimme meiner Mutter zurück, denn so lange ich ihr gelauscht hatte, war mein Körper betäubt gewesen, doch nun, da die Stimme verklungen war, wurde ich mir meiner Lage mit einer schrecklichen Klarheit bewusst. Ich fühlte, wie meine Beine unmöglich weit gespreizt waren, fühlte die brennende Nässe, spürte einen Schmerz, wie ich ihn noch nie empfunden oder mir auch nur vorgestellt hatte, fühlte Mr Jacobs' unerträgliches Gewicht. Ich hörte das Baby nebenan schreien und das Schnaufen von Mr Jacobs. Und ich roch die ranzigen Ausdünstungen seines Körpers. Die Augen hielt ich fest geschlossen, um nichts als die dunklen Sternchen vor meinen Augenlidern sehen zu müssen. Es war, als ob die Zeit stehen geblieben wäre. Schließlich löste er sich von mir, doch ich verharrte, wie er mich zurückgelassen hatte, die Augen geschlossen und unbeweglich, während Kleider raschelten, wenige Worte ausgetauscht wurden und dann die Tür über den Boden scharrte, als sie geöffnet und wieder geschlossen wurde.

Weitere Minuten vergingen, dann presste ich die Knie zusammen und zog mir mit zittrigen Fingern das Hemd über die Beine. Die Augen noch immer geschlossen, ließ ich mich auf den Boden gleiten, um auf Händen und Füßen zu meinem kleinen Nest hinter der Kohlekiste zu kriechen. Als einzige Geräusche hörte ich das Klimpern von Münzen, die mein Vater mit einem Murmeln zählte, und das Zischen einer erlöschenden Kerze. So lag ich auf der Seite, die Knie an die Brust gezogen, und presste mit der Faust den Stoff meines Nachthemds in die blutende, klebrige Feuchtigkeit zwischen meinen Beinen. Weinte nach meiner Mutter, die schon seit über einem Jahr tot war, und nach allem, was mit ihr unwiederbringlich gestorben war.

Später in der Nacht stand ich auf, zündete eine Kerze an, um mich zu waschen; dabei schwor ich, nie wieder zu weinen, egal was ein Mann mir antun würde, denn ich hatte begriffen, dass es vergeblich war.

Zweites Kapitel

Als ich auf die Welt kam, nannte meine Mutter mich Linnet Gow, doch später hieß ich Linny Munt. Meine warmherzige, verträumte Mutter Frances Gow hatte mich nach dem *linnet bird*, dem Hänfling getauft, dem Singvogel, der wie kein anderer so mannigfaltig trällern kann. Munt war der Nachname des Mannes, der meine Mutter vier Monate vor meiner Geburt aufgenommen hatte.

Ram Munt, der mich in den folgenden zwei Jahren noch etliche Male an Männer verkaufen sollte, war nicht mein leiblicher Vater. Er war nicht einmal mein Stiefvater, denn meine Mutter und er hatten nie geheiratet. Und dennoch war er der einzige Vater, den ich je gekannt hatte, auch wenn er mich nicht als seine Tochter ansah. Ich war schlicht und einfach Frances' Tochter, eine Last, jemand, der ernährt werden wollte.

Es gab zwei Geschichten, die Ram Munt immer wieder gern erzählte. Die erste handelte von seinen Jahren auf einem Schiff. Als Junge war er auf der Suche nach einem besseren Leben von einem kleinen Dorf im Norden nach Liverpool gekommen und in die Fänge einer Presspatrouille geraten. Man hatte ihn an Bord eines Schiffes gezerrt, wo er acht Monate auf hoher See verbrachte. Hier lernte er auf das Grausamste kennen, was es hieß, ein Seemann zu sein. Als das Schiff in Liverpool einlief und Anker warf, versuchte er zu fliehen. Doch noch ehe er den Hafen verlassen hatte, wurde er erneut von einer Presspatrouille aufgegriffen. Wieder befand er sich auf hoher See, doch diesmal, älter und reifer geworden, ließ er sich nicht mehr wehrlos schikanieren. Auf dieser zweiten Seefahrt wurde er mit Leib und Seele ein Seemann. In den nächsten Jahren verdingte er sich auf hoher See, bis ihn seine zahlreichen Verletzungen schließlich untauglich für dieses Leben machten: Zu oft war er unter ein rollendes Fass geraten, hatte ein Schaukelhaken ihn erwischt, war er auf den schlüpfrigen Planken ausgerutscht. Und inzwischen gab es jüngere, weniger verbrauchte Burschen, die für diese Arbeit besser geeignet waren als er. Also ging er für immer an Land, um in einer Seilerei in der Nähe des William Square zu arbeiten. Seine dicken, geschundenen Finger taugten gerade noch dazu, die Hanffasern zu festen Strängen zu wickeln, um sie dann am anderen Ende der Fabrikhalle auf eine riesige Spule zu winden. Unzählige Male an einem langen, harten Arbeitstag wiederholte er diesen Vorgang. Seine derbe Seemannssprache behielt er bei, ebenso wie die Narben auf seinem Rücken, die er unzähligen Peitschenhieben verdankte. Seine Hände rochen jetzt nach Holzteer, mit dem die Seile gehärtet wurden.

Die andere Geschichte, die er gern erzählte, handelte davon, wie er meine Mutter bei sich aufgenommen hatte. Nicht selten gab er sie samstagabends zum Besten, nachdem er aus dem Flyhouse oder Ma Fenny's, einer der Hafenkneipen, nach Hause gekommen war.

Dann zerrte er meine Mutter und mich aus dem Bett – sie teilte das Strohlager mit mir, wobei er sie ein paar Mal die Woche zu sich rief –, und wir mussten uns an den Tisch setzen, um seinen Heldenmärchen zu lauschen: Mit stolzgeschwellter Brust berichtete er, wie er in einer feuchtkalten Frühlingsnacht meine Mutter gefunden hatte, die, bis auf die Haut durchnässt, ohne einen Penny in der Tasche durch die Straßen irrte.

Mutter hielt dabei die ganze Zeit über den Kopf gesenkt. Nach ihrem Vierzehn-Stunden-Tag an der Heftmaschine in der Buchbinderei war sie immer erschöpft. Stapel von Schulbüchern warteten tagtäglich darauf, gebunden zu werden.

»Ein Mädchen in Not abzuweisen, das hätte ich einfach nicht fertig gebracht«, fuhr Ram fort. »Also habe ich sie aufgenommen, oder etwa nicht? Ich nahm sie mit zu mir, gab ihr zu essen und heizte den Ofen, damit sie sich wärmen konnte. Am Anfang war sie noch stolz, aber es dauerte nicht lang, und sie sah ein, dass ein Dach über dem Kopf und mein Bett verdammt viel besser waren als das, was sie draußen auf der Straße erwartete.«

Die Einzelheiten variierten: Mal hielt er sie davon ab, sich in die grauen, kalten Fluten der Mersey zu stürzen, ein andermal sprang er ihr zu Hilfe, als eine Bande Hafenarbeiter ihr in den Schatten des alten, stillgelegten Hafens Gewalt antun wollte, da wo die Sklavenschiffe einst instand gesetzt worden waren.

»Nach einer angemessenen Zeit habe ich sie sogar meinen Namen tragen lassen, damit sie nicht mit der Schande eines Bastards herumlaufen musste«, sagte er und schaute mir dabei in die Augen. »Jetzt weißt du, woher du kommst«, fügte er an dieser Stelle hinzu und warf mir einen warnenden Blick zu, für den Fall, dass ich etwas einwenden wollte. »Vergiss das nie. Egal, was für nette Geschichten deine Mutter dir auch erzählt, du bist in der Back Phoebe Anne Street geboren und aufgewachsen. Den Geruch der Mersey wirst du stets in der Nase haben, und du trägst das Zeichen des Fisches. Jemand mit diesem Mal kann seine Herkunft nicht leugnen. Du bist die Tochter eines Seemanns, und das kann jeder Dummkopf sehen.«

Damit bezog er sich auf mein Muttermal auf der zarten Innenseite meines Unterarms: Ein kleiner, länglicher, sherryfarbener Fleck befand sich über meinem Handgelenk, und tatsächlich hatte er die Form eines Fisches. Allerdings glaubte ich nicht daran, dass dieses Mal etwas mit dem Blut zu tun hatte, das in meinen Adern floss.

Während der Mann, den ich damals Pa nannte, dieses öde Zeug faselte, saßen meine Mutter und ich unbeweglich da, und ich spürte ihre dünne kalte Hand auf meinem Arm, während ihr mit Druckerschwärze befleckter Daumen abwesend über mein Muttermal strich. Mir fiel es so viel schwerer, ruhig dazusitzen, als ihr, doch lag es wohl kaum am Alter. So jung ich auch war, erkannte ich doch, dass keine Kraft mehr in ihr übrig geblieben war, um sich gegen ihn oder irgendjemand anderen zur Wehr zu setzen. Trotzdem konnte ich einfach nicht verstehen, dass sie Ram Munt mit seiner primitiven Art so hinnahm. So lange ich zurückdenken konnte, schämte ich mich für sie – und hasste ihn dafür.

Während die Wut meinen Atem beschleunigte, zeigte das Gesicht meiner Mutter keinerlei Regung, als sie Rams Singsang zuhörte. War sie schon immer so gefügig, so unterwürfig gewesen? Manchmal erzählte sie, welch Schaden seiner Seele als Schiffsjunge zugefügt worden war – sie wollte, dass ich Mitleid mit ihm hatte: »Man hat ihn geschlagen, und die Männer missbrauchten ihn, wann immer ihnen danach war. Das hat ihn verbittert. Er war ja fast noch ein Kind, stell dir mal vor.« Doch nichts vermochte meinen Hass auf ihn zu mindern, wenn ich sah, wie er sie behandelte.

Nachdem er endlich seine Tiraden beendet hatte und zu seinem Bett gestolpert war, legte ich den Arm um meine Mutter. »Kümmere dich nicht weiter um ihn«, flüsterte ich ihr zu. »Erzähle mir lieber von der Rodney Street.« Ich wusste, dass diese Geschichte das Einzige war, was sie aufzuheitern vermochte. Es war *ihre* Geschichte. Ein schwaches Lächeln erhellte ihr Gesicht, als sie anfing zu erzählen: davon, wie sie als junges Mädchen von Edinburgh nach Liverpool gekommen und als Zofe Anstellung gefunden hatte. Wie einen verregneten Dezember lang ein junger, eleganter Mann in dem großen georgianischen Haus in der Rodney Street zu Gast war. Und wie sie seine Geliebte wurde. Sie sei sich sicher, dass blaues Blut in seinen Adern floss – so fein seien seine Züge gewesen, sein Rücken so gerade und seine Hände so sanft, seine Manieren so makellos. Und die Art, wie er sprach, brachte sie jetzt noch, nach all den Jahren, zum Weinen, wenn sie sich seine Stimme ins Gedächtnis rief. Es sei besser für mich, so fuhr sie fort, wenn sie seinen Namen für sich behielte. Als sein Besuch zu Ende war und er Liverpool verlassen musste, versprach er ihr, dass er zu Mariä Lichtmess zurück sein würde oder spätestens zu Mariä Verkündigung Ende März. Er plante, im Mai nach Amerika zu reisen, und wollte meine Mutter mitnehmen. Nach Amerika, sagte sie.

An dieser Stelle breitete sich ein Glühen auf ihrem Gesicht aus, und sie schwieg für eine Weile, in Erinnerungen versunken. Doch die Geschichte kannte keinen glücklichen Ausgang. Der feine junge Mann kehrte nicht in die Rodney Street zurück, und schließlich kam auch heraus, dass Frances Gow in anderen Umständen war. Ohne Umschweife wurde sie entlassen, in Schande jagte man sie davon – ohne Zeugnis, mit dem sie sich um eine andere Stelle hätte bemühen können. Und nachdem sie drei Wochen lang schutzlos und verzweifelt umhergeirrt war, nahm Ram Munt sie bei sich auf.

»Ich hatte einfach keine Wahl, Linny, glaub mir«, beendete sie jedes Mal ihre Geschichte. »Immer wieder habe ich versucht, ihn zu finden, deinen Vater. Wie oft bin ich nicht in die Rodney Street gelaufen und habe mich hinter einem Busch versteckt, für den Fall, dass er zurückkam. Er kannte ja meinen Aufenthaltsort nicht! Kurz nach deiner Geburt hatte ich die Gelegenheit, mit den Küchenmädchen zu reden, aber sie schworen mir, dass sie ihn nie mehr gesehen haben. Was hätte ich sonst noch tun können, Linny? Er hat nie von dir erfahren. Wenn er es gewusst hätte, dann hätte er mich geheiratet, ganz bestimmt, denn er hat mich geliebt. Doch mir blieb nichts anderes übrig, als das zu tun, was ich tat.« An diesem Punkt angelangt, schaute sie zu Pa hinüber, der mit dem Gesicht nach unten auf seinem Lager ausgestreckt lag und schnarchte, ein monotones gedämpftes Dröhnen.

Alle paar Monate zog sie die mit Schnitzereien verzierte Holzschatulle aus ihrer Ankleidekommode hervor. Der Inhalt bestand aus einem messingbeschlagenen Spiegel, einem Buch mit Gedichten von Woodsworth, das auch *The Green Linnet* enthielt – das Gedicht, dem ich meinen Namen verdanke –, und einen herzförmigen Anhänger aus Gold. Er war mit winzigen Staubperlen verziert, die einen Vogel abbildeten – einen Hänfling in den Augen meiner Mutter. Im Schnabel hielt er einen Zweig aus kleinen grünen Steinen, Smaragden, wie Mutter meinte. Ram Munt dagegen sagte, sie seien aus Glas.

»Das sind Geschenke von ihm, deinem Vater«, erklärte Mutter. »Den Spiegel hat er mir gegeben, weil er mein Gesicht so gern betrachtete, wie er sagte. Und das Buch, weil er es liebte, meine Stimme zu hören, wenn ich etwas vorlas. Und der Anhänger sei sein Herz, das er mir schenkte.« Sie rieb mit dem Finger über die warm glänzende Oberfläche. »Eines Tages wird er dir gehören, Linny. Damit du weißt, dass du den Geruch der Mersey zwar in der Nase haben magst, jedoch nicht in den Adern.«

Wieder und wieder vernahm ich lächelnd und mit einem gelegentlichen Nicken diese Geschichte, bis zu dem Tag, an dem Mutter starb. Schnell und geräuschlos hatte ein Fieber das Leben aus ihrem ohnehin schon dünnen Körper gesogen. Damals war ich etwas über zehn und hatte, seit ich sechs war, wie sie in der Buchbinderei gearbeitet. Zuerst war ich für das Hin- und Hertragen der bedruckten Papierseiten zuständig: Ich trug die dicken Stapel, die aus der Druckerei kamen, zu den riesigen Tischen, wo die Papierbögen mit einem Falzbein, einem Elfenbein- oder Fischbeinmesser, glatt gestrichen, gefalzt und dann zusammengelegt wurden. Von dort musste ich die Blätter zum Heften bringen. Auch meine Mutter hatte an der Fadenheftmaschine gearbeitet, wo die Papierlagen mit einem speziellen Stich zusammengeheftet wurden. Sie konnte zwei- bis dreitausend Seiten am Tag heften. Kurz bevor sie starb, war ich zum Falzen eingeteilt worden und hatte nun mein eigenes Fischbeinmesser. Und wenn alles nach Plan lief, würde ich mit vierzehn ebenfalls zum Heften eingeteilt werden.

Im ersten Jahr nach ihrem Tod besuchte ich jeden Sonntag ihr Grab. Es befand sich im unteren Teil des Friedhofs der »Sailors' Church«, einer Kirche, die deshalb »Seefahrerkirche« genannt wurde, weil sie direkt am Ufer der Mersey lag. In Wirklichkeit hieß sie Our-Lady-and-St.-Nicholas-Parish-Kirche. Jeden Sonntag nach dem Gottesdienst stand ich zwischen den feuchten, von Brennnesseln überwucherten Grabsteinen und ärmlichen Kreuzen und fuhr mit den Fingern die Inschrift nach – Frances Gow –, die mit groben Lettern in das einfache Holzkreuz geschnitzt war. Jedes Mal musste ich daran denken, dass Pa sich geweigert hatte, die Glocken für sie läuten zu lassen. So hatte Mutter nur ein Armenbegräbnis bekommen. Ein paar der Hefterinnen aus der Buchbinderei waren gekommen und eine Hand voll Nachbarn, doch nach der Bestattung hatte es nicht einmal eine Tasse Tee gegeben.

Meine Mutter hätte mehr verdient, und jeden Sonntag, da ich daran erinnert wurde, dass er sie nicht einmal im Tod gut behandelt hatte, vertiefte sich mein Hass auf Pa. An einem dunklen, regnerischen Nachmittag, als ich wieder einmal an ihrem Grab stand, beobachtete mich ein Vogel, der nur einen Meter von mir entfernt saß. Angesichts seines gekrümmten Schnabels, der im Gras pickte, und des orangefarbenen Auges, das mich unaufhörlich und ohne zu blinzeln fixierte, erschauderte ich. Als er sich mit laut schlagenden Flügeln in die Luft erhob, einem Geräusch, das sich anhörte, wie wenn nasse Betttücher ausgeschlagen werden, beschloss ich, meinen Vater zu suchen. Der Traum eines Kindes, gewiss, aber oft genug werden Träume Wirklichkeit und sind notwendig für unser Überleben. An diesem Tag ging ich so weit in den Norden der Stadt, wie ich mich noch nie vorgewagt hatte. Ich gelangte in das vornehme Viertel Mount Pleasant und schließlich, nachdem ich mich durchgefragt hatte, in die Rodney Street.

Es war ein langer Weg von der Back Phoebe Anne Street, und dennoch spazierte ich von nun an bei schönem Wetter öfter diese vornehmste Straße von Liverpool auf und ab, um die im georgianischen Stil erbauten Häuser mit den schmiedeeisernen Balkonen zu bewundern. Die Mädchen, die ungefähr in meinem Alter sein mussten, sahen so anders aus als ich. Wenn ich zurück in der Vauxhall Street war, unterschied ich mich mit meinem zu kurzen, fleckigen, x-mal ausgebesserten Kleid, den abgewetzten Stiefeln und dem zerrissenen Schal nicht von all den anderen Mädchen. Aber hier trugen die Mädchen prächtige Kleider und Samt-Capes. Ihre Strümpfe waren sauber und sahen nicht so aus, als wären sie jemals gestopft worden; ihre Schuhe glänzten, ebenso wie die Silberspangen, die manche von ihnen schmückten. Ihr Haar war mit Satinbändern hochgebunden, ihre Haut war makellos, und ihre Augen waren klar, wenn sie wie durch mich hindurch sahen. Ich war ein Nichts, ein armes Mädchen aus der Hafengegend. Niemand sprach mit mir, nur einmal machte eine korpulente Matrone eine Bemerkung, als ich wieder einmal auf der Straße stand und eines der eleganten Häuser betrachtete: »Mach, dass du hier wegkommst, Mädchen«, knurrte sie. »Das ist eine anständige Straße. Deine Sorte brauchen wir hier nicht.«

Ich achtete nicht auf sie. Was sie oder sonst jemand in Mount Pleasant von mir dachte, interessierte mich nicht. Mich interessierte etwas anderes: Jeden Mann, der an mir vorbeikam, musterte ich sorgfältig, egal, ob er zu Fuß ging oder auf einem Pferd ritt. Auch die Männer, die ich durch die Fenster eines auf Hochglanz polierten Brougham sah oder auf dem Sitz eines hochradigen Phaetons, betrachtete ich eingängig. Ich suchte nach einem Gesicht, wie ich es mir in meiner Fantasie ausgemalt hatte – einem Gesicht mit goldgesprenkelten Augen von der gleichen Form, wie ich sie hatte, und mit dem gleichen hellblonden Haar.

Ich wusste, wie er aussehen würde, denn für mich war der Mann aus Mutters Geschichte längst Wirklichkeit geworden.

Am Ende jeden ergebnislosen Sonntagnachmittags machte ich mich auf den Rückweg zum unteren Ende der Stadt. Je kleiner die Häuser wurden und je dichter sie sich drängten, bis sie schließlich zu schäbigen Behausungen wurden, umso mehr empfand ich das Elend meines Lebens. Ein Gefühl, das ebenso real war wie der Schmerz in meinen Fersen, der daher rührte, dass meine Stiefel aus dem Pfandleihhaus viel zu eng waren.

Ja, gewiss war meine Mutter eine Zofe gewesen: Hatte sie nicht lesen und schreiben können, und hatte sie nicht eine angenehme Stimme gehabt mit einer kultivierten Aussprache – in der nur leicht ein schottischer Akzent mitschwang? Und sie wusste, wie man sich zu benehmen hatte: Bei unseren bescheidenen Mahlzeiten bestand sie darauf, dass ich aufrecht saß, auf dem Schoß ein sauberes Tuch. Auch wies sie mich an, Messer und Gabel richtig zu halten, kleine Bissen zu mir zu nehmen, langsam zu kauen und über erfreuliche Dinge bei Tisch zu reden. Sie lehrte mich zu lesen und sparte sich ein paar Pennys von ihrem kärglichen Lohn ab, um mir in der Buchbinderei eines der *Pinnock-Catechisms* – eine Serie von Lehrbüchern für Kinder – oder eines der kleinen Sixpence-Schulbücher zu kaufen. Die Exemplare, die fehlerhaft gebunden oder beschädigt waren, bekam man für einen Penny.

Doch das blieb unser Geheimnis. Nie hätte Pa ihr erlaubt, Geld für etwas so Nutzloses wie ein Buch auszugeben. Also versteckte ich die Bücher unter meiner Strohmatratze, und an den Abenden, wenn er in die Kneipe ging und Mutter meist schon schlief, las ich darin, bis auch mir die Augen zufielen.

Am liebsten mochte ich die »Jugendfreund«-Serie, die aus dutzenden von Büchlein bestand mit Fragen und Antworten zu allen möglichen Wissensgebieten, von Geschichte über Wirtschaft und Geografie bis zur Dichtung. Natürlich konnte ich nicht wählerisch sein: Einmal musste ich mich mit einem neuen Büchlein für eine ganze Woche begnügen: einem Mechanik-Lehrbuch für Kinder.

Meine Mutter lehrte mich auch, den Menschen ins Gesicht zu schauen, wenn sie mit mir sprachen, und sie korrigierte meine Aussprache: Wenn ich so sprach wie die Leute aus der Fabrik und auf der Straße, würde ich niemals »höher steigen« als sie. »Du musst versuchen, von hier wegzukommen, Linny«, beschwor sie mich. »Das Leben hält mehr für dich bereit als das hier, mehr als die Straße und die Arbeit. Ich könnte es nicht ertragen, wenn ich wüsste, dass du nie etwas anderes kennen lernen solltest.«

Wenn sie dergleichen sagte, lachte Pa sie aus und fragte sie, was sie damit meine – höher als die anderen zu steigen. Was glaubte sie, aus mir machen zu können? Stellte sie sich vor, dass ich Zofe werden könnte, wie sie behauptete, eine gewesen zu sein? »Sie wird in der Buchbinderei bleiben so wie du, in einem ordentlichen Laden. Und dann wird sie jemanden finden, der sie heiratet, damit sie nicht länger die Füße unter meinen Tisch streckt. Soll doch jemand anders sehen, wie er sie satt bekommt.«

Doch meine Mutter hörte nicht auf, Pläne für meine Zukunft zu schmieden. Unaufhörlich erinnerte sie mich daran, dass sie und ich nicht in dieser Gegend verwurzelt waren und dass ich der Back Phoebe Anne Street um jeden Preis den Rücken zukehren müsse. Die Momente, in denen sie von einem besseren Leben für mich träumte, schienen die einzigen Glücksmomente zu sein, die sie kannte.

»Sie könnte Gouvernante werden, wenn man ihr nur die Gelegenheit dazu gibt. Sie kann so gut vorlesen. Sie würde eine perfekte Gouvernante abgeben«, sagte sie einmal beim Abendessen. »Wenn sie nur entsprechend angezogen wäre, könnte die Kirche ihr dabei helfen, eine Anstellung zu finden. Niemand bräuchte zu wissen, dass sie aus der Hafengegend stammt. Sie hat sogar eine bessere Aussprache als ich, also könnte sie ebenso gut aus Schottland kommen. Ihre Herkunft müsste niemand …« Ihre Stimme erstarb. Ein matter Glanz lag auf ihrer Stirn, und mehr als einmal während des Essens, das aus gekochten Kartoffeln mit Speckwürfeln bestand – und das sie nicht anrührte –, fasste sie sich an die Stirn, um dann die Hand zurückzuziehen und wie vor Überraschung die Fingerspitzen zu betrachten. »Wenn sie nur die Chance bekäme«, sagte sie abermals, und das ungewöhnliche Glühen auf ihren Wangen vertiefte sich, »würde mich meine Tochter mit Stolz erfüllen.« Ein beunruhigender Glanz lag in ihren Augen, aber ich schrieb ihn ihrer Kühnheit zu und wollte es ihr gleichtun, also nahm ich ebenfalls all meinen Mut zusammen.

»Ich weiß, was ich gerne machen würde«, sagte ich, und meine Mutter wandte mir den Kopf zu, auf den Lippen ein gespanntes Lächeln, da sie wohl erwartete, ich würde ihr zustimmen. Auch wenn wir beide wussten, dass ein Mädchen aus den Slums von Liverpool niemals die Chance bekäme, Gouvernante zu werden. »Ich würde gern die Bücher in der Druckerei illustrieren.«

Das Lächeln erstarb. »Was meinst du damit?«

»Ich würde gern Illustrator werden wie Mr Broughton.«

Ihre Miene verdüsterte sich. »Wann warst du bei den Buchkünstlern oben im dritten Stock?«

»Der Aufseher schickt mich manchmal mit einer Nachricht für Mr Broughton nach oben. Dort gibt es wunderschöne Dinge zu sehen.« Ich lächelte, als ich mir Mr Broughtons Reich in Erinnerung rief. »Ich habe gesehen, wie er ein Buch vergoldet und es dann mit irgendwelchen heißen Instrumenten geprägt hat. Da gibt es so viele verschiedene Werkzeuge – Scheiben, verschnörkelte Rollen, Diamanten, und dann all die Lettern. Und Mr Broughton kann alle möglichen Formen prägen, egal welche Muster er sich auch ausdenkt. Oh, wenn ich nur daran denke, all diese wunderbaren …« Ich sah die Enttäuschung im Gesicht meiner Mutter, hörte Rams Kichern und brach ab.

»Aber das ist doch keine Arbeit für eine Frau«, wandte meine Mutter ein. »Keine Frau kann diesen Beruf ausüben. Du weißt doch, dass nur Jungen als Lehrlinge bei den Buchillustratoren angenommen werden. Und nur Männer sind klug genug für diese künstlerische Arbeit. Wer hat dir nur diese Flausen in den Kopf gesetzt?«

Wie hätte ich verraten können, dass Mr Broughton mich in manch gestohlener Minute ein bisschen experimentieren ließ? Ich hatte Pergament gewaschen, Initialen koloriert und einmal sogar eine Goldprägung auf einem verdorbenen Stück Kalbsleder versucht. Er schien unsere heimlichen Experimente ebenso zu genießen wie ich. Immer wenn ich vorbeikam, zeigte er mir schnell dies oder das, während er verstohlen über die Schulter schaute.

Inzwischen war aus Pas Kichern ein Lachen geworden. Er schien sich köstlich zu amüsieren. Schließlich trocknete er sich mit dem Ärmel die Augen und wies mich an, besser das zu tun, was ich am besten könne, nämlich seine Schüssel mit einer weiteren Portion Kartoffeln zu füllen. Ich solle ihm ja nicht wieder mit solch lächerlichen Ideen kommen, fügte er hinzu, wie Gouvernante oder Illustrator werden zu wollen.

Später am Abend verstärkte sich das Fieber, das Mutter in den letzten vierundzwanzig Stunden befallen hatte.

Und es war noch kein Jahr seit ihrem Tod vergangen, als Pa Mr Jacobs mit nach Hause brachte.

Drittes Kapitel

Mr Jacobs war nur der Erste in einer Reihe unzähliger weiterer Männer, die Ram auftrieb. Niemals wieder nannte ich ihn Pa; überhaupt sprach ich kaum noch mit ihm, und wenn, dann nannte ich ihn bei seinem Namen. Er konnte nicht regelmäßig Freier in unsere Wohnung im zweiten Stock bringen: Wenn der Vermieter Wind davon bekam, so befürchtete er, würde er uns rausschmeißen oder gar einen Prozentsatz seiner Einnahmen verlangen. Stattdessen musste ich mich umziehen, kaum kam ich nach einem Zehn-Stunden-Tag in der Buchbinderei nach Hause. Meinen Arbeitskittel tauschte ich gegen ein albernes Mädchenkleid mit Schürze, das er in einem Pfandhaus erstanden hatte. Dann flocht ich meine Haare zu Zöpfen und setzte eine Strohhaube mit blauen Bändern auf, die ebenfalls aus dem Pfandhaus stammte. Und so brachte er mich zu den Freiern.

Ich fand nie heraus, wie er die Männer auftrieb. Sie waren alle alt, zumindest schienen sie es für mich zu sein. Jedenfalls waren es Männer, die alle dieselbe Vorliebe für Mädchen hatten, wie ich eines war: klein und zart. So erschien ich an der Tür ihres Hotel- oder Pensionszimmers, an der Hand des untersetzten, groben Kerls, der vorgab, mein Vater zu sein. Alle Sorten Männer waren darunter. Die meisten von ihnen waren geschäftlich von London oder Manchester nach Liverpool gekommen, manche auch von weiter her, aus Schottland oder Irland. Einige waren grob, andere wiederum freundlich. Manche brauchten eine Ewigkeit, um sich Befriedigung zu verschaffen, bei anderen genügte es schon, wenn ich meinen Rock lüftete und mich so auf den Bettrand setzte oder mich über einen Tisch lehnte.

Während ich an manchen Abenden zwei Männer für je eine Stunde aufsuchen musste, wartete Ram stets, um das Geld entgegenzunehmen. Doch es gab auch drei Stammkunden, die für den ganzen Abend bezahlten. Meine festen Abende waren Montag, Mittwoch und Donnerstag. Diese Freier waren mir sogar recht lieb geworden, bevorzugten sie doch ein Kind, das lächelte, statt eines, das weinte. Bei ihnen wusste ich, was mich erwartete, und im Umgang mit ihnen lernte ich so manches über mich.

Montag nannte mich Ophelia. Nach seinen ungeschickten Versuchen brach er stets in Tränen aus. Er schenkte mir tütenweise Süßigkeiten und strich mir sanft über das Haar. Auch erzählte er mir von Shakespeare, zitierte aus dessen Dramen und Sonetten. Montag behauptete, er sei ebenfalls ein Dichter und Stückeschreiber, doch werde seinen Werken die Anerkennung versagt. Nachdem seine dichterischen Versuche für ihn zur Obsession geworden waren, habe seine Frau ihn mit der gemeinsamen Tochter verlassen. An dieser Stelle weinte er dicke Tränen und wurde von tiefen Seufzern erschüttert. Und wenn er mich dann ansah, schüttelte er den Kopf, so als schmerzte ihn mein Anblick. Doch er konnte mir nicht widerstehen. »Mein kleines unschuldiges Wesen«, sagte er. »So unschuldig und rein, und dennoch dazu verdammt, die Geheimnisse des Lebens kennen zu lernen. Du hast die Sehnsucht in dir, die Welt um dich herum ergründen zu müssen, nicht wahr?«

Mittwoch liebte es, mir beim Baden zuzusehen. Jedes Mal wartete eine kupferne Sitzbadewanne vor einem kuscheligen Kamin auf mich. Ich wusch mich ausgiebig und seifte mein Haar mit einer frischen Lavendelseife ein – die ich hinterher mit nach Hause nehmen durfte –, dann trocknete er mich mit dicken, flauschigen Handtüchern ab und trug mich zum Bett hinüber. Sein Vergnügen bestand darin, mich zu betrachten und vorsichtig meine Haut zu berühren; ob er impotent war oder in seiner fest zugeknöpften Hose ein seltsames Geheimnis verbarg, dessen er sich schämte, fand ich nie heraus. Jedenfalls hatte er nichts dagegen, wenn ich einschlief, was auch regelmäßig passierte: Nach einem langen, harten Arbeitstag, dem warmen Bad und angesichts der sanften Berührungen seiner Hände, die sich wie Kinderhände anfühlten, fiel es mir schwer, wach zu bleiben. Ebenso wie es mir schwer fiel, Mittwoch zu verlassen, sobald ich Rams Klopfen vernahm.

Am meisten jedoch mochte ich Donnerstag. Er liebte es, mich zum Essen auszuführen. Nachdem wir eine Zeit lang auf seinem kostbar möblierten Zimmer in dem eleganten Hotel verbracht hatten, führte er mich in den von glitzernden Kristalllüstern illuminierten Speisesaal, wo Kellner silberne Schalen und Tablette hin und her trugen, die wie Spiegel glänzten. An den Wänden mit den blau-silbernen Tapeten reihten sich die Ölgemälde, und die breiten Fenster waren nicht nur von der Wärme der behaglichen Kaminfeuer beschlagen: Einige der Männer waren wohl ebenso von den üppigen Speisen und Getränken erhitzt wie von der Vorfreude auf das, was sie in den Zimmern oberhalb des Speisesaals erwartete.

Im Hotel musste ich Donnerstag Onkel Horace nennen. Glaubten die Angestellten am gediegenen Empfangstresen oder die Zimmermädchen, die mit gestärkter Wäsche im Flur an uns vorbeieilten, oder die Kellner tatsächlich, dass ich seine Nichte war? Oder drückten sie nicht vielmehr ein Auge zu und akzeptierten die Lüge, um mit höflichem Lächeln und untertänigen Verbeugungen die Münzen in Empfang zu nehmen, die Onkel Horace in ihre Hände gleiten ließ?

Onkel Horace hatte einen beträchtlichen Leibesumfang. Während er oben im Zimmer schnell und leicht zu befriedigen war, so war sein Appetit bei Tisch unersättlich. Er bestellte Unmengen von Speisen – darunter die köstlichsten Spezialitäten: knusprig-gebräunten Kapaun, Steinbutt mit Hummersauce, luftig-leichtes Kartoffelpüree, das sich spiralenförmig zu gold-braunen Kuppeln wölbte. Dazu bestellte er für mich Portwein, an dem ich nicht so sehr den

Geschmack liebte als vielmehr das tiefe Rubinrot, in dem sich das Kaminfeuer spiegelte. Onkel Horace bestand stets auf einem Tisch beim Kamin.

In jenem eleganten Speisesaal mit der hohen majestätischen Decke, mit seinen Gerüchen nach Braten und karamellisiertem Zucker, Pomade und Eau de Toilette sowie Reichtum und Lebensfreude lernte ich, wie sich Männer und Frauen seines Standes bewegten. Ich beobachtete die Damen an den anderen Tischen, welche Kleider sie trugen, wie sie sich die Lippen mit damastenen Servietten abtupften, hörte ihr glockenhelles Lachen. Ich bemerkte, dass ihre Aussprache viel feiner war als die meiner Mutter, und bemühte mich, sie mir einzuprägen. Für mich war es wie ein Spiel, Onkel Horace mit halbem Ohr zuzuhören, wenn er von seinem Geschäft und seinem gediegenen Haus in Dublin erzählte oder Geschichten aus seiner Kindheit im ländlichen Irland, wo er sich an den Sonntagen zu den Stalljungen hinausschlich, um mit ihnen Hurling zu spielen. So erfuhr ich auch, wie er angefangen hatte, die Leere, welche die Abwesenheit seiner Eltern in ihm hinterließ, mit Essen aufzufüllen. Manchmal hatten seine Eltern ihn mit den Hausangestellten für ein ganzes Jahr allein gelassen, während sie auf Reisen waren. Oft brachte er mir einen Korinthenkuchen mit – Hambrack, wie er ihn nannte, den er als Kind am liebsten mochte. Die alte Köchin aus seiner Kindheit backte ihn – noch immer lebte sie in seinem Haus und sorgte für sein leibliches Wohl. In eines seiner Leinentaschentücher gewickelt, durfte ich den Kuchen nach Hause mitnehmen.

»Bist du wirklich so hungrig, wie du aussiehst?«, fragte er, als ich etwas schnell, aber wie es sich gehörte eine Auster schlürfte. »Oder isst du nur, weil du weißt, dass es mich glücklich macht?«

Ich tupfte mir mit der Serviette den Mund ab und legte die Hände in den Schoß, während ich mir eine Antwort zurechtlegte. Wusste er eigentlich, was es hieß, Hunger zu haben? Hatte er auch nur die leiseste Ahnung davon, dass ich, ehe ich am Abend zu ihm gebracht wurde, einen ganzen Arbeitstag hinter mir hatte? Dass mir vom Falzen des Papiers die Hände schmerzten und es sich anfühlte, als ob ich Kieselsteine in den Handballen hätte? Dass ich in der Mittagspause fünfzehn Minuten Zeit hatte, um auf die Toilette zu gehen und das Stück Brot mit Käse hinunterzuwürgen, das ich von zu Hause mitgebracht hatte? »Nein, es schmeckt mir wirklich, Onkel Horace«, erwiderte ich, »denn wie könnte ich angesichts dieser Köstlichkeiten und Ihrer Gesellschaft keinen Appetit haben?«

Daraufhin musterte er mich. »Du bist unterernährt, das kann ich wohl sehen. Aber ich sehe noch einen anderen Hunger in deinem Gesicht, Linny, den Hunger nach Bildung, einen großen Wissensdurst.«

Und ich legte das Glas an die Lippen und benetzte sie mit der purpurnen Flüssigkeit, ehe ich es zurück auf das schneeweiße Tischtuch stellte. »Das mag sehr wohl sein«, entgegnete ich. »Vielleicht ist es eine Art Hunger der Seele.« Damit wiederholte ich Wort für Wort das, was der anämische Mann auf dem Stuhl hinter mir wenige Augenblicke zuvor gesagt hatte. Ich hatte keinen blassen Schimmer davon, was die Worte bedeuteten, obgleich ich wusste, was die Seele war: Schließlich ging ich nach wie vor regelmäßig in den Gottesdienst in der Our-Lady-and-St.-Nicholas-Kirche.

Onkel Horace lachte herzhaft. Sein Haar war schweißnass, und die Pomade rann ihm in den Kragen, das runde Gesicht von Portwein und Brandy gerötet. »Was für ein kluges, kleines Biest du bist! Nun komm schon und sag mir etwas in deinem besten irischen Akzent auf, denn ich hab ein wenig Heimweh heute Abend.«

Also rezitierte ich ein Gedicht, dann erzählte ich ihm irgendeinen dummen Gesellschaftstratsch, den ich aufgeschnappt hatte, und imitierte dabei seinen irischen Tonfall, der mir leicht über die Lippen ging.

Er lächelte und nickte bedächtig. »Du bist ein Wunder, keine Frage! Der reinste Dublin-Akzent, tatsächlich. Als ob du deine ganze Kindheit damit verbracht hättest, Tee in der Grafton Street zu trinken.« Schließlich winkte er den

Kellner heran und bestellte eine Nachspeise mit Birnen und Sahne für mich und Brandy-Kuchen für sich.

Am meisten vermisste ich meine alten Freunde, für die ich kaum mehr Zeit hatte. In der Buchbinderei arbeitete ich Seite an Seite mit zwei Mädchen, mit denen ich befreundet war – Minnie und Jane. Minnie war ein Jahr älter als ich, Jane ein Jahr jünger. Früher hatten wir manchmal gemeinsam die Buchbinderei verlassen – vier Stunden ehe unsere Mütter ihre Arbeit beenden durften. Währenddessen waren wir durch die Straßen geschlendert. Wir malten uns aus, welch zauberhafte Hauben und Retiküle wir eines Tages tragen würden, oder stellten uns die Speisen vor, die wir essen würden und die uns besonders erlesen dünkten. Wir hielten uns bei den Händen, wie es beste Freundinnen eben tun.

Aber jetzt hatte ich keine Zeit mehr für Freundschaften: Von der Arbeit musste ich nach Hause hasten, um ein einfaches Abendessen zuzubereiten, das Essen rasch hinunterschlingen und mich umziehen, ehe Ram mit mir die Wohnung verließ. Minnie und Jane nahmen mir meine Ausrede ab – dass ich für meinen Stiefvater das Abendessen vorbereiten müsse, ansonsten würde ich seine Handschrift kennen lernen, wie er mir androhte. Oft lächelten sie mir aufmunternd zu, aber ich vermisste ihre Gesellschaft schmerzlich.

Auch die gemeinsamen Stunden mit den Nachbarinnen fehlten mir. An lauen Sommerabenden hatten Mutter und ich uns mit anderen Müttern und ihren Töchtern aus der Back Phoebe Anne Street im Hof getroffen. Mutter hatte dann meist eine Stopf- oder Näharbeit dabei. Andere Mütter stillten ihre Babys oder wandten sich ebenfalls einer Handarbeit zu, während wir größeren Kinder die kleineren beim Spielen – Hüpfen oder Steinewerfen – beaufsichtigten. Gern lauschte ich dem Klatsch und Tratsch des Viertels – wer mit wem gesehen worden war, hinter welchen Mauern man Zank gehört hatte, wessen Baby krank geworden und wo ein Großelternteil gestorben war. Die anderen Frauen waren verhärmter als Mutter – den meisten fehlten Zähne, und sie kauten beständig einen Klumpen Kautabak. Und dennoch hatte es mir gefallen, gegen eine Mauer gelehnt eine halbe Stunde in ihrer Gesellschaft zu verbringen, ehe es Zeit zum Schlafengehen war.

Wenn ich nun an den Frauen vorbeikam, senkte ich den Kopf und lief hinter Ram her. Ich war mir sicher, dass sie wussten, was ich tat. Oft hörte ich sie hinter meinem Rücken flüstern und murmeln: Ich war zu einer unerschöpflichen Quelle des Tratsches geworden, doch niemals kam eine von ihnen auf mich zu, um mit mir zu reden oder mich nach meinem Befinden zu fragen. Sie kannten ihren Platz, diese Frauen.

Wahrscheinlich war es Mae Scat, die im Souterrain auf der gegenüberliegenden Seite der Gasse wohnte, die den Ladies of the Righteous Conduct, einem Frauenverband, der sich um Tugend und sittliches Betragen in der Kirchengemeinde kümmerte, von mir erzählt hatte. Mae hatte meiner Mutter recht nah gestanden: Wann immer sie ein geschwollenes Auge oder eine aufgeplatzte Lippe hatte, nahm Mae sie in den Arm und drückte sie aufmunternd. Sechs Monate bevor meine Mutter starb, hatte Mae ihren dritten Ehemann beerdigt; sechs ihrer zahlreichen Kinder hatten überlebt, und sie hatte geschworen, nie wieder einen Mann an sich herankommen zu lassen. Es sei ein Segen, dass sie nur Söhne habe, meinte sie; tatsächlich brachten ihre ältesten drei Jungen, allesamt stramme Burschen, das Nötige nach Hause, um die ganze Familie zu ernähren.

Aus dem Augenwinkel hatte ich gesehen, wie Mae Scat mich eines Abends beobachtete. Die dicken, nackten Oberarme – nie trug sie einen Schal, egal, wie kalt es war – über der Brust verschränkt, stand sie da und sah mir nach, als ich hinter Ram die Gasse hinuntereilte. Einmal hatte ich gehört, wie sie, an niemand Speziellen gerichtet, murmelte: »Es ist nicht richtig, es ist einfach nicht richtig.«

Als dann die gut gekleidete Dame an einem warmen Herbstabend an unsere Tür klopfte, nahm ich an, dass Mae Scat sie geschickt hatte.

»Bist du Linny Munt?«

Ich nickte, während mein Herz zu rasen begann. Nie zuvor war jemand an unsere Tür gekommen, um sich nach mir zu erkundigen. Ich trug noch die fleckige Arbeitskleidung aus der Buchbinderei: Wir hatten gerade zu Abend gegessen, und ich hatte mich noch nicht für meine abendliche Beschäftigung umgezogen.

»Ich bin Mrs Poll von den Ladies of the Righteous Conduct. Dürfte ich vielleicht hereinkommen und ein paar Worte mit dir reden?«, sagte sie, die schmalen Schultern gestrafft, während sie in dem übel riechenden, schmalen Flur stand.

Die Tür noch immer nur einen Spaltbreit geöffnet, warf ich einen Blick über die Schulter zu Ram. Der saß auf der Küchenbank und starrte blicklos ins Feuer. Es schien, als hätte er weder das Klopfen noch die leise weibliche Stimme vernommen.

Nachdem er keinen Einwand erhob, öffnete ich die Tür und trat einen Schritt zurück, um die Dame eintreten zu lassen. Ihre Kleidung machte einen strengen Eindruck: Zu einem blauen Batistkleid und einem kurzen Popelin-Spenzer trug sie eine marineblaue Haube; doch obwohl ihre Kleidung schnörkellos und streng geschnitten wirkte, war sie von kostbarem Material. Statt eines Retiküls trug sie eine große graue Stofftasche mit einer Kordel.

»Wie geht es dir, Linny?«, fragte sie.

Ich nickte und vergrub die Hände in den Taschen meines Kittels. Mit einem Mal hatte ich Angst, auch wenn ihre Stimme einen angenehmen Klang hatte. Passend zu ihrem Kleid trug sie marineblaue Handschuhe – wie klug von ihr, kam mir unwillkürlich in den Sinn, keine weißen Handschuhe zu tragen, wenn man sich in unsere Gegend begab.

»Wie alt bist du? Zehn – würde ich schätzen?«

»Ich bin gerade zwölf geworden«, erwiderte ich. Meine Stimme war kaum mehr als ein Flüstern. Ich weiß nicht mehr, wovor ich Angst hatte, wahrscheinlich fürchtete ich, sie würde mich mitnehmen, um mich ins Arbeitshaus zu stecken. Man erzählte sich schreckliche Dinge darüber.

Sie wirkte erstaunt. »Zwölf. Nun, ich bin gekommen, um mich mit dir zu unterhalten und dich über ein paar Dinge zu informieren. Ist das dein Vater, Linny?« Sie blickte über meine Schulter hinüber zu Ram, der noch immer unbeweglich vor sich hin starrte.

Wieder nickte ich.

»Mr Munt also?«

Ram erhob sich ächzend von seiner Bank. »Was wollen Sie von uns? Sie scheinen sich hier ja bestens auszukennen. Wer schickt Sie?«

»Ich versichere Ihnen, Mr Munt, dass ich nicht gekommen bin, um Ihnen Scherereien zu machen. Ich kümmere mich nur um das Wohlergehen der Kinder in diesem Viertel.«

Erleichtert atmete ich aus. Sie schien mich also nicht mitnehmen zu wollen.

»Wohlergehen? Was verstehen Sie denn darunter«, erwiderte Ram.

Mrs Poll befeuchtete sich die Lippen. Ich sah, dass ihr Schweißperlen auf die Schläfen traten. »Das heißt, dass ich danach sehe, ob sie bei guter Gesundheit sind. Außerdem lade ich sie dazu ein, an unseren Bibelstunden am Sonntagnachmittag in der Kirche teilzunehmen. Ich habe hier ein Faltblatt, das du dir vielleicht gern ansehen willst«, fuhr sie fort und zog ein gefaltetes Blatt aus ihrer Stofftasche. »Es enthält ein paar wunderschöne Zeichnungen.«

Als ich nach dem Faltblatt griff, sah sie die blauen Flecken an meinem Handgelenk: die Spuren eines meiner Freier, der mich kürzlich zu grob angefasst hatte. »Wie hast du dich denn verletzt, meine Kleine?«, wollte sie, mit einem Blick auf Ram, wissen.

Ich umfasste das Handgelenk mit der anderen Hand. »Ich, ich weiß nicht mehr.« Dabei sah ich sie auf eine Weise an, die ihr bedeuten sollte, dass ich es nicht wagte, darüber zu sprechen. Dass Ram mich bestrafen würde, sollte ich die Wahrheit sagen.

»Wirst du von jemandem misshandelt?«, wollte sie wissen, diesmal direkt an Ram gewandt.

Ja, aber ja, wollte ich rufen. *Schauen Sie mich doch an, Mrs Poll. Schauen Sie mich an, dann werden Sie begreifen, wozu Ram mich jede Nacht zwingt.*

Ram meldete sich wieder zu Wort, diesmal war seine Stimme eine Spur zu laut. »Sie bekommt nur, was sie verdient, wenn sie im Haushalt nicht richtig spurt. Es ist die Pflicht eines Vaters, dafür zu sorgen, dass seine Tochter richtig erzogen wird, und neulich war es wieder einmal so weit.«

Mrs Poll nickte. Ihre Wangen waren jetzt gerötet, doch ihre Stimme war fest und angenehm, als sie erwiderte: »Ja, es ist die Pflicht eines Vaters, seine Kinder zu erziehen, sie zu ernähren und dafür zu sorgen, dass sie anständig gekleidet sind. Und dass ihnen kein Leid angetan wird. Ich kann also davon ausgehen, dass Sie Ihren väterlichen Pflichten nachkommen?«

»Ganz richtig. Das tue ich. Nicht, dass Sie das Recht dazu hätten, das zu überprüfen. Es gibt kein Gesetz, das den Eltern vorschreibt, wie sie ihre Kinder zu behandeln haben. Und die Kirche geht es überhaupt nichts an.«

Während Ram sich in Rage redete, beugte ich den Kopf über das Faltblatt und fuhr mit dem Finger die einzelnen Wörter nach. Die wenigen Zeilen informierten über die Bibelnachmittage für die Kinder der Gemeinde. »Alle, die daran teilnehmen, bekommen am Ende des Unterrichts eine Scheibe Brot mit Marmelade«, las ich.

»Aber ist es nicht schade, Mr Munt? Dass nichts gegen die Misshandlung von Kindern getan wird?«

»Sind Sie jetzt endlich fertig? Mein Mädchen hat keine Zeit, um rumzubummeln. Gib ihr das zurück, Linny«, forderte er mich auf.

Während ich Mrs Poll das Faltblatt reichte, fragte ich: »Und es gibt Brot und Marmelade für alle?«

Mrs Poll trat einen Schritt auf mich zu. »Du kannst also lesen, meine Kleine?«

»O ja. Ich kann schon lange lesen.« *Und merken Sie nicht, was für eine feine Aussprache ich habe? Sehen Sie nicht, dass ich eigentlich nicht hierher gehöre, Mrs Poll? Warum nehmen Sie mich nicht mit zu sich nach Hause?* Die Gedanken eines kleinen Kindes, das noch nichts vom Leben wusste.

»Also dann.« Ihre Stimme klang überrascht. »Würdest du nicht gern ab und zu an unseren Bibelstunden am Sonntag teilnehmen? Es ist ganz einfach, wirklich. Wir lesen den Kindern etwas vor, singen gemeinsam ein paar Strophen eines Kirchenlieds und reden über das Leben im Sinne Gottes und darüber, wie wir es mit guten Taten erfüllen können.« Unwillkürlich streckte sie die Hand aus, um mir eine Haarsträhne hinters Ohr zu streichen. Ich spürte, wie ich den Kopf einen Moment lang in ihre behandschuhte Hand schmiegte. Und tatsächlich ließ sie die Finger einen Moment lang an meiner Wange ruhen, während ich die Augen schloss und mich an die Berührung meiner Mutter erinnerte.

Ja, ich würde gern hingehen, dachte ich. Wie gern ich hingehen würde. Doch noch ehe ich die Worte aussprechen konnte, kam Ram mir zuvor: »Sie hat keine Zeit für solches Zeug. Schließlich darf sie am Morgen die Messe und das Grab ihrer Mutter besuchen, aber dann hat sie nach Hause zu kommen.«

»Es ist ja nur für eine Stunde, Mr Munt, und ich bin sicher, dass Linny …«

»Als ihr Vater«, fiel Munt ihr ins Wort, »kann ich wohl am besten beurteilen, wie sie ihre Zeit zu verbringen hat. Das wär's also. Und warten Sie ja nicht darauf, dass meine Tochter zu Ihren Bibelstunden kommt!«

Auf dieses unmissverständliche Signal hin ging Mrs Poll auf die Tür zu. »Also dann wünsch ich dir einen schönen Abend, Linny. Ich freue mich, wenn ich dich nächsten Sonntag wenigstens in der Kirche sehe.«

Ich nickte und grub die Zähne in die Unterlippe. Am liebsten wäre ich ihr nachgerannt, hätte die von Tinte fleckigen Hände auf ihre behandschuhten Hände gelegt und sie festgehalten. Natürlich wusste ich, dass mein Platz hier war, doch wollte ich so gern kleinen Kindern aus der Bibel vorlesen und Damen mit Handschuhen treffen und am Ende eine Scheibe Brot mit Marmelade essen. Ich wollte … Ich wollte so viel.

Doch blieb ich stumm und wie angewurzelt stehen.

»Auch Ihnen einen schönen Abend, Mr Munt«, sagt Mrs Poll mit erhobenem Kinn. Dann öffnete sie die Tür und ging hinaus. Ich hörte, wie ihr Saum über die Stufen strich, und wünschte mir von ganzem Herzen, mit ihr gehen zu können.

Die Bibelstunde würde ich nie besuchen, das wusste ich. Ich wusste, dass weder die Kirche noch Mrs Poll noch sonst eine Dame dieses Frauenverbands, der sich um Sittlichkeit und Tugendhaftigkeit kümmerte, mir hätte helfen können. Selbst wenn ich den Mut gefunden hätte, Mrs Poll über mein Leben zu erzählen, so war es genau so, wie Ram gesagt hatte: Niemand hatte das Recht, den Eltern vorzuschreiben, wie sie ihre Kinder zu behandeln hatten, geschweige denn einzuschreiten. Niemand.

Indessen wurde ich dreizehn. Ich war hart und verschlossen geworden. Meine Mutter wäre sicherlich nicht zufrieden mit mir gewesen, nicht weil ich eine Prostituierte geworden war – dafür konnte ich nichts –, sondern weil ich innerlich verhärtete.

Während ich am Falztisch arbeitete, drehten sich meine Gedanken darum, wie ich Ram Munt umbringen konnte. Unzählige Möglichkeiten dachte ich mir aus, und immer waren sie grausam und war mein kleines Fischbeinmesser im Spiel. Außerdem plante ich, wie ich die Männer, zu denen Ram mich brachte, ermorden könnte. (Mit Ausnahme des schwermütigen Montag und von Onkel Horace, dem freundlichen Donnerstag. Der reinliche Mittwoch hatte inzwischen nicht mehr geschäftlich in Liverpool zu tun; deshalb vermisste ich mein wöchentliches Bad und musste mich nun wieder mit unserer ausgebeulten Blechschüssel begnügen.)

Aber die anderen! Für mich waren sie alle gleich: Egal,

welches Schicksal sie zu tragen hatten, so erlagen sie alle der gleichen perversen Faszination – wenn der Wurm zwischen ihren Beinen sich in eine Schlange verwandelte. Sobald ich den Raum betrat, in dem einer dieser Männer sich befand, ließ ich den Blick über die Einrichtung wandern. Mal blieb er an einer schweren Blumenvase hängen, die einen Schädel hätte zertrümmern können, ein andermal an einem scharfen Silbermesser auf dem Tablett, das mit einem Schnitt eine Kehle zu durchtrennen vermochte. In Wirklichkeit waren das nur Fantasiebilder, auch wenn ich mich nicht selten gegen gewalttätige Freier wehren musste.

Dabei blieb mir nichts anderes übrig, als auf harmlose Methoden wie Beißen oder Treten zurückzugreifen, wenn ein Freier beispielsweise von mir verlangte, meinen Körper in eine unmögliche Position zu verbiegen. Einmal hatte ich allerdings nach einem silbernen Briefbeschwerer gegriffen, als ein verkrüppelter Mann versuchte, mir die Innenseite meiner Hand aufzuschneiden, damit er mein Blut saugen konnte, während er sich an mir verging. Am meisten Angst aber jagte mir ein Mann mit einem Kapuzenumhang ein, der stark nach einer Tinktur für Pferde roch. Als er mir die Instrumente zeigte, die er in einer Ledertasche mit sich führte, war mir klar, welche verderbten Handlungen er mit mir im Sinn hatte. Als ich versuchte davonzulaufen, hielt er mich fest. Doch je mehr sich sein Griff um meinen Arm verstärkte, umso entschlossener war ich, mich nicht von ihm demütigen zu lassen. Ich bekam den Schürhaken am Kamin zu fassen und rammte ihn ihm in den Bauch. Obwohl ich den Stoß mit der linken Hand hatte ausführen müssen, war er stark genug, sodass er mich losließ und ich davonrennen konnte.

Die Schläge, die ich von Ram empfing, als ich mit leeren Händen aus dem Zimmer kam, empfand ich als harmlos im Vergleich dazu, was mich von dem Fremden erwartet hätte.

Doch trotz des einen oder anderen schrecklichen Erlebnisses war die Mehrheit der Männer recht einfach gestrickt und harmlos: Die meisten waren nur darauf aus, sich Erleichterung von ihrer Qual zu verschaffen – denn so empfanden sie ihr elendes Leben wohl. Und ebenso simpel wie ihre Wünsche waren auch die Handlungen, die von mir erwartet wurden.

Um mich für die langweiligen und miserablen Abende zu entschädigen, hatte ich begonnen, alles Mögliche, was nicht sofort vermisst wurde, zu stehlen: einen Silberknopf, einen Miniaturkompass aus Messing, eine Teetasse, einen kleinen Becher oder ein Miniaturtablett aus Porzellan. Wie einfach es doch war, einen Gegenstand in den Falten meines Kleids oder im Schal zu verbergen, ihn im Stiefel oder unter der Haube verschwinden zu lassen – wenn der Freier gerade damit beschäftigt war, sich anzuziehen.

Am nächsten Tag verkaufte ich die Gegenstände auf dem Markt an der Great Charlotte Street, wenn ich von der Buchbinderei kam. Ein paar der Münzen gab ich für Bonbons oder Gebäck aus, die ich noch auf dem Weg nach Hause aufaß, damit Ram nichts davon mitbekam. Nicht nur weil ich fürchtete, auch noch diese kleinen Einnahmen mit ihm teilen zu müssen, wenn er herausfand, dass ich Dinge mitgehen ließ, sondern weil es mich des bescheidenen Machtgefühls beraubt hätte, das es mir verschaffte, ihm Geld vorzuenthalten, ihn zu bestehlen. Die Dinge an sich hatten keinerlei Bedeutung für mich – dieses Gefühl der Macht war mein kostbarster Schatz.

Nachdem ich mir Süßigkeiten gekauft hatte, begab ich mich meist zu Armbruster's. Der Trödlerladen glich einem Friedhof für die unterschiedlichsten Gegenstände, die einmal Großvätern, Müttern, Vätern oder Kindern gehört hatten. Es gab eine riesige Seemannssammlung mit allen möglichen Dingen, die je einem Seefahrer gehört haben mochten: Kompasse aus den kuriosesten Materialien, Quadranten, Schiffe und Fernrohre. Auch eine beeindruckende Glassammlung beherbergte der Laden. Flasche an Flasche in den verschiedensten Formen und Farben reihten sich auf den Regalen.

Doch all diese traurigen Erinnerungsstücke aus so vielen Leben, denen der Geruch nach Moder und Hoffnungslosigkeit anhaftete, ließ ich links liegen, um geradewegs die Bücherabteilung anzusteuern. Die Bücher, deren Einbände nicht selten zerrissen waren, das Papier brüchig und die Seiten vergilbt und mit Eselsohren versehen, türmten sich zu schiefen Stapeln, auf denen sich der Staub angesammelt hatte. Sie kosteten nicht mehr als ein, zwei Pennys; manchmal war eine ganze Sammlung eines Autors für fünf Pennys zu haben. Hier kaufte ich Buch um Buch, versteckte es zu Hause unter meiner Strohmatratze, und wenn ich es ausgelesen hatte, verkaufte ich es weiter. Im Gegensatz zu den Süßigkeiten waren Bücher keine Belohnung für mich, sondern eine Notwendigkeit.

Als meine Mutter noch lebte, hatte ich die Kinderlexika gelesen, weil ich Spaß am Lernen hatte. Doch inzwischen hatte ich Mr Jacobs kennen gelernt, hatte für mich ein anderes Leben begonnen. So erschöpft ich nachts auf mein Bett fiel und so ausgelaugt mein Körper war, so rastlos waren meine Gedanken. Die Hässlichkeit meines neuen Lebens gärte in meinem Kopf, und ich fürchtete bisweilen, dass meine Schädeldecke aufplatzen könnte und all die üblen Gerüche würden herausströmen und sich in einem stinkenden Strom über mein Kopfkissen ergießen. Wenn ich las, fühlte es sich an, als würde eine sanfte Hand die Innenseite meines Schädels einbalsamieren. Ich wurde regelrecht abhängig vom Lesen – nur indem ich las, kam ich wieder zu mir selbst, ansonsten fand ich keinen Schlaf. Also wartete ich Nacht für Nacht darauf, bis ich das Schnarchen von der anderen Seite des Zimmers hörte, dann las ich mit einer Kerze unter der Bettdecke, bis mein Geist endlich so weit besänftigt war, um hinüberzudämmern. Ich las alle Sorten von Büchern – von Daniel Defoe über Jonathan Swift und Ann Radcliff zu Elizabeth Hamilton, vom Abenteuerroman über romantische Liebesromane bis hin zu Biografien.

Die Diebstähle – und die damit verbundenen kleinen Freiheiten, die sie mir erlaubten –, die köstlichen Mord-

und Folterpläne, die ich ersann, und die Komödien, in denen ich eine junge Frau in luxuriösen Schlafzimmern und eleganten Speisesälen spielte, waren nicht nur Randerscheinungen meines neuen Lebens, das waren die Seiten daran, die es überhaupt erst erträglich werden ließen.

Kein Tag, an dem ich nicht an meine Mutter dachte und an das, was sie sich für mich erträumt hatte. Was würde sie denken, fragte ich mich, wenn sie mich nun sehen könnte: als Dirne, Lügnerin und Diebin. Und jeden Sonntag schwor ich an ihrem Grab, die Hand auf ihrem Armenkreuz, dass eines Tages mehr aus mir werden würde. Dass ich mehr als Linny Munt sein würde. Dass ich mehr sein würde als die arroganten jungen Damen, die vor den Theatern aus ihren Kutschen stiegen, in Samt und Nerze gehüllt. Eines Tages würde ich als Linny Gow meine Mutter mit Stolz erfüllen. Das schwor ich.

Viertes Kapitel

Sechs Monate nach meinem dreizehnten Geburtstag sollte ich zum letzten Mal für Ram Munt arbeiten. An einem nasskalten Februarabend kam er grinsend nach Hause, unter dem Arm ein in braunes Papier eingewickeltes Paket, das mit einer Schnur umwickelt war.

»Diesmal hab ich einen Job für dich gefunden, der bestens bezahlt wird, mein Mädchen«, sagte er. Er legte das Paket auf einen Stuhl und deutete mit dem Kopf zu dem Kessel über dem Feuer. Ich füllte seinen Teller mit der Karotten- und Rübensuppe, in die ich eine Hand voll Mausekegel gestreut hatte. Es bereitete mir Freude, Rams Essen besondere Ingredienzien beizugeben, nachdem ich meine Portion verspeist hatte. Mal waren es ein paar Tropfen aus dem Nachttopf, bevor ich ihn in den Rinnstein leerte, der in der Mitte unseres Hofs floss; ein andermal war es ein wenig Taubendreck vom Fensterbrett oder eine zerquetschte Kakerlake, die ich hinzufügte.

An jenem Abend fühlte ich mich besonders erschöpft. Eines der Laufmädchen war in Ohnmacht gefallen, und ich musste zusätzlich zu meiner Arbeit das schwere Papier hin und her, treppauf, treppab schleppen, bis sie wieder auf den Beinen war. Jetzt wollte ich am liebsten auf mein Bett sinken und zehn Minuten lesen, um dann die Augen zu schließen.

Der Gedanke an meine »Abendarbeit« war unerträglich. Doch wusste ich, dass es sinnlos war, Ram zu sagen, dass ich müde sei. Nie schlug er mich ins Gesicht – ein rotviolett geschwollenes Auge war nicht das, was meine Freier sehen wollten. Er hatte subtilere, schmerzhaftere Methoden, um mir wehzutun – die Fingerknöchel in meinen Rücken zu bohren oder ein Streichholz an die Unterseite meines Arms zu halten, lang genug, um mich zu quälen, aber nicht so lange, dass ihn die Brandblase einen Freier kosten konnte.

»Wir steigen die Leiter höher, ja, höher«, sagte er und nahm statt des Löffels, den ich für ihn auf den Tisch gelegt hatte, seinen Napf in die Hand, um die Suppe daraus zu schlürfen. »Heute wirst du mit den feinsten Damen Liverpools arbeiten.« Sein klammer Mantel dampfte über dem Feuer, und Geruchschwaden nach nassem Hundefell waberten herüber.

»Damen?«, fragte ich mit kaum verhohlener Verachtung in der Stimme.

Ram schlürfte und fischte mit den Fingern ein Stück Karotte aus dem Suppentopf. »Es ist eine Party, die für ein paar Herren stattfindet, die zu Besuch in Liverpool sind. Unten im Flyhouse habe ich von zwei Männern gehört, dass sie das Beste suchen, was Liverpool an Damen zu bieten hat. Nicht diese Matrosenschlampen oder gar die abgehalfterten Weiber aus der Paradise Street. ›Oh‹, sag ich, ›ich hab genau das, wonach ihr sucht‹, sag ich zu ihnen. ›Sauber wie Schnee, Haare wie Seide.‹ ›Sie muss blond sein‹, sagt einer der Burschen, ›nur eine mit hellblonden Haaren kommt für den speziellen Job in Frage.‹ ›Da wirst du lang suchen müssen, um eine zu finden, die helleres Haar hat als mein Mädchen‹, sag ich ihm. ›Und sie macht alles, was du willst. Sie ist ein liebes Mädchen, meine Linny‹, sag ich dem jüngern der beiden, der das Sagen hat. Ich hab ihm also gesagt, dass du alles machst, und das erwartet er auch von dir. Also enttäusch mich nicht. Mit dem, was du heute Abend verdienst, können wir darüber nachdenken, uns eine bessere Wohnung zu suchen.« Er ließ den Blick durch das sauber gefegte Zimmer schweifen und wedelte dann mit dem Karottenstück vor meiner Nase. »Wenn du brav bist, wird man dich wieder holen. Das könnte der Anfang eines neuen Lebens für uns sein.«

Abermals wedelte er mit dem Karottenstück, ehe er es sich in den Mund schob. »Ein ganz neuer Anfang«, wiederholte er kauend und entblößte seine braunen Schneidezähne, zwischen denen ein orangeroter Essensrest steckte.

In dem Paket, das er mit nach Hause gebracht hatte, befand sich ein grünes Kleid aus Spitalfields-Seide mit ekrüfarbener Rüsche. Es war ein gebrauchtes Kleid, gekauft auf dem Kleidermarkt in der Fox Street, und roch leicht nach altem Schweiß. Bevor ich es anprobierte, untersuchte ich die Säume nach Läusen. Es war zwar in der Mode des vergangenen Jahres gehalten – die Damen in der Lord Street trugen inzwischen andere Schnitte –, doch passte es mir sehr gut, und der weiche Stoff schmeichelte meiner Haut. Nachdem ich es angezogen hatte, nickte Ram bewundernd. Nie zuvor hatte ich ein Kleid mit einem ausgeschnittenen Oberteil getragen, und als ich hinabsah auf die beginnende Schwellung meiner Brüste, bedeckte ich den Ausschnitt unwillkürlich mit der Hand.

»Kämm dein Haar. Und keine Zicken heute Abend. Du musst das Beste aus dir machen. Ja, heute Nacht ist etwas ganz Besonderes.«

Ich gehorchte. Dann nahm ich den Anhänger aus der Holzschatulle, legte mir das Kettchen um den Hals und betrachtete mich im Messingspiegel. Ich bewunderte den goldenen Schimmer auf meiner Haut, und wie perfekt die grünen Steine zur Seide des Kleides passten. Doch als ich meinen Schal nahm und Ram sagte, dass ich fertig sei, schaute er mich nochmals prüfend an, um dann den Kopf zu schütteln.

»Leg den billigen Schmuck wieder ab«, sagte er mir, während seine Augen von dem Anhänger zu meinem Gesicht wanderten und wieder zurück. »Er passt nicht zu dem Kleid.«

Meine Hand schloss sich um den Anhänger. Er hatte Ram an meine Mutter erinnert. *Ist es möglich, dass er ein schlechtes Gewissen hat?*, fragte ich mich und legte den Schmuck wieder in die Holzschatulle. Ein Stich durchfuhr mich – mein Gewissen meldete sich zu Wort, und mit einem Mal schämte ich mich. Überhaupt nur den Gedanken zu hegen, ihren Schmuck zu einem solchen Anlass zu tragen, hieße, Mutters Gedenken zu beschmutzen, schalt ich mich. Ich werde ihn nur tragen, wenn ich stolz auf mich sein kann, nahm ich mir vor und schloss den Deckel der Holzschatulle mit einem lauten Klacken.

Ram hatte eine Kutsche bestellt, und allmählich ruckelten wir aus dem Gassengewirr des Liverpooler Hafenviertels hinauf in vornehmere Gegenden. Als wir an St. Andrews vorbeikamen, wusste ich, dass wir in Mount Pleasant angekommen waren. Und dann fuhren wir die große Straße entlang, wo ich so viele Sonntagnachmittage verbracht hatte – die Rodney Street. Vor einem der hell erleuchteten georgianischen Häuser hielt der Kutscher an. Der Eingang wäre groß genug gewesen, um hindurchzufahren, aber Ram hieß mich aussteigen und legte dann meine Hand in seine Armbeuge, als wäre er ein stolzer Vater, der mit seiner Tochter die Kirche betritt. Wie gut kannte ich diese Häuser von außen – nie hätte ich gedacht, jemals eines von innen zu sehen.

Ein Butler öffnete die Tür – ein Mann in mittleren Jahren in Samt-Breeches und mit verschlossenem Gesicht. Ohne die Miene zu verziehen, machte er einen Schritt zur Seite, um mich eintreten zu lassen, was ich zögerlich tat, und wollte dann vor Rams Nase die Tür schließen. Doch ehe sie ins Schloss fiel, stieß Ram sie wieder auf.

»Erst das Geld«, sagte er. »Bezahlung nach Lieferung. So war es ausgemacht.«

Mit gesenktem Kopf fixierte ich meine abgewetzten braunen Stiefelspitzen – ein Detail, das nicht so recht zu dem aufgeputzten Kleid passen wollte. Ich bemerkte, dass auch der Butler auf die Stiefelspitzen starrte – kein noch so feines Kleid vermochte sie zu verdecken.

»Einen Moment«, sagte er, und er gab sich erst gar keine

Mühe, seinen Widerwillen zu verbergen. Wieder versuchte er, die Tür zuzumachen, aber diesmal stieß Ram sie ganz auf und trat neben mich in den Hauseingang.

»Ich warte hier«, sagte er.

Der Butler drehte sich mit steifem Rücken um, ging die Treppe hinauf und verschwand. Schweigend warteten wir unter einem Kerzenleuchter, auf dem mindestens dreißig Kerzen brannten. Ein Dienstmädchen mit einer Vase verwelkter Blumen ging an uns vorbei. Die Blumen waren lang und dornig und von einem scharfen Grün: Sicherlich handelte es sich um exotische Exemplare, die eigens in London bestellt werden mussten. Noch nie hatte ich solche Blumen gesehen.

Das Mädchen streifte uns mit ihrem Blick; sie hatte das gleiche unbewegte Gesicht wie der Butler, das weder Interesse noch Neugier zeigte. Von irgendwoher im Haus war ein monotoner Rhythmus zu hören.

Wenige Augenblicke später erschien der Butler wieder auf dem oberen Treppenabsatz. Wohl gemessenen Schrittes kam er die Treppe herunter.

Ram konnte es nicht erwarten, die Münzen in seiner Hand zu spüren. Noch ehe der Butler das untere Ende der Treppe erreicht hatte, ging er auf ihn zu. Der übergab ihm etwas, doch von dort, wo ich stand, konnte ich nicht sehen, was es war. Ram warf einen Blick darauf, und im nächsten Moment rauschte er mit leuchtenden Augen und einem Lächeln auf den Lippen an mir vorbei. Ohne sich zu verabschieden war er zur Tür hinaus.

Einen Augenblick lang musterte mich der Butler von Kopf bis Fuß – von meinem losen Haar bis hinunter zu den Stiefelspitzen –, und als er die Hand ausstreckte, um mir mein Umhangtuch abzunehmen, sah ich, dass sich seine Miene kaum merklich verändert hatte. Ich meinte, eine Regung zu verspüren, die mich noch mehr irritierte als seine unbeteiligte Art von zuvor. Mit spitzen Fingern ergriff er das Tuch, als fürchtete er, es könnte verlaust sein. Wieder erschien das Dienstmädchen – mit erhobener Nase, um mir zu zeigen, um wie viel tiefer ich stand – und nahm ihm das Tuch ab.

Während ich hinter dem Butler die Treppe hochstieg, genoss ich das Gefühl meiner Hand auf dem polierten hölzernen Handlauf und bewunderte die kostbare Einrichtung. Noch nie war ich in einem solch vornehmen Haus gewesen.

Als wir oben ankamen, wurde das gedämpfte, rhythmische Geräusch lauter. Auch konnte ich unterschwellig einen anderen Ton ausmachen, als ob jemand leise singen würde. Plötzlich erstarb das Trommeln, dann sagte die Stimme etwas und lachte. Das Lachen nahm einen hysterischen Klang an. Vor einer zinnoberrot lackierten Doppeltür blieb der Butler stehen. Beide Türflügel zierte ein Türgriff aus Messing in der Form zweier ineinander verschlungener Schlangen. Unsicher, was ich tun sollte, klopfte ich schließlich an die Tür, und als sich niemand rührte, klopfte ich noch mal und legte die Hand auf einen der Türgriffe. Er fühlte sich warm an, eine Wärme, die dem pulsierenden Rhythmus auf der andern Seite der Tür entsprach. Ehe ich den Türgriff betätigen konnte, wurde die Tür von innen geöffnet. Ein Schwall warmer Luft, geschwängert mit dem Duft eines schweren Parfums und Rauch schlug mir entgegen – einem dunklen, süßen Rauch. Ich trat einen Schritt zurück.

»Oh, sieh mal!«, schrie der Junge, der die Tür geöffnet hatte. »Schau, Pompey. Ein kleines Mädchen. Ich glaube, das ist sie.« Ich hielt ihn für ein paar Jahre älter als mich selbst, obwohl sein Alter schwer zu schätzen war.

Seine Lippen waren grellrot geschminkt, auf seinen Wangen prangten Rougeflecken, und auf dem Kopf hatte er eine Tiara aus Glasperlen mit einer Straußenfeder. Er trug eine weite Robe aus einem durchsichtigen, mit Blumen gemusterten Gewebe. Der Junge legte mir die Hände auf die Schultern und zog mich in das Zimmer hinein. »Siehst du, Pompey?«

Die Gaslichter waren tief an den Wänden angebracht

und warfen flackernde Schatten. Der Raum war mit mächtigen Möbelstücken voll gestellt: Kommoden und Schränken, Sofas und Sesseln, die wie dicke, große Tiere an den Wänden kauerten. Ein sehr großer Mann trat aus einer dunklen Ecke hervor. Als meine Augen sich an das schummrige Licht gewöhnt hatten, sah ich, dass es ein Schwarzer war und dass er nur einen winzigen Lendenschurz und einen weißen Turban trug. Während er auf mich zukam, schlug er mit der Handfläche auf eine Trommel – einen schweren, feierlichen Rhythmus.

Ich schaute den Jungen fragend an.

»Hab keine Angst, Kleine«, sagte er. Ich bemerkte, dass seine Pupillen außergewöhnlich groß waren. Er machte dem Schwarzen ein Zeichen mit der Hand, und sofort bedeckte er die Lenden mit der Trommel.

Als der Junge lachte, erkannte ich den hysterischen Ton wieder, den ich zuvor schon unten in der Eingangshalle vernommen hatte. Ich hatte gedacht, es handelte sich um eine Frauenstimme.

Ein seltsam nussiger Geruch erfüllte jetzt den Raum, und zusammen mit den wabernden Schatten auf den Wänden ließ er mich schwindeln. Irgendetwas stimmte hier nicht, etwas, das ich nicht kannte, jagte mir Angst ein.

»Ich bin Clancy«, sagte der Junge und ergriff meine Hand. »Nun komm mit. Wir haben auf dich gewartet.«

»Ich denke nicht …«, versuchte ich zu protestieren und ihm meine Hand zu entziehen, doch der zarte, schmale Clancy verstärkte mit einer erstaunlichen Kraft seinen Griff und drückte schmerzhaft meine Finger zusammen.

»Aber du sollst doch nicht denken. Denken ist so langweilig«, erwiderte er. »Du sollst nicht denken, sondern fühlen.« Er riss an meinem Arm und zog mich weiter. Während ich widerstrebend hinter ihm herging, sah ich, dass er unter seiner durchscheinenden Robe nackt war. Während ich einer Ottomane und niedrigen Tischen auswich, überlegte ich, wie ich entkommen könnte. Doch Clancys Griff hatte sich eisern um mein Handgelenk gelegt. Außerdem folgte mir der Schwarze, den der Junge Pompey genannt hatte, auf den Fersen; er schlug jetzt wieder seine Trommel.

»Gut«, sagte Clancy, »hier wären wir.« Er zog einen Brokatvorhang beiseite, dahinter befand sich eine weitere Tür aus einfachem Holz, die einen scharfen Kontrast zu der üppigen Einrichtung des Zimmers bildete. Im Schloss steckte ein Messingschlüssel. »Geh rein, sie ist unverschlossen. Er wartet schon auf dich.«

»Wer ist ›er‹?«, fragte ich und wich panisch einen Schritt zurück.

Clancy warf mir einen durchdringenden Blick zu, und das alberne Lächeln, das er von Anfang an aufgesetzt hatte, wich von seinen Lippen, um einem Ausdruck Platz zu machen, den ich nicht einordnen konnte. Ein Ausdruck, der mir unheimlich war, wie zuvor schon der des Butlers.

Jetzt merkte ich auch, dass er jünger war, als ich gedacht hatte, er war wahrscheinlich etwa im gleichen Alter wie ich.

Plötzlich drehte er den Türknauf, stieß die Tür auf und schubste mich hinein.

Hier war der Rauchgeruch noch stärker, und ich nahm noch einen anderen undefinierbaren Geruch wahr, der von dem süßen Rauch verdeckt wurde. Es war, als ob etwas langsam verrottete, und als ob dieses Etwas sich Zeit ließ, so als wollte es den Verfallsprozess genießen. Als die Tür hinter mir ins Schloss fiel, umgab mich vollkommene Dunkelheit.

»Hallo?«, rief ich. Irgendetwas stimmte hier nicht. Ganz und gar nicht. Ich dachte nur noch daran zu fliehen.

»Komm näher, nun komm schon«, erwiderte eine Stimme. Sie hörte sich weich und bebend an, krank irgendwie.

»Gibt es hier kein Licht, Sir?«, fragte ich, noch ängstlicher als zuvor. Die Stimme hatte mich keineswegs beruhigt. »Ich kann überhaupt nichts erkennen.« Ich hatte schon so viele verschiedene Räume betreten, in denen Männer mit allen möglichen unangenehmen Überraschungen auf mich gewartet hatten. Aber noch nie hatte ich in vollkommener Dunkelheit gestanden.

Ich vernahm ein träges saugendes Geräusch und sah das Glimmen einer Pfeife. Dann hörte ich, wie Luft ausgestoßen wurde, und das Rascheln einer Bewegung. Dem Kratzen eines Feuersteins folgte das Aufflammen eines Lichtscheins, und dann sah ich die Umrisse eines Körpers, der vor einem marmornen Kamin kauerte. Als das Reisig Feuer fing und die Flammen höher schlugen, zog sich die Gestalt mit schleppenden, unkoordinierten Bewegungen zurück, um seufzend in einen tiefen Sessel zu sinken, wo ihre Gesichtszüge im Schatten der Sesselohren lagen.

»Nun komm und tritt näher ans Licht«, forderte der Mann mich auf. »Dann werden wir schon sehen, ob du bist, was ich gehofft habe. Es ist heutzutage so schwierig, das zu bekommen, was man bestellt hat. Die Auswahl hier in Liverpool hat mich insbesondere enttäuscht, ja sie ist wirklich enttäuschend.«

Ich ging zum Kamin und stellte mich mit dem Gesicht zu dem Mann hin.

»Dreh deinen Kopf herum, sodass ich dein Haar sehen kann.«

Ich drehte den Kopf zuerst zur einen, dann zur anderen Seite und spürte, wie mir die Hitze des Kaminfeuers den Rücken hinaufkroch.

»Gut, gut.« Die Stimme des Mannes war einen Ton lauter geworden, als wäre er mit einem Mal aufgeregt. *Warum beunruhigt die Art, wie er spricht, mich nur so sehr?*, fragte ich mich. »Nun komm her. Wir werden jetzt einen wunderbaren Drink zu uns nehmen, nicht wahr?«

Ich trat an den Sessel. »Nein, danke, Sir, ich möchte lieber nichts trinken. Was soll ich für Sie tun?« Im Näherkommen verstärkte sich der säuerliche Geruch, den ich zuvor schon schwach wahrgenommen hatte, und ich rümpfte die Nase. Es gab kaum etwas, was Männer noch nicht von mir verlangt hätten, und nichts vermochte mich inzwischen mehr zu erschüttern; doch abgesehen von dem Mann mit dem schwarzen Umhang hatte ich mich nie zuvor so bedroht gefühlt.

»Wie heißt du, meine Liebe?«

»Linny.«

»Würdest du das für mich buchstabieren, bitte?«

»Wie man's spricht, Sir. L-i-n-n-y.«

»Und das ist dein richtiger Vorname?«

»Nein, der lautet Linnet, wie der Vogel.«

»Ah, der kleine Hänfling. Singst du auch so süß, mein Kind?« Er wartete meine Antwort nicht erst ab, sondern fuhr fort: »Aber ich glaube, ich ziehe doch Linny vor. Linny aus Liverpool. Das werde ich mir merken können. Und jetzt will ich es anfassen – dein Haar.«

Ich kniete mich vor ihm nieder, und von dieser Position aus konnte ich jetzt seine Gesichtszüge erkennen, auf denen die Lichtreflexe tanzten. Es war nicht leicht, sein Alter zu schätzen, denn sein Gesicht war verlebt, und die Lider wölbten sich schwer über die vortretenden Augen. Sein Blick war leer, als ob er gerade erst aufgestanden wäre; seine Nase war von dicken Adern durchzogen, seine Lippen waren zu nass, zu rot. Seine Zunge, von erstaunlich hellem Rosa, zuckte unkontrolliert in seinem Mund.

»Ich werde dir jetzt einen Drink einschenken.« Seine Finger tasteten nach einer großen braunen Flasche neben seinem Sessel. »Warst du jemals in Frankreich, meine Liebe?«

Ich schüttelte den Kopf und bemühte mich, nicht fortwährend auf seine Zunge zu starren; der wilde Tanz, mit der sie jedes Wort begleitete, hatte etwas Obszönes an sich. Mit der Hand lüpfte ich das Haar in meinem Nacken, um es ihm zu zeigen. »Sehen Sie, es hat keine Läuse, Sir, da ich ...« Ohne Vorwarnung stießen seine Füße, die in dunkelblauen Pantoffeln steckten, in die Luft und zuckten krampfartig. Eine Ferse traf mich im Gesicht und schleuderte mich auf die Seite. Ich hielt mir die schmerzende Wange und starrte den Mann schockiert an. Der war tief in seinen Sessel gerutscht und stöhnte, während seine Beine so wild in der Luft traten wie die Beine des Messerschleifers in der Seel Street. Seine Hände krampften sich um die Armlehnen, und er stieß kurze, erstickte Schreie aus.

Die Tür flog auf, und der Schwarze kam herein, wobei er den Kopf beugte, damit sein Turban nicht an den Türsturz stieß. Er schaute zu mir herunter, ehe er an den Sessel trat. Als er mit wehendem Lendenschurz an mir vorbeiging, sah ich, dass seine Füße mindestens dreimal so groß waren wie meine Hände.

»Es ist .. er ist … ich weiß nicht, was ihm fehlt«, stammelte ich. »Ich habe nichts getan.«

Pompey hob den Mann hoch, dessen Beine allmählich zur Ruhe kamen. Er hielt ihn an seine nackte Brust, als wäre er eine Puppe.

»Pompey! Pompey!«, schrie der Mann. »Mach, dass es aufhört. Mach, dass der Schmerz vergeht! Gib mir das Chloral. Beeil dich. Meine Rippen tun so weh.«

Pompey ließ ihn auf den Sessel zurückgleiten und griff nach der braunen Flasche. Dann goss er etwas von der Flüssigkeit in ein Gläschen, hielt die zitternden Lippen des Mannes fest und schob mit dem Zeigefinger die Zunge zurück, ehe er ihm die Flüssigkeit einflößte. »Bald geht es Ihnen besser, Master. Es ist gleich vorbei«, murmelte er. Er hatte eine tiefe Stimme und einen starken Akzent.

Wie der Schnabel eines kleinen Vogels öffnete und schloss sich der Mund des alten Mannes.

Während ich mir mit der Hand die wachsende Beule auf meiner Wange hielt, beobachtete ich die unwirkliche Szene. Der Gedanke, dass ich diesem furchtbaren Mann zu Willen sein sollte, schnürte mir die Kehle zu.

Sein Körper beruhigte sich allmählich. Sein durchgedrückter Rücken entspannte sich, und seine Beine zitterten nunmehr ganz leicht.

Während ich mich auf den Knien aufrichtete, schenkte Pompey aus der braunen Flasche ein Glas halb voll und streckte es mir entgegen. »Wie ich sehe, hast du noch nichts getrunken, Little Mistress. Nun komm schon. Nimm. Es wird Zeit.« Seine Stimme war kaum mehr als ein Flüstern.

Ich schüttelte den Kopf und schaute ihm ins Gesicht. Es war von tiefen Narben übersät, wie ich jetzt sehen konnte, die noch dunkler waren als die restliche Haut. Und er hatte keine Wimpern.

»Er wird keine Attacke mehr bekommen – heute Nacht«, sagte er. »Er hat jetzt keine Schmerzen mehr, du brauchst also keine Angst zu haben.« Gern hätte ich seinen tröstenden Worten geglaubt, doch vermochte ich es nicht.

Ich warf einen Blick auf die reglose Gestalt im Sessel. »Was muss ich tun … was will er von mir?«, flüsterte ich und legte den Kopf in den Nacken, um zu Pompey emporzuschauen.

Er starrte auf meine geschwollene Wange und streckte mir abermals das Glas entgegen. »Sei einfach ruhig. Reg ihn nicht auf. Und jetzt trink das hier. Bitte.«

»Was ist das?«, fragte ich und betrachtete misstrauisch die farblose Flüssigkeit. »Ich trinke keinen Schnaps.«

»Trink es, dann wird es dir leichter fallen, Little Mistress!«

Ich schob mit der Hand das Glas zurück. »Nein, ich sagte doch …« In einer einzigen schnellen Bewegung hatte Pompey mein Kinn gepackt, zwängte mit dem Finger den Kiefer auseinander und flößte mir mit Gewalt die Flüssigkeit ein. Sie rann mir flammend heiß die Kehle hinab, und ich musste husten, während Pompey mich wieder losließ. Ich schluckte, leckte mit der Zunge über die Lippen und schmeckte eine süßliche Substanz.

»So ist es besser«, wiederholte Pompey. Er stellte das Glas auf den Tisch und ging zur Tür.

»Aber was fehlt ihm denn?«

Pompey öffnete die Tür und trat hinaus. »Manche nennen es die Franzosenkrankheit … doch bekannter ist es unter dem Namen Syphilis.«

Die Tür fiel hinter ihm ins Schloss, dann erklang das Geräusch eines Schlüssels, der herumgedreht wurde.

Fünftes Kapitel

Vor dem knisternden Kaminfeuer kauerte ich auf dem Teppich. Ich wusste, dass Matrosen oft ansteckende Krankheiten hatten. Hatte ich jemals von der Franzosenkrankheit gehört oder dieses andere Wort, das wie das Zischen einer Schlange klang? Plötzlich fühlte ich eine bleierne Müdigkeit, meine Augenlider waren so schwer, dass ich Mühe hatte, sie offen zu halten. Ich ließ mich auf die Seite sinken und legte den Kopf auf den angewinkelten Arm. Das Pochen in meiner Wange war einem angenehmen schwebenden Gefühl gewichen. Auch der Mann im Sessel schien zu schlafen, sein Atem ging schwer und geräuschvoll. Ein dicker, eingetrockneter Speichelfaden zog sich über seine Unterlippe. Aus dem angrenzenden Raum konnte ich wieder Clancys Singen und Pompeys Trommeln hören, doch jetzt verwandelte sich das Lied in ein unaufhörliches Murmeln, einen Ton, den ich nicht beschreiben konnte, der mir aber gefiel.

Eingelullt von dem Knistern der Flammen, dem Lied und dem gleichmäßigen Atmen des Mannes, schloss ich die Augen. Dann träumte ich, seltsame, unbehagliche Träume. Doch bald verschwand das Dunkel, um der Sonne Platz zu machen, deren ungewöhnlich helle Sonnenstrahlen meine Augen blendeten. In meinem Traum blieben meine Lider geschlossen, und dennoch konnte ich sehen. Ich befand mich auf dem Salthouse Dock und ging auf das Wasser zu. Im Sonnenlicht flogen Seemöwen mit klagenden Schreien über mich hinweg. Sie schwangen sich flügelschlagend in die Luft und stießen wieder hinab, schwangen sich in die

Luft und stießen wieder hinab, bis sie schließlich so tief über mich hinwegflogen, dass ich das warme Flattern ihrer Flügel auf Lidern und Wangen spürte. Eine Möwe flog auf meinen Kopf zu und pickte mir mit dem spitzen Schnabel ins Ohr. Plötzlich hatte ich Angst vor dem mechanischen Klappern des Schnabels. Ich stand auf und rannte, doch die Möwe verfolgte mich bis zum Ende des Piers, ihre Schreie wurden immer lauter, während sie fortwährend versuchte, mich zu picken. Als ich begriff, dass ich nicht weiter konnte, starrte ich in das brackige Wasser. Der grässliche Schnabel kam näher. Ich hatte keine Wahl. Ich sprang, und kurz bevor ich ins Wasser tauchte, sah ich unter der Oberfläche das Gesicht meiner Mutter – weiß und reglos, mit leeren Augenhöhlen und Haar, das ihr wie Seegras um den Kopf trieb.

Ich keuchte und öffnete die Augen.

Der Mann kniete über mir und hatte eine große silbrige Schere mit Goldgriffen in der Hand. Seine Augen glitzerten, und sein Atem ging rasselnd. Er stieß aufgeregte Laute aus, und seine Zunge führte einen noch wilderen Tanz in seinem Mund auf als zuvor. »Ah!«, rief er erregt aus und musterte mein Gesicht, als ich blinzelnd die Augen aufschlug, ohne zu begreifen, was ich sah.

Als ich mich von seinem Gewicht befreien und aufstehen wollte, drückte er mich auf den Boden zurück. »Bleib ruhig, mein Mädchen, ganz ruhig. Ich bin noch nicht fertig«, sagte er. »Ich dachte, du seist tot, aber es macht sehr viel mehr Spaß mit einer, die so warm und biegsam ist.« Er lachte vor Vergnügen.

Ich schlug mit dem Arm nach ihm und stieß ihn von mir – was mir nicht schwer fiel, denn er war nur noch ein Schatten eines Mannes – und rappelte mich auf. Das Zimmer war jetzt von Gaslampen an den Wänden hell erleuchtet, und auch die Lampen auf dem Tisch brannten. Unwillkürlich tastete ich mit der Hand nach meinem Kopf und spürte nichts als weiche Stoppeln, das Einzige, was auf meinem geschorenen Schädel übrig geblieben war. »Was haben Sie getan?«, schrie ich, doch meine Stimme hörte sich gedämpft an, als würde ich in ein Kissen hineinsprechen. »Warum haben Sie mein Haar abgeschnitten?« Ich brauchte eine Ewigkeit, um diese beiden Sätze auszusprechen.

Mein Blick fiel auf die langen glänzenden Strähnen, die den Teppich übersäten. Der Mann, noch immer kniend, nahm eine Locke in die Hand und ließ sie über sein Gesicht gleiten, wo sie an der rauen Oberfläche seiner Zunge hängen blieb. Wieder stieß er ein Lachen aus und deutete hinter mich. Und nun wusste ich, dass es das klappernde Geräusch der Schere gewesen war, das ich für das Picken der Möwe gehalten hatte.

Langsam, wie in Zeitlupe, denn schneller vermochte ich mich nicht zu bewegen, drehte ich den Kopf in die Richtung, wohin sein Finger wies. Gleichzeitig schrie mein Instinkt, ich solle fliehen, um mein Leben rennen. Was ich sah, war ein hoher Schrankkoffer, der quer lag und geöffnet war. Er war mit Regalböden ausgelegt, auf denen riesige Einmachgläser standen.

»Nun geh schon und schau sie dir an, mein Herz«, forderte er mich auf.

Wie von unsichtbaren Fäden gezogen, ging ich auf die Gläser zu, ohne zu verstehen, warum ich den Anweisungen dieses Geisteskranken folgte. Das Gesicht meiner Mutter, das unter Wasser trieb, war für mich realer gewesen als das, was in diesem Zimmer geschah.

Während ich die Reihen der Gläser anstarrte, begriff ich zuerst nicht, was ich sah. Ich konnte nur in Flüssigkeit wabernde Schatten erkennen. Jedes Glas hatte ein Etikett, und dann las ich die krakeligen Aufschriften: *Emma, Newcastle; Loulou, Calais; Mollie, Manchester*. Ich konnte nicht aufhören zu lesen. *Yvette, Toulouse*; *Bette, Glasgow*.

»Warst du jemals in Frankreich, meine kleine Linny?«, fragte der Mann zum zweiten Mal an diesem Abend. Ich wandte mich zu ihm um und sah, dass er sich mühsam aufrappelte. Schwer hinkend kam er näher, eine Schulter nach vorn gezogen. Mit aufsteigender Panik sah ich, dass er die Hände hinter dem Rücken verborgen hielt.

»Es ist ein schrecklich-schönes Land, Frankreich. Ich habe mich zu lange dort aufgehalten. Zu lange, mit all den hübschen Mädchen. Allesamt Schlampen, meine Liebe. Alles nette Schlampen, mit ihren reifen Mösen, so wie du eine kleine Schlampe bist«, sagte er. »Es müsste euch verboten werden, andere mit euren dreckigen Krankheiten anzustecken. Sicherlich hast du von Fracastoros Schäfer gehört – du kennst doch sein berühmtes Epos, mein Liebling? *Syphilis sive morbus Gallicus.*«

Er war jetzt bei mir angelangt. »Ein Schäfer herrschte einst über diese Hügel, und Syphilis war sein Name«, rezitierte er.

Ich war wie gelähmt vom Anblick seiner Augen: Sie waren farblos, kohlschwarze Kugeln.

»Und natürlich muss auch dir das Handwerk gelegt werden. Dir und deinesgleichen, denn nichts kann diese elende Krankheit aufhalten, die ihr mir beschert habt. Weder Quecksilbersalz noch Bromid oder Chloral. Alles nur Mittel, die vorübergehend wirken. Und deshalb diese Sammlung, die du hier siehst; alles Mädchen, die ich daran gehindert habe, andere mit ihrer Pest anzustecken. So viele verschiedene Farben, siehst du. Und seit einiger Zeit suche ich nun schon nach einem Exemplar, das meiner Sammlung noch gefehlt hat. Die perfekte Farbe hat noch gefehlt«, hörte ich ihn sagen. »Und nun habe ich sie gefunden. Linny aus Liverpool.«

Mein Blick fiel auf das erste Glas in der Reihe. Ein ersticktes Keuchen drang aus meiner Kehle, als ich begriff, was ich sah. Ich versuchte, diesem Anblick zu entkommen, doch es war, als wäre ich nun im Wasser neben meiner Mutter, nur dass mein Haar nicht um mein Gesicht treiben konnte wie ihres. Meine Arme beschrieben träge Bögen in der dicken Luft, während ich versuchte, diesen Gläsern mit ihrem schrecklichen Inhalt davonzuschwimmen, den Haaren, die von ihren Körpern getrennt worden waren und in allen möglichen Farben – schwarz, braun, dunkelrot, orange, dunkelblond – im Wasser schillerten.

Plötzlich fühlte ich seine Hand auf meiner Schulter und drehte mich abrupt um. Ich sah, wie etwas über mir funkelte, und dachte, es sei die Möwe, doch dann begriff ich, wie die Schere, silbrig und golden, auf mich herabsauste. Instinktiv hob ich den Arm, aber ich war nicht schnell genug, um den Angriff abzuwehren, ich konnte nur verhindern, dass die Schere ihr eigentliches Ziel fand. Statt meinen Hals zu treffen, glitten die beiden Scherenblätter ab und rammten sich in meine linke Brust, wo sie durch das grüne Kleid hindurch eine lange gebogene Linie in das weiche Fleisch schlitzten. Ich sah, wie das Blut hervorströmte, doch fühlte ich keinen Schmerz.

Jetzt war ich tiefer ins Wasser getaucht. Bis auf das Pulsieren des Bluts in meinen Ohren konnte ich keinen Laut hören. Als sich die Schere erneut gegen mich erhob, gab ich dem alten Mann schwerfällig einen Schubs, sodass sie ihm entglitt.

Ich bückte mich und hob sie auf. Blickte in die geisteskranken Augen. Dann hob ich den Arm, um ihn in einer langsamen Bewegung wieder zu senken, die sich anfühlte wie in einem tranceartigen Tanz. Und der alte Mann stürzte zu Boden, den Mund geweitet zu einem zitternden, nassen Loch.

Als ich den Mann ansah, der zu meinen Füßen lag, gaben meine Beine nach. Ich fiel, fiel ein zweites Mal in die Mersey, wo meine Mutter auf mich wartete.

Die Stimmen wurden lauter. Ich erkannte den Jungen in seinem geblümten Kleid, der hysterisch schrie. Clancy.

»Ich weiß nicht, woher auch. Wie hätten wir wissen können, dass er sie nicht sofort töten würde, wie er es bei den anderen getan hat? Oh, Pompey, mir ist so schwindlig, bitte lass mich einen Moment lang an dich lehnen.«

»O Gott, was für ein Schlamassel. Warum, um Himmels willen, hat er ihr vorher nicht genügend Chloroform gegeben? Aber sie ist jetzt tot, nicht wahr?«, fragte eine andere Stimme. Die selbstsichere Stimme eines Mannes.

»Ich glaube schon, Young Master.« Das war Pompeys Stimme. Ich dachte an das Getränk, das er mir eingeflößt hatte, er, nicht der alte Mann.

»Nun, wir werden nie genau herausfinden, wie das passieren konnte.« In der Stimme des »jungen Herrn« schwang ein ärgerlicher Ton mit. »Aber ich wusste, dass wir ihm nicht hätten erlauben sollen, mit diesem schmutzigen Spiel fortzufahren. Wir hätten nicht wieder damit anfangen sollen. Und jetzt das hier. Ich hätte auf meine innere Stimme hören sollen.«

Bisher hatte ich keinen Schmerz empfunden. Doch allmählich spürte ich ein pochendes Ziehen im Oberkörper, das ganz langsam anschwoll. Und ich nahm den frischen Eisengeruch von Blut wahr. Plötzlich merkte ich, wie mein Kopf angehoben, ich an den Handgelenken ergriffen und fortgezogen wurde. Ich spürte kühle Luft an den Unterarmen, als die Ärmel etwas zurückrutschten.

»Schau mal, dieses Muttermal«, kreischte Clancy. »Sieht aus wie ein Fisch.«

Dann wurde ich wieder losgelassen, und ich fiel schlaff auf den Boden zurück.

»Wer hat sie eigentlich hergebracht? War es ihr Zuhälter? Wird heute Nacht noch jemand kommen, um sie abzuholen?« Es war dieselbe gepflegte Stimme von zuvor, die eine Spur hochnäsig klang. Eine Stimme, der man nicht zu widersprechen wagte.

Wie seltsam, dass ich alles hören und verstehen konnte, dachte ich, doch hatte ich nicht die Kraft, auch nur ein Augenlid zu heben.

»Ich glaube, sie wurde für die ganze Nacht verkauft, Young Master. Vor morgen früh wird niemand nach ihr schauen«, sagte Pompey.

»Was sollen wir also tun?«, fragte Clancy. »Was sollen wir jetzt bloß tun? Das Blut. Mit all diesem Blut überall.« Seine Stimme wurde von Tränen erstickt.

»Sei ruhig, Clancy. Pompey, du wirfst sie in die Mersey«, sagte der Mann. »Und zwar jetzt gleich.«

»Und was machen wir mit Ihrem Vater, Young Master?«

Stille trat ein, die nur von Clancys Schluchzern unterbrochen wurde.

»Säubere ihn so gut wie möglich«, befahl die überhebliche Stimme. »Und dann werden wir so schnell es irgend geht, das heißt, so lange es noch dunkel ist, nach London abreisen. Wenn morgen jemand kommen sollte, um das Mädchen zu holen, wird weder von ihr noch von uns eine Spur zu sehen sein. Im Übrigen kräht kein Hahn danach, wo eine Hure abgeblieben ist, außer vielleicht ein wütender Zuhälter.

In London werden wir dann erzählen, dass mein Vater in Liverpool gestorben sei, und in aller Ruhe ein ordentliches Begräbnis abhalten. Niemand wird erfahren, was sich hier ereignet hat. Nur wir, die wir uns jetzt in diesem Raum befinden, wissen, was geschehen ist. Und niemand von uns wird ein Sterbenswörtchen darüber verlieren. Nicht wahr, Clancy?«

»O mein Gott, natürlich nicht. Aber ... aber ich werde Albträume bekommen, wegen dem, was ich hier heute Abend gesehen habe, ich werde ganz bestimmt wieder Albträume bekommen.« Clancys Stimme wurde zu einem grellen Kreischen. »Ich kann nichts mehr sehen, o mein Gott, ich kann nichts mehr sehen.«

»Reiß dich zusammen, Clancy.« Die Stimme von Young Master klang ärgerlich.

»Aber diese schreckliche Schere, sein Gesicht, oje, mir wird schlecht.«

Ich hörte, wie die Tür dumpf zuschlug, gefolgt von rasch sich entfernenden Schritten. Stille trat wieder ein, länger diesmal.

Und dann erhob sich die selbstgewisse Stimme wieder. »Ich kann doch darauf vertrauen, Pompey, dass du tust, was getan werden muss?«, sagte sie ruhig. »Ich möchte nicht, dass irgendetwas übrig bleibt, schon gar nicht diese verfluchten Haare oder der verdammte Schrankkoffer. Oder jemand, der etwas von heute Abend erzählen könnte. Niemand. Hast du mich verstanden, Pompey?«

»Ja, Young Master.«

Jetzt wurde nicht mehr gesprochen, doch spürte ich, wie der Boden von schweren Schritten vibrierte und die Tür weich ins Schloss fiel.

Als ich den rechten Arm bewegte, fühlte ich mit einem Mal einen Schmerz, der mir den Atem raubte. Es war, als hätte die Schere erst jetzt meine Haut aufgeschlitzt und Muskeln und Sehnen durchtrennt. *Hilfe, so hilf mir doch jemand, bitte*, versuchte ich zu flüstern. Doch meine Lippen gehorchten mir nicht. Und da war niemand, der mir geholfen hätte. Plötzlich stieg mir der Geruch nach verbrannten Haaren in die Nase.

Schließlich fand ich meine Stimme wieder. »Pompey?«, wisperte ich in den dichten Gestank, der mich umgab, aber es kam keine Antwort. Und wieder strömte die dunkle Mersey über mich hinweg, ganz sanft, und ich überließ mich ihren Fluten.

»Was war das?«

Etwas hatte mich ins Bewusstsein zurückgeholt. War es ein Ruf, der wie aus der Ferne oder durch ein Kissen gedämpft klang? Oder ein Quietschen?

Ich konnte nichts sehen, ich wusste auch nicht, ob meine Augen geschlossen oder geöffnet waren. Noch immer fühlte ich mich wie betäubt und merkte, dass ich sanft hin und her gewogen wurde.

Wieder ertönte die Stimme, näher diesmal. »Gib? Gib, kannst du das hören? Gib!«

Ein Stöhnen war zu vernehmen, wie wenn jemand unsanft aus dem Schlaf erwachte. Dann ein Ächzen. »Ich hab nichts gehört. Gib mir einen Drink, Willy.«

Ich fror. Ich war nass. Ich lag auf der Seite. Ein vertrautes Geräusch erklang. Dann erinnerte ich mich. Es war das Geräusch von ins Wasser klatschenden Rudern.

»War'n wir die ganze Nacht draußen? Wird's bald hell, Willy?«

»Nein, die Glocken haben erst drei geschlagen.«

Die Stimmen und das Ruderschlagen kamen näher. Ich spürte, dass ich immer nässer wurde. Wasser drang mir ins Ohr.

»Ich hab 'ne Kutsche gehört, Gib, und dann is was ins Wasser geplatscht, da drüben, was Schweres.«

Ein Rülpsen. »Meine *missus* wird mich bei lebendigem Leibe häuten, das kannste glauben. Jetzt bring mich schon ans Ufer, Willy, ich müsst schon längst daheim sein. Wenn ich ins Haus komme, ohne sie zu wecken, wird sie vielleicht nichts …«

Ich spürte einen Schlag auf dem Kopf.

»Jesus Maria, du hast Recht g'habt, Alter. Was ist das, was ist das, Willy?«

Wasser schlug über meinem Gesicht zusammen, rann mir in die Augen, in den Mund, in die Nase. Ich schmeckte es – kalt und faulig. Es gelang mir weder zu schlucken noch auszuspucken, sowohl Mund als auch Kehle waren wie gelähmt.

»Sie geht unter, Gib. Schnell, hilf mir, sie rauszuziehen. Das ist 'ne Kiste oder so was. Jetzt pack schon mit an, Mann.«

»Es ist zu schwer. Hier, zieh das Seil durch den Griff. Dann hieven wir das Ding zum Ufer.«

Wieder strömte mir Wasser über das Gesicht, doch dann spürte ich, wie ich hochgezogen wurde. Plötzlich wurde ich mir bewusst, dass ein Gewicht schwer gegen meinen Rücken drückte.

Ich war in einer Kiste – war es ein Sarg? *Bin ich tot?* Das Wasser drohte mich zu ersticken, doch der Gedanke war tröstlich, denn nun wusste ich, dass ich noch am Leben war. Doch wo war ich, und was geschah mit mir? Wie kam es, dass ich mich durchs Wasser bewegte, und was war das Gewicht in meinem Rücken? Ich hörte, wie die Planken eines Skiffs über Kieselsteine schabten. Dann wurde die Kiste oder was immer es war, worin ich lag, hochgezogen, und der Boden unter mir vibrierte. Doch konnte ich mich noch immer nicht bewegen, noch immer keinen Ton von mir geben.

»Es ist ein Schrankkoffer. So 'n großer, um Reisen zu machen. Komm, lass ihn uns öffnen, Willy. Vielleicht ist was Wertvolles drin.«

»Ich versuch's.«

»Ist da ein Schloss?«

»Nein, aber die Riegel sind zugeschoben. Das ist ein gutes Zeichen. Dann ist vielleicht nicht viel Wasser eingedrungen. Hier, das war jetzt der letzte Riegel ... Jesus Maria, hilf mir!«

Ein Schwall kalter Luft wehte mir ins Gesicht, doch gelang es mir nicht, die Augen zu öffnen.

»Es sind zwei Mädchen«, sagte die sanftere Stimme dessen, der offensichtlich Willy hieß.

»Das seh ich auch, oder hab ich vielleicht keine Augen im Kopf? Schau mal, wie die da drin liegen. Wie Ölsardinen. Und was sollen all diese Gläser? Sie sind leer, die haben nicht mal Deckel.«

»Was weiß denn ich? O Gott, Gib. Was sollen wir nur machen?«

»Die sind tot, Willy, ganz bestimmt, oder?«

»Müssen sie wohl. So wie die da liegen.«

Die Stimme war näher gekommen, und ich spürte, wie Atem über mein Gesicht strich. »Auf jeden Fall sind sie nicht ertrunken. Ihr Kopf ist nur zur Hälfte unter Wasser.« Bierdunst schlug mir entgegen.

»Du hast Recht. Die vordere muss ungefähr im Alter deiner Jüngsten sein, Willy.« Er berührte mich an der Schulter. »Die ist erstochen worden. Genau ins Herz, wenn du mich fragst.«

»Die andere auch?«

Jetzt verlagerte sich das Gewicht in meinem Rücken.

»Nee, der wurde die Kehle durchgeschnitten. Vielleicht ham die was Wertvolles bei sich?«

»Sieht nicht so aus. Wer macht sich schon die Mühe und murkst die ab und schmeißt sie in den Fluss, ohne nach Wertsachen zu schauen?«

»Hey, Willy, und was wenn wir sie an die Knochensäger oben im Krankenhaus verscherbeln?«

Die zweite Stimme wurde lauter. »Nee, mit den verdammten Knochensägern will ich nichts zu tun haben.«

»Sprich nicht so laut, Willy. Wir haben sie schließlich nicht auf'm Friedhof ausgebuddelt. Die sind uns doch regelrecht in die Arme geschwommen.«

»Nein, da mach ich nicht mit. Ich verkauf die doch nicht an die Jungs mit den blutigen Händen, damit die dann ihre dreckige Arbeit an ihnen machen. Was ist das für ein Scheißhandwerk – tote Leiber aufsäbeln, nur um was zu lernen. Zudem haben wir nix, in das wir sie wickeln und mit was wir sie transportieren können. Nee, ich mach da nich mit, Gib«, wiederholte Willy.

Ich hörte ein Schaben, wahrscheinlich das Geräusch einer Hand, die sich über das unrasierte Kinn strich. »Hast ja vielleicht Recht. Zudem, wenn wir mit zwei toten Mädchen erwischt werden ...« Ein Seufzen, dann hörte ich, wie das Skiff über die Kieselsteine ins seichte Wasser gezogen und in den Sand gelassen wurde. »Aber die Kleider könnten uns bisschen was einbringen, Willy.« Die Stimme hatte einen hoffnungsvollen Klang angenommen.

»Die sind ja ganz blutig. Und das grüne ist, glaub ich, am Oberteil aufgeschlitzt.«

»Aber das Blut ist frisch. Das kann man auswaschen. Und mein Frauchen daheim kann mit Nadel und Faden umgehen. Dann könnten wir die Klamotten unten auf'm Markt verkaufen. Das blumige Kleid sieht ganz schön teuer aus. Das könnt ein, wenn nicht gar zwei Shilling einbringen. Und den Schrankkoffer – der ist bestimmt auch was wert. Nun komm schon, Willy, du nimmst dir das grüne vor, und ich das hier. Und die Gläser schmeißen wir raus.«

Gib machte sich jetzt an den Gläsern in meinem Rücken zu schaffen, und ich hörte, wie Glas brach.

»Ich bin ein Christ, Gib, und ein Vater. Es ist nicht richtig, diese Mädels auszuziehen und sie dann in den Fluss zurückzuwerfen. Nee, das ist ganz und gar nicht richtig.«

»Jetzt denk halt nicht an deine eigenen Mädchen, Willy.

Ich wette, allein dieses Kleid hier …« Ein Pfeifen ertönte. »Das ist ja gar kein Mädchen. Schau mal.«

Einen Moment lang blieb es ruhig, dann sagte Willy: »Du hast Recht, bei Gott. Was hat denn der für'n Zeugs an?«

Jetzt wurde ich an den Schultern hochgezogen. »Wer weiß? Und was kümmert's uns? Aber die vorne hier, die ist ein Mädchen. Das kann ich sagen, auch wenn ihr Haar ganz abgeschnitten ist.«

»Sie ist noch so klein.«

»Jetzt hör auf, darüber nachzudenken, Willy. Sie sind tot, und deshalb brauchen sie ihre Kleider auch nicht mehr, ob es nun ein Junge oder Mädchen ist, ob jung oder alt. Ein Kleid ist ein Kleid.«

Ich bin nicht tot. Könnt ihr das nicht sehen? Ich bin nicht tot.

Wieder machte sich Gib in meinem Rücken zu schaffen. »Der schaut aus wie ein Gespenst«, sagte er, und ich spürte einen kalten Lufthauch, als der Körper hinter mir weggezogen wurde. Es war also Clancy. »Schau dir mal den Schnitt an. Von Ohr zu Ohr. Wie ein breites, rotes Lächeln, hm?«

Mit einem leichten Platschen sackte Clancys Körper wieder gegen meinen. »Hier. Schüttle das Kleid gut aus, dann geh zum Wasser, um das Blut auszuwaschen.«

Jetzt wurde ich an den Armen gepackt, und zwei Gläser, die sich in den Falten meines Kleids verfangen haben mussten, schlugen gegeneinander. »Warum stehst du einfach nur so rum, Willy? Jetzt mach schon, was ich sag. Wenn du nicht den Mumm dafür hast, dann mach ich es halt alleine. Aber dann gehören beide Kleider mir, damit das klar is.« Ich wurde hochgezogen, doch in der nächsten Sekunde wieder losgelassen. »Die fühlt sich nicht wie der andere an«, sagte Gib. »Nicht so kalt. Willy? Ich bin nicht sicher, dass die tot ist.«

Mit der Fußspitze stieß er mich in die Taille, und aufgrund dieser unsanften Bewegung gab ich wohl einen gluckernden Laut von mir, während die schmutzige Brühe der Mersey mir aus dem Mund rann.

»Verdammt, die lebt noch. Tatsächlich«, sagte Gib. »Aber scheint so, dass sie es nicht mehr lange macht. Ihr Kleid wird sie bestimmt nicht mehr vermissen.« Und damit begann er, es mir über die Schulter zu ziehen.

»Gib. Nein!«, sagte Willy.

»Was?«

»Hör auf damit, Gib. Lass sie in Ruhe.«

»Was redest du da für einen Quatsch, Willy?«

Im nächsten Moment fühlte ich, wie Hände mich unter den Achseln ergriffen und wie ich aus dem Schrankkoffer gezogen wurde. Die Einmachgläser, mit denen ich noch teilweise bedeckt gewesen war, fielen klirrend auf die klitschigen Kieselsteine. Etwas Warmes und Weiches drückte sich an meine Brust.

»Das kalte Wasser hat die Blutung etwas gestoppt«, sagte die sanftere Stimme. »Vielleicht hat das Wasser, das sie töten sollte, ihr das Leben gerettet. Was muss das für ein Mensch sein, der so was tut?«

Plötzlich musste ich würgen, und wieder rann ein Schwall Wasser aus meinem Mund. »Pompey«, murmelte ich. *Es muss Pompey gewesen sein, der mich in die Mersey warf, wie man ihn geheißen hatte. Er dachte wohl, ich sei schon tot, also hat er mir nicht auch noch die Kehle durchgeschnitten wie bei Clancy.*

»Sie ruft nach ihrem Vater«, sagte Willy. »Sie will zu ihrem Papa.«

Und dann wurde ich unsanft über die Steine gezogen. Der Schmerz in meiner Brust kehrte zurück, ebenso wie die Dunkelheit, die ein Segen für mich war.

Sechstes Kapitel

Jemand rüttelte mich grob an der Schulter. »Wach auf, Mädchen. Es wird Zeit, dass du wach wirst. Nun komm schon.«

Das Rütteln verursachte mir einen unsäglichen Schmerz, sodass ich aufschrie und die Augen öffnete. Ich blickte in das verhärmte Gesicht einer Frau mittleren Alters.

Der Schmerz war überall. Ich konnte mich nicht bewegen, das Pochen in den Schläfen und der furchtbare Schmerz in der Brust hielten mich wie festgenagelt.

»Steh jetzt auf. Du hast hier schon den ganzen Tag gelegen.«

»Bitte«, flüsterte ich und versuchte, mir die Lippen zu befeuchten. »Trinken. Bitte, etwas zu trinken.«

Die Frau schien mich nicht zu hören. Der lange graue Kittel, den sie trug, ließ sie wie eine graue Säule erscheinen – alles an ihr war grau, die Haut, das Haar, das Gewand.

»Der Chirurg war hier und hat dich genäht.« Sie musste beinahe schreien, denn der Saal war erfüllt von Schreien, Stöhnen und gemurmelten Gebeten. »Zieh dich jetzt an. Dein Bett wird gebraucht. Geh durch die Tür dort«, sagte sie und deutete zum einen Ende des langen Raums. Dann ließ sie meine Stiefel auf den Boden fallen und warf das grüne, blutverkrustete Kleid auf den Bettrand. Ein fauliger Geruch ging von ihm aus, und ein brauner, mit Mottenlöchern übersäter Schal klebte an der Blutkruste des Kleids. »Sonst hast du nix angehabt. Aber deine Stiefel sind verdammt besser als das, was wir hier sonst zu sehen kriegen. Jetzt mach schon.«

»Ein Chirurg?«, fragte ich. »Wo bin ich?«

»Was?«, sagte die Frau und beugte sich ein wenig zu mir.

»Wo bin ich hier?« Eine große Angst stieg in mir auf.

»Du bist im Hospital vom Brownhill-Arbeitshaus.«

Ich hob den Kopf, und bei der Bewegung rollte eine neue Schmerzwelle über mich hinweg. »Niemand kommt lebend aus dem Hospital«, murmelte ich. »Werde ich sterben?«

Die Frau schüttelte den Kopf. »I wo. Eure Sorte glaubt immer, ihr müsst im Hospital sterben, und zwar deswegen, weil ihr erst dann kommt, wenn ihr sowieso mit einem Bein im Grab steht. Was können wir dafür, dass die meisten schon zu krank sind, als dass ihnen noch geholfen werden könnte. Aber du hast Glück gehabt. Eine gute Seele hat dich vor dem Hospital abgesetzt. Deine Wunde war sogar mit einem Schal abgebunden. Sonst wärst du verblutet. Jetzt beeil dich, Mädchen. Wenn du kein Zuhause hast, dann geh rüber ins Arbeitshaus. Sobald du wieder auf den Beinen bist, wird man dir eine Arbeit geben.« Damit machte sie auf dem Absatz kehrt und ließ mich allein.

Ich lag noch immer unbeweglich da und atmete ganz vorsichtig ein, versuchte, dem Wirbel in meinem Kopf Einhalt zu gebieten.

Wie ein Blitz aus heiterem Himmel überkam mich die Erinnerung an das, was geschehen war. »Nein«, sagte ich und schloss wieder die Augen. »Nein.« Das Zimmer mit seinem süßlichen Verwesungsgeruch. Ich erinnerte mich, wie ich in dem Haus in der Rodney Street auf dem Teppich lag, und an den Geruch nach verbrannten Haaren. Das Haar und die Schere. Und der Mann … der Mann, den ich getötet hatte. Den ich ermordet hatte. Würde man es herausfinden und mich ins Gefängnis werfen, um mich dann zu hängen und meinen Körper zusammen mit unzähligen anderen Leichen von Mördern in eine Grube mit gelöschtem Kalk zu werfen?

Doch was war danach geschehen? Wieder kam ein Fetzen Erinnerung zurück. Es war dunkel, und ich war ganz nass. War es nur wieder der Traum, der Traum von meiner Mutter, wie sie unter der Wasseroberfläche der Mersey trieb? Aber mir war so kalt, ich fror erbärmlich, und dann erinnerte ich mich wieder daran, dass ich dachte: Mutter, bist das du, Mutter? Ich hatte gespürt, wie jemand hinter mir im Wasser war. Doch es war nicht Mutter. Clancy, es war Clancy. Dann die Stimmen der Männer: Willy und Gib. Willy hatte mir das Leben gerettet, indem er mich hierher brachte.

Stöhnend richtete ich mich auf der Matratze auf, die bedeckt war mit einer alten, eingetrockneten Mischung aus Blut, Erbrochenem, Urin und Fäkalien. Ich atmete tief durch, um gegen die Übelkeit anzukämpfen, die der Schmerz mir verursachte. Unbeholfen zog ich den fadenscheinigen grauen Kittel aus. Ein breiter Streifen aus Flanell, der sich mit Blut voll gesogen hatte, war über meine Brust gebunden. Es schien mir unmöglich, mein Kleid überzuziehen, und niemand war da, der mir hätte helfen können. Die Frau, die zuvor an mein Bett gekommen war, war sicherlich vom Arbeitshaus; sie hatte nicht das leiseste Zeichen von Mitleid gezeigt.

Irgendwie schaffte ich es, mich anzuziehen. Die alte Frau im Bett neben mir, die mich die ganze Zeit über beobachtet hatte, streckte den Arm aus und berührte mit ihrem dicken, gelben Fingernagel das grüne Seidenkleid. Sie lächelte ein zahnloses Lächeln und murmelte etwas Unverständliches. Als ich den braunen Schal auf ihr Bett gleiten ließ, ergriff sie ihn, schnupperte daran und streichelte ihn, als wäre er ein kleines Haustier. Ich zwängte meine Füße in die durchweichten Stiefel, ohne sie zuzuschnüren, und stolperte durch den langen Raum, wo sich Bett an Bett mit erbärmlich stöhnenden, schreienden Frauen und Männern reihte. Es kam mir vor, als befände ich mich noch immer in meinem Albtraum. Auf dem Weg zum Ausgang kam ich an verschiedenen Abteilungen vorbei, und unwillkürlich las ich die Aufschriften auf den Schildern: »Geisteskranke« war auf einer zersplitterten Holztür mit einem Vorhängeschloss zu lesen. Die verzweifelten Schreie und entstellten Stimmen vermochte die Tür nicht zu dämpfen. »Verbrennungen und Hautkrankheiten« las ich als Nächstes, auch hier war Stöhnen zu hören; hinter der Tür mit dem Schild »Pocken« war es dagegen vollkommen ruhig, doch noch beunruhigender als die Schreie oder die vollkommene Stille zuvor fand ich die Abteilung mit der Aufschrift »Kinder«: Hier drang eine Kakophonie einsamer, verzweifelter Stimmen durch die Türen auf den Flur.

Schließlich trat ich hinaus in den grauen, nebligen Morgen. Ich vermied es, am Arbeitshaus vorbeizugehen, das links vom Hospital lag, und folgte dem Weg, der zur Hauptstraße hinunterführte. Ich schleppte mich unaufhörlich weiter, wohl wissend, dass ich, wenn ich stürzte, wieder ins Arbeitshaus zurückgebracht werden würde. Der Nebel verzog sich allmählich, um einer wässrigen Sonne Platz zu machen, deren Strahlen blasse Streifen warfen. Als ich mich der Vauxhall Road und der Kanalschleuse an der Leeds, dem Liverpooler Kanal, näherte, bemerkte ich, dass sich an diesem frühen Morgen eine Menge von Zuschauern an den Lock Fields versammelt hatte. Zwischen zwei jungen Männern war, wahrscheinlich nach ihrem nächtlichen Streifzug durch die zahlreichen Kneipen, die es in diesem Stadtteil gab, ein Streit entbrannt.

In meinen schweren Stiefeln und dem fleckigen Kleid ging ich immer weiter, auch wenn mich der Schmerz manchmal niederzudrücken drohte. Die Leute schienen vor mir zurückzuweichen. Ich fühlte mich so alt wie die zahnlose Alte im Bett neben mir, die im Hospital auf ihren Tod wartete.

Rams Mund klappte auf und zu, als ich quasi durch die Tür fiel.

»Was …« Als ich wieder mühsam auf die Füße kam und mich zu meinem Bett schleppte, brach er den begonnenen

Satz ab. Wegen des Schmerzes konnte ich nur auf dem Rücken liegen, auch wenn ich mich am liebsten eingerollt hätte. Auch schaffte ich es nicht, die Bettdecke über mich zu ziehen, also lag ich mit geöffneten Augen einfach so da.

Ram trat näher und schaute auf mich herab. »Was ist passiert?«, fragte er, während sein Blick über das ruinierte Kleid wanderte und den schmutzigen Stofffetzen, der meine Brust bedeckte, um schließlich an meinen Haarstoppeln hängen zu bleiben.

Ich sah, dass seine Kiefermuskeln vor Ärger angespannt waren, ein Ausdruck, der mir vertraut war.

»Ich dachte, du wärst abgehauen, als ich dich gestern abholen wollte und niemand die Tür aufgemacht hat. Schau dich mal an! Hast du nicht getan, was man von dir verlangt hat? Mussten die Gentlemen dich deshalb bestrafen?«

Ich schloss die Augen.

»Ich sollte dich ebenfalls bestrafen. Das Kleid hat mich eine ganze Stange Geld gekostet. Du wirst es ausbessern müssen, so gut es geht, und das Blut auswaschen.« Seine Stimme wurde lauter, doch sie hatte einen Unterton, den ich nicht kannte, so als ob es Ram Mühe bereitete, wütend zu klingen. »In der Buchbinderei werden sie dich nicht mehr nehmen, wenn du mehr als ein paar Tage fehlst. Und ich hatte so viele Auslagen, um Nachtjobs für dich zu suchen. Wenn du nur nicht so abgerissen aussehen würdest – was zum Teufel ist mit deinem Haar passiert? Ich hau dir eine runter wegen all dem Ärger, den du mir nach Hause bringst. Du nutzlose Dirne«, knurrte er. Doch ich spürte, wie er mich zudeckte. »Jetzt ruh dich erst mal aus«, sagte er, und dann stützte er mich mit einer Hand im Rücken und legte eine Tasse an meine Lippen. Als ich den Mund öffnete, rann mir kaltes Wasser die Kehle hinunter. Ich schluckte und schluckte, bis die Tasse leer war.

Ich wusste nicht, ob ein oder zwei Wochen vergangen waren, aber irgendwann brannte und eiterte die Wunde nicht mehr so stark, und der Fieberwahn ließ nach. Es hatte Phasen gegeben, da der Schmerz so übermächtig war, dass ich wieder in tiefe Dunkelheit versank, dann wieder hatte ich einen unbeschreiblichen Durst verspürt, und zwischendurch hatte es kurze wache Phasen gegeben. Ram hatte mir löffelweise einen wässrigen Haferschleim eingeflößt und mich auf den Nachttopf gesetzt. Doch eines Morgens, nach einem nicht enden wollenden Albtraum, saß ich auf dem Rand meiner Strohmatratze und ließ den Blick durchs Zimmer wandern. Ich war allein und fühlte mich so wohl wie schon lange nicht mehr. Und dennoch war ich auf der Hut. Meinem Kopf ging es gut, und ich konnte wieder klare Gedanken fassen. Ich würde bald vierzehn werden, und ich wusste, dass der Zeitpunkt gekommen war, um eine Entscheidung zu treffen. Es gab zwei Möglichkeiten: Ich konnte bleiben, oder ich konnte fliehen.

Wenn ich blieb, würde mich wieder die gleiche öde Arbeit in der Buchbinderei erwarten – falls man mich dort überhaupt noch haben wollte – oder in einer Fabrik, wo ich für einen Hungerlohn schuften müsste, um ihn mir dann von Ram abnehmen zu lassen. Und er würde wieder anfangen, mich für ihn arbeiten zu lassen.

Wenn ich ging, würde mir eine ungewisse Zukunft bevorstehen, doch wenigstens würde ich sie beeinflussen können.

Es lag also auf der Hand, welche Wahl ich traf.

Ich ging zu der Holzschatulle und nahm den Spiegel heraus. Das Bild, das ich sah, entsprach dem Gefühl der Veränderung, das in mir vorgegangen war, als ich todkrank auf mein Bett gefallen war: Mein Gesicht war dünner als zuvor, doch vor allem hatten sich meine Augen verwandelt – ihr Ausdruck war intensiver, sie waren größer und dunkler geworden. Und ich sah ein Glitzern darin, das ich nicht erklären konnte. Mein helles Haar stand mir in Strähnen vom Kopf ab; die Locken waren verschwunden, und die Wangenknochen wirkten in dem dünnen Gesicht höher und markanter – ich sah erwachsener aus.

Ich löste den Streifen Baumwolle, den Ram mir statt des blutgetränkten Flanellfetzens umgewickelt hatte. Eine dunkle Naht aus groben Stichen zog sich über meine Brust. Ich berührte sie mit der Fingerspitze. Die Haut war dort etwas geschwollen und fühlte sich an wie ein schlecht genähter, unregelmäßiger Saum, der sich zu einer Narbe verhärtete. Auch in mir hatte sich etwas verhärtet, tief in meinem Inneren war etwas hart und starr geworden. Widerstandsfähig und unnachgiebig.

Ich wusch das grüne Kleid und stopfte den Riss. Dann durchstöberte ich das Zimmer und fand einige Münzen, die Ram an verschiedenen Stellen versteckt hatte – mein Geld: Geld, das ich verdient hatte. Allerdings war es nicht mehr viel, das meiste davon hatte Ram wohl vertrunken. Das, was ich fand, war der klägliche Rest dessen, was ich all die Jahre über – mit meinen verschiedenen Tätigkeiten – verdient hatte.

Auf dem Tisch lag ein Kanten Brot. Während ich es langsam kaute, presste ich die Hand vor den Mund, denn ich wollte das erste feste Essen, das ich seit langem zu mir nahm, bei mir behalten. Dazu trank ich Wasser, das nach Blech roch, und dann machte ich mich auf den Weg. Ich verließ das elende Zimmer in der Back Phoebe Anne Street, verließ den elenden Hof, wo in der Mitte menschlicher Unrat die Abflussrinne hinabrann, ließ den mit Ungeziefer infizierten Wohnblock hinter mir.

Ich trug das raffinierte grüne Kleid, einen sauberen Schal und eine Strohhaube, und unter dem Arm die Holzschatulle mit den Erinnerungsstücken von meiner Mutter sowie dem Fischbeinmesser. Das bisschen Geld hatte ich in einen alten Handschuh gesteckt, den ich auf meinen Unterrock genäht hatte.

»Das hier ist mein Gebiet«, sagte die große, knochige Frau und beäugte die goldenen Fransen, die den Rand meiner Haube zierten. Ein paar Stunden, nachdem ich weggegangen war, stand ich auf der Paradise Street, in der sich die billigen Unterkünfte für Matrosen sowie Obdachlose aneinander reihten.

»Die Straße ist doch für alle da, oder etwa nicht?«, erwiderte ich und passte meinen Ton dem ihren an.

»Wie lange arbeitest du schon?«

»Fast drei Jahre«, sagte ich.

»Aber nicht hier. Das wüsste ich. Ich kenn jedes Mädchen im Umkreis von zwei Kilometern. Aber du scheinst nicht mehr grün hinter den Ohren zu sein.« Sie betrachtete mein Gesicht. »Du bist jung. Jünger als die meisten hier. So wie du ausschaust, hast du noch nicht einmal deine Tage?«

Ich antwortete nicht.

»Wie alt bist du?«

»Vierzehn.« *Oder so gut wie.*

»Wenn du hier arbeiten willst, dann musst du für mich arbeiten. Hm, was meinst du?«

»Das kommt darauf an«, erwiderte ich mit einer Dreistigkeit, die mich selbst überraschte. Meine neue Art gefiel mir. »Wie viel nimmst du?«

»Die Hälfte von dem, was du verdienst. Die Regel ist: Kein Alkohol während der Arbeit. Und ich hab so meine Mittel, herauszufinden, ob die Mädels mich übers Ohr hauen. Und wenn das der Fall ist, dann bist du schneller weg von hier, als du schauen kannst, und dass du dann noch irgendeinen Freier in der ganzen Gegend bekommst, das kannst du dir auch abschminken. Ist das klar?«

Ich nickte.

»Bist du sauber? Meine Mädchen arbeiten nicht, wenn sie Tripper haben oder offene Pocken. Ich hab schließlich einen guten Namen zu verlieren. Jeder, der zu Blues Mädchen kommt, weiß, dass sie sauber sind. So war es schon, als ich mein Geschäft in der Seven Dials in London hatte, bevor ich hierher gekommen bin. Meine Mädchen waren alle sauber.«

»Ich bin sauber«, sagte ich und ließ wie unabsichtlich die Enden meines Umhängetuchs auseinander klaffen.

Prompt erschien ein Ausdruck des Widerwillens auf ihrem Gesicht. »Du hast geblutet. Die Verletzung ist ja noch ganz frisch. Und in diesem Zustand willst du arbeiten?«

»Das macht mir nichts aus.«

Sie nahm den grellgelben Schal von ihrem Hals. »Nimm das hier und bedeck dich damit eine Zeit lang«, sagte sie. »Ich will nicht, dass du die Kerle erschreckst und davonjagst.«

Ich nahm den Schal und drapierte ihn so, dass er meine Wunde bedeckte.

»Wie heißt du?«

»Linnet. Linnet Gow.« Ich straffte die Schultern. »Man nennt mich aber Linny.«

Die Frau schüttelte den Kopf. »Du willst deinen Namen ändern? Gibt es jemanden, der nach dir sucht …«, sie deutete mit dem Kinn auf meine Brust, »… und vor dem du dich verstecken willst? Nun?« Sie tippte ungeduldig die Fußspitze auf den Boden.

»Ich bleib bei Linny«, sagte ich. »Linny Gow. Und wenn jemand kommt und nach mir fragt …«, das unrasierte Gesicht von Ram Munt tauchte vor meinem inneren Auge auf, »… dann komm ich schon allein klar.«

»Gut. Ich hab Zimmer, die du benutzen kannst. Und wenn du Ärger mit einem Freier oder einem der anderen Mädchen hast, kommste zu mir. Ich werd fair sein, solange du die Regeln beachtest.« Als ich abermals nickte, entblößte sie eine Zahnlücke. Bis auf den fehlenden Eckzahn waren ihre Zähne lang und stark und machten einen gesunden Eindruck. »Siehst so aus, als ob du Mumm hättest«, sagte sie dann. »Männer, die auf der Straße nach Vergnügen suchen, schätzen ein bisschen Mumm, nicht wahr? Wenn sie mehr auf die schüchterne Art stehen oder die widerspenstige, dann können sie ebenso gut zu Hause bei Mama bleiben, sag ich immer.«

Sie lachte über ihren eigenen Witz, und ich tat, als fände ich ihre Bemerkung ebenfalls komisch.

Mit der Zeit wuchs mein Haar, und ich konnte wieder das Kinn heben und die Schultern straffen, ohne dass ich ein Ziehen und Stechen in der Brust verspürte. Als Gegenleistung für die Hälfte meines nächtlichen Verdienstes durfte ich in einem Zimmer mit mehreren anderen Mädchen schlafen und mich mit Freiern in den angrenzenden Raum zurückziehen. Er war mit Vorhängen in drei Teile abgetrennt, und in jedem Teil lag eine dünne Matratze.

»Wo kommst du noch mal her?«, fragte Lambie eines Nachts, als wir an einem schmierigen Tisch im Goat's Head saßen.

»Aus der Back Phoebe Anne Street, in der Nähe der Vauxhall Road«, erwiderte ich.

»Vauxhall Road? Wie kommt es dann, dass du so akzentfrei redest? Wenn man aus der Vauxhall Road kommt, spricht man anders als du. Ich bin aus der Scottie Road und hab nie so fein daherreden gelernt.«

Ich lächelte. »Blaues Blut«, sagte ich. »Das kommt vom blauen Blut in meinen Adern, weißt du, meine Liebe.« Ich hob mein Glas Zuckerwasser, und Lambie, Sweet Girl und ich stießen auf die blaublütige Linny an, die nun in einer Stunde auf der Straße mehr verdiente als an einem ganzen Tag in einer Glasfabrik, Töpferei, Zuckerraffinerie oder einer Buchbinderei, ganz zu schweigen von der Freiheit, sich nicht um anderer Leute Meinung scheren zu müssen.

»Scheinst nicht gerade unter einem Mangel an Freiern zu leiden, oder?« Lambie schaute Sweet Girl an. »Wie macht sie das nur, dass sie die meisten Freier hat? Und noch dazu damit.« Lambie deutete mit dem Finger auf meine Brust. Die graue Spitze am Ausschnitt meines Kleids ließ den Ansatz meiner rechten Brust sehen, die Haut war zart und schimmerte wie Perlmutt im Licht der stinkenden Gaslampe. Doch über die linke Brust zog sich eine hässliche rote Narbe vom Ansatz der Brust bis zur ersten Rippe. Wenn ich mich unbeobachtet glaubte, rieb ich darüber; von Zeit zu Zeit tat sie noch immer weh. Wenigstens war die Brustwarze unversehrt geblieben. Aber durch den Verlust an Gewebe – der Chirurg hatte das zerfetzte Fleisch wegschneiden müssen – war die linke Brust weniger voll als die rechte.

Sweet Girl zuckte die Schultern. »Ich weiß auch nicht,

aber es wäre schön, wenn sie ein paar von den Jungs zu mir rüberschicken würde. An manchen Abenden bekomme ich nichts als ein paar jämmerliche Pöbelschwänze ab.«

»Ich glaub, es kommt daher, dass sie so tut, als ob sie ne feine Dame wäre, die mit ihrer frisch einparfümierten Muschi nur eben mal in die Gegend hier kommt, um eine schnelle Nummer zu machen. Hab ich Recht?«

Die beiden Mädchen lachten schallend, während ich eine Augenbraue hob und sie musterte. Es war das Blut, das mich von den anderen unterschied, dessen war ich mir sicher. Doch es war noch etwas anderes. Ich wusste, dass dieses Leben nur vorübergehend war. Mein Leben hielt noch etwas anderes, Bedeutenderes für mich parat. Eines Tages würde Linny Gow ein Name sein, an den sich die Leute erinnerten.

Siebtes Kapitel

Es stimmte: Ich konnte mich nicht über Mangel an Freiern beklagen. Meistens nahm ich sie mit in eines der winzigen Abteile meiner Pension, wo die Matratzen mit mehreren Lagen von groben Leintüchern bedeckt waren – wobei jeweils das oberste nach jedem Freier abgenommen wurde. Manche der Männer hatten es jedoch besonders eilig und waren auf schnelle Befriedigung in einem der Hauseingänge oder einer dunklen Gasse aus.

Kurz nachdem ich Back Phoebe Anne Street verlassen hatte, war Ram Munt aufgetaucht. Ich hatte mir erst gar nicht die Mühe gemacht, mich zu verstecken. Und selbst für jemanden, der nicht besonders hell im Kopf war – wie Munt –, war es einfach, sich auszumalen, wo ich mich aufhielt.

Ich stand unter einer Gaslampe und sah ihn schon von weitem kommen. Unschwer war er an seinem schwimmenden Gang und den abstehenden Ohren zu erkennen – und selbst in der spärlich beleuchteten Dunkelheit war es offensichtlich, dass er betrunken war. Während er den Mädchen der Reihe nach unverfroren ins Gesicht starrte, trat ich näher ins Licht der Gaslampe und schob meine Haube etwas in den Nacken.

Kaum hatte Ram mich erkannt, beschleunigte er seinen o-beinigen Schritt, der bedrohlich Schlagseite hatte. Die Arme ausgebreitet, als wollte ich ihn umarmen, ging ich ihm entgegen. Als er mich erreicht hatte, fasste ich ihn mit der linken Hand an der Schulter und legte ihm mit der rechten die blitzende, frisch gewetzte Klinge meines Messers an die Kehle, das ich immer bei mir trug. »Hallo Ram«, sagte ich, mit dem Mund ganz nah an seinem Gesicht. »Ich habe mich schon gefragt, wie lange es dauern würde, bis du hier auftauchst.« Ich presste die Klinge etwas fester an seinen Hals, sodass ein roter Tropfen auf seine Haut trat.

Ram wimmerte wie ein Baby. »Linny, meine Kleine, was ist das denn für eine Art, deinem alten Daddy Hallo zu sagen«, stieß er hervor, die Augen panisch hin- und herrollend.

Mein Blick fiel auf die geplatzten Äderchen auf seinen Wangen und auf die rote, mit Narben übersäte Knollennase eines Gewohnheitstrinkers. Und obwohl ich wusste, dass er trotz seines betrunkenen Zustands stärker war als ich, dass er mich leicht hätte überwältigen können, fühlte ich in dem fahlen Lichtkegel der Gaslampe eine ungekannte Stärke in mir. Wie oft hatte ich mir diese Szene in den letzten paar Jahren ausgemalt – wie ich ein scharfes Messer an Rams Kehle hielt: Und so wusste ich, dass meine Miene ihm deutlich zeigte, dass er es nicht mehr mit der kleinen Linny Munt zu tun hatte.

»Hau ab, Ram. Hier ist jetzt mein Zuhause. Ich gehöre nicht länger dir.« Mir gefiel der Ton meiner Stimme.

»Linny. Also Linny. Überleg es dir doch noch mal.«

Die eine Seite meiner Lippen wölbte sich zu einem Lächeln. »Oh, ich habe es mir reiflich überlegt, Ram. O ja.«

»Gibt's Ärger, Linny?« Das war Blue, die hinter mich getreten war.

Ram grinste dümmlich, während ich jetzt richtig lächelte, ohne Ram aus den Augen zu lassen. »Nein, Blue, es gibt keinen Ärger. Der Gentleman hier hat nur geglaubt, mich zu kennen. Aber er hat sich geirrt. Er kennt mich ganz und gar nicht.« Damit senkte ich das Messer ein wenig, aber so, dass Ram die Klinge, die das Straßenlicht reflektierte, noch immer gut sehen konnte.

Rams Mund öffnete und schloss sich wieder. Er sah mich finster an, sein Blick wanderte zum Messer, um dann wieder zu mir zurückzukehren; schließlich sah er Blue an. »Die wird Sie ausnehmen wie eine Weihnachtsgans«, knurrte er, »und dabei ganz vornehm tun. Sie werden es noch bereuen, das kleine Luder aufgenommen zu haben.«

»Das werde ich schon selbst beurteilen können, mein Herr«, erwiderte Blue.

Ram Munt machte auf dem Absatz kehrt und trottete davon. Während ich ihm hinterherschaute, wusste ich, dass er sich nie wieder hier blicken lassen würde. Beinahe bedauerte ich es, dass ich die Klinge nicht in die pulsierende Ader an seinem Hals gestochen hatte. Ich spürte, dass es mir leicht fallen würde, abermals zu töten. Wenn man das erste Mal tötet, dann ist es, als ob man seine Jungfräulichkeit verliert – es tut weh und stürzt einen in tiefe Verwirrung. Doch wenn es einmal geschehen ist, dann gibt es kein Zurück.

Der Sommer brachte noch mehr Freier. Es war angenehmer, im Freien zu stehen und die laue Sommerluft auf Gesicht und Armen zu spüren, statt kalte und nasse Füße zu bekommen. Auch gefiel mir der kameradschaftliche Umgang unter uns Mädchen: Arm in Arm standen wir da, während wir darauf warteten, dass eine Kutsche hielt. Wir plauderten, lachten und naschten Erdnüsse. Irgendwie fühlte ich mich an die Kinderfreundschaft mit Minnie und Jane erinnert und an die Abende, die ich mit Mutter und mit den anderen Frauen und Kindern im Hof unserer Mietskaserne verbracht hatte. Erst jetzt wurde mir klar, wie einsam ich in den vergangenen Jahren gewesen war, wie sehr ich unter Rams Knute gestanden hatte. Umso mehr genoss ich meine Unabhängigkeit; auch wenn ich selten einen Freier abwies, so wusste ich, dass ich die Möglichkeit dazu hätte, falls mir ein Mann allzu widerwärtig oder verdächtig erschien. Und mir gefiel die Tatsache, dass ich die Hälfte dessen, was ich verdiente, behalten konnte. Als ich mit Minnie und Jane nach der Arbeit durch die Straßen geschlendert war, hatten wir davon geträumt, uns dies oder jenes zu kaufen. Jetzt endlich konnte ich es mir leisten, in den Pfandhäusern Strasshalsketten, ein perlenbesetztes Retikül oder mit Federn geschmückte Hauben zu erstehen. Und wann immer mir danach war, konnte ich in einem Straßenimbiss eine heiße Pastete kaufen. Außerdem hatte ich angefangen, in Leder gebundene gebrauchte, aber noch einigermaßen ansehnliche Bücher zu sammeln.

Mit diesen kleinen Kostbarkeiten, die ich kaufte, fühlte ich mich ziemlich erwachsen. Und wenn ich mir eines meiner bunten Flitterarmbänder über das Handgelenk schob, empfand ich sogar beinahe etwas wie Glück. Wo Minnie und Jane jetzt wohl waren, fragte ich mich dann. Wahrscheinlich arbeiteten sie noch immer in der Buchbinderei und händigten ihren Hungerlohn noch immer ihren Vätern aus – oder inzwischen womöglich ihren Ehemännern. Sicherlich hatten sie ihre kindlichen Träume von Schmuck und Tand längst ausgeträumt, da ihr Lohn gerade dazu reichte, Brot zu kaufen und ein Dach über dem Kopf zu haben.

Blue gegenüber war ich stets ehrlich, war ich ihr doch dankbar für den Schutz, den sie mir gewährte. Sie mochte mich auch, das wusste ich. Als ich ihr eines Abends die Hälfte meines Verdienstes aushändigte, zwinkerte sie mir zu. »Du sorgst gut für dich, mein Mädchen«, sagte sie. »Ich glaub, du brauchst dir über deine Zukunft keine Gedanken zu machen, so lange du sauber bleibst. Ein Mädchen wie du kann sich einige gute Jahre machen mit dem, was sie verdient.«

Ich nickte, auch wenn ich nicht vorhatte, für den Rest meiner Jahre auf der Straße zu arbeiten. So sehr ich die Freiheit schätzte, die Minnie und Jane nie kennen lernen würden, so sehr hasste ich den Preis, den ich dafür zu bezahlen hatte. Eines Tages würde ich Paradise Street und Liverpool und England den Rücken kehren, das wusste ich tief in meinem Herzen. Inzwischen hatte ich begonnen, darüber nachzudenken, nach Amerika auszuwandern, in das Amerika, von dem meine Mutter einmal geträumt hatte. Das, was ihr nicht gelungen war – ihr miserables Leben hinter sich zu lassen –, sollte mir eines Tages gelingen, das hatte ich mir vorgenommen.

In einer stürmischen Märznacht sah ich in einer Schiffsagentur in der Goree Piazza den Aushang. Auf dem Platz hatten die Sklavenhändler einst ihre Büros gehabt. Jetzt befanden sich dort die Büros von verschiedenen Reedereien und ein paar Kneipen. Das Geschäft in der Paradise Street war an diesem Abend nicht besonders gut gegangen, und es hatte sich kaum gelohnt, in Wind und Regen auszuharren. Und hier unten in der Nähe des Wassers fühlte ich mich nie besonders wohl in meiner Haut. Normalerweise zog ich es vor, in der Paradise Street zu arbeiten, wo das Licht der Gaslampen wenigstens den Hauch von Sicherheit verströmte. Doch ab und zu versuchte ich auch in dieser Gegend, Freier zu finden.

In dieser Nacht war das Glück auf meiner Seite, schon nach kurzer Zeit hatte ich zwei Freier, und das genügte mir, um Feierabend zu machen. Auf dem Heimweg in die Jack Street blieb ich vor dem Fenster einer Schiffsagentur stehen, um einen Fetzen Papier aus meinem Stiefel zu ziehen, der an meiner Wade kratzte. Als ich mich aufrichtete und das Gesicht im Fenster betrachtete, sah ich ein Plakat. Die Überschrift war in dicken schwarzen Buchstaben gedruckt und lautete:

Die Union-Paketbootlinie
Von Liverpool nach New York
Fitzhugh and Caleb Grimshaw

Darunter waren in kleineren Buchstaben die Einzelheiten zu lesen: »Die *Bowditch* wird am 5. April Segel setzen. Sie bietet Platz für etwa einhundertundfünfzig bis zweihundert Passagiere auf dem Zwischendeck wie auch für mehrere Erste- und Zweite-Klasse-Kabinen. Salz darf nicht transportiert werden; die Reise wird garantiert trocken und bequem verlaufen.«

Der Preis für eine Erste-Klasse-Kabine betrug fünfundzwanzig Pfund – *fünfundzwanzig Pfund!,* dachte ich. Ich konnte mir nicht vorstellen, wie jemand es fertig bringen konnte, so viel Geld zu sparen. Der Preis für das Zwischendeck betrug fünf Pfund und zehn Shilling.

Auch fünf Pfund waren eine Summe, die ich noch nie gesehen hatte. Ich zuckte die Schultern und ging weiter.

Doch im Lauf der nächsten Wochen dachte ich immer wieder an den Aushang. Ich malte mir aus, was es hieß, nach Amerika auszuwandern. Da ich jedoch keine Möglichkeit sah, so viel Geld aufzutreiben, versuchte ich die Angelegenheit zu vergessen. Doch eines Nachts, kurze Zeit später, kam mir die Anzeige wieder in den Sinn. Meine Lippe brannte von einem Fausthieb, den mir ein Freier verpasst hatte, der nicht bezahlen wollte. Wieder sah ich das Bild mit dem Schiff vor meinem inneren Auge, der Mast schlank und hoch, die Segel in der Seebrise gebläht.

Ich dachte daran, wie es wäre, ein neues, ein ganz anderes Leben zu beginnen. An einem Ort, wo niemand mich kannte und wo ich von vorn anfangen konnte. Vielleicht war es meine einzige Chance, mich davor zu bewahren, so zu enden wie andere Mädchen, die mit mir gearbeitet hatten – Lambie, die so fest geschlagen worden war, dass sie erblindete, und der nichts anderes übrig blieb, als ins Arbeitshaus zu gehen; oder Skinny Mo, die erst letzten Monat an einer Bronchitis gestorben war, die Folge von zu vielen Jahren, die sie auf der kalten, nassen Straße verbracht hatte.

Also begann ich, meinen Verdienst zu sparen, indem ich mir den billigen Schmuck und weitere Hauben versagte. Auch Bücher erlaubte ich mir nicht mehr zu kaufen, so sehr ich es auch liebte, die Hände über ihr weiches Leder gleiten zu lassen und mit den Fingern die eingeprägten Lettern entlangzufahren. Ich sparte auch am Essen und ging nur noch selten mit den anderen Mädchen in eine Kneipe.

Ich wartete ab, denn ich war mir sicher, dass, wenn die Zeit reif dafür sein würde, ich ein Zeichen oder einen Wink des Schicksals erhalten würde. Was für ein Zeichen das sein sollte, wusste ich nicht, aber ich würde es erkennen, das spürte ich.

Ein paar Monate nachdem ich mir geschworen hatte, nach Amerika auszuwandern, traf ich Chinese Sally.

»Sieh an, wer sich mal wieder bei uns hier unten die Ehre gibt«, sagte Blue, als sich eine junge, hoch gewachsene schlanke Frau zu uns gesellte. Es war ein Sommerabend, und wir standen zusammen auf der Straße. Die Frau trug eine schwere Reisetasche aus Brokatstoff und hatte ein zartes Spitzenkleid an, das viel zu fein war für die Straße. Ihre Schuhe hatten hohe Absätze, sodass der Saum ihres Kleids nicht durch den Straßenschmutz schleifte. Das Schwarz ihrer Haare glänzte beinahe marineblau unter ihrer modischen Haube. Ihre Haut war makellos rein und hatte einen blassen Teint, und die Farbe ihrer Augen changierte je nach Lichteinfall, sodass ich nicht zu sagen vermochte, ob sie braun oder grün waren.

»Ist dein Knacker wieder im Knast, hm?«, fragte Blue.

»Nur für kurze Zeit, Blue, nur für drei Monate«, erwiderte sie. »Jemand, der vorgab sein Freund zu sein, hat ihn reingelegt. Und wegen diesem Lump wurde Louis auf frischer Tat ertappt.« Mit einem leisen Seufzer setzte sie ihre Reisetasche auf der Straße ab und achtete darauf, dass auch ja kein Speichelfleck darunter war. Dann spreizte sie die Finger, die in Strickhandschuhen steckten. »Was einem mal wieder zeigt, dass man niemandem über den Weg trauen kann.«

»Linny«, sagte Blue, »das hier ist eines meiner alten Mädchen, Sal. Ist bei euch noch Platz für sie für ein paar Monate?«

»Ich mag es aber lieber, wenn man mich Chinese Sally nennt«, sagte die junge Frau.

Sie sah ganz anders als wir übrigen Mädchen auf der Paradise Street aus. Nicht nur ihr Gesicht hob sich von den anderen ab, sondern sie hatte offenbar auch Stil. Ihr frisch gebügeltes Spitzenkleid war neu und maßgeschneidert, es war bestimmt nicht in einem Pfandhaus oder an einem Marktstand gekauft worden. Und ihre Stimme klang weich, die Aussprache gepflegt.

»Sicher«, sagte ich. »Im Moment teilen nur Helen und

ich uns das Zimmer.« Ob sie wohl merkte, dass auch ich eine gepflegte Aussprache hatte?

Chinese Sally lächelte, ein kleines ironisches Lächeln.

»Sie hat einen feinen Mann, unsere Sally«, erklärte Blue. »Er ist einer der feinsten weit und breit – solange er nicht gerade eingesperrt ist. Aber Sally hat Glück, dass sie immer zu ihren alten Freunden zurück kann, wenn die Zeiten rauer werden. Es ist nun das zweite Mal, dass du wieder zurück zu uns kommst, nicht wahr?«

Das Mädchen nickte, den Blick auf das Gebäude in meinem Rücken gerichtet. »Ich hab eigentlich nicht gedacht, dass ich jemals wieder zurückkäme. Wir hatten vor, nächsten Monat nach London zu ziehen.«

»Was macht denn dein Mann?«, fragte ich.

»Er ist ein Taschendieb«, sagte Chinese Sally. »Und zwar der beste, den es gibt. In ganz Liverpool kann niemand meinem Louis das Wasser reichen.« Sie nahm ihre Reisetasche wieder auf und versteckte anmutig ein Gähnen hinter der Hand. »Hier habe ich alles drin, was ich brauche. Heute Morgen habe ich von einem von Louis' Männern gehört, dass sie ihn festgenommen haben. Und den ganzen Tag über habe ich mich nicht getraut, einen Fuß vor die Tür zu setzen, aus Angst, dass sie mich beobachten würden. Deshalb dachte ich, es ist am besten, hier unterzutauchen, bis Louis wieder auf freiem Fuß ist.«

Wieder musste sie gähnen. »Ich will mich erst mal hinlegen und mich ausschlafen, und morgen Abend werde ich dann eine volle Schicht einlegen.«

Blue nickte. »Linny, geh mit ihr nach oben und zeig ihr das Zimmer.« Sie gab Chinese Sally einen Klaps auf die Schulter. »Gut, dass du wieder da bist, Sal.«

Ich sah, wie Chinese Sally sich versteifte und die Lippen zusammenkniff.

»Hier entlang«, sagte ich. »Das Zimmer ist in der Jack Street.«

Während sie neben mir herging, sagte sie: »Auf der Straße bin ich Chinese Sally, doch im wirklichen Leben heiße ich Miss Sing.« Im Zimmer angekommen, setzte sie sich auf das ungemachte Bett und sah sich angewidert in dem engen Zimmer um.

Das hier war also nicht ihr wirkliches Leben, ebenso wenig wie es mein Leben war. Die ganze Nacht über musste ich an ihre Worte denken. »In meinem wirklichen Leben«, flüsterte ich in dem hochnäsigen Ton, den Chinese Sally benutzt hatte. »In meinem wirklichen Leben.«

Im Laufe der nächsten Monate sollte ich Chinese Sally besser kennen lernen. Wie sollte es auch anders sein, wenn man neben einer anderen schläft, sie in ihren Albträumen schreien hört, wenn man am Geruch, der ihr anhaftet, erkennen kann, welche Sorte Mann sie zuletzt hatte? Ich hatte herausgefunden, dass ihre Augen braun waren, wenn sie gute Laune hatte, und dass sie grün funkelten, wenn sie wütend war. Sie war achtzehn und damit drei Jahre älter als ich, und angeblich führte sie mit Louis ein aufregendes Leben.

»Ich arbeite als Gesellschaftsdame für Louis«, erzählte sie mir eines Abends, während ich auf dem Bett saß und Puder auflegte, ehe ich hinaus zur Arbeit ging. »Du weißt schon, ich muss mich hübsch anziehen und Männer aus der High Society unterhalten. Er kauft mir wunderschöne Kleider und bezahlt die Miete für eine herrliche Wohnung mit mehreren Zimmern. Und die Männer, die mich besuchen kommen, sind erstklassig, nicht dieser Pöbel, mit dem wir uns hier auf der Paradise Street herumschlagen müssen.« Sie lächelte schwermütig und schwieg für eine Weile.

»Und es sind nicht nur die Freier«, fuhr sie dann fort. »Das ganze Leben, Linny, ist nicht mit dem hier vergleichbar.« Sie schaute ihre teuren Kleider an, die an Nägeln an der Wand hingen, dann trat sie zu mir und musterte mein Gesicht, während sie ihre Handschuhe in der Hand hielt. »Du würdest eine gute Gesellschaftsdame abgeben, Linny«, fügte sie hinzu.

Ich ließ den Handspiegel und die Puderdose in den Schoß sinken. »Meinst du?«

»Natürlich. Du bist immer noch frisch und unverbraucht, und das ist es, was den Gentlemen gefällt. Deine Zähne sind gesund, du siehst gut aus, und du hast dicke Haare. Außerdem benimmst du dich anständig und sprichst gut.« Wieder lächelte Chinese Sally ihr übliches sparsames Lächeln, wobei die Unterlippe unbeweglich blieb. Unten fehlten ihr zwei Zähne, und sie war penibel darauf bedacht, ihre Zahnlücken zu verbergen. »Du denkst vielleicht, du seist besonders fein, mein Mädchen«, sagte sie. »Aber wenn du eine Zeit lang mit mir verbringen würdest, unter den richtigen Leuten, dann würdest du schon lernen, was es wirklich heißt, gepflegt zu sein. Und zwar von denen, die feines Benehmen in die Wiege gelegt bekommen haben. Du stehst nur eine kleine Stufe über den anderen Mädchen, und ich garantiere dir, noch ein paar Jahre hier, und du wirst das bisschen, was dich jetzt von den anderen hier unterscheidet, verloren haben. Um dann festzustellen, dass du einfach nur gewöhnlich bist. Und dann wird der Zug in ein anderes, besseres Leben abgefahren sein.«

Ich starrte sie an. Hatte sie Recht? Würde ich immer so weitermachen, Nacht für Nacht, Freier um Freier, und mein Traum, eines Tages die Paradise Street und Liverpool hinter mir zu lassen, würde sich tatsächlich als ein bloßer Traum erweisen? Um schließlich, von einer ansteckenden Krankheit befallen, einsam sterben zu müssen?

Chinese Sally war die Verwirrung auf meinem Gesicht nicht entgangen. Sie streckte die Hand aus und ließ die Fingerspitzen über meine Wange gleiten. »Wenn Louis herauskommt, könnte ich dich vielleicht mit mir nehmen. Würde dir das gefallen?«

Ich trat einen Schritt zurück und zuckte die Schultern. Ihre Finger waren weich und rochen nach der Lavendelcreme, mit der sie jeden Abend die Hände eincremte, ehe sie die Handschuhe überzog. »Ich weiß es noch nicht«, sagte ich, »wie sollte ich auch.« Ich hob das Kinn und sah sie aus zusammengekniffenen Augen an. »Ich weiß ja nicht einmal, was von mir erwartet würde. Zudem ist es hier so schlecht auch wieder nicht.« Sie wusste ebenso gut wie ich, dass ich Theater spielte.

»Nun, ich werde dich wieder fragen, wenn du ausreichend darüber nachgedacht hast, abgemacht? Du müsstest es nicht mehr gegen irgendeine Hausmauer gedrückt machen, weißt du. Jemand, der so aussieht wie du, hat das nicht nötig. Du würdest Louis einen ordentlichen Profit einbringen, und je eher Louis und ich hier abhauen können, umso besser. Habe ich dir erzählt, dass Louis und ich heiraten wollen, Linny? Wenn die Zeit reif dafür ist, meine ich natürlich, das heißt, wenn wir nach London umgezogen sind. Und dann werde ich, das versteht sich ja von selbst, zu arbeiten aufhören. Denn Louis wird anständig für mich sorgen, und dazu gehört ein vornehmes Haus mit entsprechend vielen Hausangestellten. Und natürlich werde ich eine Kammerzofe nur für mich allein haben.«

Während sie ihren eigenen Träumen nachhing, überlegte ich mir, dass ich schneller als ursprünglich geplant das Geld für die Schiffsreise nach Amerika sparen könnte, wenn ich für Louis arbeitete. Es war ein verlockender Gedanke.

Nur drei Wochen später erwachte ich an einem kalten Novembermorgen und sah, dass Chinese Sally ihre Reisetasche packte.

»Er ist wieder auf freiem Fuß«, sagte sie, als sie bemerkte, dass ich mich aufgesetzt hatte. »Louis ist wieder draußen – er hat einen seiner Männer vor einer Stunde hergeschickt, um es mir zu sagen.« Sie war gerade dabei, ein Unterhemd zusammenzufalten, und hielt einen Moment inne. »Nun? Kommst du mit? Ich habe Louis benachrichtigt, dass ich ein anderes Mädchen mitbringen werde. Aber du kannst unmöglich mitkommen, wenn du wie eine Vogelscheuche aussiehst. Wenn du also vorhast, mich zu begleiten, solltest du dich jetzt besser zurechtmachen.«

Ich schlug die Flickendecke zurück, fuhr mir mit den Fingern durchs Haar. »Glaubst du wirklich, dass ich dafür geeignet bin?«

»Zunächst einmal solltest du daran denken, dass du mich, wenn wir dort angekommen sind, nur noch Miss Sing nennst«, sagte sie, indem sie meiner Frage auswich. »Chinese Sally kannst du zu mir sagen, wenn wir unter uns sind, und Miss Sing, wenn wir ins Theater gehen oder in ein feines Restaurant oder in Gesellschaft sind.« Sie grub ihre Hände in die Tasche und zog ein beigefarbenes Kleid aus einem Gazegewebe hervor, um es dann neben mir auf die Matratze zu werfen. »Hier, zieh dir das an. Es wird dir zwar zu groß sein, aber fürs Erste wird es schon gehen. Ich kann dich Louis unmöglich in einem deiner Straßenkleider vorstellen – in denen du wie ein zerrupfter Pfau aussiehst. Louis legt Wert auf eine gepflegte Erscheinung. Du kannst es behalten. Louis wird uns beide sowieso neu ausstaffieren.«

Ich nahm das Kleid in die Hand, ließ das Gewebe durch die Finger gleiten. »Warum tust du das für mich?«

Sie starrte mich an. »Für dich? Ich tue es nicht für dich. Denkst du, ich hätte ein so großes Herz?« Sie stieß ein höhnisches Lachen aus. »Ich habe es dir doch gesagt: Du wirst ein Teil unseres kleinen Unternehmens sein, und das bringt Louis Vorteile. Er mag es, wenn ich neue Mädchen ausfindig mache. Er vertraut meinem Urteil. Und belohnt mich nicht schlecht, wenn es funktioniert, was meist der Fall ist. Wenn die Mädchen nicht …«, sie sah mir weiterhin in die Augen, doch ihr Blick hatte jetzt etwas Feindseliges, »… nun, das wäre für keinen der Beteiligten gut, nicht wahr?«

Ich hatte die Warnung verstanden. Der Gazestoff fühlte sich weich und kühl zwischen meinen Fingern an. Wie es wohl wäre, eine ganze Garderobe aus Stoffen wie diesem hier zu besitzen?, überlegte ich mir. »Lass mir ein bisschen Zeit, damit ich mich gründlich waschen und zurechtmachen kann«, sagte ich und fügte hinzu: »Miss Sing.« Sie schenkte mir ein Nicken und ihr kleines, unbewegliches Lächeln, das ich inzwischen so gut kannte.

Blue war alles andere als glücklich darüber, uns beide gleichzeitig zu verlieren, aber sie hegte keinen Groll gegen uns.

Jeden Morgen, wenn wir Mädchen ihr den ihr zustehenden Anteil aushändigten, sagte sie stets: »Nun schuldest du mir nix mehr, und ich schulde dir auch nix mehr.« Es kamen immer neue Mädchen nach, und wenn ein, zwei gingen, dann dauerte es höchstens eine Nacht, bis sie wieder Ersatz hatte.

»Ich garantier dir, dass du bald wieder zurückkommst«, sagte sie mir mit einem Grinsen. »Genau wie die da ...« Sie nickte in Richtung Chinese Sally. Diese stand unbeweglich da, die Straße hinunterblickend, als würde sie weder hören, was Blue sagte, noch als ginge es sie etwas an.

»Auf die Art von Leben kannst du dich nicht verlassen, da oben bei den besseren Leuten. Es wird nicht lang dauern, glaub es mir, und du wirst wieder zurückkriechen zu den Menschen, auf die du dich verlassen kannst. Und wo du hingehörst. Ein schickes Kleid allein macht es nicht aus.«

Ich drückte die Holzschatulle fest an meine Brust. Im Laufe der Monate war sie schwerer geworden. Abgesehen von dem Spiegel, dem Anhänger, dem Fischbeinmesser und dem Band mit Wordsworth-Gedichten bewahrte ich jetzt auch mein erspartes Geld darin auf. Die ganze Zeit über hatte ich sie unter einem Dielenbrett in unserem Zimmer versteckt. Außerdem hatte ich meine drei Lieblingsbücher eingepackt, auf die ich nicht verzichten wollte.

Außer dem Gazekleid hatte Chinese Sally mir auch ein warmes Cape und eine dazu passende Haube geliehen, meine alten Kleider hatte ich Helen geschenkt. Und ebenso wenig wie Chinese Sally kümmerte ich mich um das, was Blue sagte. Jetzt, da ich diesem miserablen Ort den Rücken kehrte.

Wir gingen bis zur Ecke Chester und Roper Street und warteten dort. Die ganze Zeit über ordnete Chinese Sally ihr Haar, knotete ihre Haube neu oder strich die Falten ihres Kleides glatt.

»Wenn ich dich Louis vorstelle, Linny, gib ihm die Hand«, sagte sie. »Wenn er sagt, dass es ihm ein Vergnügen ist, dich kennen zu lernen, dann musst du ihm antworten:

›O nein, Sir, das Vergnügen ist ganz meinerseits.‹ Vielleicht wird er dir sogar einen Handkuss geben, dann musst du dich darüber freuen und sagen: ›Oh, danke, Sir.‹« Sie schaute mich an. »Wenn du nicht gleich zu Beginn einen guten Eindruck auf ihn machst, ist es schlecht für uns beide. Und wenn du nicht weißt, was du tun oder sagen sollst, dann sag und mach lieber nichts. Schau einfach, was ich tue.« Sie sprach immer schneller. Mit einem Mal wurde ich nervös und bekam Angst, weil ich nicht wusste, was von mir erwartet wurde. Dieses Gefühl hatte ich schon so lange nicht mehr gehabt, und ich merkte, dass die Monate auf der Paradise Street mich träge und gleichgültig gemacht hatten.

Einen Augenblick später hielt eine elegante Kutsche, die von zwei gescheckten Pferden gezogen wurde, am Straßenrand. Ein Mann sprang heraus und blieb neben der geöffneten Tür stehen. So wie Chinese Sally von ihm gesprochen hatte, hatte ich mir Louis als einen stattlicheren Mann vorgestellt. Und jünger. Ich war erstaunt, wie klein er in Wirklichkeit war und wie gewöhnlich. Er musste mindestens um die dreißig sein – den tiefen Falten nach zu urteilen, die seinen Mund einrahmten. Er hatte einen teigigen Teint, langes schwarzes Haar und gelb-braune Augen mit langen, gebogenen Wimpern. Er sah fast ein wenig italienisch aus. Alles in allem eine blasse Erscheinung. Wäre ich ihm auf der Straße begegnet, so hätte ich ihn wohl kaum zur Kenntnis genommen. Wahrscheinlich war das sogar die Grundbedingung für seine Arbeit als Taschendieb, dass er nicht auffiel, wenn er sich unter die Menge mischte. Alles andere wäre eher hinderlich gewesen.

Er beugte sich über Chinese Sallys Hand, und sie kicherte – ein Laut, den ich noch nie zuvor bei ihr gehört hatte. Dann wandte er sich mir zu, während er mich von Kopf bis Fuß mit einem abschätzigen Blick bedachte.

»Das ist Linny Gow«, sagte Chinese Sally. »Ich hoffe, Dirty Joe hat dir meine Nachricht überbracht. Und, was meinst du? Kommt sie in Frage?«

Ich straffte die Schultern, während Louis mich weiterhin

musterte. Nach einer halben Minute nickte er bedächtig. Ich erinnerte mich daran, was Chinese Sally mir gesagt hatte, und streckte die Hand aus. Louis sah sie an und lächelte dann, eher er sie nahm und an seine Lippen führte, ohne dass sie meinen Handschuh berührten. »Wie nett, Sie kennen zu lernen, meine Liebe«, sagte er, den Kopf über meine Hand gebeugt, während seine Augen mich unter den langen Wimpern beobachteten.

»O nein, das Vergnügen ist ganz meinerseits, Sir«, sagte ich und schenkte ihm mein schönstes Lächeln.

Scheinbar widerstrebend ließ er meine Hand los. »Hat Miss Sing Ihnen erzählt, was ich von Ihnen erwarte?«

Ich befeuchtete mir die Lippen. »Nun, nicht im Einzelnen, aber ich kenne dieses Geschäft, seit ich ein junges Mädchen bin, und …«

Er kam einen Schritt auf mich zu, und ich konnte die Äderchen auf seiner Nase sehen. »Ich werde deine Einnahmen entgegennehmen, und du wirst die Kunden akzeptieren, die ich dir bringe, ohne je einen auszuschlagen. Man wird möglicherweise von dir erwarten, dass du, zusammen mit einem anderen Mädchen, eine größere Anzahl Kunden unterhältst, hast du verstanden?«

»Eine große Anzahl? Sie meinen, mehr als einen Freier auf einmal?«

»Also wirklich, Sally. Sie schaut mir eher nach einem Angsthasen aus«, sagte er, an Chinese Sally gewandt.

»Sie wird sich schon machen, überlass das ruhig mir.« Chinese Sally beachtete mich überhaupt nicht.

Wie ein Angsthase? Plötzlich war mir warm, und ich schob den Wollschal, den sie mir geliehen hatte, etwas zurück. »Habe ich das gerade richtig verstanden, dass Sie gesagt haben, ich würde nichts von dem Geld, das ich verdiene, zu sehen bekommen?«

»Du wirst dein eigens Zimmer haben und mit Kleidern ausgestattet werden, guten Kleidern, solchen, wie sie auch Sally trägt. Also wirst du kein Geld benötigen. Deine Mahlzeiten werden dir ebenfalls serviert werden. Und du wirst nur ausgehen, wenn es einen gesellschaftlichen Anlass gibt – aber darum kümmere ich mich.«

Ich schluckte schwer. Etwas an ihm erinnerte mich an Ram und daran, wie er versucht hatte, mich unter seiner Kontrolle zu halten. Was tat ich bloß? Ich war im Begriff, meine Freiheit zu verlieren. Ich stellte mir vor, wie ich wie eine Gefangene in einem Zimmer saß, dessen Tür sich nur öffnete, um einen Mann einzulassen. Und was, wenn der Mann unmögliche Wünsche hatte? Er mir Schmerz zufügte? Niemand würde da sein, um mich zu beschützen, und es gäbe keine Möglichkeit für mich, ihm zu entkommen. Ich trat einen Schritt zurück. »Nein, danke«, sagte ich.

Louis sah Chinese Sally an, dann schauten sie beide mich an. »Was meinst du damit?« Seine Stimme hatte mit einem Mal einen hinterhältigen Klang.

Ich zog das Cape aus und nahm mir die Haube vom Kopf und reichte beides Sal. »Dein Kleid kannst du dir wieder abholen«, sagte ich zu ihr. »Ich werde jedenfalls niemandes Besitztum sein.«

»Bist du verrückt geworden?«, erwiderte sie. »Begreifst du das denn nicht: In der Paradise Street kümmert sich niemand einen Pfifferling darum, wie es dir geht. Wen interessiert es schon, ob du lebst oder stirbst? Du bist nichts als eine Straßenhure, die nichts hat, wofür es sich zu leben lohnt.« Ihre Stimme war schärfer geworden, wütend. Sie ergriff meinen Arm und schüttelte ihn wie ein Terrier eine Ratte. Die Holzschatulle fiel auf den Boden, und ich hörte das Splittern von Glas. »Lass mich jetzt nicht wie eine Idiotin dastehen, Linny!«

Ich bückte mich nach der Schatulle, dann drückte ich sie fest an mich und trat einen Schritt zurück. Ohne den warmen Umhang ging mir der kalte Novemberwind durch Mark und Bein. »Wenigstens arbeite ich für mich selbst und bin mein eigener Herr. Ich kann meine Freier selbst auswählen. Ich esse, wonach mir ist und wann ich will. Ich habe Blue, die sich um mich kümmert. Ich kann machen, was ich will. Für dich ist so ein Leben möglicherweise richtig«, ich deutete mit dem Kopf in Louis' Richtung, »und dann ist es ja auch in Ordnung, Chinese Sally. Aber für mich klingt das eher so, als wärst du nichts weiter als ein kleiner Vogel in einem Käfig.«

»Also gut.« Sie legte ihre Hand in Louis' Arm. »Bleib du ruhig auf der Straße. Bleib da, bis du in der Gosse verreckst. Bevor du mit dem Finger schnippst, bist du eine alte, verbrauchte Hure, die keiner mehr haben will, nicht einmal für ein Pint Bier.«

Louis half ihr in die Kutsche und würdigte mich keines Blickes mehr. Der Wagenschlag fiel zu, die Pferde trabten an, während ich dastand und ihnen nachsah und darüber nachdachte, was ich gerade aufgegeben hatte und wohin ich jetzt zurückkehren musste. Hatte ich mich richtig entschieden? In einer Sache hatte Chinese Sally schon Recht: Niemand kümmerte sich einen Pfifferling darum, ob ich lebte oder starb.

Meine Füße und Finger wurden in der Kälte ganz steif. Mein Rücken schmerzte, weil ich lange, ohne mich zu rühren, auf einem Fleck stehen blieb. Schließlich hörte ich das vergnügte Pfeifen des Nachtwächters. Eine nach der anderen zündete er die Gaslampen an, sodass die Straße in ein weiches, trügerisches Licht getaucht war. Ich hatte keine andere Wahl.

Während ich den langen Weg in die Paradise Street zurückging, dachte ich an den zerbrochenen Spiegel in der Schatulle unter meinem Arm. Ich stellte mir das wissende Zwinkern vor, mit dem Blue mich begrüßen würde, wenn ich um die Ecke kam.

Und so ging das Leben weiter. Mein sechzehnter Geburtstag lag bereits hinter mir, mein siebzehnter verstrich. Der Winter ging in den Frühling über und der Frühling in den Sommer und der Sommer in den Herbst. Die Freier kamen und gingen wie die Jahreszeiten. Und je älter ich wurde, desto mehr wuchs in mir der Wunsch, dieses Leben hinter mir zu lassen.

Achtes Kapitel

Seine Hände rochen nach Fisch. Auch wenn er mit seinem feinen schwarzen Mantel und Hut so tat, als wäre er ein Gentleman, sagte mir der ekelhafte Geruch, der seinen dicken Fingern anhaftete, dass er nichts weiter als ein kleiner Fischhändler war, der sich für den Abend Kleidung ausgeliehen hatte. Nun, wir geben beide vor, etwas Besseres zu sein, nicht wahr?, dachte ich und stemmte mich gegen das Gewicht des Mannes, als er mich in eine dunkle Gasse schob, den Arm schwer um meine Schultern geschlungen.

Es war Ende Oktober, und müde und abgestumpft ging ich meiner Arbeit nach. Ich war nun schon mehr als drei Jahre bei Blue, im August war ich siebzehn geworden. Ich genoss es nicht mehr wie zu Beginn meines neuen Lebens, mit den anderen Mädchen meine Freizeit zu verbringen, und selbst das Lesen bereitete mir keine Freude mehr. Mir fehlte sowohl die Zeit als auch die nötige Privatsphäre, und ich brachte nicht mehr die Energie und Leidenschaft auf, mit der ich einst ein schönes Buch in der Hand gehalten hatte. Auch interessierte ich mich nicht länger dafür, wie sie gebunden oder illustriert waren.

Selbst mein Äußeres vernachlässigte ich: Keiner meiner Freier schien sich darum zu kümmern. In den letzten Monaten musste ich wieder öfter an meine Mutter denken. Manchmal, während ich darauf wartete, dass ein Freier endlich seine Befriedigung erlangte, stellte ich mir das Leben vor, das sie sich für mich ersehnt hatte – ein Leben fern des Drecks und Gestanks der Back Phoebe Anne Street. Dann versuchte ich mir die Tafel ins Gedächtnis zu rufen, an der ich damals mit dem Mann, den ich Onkel Horace nannte, gesessen hatte. Vor meinem inneren Auge sah ich mich vor funkelnden Gläsern und Porzellangeschirr sitzen, das so zart und fein war, dass man beinahe hindurchsehen konnte. Ich sah, wie ich im passenden Moment nach der Fischgabel griff, nach dem Buttermesser, dem Suppenlöffel, nach dem Portwein- und dem Weinglas und später nach dem Sherry.

Doch in Wirklichkeit wurde mein Körper unsanft gegen die raue Backsteinmauer eines düsteren Gebäudes gedrückt. Bald würden blaue Flecken meine Wirbelsäule zieren wie eine Spur tintenfarbener Küsse. Der Fischhändler stieß die Finger der einen Hand schmerzhaft in mich, während er keuchend versuchte, sich mit der anderen Hand Befriedigung zu verschaffen. Ich seufzte auf bei dem Gedanken, dass es der letzte Freier für diese Nacht wäre.

Er schaffte es nicht. Er gab auf. Während er sich den Hosenschlag zuknöpfte, stieß er grob mit dem Ellbogen an meine Hüfte.

»Das macht Sixpence, Sir«, sagte ich und glättete meinen Rock. »Einen Tanner, bitte.« Ich hielt ihm die ausgestreckte Hand hin.

»Gar nix kriegste. Ich hab nix gekriegt, und du kriegst auch nix«, sagte er und schickte sich zum Gehen an.

Ich wich einer Lache Erbrochenem aus, die im Licht der Straßenlampe glitzerte, und fasste ihn am Ärmel. »Nun, Sir«, sagte ich, ohne meinen süßlichen Tonfall zu verlieren, »es war nicht meine Schuld, dass Sie heute nicht gut in Form waren. Und immerhin haben Sie ja ein wenig Vergnügen gefunden, wenn man bedenkt, wie vertraut Sie mit meinem Körper umgegangen sind.«

Er hielt inne, schaute auf meine Hand hinab, die auf dem wollenen Ärmel lag. »Ich werde dir zwei Pence geben und keinen Penny mehr.« Damit fasste er in die Tasche seiner engen, gestreiften Weste und nahm zwei Münzen heraus. Als er sie mir gab, blieb sein Blick an der Stelle oberhalb meines Mieders hängen. »Du hast übrigens Unrecht.

Es *war* deine Schuld, dass ich heute nicht in Form war. Das ist ja furchtbar, was für ein ekliger Anblick. Warum deckst du das nicht zu?«

Meine Faust umklammerte die Münzen. »Warum sollte ich das tun? Schließlich hat einer wie Sie mir das angetan.«

Der Fischhändler murmelte etwas Unverständliches und wandte sich ab. Er knöpfte sich den Hosenschlitz wieder auf und urinierte gegen die Hauswand, während in der kalten Luft Dampf aufstieg. Ich sah auf die Wasserlache, die sich in den Rillen der Pflastersteine sammelte, und stopfte die beiden Münzen in den Schlitz an meinem Rockbund. Dann ging ich vorsichtig über das schmutzige Kopfsteinpflaster der kleinen Seitengasse und hinaus auf die verlassene Straße.

»Hey, Linny!«

Ich versuchte etwas auf der schummrig erleuchteten Straße zu erkennen und winkte dann, als ich eines der Mädchen auf mich zukommen sah.

»Und, wie lief's bei dir diese Nacht, Linny?«, fragte Annabelle. Sie kaute zaghaft an einem Brötchen, das mit einem fetten Hering belegt war. Es sah aus, als ob ihr Jochbein geschwollen wäre.

»Gar nicht so schlecht, bis auf den Letzten. Er war unfähig, seinen Soldaten strammstehen zu lassen, und hat sich geweigert zu bezahlen.«

Annabelle nickte. »Diese verfluchten Scheißkerle mit ihren schlaffen Schwänzen! Du solltest ein Messer bei dir tragen so wie ich. Eine kräftige Klinge gegen ihre Juwelen gehalten, und sie spucken die Moneten aus, du wirst sehen.«

Ich nickte und dachte an das Messer mit dem Fischbeingriff, mit dem ich Ram Munt bedroht hatte. Danach hatte ich noch öfter Grund dazu gehabt, es herauszuholen, in Situationen, in denen ich wirklich um mein Leben fürchtete. Aber im Juli hatte ich es verloren. Ich hatte die Bänder meiner Strohhaube offen gelassen, und sie war von einer Windböe erfasst worden. Während ich ihr hinterherrannte, weil ich Angst hatte, dass sie unter einen Pferdehuf geraten könnte, war sie immer weiter getragen worden, und als ich sie schließlich erwischte und den Staub von ihr abklopfte, merkte ich, dass ich mein Messer verloren hatte. So sehr ich auch den Weg absuchte, den ich gerannt war, es war und blieb verschwunden – wahrscheinlich hatte ein wachsamer Gassenjunge es eingesteckt. Ich wollte kein Geld für ein neues Messer ausgeben. Doch jetzt hatte ich erfahren, dass Annabelle Recht hatte. Immer öfter geriet ich in eine Situation, wo ich um meinen Lohn kämpfen oder mich meiner Haut erwehren musste. Die Freier wurden immer brutaler – und verkommener.

»Kommst du mit auf einen Drink?«, fragte Annabelle.

»Nein.« Ich gähnte und warf einen Blick auf die Kirchturmuhr von St. Peter, die fünfmal schlug. »Ich leg mich besser aufs Ohr, um ein paar Stunden Schlaf zu ergattern.«

Während Annabelle eine der Kneipen ansteuerte, ging ich zurück zu meinem heruntergekommenen Zimmer in der Jack Street, das ich jetzt mit Annabelle, Helen und Dorie teilte.

Ich hatte Annabelle die Wahrheit gesagt: Ich *war* müde. Aber der Grund, warum ich nicht zum Goat's Head mitkam, war, dass ich keinen überflüssigen Penny ausgeben wollte. Ich hatte sieben Pfund gespart. Innerhalb der letzten zwei Jahre war die Gebühr für eine Schiffspassage nach Amerika von fünf auf sieben Pfund gestiegen. Ich hatte mir vorgenommen, noch einen weiteren Monat zu arbeiten, um wenigstens ein paar Penny in der Tasche zu haben, wenn ich in New York ankam.

Bald würde ich nicht mehr dazu gezwungen sein, auf der Straße zu arbeiten.

Als ich mich leise in das feuchte Zimmer in der Jack Street schlich, sah ich die Wölbungen zweier schlafender Gestalten auf dem schmalen Bettlager. Ich war froh, dass Annabelle nicht mitgekommen war, denn nur drei von uns fanden auf der Wollflockenmatratze Platz. Wenn Annabelle und ich zusammen heimgekommen wären, hätten wir auslosen müssen, wer im Bett und wer auf dem Boden schlafen würde. Und das bei der klammen kalten Luft, die im Zimmer herrschte. Es gab zwar einen winzigen Kamin, doch wir zündeten nie ein Feuer darin an, weil dann Wolken schwarzen Rauchs im Zimmer hingen. Die Wände, seit Jahren nicht mehr getüncht, waren mit einer grünlichen Schimmelschicht bedeckt. Die von der Feuchtigkeit morschen Balken knarrten und die Fenster klapperten, wenn auch nur ein leichter Wind ging. Die Fensterscheiben waren so mit Schmutz und Ruß verschmiert, dass das Zimmer im ewigen Dämmerlicht lag.

Ich zog mir die Stiefel und das Kleid aus und hakte die Knopfleiste meines Mieders auf, nur um das Kleid kurz darauf wieder anzuziehen, so sehr zitterte ich am ganzen Leib. Ich zog mir den Schal um die Schultern und legte mich auf die dünne Matratze. Um mir etwas Platz zu verschaffen, gab ich Dorie mit der Hüfte einen Schubs, sodass sie sich enger an Helen drückte, die jetzt ganz an der Wand lag. Ich war beinahe eingeschlafen, als ich mit der Hand nochmals an den Rockbund fasste, um mich zu vergewissern, dass der Inhalt noch da war. Auch am Rockband meines zweiten Kleides hatte ich eine Art Geheimfach geschaffen, in das ich durch einen Schlitz meinen Verdienst stopfte – niemand wusste von meinen Ersparnissen, nicht einmal die Mädchen, mit denen ich das Zimmer teilte. Am Ende jeder Woche übertrug ich den Inhalt heimlich in den Bund des frischen Kleides. Dabei achtete ich darauf, dass keines der Mädchen anwesend war. Und wenn sich diese Gelegenheit nicht ergab, drehte ich mich um, wenn ich mich umzog; die anderen ließ ich in dem Glauben, ich würde mich wegen der scheußlichen Narbe an meiner Brust schämen.

Ein Jahr zuvor hatte man mir die Holzschatulle samt der darin enthaltenen Münzen und Bücher gestohlen. Dass der Anhänger nicht auch darunter gewesen war, hatte ich allein der Tatsache zu verdanken, dass Helen ihn an dem Abend, ohne mich zu fragen, ausgeliehen hatte. Als ich ihn auf der Straße an ihrem Hals sah, war ich außer mir vor Wut und verlangte ihn zurück. Und als ich später in unser Zimmer zurückkehrte, fand ich es vollkommen verwüstet vor: Alles war auf den Kopf gestellt worden, meine Schatulle war verschwunden, und ich war Helen dankbar, dass sie sich den Anhänger für diese Nacht geborgt hatte.

Seit jenem Vorkommnis trug ich ihn sowie das Geld stets bei mir.

Während ich allmählich in Schlaf versank, sagte ich leise ein Gebet auf, um den ewig wiederkehrenden Albtraum zu bannen – der mich fast jede dritte Nacht mit Wucht überrollte: Dann drohte ich in einem Meer aus eiskaltem Wasser, vermischt mit Blut und Haaren zu versinken, während Scheren auf mich einstachen. Hinterher wachte ich dann schweißgebadet auf und rang nach Luft, so als wäre ich tatsächlich am Rande des Ertrinkens. Doch die Tatsache, die sich hinter diesem Albtraum verbarg, war mir immer gegenwärtig. Die Gewissheit, dass ich einen Mann getötet hatte, wenn auch aus Notwehr, verfolgte mich wie ein Schatten, wie ein dunkles Tier mit scharfen Zähnen und gelben Augen: Mal war es mir hart auf den Fersen, mal saß es etwas weiter entfernt und beobachtete mich. Vom hellen Gaslicht der Straßenlampen oder sanftem Kerzenlicht hielt es sich fern, doch sobald ich mich im Dunkeln aufhielt, war es wieder zur Stelle. In der Kälte jenes Herbstes war es noch gewachsen. Manchmal spürte ich es ganz in meiner Nähe, dann wirbelte ich in der Dunkelheit der Straße herum und war mir sicher, dass ich es atmen hörte. Und in einer solchen Nacht würde der Albtraum mit Sicherheit wiederkehren, das wusste ich.

Drei Nächte in Folge hatte er mich heimgesucht, und jedes Mal hatte ich nur ein paar Stunden unruhig geschlafen. Mein Körper schmerzte vor Erschöpfung, und ich wünschte mir so sehr, dass mich der Albtraum dieses Mal verschonte. Während meine Lider schwer wurden, die Linie zwischen den Augenbrauen sich glättete, legte ich die Hand auf meine versehrte Brust – eine vertraute Geste, die mich irgendwie tröstete. Die andere Hand, die sonst immer auf dem Rockbund lag, wanderte seit kurzem etwas tiefer – zu der sanften

Wölbung meines Bauchs. Um das Kind zu beschützen, das dort heranwuchs.

Ich wusste, dass es ein Mädchen war, und wollte es Frances nennen. Wann oder von wem sie empfangen worden war, wusste ich nicht genau. Stets war ich auf Verhütung bedacht gewesen: Ich benutzte ein Stückchen Schwamm, das ich in einer Alaun-Zink-Sulfat-Lösung tränkte und mir in die Vagina schob, ehe ich meine Nachtschicht begann. Hinterher entfernte ich das Schwämmchen und spülte nochmals mit der gleichen Hexentinktur nach, egal, wie erschöpft ich war. Blue hatte mich in diese Methode eingeweiht, und ich hatte es nicht einmal versäumt, Schwamm und Spritze zu benutzen, seit ich drei Monate nach meiner Flucht aus der Back Phoebe Anne Street meine erste Periode bekommen hatte. Aber jedes der Mädchen erwischte es früher oder später einmal. Das erste Mal war es mir gegen Ende meines ersten Jahrs bei Blue passiert, doch ich hatte es erst bemerkt, als die Schwangerschaft schon wieder vorbei war. Helen, die ihren Mantel vergessen hatte, war ins Zimmer zurückgekommen, wo sie mich vor Schmerz gekrümmt auf dem Bett vorgefunden hatte, mit aschfahlem Gesicht und schweißgebadet. Ich wusste nicht einmal, was mit mir los war, doch nachdem sie mir ein paar Fragen gestellt hatte, ging Helen hinaus und kam mit zwei Pint Ale zurück. Dann setzte sie sich neben mich aufs Bett und zwang mich, das Bier auszutrinken. Im Übrigen könne ich froh sein, dass es so gekommen sei, meinte sie, dann bräuchte ich wenigstens kein Geld auszugeben, um mir das Baby wegmachen zu lassen.

Nachdem die Krämpfe und die Blutungen schließlich aufgehört hatten, empfand ich Erleichterung. Ansonsten empfand ich nichts.

Aber dieses Mal war es anders. Zum einen hatte ich recht früh begriffen, dass wieder ein Baby unterwegs war. Zum anderen verstand ich es als das Zeichen, auf das ich gewartet hatte.

Die Schiffsreise nach New York würde sechs Wochen dauern, es sei denn, das Wetter war schlecht, dann dauerte sie etwas länger. Wenn ich mich am Ende des Monats einschiffen würde, dann wäre ich rechtzeitig drüben, ehe das Baby kam. Sie würde in der großen neuen Welt geboren werden, als Amerikanerin. Ich würde mir einen anständigen Beruf suchen – denn gab es nicht gerade in der Stadt mit dem Namen New York alle möglichen Arten der Beschäftigung? Dort, wo mich niemand kannte, würde ich meiner Tochter ein ganz neues Leben ermöglichen, und sie würde niemals von meinem früheren Leben – diesem Leben hier – in Liverpool erfahren.

Wenn ich in den letzten Monaten mit einem Freier zusammen war, sagte ich im Geiste Gebete auf und heuchelte ein Stöhnen, damit er schneller kam. Und ich malte mir die Geschichten aus, die ich Frances erzählen würde, über den feinen Gentleman, der ihr Vater gewesen war, was ihm zugestoßen war, und wie es uns in die Vereinigten Staaten von Amerika verschlagen hatte.

Eines frühen Morgens war ich auf dem Rückweg in die Jack Street. Es regnete in Strömen, und ab und zu lichtete sich der tintenschwarze Himmel im Wetterleuchten, das weit draußen über der Mersey ein Schauspiel bot. Da traf mich die Erkenntnis wie ein Blitz aus heiterem Himmel: Meine Mutter hatte das Gleiche getan wie ich.

Zum ersten Mal kam es mir in den Sinn, dass ich möglicherweise gar kein blaues Blut in den Adern hatte. Unwillkürlich wanderte meine Hand zu dem Muttermal unter dem durchnässten Ärmel, und meine Finger tasteten über die Erhebung auf meiner Haut, welche die Form eines Fischs hatte.

»Wann lässt du's endlich wegmachen?«

Ich schüttelte die Hände über der Waschschüssel aus und wischte mir das Gesicht mit einem sauberen Lappen ab, dann sah ich Dorie an. Helen war hinausgegangen, um sich eine Pastete zu kaufen, Annabelle war gar nicht von ihrer nächtlichen Arbeit zurückgekommen, und Dorie lag ausgestreckt auf dem Bett. Sie genoss sichtlich, so viel Platz für sich allein zu haben, ehe sie am späten Nachmittag wieder hinaus auf die Straße musste.

Ich legte die Hände auf den Bauch und wünschte mir, ich hätte mein Korsett enger geschnürt. »Sieht man es?«

»Ich schon, aber den anderen wird's wahrscheinlich noch nicht auffallen. Du bist so dünn. Im wievielten Monat bist du?«

»Ich weiß es nicht.« Angesichts meines Plans wollte ich Dorie nicht sagen, dass ich fast im sechsten Monat war. »Aber es hat sich schon bewegt«, fügte ich hinzu. Ich musste daran denken, wie mich das winzige Strampeln aufzuheitern vermochte wie nichts anderes in meinem Leben.

Dorie stieß missfällig die Luft aus. »Was für ein Dummkopf du bist. Wenn es schon so weit ist, dass es sich bewegt, ist es nicht mehr so leicht, es abzutreiben. Das heißt, dass du mindestens im vierten Monat bist. Warum hast du nicht früher etwas unternommen? Aber es ist noch immer nicht zu spät – auch wenn es jetzt viel schwerer für dich sein wird. Du wirst mehr Schmerzen haben, und zudem wird es 'ne ziemliche Sauerei, auf jeden Fall musst du zu jemandem gehen, der Erfahrung mit so was hat, und es wird dich 'ne Stange Geld kosten.« Sie steckte sich einen Finger in den Mund und befühlte einen Backenzahn, wobei sich ihr Gesicht vor Schmerz verzog.

»Zahnschmerzen?«

Sie setzte sich mit einem Nicken auf. »Später werde ich zum Barbier gehen, um ihn mir ziehen zu lassen. Warum kommst du nicht mit mir? Der Barbier kennt jemanden, der das für dich erledigen kann, ich war auch schon bei ihm. Du hast doch das Geld dafür?«

Ich band ein dunkelblaues Band in mein Haar und griff nach dem Schal, schüttelte den Kopf.

»Was machst du eigentlich mit dem ganzen Geld, das du verdienst, Linny? Nie kaufst du dir Schmuck oder mal 'ne neue Haube, geschweige denn ein Kleid aus dem Pfandhaus. Und selten kommst du mit in eine Kneipe oder eine

Taverne. Du isst ja kaum mehr etwas. Kein Stück Kuchen oder Obsttorte. Nur noch von Marktabfällen und Kartoffeln scheinst du zu leben.«

»Ich spare mein Geld.«

»Aber hoffentlich nicht für schlechte Zeiten«, sagte Dorie. Sie lachte und kniff die Augen zusammen. Dann zog sie eine schmerzhafte Grimasse und versetzte ihrer Wange einen Klaps. »Denn wenn du es dafür zurücklegst, könnte es passieren, dass es schneller aufgebraucht ist, als du denkst.« Mit der Zunge befühlte sie den Backenzahn. »Also kommst du mit mir?«

Wieder schüttelte ich den Kopf, dann ging ich und ließ sie mit ihren Zahnschmerzen zurück.

Ich kannte ein paar Mädchen, die ihr Baby notgedrungen austragen mussten, weil eine Abtreibung missglückt war. Die meisten ließen das Neugeborene auf der Schwelle zum Arbeitshaus oder der Kirche zurück. Ich kannte nur ein Mädchen, Elsie, die beschlossen hatte, das Kind zu behalten und dennoch weiter ihrer Beschäftigung nachzugehen. Nachts, wenn sie zur Arbeit ging, ließ sie das kleine Ding – einen hübschen, gesunden Jungen – bei einer zahnlosen Alten, und die ersten vier, fünf Monate schien der Junge auch zu gedeihen. Doch eines Nachts, als er zahnte, wollte er nicht zu schreien aufhören. Die Alte versuchte, ihn zu beruhigen, damit die anderen, mit denen sie das Zimmer teilte, sie nicht hinauswarfen. Sie flößte ihm einen Beruhigungssirup ein – zu viel, wie sich hinterher herausstellte –, woraufhin das Baby in einen tiefen Laudanum-Schlaf fiel, aus dem es nicht mehr aufwachte. Daraufhin verschwand Elsie aus der Paradise Street, und es hieß, dass sie sich in einem überfluteten Keller in der Lime Kiln Lane erhängt hatte.

Doch konnte es natürlich niemand mit Bestimmtheit sagen.

Neuntes Kapitel

Noch nie hatte ich mich so müde gefühlt. Egal, wie viele Stunden ich schlief, immer war ich erschöpft, wenn ich am Nachmittag aufwachte, um mich für die Nacht zurechtzumachen. Das Baby in meinem Bauch nahm sich, was es brauchte, um heranzuwachsen. Meine Füße schmerzten wie nie zuvor. Wenn ich nachts die Stiefel auszog, sah ich, dass sie geschwollen waren und rote Druckstellen hatten.

An jenem Abend des fünften November, des Guy-Fawkes-Tags, erwog ich zuerst, gar nicht zu arbeiten. Vielleicht sollte ich mir an diesem Tag freinehmen, mir mal wieder eine warme Mahlzeit gönnen und anschließend auf der Jack Street dem Feuerwerk beiwohnen. Oder aber ich könnte mich mal mit etwas Besonderem belohnen – mir einen dieser gelb eingebundenen Penny-Romane kaufen und mich zum Lesen ins Bett zurückziehen.

Ich wischte einen Fleck in der Ruß- und Schmutzschicht der Fensterscheibe frei und sah auf die Gasse hinab, in der es vor Menschen wimmelte. Und als ich davon zu träumen begann, wie ich aus England wegsegelte und dann mit meinem hübschen Baby auf einer sonnenüberfluteten Wiese spielte, wusste ich, dass ich wohl oder übel zur Arbeit gehen musste. Auch wenn ich nicht arbeitete, müsste ich Blue einen kleinen Betrag für die Nacht geben. Und ich war nicht bereit, etwas von meinen Ersparnissen dafür zu opfern. Ich war meinem Ziel jetzt so nah, dass ich das Flattern der Segel im Wind hören konnte.

In der letzten Zeit hatte ich nicht mehr so viele Freier

gehabt. Am meisten machte ich mir Sorgen, dass die kleine Frances Schaden nehmen könnte, wenn ich mich auf die besonders raue Sorte einließ. Der andere Grund war, dass ich zugenommen hatte und mein Körper schwerfälliger geworden war. Auch nachdem ich sämtliche Säume an meinen Kleidern herausgelassen hatte, waren sie mir zu eng geworden. Außerdem fiel es mir schwer, die frühere Lebenslust zu heucheln, die nötig war, um die Aufmerksamkeit der Männer auf sich zu lenken. Es schien, als ob einige unter ihnen meine Abneigung an Gesicht und Körperhaltung spürten, und so zogen sie weiter zu einem anderen Mädchen.

Als ich mir die Stiefel zuschnürte, wurde mir bewusst, dass es höchste Zeit war, dieses Leben hinter mir zu lassen. Die Straßen waren im Laufe der Jahre immer gefährlicher geworden. In den vergangenen drei Wochen waren drei Prostituierte erdrosselt in der Nähe der Docks aufgefunden worden. Eine davon hatte ich gekannt. Es wurde gemunkelt, dass noch mehr Frauen vermisst wurden, doch solange keine Leichen auftauchten, konnte auch niemand für tot erklärt werden.

An jenem Abend entschied ich mich für einen Platz an der Ecke Paradise und Cable Street, wo ich schon oft Glück gehabt hatte. Als es zehn Uhr schlug – eine Kakophonie der unterschiedlichsten Glocken von den zehn benachbarten Kirchen –, hatte ich erst drei Freier gehabt, das Geschäft ließ sich schleppend an. Aber es wurde nicht selten elf, ehe es anzog, wenn die Gentlemen, die allein unterwegs waren, aus den Theatern, Tanzsälen und Musikhallen strömten. Doch da es der Abend des Guy-Fawkes-Tags war, zogen viele Männer – die Gesichter von Kälte und Rum gerötet – nach Hause, um zusammen mit ihren Kindern die Feuerwerke in der Nachbarschaft anzuschauen.

Es war kalt. Am Nachmittag hatte der Himmel bleischwer über der Stadt gehangen, der Geruch von Schnee lag in der Luft. Jetzt senkte sich ein schwerer Nebel herab. An der nächsten Ecke konnte ich das orange Glühen eines brennenden Teerfasses ausmachen, das Betrunkene angezündet hatten, die kein Dach über dem Kopf hatten. Die Straßenlampen waren nur noch vage Kreise im Nebel.

Ein paar Minuten nachdem das letzte Echo einer Glocke verhallt war, hörte ich das Klappern von Pferdehufen hinter mir. Als ich mich umdrehte, war ich einen Moment lang geblendet vom Licht der Laternen, die zu beiden Seiten der Kutsche auf und ab tanzten. Es war ein eleganter Brougham, gezogen von zwei tänzelnden Pferden. Ich hatte den Wagen schon früher einmal gesehen, nicht jedoch den Insassen. Eine Woche zuvor war er zum ersten Mal aufgetaucht, und ich hatte Little Eve, eines der Mädchen, einsteigen sehen.

Später hatte sie mir zugeflüstert, dass ich am besten nie in die Kutsche einsteigen sollte. »Lass es dir gesagt sein, ich habe es bereut. Das ist eine ganz gemeine Sorte Mann. Er mag's am liebsten, wenn er ihn dir tief in den Hals oder in den Arsch stecken kann. Und er ist schrecklich brutal, das hab ich auch von anderen gehört. Schau, was er gemacht hat.« Und Little Eve nahm ihre Haube ab, um mir ein rotes, geschwollenes Ohr zu zeigen. An der Nahtstelle von Ohrläppchen und Wange befand sich eine tiefe, eiternde Wunde. »Beinah hätte er mir das Ohr abgeschnitten. Er zahlt gut, aber du solltest ihm besser aus dem Weg gehen. Diesem Schurken. Und wer weiß, Linny, vielleicht ist er sogar der Frauenmörder?«

»Deine Fantasie geht mit dir durch, Little Eve. Ein Mörder würde sich doch nicht ständig in der Gegend herumtreiben, wo er schon einmal getötet hat, oder? Er hätte Angst, dass man ihn fasst. Außerdem bist du ja noch am Leben, nicht wahr?« Mein Lächeln blieb unerwidert. Mit ernster Miene rückte sie sich ihre Haube zurecht, darauf bedacht, ihr verletztes Ohr nicht zu berühren.

Die Kutsche hielt neben mir an, und als der Vorhang zur Seite geschoben wurde, blickte mich ein unauffälliger Mann mittleren Alters an. Er hatte ein vorspringendes Kinn, und die Haut um Augen und Mund war schlaff, aber ich konnte nichts Böses in seinem Gesicht erkennen. Im Übrigen hatte mich die Erfahrung gelehrt, wie wenig Aussehen bedeutete.

Normalerweise verließ ich mich auf meinen Instinkt, und mehr als einmal hatte ich damit richtig gelegen. Dennoch musste ich an Little Eves Ohr denken und blieb, wo ich stand.

»Guten Abend, Mädchen«, sagte der Mann. »Ist es dir nicht zu kalt, da draußen in dieser eisigen Luft herumzustehen?«

Ein Schotte. Oft waren sie laut, mürrisch und nörglerisch, doch da ihr Tonfall mich an meine Mutter erinnerte, hatte ich eine Schwäche für sie.

»Es ist schon ein bisschen kalt«, erwiderte ich.

Er musterte mich von Kopf bis Fuß, dann starrte er auf die Narbe auf meinem Brustansatz. Als wollten seine Augen die verletzte Haut liebkosen, verharrte sein Blick eine Weile dort. »Hast du Lust auf eine Kutschfahrt? Dann kannst du dich ein wenig aufwärmen in dieser Eiseskälte, hm?« Er hielt ein Silberflakon hoch. Und als ich noch immer nicht näher kam, nahm er einen großen Schluck und steckte den Korken wieder hinein. »Ich zahle gut«, sagte er. »Du bekommst einen Sovereign.«

»Einen Sovereign?«, fragte ich. Zwanzig Shilling waren das Dreifache von dem, was ich mir für den restlichen Monat zu sparen vorgenommen hatte. »Habe ich Sie richtig verstanden, Sir, dass Sie einen Sovereign sagten?«

»So ist es.« Er lächelte und entblößte gelbliche Schneidezähne. Die Pferde stampften mit den Hufen auf, schlugen mit dem Schweif, und eines nickte ungeduldig mit dem Kopf, weil es so lange warten musste.

»Tut mir Leid, Sir, aber ich muss erst die Münze sehen, ehe ich einsteige.« Ich erwartete, dass er augenblicklich davonfahren würde: Gentlemen in eleganten Kutschen mochten es nicht, wenn man ihnen Bedingungen stellte, vor allem nicht, wenn es sich um eine Hure auf der Paradise Street handelte.

Aber der Mann ließ sich nichts anmerken. Im nächsten Moment hielt er eine Goldmünze in die Luft, die im Licht der Kutschenlaterne funkelte. »Hier ist sie«, sagte er.

Sein Lächeln gefiel mir nicht. Aber ein ganzes Pfund! Damit bräuchte ich nach diesem Abend nicht mehr zu arbeiten. Ich könnte sehen, dass ich ein früheres Schiff bekam. Es würde auch heißen, dass ich mir Zeit lassen konnte, um mich mit Baby Frances in unserer neuen Heimat einzugewöhnen, ehe ich mir einen neuen Job suchte. Das wäre eine willkommene Pause, sagte ich mir, und eine, die ich mir wirklich verdient hatte. Ich schoss Little Eves Warnung in den Wind.

»Also gut, Sir«, erwiderte ich und trat auf die Kutsche zu. Der Mann hielt für mich den Wagenschlag von innen offen, und ich kletterte hinein. Ich setzte mich ihm gegenüber, strich mir den Rock über die Knie und kreuzte die Beine mit den schweren Stiefeln.

»Ich fürchte, wir werden einen frühen Winter bekommen«, sagte ich und bemühte mich um eine gepflegte Aussprache.

Der Mann ließ die Münze in die Tasche seines Barchentmantels gleiten und tätschelte sie von außen. »Später«, sagte er und hielt mir den Flakon entgegen. »Nun, wie heißt du?« Er zog sich eine Reisedecke mit Schottenmuster über die Knie.

»Linny. Übrigens trinke ich keinen Schnaps, Sir.«

Er lachte, ein tiefes Grollen. »Nun, da habe ich ja ein seltenes Exemplar aufgelesen, hm?« Damit setzte er sich den Flakon erneut an den Mund und trank den Inhalt in einem Zug aus. Dann schüttelte er ihn und warf ihn auf den Boden, wo er zu meinen Füßen landete. Ich betrachtete ihn. Er war aus Silber und hatte eingravierte Initialen, doch in der Kutsche war es zu dunkel, als dass ich die Lettern hätte erkennen können.

Wir fuhren eine Weile, doch da er die Vorhänge zugezogen hatte, konnte ich nicht sehen, wohin. Ich vermutete jedoch, dass er den Kutscher angewiesen hatte, im Viertel herumzufahren, und dass er mich hinterher, wenn er mit mir fertig war, wieder zu der Stelle zurückbrachte, wo er mich hatte einsteigen lassen. Im Dunkeln der Kutsche konnte ich das Glühen seiner Augen sehen, die mich unaufhörlich fixierten. Zunächst versuchte ich, Konversation zu machen, doch war er an keinem Gespräch interessiert. Schließlich bedeutete er mir, mich neben ihn zu setzen. Ich tat wie mir geheißen, und kaum saß ich an seiner Seite, fuhr er mit dem Zeigefinger über meine Narbe. Wieder und wieder tat er es, bis er den Kopf neigte und die runzelige Haut küsste und an ihr saugte. Mir sträubten sich die Nackenhaare: Ich hatte mich auf alle möglichen Arten demütigen lassen müssen, doch das, was dieser Mann tat, rief einen besonderen Ekel in mir hervor. Wahrscheinlich, weil noch niemand zuvor es gewagt hatte, diese Stelle meines Körpers zu berühren. Komischerweise betrachtete ich die Narbe als den einzigen Teil meines Körpers, der noch nicht vergewaltigt worden war, der einzige Bereich, der noch nie von einem Mann missbraucht worden war, um sich Befriedigung zu verschaffen.

Als ich dachte, es keine Sekunde länger ertragen zu können, rutschte ich ein Stückchen von ihm weg. Ich atmete auf, als er den Kopf hob und sich die Reisedecke von den Knien zog. Während er mich mit der einen Hand zwang, mich auf den Boden zu knien, machte er sich mit der anderen an den Knöpfen seines Hosenschlitzes zu schaffen.

Hatte mich zuvor schon sein schleimiger Speichel auf meiner Brust abgestoßen, so schauderte ich angesichts des widerlichen Geruchs, der von seinem hoch aufgerichteten Glied aufstieg, noch mehr zurück. Mit beiden Händen zwang er meinen Kopf zwischen seine Beine.

Ich versuchte, den Kopf zurückzuziehen und ihm vielleicht vorzuschlagen, ihn auf andere Weise zu befriedigen, doch noch ehe ich ein Wort sagen konnte, gab er mir eine schallende Ohrfeige. Wohl wissend, dass ich keine Wahl hatte, wollte ich ihm Folge leisten, doch schon sauste erneut die Hand auf meine Wange hinab, und die zweite Ohrfeige traf mich mit noch größerer Wucht und verschlug mir den Atem. Die wollene Hose bis zu den Knöcheln herabgezogen, versuchte er stehend das Gleichgewicht in der hin und her schaukelnden Kutsche zu halten. So stand er mit erhobener Hand vor mir, während ich mich verzweifelt bemühte, mich aufzurichten.

Aber er war bereits mitten in seinem Spiel – der Art Spiel, das jede von uns Mädchen nur allzu gut kannte: Er würde nicht zum Höhepunkt kommen, ohne einem vorher Schmerzen zuzufügen, einen zu demütigen.

»Sir, bitte«, sagte ich, »lassen Sie mich bitte zuerst …« Als er mich abermals schlug, fiel ich zur Seite, während ich mit fuchtelnden Armen Halt suchte. Aus Versehen bekam ich den Türgriff zu fassen, der Schlag flog auf, und ich wurde, den Griff noch immer in der Hand, hinausgeschleudert. Im nächsten Augenblick lag ich mit dem Gesicht nach unten am Rand eines Kopfsteinpflasters.

Schmerz und Schrecken hatten mir den Atem genommen. Nach Luft ringend lag ich inmitten des Gewimmels einer belebten Straße: So viele Stiefel, Pferdehufe und Räder flogen haarscharf an meinem Kopf vorbei, dass ich befürchtete, totgetrampelt oder überfahren zu werden.

Plötzlich fühlte ich, wie mich Hände an den Achseln fassten und ich vor eines der Gebäude gezogen wurde, welche die Straße säumten.

Eine Frau mit einem kleinen Jungen hatte mich gerettet. »Ist alles in Ordnung, Miss?«, fragte sie, und ich nickte, obwohl ich noch immer nach Atem rang.

»Wir haben gesehen«, sagte der Junge, »wie du aus der Kutsche gefallen bist.«

Ich hob den Kopf und schaute die bevölkerte Straße entlang. Die Kutsche war verschwunden. Meine Hand wanderte unwillkürlich zur Brust, und ich spürte, wie mein Herz raste.

»Kommen Sie jetzt allein zurecht?«, fragte die Frau, und ich dankte ihr für ihre Hilfe. Sie war jenseits ihrer Lebensmitte. Ihr Gesicht war von tiefen Falten durchzogen, und die zahlreichen Lücken in der unteren Zahnreihe verliehen ihrem Kiefer eine spitze Form, die sie neugierig erscheinen ließ. Das Haar, das unter ihrer verblichenen Haube hervorschaute, war von einem gelblichen Weiß und vermutlich früher einmal blond gewesen, obwohl ihre Augenbrauen buschig und dunkel waren.

Ich schaute mich um und konnte keinen vertrauten Anhaltspunkt ausmachen. »Wo bin ich hier?«, fragte ich.

»Sie sind am unteren Ende der Richmond Row, Miss«, sagte sie.

Ich erschrak. Die Kutsche war nicht im Kreis gefahren, sondern stadtauswärts. Ich war weit vom Zentrum Liverpools entfernt.

Die Frau streckte den Arm aus und zupfte mich am Ärmel. »Haben Sie kein Retikül, meine Liebe? Oder einen Schal?«

Ich verfluchte mich für meine Dummheit. Nicht nur, dass ich geschlagen worden war und auf meinen Sovereign verzichtet hatte – falls der Schotte jemals vorgehabt haben sollte, ihn mir auszuhändigen –, ich hatte auch noch meinen Schal verloren, und mein Rock war mit Schuhcreme beschmutzt. Rasch fasste ich an meinen Rockbund: Ich fühlte, dass der Inhalt noch da war, und war einigermaßen beruhigt.

»So ein hübsches junges Ding wie Sie«, sagte die Frau, als hätte sie meine Gedanken erraten, »sollte sich nicht so behandeln lassen.« Ihre Augen schimmerten seltsam. »Ich habe eine Tochter verloren und weiß, wie hart das Leben für eine junge Frau sein kann.« Immer wieder rempelte uns jemand aus der grölenden Menge an. »Es ist einfach nicht richtig, dass eine so junge, feine Frau so misshandelt wird.« Sie erhob die Stimme, um die Rufe und das Zischen eines Feuerwerks zu übertönen. »Sie sollten sich in Ruhe irgendwo hinsetzen und Ihre Nerven mit einem Schluck Ale beruhigen.« Sie warf dem Jungen einen Blick zu. »Ach, wenn wir doch nur einen Penny übrig hätten, dann würden wir Sie jetzt auf einen Drink einladen.«

Der Junge leckte sich die Lippen. »Ich hab Durst, Ma!«, sagte er. Er sah aus wie fünf oder sechs, und ich wunderte mich, dass er die Frau mit »Ma« ansprach, denn sie schien mir zu alt, um seine Mutter sein zu können.

»Ich weiß, mein Sohn, aber die Zeiten sind hart. Du weißt doch, dass deine Mutter nicht mal mehr einen Penny hat.«

Ich wusste, dass die beiden ein Spielchen mit mir trieben, dass der Junge genau aufs Stichwort gesprochen hatte. Dennoch war ich ihnen dankbar, dass sie mir geholfen hatten, während alle anderen achtlos an mir vorbeigegangen waren. »Erlauben Sie mir, dass ich Sie und Ihren Sohn auf einen Drink einlade«, sagte ich, »um mich für Ihre Hilfsbereitschaft erkenntlich zu zeigen.«

Die Frau legte dem Jungen eine Hand auf den Kopf. Sein schwarzes Haar war lang und dreckverkrustet, seine Augenlider verklebt. Seine großen blauen Augen wirkten in dem blassen Gesichtchen mit den ebenmäßigen Zügen übergroß. Wenn er nur nicht so dreckig gewesen wäre, hätte er ein hübscher Junge sein können.

»Es geht ja nicht um mich, aber mein armer Junge ist jetzt schon seit Stunden auf den Beinen, und er ist so müde. Wir wollten eigentlich drüben am Park dem Feuerwerk zusehen. Ein Glas warmes Malzbier würde ihn bestimmt wieder auf die Beine bringen. Aber Sie haben Ihr Retikül verloren. Wenn Sie kein Geld mehr haben …« Sie ließ den Satz unbeendet.

»Ich habe etwas Geld«, sagte ich.

Sie nickte. »Ein paar Meter weiter gibt es ein nettes Wirtshaus, wenn Sie es bis dahin schaffen.«

Der Gedanke, eine Weile im Warmen zu sitzen, war verlockend. Zwar konnte ich wieder normal atmen, doch spürte ich noch immer einen scharfen Schmerz im Rücken. Ich legte die Hand auf die Stelle, und der Schmerz ließ ein wenig nach.

Die Frau hakte sich bei mir unter und führte mich zu einem Wirtshaus, dessen Name – »Das Grüne Fass« – in verschnörkelten Lettern auf das dicke Fensterglas gemalt war. Als sie die Tür aufstieß, schwappte uns das Grölen Betrunkener entgegen sowie ein Gemisch von verschüttetem Gin, Zigarrenrauch und Schweiß. Wir mussten uns einen

Weg durch die Gäste bahnen, die sich Schulter an Schulter im Schankraum drängten. Gerade als wir das andere Ende erreichten, standen eine Frau und zwei ältere Männer von einem Tisch auf und machten uns Platz. Ich sah, wie die Frau, die mir zu Hilfe geeilt war, einem der Männer zunickte und wie dieser mit der Hand den Hutrand berührte – als würden die beiden einander kennen.

»Ich war schon ein-, zweimal hier«, erklärte sie. »Es ist recht nett hier.«

Kaum hatten wir Platz genommen, legte ich die Hände unter den Tisch und holte ein paar Münzen aus dem Rockbund heraus. Die Frau beachtete mich nicht: Sie befeuchtete die Finger und rieb geschäftig das Gesicht des Jungen, in dem vergeblichen Versuch, es sauber zu bekommen.

»Ich nehme einen heißen Gin mit Zitrone«, sagte sie, »und für meinen Jungen Malzbier, bitte.«

Es gelang mir, die vollen Gläser unbeschadet an den Tisch zu balancieren, doch kaum hatte ich wieder Platz genommen, stellte sich der Schmerz in meinem Rücken wieder ein. Ich lehnte mich etwas nach vorn, um mir mit der Faust den Rücken zu reiben.

»Geht es Ihnen nicht gut, meine Liebe?«, fragte die Frau, ehe sie den Gin flink herunterkippte, so als wäre es ihr Leibgetränk. Sie verzog den Mund, ließ ein schmatzendes Geräusch vernehmen und stellte das leere Glas auf den Tisch zurück.

»Ich muss mir den Rücken geprellt haben, als ich aus der Kutsche gestürzt bin.« Ich nahm einen langen Schluck von meinem Glas. »Aber wenn ich zu Hause bin, lege ich mich hin, und dann wird es bald wieder gehen.« Ich warf einen Blick auf ihr leeres Glas; das des Jungen war noch voll. Sie würde bestimmt noch einen Drink wollen, doch ich sehnte mich danach, aus der lauten, rauchigen Kneipe hinauszukommen. Und ich war schrecklich weit von der Jack Street entfernt.

Was für ein vertaner Abend, dachte ich, während ich dem Jungen zusah, wie er an seinem Glas nippte. Nicht nur dass ich meinen Schal und mehrere Stunden Arbeit verloren hatte, hier saß ich nun und musste einer Fremden Gin spendieren, und hinterher würde ich auch noch eine Kutsche nehmen müssen, die mich zurück in die Jack Street brachte.

Gerade als ich der Frau sagen wollte, dass ich noch ein Glas holen würde, machte der Junge eine ungeschickte Bewegung und warf sein Glas um. Noch ehe ich ausweichen konnte, lief die klebrige Flüssigkeit in meinen Schoß. Die Frau nahm schnell den Schal von ihren Schultern und machte sich daran, meinen Rock abzuwischen, während sie den Jungen wegen seiner Unachtsamkeit ausschalt. Der verzog das Gesicht und stimmte ein hohes, unbändiges Geheul an, den Mund zu einem schwarzen Viereck aufgerissen.

»Bitte, bitte«, sagte ich, als sie immer hektischer an meinem Rock rieb. »Es macht nichts, es ist in Ordnung«, fügte ich, an den Jungen gewandt, hinzu, der sich jetzt grimmig mit den Fäusten die Augen rieb und noch lauter heulte.

»Du wirst dir gleich eine fangen – eine g'scheite Ohrfeige, das ist es, was du gleich bekommst!«, schrie die Frau. Sie hatte sich erhoben, den mit Malzbier getränkten Schal zusammengeknäult.

»Nein, Ma, nein«, heulte der Junge und sprang von seinem Stuhl auf, um auf den Ausgang zuzurennen.

»Bitte, es ist doch nicht so schlimm …«, versuchte ich die Frau zu beruhigen, doch ihr Mund war zu einer Linie zusammengepresst.

»Ich werde mir das Bürschchen auf der Straße vorknöpfen.« Schon eilte sie hinter dem Jungen her. »Warten Sie hier«, rief sie mir über die Schulter zu.

Ich hatte nicht vor, ihr für den Rest der Nacht Gin zu spendieren; stattdessen hoffte ich, dass der Junge schnell laufen konnte und dafür sorgen würde, dass seine Mutter – wenn sie denn seine Mutter war – ihm ein gutes Stück weit hinterherrennen musste. Inzwischen wollte ich in eine Kutsche schlüpfen, ehe sie wieder zurück war.

Der Schmerz hatte sich von meinem Rücken tiefer verlagert, und als ich aufstehen wollte, überrollte er mich mit solcher Heftigkeit, dass ich mich mit beiden Händen auf dem Tisch abstützen musste. Als die Welle wieder abebbte, wischte ich mir über den nassen Rock. Dabei bemerkte ich, dass der Rockbund nach außen gekehrt war. Ich fasste danach, zog ihn weiter hinaus und sah, dass die Innenseite leer war. Ich fiel auf die Knie, um den schmutzstarrenden Boden mit den Händen abzusuchen. »Nein!«, schrie ich fortwährend, »nein, nein, nein!« Meine Stimme musste sich ähnlich schrill anhören wie die des Kindes eben, mit dem Unterschied, dass sein Heulen ein einstudierter Akt gewesen war.

Ich kämpfte mich durch den überfüllten Schankraum und trat hinaus auf die Straße, die ich mit den Augen in beide Richtungen absuchte. Jedoch war es unmöglich, in dem Gewimmel von Menschen, Pferden und Wagen etwas zu erkennen. Wieder hastete ich in den Schankraum hinein und erzählte dem Wirt, was geschehen war. Ob er die Frau und den Jungen kenne, fragte ich ihn. Waren sie Stammgäste?

Er zeigte keinerlei Interesse. »Da kann ich nichts machen«, beschied er mich.

»Aber ... sie hat alles gestohlen, was ich hatte«, sagte ich, den Tränen nahe. Doch der Wirt hatte sich bereits ans andere Ende des Tresens begeben, um sich einer Frau zu widmen, die dort saß.

Der Schmerz in meinem Rücken war jetzt so stark, dass ich wie von einem Krampf geschüttelt wurde. Als meine Beine nachgaben, packte mich ein junger Mann, der gerade noch ein Glas Bier in der Hand gehalten hatte, am Unterarm.

Als mich abermals eine Schmerzwelle überrollte, spürte ich, wie seine Hand zitterte, und sah auf ein knochiges Handgelenk hinab, das aus einem zu kurzen Ärmel ragte.

»Nein, ich bin nicht krank, ich bin nur schrecklich aufgeregt, weil man mich ausgeraubt hat. Kann man denn nichts tun?«, rief ich und blickte in sein langes, offenes Gesicht. Er hatte blaue Augen mit einem dunklen Rand, die nicht besonders groß waren, aber freundlich blickten.

»Wer immer Sie bestohlen hat, ist jetzt längst über alle Berge. Angesichts der Menschenmengen, die den Guy-Fawkes-Tag feiern, ist es umso einfacher für dieses Gesindel, seinem Handwerk nachzugehen.«

Ich zog meinen Arm zurück und stand wie erstarrt da. Die schreckliche Wahrheit dessen, was gerade passiert war, konnte ich nicht ertragen. Die ganzen Jahre über war ich auf der Straße so vorsichtig mit meinen Ersparnissen gewesen, um nun dem läppischen Trick eines Taschendiebpärchens auf den Leim zu gehen. Hatte ich beim Aufprall auf der Straße nicht nur eine Rückenprellung, sondern auch eine Gehirnerschütterung erlitten?

»Ich könnte Sie nach Hause bringen, Miss«, sagte der junge Mann, »falls Sie Angst haben, allein auf den Straßen unterwegs zu sein.«

Ich hob den Kopf. Falls ich Angst hatte, allein auf den Straßen unterwegs zu sein? Sah er denn nicht, welcher Beschäftigung ich nachging? Oder war er sich dessen durchaus bewusst und erhoffte sich eine kostenlose Nummer, indem er vorgab, mir helfen zu wollen? Niemand bekam es umsonst. Nicht von mir. Für diese Nacht hatte ich genug eingesteckt. Ich hatte kaum ein Unglück ausgelassen. Instinktiv fasste ich nach der Wölbung meines Bauchs. »Ich komme schon allein zurecht«, sagte ich. »Wenn Sie mir nur sagen könnten, welche Straße ich nehmen muss, um ins Zentrum zu gelangen.« Der Schmerz in meinem Rücken kehrte mit Wucht zurück.

»Aber wenn Sie ausgeraubt wurden, haben Sie ja kein Geld für eine Kutsche. Es ist zu weit, um zu Fuß zu gehen.«

Er schien tatsächlich besorgt um mich zu sein. Aber auch die Frau, die mir soeben meine Zukunft geraubt hatte, hatte diesen Eindruck erweckt. Ich presste die Lippen zusammen, um ein Stöhnen zu unterdrücken.

»Ich heiße Shaker«, sagte der Fremde, »und ich kann Ihnen versichern, dass Sie keineswegs den Eindruck erwecken, als könnten Sie den ganzen Weg zurückgehen. Sie sind sehr blass. Haben Sie Rückenschmerzen, Miss?«

Wieder knetete ich mir mit den Fäusten den Rücken, während der Schmerz in Wellen über mich kam, anschwoll und wieder abebbte.

»Ich bin gestürzt. Es wird bald wieder gehen«, sagte ich und atmete tief ein und aus.

»Kann ich Sie auf ein warmes Getränk einladen? Vielleicht täte es Ihnen gut?«

Als ich den Mund öffnete, um abzulehnen, wurde ich von einem besonders starken Krampf ergriffen, und ich schrie auf. Ohne es zu wollen, hielt ich mich am Revers des Mannes fest.

Er schlang den Arm um meine Taille und stützte mich, bis der Schmerz wieder etwas nachließ. »Ich vermute, dass es sich nicht um Ihren Rücken handelt, Miss, sondern um etwas anderes.« Er vermied es, mich anzusehen, und fixierte den Rand meiner Haube.

Dann spürte ich, wie seine Finger seitlich an meinem Bauch entlangstrichen, so als wollte er mich abtasten. »Bitte«, sagte ich flehend, »ich muss jetzt einfach nach Hause gehen. Wenn ich nur …« Doch schon wurde ich von einer neuen Welle überrollt, mit einer Wucht, die mich zusammenkrümmen ließ. Ein Ächzen, das sich anhörte wie ein tierischer Laut, drang von meinen Lippen.

Er stützte mich, und der Schmerz war so intensiv, dass ich mich nicht mehr dagegen wehren konnte. Während er uns einen Weg durch das Gedränge bahnte, lehnte ich mich an seine Brust, die Augen geschlossen. Ich konnte nicht darüber nachdenken, was mit mir geschah. Es war Frances, das winzige Wesen, die sich frei schütteln und geboren werden wollte. Zu früh, viel zu früh. Wenn sie jetzt zur Welt kam, hätte sie keine Chance zu überleben.

Zehntes Kapitel

Von ihm gestützt konnte ich mich mit Mühe auf den Beinen halten, als er eine Kutsche heranwinkte. Er half mir hinein. »Wo soll der Kutscher hinfahren?«, fragte er und beugte den Oberkörper in das Innere der Kutsche. »Wo wohnen Sie?«

Ich dachte an die alte stickige Kammer. Die Mädchen würden die nächsten vier, fünf Stunden noch bei der Arbeit sein. Ich würde das allein auf der Matratze in der Jack Street hinter mich bringen müssen. Meine Lippen zitterten wie die Hände des Mannes, der sich Shaker nannte, »Schüttler«. *Nein, nein, nein, nein.* Mein Kopf wippte mit jedem weiteren »Nein«, das ich innerlich ausstieß.

Shaker jedoch missverstand, was er sah. »Es ist schon gut. Schauen Sie.« Er nahm ein paar Münzen aus seiner Westentasche. »Hier, das reicht, um die Kutsche zu bezahlen.«

Den Blick starr auf den ausgeblichenen bordeauxfarbenen Vorhang gerichtet, war ich unfähig, etwas zu erwidern.

Shaker stand geduldig wartend da, bis die Kutsche schließlich von dem ungeduldigen Stampfen der Pferde erschüttert wurde und der Kutscher unfreundlich nach dem Wohin fragte. Shaker nannte eine Adresse und stieg ein.

Wir saßen schweigend nebeneinander. Fortwährend starrte ich auf den Vorhang und biss die Lippen zusammen, um die Schmerzattacken zu bekämpfen, die in immer kürzeren Abständen kamen. Der Schmerz war jetzt nicht mehr nur in meinem Rücken, sondern strahlte bis in Bauch und Hüften aus.

Zehn Minuten später hielt die Kutsche an, und Shaker half mir auszusteigen.

»Wo sind wir?«, fragte ich und schaute mich im schwachen Dämmerlicht der Straße um. Auf beiden Seiten wurde sie gesäumt von gepflegten zweistöckigen Reihenhäusern mit Backsteinfassade. Die Eingänge und Fenster waren von schlichter, solider Eleganz, großzügig und wohl proportioniert. Ich konnte sehen, dass die Eingangstreppen und Fensterbretter weiß getüncht und sauber geschrubbt waren. Wieder spürte ich eine Schmerzwelle heranrollen und stützte den Bauch mit einer Hand.

»Wir sind in Everton, im Norden der Stadt. Hier wohne ich, in der Whitefield Lane.« Shaker öffnete die unverschlossene Haustür und trat einen Schritt zur Seite, um mich hineinzulassen. Bis auf das Glimmen eines erlöschenden Kaminfeuers in einem Zimmer auf der linken Seite des Korridors lag das Haus im Dunkeln. Von Shakers Hand in meinem Rücken geleitet, stieg ich langsam eine enge Treppe hinauf, bis ich den oberen Treppenabsatz erreichte. Unter einer der zwei Türen, die vom oberen Korridor abgingen, war ein schmaler Streifen Licht zu sehen. Ich spürte, wie Shaker zögerte, als sich auch schon die Tür öffnete. Eine hagere, grauhaarige Frau mit einer Bibel in der einen und einer Kerze in der anderen Hand starrte uns entgeistert an.

»Was hat das zu bedeuten?«, fragte sie missmutig und hielt die Kerze in meine Richtung. Der Kerzenschein warf zerklüftete Schatten auf ihre verzerrten Züge. »Wer ist diese Person?« Ich bemerkte, wie ihre scharfen Augen über den Schnitt meines Kleides wanderten und mein aufgelöstes Haar. Sicherlich hafteten Shaker und mir die Gerüche des Wirtshauses an – Schnapsgeruch, Tabakrauch und Schweiß.

»Eine junge Frau in Not, Mutter«, erwiderte Shaker.

Ich hatte das Gefühl, dass mich meine Beine keine Sekunde länger tragen würden. Schwach und der Ohnmacht nahe, klammerte ich mich an Shakers Ärmel fest, und er legte den Arm um meine Taille, um mich aufrecht zu halten. Ich lehnte die Stirn an seine Brust.

»In Not?«, wiederholte die alte Frau. »Soweit ich es beurteilen kann, ist sie betrunken. Du wagst es, eine betrunkene Hure nach Hause zu bringen?« Sie kam jetzt so nahe, dass ich die Tröpfchen auf meinem Gesicht spürte, die sie beim Reden versprühte. »Du enttäuschst mich sehr, mein Junge – und, was noch viel schlimmer ist, du enttäuschst den Herrn mit deinem Verhalten.«

»Mutter. Du verstehst nicht, dass ...«

»Nein, sicherlich nicht. Ich kann es jedenfalls nicht ertragen, so eine unter meinem Dach zu haben.« Ihr Kopf schwankte auf dem dünnen, faltigen Hals hin und her, als sie sich zu mir beugte und mir ins Gesicht sagte: »Hure!«

Shaker tat so, als hätte er nicht gehört, was sie gesagt hatte. »Es ist nicht nur dein Dach, Mutter, sondern *unser* Dach.«

»Nenn mir einen guten Grund, warum ich es erlauben sollte, Shaker.«

»Nächstenliebe vielleicht?«

Der Ausdruck auf ihrem Gesicht veränderte sich, und sie trat einen Schritt zurück.

Vor Schmerz ging ich in die Knie, und ich musste stöhnen, als eine neue Welle über mich hinwegrollte. Ich konnte Shakers Zittern in meinem Rücken fühlen, der mich noch fester hielt. »Sie wird gleich niederkommen, Mutter. Sie braucht Hilfe.«

»Sie sieht nicht aus, als wäre sie schwanger. Allerdings könnte es auch daran liegen, dass sie nur Haut und Knochen ist, ausgelaugt von ihrem unzüchtigen Tun.« Wieder kam sie näher zu mir, wobei ihr Blick von meinem Bauch über den ringlosen Finger zu meinem Gesicht wanderte. »Und warum, wenn ich fragen darf, hast du sie hierher gebracht? Du hast ihr gegenüber ... hoffentlich keine Verpflichtungen, oder doch?« Ihre wässrigen Augen bohrten sich in meine, ihr Blick war jetzt nicht mehr nur misstrauisch, sondern auch ängstlich. »Bist du verantwortlich für ihren Zustand? Sohn? Sag mir, dass du keine Verantwortung für diese Frau hast. Bitte.« Das letzte Wort war ein langgezogenes Flüstern.

»Bitte«, sagte ich wie ein Echo, als der Schmerz mich wie mit eisernen Zangen umklammerte und ich meinte, innerlich zu zerreißen. »Bitte, helfen Sie mir.«

Shaker zog mich in einen dunklen Raum, während seine Mutter uns folgte. Beim Licht ihrer Kerze tanzten unheimliche Schatten über die Wände. »Warum geht sie nicht dahin, wohin sie gehört?«

»Man hat ihr ganzes Geld gestohlen. In der Menge heute Abend ...« Shaker verstummte, dann fuhr er fort: »Jedenfalls brauchte sie Hilfe. Nun geh, Mutter, geh in dein Zimmer zurück.« Seine Stimme war leise, aber stark. »Ich bestehe darauf. Das hier ist nicht deine Angelegenheit.«

Ohne ein weiteres Wort zu sagen, verließ die Frau mit der Kerze das Zimmer und schloss die Tür hinter sich.

Ich hatte meinen Körper jetzt nicht mehr unter Kontrolle. In der Dunkelheit hörte ich, wie ich einen jämmerlichen Schrei ausstieß, während Shaker mich sanft auf eine weiche Fläche legte. Ein Streichholz wurde angerissen, dann flackerte ein Licht auf, als er es an den Docht einer Argand-Lampe hielt. Im Lichtschein sah ich, dass ich auf einer Matratze mit einem Korbrahmen lag. Immer rascher folgten die Wehen aufeinander. Während in der Ferne die einzelnen Feuerwerke ihren Höhepunkt erreichten, hatte ich das Gefühl, in zwei Hälften gerissen zu werden.

»Es ist zu früh, es ist viel zu früh«, flüsterte ich und zog die Knie an, während Shaker ein Feuer in einem kleinen Kamin anzündete.

»Ja, ich weiß«, sagte er beinahe wie zu sich selbst. »Und die Wehen scheinen schon zu weit fortgeschritten, als dass man sie noch stoppen könnte.«

»Ich weiß nicht, was ich tun muss.« Mein Atem ging jetzt stoßweise. *Und ich habe Angst.*

Shakers Hände zitterten noch mehr, als er sie jetzt in einer Waschschüssel wusch. Wasser spritzte auf seinen Mantel, und er wischte es rasch ab. Der Wind rüttelte und schüttelte an den Fenstern. »Aber ich. Ich weiß, was zu tun ist«, sagte er beim Näherkommen.

»Ich will sie sehen.«

»Sie würden sich nur aufregen, Miss.«

»Bitte, lassen Sie mich sie sehen.«

Es war schnell vorüber gewesen; ich hatte Shakers Anweisungen ohne zu fragen befolgt, hatte es geschehen lassen, dass er mir Rock und Hemd hochschlug, das Korsett aufhakte und mir die Unterröcke auszog; dass er mir anschließend seine großen Hände auf den Unterleib legte. Er gab mir ein sauberes Baumwolltuch, um darauf zu beißen, wenn die Wehen ihren Höhepunkt erreichten. Anschließend zog er das schmutzige Laken unter mir hervor, um es gegen ein frisches auszutauschen, brachte neue Tücher, um die Blutung zu stoppen, sowie warmes Wasser und einen weichen Lappen, um mich zu waschen. Während er mich allein ließ, zog ich mir Kleid und Mieder aus und wusch mich sorgfältig von Kopf bis Fuß. Meine Bewegungen waren langsam und träge, und kaum war ich fertig, sank ich auf das Kissen zurück.

Der Morgen dämmerte allmählich heran, und noch immer pfiff der Wind am Fenster.

»Sie ist mein Baby. Sie haben kein Recht, mir zu verbieten, sie zu sehen.« Ich versuchte, Autorität in meine Stimme zu legen, doch ich erschauderte, obwohl ich das Zubett eng um mich geschlungen hatte. Shaker hatte das Fenster ein wenig geöffnet, und mir war, als ob die kühle Luft, die hereinströmte, nach frischem Grün roch. Die Feuerwerke waren vor langem erloschen, und kein Laut drang von draußen mehr herein. Ich, die ich die unaufhörlichen Straßengeräusche und das Stimmengewirr der Jack Street gewöhnt war, empfand die Stille in diesem Zimmer als unheimlich.

Eine Weile schaute Shaker mich zögernd an, dann wandte er sich zu dem Waschtisch mit der Porzellanschüssel. »Warten Sie.«

Ich schloss die Augen und hörte ein leises plätscherndes Geräusch, gefolgt von einem Rascheln. »Was machen Sie da?«, fragte ich und versuchte mich in eine einigermaßen bequeme Sitzposition aufzurichten, während ich die Decke eng um die Schultern zog.

Statt zu antworten, trat er an das Bett, wo er sich auf den Rand setzte und die Porzellanschüssel hinabsenkte. Ich blickte auf die winzige Gestalt unter dem sauberen Leinentaschentuch, das sie bedeckte. Eine Miniatur-Windel, dachte ich.

Ich zog das Tuch mit dem Zeigefinger etwas zur Seite.

Sie lag auf der Seite. Shaker hatte sie gewaschen: Ihre Haut war sauber und hatte den bläulichen Ton einer Taube, ein zarter Flaum bedeckte ihren Körper. Ihr Körper war wohlproportioniert, aber alles an ihr war winzig, die Fingernägel und Augenlider schienen durchsichtig zu sein.

Ich streckte die Hand aus und berührte ihre samtene Stirn, dann das Ärmchen, den Rücken. Meine Finger zitterten – oder aber es war die Schüssel, die von Shakers Zittern leicht bebte.

Ich wollte weinen – doch mein Hals fühlte sich an, als wäre er angeschwollen, sodass ich kaum schlucken konnte. In meinem Mund sammelte sich Speichel, meine Nase lief, aber meine Augen blieben trocken.

»Es tut mir Leid. Ich wusste, es wäre nicht gut für Sie …«

Ich bemühte mich, den Kloß in meinem Hals herunterzuschlucken, und als ich wieder einen Ton herausbrachte, klang es wie ein raues Krächzen. »Sie heißt Frances.« Ich zog meine Hand zurück, legte sie in den Schoß und umklammerte sie mit der anderen Hand. »Ich bin froh, dass sie nicht lebt. Was für ein Leben erwartet ein Mädchen schon in dieser Welt?«

Shaker stellte die Waschschüssel vorsichtig zurück in den Waschstand und blickte auf das tote Kind hinab.

»Sie werden sie doch nicht auf den Abfall werfen, nicht wahr? Geben Sie sie mir, und ich werde sie beerdigen.«

Shaker starrte noch immer auf das tote Kind.

»Wenn Sie wollen, dann gehe ich jetzt und nehme sie mit.« Ich empfand eine unbestimmte Wut angesichts Shakers gebeugter Haltung, dem Zittern seiner Hände und der Traurigkeit, die ein Teil von ihm zu sein schien. Was hatte er für ein Recht, um meine Frances zu trauern? Er wusste nichts von mir, und ich wusste nichts von ihm.

Ich versuchte, die Beine auf den Boden zu schwingen – und schrie auf, als mir ein scharfer Schmerz durch den Leib fuhr. Die Decke fiel zu Boden.

»Sie können mit ihr tun, was immer Ihnen beliebt«, sagte Shaker und wandte sich zu mir um. Er kreuzte die Arme und verbarg die zitternden Hände unter den Achseln. »Wie heißen Sie?«

»Linny Gow.« Fast nackt, nur mit dem dünnen Unterhemd bekleidet, saß ich auf dem Bett. Ich legte die Handflächen parallel zu meinem Körper auf das Bett und versuchte mich abzustützen. »Ich muss jetzt gehen«, sagte ich.

»Warum?«, fragte Shaker.

Darauf hatte ich keine Antwort. Meine Augen wanderten zu der Waschschüssel.

»Würden Sie gern noch ein wenig hier liegen bleiben, wenigstens für ein paar Stunden, bis die Blutung einigermaßen zum Stillstand gekommen ist und Sie wieder Kraft genug haben, um nach Hause zu gehen?« Er kam näher.

Da ich nicht antwortete, fuhr er fort: »Sie sollten nicht sofort wieder mit der Arbeit beginnen. Wenigstens nicht für die nächsten paar Tage. Ihr Körper braucht Zeit, um zu heilen.«

Natürlich wusste er, welcher »Arbeit« ich nachging. Er hatte nicht erst der Bemerkung seiner Mutter bedurft, um meine Beschäftigung zu erraten. Vom ersten Augenblick, da ich neben ihn getreten war, hatte er es gewusst, auch wenn er mich respektvoll behandelt hatte und ich zunächst geglaubt hatte, er sei ein ahnungsloser Narr.

Als er die Arbeit erwähnte, fühlte ich mich mit einem Mal schrecklich erschöpft. Ich konnte unmöglich in die kalte Morgendämmerung hinausgehen und den ganzen Weg bis zur Jack Street zu Fuß zurücklegen. »Gut, ich werde mich etwas ausruhen«, erklärte ich. »Nur eine Stunde.« Und ich legte mich wieder hin.

Während Shaker mich mit der dicken Wolldecke zudeckte, wanderte sein Blick über meine Narbe. Ich hörte einen kaum wahrnehmbaren Seufzer. Dann schloss er das Fenster, schürte das Feuer, löschte das Lampenlicht und ließ mich allein.

Ich lag in dem warmen Bett und fand im blassen Licht der Morgendämmerung keinen Schlaf. Mein Blick wanderte von der Waschschüssel zum Fenster. Ein kahler, nasser Zweig schlug sachte im nachlassenden Wind gegen die Glasscheibe. Der Himmel schimmerte perlfarben. Ich dachte über Shaker nach, fragte mich, wie er nur gewusst hatte, was zu tun war. Wunderte mich über die Traurigkeit in seinem Gesicht, als er mir die Waschschüssel hingehalten und später dann am Waschtisch auf mein totes Baby gestarrt hatte.

Das helle Sonnenlicht flutete durch das Fenster und weckte mich. Noch nie zuvor hatte ich so ein sauberes Fensterglas gesehen. Ich schlug die Decke zurück und setzte mich auf. Ich war steif, und der ganze Körper schmerzte, so als ob ich geschlagen worden wäre – viel fester als die paar Ohrfeigen, die der Schotte in der Kutsche mir gegeben hatte. Ich fühlte mich, als ob ich gehäutet worden wäre – sowohl äußerlich als auch innerlich, so als könnte nur der Versuch zu sprechen mir Schmerzen verursachen. Langsam und mit zittrigen Beinen stand ich auf und begann mich anzuziehen.

Während ich das Unterhemd herunterzog, schaute ich zum Waschstand. An der Stelle der Waschschüssel befand sich dort eine längliche Blechdose. Shaker musste hereingekommen sein, während ich schlief. Eine Schmuckschatulle oder ein Behältnis, in dem Andenken aufbewahrt werden, dachte ich zunächst. Ich stellte mich daneben und ließ die Finger darübergleiten. Plötzlich begriff ich und öffnete einen Spaltbreit den Deckel. Ich sah das schneeweiße Leinentaschentuch, strich darüber und fühlte die gewellte Form darunter. Dann schob ich den Deckel wieder auf die Dose.

Außer dem Bett war das Zimmer mit einem großen, unverzierten Schreibtisch sowie einem Stuhl mit Sprossenlehne möbliert. Auf dem Schreibtisch stapelten sich Bücher, und eines davon war aufgeschlagen. Darüber hing an der Wand eine Zeichnung eines Menschen ohne Haut, nur Muskeln, Sehnen und Arterien waren zu sehen. Andere Zeichnungen zeigten Knochen, eine die Abbildung einer Schädelhälfte mit einer weichen, weißlichen Masse an der offenen Seite. Und dann sah ich sie, am Boden neben dem Schreibtisch. Einmachgläser.

Für eine schreckliche Sekunde befand ich mich wieder in dem hellen Zimmer mit der grauenhaften Sammlung an Gläsern.

Ängstlich trat ich näher, doch diese Gläser enthielten keine Haare. Zunächst dachte ich, sie würden eingemachtes Fleisch enthalten – wie ich es in Metzgerläden gesehen hatte. Doch dann begriff ich, dass es konservierte menschliche Körperteile waren. Nicht alle Organe konnte ich ausmachen, doch ich erkannte Nieren, ein Herz, eine Leber. Als ich das letzte Glas betrachtete, zuckte ich zusammen. Ich schlug mir die Hand vor den Mund, um den Schreckenslaut zu ersticken, doch es war zu spät.

Die Tür öffnete sich, und Shaker kam herein und sah, wie ich vom Schreibtisch zurückwich. »Es tut mir Leid, ich dachte nicht, dass …«, stotterte er. Er griff hektisch nach dem Glas, sodass der Fötus in dem Formaldehyd auf und ab wippte.

Ich starrte ihn an, fassungslos, und hatte das Gefühl, dass mein Gesicht ebenso leblos und bleich sei wie der Inhalt der Gläser.

»Ich studiere den menschlichen Körper«, erklärte Shaker schnell, als fühlte er sich schuldig. »Ich … ich wollte Arzt werden. Aber natürlich ist das für mich unmöglich … weder Arzt noch Chirurg, nicht einmal das Handwerk eines primitiven Baders kann ich ausüben – so einer wie Sie behandelt hat.« Seine Augen verharrten auf meiner Narbe. »Unmöglich für jemanden wie mich … mit diesen Händen«, fuhr er fort, als müsste er den Grund näher ausführen. »Aber die Medizin ist und bleibt meine Leidenschaft.« Während er sprach, hatte er das Glas hinter dem Rücken versteckt. »Ich habe etwas Fleischbrühe gekocht, und Sie sollten auch etwas Brechweinstein zu sich nehmen, um Ihr Blut zu stärken. Aber Sie brauchen ein Rezept, denn das Mittel ist nur in der Krankenhausapotheke erhältlich. Fühlen Sie sich immer noch sehr schwach?«

Während er vor lauter Aufregung in einem fort redete, hatte ich mich auf den gepolsterten Stuhl vor dem Schreibtisch gesetzt. »Mir ist nur etwas schwindlig geworden, da ich so schnell aufgestanden bin«, log ich. »Nur noch einen Moment, dann werde ich gehen.« Ich warf einen Blick auf das Behältnis auf dem Waschtisch. »Werden Sie die Schatulle wiederhaben wollen?«

»O nein, ich bitte Sie. Sie sagten, dass Sie es beerdigen wollten … ich meine sie, und ich dachte …«

Während er wieder hinausging, betrachtete ich die Schatulle, um nicht ihn ansehen zu müssen. Kurz darauf kam er mit einem Schal zurück. »Es tut mir so Leid, Sie in Aufregung versetzt zu haben, Miss Gow. Bitte.« Er reichte mir den Schal – der natürlich seiner Mutter gehörte. Ich nahm ihn und legte ihn mir um die Schultern. »Nehmen Sie wenigstens eine Tasse Fleischbrühe zu sich. Wir gehen am besten hinüber zu meiner Mutter. Sie ist gerade aus der Kirche zurückgekommen, und in ihrem Zimmer ist es wärmer. Unten im Erdgeschoss ist noch kein Feuer gemacht worden. Bald wird Nan da sein und sich darum kümmern. Also kommen Sie bitte mit mir. Bitte«, fügte er wieder hinzu.

Bei der Aussicht auf eine Tasse Fleischbrühe lief mir das Wasser im Mund zusammen. »Gut, danke, Mr …?«

Die Röte kroch seinen Hals hinauf. »Oh, nennen Sie mich doch einfach Shaker, wie ich Ihnen bereits gestern Nacht sagte. Ich habe den Spitznamen unglücklicherweise in der Schule verpasst bekommen, und seither ist er an mir haften geblieben.« Er lächelte flüchtig und entblößte unregelmäßige Zähne; dennoch war es ein natürliches Lächeln, das seinem blassen Gesicht etwas Warmes verlieh. Mir fiel ein, dass es unendlich lange her war, dass ich diese Art Lächeln auf dem Gesicht eines Mannes gesehen hatte. Die Männer, die mich anschauten, lächelten nicht auf diese Art und Weise. »Mein Nachname ist Smallpiece. Aber, bitte, ich würde es wirklich vorziehen, wenn Sie mich Shaker nennen würden. Wenn Ihnen das nicht zu persönlich ist.«

»Danke, Shaker«, sagte ich. »Für gestern Nacht. Dafür, dass Sie mir geholfen haben.« Ich beobachtete seine zitternden Hände. Kamen sie je zur Ruhe? Hatten sie auch gezittert, als er das winzige blaue Mädchen von mir entbunden hatte?

Er ballte sie zu Fäusten, und ich schämte mich dafür, sie angestarrt zu haben.

»Sie müssen mich für eine Idiotin halten«, sagte ich und sah ihn an, »mich so ausrauben zu lassen. Vor all den Leuten. Ich, die ich die Gesetze der Straße kennen sollte.« Ich zuckte die Schultern. »Ich werde mein Geld nie mehr zurückbekommen, das weiß ich.«

Shaker grub eine Hand in seine Jackentasche. »Das Geld wird inzwischen für billigen Gin und was auch immer ausgegeben worden sein. Aber heute Morgen bin ich nochmals zum Grünen Fass gegangen, und der Wirt hat mich hineingelassen, obwohl heute der Tag des Herrn ist. Wie Sie es bereits gestern Nacht taten, habe ich ihn abermals gefragt, ob er die Frau und den Jungen kenne, und natürlich hat er die Frage verneint. Wahrscheinlich steckt er mit ihr unter einer Decke und ist an dem Geschäft beteiligt, dafür dass er sie ihr Handwerk in seiner Gaststätte betreiben lässt. Aber ich habe mich im Schankraum umgesehen und habe in einer dunklen Ecke das hier gefunden. Natürlich kann es auch jemand anders gehören.«

Er nahm die Hand aus der Tasche und öffnete sie. Als ich meinen Anhänger an der Kette baumeln sah, brach der ganze Kummer – darüber dass man mir meinen großen Traum gestohlen hatte – in einem einzigen, trockenen Schluchzer aus mir hervor. Ich streckte die Hand aus, griff nach dem Anhänger und drückte ihn an die Wange.

»Ihr Name ist Frances«, sagte ich, obwohl ich es ihm bereits erzählt hatte. »Ich habe sie nach meiner Mutter genannt.« Und dann, endlich, konnte ich weinen. Ich weinte, wie ich noch nie geweint hatte, ein lautes, klagendes Heulen. Mit laufender Nase, die Augen zusammengepresst, wiegte ich mich auf dem Rand des Stuhls kauernd vor und zurück. Und obwohl Shakers Hand auf meiner Schulter noch stärker zitterte als zuvor, spendete die Geste mir Trost.

Als ich wieder die Fassung erlangte, entfernte Shaker die Hand und trat einen Schritt von mir weg. Er schien sich plötzlich sehr für die Zeichnung von der menschlichen Anatomie zu interessieren, dann für das aufgeschlagene Buch, bis er schließlich aus dem Fenster blickte. Er schaute überall hin, nur um mich nicht anschauen zu müssen. Es war, als ob die Tatsache, mich weinen zu sehen, ihn mehr in Verlegenheit brachte als das, was er in der Nacht gesehen hatte, als er vor meinen gespreizten Beinen kniete.

Elftes Kapitel

In dem gegenüberliegenden Zimmer war es warm, wie Shaker es gesagt hatte; im Kamin loderte ein behagliches Feuer. Über einer Tasse dampfender Fleischbrühe erzählte ich ihm von meinem Plan, nach Amerika auszuwandern. Ich erzählte ihm, wie Ram mich zur Prostitution gezwungen hatte, wie ich jeden Penny gespart hatte, um eines Tages den einzig möglichen Weg zu gehen, um dieses Leben hinter mir zu lassen. Ich erzählte ihm, dass ich beinahe genug gespart gehabt hatte, dass ich geplant hatte, mein Kind in Amerika großzuziehen und ein respektables Leben zu führen.

Ich weiß nicht, warum ich ihm all das erzählte, es sei denn, dass ich mich ihm gegenüber verpflichtet fühlte, ihn wissen zu lassen, wer ich war. Ehrlich und offen ihm gegenüber zu sein war meine einzige Möglichkeit, ihm Danke zu sagen – abgesehen davon, ihm meinen Körper anzubieten. Und während ich redete und sein Mienenspiel beobachtete, hatte ich zum ersten Mal das Gefühl, dass mir die Meinung eines anderen Menschen wichtig war. Ein ungekanntes Gefühl.

Die ganze Zeit über saß seine Mutter in ihrem Schilfrohr-Schaukelstuhl, dem Fenster zugewandt, über ihrer Klöppelarbeit. Sie hatte mich keines Blickes gewürdigt, als Shaker mich mit einer Hand an meinem Rücken in das Zimmer geschoben hatte. Er hatte für mich einen Stuhl von dem kleinen Kieferntisch hervorgezogen, der vor dem Kamin stand. Er tat, als wäre sie gar nicht anwesend, und nach einer Weile achtete auch ich nicht länger auf sie.

Ich betrachtete die Fenster, die von sauberen Vorhängen eingerahmt wurden und die von der Hitze angelaufen waren. Der geräumige Kaminsims bot Platz für eine runde Uhr in einem Amritsar-Gehäuse sowie eine Sammlung Porzellanhunde. Ein dicker Fransenteppich bedeckte den Boden, der sich warm unter meinen Füßen anfühlte. Auf einer Eichenanrichte neben einem Wandschirm aus Rosshaar war eine Sammlung Glasfiguren aufgereiht sowie eine Reihe von Muscheln, mehrere mit Japanlack überzogene Tabletts sowie bunte Gebäckdosen. Das Zimmer strahlte Gediegenheit und Wohlstand aus.

Über der Anrichte hing ein Gemälde, die Abbildung eines exotischen Tempels, der in Blau, Grün und Weiß gehalten war. Auch wenn es kaum künstlerischen Wert besaß – selbst meinem ungeschulten Auge entging das nicht –, war es farblich äußerst ansprechend.

»Was stellt das Gemälde dar?«, fragte ich, als ich mit meiner Geschichte fertig war.

Shakers Blick wanderte von mir zu dem Bild und wieder zurück, so als hätte meine Frage ihn überrascht. Er nannte einen seltsamen Namen, etwas, das sich anhörte wie »Tatschmahaga« und wechselte dann das Thema. »Also werden Sie mit dem Sparen wieder von vorn beginnen müssen?«, fragte er. Fortwährend schob er seine Tasse Fleischbrühe, die er nicht angerührt hatte und die inzwischen kalt geworden war, auf dem polierten Tisch ein, zwei Zentimeter vor und zurück: Es gelang ihm nicht, ruhig dazusitzen. Ich vermutete, dass er die Brühe deshalb nicht getrunken hatte, weil er fürchtete, etwas davon zu verschütten.

Ich seufzte. »Ich darf nicht daran denken. Aber natürlich werde ich das. Was bleibt mir anderes übrig? Ich habe alles verloren außer dem Anhänger meiner Mutter. Was bleibt mir anderes übrig?«, wiederholte ich, während ich mit der Fingerspitze den Rand der Tasse nachfuhr.

In diesem Moment ergriff Shakers Mutter das Wort und ließ uns beide aufspringen. »Was Ihnen anderes übrig bleibt?« Sie ließ ihre Klöppelarbeit in den Schoß fallen und starrte mich an. »Kennen Sie die Wunder, die unser Herr vollbracht hat?«

Ihre Stimme war bei weitem zu laut: wegen ihrer Wut oder weil sie schlecht hörte?

»Als meine Mutter noch lebte, bin ich sonntags immer mit ihr in die Kirche gegangen; und auch noch eine Weile nachdem sie schon tot war.« Shaker zuliebe bemühte ich mich, meine Stimme ruhig zu halten, doch insgeheim hasste ich diese Frau mit ihren misstrauischen Augen und der frömmlerischen Miene.

»Und was würde Ihre Mutter, Gott sei ihrer Seele gnädig, von Ihrem sündhaften Tun halten?«

»Ich bitte dich, Mutter«, wandte Shaker ein und warf mir einen Blick zu. Wieder errötete er.

Doch seine Mutter ging über seine Bemerkung hinweg. »Glauben Sie, sie würde es gutheißen? Glauben Sie, der Herr in seiner himmlischen Herrlichkeit würde Ihr lasterhaftes Leben gutheißen?«

Ich nahm den letzten Schluck meiner Fleischbrühe und setzte dann die Tasse behutsam auf den Tisch. »Ich bin nichts weiter als eine einfache Arbeiterin, die sich bemüht, ihr Überleben zu sichern, Mrs Smallpiece.« Und diesmal ließ ich es zu, dass sich ein überheblicher Ton in meine Stimme schlich.

Ihre buschigen, grauen Augenbrauen hoben sich. »Und noch dazu stolz darauf, zumindest hört es sich so an. Sie leben in einer Unterwelt von Prostitution und Kriminalität und treten unsere Vorstellungen von Anstand und Ehrlichkeit mit Füßen. Versuchen Sie ja nicht, sich den Anschein einer Dame geben zu wollen, denn damit haben Sie bei mir kein Glück. Ich habe Sie durchschaut, so wie andere vor Ihnen. Denn ich …«

»Hör auf, Mutter«, fiel Shaker ihr ins Wort. »Das bringt nichts. Du weißt doch, was passiert, wenn du dich aufregst …«

»Stolz hat damit nichts zu tun – das müssten Sie ja wissen, da Sie so gut über mein Leben Bescheid wissen zu scheinen«, sagte ich und starrte die alte Frau an. Ich kümmerte mich nicht darum, was Shaker jetzt von mir dachte. Von dieser vertrockneten alten Hexe würde ich mich nicht länger drangsalieren lassen. »Mit sechs Jahren fing ich an, an der Seite meiner Mutter in einer Buchbinderei zu arbeiten. Meine Arbeit ermöglichte es ihr, etwas Schinken zu kaufen sowie einen zusätzlichen Laib Brot, der halb aus Kreide bestand, und ein Päckchen Teeblätter, die sie mit bereits aufgebrühtem Tee verlängerte. Ich bin sicher, Sie haben dergleichen schon gehört, nicht wahr, Mrs Smallpiece?« Damit ließ ich den Blick durch das behagliche Zimmer gleiten. »Und dennoch haben Sie keine Ahnung. Sie sitzen in Ihrem gepflegten Haus in der Gewissheit, dass Sie stets versorgt werden, dass es Ihnen nie an etwas fehlen wird. Würde ich noch immer in der Buchbinderei arbeiten, würde ich jetzt gerade so viel verdienen, um mir eine kleine Ecke in einem schäbigen Pensionszimmer mieten zu können. Die Hälfte meines Lohns würde ich der geldgierigen Wirtin geben, die jeden unter ihrem Dach nach Belieben herumschikaniert. Noch immer würde ich mir nicht mehr als die kärgliche Ration Schinken, minderwertiges Brot und Tee leisten können. Vielleicht würde ich eines Tages heiraten, um in eine andere Ecke eines anderen Zimmers umzuziehen. Ich würde Kinder bekommen und noch immer in einer Fabrik arbeiten, und mein Leben würde so weitergehen, bis ich eines Tages bei einer Geburt sterben würde oder weil mich die ewige Plackerei zugrunde gerichtet hat.«

Während ich sprach, merkte ich, dass sich mein Tonfall ständig verlagerte – wie Sand, der von den Wellen hin und her gespült wird. Mein Salon-Englisch hatte den rauen, ungeschliffenen Ton der Back Phoebe Anne Street angenommen, dann wieder hörte ich den schottischen Tonfall meiner Mutter heraus, bis sich die kehligen Laute wieder verflüchtigten zugunsten der perfekten Aussprache, die ich mir unter den Kristalllüstern des Speisesaals eines luxuriösen Hotels angeeignet hatte. In meiner Verzweiflung gelang es mir nicht, meine Stimme in einer Tonlage zu halten.

»Also beschloss ich, den einzig möglichen Weg zu gehen, der von einer solchen Zukunft wegführte. Natürlich hätte ich wissen müssen, dass es nur ein Traum war. Ich hätte auf die innere Stimme hören müssen, die mir sagte, ich bin nichts weiter als ein Mädchen, dem der Gestank der Mersey anhaftet, und daran wird sich niemals etwas ändern.« Gegen Ende meiner Rede hatte meine Stimme einen schrillen Ton angenommen. Ich stand auf und versuchte, die Krämpfe in meinem Unterleib zu ignorieren sowie die erneut einsetzende Blutung. »Es tut mir Leid, Shaker«, sagte ich an Shaker gewandt, »ich hätte nicht in diesem Ton zu Ihrer Mutter sprechen sollen, deshalb ist es am besten, wenn ich jetzt dahin gehe, wo ich hingehöre.«

Doch auch Mrs Smallpiece war aufgestanden und trat jetzt in ihrer schiefen Haltung auf mich zu – eine Schulter etwas herabgezogen und das Gesicht zur Seite geneigt. Ein matter Glanz lag in ihren tief liegenden Augen. »Ich könnte Ihnen helfen, Rettung zu finden. Sie sind ja noch so jung, vielleicht hat es noch nicht vollständig Macht über Sie. Das Böse.«

»Rettung?«, fragte ich. »Rettung?« Ich lachte verächtlich auf und schaute Shaker an, doch der hatte den Blick auf seine Tasse gerichtet.

»Wenn Sie unseren Herrn Jesus in Ihr Herz aufnehmen, ihm Ihre Seele anbieten, könnte es einen Weg zur Umkehr geben.« Mrs Smallpiece versuchte, die Schulter ein wenig zu heben, und ihr Kinn schob sich nach vorn. »Auch ich habe einst gesündigt, indem ich mich lüsternen Gedanken und der fleischlichen Lust hingab, doch der Herr in seiner Gnade warf sein Licht auf mich, und so wurde ich den Klauen des Teufels entrissen. Ja, ich wurde aus jenen Klauen befreit, doch erst, nachdem sie sich tief in mein Fleisch gegraben hatten.« An dieser Stelle nickte sie in Shakers Richtung. »Und er war die Bestrafung für meine Sünden, er der praktisch als Krüppel zur Welt kam. Ein Sohn, dessen Körper zu nichts taugt, der unfähig ist, eine Schwiegertochter ins Haus zu bringen, die mich versorgen könnte, unfähig, mir Enkelkinder zu schenken.« Wieder wandte sie ihre merkwürdig glühenden Augen Shaker zu. »Der nichts taugt«, wiederholte sie, und ihre Stimme hallte an der hohen Decke wider.

Ich vermied es, Shaker anzusehen, und hielt den Blick auf die alte Frau gerichtet. Ein Speichelfaden zog sich über ihre Unterlippe, und ihre Augenlider flatterten, als ob das Feuer in ihren Augen sie zu verbrennen drohte. »Ich habe meine Strafe akzeptiert, habe ihn behalten, obwohl andere ihn sicherlich verstoßen hätten. Und dafür wurde ich errettet. Der Herr in seiner Gnade ist allwissend und allmächtig, halleluja, halleluja, Herr, errette uns … Herr …!« Ihre Worte überschlugen sich, bis sie schließlich zu einer Kakophonie von unverständlichen Lauten verschmolzen. Mir lief es kalt über den Rücken. Plötzlich knickten ihre Knie ein, sie warf den Kopf in den Nacken und blickte zum Himmel. Dann fiel sie der Länge nach hin, und ihr Körper wurde von krampfartigen Zuckungen geschüttelt, während ihre Absätze auf den Boden trommelten.

Als die Luft sich mit dem scharfen Geruch nach Urin füllte, biss ich mir so hart auf die Lippe, dass es blutete. Schnell kniete sich Shaker neben seine Mutter, stützte sie mit der Hand im Nacken und drehte sie auf eine Seite. Rasch holte er aus der Jackentasche ein Stück Holz hervor und zwängte es zwischen ihre zusammengebissenen Zähne. Schließlich wurden die Zuckungen schwächer und hörten dann ganz auf. Shaker ließ ihren Kopf wieder zu Boden sinken und nahm ihr das Beißholz aus dem Mund. Dann wischte er ihr mit einem Taschentuch das Gesicht ab. Mit geübtem Griff hob er sie hoch, so als wäre sie nur eine leere Hülle, und legte sie auf das schmale Bett, das an der Wand stand. Unter ihren nassen Rock drapierte er ein Flanelltuch.

Dann öffnete er das Fenster. »Es tut mir Leid«, sagte er, ohne mich anzusehen. »Sie hatte schon lange keinen Anfall mehr. Sie kommen nur, wenn sie sich aufregt. Es hat mit ihrem Schlaganfall angefangen, den sie vor ein paar Jahren erlitten hat. Ich sage ihr immer wieder, sie solle sich nicht aufregen«, fügte er hinzu. Etwas in seinem Gesicht, der Ausdruck stiller Verzweiflung, erregte mein Mitleid. »Wenn sie wieder zu sich kommt, wird sie sich beruhigt haben. Es ist, als ob diese Anfälle sie wieder in den normalen Zustand versetzen würden, der dann recht lange anhält.« Er schien wie zu sich selbst zu sprechen, als wollte er sich versichern, dass alles in geregelten Bahnen verlief, dass sein Leben mit dieser anstrengenden, herrischen Frau in Ordnung war. Als müsste er ihr tatsächlich dankbar dafür sein, dass sie ihn nicht verstoßen hatte, auch wenn anscheinend sie es war, die seiner Hilfe bedurfte.

Ich sah zu seiner Mutter hinüber, auf deren stoppligem Kinn eine Linie getrockneten Speichels schimmerte, und langte nach dem Stuhl hinter mir. Ich ließ mich schwer darauf nieder.

Shaker setzte sich mir gegenüber. »Wie ich Ihnen sagte, Sie können sich hier so lange ausruhen, wie Sie wünschen. Und dann werde ich Sie nach Hause begleiten.« Er sah mich an. »Wie dumm von mir – Sie erlauben doch, dass ich frage? Wie alt sind Sie?«

»Siebzehn.«

Überraschung breitete sich auf seinem Gesicht aus, noch ehe er es verhindern konnte. »Siebzehn?«

»Ich habe immer jünger ausgesehen …«, sagte ich, doch dann begriff ich, dass ich ihn falsch verstanden hatte. »Oder, wie alt haben Sie mich geschätzt?« Obwohl ich ihn kaum kannte, wusste ich, dass Shaker es kaum fertig brachte, seine wahren Gedanken zu verbergen.

»Ich habe angenommen, dass Sie eher in meinem Alter wären – dreiundzwanzig.«

Ich erhob mich und ging zu dem Spiegel mit dem vergoldeten Rahmen, der neben dem Fenster an der Wand hing. Zum ersten Mal seit Jahren betrachtete ich mich bei Tageslicht. Sonst hatte ich mich immer nur im flackernden Kerzenlicht oder im weichen, rötlichen Schein einer Gaslampe im Spiegel gesehen, in einem schummrigen Licht, das so manches verzieh, und immer war mein Gesicht von einer dicken Schicht Puder und Rouge bedeckt gewesen. Und nun sah ich, dass ich tatsächlich ein Geschöpf der Nacht geworden war.

Meine Haut, die so lange kein Sonnenlicht mehr gesehen hatte, war blass und aufgeschwemmt wie ein Champignon. Die halbmondförmige Narbe an meinem Mundwinkel, die mir eine beringte Hand eingebracht hatte, stach rot hervor. Mein Haar, dessen Farbe ich als goldblond in Erinnerung hatte, war spröde und ausgeblichen und sah aus wie trockenes Stroh. Auf meinen Augenlidern lag ein rötlicher Schatten, und die tief liegenden Augenhöhlen schimmerten bläulich, was durch eingetrocknete Reste von Puder noch betont wurde. Und was meine Augen betraf ... Nichts mehr war von den goldenen Sprenkeln zu sehen, die einst die Iris glitzern ließen. Das Gold war aus meinen Augen und meinem Haar verschwunden.

Im Spiegel sah ich, dass Shaker mich beobachtete. Sein Gesicht barg den gleichen verhärmten, desillusionierten Ausdruck wie meines.

Ich trat vom Spiegel weg. »Was ist nur mit mir passiert?«, flüsterte ich. Doch die Frage war nicht an Shaker gerichtet, sondern an mich. Diese hohlwangige Frau im Spiegel kannte ich nicht, sie hatte höchstens eine gewisse Ähnlichkeit mit dem menschlichen Wrack, das meine Mutter gewesen war. Wo war Linny geblieben, die kleine Linny Gow, das Kind mit den klaren Augen und Haar von der Farbe reifer Sommerbirnen?

»Sie haben einen Schock erlitten«, sagte Shaker ruhig. »Ich denke, wenn Sie sich wieder besser fühlen ...«

»Nein«, sagte ich und nahm wieder auf dem Stuhl Platz, »nein, das ist es nicht ...«

Eine Weile saßen wir schweigend da und lauschten dem gleichförmigen Ticken der Uhr. Am Himmel wurde es dunkler, und der leichte Wind, der durch das Fenster hereinwehte, blies mir ein paar Haarsträhnen ins Gesicht. »Ich weiß nicht, was es ist«, beendete ich matt den angefangenen Satz.

Mrs Smallpiece gab ein schwaches Murmeln von sich und drehte den Kopf hin und her. Shaker erhob sich schnell, um ihr dabei zu helfen, aufzustehen und sich in ihren Stuhl zu setzen. Sie saß da, das Kinn auf die Brust gesenkt, während Shaker die Bibel aus dem Regal nahm und sie ihr in die Hände legte.

»Glauben Sie an Zeichen, Miss Gow?«, fragte er.

Erst jetzt fiel mir auf, dass er groß war. Ich musste das Kinn heben, um ihm in die Augen sehen zu können. »Zeichen?« Ich dachte an das Baby. Frances – sie war ein Zeichen für mich gewesen. Aber was, wenn sich herausstellte, dass man etwas, das man für ein Zeichen gehalten hatte, die ganze Zeit über falsch gedeutet hatte? War das wiederum ein anderes Zeichen?

Im Zimmer herrschte einen Augenblick lang Stille, doch von draußen nahmen die Geräusche zu: das fordernde Bellen eines Hundes, ein entferntes Muhen, das Läuten von Kirchenglocken in der Nachbarschaft. Die leichte Brise war einem Wind gewichen, der die Vorhänge blähte, ein Anblick, der mich an Schiffssegel erinnerte.

»Ja, ich glaube an Zeichen«, sagte ich.

Shaker schloss mit einem dumpfen Geräusch das Fenster. Dann lehnte er sich, im Rücken das Tageslicht, gegen die Fensterbank und sah mich an. »Ich auch, Miss Gow«, sagte er.

»Linny, bitte nennen Sie mich Linny.«

Wieder breitete sich eine sanfte Röte auf seinem Hals aus. »Ich glaube, du bist ein Zeichen für mich, Linny Gow.«

Irgendwie war es seltsam, und doch auch wieder nicht. Ich blieb also dort, in dem Haus in der Whitefield Lane, ohne dass wir einen Plan gehabt oder Einzelheiten besprochen hätten. Nach unserer Unterhaltung war Shaker für eine, vielleicht auch zwei Stunden verschwunden. Das Zeitgefühl war mir abhanden gekommen. Während ich an dem polierten Tisch saß, fühlte ich mich abwesend, als würde mein Geist über meinem Körper schweben. Nach ihrem Anfall von religiösem Wahn und ihrem krampfartigen Zusammenbruch war Mrs Smallpiece erschöpft, und sie schien ebenso benommen wie ich, als ob etwas aus ihr entwichen wäre, um sie leer und ausgelaugt zurückzulassen. Irgendwann stand sie auf und trat hinter den Wandschirm, um frische Kleider anzuziehen. Als sie wieder auf ihrem Stuhl Platz genommen hatte, schlug sie die Bibel auf. Obwohl sie die ganze Zeit über darin blätterte, machte sie nicht den Eindruck zu lesen. Beide saßen wir da und warteten, wie mir schien, doch wusste ich nicht, worauf.

Dann waren auf der Treppe Fußtritte von zwei Menschen zu hören, ein Paar hörte sich schwer an, während das zweite Paar wie ein leises Hüpfen auf den Treppenstufen klang. Eine korpulente Frau mit einem Ascheneimer am Arm trat ein. Als sie mich sah, hielt sie inne, wobei das Mädchen, das ihr folgte, in sie prallte. Sie hatte ein gesundes und ein trübes Auge – offensichtlich war es blind. Sofort wurde die Frau von Mrs Smallpiece ausgescholten, da sie sich verspätet hatte. Sie stellte den leeren Ascheneimer auf den Boden.

»Woher soll ich denn wissen, dass Sie Besuch haben?«, fragte sie. »Heißt das, dass wir eine zusätzliche Person zum Abendessen haben? Das Rindfleisch wird womöglich nicht reichen. Soll Merrie den Tisch für drei decken?«

Da sie keine Antwort bekam, drehte sie sich auf dem Absatz um und stapfte, ihr breites Hinterteil schwingend, hinaus. Das Mädchen lief hinter ihr her. Kurz darauf hörte ich es im Treppenhaus rumpeln und rumoren – offensichtlich hatte sie sich darangemacht, abzustauben und die Treppe zu wachsen – mit mehr Geräusch, als nötig gewesen wäre.

Kurz darauf tauchte Shaker wieder auf, unter einem Arm eine aufgerollte Wollflockenmatratze und unter dem anderen weiße Laken sowie ein neu aussehendes Kissen und eine Bettdecke. Sofort machte er sich daran, an der Wand gegenüber dem Bett seiner Mutter einen Schlafplatz zu errichten. Mrs Smallpiece sah schweigend zu.

Als Nächstes ergriff er die Blechschatulle sowie eine Kohleschaufel, die an der Kaminwand lehnte. Ich stand auf und zog den Schal enger um die Schultern, dann ging ich gemeinsam mit ihm die Treppe hinunter.

»Guten Tag, Nan«, sagte er, als wir an der rundlichen Frau vorbeikamen. Sie kniete vor dem Kamin im Wohnzimmer und fegte die Feuerstelle aus. »Hallo, Merrie.« Die Frau starrte mich an, ohne den Gruß zu erwidern. Das Mädchen hielt eine Porzellanfigur in der einen und ein Staubtuch in der anderen Hand. Ebenso wie die Frau unterbrach sie ihre Beschäftigung, um mich mit dem dunklen, blauen Auge anzustarren, während das milchige Auge zur Nasenwurzel hin gerichtet war.

Shaker führte mich durch eine Reihe von Straßen. Die Sonne war herausgekommen, und es war wärmer als an den vorangegangenen Tagen. An einer matschbedeckten Straße, die zu einer kleinen, von Eiben umstandenen Kirche führte, blieben wir stehen.

»Hier ist ein Friedhof, aber wir müssten erst eine Genehmigung einholen. Es gibt natürlich Regeln …«

Ich nickte. »Und was sind die Regeln der Kirche, wenn es sich um ein ungetauftes Kind handelt?« Ich konnte mir die Antwort selbst geben: »Ein Loch in ungeweihter Erde, dort wo namenlose Arme verscharrt werden. Nein, ich will nicht, dass Frances an solch einem Ort begraben wird.«

»Es gibt eine andere Möglichkeit«, sagte er. Er machte auf dem Absatz kehrt, und ich folgte ihm wie ein Schatten, während wir durch das kleine Dorf gingen. Hinter den Wohnhäusern und kleinen Läden von Everton begann die unbebaute Natur. Nie zuvor war ich auf dem Land gewesen.

Nach einem zehnminütigen Fußmarsch kamen wir auf eine ruhige Straße. Shaker hielt an, teilte mit der Hand eine Hecke, um für mich einen Durchgang zu schaffen. Hinter der Hecke lag ein kleines Wäldchen. Der Boden war glitschig von den gefallenen Blättern, und abgebrochene Zweige knackten unter unseren Füßen, als wir weitergingen. Bis auf die Regentropfen, die von den Zweigen fielen, war es still. In der Luft lag der für mich ungewohnte Geruch nach feuchtem Gras und Regen. Ich atmete tief ein: Die einzigen Gerüche, die ich kannte, waren der Ölgeruch der Docks, der Gestank von faulen Lebensmitteln sowie von tierischen und menschlichen Exkrementen auf der Straße. Und vor allem: der penetrante Geruch von Männern – sei es der von ungewaschenen Arbeitern oder der nach Eau de Cologne und Pomade duftenden Männern aus der Oberschicht. Vor einem Ilexbusch blieben wir stehen. An seinen Zweigen waren in der Winterluft rote Beeren zu sehen. Das Gras darunter war noch weich und hatte gerade erst angefangen, sein sattes Grün zu verlieren.

»Ich dachte, vielleicht hier«, sagte Shaker.

»Ja, das ist ein schöner Platz. Genau richtig für die kleine Frances.«

Dann grub Shaker ein Loch und half mir, Frances unter der Ilexpalme zu begraben. Anschließend zog er sich zurück und ließ mich allein. Ich fand einen Stein mit rosafarbener Zeichnung und grub ihn in die Erde am Kopfende des frisch aufgeworfenen Grabhügels. Dann sprach ich ein Gebet. Wie lange ich dort kniete, konnte ich nicht sagen, wieder hatte ich jedes Zeitgefühl verloren.

Schließlich spürte ich Shakers Hand an meinem Ellbogen. Er half mir aufzustehen. »Ich komme gern hierher, um allein zu sein und nachzudenken. Niemand sonst scheint diese Stelle zu kennen. Hier wird sie ihre Ruhe finden.«

Schweigend und langsam gingen wir nebeneinander zurück – ich war noch ziemlich schwach auf den Beinen. Als wir in das Esszimmer traten, waren Nan und Merrie gerade am Gehen. Eine große Schüssel mit einem duftenden Fleischeintopf stand auf dem Tisch. Die Tapete des kleinen, aber gemütlichen Zimmers hatte ein feines Teerosenmuster; sie war nur leicht ausgeblichen und horizontal von einer weißen Zierleiste durchbrochen. Der Tisch roch nach Bienenwachspolitur; die Teller waren aus delikatem Porzellan. Auch wenn das Muster im Laufe der Jahrzehnte verblasst war und die Teller an den Rändern hier und da kleine Kerben hatten, war die Eleganz des Porzellans noch immer unverkennbar. Schweigend nahmen wir das Abendessen ein, jeder in seine Gedanken versunken, als hätten wir unser Leben lang so zusammen am Tisch gesessen.

Zwölftes Kapitel

In jener Nacht schlief ich auf meiner Matratze in Mrs Smallpiece' Zimmer einen tiefen, traumlosen Schlaf, so wie ich ihn seit Monaten oder vielmehr Jahren, ja vielleicht sogar seit ich ein kleines Kind gewesen war, nicht mehr gekannt hatte. Als ich am nächsten Morgen aufwachte, wanderte meine Hand instinktiv zum Rockbund und über den Bauch. Im Morgenlicht riss ich die Augen auf, als mir wieder einfiel, was geschehen war und dass beides leer war.

»Wo ist Shaker?«, fragte ich, als ich Mrs Smallpiece in ihrem Sessel vor dem Kamin bemerkte, mit einer Handarbeit beschäftigt. Ich wunderte mich über meine Stimme: Sie hatte einen beinahe schüchternen Klang.

»Er ist bei der Arbeit, gute, ehrliche Arbeit, der alle gottesfürchtigen Menschen nachgehen sollten.«

Ich stand auf und machte sorgfältig das Bett.

»Der Nachttopf ist hinter dem Wandschirm«, sagte sie mit gepresster Stimme. »Und tu etwas mit deinem Haar, es ist ja nicht anzusehen. Auf dem Waschtisch liegt ein Kamm.«

»Wo arbeitet er?«, fragte ich

»Am Lyceum«, kam die trockene Antwort.

»Das Lyceum in der Bold Street?« Ich kannte die Institution sehr gut, die sich an der Ecke Bold und Ranelagh Street befand. Der Herrenclub war in einem eindrucksvollen Gebäude untergebracht mit einem halbkreisförmigen Rasen davor, der von einem schmiedeeisernen Zaun eingefriedet war. Ich war oft daran vorbeigegangen und hatte die Säulen und die ausladende Marmortreppe bewundert, die zu dem großen, zurückgesetzten Eingang führte.

Sie nickte. »Jetzt zieh dich schon an. Dann nimm den Nachttopf und leer ihn auf dem Abort im hinteren Teil des Hauses aus. Anschließend kommst du wieder zurück, um mir mit dem Haar behilflich zu sein. Ich habe diese nichtsnutzige Nan entlassen. Sie und ihre faule Tochter scheinen zu erwarten, dass man sie fürs Nichtstun bezahlt. Nachdem du jetzt hier bist, kannst du ebenso gut ihre Aufgaben übernehmen.« Ich öffnete den Mund, um zu protestieren, doch ließ sie mich gar nicht erst zu Wort kommen. Sie legte die Sticknadel in den Schoß und hob die Hand. Ihre Gelenke waren geschwollen und verkrümmt; das Nähen musste schmerzvoll für sie sein. Sie sah meinen Blick und sagte: »Noch mehr Leiden wegen meiner Sünden. Aber du wirst für deine Verderbtheit auch noch deinen Teil abbekommen, falls du nicht schon mit einer Krankheit geschlagen bist. Auf jeden Fall ist es besser, dass das Kind tot geboren wurde. Es wäre ohnehin schwachsinnig gewesen, bei den vielen Vätern, die es gezeugt haben.«

Ich atmete tief ein, um mir die bissige Antwort zu verkneifen, die ich ihr am liebsten entgegengeschleudert hätte – jegliche Spur von Schüchternheit war angesichts ihrer gemeinen Worte ausgelöscht worden. Stattdessen trat ich hinter den Wandschirm, froh, mich ihrem Blick wenigstens während der paar Minuten entziehen zu können, die ich brauchte, um mich zu erleichtern und anzuziehen. Ich beabsichtigte nicht länger, in diesem Haus zu bleiben. Nie im Leben würde ich das Dienstmädchen für eine elende alte Frau sein, mit den kalten Augen eines Schellfischs.

Als Shaker zum Abendessen nach Hause kam, sah er anders aus als zwei Tage zuvor, als ich ihn zum ersten Mal im Grünen Fass gesehen hatte. Es hatte nicht nur damit zu tun, dass er sich am Morgen rasiert und das lange Haar sorgfältig gekämmt hatte. Es war etwas, das von innen kam.

Mit einem Mal beide von Schüchternheit befangen, begrüßten wir uns einander.

»Ich glaube nicht, dass sie je in ihrem Leben ein anständiges Essen zubereitet hat«, klagte Mrs Smallpiece. »Ich musste sie Schritt für Schritt anleiten. Immerhin hat sie kräftige Arme und ist fürs Hin- und Hertragen zu gebrauchen.«

Shaker räusperte sich. »Ist Nan denn heute nicht gekommen, Mutter? Und die kleine Merrie? Wer wird jetzt das Abendessen auftragen?«

Als Mrs Smallpiece nicht antwortete, ergriff ich das Wort: »Deine Mutter hat mir erzählt, dass du im Lyceum, dem Herrenclub, arbeitest? Ach, ich werde übrigens das Essen servieren.«

Er ließ sich auf seinem Stuhl nieder, während ich die Teller mit Hammelfleisch und gekochten Kartoffeln von der Anrichte nahm und je einen vor Shaker, vor seine Mutter und vor den Platz stellte, wo ich saß. Dann reichte ich die Sauciere herum. Währenddessen schwieg Shaker betreten. War es, weil ich ihn bediente? Oder weil es mir offensichtlich besser ging? Oder weil ich nicht länger der gepuderten Hure glich, die sich im Wirtshaus an seinen Arm geklammert hatte? Oder nicht mehr der erbarmungswürdigen Kreatur, die ihre mitleiderregende Geschichte von verlorenen Träumen hinausgeheult und dann an der winzigen Grabstelle mit dem rosafarbenen Grabstein gekauert hatte?

Am Morgen hatte ich mein Haar im Nacken zu einem Knoten frisiert, mir das Gesicht geschrubbt und Mrs Smallpiece' Schal züchtig über die Brust drapiert. Jagte ich ihm als ordentliche junge Frau mit einem Mal einen Schrecken ein?

Er nahm seine Gabel auf. »Bitte, Miss Gow, Linny. Setz dich bitte hin. Ja, ich arbeite in der Bibliothek sowie im Zeitschriftensaal, der ebenfalls zum Club gehört. Es gibt eine Subskriptionsbibliothek im oberen Stock, die den Clubmitgliedern vorbehalten ist.« Dann beugte er den Kopf über seinen Teller, und ich vermied es, ihm dabei zuzusehen, wie er versuchte, eine Gabel voll zum Mund zu führen, ohne die Hälfte der Portion zu verschütten. Wieder senkte sich

Schweigen über den Raum, nur unterbrochen vom Kratzen von Silberbesteck auf Porzellan und Kau- und Schluckgeräuschen.

Plötzlich blickte er hoch. »Kannst du lesen?«

»Ja, sie kann«, antwortete Mrs Smallpiece. »Sie hat mir heute vorgelesen. Du weißt ja, dass ich kaum mehr einen Buchstaben erkennen kann. Ich habe bestimmte Stellen aus der Heiligen Schrift ausgesucht, die sie lesen soll. ›Man hat dich auf der Waage gewogen und zu leicht befunden‹ – das ist eine der Stellen aus den Propheten – und: ›Ihr aber pflügt Böses und erntet Übeltat und esset Lügenfrüchte …‹«

»Dann kannst du also lesen«, fiel Shaker seiner Mutter ins Wort. »Und schreiben kannst du auch?«

»Ich habe schon lange nicht mehr geschrieben, aber als Kind konnte ich es. Meine Mutter hat es mich gelehrt.«

»Gut«, sagte er. Und ich sah, dass sich sein Ausdruck abermals verändert hatte. Sein Gesicht spiegelte nicht länger diese schwermütige Leere, die ich am Anfang darin gesehen hatte.

Am darauffolgenden Morgen wühlte Mrs Smallpiece in ihrer Garderobe, zog eines ihrer alten Kleider hervor und warf es auf meine Matratze. Das billige, schlecht gearbeitete und tief ausgeschnittene Kleid – mein schrilles Arbeitsgewand – war natürlich unpassend für Everton. Also zog ich das düstere, aus schwerem, schwarzem Tuch genähte Gewand an und betrachtete verdrießlich den schon häufig ausgebesserten Schal und die längst aus der Mode geratene Haube, die sie ebenfalls für mich ausgegraben hatte. Das Kleid war viel zu groß und hing unförmig an meinem Körper. Ich fühlte mich so schwerfällig, wie ich aussah.

Nach dem Frühstück wies mich Mrs Smallpiece an, das Silber zu polieren, dann sollte ich Gemüse schälen, das von einem Gemüsehändler an die Küchentür geliefert wurde. Anschließend backte ich Plätzchen und bereitete den Teig für eine Fleischpastete zu. Eine Karte mit Goldrand wurde abgegeben, und nachdem sie den Inhalt gelesen hatte, murmelte Mrs Smallpiece: »Wie aufmerksam« und legte sie auf ein Silbertablett, das auf einem Mahagonitischchen in der Nähe der Haustür stand. Später ließ sie mich wieder aus der Bibel vorlesen, doch kaum fünf Minuten waren vergangen, als sie einnickte. Ich zog mir ihren Schal eng um die Schultern und schlüpfte hinaus, um zu der kleinen Lichtung zu gehen. Eine Weile kauerte ich vor der Grabstelle unter dem Ilexbusch und zeichnete mit dem Finger die rosafarbene Maserung des Steins nach. Der Schmerz in meinem Körper ließ allmählich nach, doch noch immer war ich von tiefer Traurigkeit erfüllt. Falls ich wieder in die Paradise Street zurückkehren wollte, dann müsste ich es spätestens am nächsten Tag tun – dem dritten Tag, an dem ich abwesend war –, ansonsten würde Blue meinen Platz an eine andere vergeben; sowohl den im Zimmer als auch den auf der Straße.

Doch am Abend kam Shaker mit einem breiten Lächeln nach Hause. Er hatte mir eine Arbeit in der Bibliothek besorgt. Schon in der darauffolgenden Woche könnte ich beginnen.

Mit einem dumpfen Geräusch stellte ich den Teller mit den Plätzchen auf den Tisch. »Du hast was getan?«

Mein Tonfall ließ das Lächeln auf Shakers Gesicht gefrieren. »Ich sagte, dass ich dir …«

»Und du hast nicht daran gedacht, mich zu fragen, ob ich überhaupt an einer Arbeit in der Bibliothek interessiert bin? Ich habe mich noch gar nicht entschieden, was ich als Nächstes zu tun gedenke. Es ist wirklich sehr nett von dir, aber ich bin hier geblieben, um wieder zu Kräften zu kommen, wie du es mir freundlicherweise angeboten hattest. Aber über die nähere Zukunft bin ich mir noch gar nicht im Klaren.«

»Du bist dir nicht im Klaren?«

Ich fuchtelte mit dem Brotmesser in der Luft. »Davon abgesehen: Wer würde mich schon einstellen, ohne mich kennen lernen zu wollen? Wer würde eine Fremde einstellen?«

»Ich habe Mr Ebbington, meinem Arbeitgeber, erzählt, dass es sich um meine Cousine, Linny Smallpiece, die Tochter des Bruders meines Vaters, handele. Sie brauche dringend eine Stellung und sei von Morecambe angereist, um in Zukunft bei meiner Mutter und mir zu leben.« Seine Stimme hatte mit einem Mal einen ungewöhnlich kalten Ton angenommen. Offensichtlich war er enttäuscht, und ich schämte mich für meine ablehnende Reaktion. »Und als er mich fragte, ob sie über ein Empfehlungsschreiben verfüge, verneinte ich es. Sie habe jahrelang für ihren kranken Vater gesorgt, der nun verstorben sei. Ich könne mich aber für sie verbürgen und würde die volle Verantwortung übernehmen. Ich pflege normalerweise nicht zu lügen, Linny«, fuhr er fort, »doch dieses Mal habe ich eine Notlüge gebraucht.«

Ich schaute auf den Teller mit den Plätzchen.

»Mr Ebbington hat vollstes Vertrauen in mich. Ich arbeite nun seit sieben Jahren für ihn, mein Vater hat mir diese Position verschafft, ehe er verstarb. Er und Mr Ebbington waren gute Freunde. Das einzig Wahre an meiner Geschichte ist, dass mein Vater tatsächlich einen Bruder in Morecambe hatte, auch wenn er schon vor vier Jahren gestorben ist und keine Kinder hatte.« Sein Zittern hatte sich jetzt auf seinen ganzen Körper ausgebreitet.

»Worin würde denn meine Arbeit bestehen?«, fragte ich, Shakers fragenden Blick erwidernd.

»Es ist im Moment keine bestimmte Stellung vakant. Aber Mr Ebbington sagte mir, er könne jemanden mit einer ordentlichen Handschrift gebrauchen, der sich um die Registrierung der Bücher kümmert. Zwar bin ich verantwortlich für die Anordnung der Bücher in den Regalen sowie für die Bestellung, Rückgabe und das Zurückstellen der Bücher, doch kann ich nicht schreiben mit meiner …«, er schaute mit einem spöttischen Grinsen auf seine zitternden Hände hinab, »… mit *dieser* Hand. Und Mr Worth, der nicht mehr der Jüngste ist, registriert die Bücher bei der Ausleihe an Mitglieder, doch die Kontrolle, dass die Bücher auch wieder rechtzeitig zurück sind, liegt im Argen. Und das wäre deine Aufgabe. *Falls*, natürlich, du diese Arbeit nicht als unter deiner Würde betrachtest.«

Ich hob das Kinn. Die letzten Worte und der ironische Ton, indem sie geäußert worden waren, verfehlten ihre Wirkung nicht. »Und wie ist es mit der Bezahlung?«

»Einen Florin die Woche. Bei monatlicher Auszahlung selbstverständlich.«

Also zwei Shilling die Woche. Zwar mehr als Fabrikarbeit einbrachte, aber viel war es nicht. An wenigen Abenden auf der Straße würde ich mehr einnehmen, selbst wenn das Geschäft ruhig war. Der Hefeduft der frisch gebackenen Plätzchen stieg mir in die Nase. Der kalte Novemberregen prasselte gegen die Fensterscheiben, etwas gedämpft durch die schweren Vorhänge. Ein Tropfen fiel zischend auf das Feuer im Kamin. Das Speisezimmer war warm und erfüllt von warmem Essensduft; mochten die Möbel, Polster und Teppiche auch schon reichlich abgenützt sein – die Einrichtung hatte offensichtlich bessere Tage gesehen –, so strahlte das Haus eine bisher nicht gekannte Geborgenheit aus.

Ich stellte mir vor, wie es wäre, jetzt bei diesem Wetter draußen auf der Straße zu sein, darauf hoffend, dass der Regen die Männer, die aus den Musiksälen kamen, nicht alle vertreiben würde – in ihr Zuhause, wo ein warmes Bett und eine kalte Frau auf sie warteten –, sondern dass sie sich schnell ihre Befriedigung holten, was weniger kostete als die Fahrt nach Hause. Dann rief ich mir den Ekel erregenden Geruch des Schotten in der Kutsche wieder in Erinnerung und den des Fischhändlers. Als ich an den verrückten Ausdruck des Syphiliskranken in der Rodney Street dachte, stieg Übelkeit in mir auf. Und schließlich sah ich das Bild wieder vor meinem geistigen Auge, wie ich im Gaslicht der Straßenlampe Ram Munt das Messer an die Kehle gehalten hatte.

Ich dachte an Frances, mein Baby, und an ihre winzigen Fäustchen. Nie wieder wollte ich das Kind eines Fremden unter dem Herzen tragen.

Nach dem Abendessen bat Shaker mich, in sein Zimmer zu kommen; dabei vermied er es, mir in die Augen zu blicken. Ich nickte ausdruckslos. Also wollte er doch seinen Lohn haben. Seine Mutter tat, als hätte sie seine Bitte nicht gehört. Ich fragte mich, wie er ihr hinterher begegnen würde, und warum er nicht wenigstens wartete, bis sie zu Bett gegangen war. Seine Unverfrorenheit erstaunte mich, auch fragte ich mich, wie mein geschundener Leib reagieren würde.

Doch konnte ich ihn unmöglich zurückweisen – egal, wie oft er mich nehmen wollte. Ich stand ihm gegenüber in tiefer Schuld.

Nachdem ich hinter ihm das Zimmer betreten hatte, ging er geradewegs zu seinem Schreibtisch und ich begab mich zu seinem Bett, dem Bett, in dem ich wenige Tage zuvor blutend gelegen hatte. Ich legte mich auf den Rücken, drehte den Kopf zur Wand und zog meinen braunen Rock hoch. Als ich nichts hörte, wandte ich das Gesicht Shaker zu, um zu sehen, wo er blieb.

»Nein«, sagte er mit gedämpfter, erschrockener Stimme. Rot im Gesicht, stand er noch immer an seinem Schreibtisch. »Nein«, wiederholte er. »Ich … ich wollte, dass du etwas für mich schreibst. Ich kann ja nicht einmal eine Feder halten, wie du weißt.«

Ich fühlte, wie mir eine unbekannte Röte in die Wangen stieg. Zum ersten Mal war ich errötet, so wie es Shaker häufig widerfuhr. Ich hatte nicht einmal gewusst, dass ich fähig dazu war. Ich zerrte den Rock über die Knie und ging zum Tisch, wo ein großes Buch aufgeschlagen lag.

»Das hat Bernard Albinius geschrieben«, erklärte er. Noch immer waren seine Wangen gerötet, doch seine Stimme hatte wieder einen normalen Tonfall, so als wäre nichts gewesen. »Er war der wichtigste Forscher der Anatomie des letzten Jahrhunderts. Er hat nicht nur das menschliche Skelett gezeichnet, sondern auch die Muskeln und das ganze Blut- und Nervensystem. Wenn ich eine Kopie der Passagen haben könnte, die für meine Studien besonders wichtig sind, dann müsste ich das Buch nicht ständig ausleihen und einzelne Stellen auswendig lernen. Ich dachte … vielleicht könntest du die Stellen, die ich benötige, für mich abschreiben?« Damit zog er den Stuhl für mich heran.

»Aber deine Mutter … Was wird sie bloß denken, wenn ich hier mit dir in deinem Zimmer bin?«

»Mach dir über sie keine Gedanken. Sie macht immer viel Lärm um nichts.« Er räusperte sich gründlich – etwas, das er immer tat, wenn er verlegen war oder sich unwohl in seiner Haut fühlte, eine Angewohnheit, die mir bereits vertraut war. »Sie war nicht immer so. Ich weiß noch, wie sie immer lachte und sich freute, als Vater noch lebte.« Sein Gesicht nahm einen weichen Ausdruck an, den Blick wie in die Ferne gerichtet.

Ich versuchte, mir eine lachende Mrs Smallpiece, Shaker, wie er noch klein war, und seinen Vater am Esstisch sitzend vorzustellen.

»Mein Vater war Arzt, allerdings einer, der mehr tat, als nur Arzneimittel zu verschreiben. Er hat sogar operiert, auch wenn diese Arbeit in der medizinischen Hierarchie niedriger angesehen wird als die eines Arztes. Statt sich, wie man es von einem Arzt erwartet, darauf zu beschränken, den Puls zu fühlen und sich um die hysterischen und melancholischen Anwandlungen der Wohlhabenden zu kümmern, behandelte er auch körperliche Gebrechen. Er richtete Knochen, stellte Mittel gegen Hautkrankheiten her und operierte im Krankenhaus. Manchmal nahm er mich mit zu seinen Krankenbesuchen, wobei ich einiges lernte. Daher kommt meine Liebe zu diesem Beruf. Er war ein netter Mann, mein Vater. Es war ihm natürlich bewusst, dass ich nicht in seine Fußstapfen treten konnte, doch sprach er es niemals aus. Da er oftmals Bedürftige in Liverpool behandelte – meist ohne Bezahlung und nur für einen Händedruck –, war meine Mutter gezwungen, ein einfacheres Leben zu führen, als es ihr möglich gewesen wäre, hätte er sich auf die Behandlung der Wohlhabenden beschränkt. Nichtsdestotrotz, auch wenn wir einen eher bescheidenen Lebensstil haben, so fühlt sich meine Mutter aufgrund des hohen Ansehens meines Vaters noch immer den höheren Kreisen zugehörig.«

»Sie hat von ihren Freunden gesprochen«, erzählte ich

ihm. »Ich fürchte, meine Anwesenheit hält sie davon ab, Besuch zu empfangen.«

Shaker lächelte. »Ich freue mich, dass sie noch ihren Status als Witwe von Dr. Smallpiece genießen kann, indem sie nach wie vor Einladungen aus ihrem gewohnten Umfeld erhält.« Er unterbrach sich. Und in diesem Moment begriff ich, dass Shaker vermutlich seinem Vater nachschlug, so wie er ihn beschrieben hatte.

»Kurz nach dem Tod meines Vaters vor sieben Jahren hat sie dann diesen furchtbaren Schlaganfall erlitten, und damit hat ihre Gottesfürchtigkeit angefangen.« Er runzelte die Stirn, während er die Zeichnung betrachtete, die über seinem Schreibtisch hing; er schien ganz vergessen zu haben, dass ich im Zimmer war. »Ich habe viel darüber gelesen, und es scheint, als gäbe es eine Verbindung zwischen den beiden Phänomenen – dem Schlaganfall und dem Einsetzen eines religiösen Wahns.«

Als ich mich durch ein Räuspern bemerkbar machte, schrak er zusammen und schaute mich an. »Ich habe versucht, ihr zu helfen. Ich habe alle empfohlenen medizinischen Behandlungen befolgt – habe ihre Flüssigkeitseinnahme reduziert, ihr Brechmittel und Abführmittel gegeben. Ich habe sie sogar geschröpft, um ihren Blutdruck ins Gleichgewicht zu bringen. Aber nichts hat geholfen. Aber immerhin, wie ich dir bereits sagte, kommt es nur selten zu einem Anfall. Nur manchmal ist ihr Verhalten so seltsam, dass ich sie kaum mehr wiedererkenne.« Er seufzte. »Du brauchst dir keine Sorgen darüber zu machen, dass sie dich weiterhin als Hausmädchen sieht. Nan, die für uns arbeitet, seit ich denken kann, und ihre Tochter Merrie, die Mutter beim Anziehen und Frisieren behilflich ist, werden wiederkommen. Meine Mutter entlässt die beiden wegen des kleinsten Anlasses. Dann bleiben Nan und Merrie zwei, drei Tage weg – was für meine Mutter lang genug ist, um sie zu vermissen –, um schließlich wiederzukommen. Nan kennt es nicht anders, und sie und meine Mutter verstehen einander auf ihre Art.«

Ich ergriff die Feder und tunkte sie in das Tintenfass. »Was meintest du damit, Shaker, als du sagtest, ich sei ein Zeichen für dich?«, fragte ich, ehe ich zum Schreiben ansetzte.

Shaker trat ans Fenster. »In der Nacht, als ich dich im Grünen Fass traf, hatte ich beschlossen, so viel wie möglich zu trinken, obwohl ich selten Alkohol zu mir nehme. Und wenn ich das Gefühl hätte, so hatte ich mir vorgenommen, dass ich genug getrunken habe, wäre ich zu … zu der Lichtung gegangen, wo Frances jetzt begraben ist, um meiner Mutter keine Umstände zu bereiten, wenn ich den Schierling getrunken hatte.«

»Schierling? Ist das nicht ein Gift?«

Ich sah, wie sich sein Mundwinkel hob. »So ist es. Es schien zwar eine feige Lösung zu sein, doch wusste ich keinen anderen Weg, um mein Leben zu beenden. Ich hatte das Gefühl, dass mein Leben keinen Sinn mehr hatte. Und als ich am Tresen des Wirtshauses stand, kämpften drei Gefühle in mir.«

Schweigend wartete ich, dass er fortfuhr.

»Das stärkste Gefühl war Selbstmitleid. Weil ich nie der Mann sein könnte, der ich sein wollte. Nie würde ich Arzt oder auch nur Chirurg werden können. Dabei wünschte ich mir so sehr, anderen auf diesem Gebiet zu helfen. Auch wenn meine Arbeit in der Bibliothek ganz ansprechend ist, so finde ich keine Befriedigung darin. Ich habe keine Leidenschaft dafür. Und ich war verzweifelt, weil ich nie das bescheidene Glück einer eigenen Familie kennen lernen würde – denn welche junge Frau würde sich für einen Mann wie mich interessieren?«

Das überraschte mich. Unter Shakers schlichter Erscheinung strahlte er eine ruhige Stärke aus, das war mir im Laufe der Tage klar geworden. Und trotz seines Zitterns hatte er eine große Würde. In meinen Augen ging er zu streng mit seinem Äußeren ins Gericht.

»Und das zweite Gefühl war Schuld«, fuhr er fort, »weil ich meine Mutter allein zurückließ. Doch das Selbstmitleid obsiegte. Ich hatte jemanden dafür bezahlt, für mich einen

Brief zu schreiben, der ihr, wie ich hoffte, alles erklärte, und der eine Verfügung enthielt, die ihre häusliche Pflege regelte. Ich wusste, dass sie nicht mittellos war, denn mein Vater hat genügend Geld hinterlassen, um ihr ein angenehmes Leben zu sichern. Und vor langem schon hatte ich mit Nan gesprochen: Ob sie bereit wäre, im Falle dass ich einmal nicht mehr in der Lage wäre, für meine Mutter zu sorgen, zusammen mit Merrie bei ihr einzuziehen und sie bis zu ihrem Lebensende zu versorgen? Nan war einverstanden. Sie ist selbst Witwe, und obwohl Mutter sie als weit unter ihrem Stand betrachtet, ist die Beziehung zwischen den beiden freundschaftlich.«

Unaufhörlich fuhr er mit den Fingern an der Paspelierung des Vorhangs entlang.

»Und das dritte Gefühl?«, fragte ich, nachdem er lange schwieg.

»Das dritte war ein winziger Funken Hoffnung. Die Hoffnung, dass ich ein Zeichen bekommen würde. Ein Zeichen, das mir bedeutete, dass ich meinen Plan nicht ausführen durfte. Die letzten zwei Wochen seit dem Zeitpunkt, da ich mich zu diesem Akt entschlossen hatte, hatte ich auf irgendetwas gewartet, von dem ich nicht wusste, was es sein könnte. Doch wenn mir etwas begegnen sollte, das möglicherweise ein Zeichen war, wollte ich Gott um Vergebung für mein Selbstmitleid bitten und mein Leben weiterleben. Und du, Linny, warst dieses Zeichen.«

»Aber wie kamst du darauf?«

»Weil ich spürte, dass ich dir helfen könnte.«

Ein Tintentropfen fiel von der Feder auf das leere Blatt Papier. Ich beobachtete, wie sich der Fleck ausbreitete. »Du dachtest also, dass du dein Leben rechtfertigen könntest, indem du das Leben einer Hure in eine respektable Existenz verwandelst?«

Wieder herrschte Schweigen, ehe Shaker leise, aber mit mühsam unterdrücktem Ärger in der Stimme das Wort ergriff: »Nein. Ich dachte, dass ich die Wehen – mit fiebersenkendem Tee gemischt mit einer Prise krampflösendem

Rosmarin – vielleicht zum Stillstand bringen könnte. Und als ich merkte, dass es zu spät dafür war, wollte ich dir bei der Geburt helfen und sicherstellen, dass du nicht gezwungen wärst, allein in einer dunklen Gasse niederzukommen, wo du womöglich verblutet wärst. So hoffte ich, dir helfen zu können. Auch wenn ich kein Arzt oder Chirurg bin, sondern nur ein einfacher Mann, der einer Fremden mit seinem Wissen zur Seite stehen wollte. Deshalb erschienst du mir wie ein Zeichen. Du hast mir geholfen, mich aus dem Sumpf von Selbstmitleid herauszuziehen.«

Ich biss auf die Innenseite meiner Wange; an der Stelle hatte sich von dieser Angewohnheit, die ich seit neuestem hatte, eine leichte Verdickung gebildet. Gewöhnlich tat ich es, um mich auf etwas zu konzentrieren und mir eine bissige Antwort gegenüber Mrs Smallpiece zu verkneifen oder aber wenn ich um Worte verlegen war, so wie jetzt.

Shaker kam zum Schreibtisch zurück, um auf die Stelle zu deuten, die ich für ihn abschreiben sollte. Er rückte die Lampe etwas näher. So gut ich es vermochte, begann ich zu schreiben. Wir sprachen nicht mehr über das, was er mir gerade anvertraut hatte, das Thema war für ihn erledigt.

Dreizehntes Kapitel

Wie Shaker es prophezeit hatte, kamen Nan und Merrie tags darauf wieder zur Arbeit. Mrs Smallpiece begrüßte sie aufs Wärmste. Ich nahm an, dass der Grund für ihre Freude nicht nur darin bestand, dass sie nun wieder auf die gewohnte Weise umsorgt werden würde, sondern auch weil sie jetzt wieder die Möglichkeit hatte, ihre gesellschaftlichen Aktivitäten aufzunehmen, die sie so genoss: Einladungen zu Mittagessen und Nachmittagstees anzunehmen oder sich an kirchlichen Veranstaltungen zu beteiligen. Wahrscheinlich fürchtete sie, ich könnte mich mit dem Silber aus dem Staub machen, wenn sie mich unbeaufsichtigt zu Hause ließ.

In jener ersten Woche, die ich in ihrem Haus verbrachte, schien sie meine Anwesenheit zu akzeptieren, solange ich ihr aus der Bibel vorlas, wann immer ihr danach war. Einmal hatte sie einen schlechten Tag, als ihre Gicht ihr zu schaffen machte. An diesem Tag versuchte sie mich davon zu überzeugen, dass ich Buße tun müsse für meine Verderbtheit und die unkeuschen Gedanken, die ich ihrer Meinung nach hatte. Als ich mich entschieden gegen ihr Drängen wehrte, schlug sie mir mit der Bibel auf die Finger und sagte mir einen einsamen Tod nach einer unendlich langen Leidenszeit voraus. Sie erklärte mir, dass ihr methodistischer Glaube nur eine folgerichtige Station in ihrer moralischen Entwicklung sei – der intellektuelle und philosophische Nährboden dafür.

Es fiel mir nicht länger schwer, ihre Stimmungsschwankungen zu ertragen, und als sie eines Morgens kurz nach dem Erwachen wieder einen Anfall hatte, kümmerte ich mich um sie, so wie Shaker es getan hatte.

Sie hatte es sich in den Kopf gesetzt, mir besseres Benehmen und Anstand beizubringen, und versuchte, mir die Regeln einzutrichtern, die sie einer jungen Dame für angemessen hielt.

»Wenn Shaker es dir erlaubt, hier zu bleiben – und es scheint so, dass du sein Angebot angenommen hast –, werde ich dafür sorgen, dass du mich nicht noch mehr in Verlegenheit bringst, als du es bereits getan hast. Ich weiß zwar, dass es keine wirkliche Hoffnung für dich gibt«, sagte sie mit einem inbrünstigen Seufzen, »aber ich werde nicht müde werden, es zu versuchen. Sieh doch nur, wie du dasitzt.«

Ich blickte an dem verblichenen Stoff von Mrs Smallpiece' Kleid hinab, das ich trug; den Ellbogen auf die Armlehne gestützt und das Kinn in die Hand, lehnte ich in einer Ecke des Rosshaarsofas. Die Beine hatte ich bequem ausgestreckt und gekreuzt.

»Setz dich gerade hin, Mädchen. Die Hände im Schoß gefaltet. Die Füße parallel. Du siehst aus wie eine Schlampe – die du ja auch bist –, so wie du halb auf dem Sofa liegst.«

Ich richtete mich auf, die Lippen fest aufeinander gepresst, legte die Fingerkuppen aneinander und stellte die Füße züchtig nebeneinander.

»So ist es besser. Und bleib so für die nächste Stunde.«

»Was?«

»›Wie bitte, Mrs Smallpiece?‹, heißt es. Du bleibst jetzt so lange in dieser Haltung sitzen, bis sie dir als vollkommen normal erscheint. Eine Frau sollte das eigentlich gelernt haben, kaum dass sie den Windeln entwachsen ist.«

»Es wird sich niemals normal für mich anfühlen.«

»Ja, vielleicht für eine, die in einem Keller zur Welt kam und nie eine richtige Erziehung genossen hat. Aber hier in Everton weiß eine Frau, wie sie sich zu benehmen hat.«

»Ich bin nicht in einem Keller zur Welt gekommen. Und meine Mutter hat mich erzogen. Von ihr habe ich gelernt, was anständiges Benehmen heißt.« Doch was auch immer ich darunter verstand, die verschrobene Mrs Smallpiece ließ nur den Verhaltenskodex einer bürgerlichen Dame gelten.

Sie rümpfte die Nase und ging zum Bücherregal, um zwei Bücher herauszunehmen, die sie mir in den Schoß legte. Eines hieß *Die Kleidung – ein Appell an das christliche Gewissen* und das andere *Das Benehmen der jungen Dame.*

»Lies erst einmal das über anständige Kleidung, wenn du allein bist. Und ich erwarte, dass du dich jeden Tag einem Kapitel aus dem Buch über das Benehmen widmest. Beginne mit dem ersten. Am Abend werde ich dich dann über das jeweilige Kapitel abhören.« Sie musterte mich, während ich noch immer in der gewünschten Haltung verharrte. »Du musst verstehen, dass deine Anwesenheit in diesem Haus meine gesellschaftlichen Verpflichtungen beeinträchtigt«, fuhr sie fort. »Ich kann es einfach nicht riskieren, dass eine Dame meiner Gesellschaftsschicht dir begegnet, ehe ich nicht darauf vertrauen kann, dass du mich nicht blamierst.«

»Ich werde Sie nicht blamieren, Mrs Smallpiece«, erwiderte ich, angestrengt darum bemüht, einen ruhigen Ton zu bewahren, obwohl ich wütend war. »Darauf können Sie vertrauen.«

Ihr Gesichtsausdruck sagte mir, dass sie es nicht tat. »Wir werden schon sehen, nicht wahr?«, sagte sie im Hinausgehen. Selbst in ihrem schlichten Bombazine-Kleid schaffte sie es, die gebieterische Pose einer Herzoginwitwe an den Tag zu legen.

Kaum war sie gegangen, lehnte ich mich in die bequeme Position zurück, die ich zuvor eingenommen hatte. Lustlos blätterte ich durch die beiden Bücher und lauschte auf Schritte, um mich rechtzeitig bei ihrem Erscheinen aufrecht hinzusetzen.

Auf die Bitte ihres Sohnes hin nahm Mrs Smallpiece mich widerwillig mit zu ihrer Schneiderin, um mir drei Kleider nähen zu lassen. Alle drei hatten sie denselben Schnitt – mit rundem Halsausschnitt und einem taillierten, unverstärkten Oberteil, das vorne eine Knopfleiste hatte; der Rock war weit geschnitten und in der Taille gerafft. Der einzige Schmuck bestand in einem spitzenbesetzten Nankingkragen und einem mit Häkelstoff überzogenen Knopf, der jeden Ärmel zierte. Der Stoff war robust – dazu angetan, mindestens zehn Jahre zu halten, dachte ich bei mir. Ein Kleid war braun, das andere grau und das dritte marineblau. Ich bedankte mich bei Mrs Smallpiece mit einer Begeisterung, die ich angesichts des langweiligen Schnitts und der stumpfen Farben nicht empfand.

Merrie hatte sie angewiesen, mein Haar zu einem strengen Knoten zu frisieren, doch überzeugte ich das Mädchen davon, der Frisur einen etwas jüngeren, modischeren Anstrich zu verleihen. Mit dem Ergebnis, dass Mrs Smallpiece die zarten Löckchen, die sich in meine Stirn ringelten, mit einem strengen Blick bedachte. Doch sie enthielt sich eines Kommentars.

An meinem ersten Arbeitstag in der Bibliothek bestieg ich zusammen mit Shaker eine offene Droschke, die mehrmals am Tag zwischen Everton und Liverpool verkehrte. Dank des Vierergespanns war es eine recht schnelle Fahrt. Während ich Schulter an Schulter mit den anderen Fahrgästen saß, wechselten meine Gefühle zwischen Nervosität und Verwirrung. Da wir das Zentrum von Liverpool zu einer recht frühen Tageszeit erreichten, wusste ich, dass keine Gefahr bestand, einem der Mädchen zu begegnen, die mit mir zusammengearbeitet hatten. Und selbst wenn war die Wahrscheinlichkeit gering, dass eine ehemalige Kollegin die unscheinbare Maus wiedererkennen würde, die in der Menge anderer anständiger Herrschaften auf dem Weg zur Arbeit in einem Büro oder Geschäft war.

Ich machte meinem Vornamen nun alle Ehre. Mochte der Hänfling sich zwar durch seinen wunderschönen Gesang hervortun, so war das Weibchen doch ein recht unscheinbarer grauer Fink, genau wie ich.

Würde mich eines der Mädchen – Annabelle, Helen oder Dorie – vermissen? Wahrscheinlich schon, zumindest ein, zwei Tage lang. Und Blue war sicherlich enttäuscht, eines ihrer fleißigsten Mädchen verloren zu haben. Bestimmt hatten sie das Schlimmste angenommen, nachdem ich nicht wieder aufgetaucht war: dass ich wie die anderen verschwundenen Huren ermordet und meine Leiche an einem Ort verscharrt worden war, wo sie niemand je auffinden würde. Womöglich hatte jemand beobachtet, wie ich in die Kutsche des Schotten eingestiegen war – das letzte Mal, dass mich jemand lebend gesehen hatte. Man hatte mich gewarnt, und ich hatte die Warnung in den Wind geschlagen, »also hat sie den Preis dafür bezahlt, nicht wahr?«, würden sie sagen. Würden sie um mich trauern? Vielleicht eine kurze Zeit, und ein paar der Mädchen würden im Goat's Head das Glas auf mich erheben. Doch es gab unzählige Mädchen, die nur darauf warteten, auf der Paradise Street den Platz einer Prostituierten einzunehmen, die spurlos verschwunden war.

Sobald Mrs Smallpiece darauf vertrauen konnte, dass ich sie in der Öffentlichkeit nicht blamieren würde, nahm sie mich mit zur Kirche. Doch als sie mich das erste Mal als ihre Nichte vorstellte – vor der Kirche, an einem kalten Sonntag im Dezember –, spürte ich durch den dicken Wollstoff unserer Mäntel hindurch, wie ihr Arm zitterte. Ob es daran lag, dass sie insgeheim wütend auf mich war, weil ich sie in diese Lage gebracht hatte, oder aber weil sie gezwungen war, sich durch eine Lüge zu versündigen, konnte ich nicht sagen. Doch für eine Frau wie Mrs Smallpiece war diese Lüge gewiss das kleinere Übel, als zugeben zu müssen, dass sie eine Hure unter ihrem Dach beherbergte.

Der Pastor – Mr Lockie, der wirre weiße Augenbrauen hatte und schielte – ergriff meine Hand mit einer Inbrunst, die mir unangenehm war, während er mich in seiner Herde willkommen hieß. Nachdem Mrs Smallpiece mich vorgestellt hatte, betrachtete er eingehend mein Gesicht, was vielleicht an seinem Schielen lag. Doch las ich etwas in seinem

Blick, das dem Ausdruck ähnelte, mit dem Mrs Smallpiece mich oft ansah: die Hoffnung, die Seele eines Menschen zu erretten, indem man ihn zum methodistischen Glauben bekehrte. Hatte er instinktiv gespürt, was ich in Wirklichkeit gewesen war, und war er nun wie Mrs Smallpiece von der Aussicht erfüllt, eine sündige Seele zu bekehren?

Bald darauf nahm Mrs Smallpiece mich zum ersten Mal zu einem Besuch bei ihrer Freundin Mrs Applegate mit. Es war ein kalter Tag, und als wir zu Fuß zu dem Haus gingen, bildete unser Atem weiße Wölkchen in der eiskalten Luft. Umso wärmer empfand ich dann den überheizten Salon, in dem sich bereits mehrere ältere Damen versammelt hatten. Mrs Applegate stellte mich als Mrs Smallpiece' »arme Nichte« vor. Als wir auf den uns zugewiesenen Stühlen Platz genommen hatten, bedeutete mir Mrs Smallpiece mit einem Kopfnicken, die Handschuhe auszuziehen, da gleich der Tee serviert werden würde. Sie beeilte sich zu erklären, dass ich mein bisheriges Leben in der Obhut meines Vaters in Morecambe verbracht habe und es nicht gewohnt sei, gesellschaftlich zu verkehren.

»Also bitte sehen Sie ihr es nach, wenn sie nicht ganz die Umgangsformen hat, die unsereins sich zugute hält«, fügte sie mit steifer Haltung hinzu.

Von dem Silbertablett, das mir das Hausmädchen hinhielt, nahm ich eine Hackfleischpastete und legte sie auf den reich verzierten Porzellanteller, den ich in der anderen Hand hielt. Mein Mund war so trocken, dass ich keinen Bissen hinunterbekam. Eine Frau von untersetzter Statur, mit einer hässlichen Wucherung am Kinn schüttelte den Kopf und warf Mrs Smallpiece einen verständnisvollen Blick zu: So als wollte sie ihr Mitgefühl bekunden – sich um ein derart farbloses und wenig geistreiches Mädchen kümmern zu müssen, wie Mrs Smallpiece mich darzustellen bemühte.

Auch wenn ich innerlich vor Scham brannte und Wut gegenüber Mrs Smallpiece in mir aufstieg, wusste ich, dass es keinen Zweck hatte, ihr zu widersprechen. Wenn ich für eine gewisse Zeit in Everton bleiben wollte, statt in die raue

Freiheit der Paradise Street zurückzukehren, so musste ich meine Impulsivität bekämpfen und stattdessen ruhig bleiben und stets ein aufgesetztes Lächeln zur Schau tragen. Während ich so dasaß, stellte ich mir die schockierten Gesichter vor, die sie machen würden, wenn sie die Bilder sehen könnten, die noch immer lebendig vor meinem inneren Auge standen: Bilder von den verschiedenen Positionen, die eine Prostituierte je nach Wunsch und Portemonnaie des Freiers einnehmen musste. Wie wenig Ahnung sie mit all ihren Allüren doch von dem wirklichen Leben und der menschlichen Natur hatten, von denen ich mehr verstand, als sie sich jemals vorstellen könnten.

Doch während ich mir in Gedanken diese Spielchen erlaubte, hämmerte es in meinem Schädel, und der Klumpen in meiner Wange wurde größer und größer, je länger ich darauf kaute.

Später sah ich im Spiegel, der in Mrs Smallpiece' Schlafzimmer hing, dass zwischen meinen Augenbrauen eine neue Linie entstanden war.

Das Benehmen der jungen Dame zeigte allmählich Spuren vom häufigen Gebrauch. Nach ein paar Monaten hatte ich fast den ganzen Inhalt auswendig gelernt. Wie schrecklich öde das alles war: Salonetikette, das Benehmen bei gesellschaftlichen Einladungen, wenn man Bekannten auf der Straße begegnete, wenn man jemandem vorgestellt wurde – die Ausführungen dazu schienen kein Ende nehmen zu wollen. Manchmal schwirrte mir der Kopf von unzähligen Regeln: wann man die Haube ablegen durfte und wann man sie aufbehalten musste; was es in gleicher Hinsicht bei den Handschuhen zu beachten galt; dass man niemals versuchen durfte, etwas aufzuheben, das einem aus der Hand geglitten war, sondern darauf zu warten hatte, dass eine Person niedrigeren Standes es aufhob; und dann all die Benimmregeln bei den Mahlzeiten.

»Bei keinem anderen Anlass kann man eine tadellose Erziehung besser erkennen als bei Tisch«, erklärte mir Mrs

Smallpiece. »Mag eine Dame sich auch noch so stilvoll kleiden und sich auf der Straße mit Würde bewegen, mag sie in der Lage sein, eine Konversation zu bestreiten, aber die kleinste Unachtsamkeit bei Tisch, und sie wird ihren wahren Hintergrund verraten. Deine Umgangsformen sind beispielsweise passabel, aber was fehlt, ist der nötige Feinschliff.«

Zwar empfand ich Mrs Smallpiece' ständige Belehrungen als anstrengend, aber im Grunde waren ihre Lektionen simpel, und es gefiel ihr, dass ich sie rasch erlernte. Ich gab mir Mühe, ihren Vorstellungen zu entsprechen, und so fand sie im Laufe der Monate immer seltener einen Anlass, mich zurechtzuweisen. Hin und wieder bemerkte ich ein kleines Lächeln auf ihren Lippen, wenn ich, an den Samstagnachmittagen, an denen sie Besuch empfing, Tee einschenkte oder Zucker und Kuchen reichte. Oder ihr aus *A Family Shakespeare* mit angenehmer Stimme vorlas – dem einzigen Buch, das sie neben der Bibel interessierte. Thomas Bowdler hatte sämtliche Werke Shakespeares neu geschrieben, indem er sämtliche Passagen aussparte, die er für moralisch anstößig hielt.

Auch gefiel es Mrs Smallpiece, mir abends vor dem Kaminfeuer dabei zuzusehen, wie ich Batisttaschentücher mit filigranen Mustern bestickte. Auch wenn ich die Arbeit reichlich eintönig fand, so konnte ich währenddessen meinen Geist auf Wanderschaft gehen lassen.

Mrs Smallpiece jedoch missverstand meine über die Arbeit gebeugte Haltung als Zeichen des Gehorsams. Sie dachte, sie wäre dabei, mich zu bekehren – in dem frömmlerischen Irrglauben, aus einer Sünderin eine Heilige machen zu können.

Indessen sah Shaker in mir weder Heilige noch Hure, oder vielleicht von beidem etwas.

Nie erwartete er von mir, sein Bett mit ihm zu teilen, stattdessen behandelte er mich mit einer respektvollen Höflichkeit, die mir sonderbar erschien. In Momenten, in denen er sich unbemerkt fühlte, betrachtete er mich. Und manchmal spürte ich an dem verlegenen Gesichtsausdruck, mit dem er sich rasch abwandte, wenn er sich ertappt fühlte, wie ihn meine Gegenwart erregte. Und dennoch war er ganz der tadellose Gentleman. Ich nahm an, dass er Zuneigung zu mir gefasst hatte, während ich nicht einmal wusste, wie es war, Zuneigung für einen Mann zu empfinden. Ich kannte nur eine Sorte Männer – Männer wie Ram Munt und Mr Jacobs oder den abscheulichen Mann in jenem Haus in der Rodney Street. Eine scheinbar unendliche Reihe ähnlich gearteter Männer war ihnen gefolgt. Ich wusste, dass Shaker im Geiste ein ganz anderer Mann war, und dennoch konnte ich nichts für ihn empfinden außer einer Dankbarkeit, die ich nicht auszudrücken vermochte.

Die Arbeit in der Bibliothek war mir von Beginn an ans Herz gewachsen. Umgeben von Büchern war es, als ob ich durch einen unsichtbaren Faden mit meiner Kindheit verbunden wäre, mit der Zeit, als ich an der Seite meiner Mutter in der Buchbinderei gearbeitet hatte. Das saubere Papier, die ordentlich gebundenen Seiten, der Tintengeruch – all das erinnerte mich an sie; es waren irgendwie tröstliche Gedanken. Sicherlich wäre sie stolz auf meine Arbeit gewesen. Und dennoch war dieses Leben, ich konnte es drehen und wenden wie ich wollte, im Grunde genommen Lüge, Schauspielerei und Betrug. Den Anhänger trug ich nicht mehr.

Hinter einem Wandschirm saß ich an einem Schreibtisch, Tintenfass und Feder, einen Stapel Bücher und einen Kasten mit Karteikarten vor mir. Hinter mir strömte durch ein kleines Fenster Tageslicht herein. Wenn Mitglieder des Clubs anwesend waren, sollte ich den öffentlichen Bereich nicht betreten, hatte Mr Ebbington mir gesagt. Doch abends, wenn die Bibliothek schloss, durfte ich mir – wie Shaker auch – Bücher ausleihen.

Jeden Abend wartete ich mit Vorfreude auf diesen Moment. Wenn die Argand-Lampen, die auf den polierten Lesetischen standen, angezündet wurden, fielen sanfte Schatten auf die anmutige Säulenhalle, über die sich eine Kuppel wölbte. In Schaukästen befanden sich wissenschaftliche

Instrumente und aufgeschlagene Atlanten, elegante Großvateruhren und Barometer mit Mahagonigehäuse. Unter schützendem Glas lagen wertvolle in Samt und Seide eingeschlagene Bücher, mit goldenen und silbernen Beschlägen an den Ecken. Die Sammlung der Bibliothek – Anschaffungen des Clubs oder Schenkungen von Mitgliedern – war breit gefächert. Mit der Zeit wanderte ich durch die einzelnen Sektionen – Geschichte, Reiseliteratur, Naturwissenschaften, Staatskunde, Jura, Theologie und, die größte von allen, Literatur. Ich stöberte in Enzyklopädien, Büchern über Wappenkunde, in topografischen Karten, Gedichtbänden, Dramen, Philosophiewerken und Romanen. Zwischen den Regalreihen hielt ich inne, um hier und dort ein Buch herauszunehmen, die vergoldeten Ecken zu befühlen und die Einbände zu berühren. Ich liebte es, die unterschiedlichen Einbände zu spüren: Baumwolleinbände mit kunstvollen Ornamenten, Einbände mit geprägten Mustern, die sich wie Kameen anfühlten, oder die kostbaren Juchten-, Ziegen- und Kalbsledereinbände.

Jede Woche wählten Shaker und ich drei Bücher aus, die wir mit nach Hause nahmen. Er wusste stets, welche Bücher er wollte – meist Bücher über medizinische Themen, manchmal aber auch Geschichte; ich hingegen brauchte länger, um mich zu entscheiden. Während ich die Regale auf und ab wanderte, wartete Shaker geduldig. Zuerst hatte er mir noch Bücher empfohlen, meist Gedichte oder Dramen oder Schauerromane, die er gelesen hatte und von denen er meinte, dass sie auch mir gefallen würden. Aber all die Jahre über hatte ich schöne Literatur gelesen. Nun stand mir der Sinn nach Büchern, in denen ich etwas über die Erde und ihre Völker erfahren konnte. Insbesondere begeisterten mich Reisebücher.

»Träumst du auch manchmal davon, eine Reise zu machen, Shaker?«, fragte ich eines Abends, als ich einen Reiseband – Boswells *The Journal of a Tour to the Hebrides*, ›Tagebuch einer Reise zu den Hebriden‹ – auf den Tresen legte. »Die Welt da draußen ist so unvorstellbar groß.«

»Als ich jünger war, habe ich mich oft nach einem Abenteuer gesehnt«, sagte er. »Mein Vater hat sich mit mir über die verschiedenen Erdteile und Völker unterhalten. Er ermunterte mich sogar, auf Reisen zu gehen, und bevor er starb, habe ich einen Sommer in Paris verbracht, was er sehr unterstützte. Damals war ich etwas jünger, als du es jetzt bist, und ich reiste zusammen mit zwei anderen Jungen.«

Ich setzte mich auf den Stuhl ihm gegenüber. Die Ellbogen aufgestützt, den Oberkörper nach vorn gebeugt und die Füße hinter den vorderen Stuhlbeinen eingehakt – Mrs Smallpiece hätte mir angesichts dieser nachlässigen Haltung sicherlich eine ihrer Standpauken gehalten, doch außer Shaker und mir war niemand anwesend. »Und wie war die Reise? Ist Paris so lasterhaft wie sein Ruf?«

Er lächelte. »Es war für mich eine neue und aufregende Erfahrung. Ich fühlte mich sehr lebendig. Wir zogen von einer Sehenswürdigkeit zur nächsten. Einer der Freunde ist Künstler – er fertigte einige Zeichnungen an. Wenn wir zu Hause sind, zeige ich dir eine davon, ein Geschenk von ihm.«

»Würdest du gern wieder hinfahren?«

Sein Lächeln erstarb. »Ich nehme an, dass die Zeit der Abenteuer hinter mir liegt.« Er verschränkte die Arme über der Brust und verbarg die zitternden Hände unter den Achseln. Etwas, das er immer tat, sobald die Rede auf ihn kam. »Und was ist mit dir, Linny? Träumst du immer noch davon, nach Amerika zu reisen?«

Ich schüttelte den Kopf. Amerika schien unendlich weit weg von hier zu sein, fast so als hätte es sich noch weiter entfernt, seit ich nicht mehr auf der Straße arbeitete. »Ich kann es mir im Moment nicht mehr vorstellen, auch wenn ich nicht weiß, woran das liegt. Und doch …«

»Und doch …?«

»Da ist etwas in mir, besonders wenn ich diese Bücher hier lese …«, ich legte die Hand auf eines der Bücher, die zwischen uns auf dem Tisch lagen, »… eine Art Unrast, die ich nicht begreifen kann, als würde etwas in der Ferne auf mich warten.«

Shaker betrachtete meine Hand, die das Moiré-Cover streichelte. Dann schaute er zu mir auf. »Ich denke, dass diese Sehnsucht gestillt wäre, sobald du …«

»… sobald ich was?«, ergänzte ich, als er nicht weitersprach.

Er stand auf. »Nichts. Ich sage manchmal Dinge, ohne nachzudenken.«

»Nein, das tust du nicht. Ich habe dich noch nie etwas Unbedachtes sagen hören.«

Er sammelte seine Bücher ein. »Wir sollten uns besser beeilen, wenn wir nicht die letzte Droschke verpassen wollen.«

Während ich ihm folgte, grübelte ich darüber nach, was er wohl hatte sagen wollen.

Zwar war es mir nicht erlaubt, den Club- und Zeitschriftenraum im Hauptgeschoss des Lyceums zu betreten – der war den Männern vorbehalten –, doch wann immer es möglich war, schlüpfte ich in den Saal mit der hohen Decke und den großen Fenstern, der auf den Waterloo Place hinausging. Vor allem nutzte ich die Gelegenheit, wenn ich auf dem Weg ins Untergeschoss war, um Tinte oder Papier zu holen oder um die neuartige Einrichtung zu benutzen, an deren Tür diskret »Erfrischungsraum für Damen« stand – eine Toilette mit Wasserspülung, die durch leichtes Ziehen an einer Kordel betätigt wurde. Was für ein Luxus! Oft blieb ich länger als nötig dort und gönnte mir den Spaß, an der Kordel zu ziehen, nur um den Schwall Wasser zu betrachten, der sich in die Toilettenschüssel ergoss. Unwillkürlich musste ich lächeln, wenn ich diese Methode mit der Zeit in der Back Phoebe Anne Street verglich – wo der Inhalt des abgestoßenen Nachttopfs einfach in die Rinne mitten im Hinterhof gekippt wurde.

Im Club- und Zeitschriftenraum sah ich Männer in tiefen Armsesseln aus Leder ruhen, eine Zigarre rauchend, Kaffee oder Tee trinkend. Manche von ihnen lasen knisternde Ausgaben des *Liverpool Mercury* oder eine der anderen Zeitungen oder Zeitschriften, die es hier gab. Andere wiederum tauschten Neuigkeiten aus dem Hafen aus – welche Schiffe gerade einliefen und welche in Kürze ablegten. Zahlreiche Clubmitglieder, so hatte ich festgestellt, waren wohlhabende Reeder. Und einige darunter konnten meine Freier gewesen sein. Aber ich hatte keine Angst, dass einer mich erkennen könnte – dass mich überhaupt einer wahrnehmen würde.

Im Hauptgeschoss gab es auch einen Vortragssaal mit großen Flügeltüren. Wechselnde Hinweisschilder mit kunstvoll gefertigten Lettern von Mr Worth waren auf einer Staffelei vor dem Saaleingang angebracht und kündigten Vorträge über Kunst, Literatur oder Naturwissenschaften an. Nicht nur Clubmitglieder, sondern auch ihre Gäste waren dazu eingeladen.

Es war ein schöner Ort von gediegener Eleganz.

Während ich meine Tage in der Bibliothek und die Abende unter der strengen Anleitung von Mrs Smallpiece in dem vornehmen Haus in Everton verbrachte, wurde mir bewusst, wie die alte Linny Gow ersetzt wurde durch eine neue, eine junge Frau, die sich mit Zuversicht durchs Leben bewegte. Oft fühlte ich mich jetzt selbstsicher und gewandt, ein warmes Gefühl durchströmte mich, dass ich schließlich doch zu einer jungen Dame geworden war, so wie meine Mutter es sich vorgestellt hatte. Doch dieses Gefühl ging einher mit dem schmerzenden Bewusstsein, etwas verloren zu haben. Ich teilte nicht länger das unbeschwerte Lachen und das kumpelhafte Zusammengehörigkeitsgefühl, das die Mädchen in der Paradise Street verband. Ich war nicht mehr so spontan, sondern in ein festes Gefüge eingespannt. Vielleicht empfand ich mich als weniger authentisch. Doch es gibt nun mal keine Entwicklung ohne Blick zurück über die Schulter.

Im gleichen Maße wie mein Leben bequemer geworden war, wurde es auch vorhersehbar. Eines Tages traf ich Shakers beiden Freunde, zwei blasse, ernste, aber höfliche junge Männer. Der eine schien durch meine Anwesenheit so eingeschüchtert, dass er kaum ein Wort herausbrachte. Sie zweifelten keinen Augenblick daran, dass ich Shakers Cousine war. Alle vierzehn Tage kamen sie in die Whitefield Lane zum Abendessen. Solange Mrs Smallpiece anwesend war, verlief es in feierlicher Stille, doch bald wurde sie müde und zog sich in ihr Schlafzimmer zurück. Während Nan und Merrie den Tisch abräumten, gingen wir vier in den Salon, und hier verlief der Abend, nachdem Shaker und seine Freunde ein paar Schnäpse getrunken hatten, weniger formell. Der etwas Gesprächigere von den beiden unterhielt mich mit Geschichten über Shaker, als er noch ein kleiner Junge war, und so lernte ich an jenen Abenden, die ich sehr genoss, eine schelmische Seite an ihm kennen.

Ich ermahnte mich, mich nicht allzu sehr von dem Gelächter über die Geschichten anstecken zu lassen, denn ich musste schließlich meinem erfundenen sozialen Hintergrund gerecht werden. Auch Shaker verlor diesen Aspekt nie aus dem Auge, indem er häufig auf meinen angeblichen Vater zu sprechen kam – seinen Onkel –, damit ich besser in meine Rolle hineinfand. Es gab Momente, in denen ich mich tatsächlich als eine geborene Smallpiece fühlte.

Man hatte mir, so sagte ich mir oft, die Chance zu einem besseren Leben gegeben, ein Leben, für das jeder, der in einem Hinterhof in der Nähe der Vauxhall Road aufgewachsen war, ewig dankbar wäre. Ich musste nun nicht mehr nächtelang in der Kälte und im Regen auf der Straße zubringen. Ich musste nicht mehr vor Sonnenuntergang über einer Schüssel mit abgesprungenem Email kauern, um ein schleimiges Stückchen Schwamm aus meinem Schoß zu entfernen. Ich musste keine Angst mehr haben, von einem männlichen Glied von der Größe eines Hengstpenis zerrissen zu werden. Oder geschlagen oder gebissen zu werden, weil ein Mann sonst keine Erregung verspürte. Ich lief nicht mehr Gefahr, dass ein Betrunkener sich auf meinen Rock erbrach oder urinierte, und meinen Lohn bekam ich jetzt in einem Umschlag, statt dass man ihn mir vor die Füße warf, wo ich das Geld im Schmutz der Gosse aufsammeln musste. Ich hatte genug zu essen. Ich hatte alle nur erdenklichen

Bücher zur Auswahl und ausreichend Zeit zum Lesen. Ich hatte mein eigenes sauberes Bett.

Und dennoch war ich nicht zufrieden. Warum?, fragte ich mich. Warum quälte mich eine unstillbare Sehnsucht nach einem unbekannten Ort, der weit jenseits des Lyceums und des Hauses in der Whitefield Lane liegen musste? Mein Traum von Amerika war gestorben, doch noch immer stellte ich mir ein neues Leben vor, das ganz anders war als das in Liverpool – mit seinem Nebel, den Möwen und den grauen Lichtstreifen an dem vom Wind blank gefegten Himmel über der weiten Flussmündung der Mersey. Doch auch wegen meiner Vergangenheit fühlte ich mich unsicher und ruhelos, und noch immer verfolgte mich der alte Albtraum.

Warum konnte ich nicht zufrieden sein mit dem neuen Leben, das Shaker mir geschenkt hatte – nein, mit der Farce, die er sich hatte einfallen lassen, aus mir eine Miss Linny Smallpiece zu machen?

Vierzehntes Kapitel

Faith Vespry lernte ich durch Celina Brunswick kennen. Celina war dunkelhaarig und bis auf die schweren dunklen Wimpern, die ihre leuchtend blauen Augen einrahmten, eine eher unauffällige Erscheinung. Etwa zwei Monate, nachdem Shaker mich bei sich aufgenommen hatte, kamen wir eines Abends aus der Bibliothek und trafen Celina, als sie Arm in Arm mit ihrem Vater die Bold Street entlangspazierte.

»Miss Brunswick, Mr Brunswick«, sagte Shaker und tippte sich an den Hutrand.

»Guten Abend, Mr Smallpiece«, sagte die junge Frau. Dann musterte sie mich, während zwei rote Flecken auf ihren Wangenknochen erschienen.

»Hallo, Geoffrey«, sagte der ältere Gentleman. *Geoffrey?*

»Wir haben Sie schon lange nicht mehr gesehen«, sagte Miss Brunswick, während ihr Blick zwischen Shaker und mir hin- und herflog. »Man hat Sie in den letzten Monaten bei einer Reihe von Gesellschaften vermisst.«

»Ja, ich war … beschäftigt«, erwiderte Shaker. »Erlauben Sie bitte. Mr Brunswick und Miss Brunswick, es ist mir ein Vergnügen, Ihnen Miss Linny Smallpiece vorzustellen, die erst kürzlich aus Morecambe hierher gezogen ist.«

»Miss Smallpiece?«, fragte Celina. Ihre Stimme klang kühl, und sie maß abschätzig meine längst aus der Mode gekommene Garderobe. Sie trug einen pelzverbrämten Umhang aus rauchblauer Seide, der perfekt mit ihren Augen harmonierte, und die Hände barg sie in einem Pelzmuff. Passend dazu hatte ihr Hut einen Zierrand aus Pelz. An Schnitt und Stoff konnte ich unschwer erkennen, dass ihre Kleidung teuer gewesen war. »Dann ist sie also eine Verwandte?«

»Meine Cousine.« Bei Shakers Antwort entspannte sich Celinas Unterkiefer ein wenig. »Sie hat ihren Vater verloren und lebt seither bei meiner Mutter und mir. Und sie arbeitet jetzt mit mir in der Bibliothek.«

»Sie arbeitet?«, sagte Celina, dann bedachte sie mich mit einem kleinen Lächeln, ehe ihr Blick zu den Büchern unter meinem Arm glitt. Sie neigte den Kopf zur Seite, um die Titel auf den Buchrücken lesen zu können. *»Briefe zur geistigen Entwicklung* von Hester Chapone? Und Hannah Mores *Suche nach dem Glück*?« Sie hob die Augen und sah mich herausfordernd an. »Was für eine anspruchsvolle Lektüre. Gehe ich richtig in der Annahme, dass Sie eine Bewunderin der Blaustrümpfe sind, Miss Smallpiece?«

Ich lächelte unsicher.

»Meine Cousine hat keine besonderen Vorlieben, was die Lektüre betrifft, es gibt kaum ein Thema, das sie nicht interessiert«, kam Shaker mir zu Hilfe. »Ich würde also nicht sagen, dass du insbesondere Autorinnen magst, die sich einer gewissen pedantischen Gelehrsamkeit verschrieben haben, nicht wahr, Linny?«

»Nein, ganz bestimmt nicht.« Ich bemühte mich, meine Stimme dem Tonfall von Celina anzupassen, auch wenn mein Mund vor Nervosität trocken war. »Obwohl ich zugeben muss, dass ich die Unerschrockenheit der Blaustrümpfe schätze, mit der sie sich über die öffentliche Meinung hinwegsetzen, was die angebliche Beschränktheit der Frauen angeht. Oh, da scheint unsere Droschke zu kommen«, sagte ich, froh, von dieser Frau wegzukommen, die eine solch überhebliche Art an den Tag legte und mich derart kritisch musterte.

»Ja, wir müssen uns beeilen. Es war mir ein Vergnügen, Sie wiederzusehen, Miss Brunswick. Sir.« Wieder tippte sich Shaker an den Hut.

Ehe wir vier uns trennten, schenkte mir Celina noch einen durchdringenden Blick durch halb geöffnete Lider.

»Sie weiß Bescheid«, flüsterte ich Shaker zu, als wir unsere Sitze in der Droschke eingenommen hatten.

»Bescheid? Worüber denn?«, fragte er und schlug das Buch auf seinen Knien auf.

»Über mich. Sie hat auf Anhieb gespürt, dass ich nicht zu eurer Schicht gehöre.«

Shaker klappte das Buch wieder zu. »Unsinn. Du hast ihre Fragen mit Bravur beantwortet, auch wenn du ein wenig nervös warst. Aber sie war heute tatsächlich nicht so freundlich wie sonst. Ich kenne sie seit etwas mehr als einem Jahr. Wir wurden einander anlässlich eines Vortrags vorgestellt – über Botanik, ich glaube, dass Miss Brunswick sich für die Fauna und Flora interessiert.«

»Sie schien sich auch sehr für mich zu interessieren. Geoffrey«, fügte ich hinzu.

Shaker lächelte ironisch. »Das ist mein Vorname. Doch wie ich dir bereits sagte, nennt mich jeder, der mich näher kennt, Shaker.«

»Geoffrey passt aber zu dir. Es klingt so vornehm.« Ich schlug eines meiner Bücher auf, um mich in die Lektüre zu vertiefen. Doch aus dem Augenwinkel sah ich, dass er errötet war.

In der darauffolgenden Woche fragte Shaker, ob ich am Freitag nach der Arbeit im Lyceum bleiben wolle, um mir den angekündigten Vortrag anzuhören.

»O nein, das kann ich nicht«, sagte ich.

»Warum denn nicht? Als Angestellte der Bibliothek darfst du ohne weiteres daran teilnehmen. Ich bin sicher, dass auch Celina Brunswick kommen wird, also kennst du wenigstens noch jemanden.«

Ein Grund mehr, nicht hinzugehen, dachte ich. »Ich habe … also ich habe noch nie an so etwas teilgenommen.« Ich dachte an das Schild, das Mr Worth am Morgen angebracht hatte – *Die Schmetterlinge Indiens,* kündigte es an, und darunter stand in kleineren Lettern: *Alle Mitglieder und ihre Gäste sind herzlich willkommen.* »Kommst du denn auch, Shaker?«

Er schüttelte den Kopf. »Ich kann mich weder für Indien noch für Schmetterlinge erwärmen. Aber dir wird der Vortrag sicherlich gefallen.« Seine Augen wanderten zu der Haube, die ehemals seiner Mutter gehört hatte und die ich Tag für Tag trug.

Ich wusste, dass ich nicht modisch genug angezogen war, um an einer solchen Veranstaltung teilzunehmen. An meiner Kleidung war unschwer zu erkennen, dass ich zu der arbeitenden Schicht gehörte. Und mochte sie für die Arbeit in der Bibliothek auch angemessen sein, so musste ich an Celinas abschätzigen Blick denken und ihre adrette Erscheinung in dem kostbaren maßgeschneiderten Umhang.

»Denk einfach noch mal darüber nach«, schlug Shaker vor.

Am folgenden Tag verließ Shaker in der Mittagspause eilig die Bibliothek, um danach mit einem dicken, in braunes Packpapier eingewickelten Paket unter dem Arm wiederzukommen. Auf dem Nachhauseweg in der Droschke behielt er es die ganze Zeit auf den Knien, und die gespreizten Finger ruhten darauf, als bereitete es ihm Vergnügen, es zu berühren. Kaum waren wir zu Hause im Salon angekommen, reichte er es mir. Ich öffnete es neugierig: Es enthielt ein Abendkleid und ein Cape mit Kapuze. Das Kleid war aus bedruckter, bernsteinfarbener Seide mit bis zum Ellenbogen sich bauschenden Gigotärmeln. Sowohl der Kapuzenrand wie auch der Saum des Kleids waren mit einer feinen Blumenborte verziert. Das Cape war aus weicher Wolle und hatte einen etwas dunkleren Goldton.

Vom Sofa her, wo Mrs Smallpiece saß, kam ein unmissverständlicher Ton. »Blähungen«, sagte sie lauter als nötig. »Ich habe Merrie heute losgeschickt, um mir Flohsamen zu holen, aber es hat nichts genützt.«

»Ich weiß nicht, ob dir die Sachen gefallen«, sagte Shaker, den Blick wieder von seiner Mutter abwendend, »aber ich dachte, dass sie vielleicht für den Vortrag …«

Ich wünschte, ich hätte mit meiner Antwort nicht gezögert, denn die Sachen gefielen mir tatsächlich sehr. »Aber natürlich, es ist eine wunderschöne Kombination, Shaker.«

»Die Frau im Laden sagte mir, dass du auch noch die … nun, andere Kleidungsstücke dazu benötigen würdest. Ich meine, die du unter dem Kleid trägst.« Bei diesen Worten vermied er es, mich anzusehen.

Zwischen den Falten des Kleids, von dem ein delikater Maiglöckchenduft aufstieg, zog ich ein Petticoat-Ensemble hervor sowie zwei kleine Turnüren, die dazu dienten, den Rock in der Hüfte auszustellen.

»Das ist alles viel zu schön, Shaker. Ich weiß nicht, ob ich das annehmen kann.«

»Probier es erst mal an, Linny. Bitte.«

Es war ein wunderbares Kleid. In Gedanken verglich ich es mit den Kleidern von Chinese Sally, und mit einem Mal erkannte ich, dass jene von minderer Qualität gewesen waren und im Vergleich zu der bernsteinfarbenen Seide dieses Kleids gewöhnlich ausgesehen hatten. Als ich die Treppe herunterkam und den Salon betrat, klatschte Shaker lachend in die Hände.

»Ich wusste, dass es gut mit deinen Augen harmonieren würde«, sagte er.

Mrs Smallpiece legte die Hand vor den Mund, um ein Rülpsen zu unterdrücken. Dann sagte sie mit bebender Stimme: »Ich habe in den letzten Monaten ihr Gehalt einbehalten, und ich werde es auch an diesem Monatsende tun. Das ist schließlich nur gerecht.«

Shaker stellte sich vor seine Mutter. »Du wirst ihr das Geld zurückgeben, Mutter. Sie hat es verdient. Und wenn es mir beliebt, ihr etwas Schönes zum Anziehen zu kaufen, dann ist das ausschließlich meine Angelegenheit.«

Ich wandte mich zur Anrichte, um mit dem Finger über den Rand eines Silbertabletts zu fahren, so als würde ich nachsehen, ob er staubig war; in Wirklichkeit tat ich es, um ein amüsiertes Lächeln zu verbergen.

In meinem neuen Kleid und dem Cape fühlte ich mich so wohl, dass ich beschloss, zu dem Vortrag zu gehen. Doch sobald ich mir einen Weg durch die Menge bahnte, sank mein Mut. Schweißperlen sammelten sich unter dem eng geschnürten Korsett, während ich krampfhaft versuchte, die steife Haltung beizubehalten, die mich Mrs Smallpiece gelehrt hatte. Jeder Schritt, den ich tat, jede höfliche Floskel, die ich erwiderte, waren wohl bedacht. Schließlich sah ich Celina, die mit einer anderen jungen Frau zusammensaß. Ihre Begleiterin war etwas kleiner und schmaler als sie. Mit ihrem fuchsroten Haar und den dunkelgrauen Augen war sie eine auffallende Erscheinung, die nur durch die etwas zu lange Nase getrübt wurde.

Nach dem Vortrag versammelte sich das Publikum um einen Tisch, an dem Tee und Kuchen gereicht wurden – spendiert von einem Mr Prinsep, einem kräftigen älteren Herrn. Plötzlich stand ich vor Celina.

»Guten Abend, Miss Brunswick«, sagte ich und nahm in meinem bernsteinfarbenen Kleid allen Mut zusammen.

»Oh, Miss Smallpiece. Ich habe Sie gar nicht erkannt«, sagte sie, ohne mein Lächeln zu erwidern. »Miss Smallpiece, Miss Vespry, eine gute Freundin von mir.«

Faith schenkte mir ein offenes, herzliches Lächeln, das kleine regelmäßige Zähne und einen Streifen rosafarbenes Zahnfleisch entblößte. »Sie sind also die Cousine«, sagte sie mit hoher, atemloser Stimme.

Ich sah, wie ihr Celina einen Ellbogen in die Seite stieß, was diese geflissentlich übersah. »Celina erzählte mir, dass Mr Smallpiece' Cousine nun bei ihm und seiner Mutter lebt. Und wie gefällt es Ihnen in Liverpool? Wo sind Sie noch einmal her? War es nicht Bristol?«

»Aus Morecambe, Miss Vespry«, sagte ich mit fester Stimme. Ich war vorbereitet. Abgesehen von dem, was Shaker mir über Morecambe erzählt hatte, sammelte ich sämtliche Informationen, die ich in Büchern über diesen Ort und seine Geschichte finden konnte. Im Laufe der Zeit hatte ich mir eine vollständige Vergangenheit zusammengebastelt, einschließlich der zugehörigen Daten und Fakten. Ich war froh, dass es mir so leicht fiel, Dinge auswendig zu lernen.

»Nennen Sie mich doch Faith. Ich weiß, dass Celina es für gewöhnlich hält, einander so schnell beim Vornamen anzusprechen, aber ich bin sicher, wir werden Freundinnen werden, nicht wahr? Oh, ich liebe die Küste«, fuhr sie in ihrem Redeschwall fort, der ihr kaum Zeit ließ, Atem zu schöpfen. »Gibt es noch diese nette Teestube – Archery hieß sie, wenn ich mich nicht irre? Erst letztes Jahr war ich zusammen mit meinen Eltern dort.« Faith lächelte breit und zeigte noch mehr ihres rosafarbenen Zahnfleischs.

Ich war weniger über ihre offene Art erstaunt als über die Tatsache, wie erfolgreich ich mich in den vergangenen zwei Monaten verändert haben musste: Faith sah mich als eine junge Frau ihres Standes an.

»Ja«, sagte ich strahlend, denn ich konnte es kaum erwarten, mein Wissen unter Beweis zu stellen, »das Archery ist ein wirklich angenehmer Ort. Ich habe es immer genossen, im Wintergarten Tee zu trinken.« Wie leicht mir die Lüge über die Lippen kam!

»Celina«, fuhr Faith fort, während sie mich nicht aus den Augen ließ, »Miss Smallpiece ist gar nicht so, wie du sie mir beschrieben hast. Nein, überhaupt nicht.«

»Du wirst es wohl nie lernen, deine Gedanken für dich zu behalten, nicht wahr, Faith?«, erwiderte Celina, deren Wangen sich rosarot gefärbt hatten. Dann senkte sie den Blick wieder zu ihrer Teetasse.

»Warum gibst du denn keinen Zucker in deinen Tee?«, gab Faith zurück. »Er muss ja furchtbar bitter schmecken, deiner Miene nach zu urteilen.«

Celina ging schweigend weiter.

»Nehmen Sie es ihr nicht übel«, sagte Faith, »sie kann es einfach nicht gut verbergen.«

»Was kann sie nicht gut verbergen?«

Faith kam etwas näher. »Auch wenn Sie nur eine Cousine sind, mag Celina den Gedanken nicht, dass abgesehen von seiner Mutter noch eine andere Frau unter Mr Smallpiece' Dach lebt.«

Ich runzelte die Stirn. Dann begriff ich. »Ah. Miss Brunswick fühlt sich zu Shaker … hingezogen?«

Nun war es an Faith, die Stirn zu runzeln. »Shaker? Was für ein grausamer Name!«

»Oh, lassen Sie mich das erklären. Der Name mag sich grausam anhören, aber es ist ein Spitzname, der aus seiner Schulzeit stammt, und er mag es, von denen, die ihm nahe stehen, so genannt zu werden.« Ich unterbrach mich. »Und nachdem ich ja zur Familie gehöre, ist es für mich selbstverständlich, ihn so zu nennen.« Durch die Menschenmenge hindurch erhaschte ich einen Blick auf Celina, die sich augenscheinlich mit wenig Begeisterung mit einer älteren Dame unterhielt. »Weiß Mr Smallpiece von ihren Gefühlen?«

»Selbstverständlich nicht«, sagte Faith. »Sie weiß ohnehin, dass es keine Hoffnung gibt, dass je etwas zwischen ihnen sein könnte.«

»Und warum?«

Faith neigte den Kopf zur Seite. »Sie werden ja sicherlich die Situation verstehen. Celinas Vater würde niemals in eine Verbindung mit Mr Geoffrey Smallpiece einwilligen.«

Voller Abscheu verzog ich den Mund. »Wegen seines Gebrechens?«

»Der Arme. Er ist wirklich nicht zu beneiden. Aber das ist nicht der eigentliche Grund.« Sie blickte verstohlen um sich. »Aber das Thema ist viel zu delikat, um darüber zu reden, nicht wahr?«

»Ja«, sagte ich, ohne zu verstehen, was sie meinte.

Sie zog mich in eine ruhige Ecke. »Es ist wirklich unanständig von mir, über finanzielle Angelegenheiten zu reden. Bitte seien Sie nicht schockiert oder enttäuscht von mir. Das sind Sie doch nicht, oder?«

Sie wartete auf eine Antwort, doch ich hatte Mühe, ihren Worten zu folgen. »Enttäuscht? Nein, ganz und gar nicht.«

»Obwohl ich sicher bin, dass Sie noch nie zuvor jemanden getroffen haben, der so ehrlich mit Ihnen ist.«

Nun musste ich lächeln.

»Es ist nur, dass …« Wieder blickte sie über die Schulter. Als sie sich vergewissert hatte, dass Celina noch immer in ein Gespräch vertieft war, fuhr sie fort: »Mr Brunswick hofft natürlich, dass seine Tochter eine gute Partie macht, die der Familie in jeder Hinsicht nützlich sein könnte. Wenn sie hingegen einen Mann wie Mr Smallpiece heiraten würde, so wäre eine solche Verbindung sicherlich nicht mit einem Aufstieg verbunden, ich meine nicht nur finanziell, sondern auch gesellschaftlich gesehen.« Sie fächelte sich mit ihren Handschuhen Luft zu. Ich hatte meine anbehalten. »Wenn meine Mutter mich jetzt so reden hörte, würde sie mir für eine Woche Hausarrest erteilen.«

Wieder musste ich lächeln. Sie war so erfrischend, doch das war nicht der einzige Grund, warum ich mich in ihrer Gegenwart wohl fühlte. Noch immer genoss ich es, dass sie mir ohne jedes Misstrauen begegnete und offensichtlich glaubte, ich sei eine Frau ihres Standes.

»Sie müssen wissen«, fuhr sie fort, »dass Ihr Cousin wenig auf das gesellschaftliche Leben in Liverpool gibt. Obwohl es ihm nicht an Einladungen ermangelt – sein Vater war ein hoch geachteter Mann, und der Name Smallpiece genießt überall einen guten Ruf. Und doch hat er kein Interesse daran, diesen Vorteil zu nutzen. Sie wissen schon, was ich von ihm halte, nicht wahr?« Sie hob eine Augenbraue.

»Ich denke schon«, sagte ich, obwohl sie in Rätseln sprach.

»Ich habe gehört, dass er seinem Vater gleicht, er ist ebenfalls sehr wohltätig. Kannten Sie Ihren Onkel gut? Es scheint, dass er ein Opfer unglücklicher Umstände geworden ist.«

Noch ehe ich das Gespräch in eine andere Richtung lenken konnte, redete sie auch schon weiter: »Und natürlich haben auch Sie erst kürzlich einen Trauerfall erlitten. Mein Beileid.«

»Danke«, murmelte ich.

»Welche Position bekleidete Ihr verstorbener Herr Vater, wenn ich fragen darf, Miss Smallpiece?«

Ein paar Sekunden lang herrschte Schweigen, ehe ich mich zu sagen beeilte: »Bitte, da ich Sie Faith nennen soll, dann sagen Sie doch bitte Linny zu mir.« Ich versuchte, Zeit zu gewinnen, bis mir eine geeignete Antwort einfiel. Ich konnte einfach nicht glauben, dass ich vergessen hatte, mir einen Beruf für meinen angeblichen verstorbenen Vater einfallen zu lassen, oder dass Shaker nie erwähnt hatte, was sein Onkel gewesen war. » Er ...« Ich rief mir die Geschäfte und Büros ins Gedächtnis, an denen wir auf dem Weg zur Arbeit vorbeikamen. Im Geiste ließ ich die Schilder Revue passieren, welche die Seel Street säumten, wo ich erst am Tag zuvor entlangspaziert war – Rushworth's, Draper and Seeger, beides Klavier- und Orgelfabrikanten. »... er hatte ein Klaviergeschäft«, beendete ich den begonnenen Satz.

»Oh«, sagte Faith. Sie öffnete ihr Retikül und zog ein Kärtchen hervor. »Das erinnert mich an etwas. Meine Mutter hält oft Musikabende ab. Wir würden uns sehr freuen, wenn wir Sie beim nächsten Mal begrüßen dürften. Er findet Donnerstag in einer Woche statt.« Damit händigte sie mir eine Visitenkarte aus. »Es wird schwer für Sie sein, Verabredungen zu treffen, wo Sie den ganzen Tag zwischen Bücherregalen verbringen und in Everton draußen wohnen und Mr Smallpiece nicht daran gelegen ist, Sie in die Gesellschaft einzuführen. Ich kann nicht verstehen, warum er mit seiner Mutter nicht näher in die Gegend zieht, wo sich das gesellschaftliche Leben abspielt.«

Ich bemühte mich um einen möglichst gelassenen Gesichtsausdruck und ergriff die Karte.

»Also dann, Donnerstag in einer Woche«, sagte sie. »Und natürlich wird Ihr Vormund Sie begleiten. Ich bin jetzt schon gespannt auf das Gesicht, das Celina machen wird, wenn Sie plötzlich Mr Smallpiece unter den Gästen entdeckt.«

Ich murmelte etwas, um ihr beizupflichten. Auch wenn

mir Faith' ungekünstelte Art gefiel, so war es doch anstrengend, bei ihrer Konversation mitzuhalten, da ich jedes Wort abwägen musste, um nicht Gefahr zu laufen, als Idiotin dazustehen. Oder als die Lügnerin, die ich war.

»Und wie fanden Sie Mr Prinseps Vortrag?«, fragte sie.

Meine Schultern entspannten sich. Ich hatte mich auf den Vortrag vorbereitet, indem ich ein Buch über Schmetterlinge ausgeliehen hatte. Ich fühlte mich also wieder auf sicherem Terrain. »Es waren wirklich ein paar wundervolle Illustrationen darunter, nicht wahr? Obwohl ich mir nie Gedanken über Schmetterlinge gemacht habe.« Endlich ein Thema, über das ich mich offen und ehrlich unterhalten konnte. »Und die Art, wie er von dem exotischen Land erzählt hat, war so lebendig. Seiner Beschreibung nach muss Indien wunderbar sein«, fuhr ich fort. »Ich habe mich vorher auch nie für Indien interessiert. Es muss ganz schön groß sein, nach Mr Prinseps Worten zu urteilen.«

»Er hat uns nur von den schönen Seiten erzählt. Schließlich ist er ein Künstler und sieht die Welt nicht mit den Augen eines Realisten. Indien hat auch seine schrecklichen Seiten, ebenso wie es voller Schönheit ist.« Ihre Stimme wurde beinahe zu einem Flüstern. »Die Menschen dort beten Götzen an, und in den Tempeln gibt es offenbar Abbildungen mit ... Nun, ich kann unmöglich über derlei Dinge sprechen. Ich habe gehört, dass manche Frauen sogar in Ohnmacht fallen, wenn sie eine dieser Statuen sehen – sie müssen schockierend sein. Der Freund meines Bruders ist Anwalt in Bombay. Letztes Jahr kam er auf einen Heimatbesuch nach Hause, und ich habe unabsichtlich gehört, was er meinem Bruder berichtete. Meiner Mutter und mir erzählte er natürlich nur die bezauberndsten Geschichten, aber ich weiß ja nun, dass es auch andere Dinge gibt ...«

»Wirklich?«, sagte ich und musste wieder ein Lächeln unterdrücken. Faith war entzückend. Ihre unverblümte Art erinnerte mich an meine Freundinnen in der Paradise Street. Weder begegnete Faith mir abschätzig noch mit Skepsis. Sie vermittelte mir das Gefühl, hierher zu gehören. Und dafür war ich ihr so dankbar, dass ich sie auf der Stelle umarmt hätte – wenn ich mich als Linny Gow hätte gebärden dürfen.

»Manchmal spiele ich sogar mit dem Gedanken, nach Indien zu reisen«, fügte sie fröhlich hinzu. »Wäre das nicht ein wunderbares Abenteuer?«

»Ich weiß nicht«, sagte ich. Doch da kam auch schon Celina in Begleitung der älteren Dame zurück und beendete unsere Unterhaltung. Und da sie nun in eine belanglose Plauderei umschlug, war ich nicht länger daran interessiert. Außerdem bemerkte ich, dass ich mich wieder unwohl fühlte, nachdem Faith und ich nicht mehr allein waren. Sobald sich die Gelegenheit ergab, verabschiedete ich mich. Draußen wartete eine gemietete Kutsche, und der Portier half mir einsteigen.

Auf der kurzen Fahrt zurück in die Whitefield Lane schwirrte mir der Kopf vor Anstrengung, meine Rolle zu spielen und mit Faith mitzuhalten, die von einem Thema zum nächsten gesprungen war.

In jener Nacht, als ich die Kerze neben meinem Bett ausgeblasen hatte und in die Nacht starrte, machte ich die Umrisse des Gemäldes über der Eichenkommode aus. Erst jetzt erkannte ich, dass ich unter den Bildern von Mr Prinsep eine Abbildung desselben Bauwerks gesehen hatte, nur dass es von höherem künstlerischem Wert war. Ich musste unwillkürlich lächeln. Das Tadsch Mahal in Agra. Es gab so vieles, das ich nicht wusste.

In der Woche darauf fand die Soiree bei den Vesprys statt. Es hatte nicht viel gebraucht, um Shaker zu überreden. Korrekt, wie er war, fragte er auch seine Mutter, ob sie nicht mitkommen wolle, doch zu meiner Erleichterung lehnte sie ab. Sein gut geschnittener Anzug stand ihm ausgezeichnet.

Es wurde ein angenehmer Abend. Während des Konzerts für Klavier und Harfe saßen Shaker und ich im hinteren Teil des Salons. Hinterher wurden Häppchen und Sherry serviert. Die Häppchen waren exquisit, noch nie hatte ich so etwas Feines gegessen. Mir fiel auf, dass Shaker ohne große Schwierigkeiten aß und trank, auch wenn sein Zittern nicht gänzlich verschwunden war. Offensichtlich war er nervöser, wenn er allein mit mir war, als jetzt in Gesellschaft. Unauffällig wischte ich die Krümel von seinem Revers und dem Hemd mit seinen eleganten Elfenbeinknöpfen, ehe wir uns unter die anderen Gäste mischten. Ich bemerkte, wie Celina ihn beobachtete. Die Wangen leicht gerötet, gefiel sie mir besser als das letzte Mal, da ich sie gesehen hatte. Während wir uns unterhielten, lenkte ich Shaker beiläufig in ihre Richtung, sodass es aussah, als würden wir einander zufällig in die Arme laufen, doch ich hatte bemerkt, dass auch Celina uns entgegenkam. Zuerst machten wir drei gespreizte Konversation, doch bald waren Celina und Shaker in ein Gespräch über den Pianisten vertieft, sodass ich die beiden unter dem Vorwand, die Familienporträts betrachten zu wollen, alleine ließ. Während ich die Gemäldereihe abschritt, die eine Wand des Salons schmückte, warf ich einen gelegentlichen Blick zu dem Paar hinüber. Mit seinem dichten, glänzenden Haar war Shaker von meiner Position aus gesehen eine attraktive Erscheinung.

Schließlich gesellte sich Faith zu mir, um mich einem Herrn vorzustellen – Mr Gerrard Beck, von dem ich annahm, dass er ihr Verehrer war, so wie sie seinen Arm hielt und ihn mit unbeweglicher Oberlippe anlächelte, um das Zahnfleisch nicht zu entblößen. Dann stellte sie mich noch einer Reihe anderer Gäste vor, deren Namen ich auf der Stelle wieder vergaß.

Auf dem Nachhauseweg sprach Shaker angeregt – über die Musik, das Essen, die anwesenden Gäste. Auch wenn er Celina Brunswick nicht direkt erwähnte, hatte ich das Gefühl, dass er nicht zuletzt wegen ihr einen schönen Abend verlebt hatte, und ich freute mich für ihn.

Ein paar Tage später traf ich Faith zufällig. Sie stand mit Mr Beck vor einem Geschäft in der Bold Street, doch nach den erhitzten Gesichtern und ihrer offensichtlich schlechten

Laune zu urteilen schienen sie gerade gestritten zu haben. Deshalb grüßte ich sie nur im Vorübergehen.

Bald darauf traf in der Whitefield Lane wieder eine Einladung ein. Mrs Samllpiece, Shaker und ich waren zu einer Dinnerparty bei den Vesprys eingeladen. Dieses Mal wollte sich auch Mrs Smallpiece die Einladung nicht entgehen lassen. In meiner besten Handschrift schrieb ich eine Antwortkarte – Mrs Lucinda Smallpiece, Mr Geoffrey Smallpiece und Miss Linny Smallpiece fühlten sich geehrt und nähmen die Einladung gern an.

Unter den sechzehn geladenen Gästen befanden sich erwartungsgemäß auch die Brunswicks. Faith hatte mir den Platz zu ihrer Rechten reserviert, Shaker saß mir gegenüber und Celina auf seiner linken Seite. Mrs Smallpiece hatte man einen Platz etwas weiter unten zugewiesen neben einer jungen Frau, die eine fromme Miene zur Schau trug und wie eine Missionarin gekleidet war.

Das Menü bestand aus einer pürierten Gemüsesuppe, Lammrücken, Truthahn in Selleriesauce und Kalbsbries, dazu Kartoffeln und Grünkohl sowie ein vorzügliches Soufflé. Ich machte mir Sorgen um Shaker, wie es ihm gelingen würde, unter den Augen anderer seine Mahlzeit zu sich zu nehmen, doch als wir zur Tafel schritten, winkte er mir unauffällig zu. Wollte er mich beruhigen, dass er solche Situationen durchaus zu bewältigen wusste? Oder wollte er mir bedeuten, dass er Vertrauen habe in meine Fähigkeit, mich angemessen bei Tisch zu benehmen?

Während des Essens unterhielten Faith und ich uns angeregt, wobei ihre Mutter ihr mehrmals einen mahnenden Blick zuwarf, sie solle auch mit den anderen Gästen Konversation betreiben.

Auch Shaker und Celina unterhielten sich wieder lebhaft. Shaker aß wenig, doch außer mir schien das niemand zu bemerken. Als er einmal herzlich über eine Äußerung von Mr Vespry lachte, erschrak ich: Noch nie hatte ich ihn so lachen hören. Ich freute mich für ihn.

Von nun an sahen Faith und ich uns häufig. Ich hatte das Gefühl, dass sie nicht so recht wusste, wie sie ihre Tage verbringen sollte. Manchmal schickte sie mir eine Karte in die Bibliothek – ihr Vater war Clubmitglied –, um mir mitzuteilen, dass sie mich während der Mittagspause besuchen käme. Dann saßen wir zusammen an meinem Schreibtisch hinter dem Wandschirm und teilten die Köstlichkeiten, die sie aus ihrer Tasche beförderte, sowie die einfache Mahlzeit, die Nan mir eingepackt hatte. An anderen Tagen gingen wir die halbe Stunde, die mir zur Verfügung stand, Arm in Arm auf der Bold Street spazieren und schauten uns die Schaufenster an.

Wenn wir allein waren, fühlte ich mich besonders wohl in ihrer Gesellschaft. Das lag daran, dass sie auf das belanglose Geplauder verzichtete, in das sie in Gesellschaft anderer Frauen regelmäßig verfiel. Mit mir unterhielt sie sich stattdessen über die liberale Partei, über Geschichte, Literatur und die neuesten Tendenzen in der Kunst. Sie war sehr an meiner Meinung interessiert. Mir fiel auf, dass sie weitaus belesener und gebildeter war, als sie in Gesellschaft anderer offenbarte. Da ich in einer Bibliothek arbeitete, sah sie in mir eine anspruchsvollere Gesprächspartnerin als in ihren übrigen Freundinnen, die sich vornehmlich für Mode und Tratsch erwärmten. Sobald ich merkte, dass Faith sich nicht mehr für meine Vergangenheit zu interessieren schien und auch keine weiteren Fragen zu meinem gegenwärtigen Leben stellte, entspannte ich mich.

Mit der Zeit verstand ich auch, dass sie im Bemühen, sich dem Verhaltenskodex ihrer Schicht anzupassen, die meiste Zeit ihr wahres Ich verbarg. Ich vermutete, dass sie instinktiv spürte, dass auch ich mich hinter einer Maske verbarg, auch wenn die Gründe für unsere Scharade ganz andere waren. Nachdem ich anfangs nur eine fast widerwillige Bewunderung für sie gehegt hatte, begann ich, durch diese Gemeinsamkeit mit ihr verbunden, freundschaftliche Gefühle für sie zu entwickeln.

Sechs Monate nachdem wir uns das erste Mal begegnet

waren – es war Anfang Juni, und es hatte den ganzen Tag in Strömen geregnet –, saß Faith in der Säulenhalle der Bibliothek, als Shaker und ich aus der Tür traten. Der Saum ihres Rocks war nass, und unter ihrer Haube ringelten sich Löckchen hervor, auf denen Regentropfen glitzerten.

»Linny, ich würde dich gern zum Abendessen einladen. Ich weiß, wir haben keine Anstandsdame und es ist auch noch recht früh, aber würdest du dennoch mitkommen? Ich habe einen Tisch in einer Teestube in der Lord Street reserviert.« Ihre Stimme klang atemlos, und ich schrieb es der Tatsache zu, dass sie im Regen die Stufen hinaufgelaufen war. Doch später erfuhr ich den wahren Grund.

Ich schaute Shaker an, auf den sich die Einladung offensichtlich nicht bezog.

»Ich weiß, Sie werden vielleicht einwenden, dass es unanständig ist, wenn zwei junge Damen ohne Begleitung zum Abendessen ausgehen – aber ich versichere Ihnen, dass meine Eltern es mir erlaubt haben. Tatsächlich hat mein Vater mich selbst hierher begleitet. Und ich kümmere mich darum, dass Linny nach dem Essen sicher nach Hause gebracht wird. Ich habe eine Kutsche gemietet. Es wird nicht spät werden. Ich will nur … Es gibt etwas, das ich gern mit Linny besprechen würde.«

»Wenn Linny die Einladung annehmen möchte und Ihre Eltern tatsächlich einverstanden sind, will ich es ihr gern erlauben«, sagte Shaker mit einer kleinen Verbeugung. Sobald wir das Haus in der Whitefield Lane verlassen hatten, schlüpfte er für gewöhnlich nahtlos in die Rolle meines Vormunds.

»Ich würde sehr gern mitkommen«, sagte ich. Ihre Freundschaft bedeutete mir sehr viel, war sie doch die einzige, die ich hatte, abgesehen von meiner Beziehung zu Shaker. Doch lastete das Gewicht der Gefühle, die er mir entgegenbrachte, immer schwerer auf mir; aus dem schützenden Mantel, den er über mich ausgebreitet hatte, wurde zusehends ein Joch. Ich wusste, wie schwer es für ihn sein musste, mich immer in seiner Nähe zu haben, sowohl bei der Arbeit als auch zu Hause.

Abends, wenn ich an seinem Schreibtisch saß, um Auszüge aus Medizinbüchern für ihn abzuschreiben, und er sich über mich beugte, fühlte ich beklommen seinen Atem auf meiner Wange. Ebenso wie ich ein beklommenes Gefühl hatte, wenn ich ihm bei Tisch eine Platte reichte und unsere Finger einander berührten, oder wenn ich seine Hüfte an meiner spürte, wenn wir auf dem Weg zur Arbeit oder nach Hause Seite an Seite in der überfüllten Droschke saßen. Eines Abends, als ich an seinem Schlafzimmer vorbeikam, hatte ich zufällig gehört, wie er onanierte. Ich hatte Mitleid mit ihm und schimpfte mich insgeheim dafür, dass er wegen mir leiden musste. Wäre er eine andere Sorte Mann gewesen, so wäre ich nachts, wenn seine Mutter schlief, in sein Zimmer geschlüpft, um ihm Befriedigung zu verschaffen. Für mich würde dieser körperliche Akt kaum etwas bedeuten. Doch wäre er eine andere Sorte Mann gewesen, dann hätte er schon längst seine Ansprüche auf mich geltend gemacht, egal, ob es mir gefallen hätte oder nicht. Ich wusste jedoch auch, dass er mehr wollte als das. Schon in der ersten Woche unserer Bekanntschaft war mir klar geworden, dass Shaker Smallpiece nicht wie die meisten anderen Männer veranlagt war: Er würde mit keiner Hure schlafen wollen oder mit einer Frau, mit der er nicht verheiratet war. Ich glaube, dass er bis zu dem Zeitpunkt, als er mich traf, im selbst gewählten und mit Würde ertragenen Zölibat gelebt hatte. Ich hatte diese Balance in seinem Leben zerstört.

Nachts, bevor ich einschlief, grübelte ich jetzt darüber, wie ich einen Weg finden konnte, ihn nicht zu verletzen, wenn er mir eines Tages seine Gefühle offenbaren sollte. Ich wusste, dass er nicht mehr lange in der Lage sein würde, sein Begehren zu unterdrücken.

Fünfzehntes Kapitel

Nachdem wir uns von Shaker verabschiedet hatten, gingen Faith und ich lachend die Straße entlang, während wir versuchten, unter dem auf und ab hüpfenden Schirm einigermaßen trocken zu bleiben. Als wir an einem dunklen Hauseingang vorbeikamen, sah ich ein Mädchen an der Wand kauern, das nur mit einem dünnen, löchrigen Schal bedeckt war. Der Schal wölbte sich über ein Bündel, das sie an der Brust trug – ein schlafendes Baby, wie ich annahm.

Als ich anhielt und Faith ein paar Schritte weiterging, drehte sie sich um und rief: »Was tust du da, Linny?«

Ich griff in mein Retikül und war froh, dass ich ein paar Pennys bei mir trug. Doch als ich dem Mädchen die Münzen hinhielt, sprang Faith auf mich zu. »Gib ihr nichts, Linny«, rief sie. »Damit ermutigst du sie nur zu betteln.« Verachtung lag in ihrer Stimme, aber ich hörte auch Mitleid heraus.

Der Arm des Kindes hielt auf halbem Weg inne.

»Ist das ein Baby?«, fragte ich. Sie sah nicht älter als acht oder neun aus.

Sie nickte. »Ja, mein Bruder.«

»Hast du kein Zuhause?«

Wieder nickte sie. »Doch. Aber meine Mama hat einen Freier auf dem Zimmer. Sie hat mich rausgeschickt, bis sie fertig ist.«

Faith entfuhr ein spitzer Schrei. »Heiliger Himmel! Nun komm schon, Linny.«

»Hast du nicht auch ein paar Münzen übrig?«, wagte ich

Faith zu fragen, nachdem ich sah, wie das Mädchen zitterte und wie still das Baby unter dem Schal war.

Faith öffnete ihr Retikül und nahm eine Münze heraus. »Das ist alles«, sagte sie kleinlaut, so als müsste sie sich gegenüber einer stummen Anklage verteidigen. In ihrem Gesicht mischte sich Mitleid mit Angst.

Kaum hatte ich die Münzen in die ausgestreckte Hand des Mädchens gelegt, zog sie sich in den dunklen Hauseingang zurück.

»Jetzt müssen wir uns aber beeilen, wir werden ja bis auf die Haut nass«, sagte Faith und rannte los. Der Wind, der von der Mersey hereinstrich, kräuselte die Oberflächen der Pfützen. Faith sprang sorglos darüber, während ich ihr schweren Herzens folgte.

Schließlich kamen wir außer Atem in der Teestube an. Als Faith ihre Haube ausschüttelte und einen Schwall Regentropfen versprühte, erntete sie ein Stirnrunzeln von ein paar älteren Damen, die an einem Tisch in der Nähe saßen. Faith quittierte es mit einem Lachen, was die Matronen noch mehr empörte und mich erstaunte. Es war schon schlimm genug, dass zwei junge Damen unbegleitet ein Lokal besuchten, doch dann auch noch unangenehm aufzufallen war jenseits aller Regeln des Anstands.

Als wir an dem reservierten Tisch saßen, versuchte ich, das Bild des kleinen Mädchens und die damit verbundenen Erinnerungen zu verscheuchen. »Faith? Wie denkst du über das Kind, das kleine Ding, das keinerlei Hoffnung auf eine Zukunft hat?«

»Was ich denke? Nun, es ist offensichtlich so, dass es immer Reich und Arm geben wird, so wie es Gut und Böse gibt, nicht wahr? Pastor Thomas Malthus hat doch bereits vor Überbevölkerung gewarnt: Es liegt auf der Hand, dass ständig mehr Menschen geboren werden, die Lebensgrundlagen jedoch gleich bleiben. Wir müssen uns damit abfinden, dass es immer mehr solcher Gassenkinder und Mütter gibt, was zu einem immer größeren sozialen Übel wird. Mein Vater hat letztes Jahr *Das Bevölkerungsgesetz* von Malthus gelesen und zitiert häufig daraus. Armut und Ungleichheit sind Bestandteil der gottgewollten Ordnung des Universums. Es ist irgendwie tröstend, dass wir Menschen nichts dagegen tun können.«

»Und was, wenn man versuchen würde, etwas an dieser Ordnung zu ändern?«

»Du meinst im Einzelfall oder generell?« In dem Moment, als sie die Frage stellte, kam der Kellner, und wir gaben unsere Bestellung auf.

Die Ellbogen auf dem Tisch aufgestellt, das Gesicht in die Hände gestützt, konnte Faith manchmal so herrlich undamenhaft sein, während ich mir in der Öffentlichkeit alle Mühe gab, der Etikette Genüge zu leisten.

»Lass uns nicht mehr von den unerfreulichen Seiten des Lebens reden«, sagte sie. »Ich muss dir eine wunderbare Neuigkeit erzählen, Linny, und du musst mich bitte ausreden lassen, auch wenn du mich zuerst für verrückt halten wirst. Und übrigens habe ich nicht die Erlaubnis meiner Eltern, allein mit dir auszugehen. Es war schon mutig genug von mir, in die Bibliothek zu kommen, während ich sie in dem Glauben ließ, dass ich in meinem Zimmer bin und lese.«

Aus ihrem Mund hörte ihre kleine Ungehorsamkeit sich an, als handelte es sich um eine waghalsige Eskapade. Ich musste lächeln. Doch dann fiel mir das kleine Mädchen in dem Hauseingang wieder ein, das sich für die paar Pennys gerade mal eine heiße Kartoffel würde kaufen können, wenn sie großes Glück und der Standbesitzer gute Laune hatte vielleicht auch zwei. Währenddessen würde ich hier sitzen und Lammbraten mit Pfefferminzsauce essen.

»Hör zu. Ich habe beschlossen, nach Indien zu reisen.«

»Indien? Was ...«

Sie hob die Hand. »Hör erst einmal zu. Es hängt mit dem zusammen, was ich dir vor langer Zeit einmal anvertraut habe.« Sie ließ die Spitzenborte ihrer Serviette durch die Finger gleiten. »Mein Leben fühlt sich so leer an, Linny. Ich empfinde häufig eine Langeweile ... *ennui,* wie man so schön sagt. Ich bin launisch ...« Sie unterbrach sich, und ihre Augen bekamen einen merkwürdigen Glanz, so als sähe sie etwas Bestimmtes vor ihrem inneren Auge.

»Wir haben alle unsere Launen, Faith«, sagte ich, doch sie schien mich gar nicht zu hören. Im nächsten Moment blickte sie mich wieder an und lächelte, doch es war eher eine Grimasse.

»Und Vater gibt mir die Erlaubnis dazu, sofern ich jemanden habe, der mich begleitet«, fuhr sie jetzt aufgeregt fort. »Auf dem Schiff gibt es natürlich genügend Anstandsdamen, verheiratete Frauen, die nach einem längeren Besuch in England zu ihren Ehemännern zurückkehren oder nachdem sie ihre Kinder hier auf englischen Schulen untergebracht haben. Aber dennoch will Vater nichts davon wissen, dass ich ohne Begleitung nach Indien reise«, fuhr sie in einem Redeschwall fort.

Als sie sich endlich unterbrach, um Atem zu holen, sagte ich: »Und warum willst du ausgerechnet nach Indien?«

Faith schaute sich in dem Lokal um, das sich zusehends füllte, und schwieg, während der Kellner unsere Selleriesuppe mit Petersilienklößchen servierte. Als er sich wieder vom Tisch entfernte, sagte sie mit gesenkter Stimme: »Linny, Liverpool hat so wenig interessante Männer zu bieten.«

»Und Mr Beck? Er scheint sympathisch zu sein. Ich hatte das Gefühl …«

Sie machte eine wegwerfende Geste. »Oh, er hat in London eine neue Stelle angenommen. Wir haben uns vor ein paar Wochen getrennt. Ich muss wohl vergessen haben, es zu erwähnen.« Doch da war ein Anklang von Verzweiflung in ihrer Stimme, der ihre scheinbare Unbekümmertheit Lügen strafte. »Und wie ich sagte, ist die Auswahl an Heiratskandidaten in Liverpool recht dünn geworden.«

Ich dachte an die unzähligen Männer, die ich in dieser Stadt kennen gelernt hatte. Sie hatte wahrscheinlich Recht, auch wenn wir vor einem unterschiedlichen Hintergrund zu dem gleichen Schluss kamen.

»Die ganze Sache ist ziemlich unerfreulich. Ich bin sicher, dass es dir nichts ausmacht, wenn ich so offen über meine … Schwierigkeiten spreche.«

Nach dem, was Faith mir bislang erzählt hatte, musste sie fast einundzwanzig sein. Ein Alter, in dem es höchste Zeit war, einen Ehemann zu finden. Es blieb ihr höchstens noch ein Jahr. Ich nickte.

»Du hast zwar noch ausreichend Zeit, aber ich nehme an, dass auch du bislang noch keinem Mann begegnet bist, der als Ehemann in Frage kommen würde.« Sie nahm einen kleinen Löffel voll Suppe. »Wo du zuerst deinen Vater pflegen musstest, und nun … bei deiner Tante und deinem Vetter lebst. Auch nicht gerade aufregend, wie du zugeben wirst.«

Sie wartete nicht erst auf eine Antwort. »Also habe ich beschlossen, nach Indien zu gehen, um einen passenden Mann zu finden.« Ihre Oberlippe zitterte, während sie sich um ein fröhliches Lächeln bemühte. »Wenn du mich begleiten würdest, Linny, dann wäre das auch für dich eine gute Gelegenheit, den passenden zu finden.«

Auf dem Weg vom Teller zum Mund blieb mein Löffel einen Augenblick lang in der Luft stehen. Ich schloss den Mund wieder und senkte den Löffel auf den Teller. »Habe ich dich richtig verstanden, Faith? Hast du tatsächlich gemeint, dass ich dich nach Indien begleiten solle?«

»Ja. Stell dir vor! ›Die reizende Miss Vespry und die geheimnisvolle Miss Smallpiece, beide aus Liverpool, sind soeben in Kalkutta angekommen, begleitet von der typisch angenehmen Brise der kühlen Jahreszeit.‹ Das hört sich an wie ein Auszug aus einem Roman, findest du nicht?« Vor Aufregung war ihre Stimme immer lauter geworden.

Ich legte den Zeigefinger an die Lippen, um darauf aufmerksam zu machen, dass man uns bereits beobachtete. »Indien, Faith? Das übersteigt meine Vorstellungskraft. Ich muss erst einmal darüber nachdenken, um …«

»Oh, Linny«, unterbrach sie mich, »was gibt es denn da noch nachzudenken? Würdest du nicht lieber ein Abenteuer erleben, als weiter hinter dem Wandschirm in der Bibliothek zu sitzen? Und es ist doch so gut wie sicher, dass du eine passende Partie machen wirst.«

Ich beschloss, ihr reinen Wein einzuschenken. »Auch

wenn Indien in meinen Ohren fürchterlich aufregend klingt, so habe ich noch nicht die Absicht zu heiraten«, sagte ich. Oder besser *niemals?*

Nun war es an Faith, mich mit offenem Mund anzustarren. Sie klappte ihn wieder zu. »Was meinst du denn damit? Was bleibt Frauen wie uns denn anderes übrig?«, fragte sie mit verwirrtem Gesichtsausdruck.

Die Antwort darauf blieb ich ihr schuldig. »Und was ist mit Celina? Ich wundere mich, dass du sie nicht gefragt hast, ob sie dich begleitet.«

»Für Celina kommt eine Reise nach Indien nicht in Frage. Wir haben ja schon einmal kurz darüber gesprochen, ihr Herz gehört bereits einem Mann. Auch wenn ihre Gefühle möglicherweise nicht erwidert werden.« Ihre Augen weiteten sich. »Du *weißt,* von wem ich spreche. Jedenfalls hat sie die Hoffnung nicht aufgegeben und hat daher kein Interesse, England zu verlassen.«

In dem Moment wurde mir klar, dass Faith all ihre unverheirateten Freundinnen gefragt haben musste. Ich war ihre letzte Hoffnung.

»Und deine Eltern würden dich tatsächlich auf diese Reise schicken?«

»O ja. Zumindest mein Vater. Mutter schwankt noch ein wenig, aber Vater hält es für eine gute Idee. Einige seiner Freunde sind Beamte der Ostindischen Kompanie und kennen die Situation besser als Mutter. Tatsächlich plant auch er, nächsten Herbst nach Kalkutta zu reisen, aber so lange möchte ich nicht warten.« Sie hielt einen Moment inne, ehe sie fortfuhr: »Das wäre kein günstiger Zeitpunkt, in Indien anzukommen. Der beste Zeitpunkt ist – was gesellschaftliche Einladungen betrifft – die kühle Jahreszeit. Wenn ich mit Vater reisen würde, käme ich an, wenn sie zu Ende ginge, und das wäre für mein Vorhaben eher ungünstig. Gute Freunde von meinen Eltern – Mr und Mrs Waterton – haben mich und eine Begleiterin eingeladen, bei ihnen zu wohnen. Wir könnten bei ihnen bleiben, so lange … es nötig ist.«

Ich beobachtete, wie sie den Griff ihres Messers in der Hand drehte, und wusste, dass sie noch nicht fertig war.

»Ich glaube, dass Mutter es vorziehen würde, wenn ich *nicht* heiratete, auch wenn sie das niemals zugeben würde. Aber ich weiß, wie abhängig sie von mir ist. Ihr Gesundheitszustand ist nicht der beste, und ich habe nur zwei Brüder.« Ich rief mir die Abendgesellschaften im Hause Vespry ins Gedächtnis zurück und sah das aufgedunsene Gesicht ihrer Mutter vor mir.

»Ich denke, Mutter stellt sich vor, dass ich mich um sie kümmere, solange sie mich braucht – und ich habe das Gefühl, dass das hieße, dass ich bis zu ihrem letzten Atemzug bei ihr bleiben müsste. So sehr ich sie mag, und ich hänge mit ganzem Herzen an meiner Mutter, so ist die Vorstellung, im Hause meiner Eltern als alte Jungfer zu enden, nicht gerade das, was ich mir wünsche. Ich möchte mein eigenes Heim haben, Linny.«

In der kurzen Stille, die darauf folgte, war es, als hörte ich die unausgesprochenen Worte *bevor es zu spät ist.*

»In Indien gibt es dreimal so viele englische Männer wie Frauen«, fuhr sie fort, »und es gibt alle möglichen Veranstaltungen – Mittagessen und Dinnerpartys, Bälle und Soireen. Es ist einfach unmöglich, unter diesen Umständen keinen Mann zu finden. Auch wenn Indien kein Land ist, in dem man sein ganzes Leben verbringen möchte, so könnte man ja wieder nach England zurückkehren. Oh, sag bitte, dass du darüber nachdenken wirst, Linny!« Sie streckte ihre Hand aus, und ich ergriff sie.

Leise fügte sie hinzu: »Ich möchte dich nicht beleidigen, also bitte nimm es mir nicht übel. Ich glaube, ich schätze deine Situation richtig ein. Wenn du dich also dazu entscheiden solltest mitzukommen, dann würde Vater für deine Schiffspassage sowie eine angemessene Garderobe und alles Weitere aufkommen, was man sonst noch für so eine Reise braucht. Er würde sich auch mit deinem Cousin besprechen, deinem Vormund, und ihn um Erlaubnis bitten. Und in Indien wären wir die Gäste der Watertons, die sich mehr als glücklich schätzen würden, zwei junge Damen aus ihrer Heimat zu Gast in ihrem Hause zu haben. Sie sind jetzt schon gespannt auf die Nachrichten, die wir mitbringen und die sie in ihrem Alltag so sehr vermissen.« Sie schöpfte kurz Atem, dann plapperte sie schon weiter. »Ich habe mich bereits gründlich informiert. Die Reise dauert im Schnitt zwischen vier und fünf Monate, abhängig vom Wetter. Es wäre so aufregend, um das Kap der Guten Hoffnung zu segeln. Stell dir die Aussicht vor! Manchmal muss ein Schiff an einem exotischen Ort anlegen, wenn es vom Kurs abgekommen ist. Und der letzte Hafen, der vor Kalkutta angesteuert wird, ist Aden. Wusstest du, dass einige der Ureinwohner von Aden rote oder blonde Haare haben? Und warum wohl?« Wieder war ihre Stimme lauter geworden.

Von anderen Tischen wurden uns heimliche Blicke zugeworfen, und ich sah, wie einige Gäste hinter vorgehaltener Hand tuschelten, während sie aus den Augenwinkeln zu Faith herübersahen.

»Und in den warmen Gewässern des Indischen Ozeans gibt es Wale und Tümmler, die neben dem Schiff herschwimmen und ein Spektakel aufführen, als wollten sie die Passagiere unterhalten. Stell dir das vor, Linny!« Sie schlug sich die Hand vor den Mund. »Es tut mir Leid«, sagte sie, »ich kann es an deiner Miene ablesen, ich habe dich doch beleidigt mit meinem unbedachten Angebot, was die Kosten anbelangt. Ich bin unmöglich, ich weiß, einfach zu dreist, und Vater meint, dass das der Grund ist, warum kein …« Sie unterbrach sich.

Doch Faith hatte meinen Ausdruck missverstanden.

Das erste Mal in meinem Leben und vollkommen unerwartet hatte ich erfahren, was es hieß, verführt zu werden. Wenn Faith Vespry beabsichtigt hatte, mich mit Worten zu verführen, dann war es ihr gelungen. Es war ihr gelungen, meinen Traum wieder zum Leben zu erwecken, den ich zusammen mit Frances begraben hatte. Faith hatte ihn angerührt, und jetzt zitterte ich vor Schwäche. Nein, das, was Faith in meinem Gesicht sah, war nicht das Gefühl, gedemütigt worden zu sein, sondern Erwachen und neuer Lebenshunger.

Das Schwierigste an meinem Plan, Liverpool zu verlassen – und wahrscheinlich das Schwierigste, was ich in meinem Leben je tun musste –, war, es Shaker zu sagen. Ein paar Tage nachdem ich alles mit Faith besprochen hatte, lud ich ihn an einem sonnigen Sonntagnachmittag zu einem Spaziergang ein. Im Schatten eines ausladenden Holunderbaums am Rand einer staubigen Straße außerhalb von Everton hielt ich an, um ihm von meinem Vorhaben zu erzählen. Ich sagte ihm, dass Faith mich dazu eingeladen habe, dass ich die Einladung gern annehmen würde und dass Mr Vespry die nötigen Vorbereitungen für die Reise nach Indien treffen würde, sofern Shaker seine Einwilligung dazu geben sollte. Auch für den Aufenthalt in Indien sei bei einer befreundeten Familie gesorgt.

Er war wie vor den Kopf gestoßen. »Du wirst uns verlassen? Wirst Liverpool verlassen? England verlassen?«

Mich verlassen?, meinte ich zu hören, auch wenn er die Worte nicht aussprach. »Ja. Es gibt ein Schiff, die *Margery Ellen,* das in knapp drei Wochen ablegt. Die Schiffsreise führt um das Kap der Guten Hoffnung herum direkt nach Kalkutta.«

»Aber die Reise wird Monate dauern. Und sie ist gefährlich, ebenso wie Indien ein Land voller Gefahren ist. Und was gedenkst du dort zu tun? Wann wirst du wieder zurückkehren?«

»Ich weiß nicht genau, was passieren wird, wenn wir dort sind. Ich weiß nur, dass ich mir diese Gelegenheit nicht entgehen lassen kann. Als ich über Faith' Vorschlag nachdachte, wurde mein alter Wunsch, England auf einem Schiff zu verlassen, wieder zu neuem Leben erweckt. Ich hatte dir ja von diesem Traum erzählt.«

Stille trat ein. Dann bemerkte ich eine jähe Veränderung in Shakers Miene. »Die Fischereiflotte, nicht wahr?«, fragte er mit angespanntem Kiefer.

»Was meinst du damit?« Ich konnte ihn kaum ansehen, denn seine Emotionen spiegelten sich klar in seinem Gesicht. Es war, als ob er nackt vor mir stünde.

»Niemand spricht es aus, aber es ist allgemein bekannt, Linny. Dass es zahlreiche verzweifelte Frauen gibt, die diese Reise unternehmen in der Hoffnung, einen Mann zu finden, der sie heiratet.«

»Nun, bei Faith ist das wohl der Fall, unter uns gesagt. Aber auf mich trifft das nicht zu, ich werde sie einfach begleiten.«

»Ach, Linny. Wirst nicht auch du dich von deiner besten Seite zeigen und dich vornehm geben – so wie du es in den vergangenen Monaten bei uns gelernt hast –, um dir einen Ehemann zu angeln?« In seiner Stimme lag ein ungewohnt gehässiger Ton.

»Shaker, denkst du das wirklich von mir?«

Er drehte den Kopf etwas zur Seite, sodass ich sein Profil sehen konnte. »Was sonst sollte ich denken? Ist dein Leben hier denn nicht angenehm? Fehlt es dir an irgendetwas?«

Nein, es war nicht Gehässigkeit, was ich gesehen hatte, sondern Schmerz. »Nein.« Ich schämte mich. »Du hast mir mehr geschenkt, als ich mir je vom Leben erhofft habe. Ein Heim, eine Beschäftigung, die mir Spaß macht, Sicherheit. Und du hast nie eine Gegenleistung dafür verlangt. Und dennoch will ich fortgehen, Shaker. Es tut mir Leid. Du hast mir alles gegeben, doch …«

»Ich könnte dir noch sehr viel mehr geben, Linny.« Er wandte mir das Gesicht zu. Das Herz hämmerte in meiner Brust, denn ich wusste, was kommen würde. »Heirate mich«, fuhr er fort. »Bitte. In deiner Gegenwart fühle ich mich, wie ich mich nie zuvor gefühlt habe, wie ich es mir nie erträumt hätte.« Er nahm meine Hand in seine, die feucht war. »Ich liebe dich, Linny. Das sollst du wissen.«

Ich schaute auf unsere Hände hinab, die ineinander lagen und zitterten. »Ich glaube nicht, dass du mich liebst, Shaker. Ich denke, ich … vielleicht findest du mich aufregend aufgrund meiner Vergangenheit. Aufgrund dessen, wie du mich gesehen hast, und weil du weißt, was ich gewesen bin.« Ich wählte meine Worte mit Bedacht, ohne meine Vermutung auszusprechen: Hätte er mich besessen, sooft es ihm ein Bedürfnis war, so hätte er mich irgendwann aus seinen Träumen und Vorstellungen verbannen können. Wie konnte ein Mann, der nur Gutes getan hatte, eine Frau lieben, die so befleckt war von ihrer Vergangenheit wie ich?

»Was du warst, hat nichts damit zu tun«, erklärte er. »Es ist mein Selbstgefühl, das sich durch dich geändert hat. Während der letzten neun Monate habe ich meinen Selbsthass verloren, und das habe ich dir zu verdanken. Durch dich fühle ich mich zum ersten Mal als Mann.« So unvermittelt er meine Hand ergriffen hatte, ließ er sie jetzt wieder los und ging ein Stück von mir weg. Sein Gesicht war aschfahl geworden. »Aber natürlich. Ich habe bisher nur davon gesprochen, welche Gefühle du in *mir* hervorgerufen hast. Ich habe wohl außer Acht gelassen, welche Gefühle ich in *dir* erweckt haben könnte. Aber nun ist es mir klar. Das einzige Gefühl, das du mir gegenüber empfindest, ist Mitleid.«

»Wie kannst du so etwas sagen? Möglicherweise habe ich anfangs, als wir uns kennen gelernt haben, Mitleid für dich empfunden, aber das hat sich schnell geändert, nämlich als ich dich beobachtete, dir zuhörte, als ich nicht nur dein Mitgefühl mir gegenüber erlebte, sondern auch die Art, wie du mit deiner Mutter umgehst. Dann habe ich dich im Kreise deiner Freunde gesehen und der Clubmitglieder, ich habe dich erlebt, wie du dich bei Gesellschaften gibst oder in vornehmen Geschäften. Und seither habe ich nur noch das Gefühl der Bewunderung gegenüber dem Mann, der du in Wahrheit bist.«

»Wie konnte ich nur übersehen, dass die Art, wie du mich anlächeltest, und die vielen kleinen Aufmerksamkeiten mir gegenüber nichts anderes waren als Dankbarkeit im Verein mit Mitleid?« Er wich weiter zurück.

Ich wusste nicht, was ich sonst noch hätte sagen sollen.

»Ich genoss so sehr die Entdeckung, dass ich Freude empfinden konnte, Linny, dass ich nicht einmal auf die Idee kam, darüber nachzudenken, ob auch du glücklich bist. Vergib mir.« Als er sich umdrehte, um auf das dichte Wäldchen zuzugehen, das die staubige Straße säumte, bewunderte ich, wie stolz und würdevoll er sich trotz allem hielt.

Ich hörte ihn erst zurückkommen, als seine Mutter und ich längst zu Bett gegangen waren. Da ich mir Sorgen um ihn gemacht hatte, konnte ich nicht einschlafen. Doch jetzt vernahm ich seine Schritte auf der Treppe und hielt den Atem an, weil ich einen Augenblick lang dachte, er würde vor dem Zimmer stehen bleiben und die Tür öffnen, und ich wusste nicht, was ich ihm dann sagen sollte. Doch dann hörte ich das leise, ruhige Geräusch, mit dem die Tür seines Schlafzimmers geöffnet und wieder geschlossen wurde.

Am nächsten Tag blieb Shaker der Arbeit fern. Seine Mutter kam die Treppe herunter, um mir zu sagen, ich möge Mr Ebbington ausrichten, dass ihr Sohn Fieber habe. »Er hat noch nicht einen einzigen Tag gefehlt. Noch nie«, fügte sie mit sorgenvoller Miene hinzu. In dem Moment bekam ich eine leise Ahnung von der Frau, die sie einst gewesen war.

»Soll ich zu ihm gehen und sehen, ob ich vielleicht etwas für ihn tun kann?«, fragte ich, indem ich mich vom Frühstückstisch erhob.

»Nein. Er will nicht gestört werden«, erwiderte sie.

Ich setzte mich wieder an meinen Platz. Meinen Frühstücksteller, den Nan vor mich hingestellt hatte, schob ich von mir, unfähig, auch nur einen Bissen herunterzubekommen.

Den ganzen Tag über machte ich mir bei der Arbeit Sorgen, doch als ich aus der Droschke stieg, wartete Shaker auf mich. Als ich ihn sah, schlug mein Herz schneller. Doch in meine Erleichterung mischte sich abermals Sorge um das, was er mir zu sagen hätte. Graue Wolken hingen tief am Himmel. Zuvor hatte es geregnet, und nun tropfte es rhythmisch von den Dachrinnen der Häuser.

»Geht es dir besser?«, fragte ich, obwohl ich wusste, dass sein Unwohlsein nicht physischer Natur war.

»Lass uns einen Spaziergang machen.« Er nahm meine Hand und legte sie mit einer Bestimmtheit in seine Armbeuge, die ganz uncharakteristisch für ihn war. Während wir zu einer Teestube in der Nähe gingen, sah ich aus den Augenwinkeln, dass er noch immer blass, aber entschlossen wirkte. Das Lokal machte einen ordentlichen und sauberen Eindruck, und wir waren die einzigen Gäste. Wir bestellten Tee und Haselnusskuchen.

»Die letzten vierundzwanzig Stunden habe ich damit verbracht, über die Sache nachzudenken«, sagte er, sobald der Kellner verschwunden war. »Ich bedauere mein Verhalten von gestern, Linny, und ich schäme mich dafür.«

Eine Sekunde lang musste ich die Augen schließen, um mich zu sammeln, ehe ich das Wort ergriff. »Bitte, Shaker, es ist nicht an dir, sich zu schämen, sondern an mir. Es tut mir Leid. Ich … es ist nur so, dass ich keine Liebe empfinde, und ich glaube auch nicht, dass ich jemals dazu in der Lage bin, einen Mann zu lieben.« Ich suchte nach Worten für das, was viele Jahre zuvor in mir zerbrochen war, doch ich fand keine.

»Es gibt wenige Menschen, die aus Liebe heiraten, Linny. Man heiratet, um Gesellschaft zu haben, aus finanziellen Gründen und um versorgt zu sein. Weil es Konvention ist. Ich glaube, dass für die meisten Menschen Liebe keine große Rolle spielt.«

Ich wartete, dass er weitersprach, doch sein Mund blieb zu einer geraden Linie zusammengepresst. Nur hinter dem Vorhang zur Küche hörte man das Schlagen eines Schneebesens in einer Porzellanschüssel.

»Ich werde nach Indien gehen, Shaker«, sagte ich ruhig, »und dennoch glaube ich, dass ich dich liebe. Jedoch nicht wie eine Frau ihren Mann liebt. Und ich glaube auch, wenn ich fähig wäre, einen Mann auf diese Weise zu lieben, dann wärst du dieser Mann, Shaker.«

Der Adamsapfel in seiner Kehle bewegte sich. »Also muss ich es akzeptieren und mich mit deiner Entscheidung zufrieden geben, nicht wahr?«

Eine Weile saßen wir schweigend da, ohne unseren Tee anzurühren, der allmählich kalt wurde.

»Aber wirst du mir etwas versprechen? Dass du, wenn die Dinge in Indien nicht so laufen, wie du es dir wünschst, wieder nach England zurückkehren wirst? Zurück zu mir?«

»Wie ich dir sagte, Shaker, kann ich nicht ...«

Er ließ mich nicht ausreden. »Nicht, um mich zu heiraten, Linny. Das habe ich verstanden. Du hast klar deine Gefühle ausgedrückt, und ich werde dich nicht noch einmal fragen. Aber wenn du jemals wieder ein Zuhause brauchen wirst oder einen Freund, werde ich dir helfen, so gut ich es vermag.«

Ich streckte die Hand über dem Tisch aus und legte sie an seine Wange. »Eines Tages wirst du eine Frau finden, die viel besser ist als ich, eine, die dich auf die Art liebt, wie ich es nicht kann. Und dann wirst du mich vergessen, denn das ist besser für dich.«

Der Kuchen lag unberührt zwischen uns auf einem Teller. Wir nippten an unserem Tee, doch die Tassen waren noch halb voll, als wir beide gleichzeitig und wie verabredet aufstanden, um auf die Straße hinauszugehen. Der Himmel hatte sich aufgeklärt, die Wolken hatten sich verzogen, und die sommerliche Luft war schwer und von Blütenduft erfüllt. Irgendwo in der Nähe hörten wir Kinder spielen. Ich legte den Arm in Shakers, und er legte seine Hand auf meine. Langsam und schweigend gingen wir zu dem Haus in der Whitefield Lane.

In jener Nacht schlich ich in sein Zimmer. Er lag mit geöffneten Augen da, den Blick zur Tür gerichtet, als ich eintrat, so als hätte er mich erwartet. Mir kam in den Sinn, dass er womöglich auch in den Nächten zuvor auf mich gewartet hatte, auch wenn er mich das erste Mal, als ich ihm meinen Körper als Dank angeboten hatte, zurückgewiesen hatte. Ich kniete mich neben sein Bett und streichelte ihm die Stirn. Dieses Mal wandte er sich nicht ab: Stattdessen richtete er sich auf und zog die Bettdecke zur Seite. Und ich dachte, dass ich für immer eine Hure bleiben würde, stets bereit, meinen Körper anzubieten. Doch im nächsten Moment verspürte ich einen Anflug von Verwirrung: Ich erkannte, dass nicht nur ich ihm aus Dankbarkeit einen Teil von mir schenkte, sondern auch umgekehrt.

Ich zog mir das Nachthemd über den Kopf und nahm es bewusst hin, dass er meinen Körper im Mondlicht betrachtete. Er atmete tief ein und hielt die Luft an. Erst als ich mich neben ihn legte, ließ er sie wieder entweichen. So lagen wir eine Weile da und schauten uns an, während wir im Gleichklang ein- und ausatmeten. Sein Nachthemd roch nach Karbolseife. Und als ich ihn küsste, nahm ich einen leichten Petersiliengeruch wahr, ein erfrischender, reiner Duft. Mein Mund war auf vielfältige Weise missbraucht worden, doch nie zuvor hatte ich jemanden geküsst. Und ich fand es angenehm, seine Lippen auf meinen zu spüren.

Langsam und behutsam und heftig zitternd legte Shaker die Arme um mich, während seine Lippen meinen Kuss erwiderten. Und schon bei dieser ersten süßen Berührung unserer Körper spürte ich, dass er bereit war.

Ich drehte mich auf den Rücken und zog ihn auf mich. Ich half ihm mit meiner Hand, um ihm den Weg zu weisen. Ich lag ruhig da, während meine Knie sanft seine Hüften umschlangen. Kurz darauf hörte das unkontrollierte Zittern seines Körpers auf, und dann bewegten wir uns rhythmisch, als täten wir etwas längst Vertrautes. Als er seine Wange auf meine legte, spürte ich, dass sie nass von Tränen war.

Hinterher lag er vollkommen ruhig da. Es war, als ob sein Zittern zusammen mit der physischen Entladung aus ihm hinausgeflossen wäre. Meine Kehle war wie zugeschnürt und brannte, als ich ihn betrachtete. Den Kopf auf meiner vernarbten Brust und die Augenwimpern feucht, schlief er tief und fest. Er war ein Mann von Ehre, einer, dem man voll vertrauen konnte. Bei ihm konnte ich mich sicher fühlen.

Doch ich wusste, dass Sicherheit nicht das Einzige war, wonach ich suchte.

Sechzehntes Kapitel

Ich stand an der Reling und ließ den Blick über die Silhouette von Liverpool gleiten, als wir langsam aus dem Hafen segelten. Ich sah den grauen Rauch, der aus den Fabrikschornsteinen aufstieg. Das Deck unter meinen Füßen neigte sich ein wenig. Eisengeruch stieg mir in die Nase – die Anker, Ketten, Schrauben, Nägel. Dann wieder nahm ich den Geruch nach Teer wahr, und ich musste an Ram Munt und seine schwieligen Hände denken.

Meine Hände klammerten sich an der Reling fest, die feucht vom Nebel war. Mein Herz schlug schneller. Ich segelte fort, so wie ich es mir immer erträumt hatte. Fort von dem Ort, an dem ich so viel Elend erfahren hatte. *Das hier ist nicht mein wirkliches Leben.* Die Worte von Chinese Sally kamen mir wieder in den Sinn. Und nun segelte ich also an einen neuen Ort, einen Ort, an dem mein neues Leben beginnen sollte.

Die Kamine von Liverpool wurden immer kleiner. Ich dachte an Shaker, der in diesiges Sonnenlicht getaucht auf dem Pier stand, eine Hand zum Abschied erhoben.

August 1830

Mein lieber Shaker,

es ist nun über einen Monat her, dass wir Liverpool verlassen haben. Heute ist mein achtzehnter Geburtstag. Und zur Feier dieses Tages schreibe ich dir. Ich weiß, es wird Monate dauern, bis ich diesen Brief aufgeben kann, aber heute Nacht fühle ich mich eigenartig einsam, und das

Kratzen der Feder auf Papier habe ich schon immer als tröstend empfunden. In meinem Tagebuch – dein Abschiedsgeschenk – zeichne ich täglich das Leben an Bord eines Schiffes auf. Doch heute Nacht sehne ich mich danach, meine Worte an dich zu richten. Dies ist übrigens der erste Brief, den ich in meinem Leben schreibe.
Rasch habe ich mich an das Leben auf hoher See gewöhnt, so als wäre ich dafür geboren. Dabei muss ich an meinen Stiefvater denken: Da ich an der Innenseite des Unterarms ein Muttermal in Form eines Fisches habe, behauptete er, ich sei die Tochter eines Seemanns. Natürlich wollte ich davon nichts wissen: Die Geschichte meiner Mutter, dass mein Vater ein Adliger gewesen sei, empfand ich als sehr viel schmeichelhafter, und ich werde wohl nie aufhören, daran zu glauben. Und dennoch habe ich das Gefühl, dass das Meer in all seiner Härte und Rätselhaftigkeit in einer vertrauten Sprache zu mir spricht.
Die Unterkunft an Bord ist eng und alles andere als sauber; wir sind auf der Ebene unter dem Oberdeck untergebracht, hinter der Tür beginnt das Zwischendeck. Unser Abteil ist durch ein dickes Segeltuch von den anderen Frauen abgetrennt. Es gibt kaum Licht, und die Luft ist stickig. Faith und ich teilen unser winziges Abteil mit einer dicken, blassen Frau unbestimmbaren Alters – Mrs Cavendish. Sie lebt seit vierzehn Jahren in Delhi und hat diese Reise schon etliche Male hinter sich gebracht. Nachdem sie auf Heimaturlaub war, kehrt sie jetzt zu ihrem Gatten zurück, einem General in der Indischen Armee. Nachdem sie die Älteste von uns ist, hat sie sich das Bett direkt neben der Tür ausgesucht. Faith und ich müssen mit Hängematten vorlieb nehmen. Während Faith zuerst sehr geknickt war bei der Aussicht, mehrere Monate in einer Hängematte zu schlafen, finde ich es wunderbar. Mir gefällt es, wie mich die Hängematte im Rhythmus der Wellen wiegt, und es ist, als würde sich dabei das Fadengewirr meiner Vergangenheit lösen, sodass ich mühelos in einen ruhigen Schlaf gleite.

Ich lerne Kartenspiele – Whist, Piquet, Ecarté. Solange ich mich nicht mit den Regeln eines Spiels vertraut gemacht habe, weigere ich mich mitzuspielen. Hin und wieder wird getanzt, und ich nutze diese Gelegenheit, um die Tanzschritte zu üben, damit ich mich später nicht blamieren werde. Tanzt du auch manchmal, Shaker? Ich kann mich nicht erinnern, dass du es erwähnt hast. Menuett und Quadrille beherrsche ich inzwischen leidlich, und auch beim *dos à dos* und in der Promenade bin ich recht gut. An den Abenden, an denen die See ruhig ist und wir ein paar Passagiere dazu überreden können, ihre Violinen, Klarinetten oder Violas hervorzuholen, segle ich also von Partner zu Partner – wobei die meisten davon Frauen sind.

Ist dir eigentlich schon einmal aufgefallen, dass die meisten Menschen ihre Zeit damit vertun, sich entweder herauszuputzen, um sich von anderen anstarren zu lassen, oder aber selbst andere Menschen beobachten? Meine Beobachtungsgabe kommt mir nun zugute, da ich immer wieder Neues lerne und somit immer gesellschaftsfähiger werde. Wenn Faith ihre guten Tage hat, plaudert sie über nichts anderes – die Tanzveranstaltungen, die Salons und die Spielabende, an denen wir teilnehmen werden. Ihr ist offensichtlich überhaupt nicht aufgefallen, dass ich ein Neuling auf diesem Gebiet bin. Auf der anderen Seite scheint sie es mehr zu genießen – wie die meisten anderen übrigens auch –, beobachtet zu werden, sodass sie nicht allzu viel Muße dazu hat, ihre Umgebung gründlich in Augenschein zu nehmen.

Unsere Mahlzeiten nehmen wir in der Achterdeckkabine ein, die als Speisezimmer dient. Dank der Kühe und Schafe, die mit an Bord sind, müssen wir nicht auf den Genuss von frischem Fleisch verzichten, und auf dem Speiseplan stehen auch verschiedene Wurzelgemüse, die bislang ihre Frische bewahrt haben, auch wenn ich nicht weiß, wie lange das noch der Fall sein wird.

Während dieser ersten Wochen auf dem grünen Atlantik habe ich mich dick eingemummt und schon unzählige Stunden an Deck verbracht. Entweder sitze ich auf einer Bank und lese eines der Bücher über Indien, die Faith und ich eingepackt haben, oder ich versuche, meine Hindikenntnisse zu verbessern. Oder ich spaziere raschen Schritts über zusammengerollte Seile und Haufen von Ketten und atme dabei die kühle, salzige Seeluft ein, während ich nicht satt werde, die metallisch glänzenden Wogen zu betrachten, die sich endlos bis zum Horizont ziehen.

Faith ist leider sehr blass geworden; dabei ermahnt sie mich unaufhörlich, dass ich mir in Wind und Sonne meinen Teint verderbe, dass ich mehr Zeit unter Deck verbringen und mich ausruhen solle so wie sie. Doch ich habe allzu viel Zeit in kleinen, modrigen Quartieren verbracht.

Ich bin voller Optimismus, Shaker, und erwartungsvollem Tatendrang. Und darüber bin ich froh. Ich hoffe, dass es auch dir gut geht, dass du Freunde besuchst und Einladungen annimmst. Es ist so wichtig, dass du viel Zeit in Gesellschaft anderer verbringst.

Herzlich,
deine Linny

September 1830

Lieber Shaker,
ich gehe davon aus, dass du die Briefe in der Reihenfolge liest, in der sie abgefasst wurden, denn dieser, den ich drei Wochen nach dem ersten schreibe, wird eine ganz andere Geschichte von meinem Leben an Bord eines Schiffes erzählen. Auch wenn das Meer noch immer mein Verbündeter ist, hat es inzwischen sein anderes Gesicht offenbart.

Nachdem während der ersten Wochen gleichmäßiger Wellengang und ein steter Wind unsere Fahrt begünstigt hatten, stellte ich mir vor, dass auch die restliche Reise ereignislos und glatt vonstatten gehen würde. Doch in

der sechsten Woche kam ein Sturm auf. Der Himmel verdunkelte sich zu einer rätselhaften Morgendämmerung, der grausam kalte Wind peitschte, und am Nachmittag hatten sich die Wellen zu riesigen, zerklüfteten Felsen aufgetürmt. Wir hatten uns alle in die schwankende Achterdeckkabine zurückgezogen, doch schließlich wies uns ein barscher Kapitän an, unsere Kabinen aufzusuchen und uns dort auf unseren Betten anzuschnallen, bis der Sturm vorüber wäre. Faith suchte in den Armen von Mrs Cavendish Trost, die sich alle Mühe gab, sie zu beruhigen.
»Ich habe schon so viele Stürme erlebt, mein Kind«, sagte sie. »Wenn wir das Kap der Guten Hoffnung umschiffen, werden wir mit sehr heftigen zu rechnen haben. Aber normalerweise ist es möglich, trotzdem weiterzusegeln.«
»Normalerweise?«, wiederholte Faith. Die Farbe um ihren Mund und ihre Augen verwandelte sich in ein durchscheinendes Grüngelb. »Sie meinen ... Es ist möglich, dass ein Schiff ...« Sie konnte den Satz nicht vervollständigen.
Ich starrte sie an. Hatte sie nie an die Möglichkeit gedacht, auf dem Schiffsweg nach Indien zu sterben, Shaker? Dass das Schiff sich in einem Sturm wie diesem überschlagen könnte? Oder dass Piraten im warmen Indischen Ozean das Schiff angreifen und plündern könnten und jeden töten würden, der ihnen dabei im Weg war? Ich hatte über all diese Eventualitäten nachgedacht – doch sie beunruhigten mich nicht. Faith jedoch ... Für eine so kluge Frau, die auf zahlreichen Gebieten bewandert ist, erscheint sie in dieser Hinsicht bedauerlich naiv.
Mrs Cavendish murmelte etwas Beruhigendes in ihr Ohr und tätschelte ihren Arm. »Wir werden Ihnen etwas Jamaika-Ingwer kommen lassen. Das wird Ihnen helfen, Ihren Magen zu beruhigen, zumindest für eine gewisse Zeit.« Damit taumelten die beiden Frauen, sich gegenseitig stützend, hinaus, während ich mir noch ein paar Minuten lang durch ein Bullauge das Spektakel auf dem Ozean draußen ansehen wollte.

Eine albtraumhafte Landschaft breitete sich vor meinen Augen aus. Die Wellen hatten sich in scharfzackige Felsen verwandelt, die sich vor uns aufbäumten. Wir erklommen sie auf senkrechtem Weg, um im nächsten Moment auf der anderen Seite in die Tiefe zu stürzen, sodass es einem den Magen umdrehte. Doch schon ragte eine neue, monströse Felswand vor uns auf, und dahinter noch eine und noch eine. Ein Deckhelfer, der sah, wie ich hin und her geworfen wurde, während ich mich am Messing-Handlauf der Achterdeckkabine festklammerte, schrie mir etwas zu. Mit Mühe gelang es mir, die Gangway hinabzusteigen. Als ich schließlich die Kabine erreichte, war ich bis auf die Haut durchnässt.

Es war ein schrecklicher Sturm, aber wie du anhand meines Briefes sehen kannst, haben wir ihn überlebt! Und wie du ebenfalls bemerken wirst, bereitet es mir nachträglich Vergnügen, dieses Drama zu beschreiben. Wahrscheinlich kommt das daher, dass mich mein Freiheitsdrang dieses Naturschauspiel als weniger schrecklich empfinden lässt.

Mrs Cavendish scheucht mich zu Bett, und ich werde brav gehorchen.

Herzlich,
deine Linny

Ich wollte Shaker mit den Details, die mit diesem ersten Sturm verbunden waren, verschonen. Sie waren einfach zu abstoßend und mitnichten dazu angetan, von einer kultivierten Frau zu Papier gebracht zu werden.

Als ich in unsere Kabine getaumelt war, lag Faith in ihrer Hängematte, um die Taille mehrere Schals und Tücher gebunden, die man mit dem Seilgeflecht verknotet hatte. Ein unaufhörliches Stöhnen drang aus ihrer Kehle, und gerade als ich meine eigene Hängematte erreichte, drehte sie den Kopf zur Seite und erbrach sich. Mit Herzklopfen rettete ich mich auf mein Nachtlager; angesichts der unterdrückten Schreie um mich herum schlug meine anfängliche Erregung in Panik um, und ich begriff allmählich das Ausmaß des Sturms.

In den darauffolgenden Stunden stellte ich meine Entscheidung in Frage, Liverpool und die Sicherheit und Geborgenheit, die Shaker mir geboten hatte, zu verlassen. Der Gestank von Teer, Erbrochenem und anderen körperlichen Ausscheidungen raubte mir den Atem. Außer dem Heulen des Winds und dem Brechen der Wellen am Schiffsrumpf drang kein Laut an mein Ohr, und ich wusste nicht mehr, ob es Tag oder Nacht war. In der Dunkelheit heftig hin- und hergeworfen, stellte ich mir bei jedem Ächzen der Schiffsplanken vor, wie das eisige Wasser mir in Nase, Mund und Ohren drang, bis ich schließlich, an meine Hängematte festgeschnallt, ganz unterging. Die ganze Zeit über, die sich zu Tagen dehnte, erlebte ich erneut meinen Albtraum, in der Mersey zu ertrinken. Meine Kleider schweißdurchtränkt, versuchte ich, in der stickigen Luft zu atmen. Magen und Eingeweide längst leer, wurde ich unaufhörlich von Krämpfen geschüttelt, bis ich Blut auf den Lippen spürte: Es war, als ob mir die Magenschleimhaut herausgerissen würde.

Ich hatte Sehnsucht nach der Whitefield Lane, ja ich wünschte mich sogar in die Jack Street oder in die Back Phoebe Anne Street zurück. Die Augen fest zusammengepresst, wartete ich auf den Tod. Und in besonders schlimmen Augenblicken sehnte ich ihn herbei. Nur einmal zuvor hatte ich mich dem Tode so nah gefühlt.

Irgendwann musste ich eingeschlafen sein, denn ich erwachte von einer sanften Schaukelbewegung. Als ich die Augen öffnete, bemerkte ich, dass die Tür offen stand und am Haken an der Wand befestigt war. Gedämpftes Licht flutete in unsere stinkende, befleckte Kabine. Dann hörte ich Faith' Stimme, rein und hoch wie die eines Kindes, und plötzlich wurde mir klar, dass sie mich aufgeweckt hatte.

»Linny? So antworte mir doch, Linny!«

Ich drehte mich zu ihrer Hängematte um und bemerkte, dass Mrs Cavendishs Bett leer war, Laken und Decken waren abgenommen. »Wo ist Mrs Cavendish?« Meine Stimme war ein heiseres Krächzen, die Kehle wund von Magensäure.

»Sie ist auf Deck gegangen, um ihr Bettzeug zu waschen. Ich glaube nicht, dass ich aufstehen kann.«

Mit matten Bewegungen versuchte ich, die Schals und Tücher zu lösen, mit denen ich mich an die Hängematte gezurrt hatte, dann setzte ich mich auf und zog eine Grimasse. Schließlich befreite ich mich ganz von meinen Fesseln und stand mit wackligen Beinen auf. Als Nächstes half ich Faith, ihre Gurte zu lösen. »Was für einen Anblick wir abgeben müssen«, sagte ich und brachte die Andeutung eines Lächelns zustande. »Die einzige Lösung des Problems besteht wohl darin, einen Eimer Salzwasser über uns zu kippen.«

»Mach bitte keine Witze, Linny. Ich bin sogar zu schwach zum Weinen. Ich kann mir nicht vorstellen, mich je wieder hiervon zu erholen.«

»Doch, das wirst du!«

»Ihr seid also wach, Mädchen«, dröhnte Mrs Cavendishs Stimme vom Eingang her. »Nun kommen Sie und wechseln Sie Ihre Kleidung, dann bringen Sie Ihr Bettzeug an Deck. Und dann werden wir ruck, zuck hier sauber machen. Also, ich hab schon schlimmere Stürme erlebt. Einmal wurde unser Schiff achtern leck, und das Wasser spülte über das Deck und geradewegs in unsere Kabine. Ich würde eine gute Meerjungfrau abgeben, das muss ich schon sagen.« Sie lachte herzlich. »Und der Sturm hier war bestimmt nicht der letzte auf unserer Reise.«

Faith brach in Schluchzen aus, und wir brauchten zehn Minuten, um sie so weit zu beruhigen, dass sie aufstehen konnte.

An der Westküste Afrikas gerieten wir in den nächsten Sturm, der uns vom Kurs abbrachte, sodass wir fast bis zur Küste Brasiliens abgetrieben wurden. Es kostete uns drei Wochen, wieder unsere eigentliche Route zu erreichen. Wir waren nun drei Monate an Bord. Das Essen war kaum mehr genießbar; das einzige Fleisch bestand in eingemachtem

Schweinefleisch, das zäh, sehnig und salzig war. Im Speisezimmer war jeglicher Sinn für Anstand und Ordnung abhanden gekommen; das Essen wurde achtlos auf den Tisch geknallt, und wem noch nicht übel war, schnappte es sich. Das Wasser hatte die Farbe von starkem Tee angenommen und schmeckte ebenso übel, wie es aussah und roch. Die Hitze wurde unerträglich, sodass wir unsere Wollkleider gegen leichten Musselin tauschten. Bis wir das Kap der Guten Hoffnung erreichten, wo das Wetter wieder kühl wurde. An der imaginären Linie, wo Atlantik und Indischer Ozean zusammentreffen, fürchteten wir bereits, an der Küste zu zerschellen, als ein heftiger Wechsel der Windrichtung die Segel mit aller Kraft blähte und uns wieder hinaustrieb.

Am Kap gingen wir kurz an Land, um unsere Lebensmittelvorräte aufzufüllen, ehe wir Segel in wärmere Gewässer setzten. Doch es dauerte nicht lange, und wir gerieten in einen für die Jahreszeit typischen Hurrikan. Das Schiff wurde hin und her geworfen, und das Inventar löste sich aus seiner Verankerung. Insgeheim betete ich darum, dem heftigen Wellengang widerstehen zu können, und dieses Mal ließ mich meine robuste Konstitution nicht im Stich. Nach einem langen Tag und einer langen Nacht verließ ich schließlich trocken und wohlauf meine Hängematte. Faith jedoch war nicht zum Lächeln zumute.

Die nächsten zwei Wochen verbrachten wir unter sengender Sonne, während die Segel schlaff an den Masten hingen. Keiner brachte die Energie auf, auch nur Konversation zu machen oder Karten zu spielen, und an Tanz war in der Hitze überhaupt nicht zu denken. Die einzigen Geräusche waren das gleichförmige Schlagen der Wellen gegen die Schiffsseiten und – wie zur Antwort – das Knarren der Planken. Das Meer sah aus wie ein Silbertablett, hart und unbeweglich. Missmutig und mürrisch besserten die Matrosen die Segel und ausgefransten Fallen aus und beäugten dabei die Passagiere, die im Kreis um sie herum spazierten, in der Hoffnung auf eine kühlende Brise.

Eines Morgens erwachte ich voller Tatendrang. Und

als ich an Deck kam, blähten sich die Segel im Wind. Das Schiff pflügte durch eine glatte und nachgiebige See, und sofort hob sich meine Laune, sodass ich dem Schweigsamsten unter den Deckhelfern ein Lächeln schenkte. Er hatte muskulöse Oberarme mit Tätowierungen, die bei jeder Bewegung ihre Gestalt veränderten; am Tag zuvor hatte er mich an Ram Munt erinnert, doch jetzt konnte ich keine Ähnlichkeit mehr zwischen den Männern ausmachen.

Die Hitze wurde unerträglich, sodass wir unser Bettzeug an Deck schafften. Die Damen schliefen auf einer Seite und die Herren auf der anderen, und dazwischen diente ein Segel als schickliche Trennwand. Die erste Nacht an Deck machte ich kein Auge zu. Ich stand auf und stieg über Faith und die anderen Frauen und ging zur Reling. In der Dunkelheit spiegelte sich der Mond auf den Wellen, wo sein Schatten eine lange silbrige Straße zeichnete. Im Wasser breitete sich plötzlich ein Glühen aus, als ob Myriaden winziger Kerzen unter der Wasseroberfläche brannten. Ich war wie hypnotisiert und konnte den Blick nicht abwenden, bis meine Augen schmerzten. Was war das? Eine Kreatur des Meeres? Oder ein Zeichen, das mir sagen wollte, dass ich auf dem richtigen Weg sei?

Tagsüber war der Indische Ozean voller Leben: Fliegende Fische flogen wie ein Reif aus Silbermünzen in unserem Kielwasser, und wie Faith vorausgesagt hatte, pflügten Wale und Tümmler neben uns her. Die brennende Sonne fühlte sich rein auf meiner Haut an, und ich hatte das Gefühl, als würde sie mich bis auf das Knochenmark erwärmen. Ich fragte mich, ob mir jemals zuvor wirklich warm gewesen sei. Als ich eines Tages an Deck stand und das Gesicht mit geschlossenen Augen zum Himmel wandte, wurde mir bewusst, dass mich seit vielen Nächten – ja vielleicht Wochen – der Albtraum nicht mehr heimgesucht hatte. Es war, als ob die Sonne, die so viel mehr Kraft hatte als in England, die Angst aus meinen Gedanken gebrannt, sie aufgezehrt hätte, so wie die dreisten Ratten, die unter Deck umherhuschten, Löcher in unsere Kleider fraßen.

Plötzlich benetzte ein warmer Sprühregen mein Gesicht. Ich leckte mir über die Lippen und kostete den uralten, ungestümen Geschmack des Meeres. Ich drehte mich nach einem jungen Paar um, das etwas weiter entfernt an der Reling stand. Die beiden hatten kurz vor Antritt der Schiffsreise geheiratet; ihr Ziel war zunächst Kalkutta, ehe sie auf dem Landweg Bombay erreichen wollten, wo der Mann eine Position im Staatsdienst der Ostindischen Kompanie innehatte. Wir hatten bereits etliche Male Höflichkeiten ausgetauscht. Nun dachte ich, dass wir angesichts des unerwarteten Sprühregens ein amüsiertes Lächeln austauschen würden, doch als ich mich zu ihnen umwandte, sah ich, dass sie den Blick ineinander versenkt hatten und mich überhaupt nicht bemerkten. Der junge Mann neigte das Gesicht und leckte das Salzwasser aus der Halsbeuge seiner jungen Frau, während sie den Hals zurückbog. In dem Moment fühlte ich einen Schock, eine tiefe, dumpfe, ernüchternde Emotion. Die graziöse Bewegung des Mädchens und der Ausdruck auf ihrem Gesicht zerstörten den Moment flatterhafter Hoffnung, den ich verspürt hatte, und brachten mich auf den Boden der Tatsachen zurück. Dieser weiche sehnsuchtsvolle Ausdruck musste Verlangen gewesen sein. Etwas, das ich noch nie verspürt hatte, und mit einem Mal empfand ich einen tiefen Schmerz. Das Schauspiel des Meeres hatte seine Faszination für mich verloren, es war nichts weiter als eine endlos gefurchte, den Blick ermüdende Weite.

Der November kam, und wir waren jetzt seit fast vier Monaten auf See. Schwalben stießen neben dem Schiff ins Meer. Die lebhaften, laut zwitschernden Vögel seien Vorboten der Küste, der wir uns näherten, wie Mrs Cavendish erklärte. Und tatsächlich dauerte es nur einen Tag, und die Küste, gesäumt von kleinen Dörfern, kam in Sicht. Im Wasser wimmelte es plötzlich von Dutzenden winziger, schaukelnder Boote, in denen dicht gedrängt Inder saßen. Die Männer der Proviantboote, wie Mrs Cavendish sie nannte, versuchten sich gegenseitig zu übertönen, indem sie lautstark ihre

Waren anpriesen – Kokosnüsse, Bananen oder Tamarinden. Als die Boote unser Schiff erreicht hatten, sah ich, wie sie Seile, an denen Körbe befestigt waren, zur Reling hinauf warfen. Ein paar unserer Crewmitglieder riefen ihnen in einer fremden Sprache, die ich nicht kannte, etwas zu, sie zogen die Körbe hoch und legten ein paar Münzen hinein, ehe sie sie wieder zu den Proviantbooten hinabließen. Gleich darauf wurden die Körbe mit den gewünschten Früchten wieder nach oben gezogen. Das Wasser lief mir im Mund zusammen, doch Mrs Cavendish bedeutete mir mit einem Kopfschütteln, dass es unter unserer Würde sei, auf diesem Wege Waren zu erstehen.

Je näher wir im Laufe der nächsten Tage unserem Reiseziel kamen, umso aufgeregter wurde ich. Zuerst schrieb ich es der Schönheit des Wassers und der Sonne zu, doch dann merkte ich, dass es an etwas anderem lag. Irgendetwas hatte sich an der Atmosphäre geändert, ich vermochte nur nicht zu sagen, ob es an der Luft lag oder am Grad der Hitze. Möglicherweise waren es auch die Gerüche, die der Wind zu uns trug, die zu meiner unerklärlichen Atemlosigkeit beitrugen. Fremde Gerüche – die der Menschen, der exotischen Vegetation – stiegen mir in die Nase. Ich fühlte mich so beschwingt wie bei meiner ersten Quadrille.

An den Sandheads, der Flussmündung des Hooghly, hielten wir an, um auf die nächste Flut zu warten, die uns helfen sollte, in den Fluss hineinzusegeln. Dieser letzte Teil der Reise, so warnte Mrs Cavendish uns, sei riskant. Die hundert Kilometer in dem sich kräuselnden und blähenden braunen Wasser des Flusses, der die bengalische Landschaft durchschnitt, hatten sich für zahlreiche Schiffe als katastrophal erwiesen: Es gab gefährliche Sandbänke und sich immer wieder verlagernde Untiefen. »Allein hunderte von Passagieren der *James and Mary* haben in einem tückischen Treibsand ihr Leben gelassen«, fuhr sie unbeeindruckt von Faith' Miene fort.

Faith war es auf der Reise nicht gut ergangen. Wie wir

anderen auch hatte sie an Gewicht verloren. Unter ihren Augen zeichneten sich tiefe Schatten ab, und die Linien um ihren Mund hatten sich vertieft. Immer wieder hatte ich den Versuch gemacht, sie aufzumuntern, doch Faith war zusehends verdrießlicher und schweigsamer geworden. Während ich an Kraft und Stärke gewonnen hatte, hatte sie sich, so schien es, immer mehr in ihr Schneckenhaus zurückgezogen. Ich hatte sogar das Gefühl, während der Schiffsreise gewachsen zu sein, doch das war unmöglich, wie ich wusste.

»Schau, Faith, die Palmen und Bananenstauden dort, genau so wie wir sie in deinen Büchern gesehen haben«, sagte ich. Wir waren nur wenige Stunden von Kalkutta entfernt, und ich hoffte, dass der Anblick der smaragdgrünen üppigen Vegetation sie ein wenig aufmuntern würde. Dahinter wogten Reisfelder. Die Farben waren so lebendig, so intensiv. Die Wasserfarben der englischen Landschaft schienen blass dagegen. Am Ufer sah ich einen Hund, dessen Rippen sich unter dem verschorften Fell abzeichneten. Er zog an etwas, an dem Fetzen blauen Stoffs hingen. Im selben Moment wie Faith begriff ich, dass seine Beute ein menschliches Bein war. Sie stieß einen hohen, schrillen Schrei aus und rannte vom Deck. Als ich ihr folgen wollte, legte mir Mrs Cavendish eine Hand auf den Arm.

»Lassen Sie sie«, riet sie mir. »Indien ist für viele Menschen schwer zu ertragen, und einige werden sich nie an dieses Land gewöhnen. Andere wiederum …«, sie streckte die Brust heraus wie eine sich aufplusternde Taube, »… machen das Beste daraus. Und die fahren besser damit. Vierzehn Jahre lebe ich nun in diesem Land, und schauen Sie mich an. Ich habe alles überlebt – Fieber, Hitze, Monsun, Geburten, zwei Kinder in Indien begraben und drei zur Erziehung in England, heidnische Bräuche, einen Schlangenbiss. Und das ist alles noch nichts gegen das, was ich gesehen habe – Messerstechereien auf Märkten, Exekutionen und *suttees*. Wobei der hinduistische Brauch der Selbstverbrennung von Witwen letztes Jahr verboten wurde.« Sie hielt kurz inne und musterte mich. »Und Sie? Glauben Sie, dass Sie diesem Land gewachsen sind?«

Ich nickte.

»Am besten, Sie machen sich mit den Regeln vertraut. Sie tragen diesen Morgen nicht einmal einen Sonnenschirm, und Ihre Haut ist von Sonne und Wind gebräunt – nicht ganz im Sinne der modischen Sitten hier, Linny.«

Am Nachmittag legte das Schiff im seichten Gewässer vor den Chandpal-Chat-Docks an. Das Datum, das ich am Morgen in meinem letzten Reisebrief an Shaker vermerkt hatte, war der 18. November 1830. Auf den Docks konnte ich nur eine bunte Menschenansammlung ausmachen, die einem schwirrenden Bienenstock glich. Im Wasser wimmelte es von allen möglichen Schiffen und Booten – Fischerbooten, Flößen, Daus, Fähren und *lorchas*. Das Wasser war so überfüllt, dass immer wieder Boote gegeneinander stießen. Ich dachte an die Küstenbriggs, Fischkutter und Schoner, die im dichten Nebel des Liverpooler Hafens lagen. Wie anders waren doch diese kleinen Boote mit den halb nackten, braun gebrannten Männern.

Von Kalkuttas Vororten war ich überrascht. Weiße Villen im Palladio-Stil thronten elegant und erhaben über dem Fluss. Sie gehörten britischen Händlern, wie Mrs Cavendish mir erzählte, die beim Handel in der Ostindischen Kompanie reich geworden waren.

Nachdem ich Faith aus der Kabine geholt hatte, wo sie wie ein Häufchen Elend in ihrer Hängematte kauerte, spannte ich den Sonnenschirm auf, um mit ihr gemeinsam die Hängeleiter hinabzuklettern. Unten warteten *masoolas* auf uns, kleine Schaukelboote, welche die Schiffspassagiere an Land brachten.

Unser Boot neigte sich schwer zur Seite, und wir hielten uns aneinander fest. Eine schmutzige Brühe spritzte über unsere Stiefel und durchtränkte die Säume unserer Kleider.

Faith hatte man mitgeteilt, dass Mr Waterton uns im Hafen erwarten würde. Während ich zwischen Faith und Mrs

Cavendish in dem *masoola* saß, war ich froh über meinen hellblauen, berüschten Sonnenschirm. Während der kurzen Überfahrt zum Pier hatte ich das Gefühl, dass die Menschenansammlung dort immer größer wurde. Die Luft war erfüllt von Schreien und Rufen und Gesang.

»Haben Sie schon Ihren Gatten entdeckt, Mrs Cavendish?«, rief ich ihr ins Ohr. Es war eine alberne Frage: Wie hätte man etwas oder jemanden in solch einem Gedränge erkennen können? Das Gemisch an grellen Farben war überwältigend: Saris in hellen Rosa-, Orange- und Rottönen, Karren voll geladen mit unbekannten Früchten und Gemüse. Dunkle Gesichter unter weißen Turbanen. Und als wir den Pier fast erreicht hatten, atmete ich exotische Düfte ein und stellte mir vor, dass Jasmin, Sandelholz, Nelken und Ingwer darunter waren. Namen, die ich der Lektüre nach kannte. Aber noch ein anderer Geruch hing in der Luft. Unterschwellig nahm ich einen übel riechenden süßlichen Gestank nach Urin, Schmutz und Verfall wahr, ein Fäulnisgeruch, der mir aus den feuchten Kellern in den Slums von Liverpool vertraut war.

Arme streckten sich uns entgegen, um uns auf das Dock zu ziehen. Die schimmernde Masse, die ich vom *masoola* aus gesehen hatte, nahm nun reale Züge an, und die Details, die ich jetzt ausmachte, bewiesen mir, dass der Anblick kein Traumbild, sondern Wirklichkeit war. Inmitten des Staubs und der Hitze und dem Gebrabbel der wabernden Menge versuchten wir, uns von den anderen Passagieren zu verabschieden, mit denen wir uns angefreundet hatten. Zu allem Überfluss mussten wir auch noch die Blaskapelle übertönen, die zur Begrüßung des Schiffs aufspielte.

Nach so vielen Monaten auf der wogenden See fiel es mir schwer, wieder festen Boden unter den Füßen zu haben. Meine Knie schienen noch immer zu federn und die nicht vorhandene Bewegung ausbalancieren zu wollen, und mir war, als ob mein Körper Schlagseite hätte. Ich spürte mehr Druck auf einem Knöchel und dachte im ersten Moment, dass mir mein Körper etwas vorgaukelte, während er versuchte, sich an das feste Land zu gewöhnen. Doch als ich hinabblickte, sah ich eine junge Frau – fast noch ein Mädchen –, die zu meinen Füßen kniete, in der einen Hand ein ausgezehrtes, nacktes Baby und in der anderen eine ausgebeulte Blechschüssel, die sie mir entgegenstreckte. Ihre Lippen bewegten sich, doch in dem unaufhörlichen Geräuschwirrwarr konnte ich kein Wort von dem verstehen, was sie sagte, und wusste nicht, ob sie weinte oder betete. Ich hatte noch kein indisches Geld – Rupien oder Annas –, das ich ihr hätte geben können. Auf mein Retikül deutend und den Kopf schüttelnd lächelte ich sie unsicher an, doch sie schien nicht zu verstehen. In diesem Moment erkannte ich erschrocken, dass der Kopf des Kindes nicht mit schwarzem Haar bedeckt war, wie ich ursprünglich angenommen hatte, sondern mit einem Schwarm Fliegen. Das Mädchen verlagerte das Gewicht des Babys in ihrem Arm, um mit ihrer schmutzverkrusteten Hand an meinem Rock zu zupfen, und nun konnte ich sehen, dass der kleine Schädel von einem eitrigen Ausschlag bedeckt war. Ich schluckte schwer und versuchte, zur Seite zu treten, doch dann hörte ich, wie der dünne Stoff meines Kleides in der Taille riss, da das Mädchen mich noch immer festhielt. Das Stück Musselin mit dem Blumenmuster, an dem sie sich festgekrallt hatte, war nun schwarz vor Schmutz.

Als Faith entdeckte, was das Mädchen im Arm hielt, gaben ihre Beine nach. Ich hakte mich bei ihr unter, um sie zu stützen, und versuchte in einem Anflug von Panik, gleichzeitig den Sonnenschirm hochzuhalten und auf mein Retikül Acht zu geben. Mein Korsett war mit einem Mal zu eng, der Schweiß lief mir in Bächen den Rücken hinab, und in der Hitze bekam ich kaum Luft. Die fremden Gerüche, die auf mich einströmten, brachten meinen Magen in Aufruhr.

Plötzlich sauste die Spitze von Mrs Cavendishs Sonnenschirm auf die Schulter des Mädchens. Augenblicklich ließ sie meinen Rock los und huschte zwischen Hosenbeinen und wallenden Röcken davon.

Mit Mühe zog ich Faith mit mir. Ihr Gesicht war aschfahl, eingerahmt von dem flammenden Kastanienrot ihrer Haare. Mrs Cavendish folgte auf dem Fuß, in der Hand das Retikül, das Faith fallen lassen hatte. Der Kai wimmelte von allen möglichen menschlichen Gestalten: Männer, die nur mit einem zerlumpten Lendenschurz bekleidet waren – *dhotis,* wie ich aus den Büchern wusste – und Bündel auf ihrem Kopf trugen; fliegende Händler, die ihre Waren feilboten – von Wasser über heißen Tee bis Betelnüsse; bettelnde Kinder mit riesigen, flehenden Augen; und dazwischen räudige Hunde mit gelbem Fell. Überall saßen, standen oder lagen braun gebrannte Männer, Frauen und Kinder, einige davon aßen, andere wiederum schliefen. Es war eine einzige Masse schnatternder Menschen, die sich unaufhörlich bewegte. Der Kopf schwirrte mir; noch nie war ich in Ohnmacht gefallen, ich hielt Frauen, denen das passierte, für schwach. Doch nun fürchtete ich, dass die überbordende Fülle von Bildern, Lauten und Gerüchen im Verein mit der Hitze, die meinen Körper umschloss, mir die Sinne rauben würde. Ich atmete tief durch, presste die Zähne fest aufeinander, um die Benommenheit zu vertreiben.

Plötzlich übertönte ein schriller Laut die allgemeine Kakophonie; er war so markdurchdringend, dass ich mich unwillkürlich nach der Quelle umwandte. Bei dem Bild, das sich mir bot, bekam ich mit einem Mal wieder einen klaren Kopf.

Ein Mann auf einem rassigen haselnussfarbenen Pferd mit schwarzer Mähne und schwarzem Schweif thronte hoch über den Menschen, die sich auf dem schmutzigen Fels des Piers drängten. Reiter und Pferd waren gefangen in der unermüdlich wabernden Menge, und das Pferd stieß ein verzweifeltes Wiehern aus, rollte mit den Augen und tänzelte nervös hin und her. Der Mann rief etwas mit lauter, fordernder Stimme, doch wusste ich nicht, ob es seinem Pferd galt oder der sich um ihn drängenden Menschenmenge. Der Mann zog jetzt ruckartig die Lederzügel nach oben, als wollte er das Pferd in eine andere Richtung lenken, doch das vor Schweiß glänzende Pferd schlug den Kopf zurück und schüttelte seine dicke Mähne. Wenn es sich jetzt aufgebäumt hätte, so hätte es mit den Vorderhufen sicherlich die Gliedmaßen umstehender Menschen zertrümmert, wenn nicht sogar ein Kind totgetreten. Die Haare des Mannes waren lang und schwarz und glichen auf seltsame Weise der Mähne seines Pferdes. Seine weißen Zähne schimmerten in seinem sonnenverbrannten Gesicht, und ich konnte das Glitzern in seinen Augen sehen. Mit einem Mal beugte er sich nach vorn und neigte den Kopf; es schien, als würde er dem Pferd etwas zuflüstern, das auch prompt die Ohren aufstellte. Sofort hörte die Kreatur auf, mit dem Kopf zu schlagen, und blieb wie hypnotisiert stehen. Pferd und Reiter sahen jetzt so aus, als wären sie in ein herrliches Stück Stein gemeißelt worden. Und dann wich die Menge ein wenig zur Seite, gerade ausreichend, sodass das Reiterpaar passieren konnte. Der Reiter lenkte das Pferd behutsam durch die Menge, den Blick unbeweglich auf einen Punkt in der Ferne gerichtet und ohne auch nur einmal hinabzusehen.

»Wer war das?«, fragte ich Mrs Cavendish.

»Wen meinen Sie, meine Liebe?« Die Augen mit der Hand gegen die Sonne abschirmend ließ sie den Blick über die Menschenmenge wandern.

Ich zeigte in die Richtung des Reiters. »Dieser große Mann dort auf dem Pferd.« Inmitten der ganzen Aufregung über die Landung, verbunden mit dem befremdlichen Gefühl fester Erde unter den Füßen, hatte der Anblick des Reiters auf seinem Pferd – so allein und herausgehoben über der Menge – mich wieder besänftigt.

Mrs Cavendish folgte mit den Augen meinem ausgestreckten Finger. »Ein Pathane – ein Angehöriger eines Volkes, das nicht zu den Indern zählt. Die Pathanen, oder Paschtunen, wie sie sich auch nennen, stammen aus dem Gebiet hinter der nordwestlichen Grenze, weit hinter Peshawar, der Grenze zu Afghanistan. Sie kommen nach Indien, um ihre Pferde zu verkaufen. Sie sind hervorragende Reiter, die Paschtunen. Diese Kerle beherrschen fast den größten Teil Afghanistans.

Stolz sind sie und von edlem Geblüt, wie man sagt, aber die Inder begegnen ihnen mit Argwohn. Selbst ihre Frauen sind unerschrocken und kampferprobt. Es ist jedoch seltsam, einen so weit unten im Süden anzutreffen.«

»Ein Paschtune«, wiederholte ich. »Ein Paschtune aus Afghanistan.«

»Gott sei Dank«, sagte Faith, die sich noch immer auf meinen Arm stützte. »Der Mann dort mit dem erhobenen Schild. Das ist Mr Waterton.«

Mrs Cavendish und ich umarmten einander, dann folgte ich Faith, die sich noch immer steif vor Anspannung einen Weg in Richtung des Mannes mit dem Schild bahnte. Mr Waterton begrüßte uns förmlich. Er war klein und hatte lichtes Haar; sein linkes unteres Augenlid zuckte permanent, sodass es aussah, als würde er zwinkern. Er hatte eine Sänfte mitgebracht, die uns zu seinem Haus bringen sollte. Sie wurde an den hölzernen Stangen von vier braunhäutigen Männern getragen, von denen jeder nur mit einem kleinen, zerlumpten Lendenschurz bedeckt war. Faith war verlegen und achtete beim Einsteigen penibel darauf, die Männer ja nicht anzustarren; doch unter ihren langen Augenwimpern hervor warf sie ihnen verstohlen Blicke zu. Wir nahmen zusammen auf einer der harten Bänke Platz, während Mr Waterton Anweisungen unser Gepäck betreffend gab, das in einer zweiten Sänfte in sein Haus gebracht werden sollte. Schließlich stieg er ein, zog die zerschlissenen Vorhänge auf allen Seiten zu und setzte sich auf die Bank uns gegenüber.

»Oh, Mr Waterton, könnten wir die Vorhänge nicht offen lassen? Ich würde mir so gern Kalkutta anschauen.«

Schockiert sah er mich an und runzelte die Stirn.

»Aber Linny, auf keinen Fall«, sagte Faith. »Es würde mich unsicher machen, von all den neugierigen Augen angestarrt zu werden. Und wer weiß, welche Krankheitserreger in der Luft herumschwirren. Ich will jetzt nur noch so schnell wie möglich bei Mr und Mrs Waterton ankommen.« Und dann flüsterte sie mir hinter vorgehaltener Hand zu: »Und nicht nur deshalb, auch wir würden all die Männer anstarren. Nackte Männer, Linny.«

Seufzend setzte ich mich aufrecht auf die Bank. Mit einem Ruck wurde die Sänfte hochgehoben, und dann rannten die Männer los. Es fühlte sich an, als würden sie traben. Während ich der Geräuschkulisse lauschte, die von draußen hereindrang, wünschte ich, ich könnte das dazugehörige Geschehen betrachten.

»Ein Paschtune aus Afghanistan«, sagte ich zu mir selbst.

»Wie bitte?«, fragte Faith.

»Ach, nichts. Ich habe nur gerade an etwas gedacht.«

Siebzehntes Kapitel

Als wir aus der Sänfte ausstiegen, sah ich, dass wir vor einer der Villen im Palladio-Stil angekommen waren, die ich vom Schiff aus gesehen hatte. Das Haus lag etwas zurückgesetzt an einer breiten Straße, die, wie ich später erfuhr, Garden Reach hieß. Eingang und Portikus waren in einen *porte-cochère* verwandelt worden, und dort standen wir nun, unter einer Dachkonstruktion, die als Schutz vor der Sonne diente.

Faith drückte meinen Arm. »Ist es nicht das wunderbarste Haus, das du je gesehen hast, Linny?«

Ich war jedoch enttäuscht. Ich weiß nicht, was ich erwartet hatte, jedenfalls übertraf diese große, elegante eingeschossige Villa keineswegs die vornehmen Stadthäuser, die ich in Liverpool gesehen hatte. Währenddessen suchte Mr Waterton nach dem passenden Kleingeld in dem Berg Münzen, den er in der einen Hand hielt. Offensichtlich waren sich er und einer der Sänftenträger uneins, was den Lohn betraf. Der Mann in dem zerlumpten *dhoti* hielt fünf Finger in die Höhe; Mr Waterton schüttelte den Kopf und hielt drei Finger hoch. Die Stimme des Sänftenträgers wurde immer lauter, bis die anderen Träger einstimmten und zusammen einen ohrenbetäubenden Radau veranstalteten. Schließlich warf Mr Waterton ein paar Münzen auf den Boden und drehte den Männern, die sich in den roten Staub knieten, um das Geld aufzuklauben, den Rücken zu. Es war erst ein Jahr her, dass ich auf dreckigen Straßen gekniet hatte, um meinen Lohn aufzusammeln.

»Man darf es nicht zulassen, dass sie Oberwasser bekommen«, erklärte Mr Waterton selbstzufrieden und wischte sich die Hände an einem großen Taschentuch ab, das er aus der Tasche seines Jacketts befördert hatte. Dann nahm er seinen Tropenhelm vom Kopf, wischte sich die glänzende Stirn und den Schädel ab und rieb dann den verbliebenen Rest seiner braunen Haare trocken. »Ihr Ladys werdet euch noch daran gewöhnen, diese Dinger hier zu tragen«, sagte er und hielt seinen Helm in die Luft. »Wir müssen unsere Gehirne schützen – ansonsten werden sie gegrillt und schrumpfen in der höllischen Sonne. Unsere Haut ist nicht dick genug, sie ist einfach nicht für dieses Land gemacht.«

Inzwischen war die zweite Sänfte mit unserem Gepäck angekommen, und während die Träger es ausluden, trat Mrs Waterton mit einem Sonnenschirm aus der Villa. Mit einem breiten Lächeln begrüßte sie uns in ihrem »englischen Zuhause fern der Heimat«. Kaum hatten wir ihr Heim betreten, gab sie uns eine Führung, von der mir der Kopf schwirrte: Ich war in Indien, aber das Interieur schien diese Tatsache Lügen zu strafen. Es war, als ob ich ein äußerst geschmackvolles englisches Haus betreten hätte – wären die braunhäutigen Diener nicht gewesen, die wir in den Korridoren trafen oder die in den schattigen Ecken jedes Zimmers kauerten. Einige schienen nur auf eine Anweisung zu warten, andere huschten mit gesenktem Blick an den Wänden entlang. Es war, als ob wir in einem gigantischen Bienenkorb angekommen wären, wo es überall summte und große Emsigkeit herrschte. An ihren aufgerissenen Augen konnte ich ablesen, dass auch Faith die Atmosphäre überwältigend fand.

»Meine armen Mädchen«, sagte Mrs Waterton, »Sie müssen erschöpft sein. Ich bin sicher, der Schmutz und Lärm im Hafen hat Ihnen sehr zugesetzt. Ich vergesse das immer wieder. Ich bin einfach schon zu lange hier.« Sie lächelte wieder, und dieses Mal war ihr Lächeln nicht so offen wie das erste Mal. »Viel zu lange.« Bald sollte ich entdecken, dass diese ermüdenden Wiederholungen charakteristisch für sie waren. »Ich bin sicher, Sie haben heute einen richtigen Schock erlitten. Aber machen Sie sich keine Sorgen. Ab sofort werden Ihnen derlei Anblicke erspart bleiben. Sie sind jetzt in Sicherheit, und das werden Sie auch bleiben. Nun lassen Sie mich Ihnen Ihre Zimmer zeigen. Dort können Sie sich erfrischen und ein wenig schlafen, und beim Abendessen werden Sie sich wieder wohl in Ihrer Haut fühlen. Es gibt eine andere junge, frisch verheiratete Frau – Mrs Liston –, die zurzeit bei uns zu Gast ist. Heute Abend ist sie woanders eingeladen, aber morgen beim Frühstück werden Sie ihre Bekanntschaft machen. Also, jetzt ruhen Sie sich erst einmal schön aus, ich werde Sie dann zum Abendessen rufen lassen.«

Unsere Zimmer befanden sich nebeneinander. Nachdem Mrs Waterton sich zurückgezogen hatte, blieb ich mit dem Rücken zu der geschlossenen Tür stehen, um das breite Himmelbett zu betrachten, das in der Mitte des großen Raums stand. Darüber wölbte sich eine Decke aus unverputzten Dachsparren. Ein Moskitonetz war über den filigranen Holzrahmen geworfen, der von den vier Pfosten gehalten wurde. Ein Tuch spannte sich wie eine Markise über das Bett. Flüchtig kamen mir die Betten in den Sinn, in denen ich bisher geschlafen hatte – der kleine Strohsack in der Back Phoebe Anne Street, die Matratze, die ich mit drei anderen Mädchen in der Jack Street geteilt hatte, und die Wollflockenmatratze im Zimmer von Mrs Smallpiece in der Whitefield Lane. Auch in den Zimmern der feinsten Hotels in Liverpool hatte es nicht ein so großes Bett mit einer so dicken Matratze gegeben.

Außerdem zählte ein Sekretär aus Rosenholz zum Mobiliar sowie ein lebensgroßer Ankleidespiegel, ein kleiner Ankleidetisch, auf dem sich Flakons mit Körperlotionen und Parfums reihten, ein Waschtisch mit Karaffe und Schüssel, ein großzügig bemessener Schrank, eine Kommode und zwei gepolsterte Stühle mit Blumenüberzug. Das offene Fenster war mit Jalousien aus Schilfrohr bedeckt, die von der Decke herabgelassen waren und als Sichtschutz dienten.

Über mir schwang ein rechteckiger Rahmen hin und zurück, der mit weißem Baumwollstoff bespannt war, und sorgte für eine leichte Brise in der drückenden Luft. Mit Schrecken stellte ich fest, dass der Fächer von einem Jungen betätigt wurde, der mit gekreuzten Beinen in einer Ecke saß. Die Kordel des Fächers war an seiner großen Zehe befestigt. In einer anderen Ecke kauerte eine kleine, von Kopf bis Fuß in Weiß gekleidete Frau. Ich schaute von einem zur anderen und öffnete den Mund, wusste jedoch nicht, was ich sagen sollte.

Die Frau erhob sich und trat wortlos zu mir. Dann knöpfte sie die Knopfleiste am Rückenteil meines Kleides auf. Sie sagte etwas zu dem Jungen, der daraufhin die Kordel von seiner Zehe löste, die Jalousien einen Spalt öffnete und hinausschlüpfte. Als sie mir Kleid, Korsett und Petticoats ausgezogen hatte und ich nur noch mit meinem Unterhemd bekleidet dastand, nahm sie einen Schwamm vom Waschtisch, tauchte ihn in kühles Rosenwasser und begann mit langsamen, beinahe schläfrigen Bewegungen, mir Gesicht und Hals, Brust und Arme zu waschen. Nie zuvor hatte mich eine Frau auf diese Weise berührt – oder ein Mann, von »Mittwoch« abgesehen. Bei der ungewohnten Berührung bekamen meine Arme unwillkürlich eine Gänsehaut, und mit einem Mal übermannte mich in dem warmen, stillen Raum eine Schläfrigkeit. Schließlich schob sie mich sanft zum Bett hinüber, wo ich mich gehorsam hinlegte. Nachdem sie mich mit einem dünnen Musselinlaken bedeckt und das Moskitonetz herabgelassen hatte, sagte sie wieder etwas, woraufhin der Junge ins Zimmer zurückkehrte.

Ich lag auf dem wunderbaren Bett und lauschte dem leisen Knarren des Fächers – der, wie ich aus meiner Lektüre erinnerte, *punkah* genannt wurde – und dem Gemurmel der Frau.

Keines der Bücher, die ich auf dem Schiff gelesen hatte, hatte mich auf diesen vornehmen Lebensstil einerseits und den unvorstellbaren Schmutz der Docks andererseits vorbereitet. Mein Kopf schmerzte, und ich schloss die Augen.

Das Abendessen dauerte eine Ewigkeit; es war die pure Langeweile. Auf dem Weg in den Speisesaal – Faith und ich folgten einem Diener, der leise an meine Tür geklopft hatte – hatte ich die Gelegenheit genutzt, das Innere der Villa näher in Augenschein zu nehmen. Ein Großteil des Mobiliars und Dekors stammte zwar aus England, doch gab es auch einige Details, die man zu Hause nicht kannte. Die Decken waren nicht verputzt, sondern die Dachsparren lagen offen. In jedem Zimmer gab es *punkahs,* und die meisten Böden bestanden aus kühlem Stein. Mein Blick fiel auf einen kleinen Tisch, dessen Beine aus den gebogenen Hörnern eines mir unbekannten Tiers gemacht waren, und überall standen Vasen mit exotischen Blumen. Die Böden waren bedeckt mit Tierfellen, an den Wänden hingen Jagdtrophäen; und als Schirmständer diente etwas, das aussah wie … nein, es war tatsächlich ein Elefantenfuß.

Der Speisesaal mit seinen schweren, dunklen Möbeln wirkte düster. Über den Tisch war eine dicke weiße Decke gebreitet, und Farne und Weinblätter dienten als Dekoration. Sämtliche Speisen wurden auf einmal von einem großen, stattlichen Mann mit einem hennagefärbten Bart und Turban aufgetragen.

Mir wurde ganz flau im Magen, als ich sah, was wir essen sollten: eine Lammkeule, geschnetzeltes Geflügel in einer schweren klebrigen Soße, eine riesige Schüssel mit einer Masse, deren Konsistenz an Kartoffelbrei erinnerte, sich in der Farbe jedoch davon unterschied, drei Schüsseln mit Gemüse, das ich nicht kannte, sowie dicke Scheiben eines schweren dunklen Brots.

Plötzlich hörte ich ein leises Geräusch, und als ich nach oben schaute, sah ich, dass die Decke mit einem weißen Tuch bespannt war. Durch das dünne Material konnte ich eine seltsame Bewegung ausmachen, als ob etwas über das Tuch krabbeln würde.

»Konnten Sie sich ein wenig ausruhen?«, fragte Mrs Waterton.

»Mir fiel es schwer, so ruhig dazuliegen, nach all den Monaten auf den Wellen. Ich fühle mich jetzt an Land genauso unwohl, wie ich mich zuerst auf dem Schiff gefühlt habe«, sagte Faith und rieb sich die Stirn.

»Wie unangenehm das für Sie sein muss«, sagte Mrs Waterton und tätschelte Faith' Arm. »Es wird wohl eine gewisse Zeit dauern, bis Sie wieder zu Kräften kommen.« Sie wandte den Blick mir zu. »Sie scheinen mir weniger erschöpft zu sein, Miss Smallpiece.«

»Mir hat die Schiffsreise weniger zugesetzt als Miss Vespry«, erwiderte ich, obwohl ich noch immer Kopfschmerzen hatte. Ich wusste nicht, ob ich stolz auf meine robuste Natur sein oder mich besser schämen sollte.

»Nun, ich habe ein *burra khanah* – ›ein großes Fest‹ – für Sie vorbereiten lassen, um sie willkommen zu heißen«, sagte Mrs Waterton strahlend. Dann erlosch das Lächeln. »Ich muss Sie allerdings warnen, nicht die gewohnten Maßstäbe an die Speisen zu setzen: Diese armen, ungebildeten Menschen werden es niemals lernen, eine ordentliche Mahlzeit zuzubereiten. Oftmals ist es ein ziemlicher Mischmasch. Ich kann dem *bobajee* noch so lange erklären, wie man die einfachsten Gerichte zubereitet, sein Verstand ist nicht in der Lage, es zu verstehen. Obwohl er uns mit den allerbesten Empfehlungen ans Herz gelegt wurde. Es ist nun mal ein Fluch, mit dem man leben muss.« Sie seufzte und fügte nochmals hinzu: »Ein Fluch.«

Nachdem wir Platz genommen hatten, nickte sie dem Mann zu, der wie eine Statue vor der Anrichte stand. »Khit«, sagte sie, »die Suppe.«

Khit war, wie ich später erfahren sollte, die Abkürzung für seine Position, *khitmutgar*. Mit einer riesigen Silberterrine auf dem Arm trat der Mann vor und füllte unsere Suppentassen mit einer dünnen Suppe, die einen nussigen Geschmack hatte. Kaum hatten wir die Tassen geleert, nahm er sie weg, um damit zu beginnen, von allen Gerichten etwas auf unsere Teller zu geben. Als ich sah, dass er das Fleisch für Mr Waterton klein schnitt, fragte ich mich, ob auch wir diesen simplen Vorgang ihm überlassen sollten. Doch dann nahm Mrs Waterton Messer und Gabel, um sie zu gebrauchen, wie ich es gewohnt war, und Faith und ich taten es ihr gleich. Während des Essens lauschte ich auf das Krabbeln und Hin- und Herhuschen über der weißen Deckenbespannung, und ich nahm an, dass es sich um große Insekten oder andere kleinere Tiere handelte, aber weder Mrs noch Mr Waterton schienen den Geräuschen Bedeutung beizumessen. Allmählich wurde mir klar, dass das Tuch verhindern sollte, dass die Wesen – welche auch immer es sein mochten –, die durch die Lücken zwischen den Dachsparren eindrangen, auf den Tisch fielen. Auch als von der weißen Farbe des *punkah*-Rahmens Splitter auf den Tisch rieselten, schenkten die Hausherren dem keine Beachtung. Ich fragte mich, ob der kleine Junge in der Ecke, der den Fächer betätigte, derselbe war wie der, der mir in meinem Zimmer Luft zugefächelt hatte.

Da ich die Watertons nicht beleidigen wollte, aß ich so viel ich konnte. Doch als ich schließlich mein Besteck ablegte, schien der Berg, der sich auf meinem Teller türmte, noch fast ebenso groß zu sein wie zu Beginn. Nach den kleinen, einfachen Mahlzeiten, die wir auf dem Schiff zu uns genommen hatten, war mein Magen vollkommen überfordert.

»Meine Lieben«, rief Mrs Waterton aus und schaute abwechselnd von Faith – deren Teller ebenso unberührt schien wie meiner – zu mir, »Sie müssen ordentlich essen. Sie sind beide viel zu dünn nach der langen Reise. Nun essen Sie noch ein wenig, ansonsten werden Sie mir noch verkümmern, meinst du nicht, Mr Waterton?«

Ihr Mann schaute vom Teller auf und schnipste mit den Fingern. Sofort trat der *khitmutgar* vor, um ihm mit einer weißen Serviette die fettigen Lippen zu säubern. Dann schenkte er ihm ein Glas Portwein ein, ehe er wieder seinen Platz an der Wand einnahm.

Mr Waterton nippte an seinem Glas. »Nun, Sie werden sich bald an das Abendessen gewöhnt haben.« Er wandte den Blick Faith und mir zu. »Ich nehme an, Miss Smallpiece und Miss Vespry freuen sich schon auf die kommende Saison.«

»O ja, Mr Waterton«, sagte Faith, »wir freuen uns schon sehr darauf.« Ihre Stimme hatte einen ruhigen, fast heiseren Ton, und ich spürte, wie müde sie war.

»Natürlich.« Mrs Waterton schien nicht zu bemerken, dass Faith nicht besonders begeistert geklungen hatte. »Wir werden Ihnen beiden ein paar Tage Zeit lassen, um sich hier einzugewöhnen, ja, zwei, drei Tage, bis Sie wieder auf den Beinen sind und wieder Appetit verspüren. Es ist keine Eile geboten. Ach du meine Güte, Ihnen stehen mindestens vier volle Monate bevor, mit den wunderbarsten gesellschaftlichen Ereignissen, ehe die Sais…« Mrs Waterton unterbrach sich. Ein großer Farbsplitter war in die Sauciere geschwebt. »Nun, wir wollen noch nicht so weit voraus denken. Ich bin sicher, so reizende junge Damen wie Sie werden sich vor Einladungen nicht retten können.«

Eine peinliche Stille senkte sich über die Tafel, bis Mrs Waterton schließlich in scharfem Ton rief: *»Koi-hai?«* Woraufhin ein anderer Boy herbeihuschte, um unsere Teller abzuräumen. »Das Dessert«, sagte sie, und sofort brachte der *khitmutgar* das lackierte Tablett mit Schüsseln, das auf der Anrichte gestanden hatte. »Ich habe Ihnen zu Ehren *custel brun* – pardon, Karamellpudding machen lassen. Sie müssen diese Nachspeise an Bord vermisst haben. Nichts vermisse ich so sehr auf der langen Reise nach Hause oder wieder zurück nach Kalkutta wie meinen Pudding.«

Faith und ich aßen davon, so viel wir konnten, während Mr Waterton mit einer Handbewegung einem anderen Diener bedeutet hatte, seine Schüssel zu entfernen. Offensichtlich war er im Gegensatz zu seiner Frau kein Freund von Pudding. Der *khitmutgar* schenkte ihm stattdessen eine Tasse Tee ein, gab Zucker hinzu und rührte den Tee um. Ich fragte mich, ob er ihm gleich die Tasse an die Lippen halten würde, doch Mr Waterton schien fähig zu sein, diesen Vorgang selbst zu übernehmen.

Kaum hatte ich den Kopf aufs Kissen gelegt, fiel ich in einen tiefen, traumlosen Schlaf. Als ich die Augen öffnete und die Streifen grellen Sonnenlichts sah, die durch die Jalousien fluteten, fühlte ich mich einen Augenblick lang verwirrt und setzte mich erschrocken auf. Doch sofort trat wie aus dem Nichts die kleine Inderin an mein Bett, zog das Moskitonetz zur Seite und reichte mir ein Glas mit einer milchigen Flüssigkeit, die köstlich erfrischend schmeckte. Diese Frau sollte mir, wie Mrs Waterton mir erklärt hatte, als *ayah* zur Verfügung stehen. Nachdem sie mir beim Ankleiden und Frisieren behilflich war, freute ich mich darauf, was der Tag mir bringen würde.

Faith sah etwas erholter aus als am Abend zuvor, auch wenn noch immer tiefe Schatten unter ihren Augen lagen. Im Speisezimmer wurden wir von einer Frühstückstafel begrüßt, die abermals unter ihrer Last ächzte. Ich knabberte an einem süßen Brötchen und aß eine Plantainbanane. Wie angekündigt, machten Faith und ich die Bekanntschaft von Mrs Liston, deren Alter ungefähr zwischen dem von Faith und mir liegen musste. Sie war mir auf Anhieb sympathisch. Sie hatte dunkelblondes, geringeltes Haar und große, grüne Augen. Ihr Lachen war offen und herzlich. Unglücklicherweise trug ihr Gesicht noch Spuren einer Pockenerkrankung, die sie vor langer Zeit gehabt haben musste. Sie war in Indien geboren und als kleines Kind nach England geschickt worden, um vor drei Jahren wieder zu ihren Eltern zurückzukehren. In den zwölf Jahren, die sie in England gelebt hatte, hatte sie ihre Mutter nur dreimal gesehen und ihren Vater kein einziges Mal, doch das sei natürlich, wie sie uns sagte.

»Natürlich?«, fragte ich. »Die eigene Mutter in all den Jahren nur dreimal zu sehen?«

»Sie kennen das Leben der Engländer in Indien noch nicht, Miss Smallpiece«, sagte Mrs Waterton. »Meine drei Kinder zum Beispiel leben bei Verwandten in Cambridge, wo ihnen eine angemessene Erziehung zuteil wird. Meinen Jüngsten habe ich vor zwei Jahren nach England begleitet, als er fünf war. Ich versuche, jedes dritte Jahr nach England zu reisen, doch sind Dauer und Verlauf der Reise in keiner Weise voraussehbar, wie Sie wissen.«

Insgeheim fragte ich mich, ob diese Frauen überhaupt ein Rückgrat besaßen: Wie konnten sie sich damit abfinden, sich von ihren kleinen Kindern zu trennen? Aber es war offensichtlich nur eines der Opfer – wenn auch das größte –, das Engländerinnen in Indien bringen mussten, um ihre Ehemänner zu unterstützen.

»Wenn Sie einmal darauf Acht geben, werden Sie bemerken, dass es keine älteren englischen Kinder hier gibt. Als Mutter in Indien muss man sich mit der Trennung abfinden«, sagte Mrs Liston. »Kinder, die älter sind als fünf oder sechs, dürfen nicht hier bleiben – man ist praktisch gezwungen, sie nach Hause zu schicken, damit sie gut erzogen werden. Und als Mutter muss man sich entscheiden, ob man bei seinem Kind oder seinem Ehemann bleiben will. Die meisten entscheiden sich für Letzteres. Ich bin bei einer Tante und einem Onkel und ihren drei Söhnen aufgewachsen. Und ich muss sagen, dass meine Eltern ziemlich schockiert waren, als sie sahen, was aus mir geworden ist. Ich entsprach keineswegs dem Bild, das sie sich von mir als Erwachsene gemacht hatten.« Beim letzten Satz lachte sie herzlich.

Ich lächelte und sah verstohlen zu Mrs Waterton, die eine eher verhaltene Miene zog. Sie hatte den Blick auf ihr *rumble-tumble* gesenkt, wie sie das Gericht auf ihrem Teller nannte. Rührei. Allmählich machte ich mich mit dem Haushaltsjargon vertraut.

»Mr Liston und ich haben erst vor zwei Monaten geheiratet. Er ist vorausgereist, um sich in Lucknow, im Nordosten des Landes, um die Ausstattung unseres Hauses zu kümmern. Da mein Vater seine Position in der Ostindischen Kompanie aufgegeben hat und in den Ruhestand gegangen ist, sind meine Eltern nach England zurückgekehrt. Und die Watertons waren so großzügig, mich bei sich aufzunehmen, bis Mr Liston mich hier abholt.«

»Und wie haben Sie Ihren Ehemann kennen gelernt?«, fragte Faith. Ich war froh, dass die Farbe wieder in ihre Wangen zurückgekehrt war. Auch hatte sie eine neue Frisur, die ihr sehr gut stand. Und ihr rostbraunes Kleid brachte den Cremeton ihrer Haut zur Geltung.

»Oh, durch Freunde. Wir begegneten uns, kurz nachdem ich in Indien angekommen war. Doch von romantischer Liebe konnte zunächst nicht die Rede sein.«

Mrs Waterton räusperte sich, doch Mrs Liston schien es nicht zu bemerken.

»Nein, eine Weile lang waren wir nur Freunde. Wir gingen gemeinsam reiten, in Begleitung natürlich«, fügte sie – wahrscheinlich an die Adresse von Mrs Waterton gerichtet – hinzu. »Wir unternahmen Reitausflüge durch Senf- oder Bohnenfelder, wo es herrlich duftete. Dabei kamen wir an Pfauen vorbei, die mit gespreiztem Schwanzgefieder umherstolzierten, und durch Dörfer, wo Hunde nach den Beinen unserer Pferde schnappten. Die Dorfbewohner waren stets freundlich und boten uns Erfrischungen an. Er ist voller Überraschungen, mein Mr Liston, und so erlebte ich durch ihn alle möglichen unerwarteten Abenteuer, von Tempelbesuchen auf dem Land bis zur Wildschweinjagd mit Speeren. Ich konnte den Beschäftigungen, denen junge Damen normalerweise frönen, noch nie etwas abgewinnen. Wahrscheinlich ist es der Tatsache zuzuschreiben, dass ich auf dem Land unter lauter Jungen aufwuchs und nie mit dem Gedanken spielte, eines Tages zu heiraten. Ach, Mrs Waterton«, sagte sie, als sie deren schockierten Gesichtsausdruck bemerkte, »nun schauen Sie doch nicht so finster drein. Sie kennen mich doch inzwischen.« Sie wandte sich mir zu und lächelte. »Ich spiele kein Instrument, wenn ich singe, nehmen die Vögel Reißaus, und beim Tanzen trete ich meinem Partner ständig auf die Füße.«

Ich konnte nicht anders und musste in ihr Lachen einstimmen.

»Kartenspiele sind ein Buch mit sieben Siegeln für mich«, fuhr sie fort. »Und Musikabende oder das Arrangieren von

Blumengestecken finde ich gleichermaßen langweilig, wie über den ausgebreiteten Waren eines *box-wallah* zu brüten. Eines fliegenden Händlers«, fügte sie hinzu, als sie meinen fragenden Blick sah. Wieder wandte sie sich Mrs Waterton zu. »Ach, Mrs Waterton, so ist es nun mal. Nur weil ich nicht in der Lage bin, die Fertigkeiten an den Tag zu legen, die man von einer Dame gemeinhin erwartet, muss deshalb ja nicht gleich die Welt untergehen.«

»Natürlich nicht, meine Liebe«, murmelte Mrs Waterton, auch wenn sie offensichtlich Mrs Listons Vorlieben und die Unumwundenheit, mit der sie sich öffentlich dazu bekannte, missbilligte.

»Und wie ist es mit Ihnen, Mädchen? Sind Sie auf den endlosen Reigen gesellschaftlicher Aktivitäten der kühlen Jahreszeit vorbereitet?«, fragte Mrs Liston und führte einen Löffel gebratener Plantainbanane zum Mund. Sie kaute genüsslich, und ich fand ihre enthusiastische Art reizend.

»O ja«, sagte Faith, die ein winziges Stück Würstchen aufspießte, »nach den erbärmlich vertanen Monaten auf dem Schiff freue ich mich darauf, mich endlich wieder ein wenig zu amüsieren. Ich bedaure zugeben zu müssen, Mrs Liston, dass ich eine jener jungen Damen bin, denen es Spaß macht zu tanzen, Karten zu spielen und all das zu tun, was zu einem aktiven gesellschaftlichen Leben zählt.«

Ihre Stimme hatte den leidenden Unterton des vergangenen Abends verloren und klang jetzt beinahe ein wenig hochmütig, was mich überraschte. Ich hatte angenommen, dass Mrs Liston ihr sympathisch sei. Tatsächlich erinnerten mich die unumwundene Art und das Selbstvertrauen, mit denen Mrs Liston ihre Meinung kundtat, ein wenig an Faith, wie ich sie in Liverpool kennen gelernt hatte. Ich war wie vor den Kopf gestoßen, als ich begriff, wie sehr Faith sich während der Schiffsreise verändert hatte. Vielleicht würde sie ihren früheren Lebensmut wiederfinden, wenn sie sich ausgiebig von den Strapazen erholt hatte, und mich wieder mit ihren kühnen Meinungen und Geständnissen zum Lachen bringen. Während ich beflissen ein Stückchen meines Brötchens mit Marmelade bestrich, beobachtete ich sie verstohlen aus den Augenwinkeln.

»Ja, ich habe vor, mich zu amüsieren«, sagte Faith abermals.

»Und das werden Sie auch, meine Liebe«, sagte Mrs Waterton, die ihr Lächeln wiedergefunden hatte. »O ja, das werden Sie.«

An diesem ersten Tag bekam ich mit, wie scharf Mrs Waterton mit den Bediensteten sprach. Unaufhörlich schimpfte sie über sie. Statt sie mit ihrem Namen zu rufen, nannte sie sie bei der Bezeichnung der Arbeit, die sie verrichteten. Und dennoch schien sie die Diener irgendwie zu mögen – und diese begegneten ihr mit dem größten Respekt.

Bald durchschaute ich die Hierarchie. Der Haushalt wurde vom *khansana* geführt, der ein unerbittliches Auge auf die anderen Diener hatte. Dann kam der *khitmutgar*, in Gestalt des stattlichen Mannes, der uns bei Tisch bedient hatte, und schließlich eine Reihe anderer Diener, die ihm unterstanden. Als Nächstes kam der Koch – der *biwarchi* oder, wie Mrs Waterton ihn auch nannte, der *bobajee*, dem wiederum eine Reihe von Helfern zur Verfügung stand, die Mrs Waterton einfach *bobajee boys* rief. Weiter ging es in der Hierarchie mit dem *chuprassi* oder Boten, der eine feine rote Schärpe trug; sein Job bestand darin, den lieben langen Tag am Eingang zu stehen und Gäste hereinzulassen oder Besuchskarten und kleine Nachrichten in Empfang zu nehmen. Der *dhobi* war für das Waschen und Bügeln zuständig, der *bheesti* dafür, Wasser zu holen, der *mali* kümmerte sich um den Garten, und der *chowkidar* war der Nachtwächter. Mit zwei anderen Haushalten teilte sich Mrs Waterton einen *durzi*, einen Schneider. Ein unübersichtliches Heer an Dienern kümmerte sich um die Reinigung des Hauses, wobei jedem Einzelnen eine bestimmte Aufgabe zukam. Der Boy, der Speisen und Teller abtrug, war nicht derselbe, der auch den Abwasch erledigte. Wieder ein anderer war für das Polieren des Silbers zuständig. Der Boy, der die Böden des Hauses wischte, war nicht derselbe, der die Veranda reinigte. Der Boy, der abstaubte, durfte nicht mit dem Essen in Berührung kommen, und so weiter. Die jüngsten Diener betätigten die *punkahs* oder standen hinter unseren Stühlen, um mit Wedeln aus Rosshaar die Insekten zu vertreiben. Die einzigen weiblichen Bediensteten, die ich zu Gesicht bekam, waren die *ayahs*: Jeder Frau im Haus stand eine *ayah* zur Verfügung, die ihr beim Baden, Ankleiden und Frisieren helfen sollte.

Es gab eine nimmer enden wollende Liste an Regeln, die zunächst überwältigend für mich waren. Wann immer ich einen der Bediensteten, denen ich in der Eingangshalle, auf der Veranda oder im Speisezimmer begegnete, etwas fragte, erntete ich nichts als einen leeren Blick. Zuerst dachte ich, es läge daran, dass sie die einfachen Phrasen, die ich mir auf Hindi angeeignet hatte, nicht verstanden. Doch später wurde mir klar, dass ich meine Frage an die falsche Person gerichtet hatte. Nachdem die Mehrzahl der Bediensteten – abgesehen vom *khitmutgar* und dem *chuprassi* – einfache weiße *dhotis,* Hemden und Turban trug und barfuß war, hatte ich Schwierigkeiten, sie voneinander zu unterscheiden. Nach einigen Tagen jedoch war ich in der Lage, sie anhand ihrer Gesichter, der Größe und der Art, wie sie gingen, auseinander zu halten.

Am Ende unseres dritten Tages in Kalkutta kam mir in den Sinn, dass Faith und ich rein gar nichts zu tun hatten. Mr Waterton stand wie anscheinend jeder Mann, der nicht in der Armee diente, im Staatsdienst der Ostindischen Kompanie. Mr Waterton war einer der Direktoren des Amts für Land- und Grundbesitz. Nach dem Frühstück ging er aus dem Haus, kam zum Mittagessen nach Hause und ging wieder bis zum Abendessen ins Büro. Der Haushalt funktionierte von allein, das heißt, wurde vom *khansana* geführt. Nach dem, was ich mitbekam, bestand die einzige Aufgabe von Mrs Waterton darin, sich am Morgen mit dem *bobajee* zu besprechen, um den Speisenplan für die Mahlzeiten des ganzen Tages festzulegen. Hin und wieder inspizierte sie die einzelnen Zimmer, ob sie auch zu ihrer Zufriedenheit gereinigt worden waren. Oder sie arrangierte die Blumen, die täglich vom *mali* in verschwenderischer Fülle gebracht wurden, in Vasen. Hin und wieder besprach sie auch mit dem *durzi,* welche Kleidungsstücke ausgebessert werden mussten. Manchmal kam ein *box-wallah,* ein fliegender Händler, an die Küchentür, um seine Waren auszubreiten: Von Bändern über Küchenpfannen bis zu Kleidung und Teekesseln hatte er alles dabei. Mrs Waterton suchte sich dann aus, was sie brauchte, und gab den verlangten Betrag an Rupien einem Bediensteten, der ihn wiederum dem *box-wallah* aushändigte. Außerdem schrieb oder beantwortete sie Karten, um so mit den Nachbarn zu kommunizieren. Eine Aufgabe, der die Zeit zwischen Frühstück und Mittagessen vorbehalten war.

Nach dem üppigen Mittagessen war Zeit für einen Mittagsschlaf, nachmittags empfing man gegebenenfalls Besucher, dann wurde zu Abend gegessen, ab und zu auch außer Haus, wenn man eingeladen war. An manchen Abenden stattete man dem Kalkutta-Club einen Besuch ab oder nahm ein anderes gesellschaftliches Ereignis wahr.

»Mrs Waterton …«, sagte ich zu meiner Gastgeberin, die an einem kleinen Tisch im Salon saß, in ein illustriertes Buch mit Kuchenrezepten vertieft, »… dürfen wir einen kleinen Spaziergang machen?«

Es war der vierte Tag, seit wir in Kalkutta angekommen waren. Wie Mrs Waterton vorhergesagt hatte, fühlte ich mich vollkommen erholt. Wie schon in der ersten Nacht hatte ich auch in den folgenden Nächten gut geschlafen und konnte es nun kaum mehr erwarten, mehr von Kalkutta zu sehen als das, was der Ausblick aus dem Vordereingang bot. Faith las auf ihrem Zimmer, wollte mich aber gern auf einem Spaziergang begleiten, sofern uns eine Anstandsdame zur Verfügung stand.

»Aber sicher, meine Liebe. Folgen Sie einfach dem kleinen Fußweg im Garten, der von der Blumenrabatte gesäumt wird. Das ist ein wunderbarer Spaziergang«, sagte sie, ohne von ihrem Buch aufzuschauen.

»Ich dachte eigentlich an einen Spaziergang außerhalb des Gartens.«

Nun blickte sie auf, während sie einen Finger auf die aufgeschlagene Seite legte. »Einen Spaziergang? Aber wo wollen Sie denn spazieren gehen?«

»Ich ... ich weiß nicht. Ich dachte nur, dass Faith und ich – falls Mrs Liston uns begleiten würde natürlich – vielleicht draußen spazieren gehen könnten.«

»Sie meinen auf der Straße?« Auf ihrem Gesicht spiegelte sich Bestürzung. »O nein, meine Liebe. Das geht einfach nicht. Eine Dame geht nicht auf den Straßen Kalkuttas spazieren. Schließlich sind wir nicht in London oder Cheltenham. Man geht hier einfach nicht spazieren.«

»Oh. Es tut mir Leid, das wusste ich nicht.«

»Nun, wie könnten Sie auch. Das ist schon in Ordnung. In Kürze werden Sie genau wissen, was hierzulande möglich ist.«

»Wäre es dann möglich, einen Ausflug zu unternehmen?«

Sie schlug das Buch zu. Behutsam, aber mit Bestimmtheit. »Einen Ausflug? Zu dieser Tageszeit?«

Ich warf einen Blick auf das schwingende Pendel der Kaminuhr. War ich vollkommen unwissend? Ich hätte mich doch zuerst mit Faith beraten müssen. »Oh. Es ist erst zwei Uhr. Ich wusste nicht, dass ...«

»Nun, es ist nicht vollkommen unüblich, nehme ich einmal an, aber ich werde dem *chuprassi* sagen müssen, er soll eine Sänfte bestellen. Was ist denn das Ziel Ihres Ausflugs?«

Ich senkte den Blick zum Teppich. »Ich weiß nicht, Mrs Waterton. Aber ich würde so gern etwas von der Stadt sehen.«

Mrs Watertons Lippen bildeten jetzt eine gerade Linie. »Es gibt recht wenig zu sehen. Es besteht die Möglichkeit, nach dem Abendessen, wenn es etwas kühler ist, den *maidan* zu besuchen. Doch wenn Sie darauf bestehen, dann lässt sich das auch für heute Nachmittag arrangieren, wenngleich ich für heute nicht geplant hatte auszugehen. Ich bin ziemlich mit der Organisation der Mahlzeiten beschäftigt, da unser Haushalt zurzeit mehr Personen umfasst, als es normalerweise der Fall ist. Außerdem muss ich eine Reihe von Karten beantworten.«

Sowohl der Tonfall als auch die Anspielungen auf die Gäste, die es zu bewirten galt, machten mir klar, dass ich sie nicht weiter mit einem derart frivolen Ansinnen wie einem Ausflug belästigen sollte. »Ich verstehe, Mrs Waterton, natürlich. Bitte verzeihen Sie diese deplatzierte Bitte.« Damit zog ich mich langsam Richtung Tür zurück. »Am besten, ich gehe ein wenig in den Garten.«

Sie vertiefte sich wieder in ihr Buch. »Ja, das ist das Beste, meine Liebe. Das ist wirklich das Beste.«

Offensichtlich brauchte ich etwas länger, um die Regeln zu verstehen, die unter meinen Landsleuten in diesem Land herrschten. Mrs Waterton schien damit zufrieden zu sein, die indische Welt auszuschließen und sich auf das zu konzentrieren, was sie kannte.

Am fünften Tag begannen wir damit, unsere gesellschaftlichen Aktivitäten zu planen. Der *chuprassi* hatte eine Reihe von Karten gebracht, die an der Tür abgegeben worden waren, und Mrs Waterton, Faith und ich lasen sie gemeinsam. Es gab Einladungen zu Tanzabenden, Dinnerpartys und Spielabenden. Als Mrs Waterton unsere Garderobe durchsah, bewunderte sie die neueste Mode, nach der unsere Kleider gefertigt waren. »Sie haben bereits eine sehr gute Auswahl, aber Sie werden noch mehr Kleider benötigen. Man sollte sich nicht zu oft im selben Kleid sehen lassen. Wir werden Stoff kaufen, und der *durzi* wird dann im selben Stil neue Kleider anfertigen. Diese indischen *durzis* sind unschlagbar, wenn es um das Imitieren eines Schnitts geht, sie arbeiten bis auf den letzten Nadelstich genau. Allerdings muss man vorsichtig sein – so weit reicht nämlich der Eifer meines *durzi* –, dass er nicht sogar die Ausbesserungen des

Modellkleids nachahmt, die möglicherweise ein kleiner Riss erfordert hat. Mein guter alter *durzi!*«

Ich wusste nicht so recht, wie ich mich der Dienerschaft gegenüber verhalten sollte. Wenn der große *chuprassi* in seiner eleganten Uniform sich hinkniete, um mit einer kleinen Bürste den Staub von Mr Watertons Schuhen zu entfernen, wann immer er das Haus betrat, musste ich den Blick abwenden. Ein andermal fiel mir die Verbrennung an der Hand des *dhobi* auf – die er sich wahrscheinlich am Bügeleisen zugezogen hatte –, und ich stellte mir vor, wie sehr die Brandwunde ihn schmerzen musste; und dennoch verbeugte er sich beherzt zu einem *salaam*, ehe er einen neuen Stapel Wäsche von Mrs Waterton entgegennahm. Als ich einmal in mein Zimmer kam, sah ich, wie meiner *ayah,* die nicht mit meinem Kommen gerechnet hatte, Tränen übers Gesicht liefen, während sie den Ankleidetisch aufräumte. Doch als sie meine Anwesenheit wahrnahm, strahlte sie mich an, als würde sie sich freuen, mich zu sehen. Ich versuchte herauszufinden, warum sie geweint hatte, doch sie wischte sich nur die Tränen weg, ohne aufzuhören zu lächeln. Dann wieder fiel mir auf, dass einer der kleinen Jungen, die für den Insektenwedel zuständig waren, zwei Zehen an seinem rechten Fuß verloren hatte und dass die Amputation noch nicht lange zurückliegen konnte. Wenn er sich unbeobachtet fühlte, berührte er vorsichtig die Wunde. Ich fragte mich, ob er der Sohn eines der älteren Diener war oder ob er überhaupt noch Eltern hatte. Ich stellte mir alle möglichen Fragen, doch wagte ich nicht, sie Faith gegenüber zu äußern. Nicht einmal Mrs Liston traute ich mich zu fragen: Womöglich würden sie es als seltsam empfinden, dass ich mich mit den Belangen von Menschen abgab, deren Existenz ich nicht einmal zur Kenntnis nehmen sollte.

Ich wollte dem *durzi* sagen, dass alle meine Kleider den gleichen Halsausschnitt haben müssten, sodass meine Narbe bedeckt war. Also versuchte ich es in seiner Sprache, doch reichten meine bescheidenen Hindikenntnisse offensichtlich nicht aus, um eine solche Bitte zu äußern. Als ich eines Tages allein mit ihm und meiner *ayah* im Zimmer war, zeigte ich ihm kurzerhand die Narbe, um sie dann mit einem Stück Stoff zu bedecken. Mit unbeweglicher Miene sagte der *durzi:* »Missy Sahib möchte, dass die Kleider das verbergen? Das ist möglich.«

»Sie sprechen Englisch?«, rief ich aus, doch als ich seine Miene bemerkte und sah, wie vehement er den Kopf schüttelte, schlug ich mir die Hand vor den Mund. Wieder schüttelte er den Kopf und legte den Zeigefinger an die Lippen. Er wollte also nicht, dass ich es jemand anderem gegenüber erwähnte, dass er unsere Sprache sprach.

An jenem Nachmittag hatte Mrs Waterton mich mit Mrs Liston auf der Veranda allein gelassen, nun, so allein, wie man in Indien als Engländerin sein konnte: Mit gekreuzten Beinen saß der *durzi* in einer Ecke und nähte eines meiner neuen Kleider. Den Stoff hielt er mit den Zehen fest, und in seinem Turban steckten dutzende von Nadeln, an denen Fäden in den unterschiedlichsten Farben hingen; je nach Bedarf zog er eine der Nadeln heraus. Für den Fall, dass wir etwas benötigten, stand ein Diener zu unseren Diensten bereit, und die kleinen Boys fächelten ihre Fliegenwedel über unseren Köpfen.

Die Veranda war der angenehmste Ort des Hauses. Bambusgitter, an denen sich Kletterpflanzen mit rötlich gelben Blüten emporrankten, rahmten sie ein und ließen einen kühlen grünen Raum entstehen. Der Boden war mit Grasmatten bedeckt und von Blumentrögen mit rosafarbenen Geranien, fleischigen Begonien und zarten Veilchen gesäumt. Statt der harten Rosshaarsofas und -sessel, die im Salon standen, gab es Korb- oder Rattansessel für die Damen und dunkle Teakstühle mit weißen Polstern und hohen Rückenlehnen für die Herren.

Wenn ich mal für fünf Minuten »allein« dort war, erlaubte ich mir, mich zurückzulehnen und die Arme über den Kopf zu legen. Dann atmete ich tief den kühlen Duft der grünen Pflanzen ein. Mrs Waterton hatte mich gewarnt, dass beim ersten Hauch der heißen Jahreszeit die Pflanzen welken würden, um schließlich ganz einzugehen, egal, wie oft man sie wässerte, und dass ich die Veranda genießen sollte, solange es möglich war.

»Meg, heute hat der *durzi* Englisch mit mir gesprochen, doch dann schien er schreckliche Angst zu haben, dass ich es jemandem erzählen würde«, sagte ich leise zu ihr, sodass er es nicht hören konnte. Mrs Liston hatte mich gebeten, sie vertraulich beim Vornamen anzusprechen, Meg.

Sie zog eine Grimasse. »Natürlich. Wenn ein Diener besonders dumm erscheint, schlägt oder entlässt man ihn; wenn er jedoch zeigt, dass er klug ist – und Englisch zu können ist ein Zeichen für Klugheit –, begegnet man ihm mit Misstrauen und entlässt ihn schließlich ebenfalls. Es ist unfair, und deshalb spielen sie dieses Spiel, eine Überlebensstrategie. Natürlich ist es zu Hause auch nicht viel anders, doch hier ist die Linie zwischen Herr und Diener noch viel sichtbarer. Vielleicht weil wir nicht zu diesem Land gehören. Wir sind aus England, und dennoch …« Sie unterbrach sich, als ob sie sich bewusst geworden wäre, dass sie zu viel sagte. Unvermittelt stand sie auf, sodass der Junge mit dem Fliegenwedel zur Seite sprang, um ihr Platz zu machen. Dann ging sie zu einem der Blumentröge, um eine verwelkte Blüte abzuzupfen. »Wie auch immer, ich kann es nicht erwarten, nach *mofussil* zu kommen – in den Norden des Landes und weit weg von all dem Luxus und dem Machtgehabe. Ich kann es kaum ertragen. Auf dem Land herrschen nicht so strenge Regeln.« Sie musterte mein Gesicht. »Muss ich fürchten, dass du meine aufrührerischen Gedanken verrätst?«

Die Frage war ernst gemeint, doch konnte ich an ihrer Miene ablesen, dass sie darauf baute, in mir eine Verbündete gefunden zu haben.

»Natürlich nicht«, sagte ich. »Jedenfalls hoffe ich, dass du nicht zu bald abreisen wirst.«

»Ich denke, dass ich noch circa zwei Wochen hier bleiben werde.« Wieder betrachtete sie mein Gesicht, und ich spürte einen Anflug meiner alten Angst. Vor langem schon hatten sich all meine Befürchtungen gelegt, dass Faith mein Geheimnis entlarven könnte: Ich wusste zwar, dass ich wichtig für sie war, ihr Interesse an mir ging jedoch nicht besonders tief. Oft dachte ich, dass ich ihr als Spiegel für ihre Gefühle und Gedanken diente; meine waren dagegen nicht besonders wichtig für sie. Natürlich kam mir das zugute, doch was die anderen Menschen hier betraf, so war ich ständig auf der Hut, aus Angst, dass ich meine wahre Identität mit einem falschen Wort, einem lächerlichen Fauxpas verraten könnte.

In Megs Blick blitzte etwas auf, ein Funke, der mich beunruhigte. »Erzähl mir etwas von dir, Miss Linny Smallpiece«, sagte sie. »Mich interessiert, wo du bisher gewesen bist und was du gesehen hast. Du erweckst den Eindruck, als gehörtest du zu der Sorte Menschen, die mehr vom Leben wissen, als sie preisgeben wollen – ganz anders als die meisten Leute, die viel über Dinge reden, von denen sie keine Ahnung haben.«

Ich suchte verzweifelt nach einer geeigneten Antwort. Meine Handflächen waren feucht, und ich grub sie in die Falten meines seidenen Nachmittagskleids.

»Es tut mir Leid. Habe ich dich beleidigt?«, fragte Meg. »Meine Tante, mein Onkel und meine Cousins – ebenso wie mein Mann – sind daran gewöhnt, dass es einfach so aus mir heraussprudelt. Sie tolerieren nicht nur meine freie Art zu denken, sondern ermuntern mich darin. Und deshalb passiert es manchmal, dass ich mich vergesse, wenn ich in vornehmer Gesellschaft bin.«

Vornehme Gesellschaft. Die junge Mrs Liston entschuldigte sich dafür, dass sie möglicherweise den Eindruck erweckt hatte, vulgär zu sein: Es war eine Ironie des Schicksals, und ich hätte die Situation vielleicht mit Humor nehmen können, hätte ich mich nicht so unwohl in meiner Haut gefühlt. »Nein, ich bin nicht beleidigt«, sagte ich. »Es behagt mir einfach nicht, über … wenn ich über mich reden soll.«

»Natürlich nicht. Die meisten wohl erzogenen jungen Damen würden sich unwohl dabei fühlen. Schenke mir und meiner unangebracht familiären Art einfach keine Beachtung. Ich bitte um Verzeihung.« Sie lächelte.

»Es gibt keinen Grund, dich zu entschuldigen.« Ich erwiderte ihr Lächeln und spürte, wie Dankbarkeit mich durchrieselte. Indem sie mich um Verzeihung gebeten und mir die Gelegenheit gegeben hatte, sie ihr zu gewähren, zeigte sie mir ihre Achtung und ihr Wohlwollen.

Achtzehntes Kapitel

Unser gesellschaftliches Leben begann also. Abendessen folgte auf Abendessen – ein Fest ähnelte dem anderen. Um genau acht Uhr abends nahm man einen Drink im Salon ein, wo Faith und ich und all die anderen unverheirateten Damen unseres Schiffs – ich weigerte mich, den Spitznamen »Fischereiflotte« zu gebrauchen – den dort versammelten Junggesellen vorgestellt wurden. Man machte höfliche, belanglose Konversation, die mich zu Tode langweilte, wobei ich ständig auf der Hut sein musste. Abend für Abend dieselbe konstruierte Geschichte über meine Vergangenheit erzählen zu müssen fand ich äußerst anstrengend. Die ganze Zeit über ein höfliches Lächeln beim Smalltalk aufzusetzen und Interesse an den Geschichten zu heucheln, welche die Männer zum Besten gaben, brachte mich an den Rand der Verzweiflung. Es war ein ermüdendes Spiel, das ich unzählige Male und in unzähligen Variationen spielte.

Gerade wenn ich das Gefühl hatte, es nicht länger auszuhalten, müßig herumzustehen mit einem klebrigen Glas in der behandschuhten Hand, wurden wir vom Gastgeber in den Speisesaal zitiert. Nach einer strikten hierarchischen Ordnung – abhängig vom Dienstgrad der Herrn –, schritten wir in Reih und Glied zu Tisch. Die Hierarchie spielte überhaupt eine herausragende Rolle, ebenso wie unter der Dienerschaft.

Bei den größeren Dinnerpartys stand hinter jedem Stuhl ein Diener; an jedem Platz war ein ganzes Arsenal an Besteck ausgelegt, ferner standen dort ein Champagnerglas mit einem silbernen Tellerchen als Schutz vor Insekten sowie eine Fingerschüssel mit einer süßlich duftenden Blüte auf dem parfümierten Wasser. Auf die Sitzordnung wurde penibel Wert gelegt: Der ranghöchste Herr saß rechts neben der Gastgeberin und die ranghöchste Dame zur Rechten des Gastgebers. Die Watertons schienen recht hoch in der Hierarchie zu stehen, während Meg – die uns recht selten begleitete – einen niedrigeren Rang bekleidete. Ohne einen Ehemann, der uns zu einem sozial höheren Rang verhalf, befanden Faith und ich uns am Ende der sozialen Skala. Abend für Abend aßen wir Variationen der immer gleichen englischen Gerichte: Suppe, gefolgt von Fisch und Beilagen – zu weich gekochtem Gemüse –, dann verschiedene Puddings und Gebäck. Bereits nach der ersten Woche schien es mir, als ob sich alles, angefangen von der Tischordnung bis hin zur Menüfolge, wiederholte: Sogar die Gesichter sahen alle gleich aus – die Herrn in Frack und blütenweißen Hemden, die Damen in langen Handschuhen und mit Federboas und in Kleidern, die sich alle in Schnitt und Stil ähnlich waren. Es schien, als ob sie alle vom selben *durzi* genäht waren, dessen Repertoire an Schnittmustern begrenzt war.

Manchmal ertappte ich mich dabei, wie meine Gedanken abwanderten zu einem billigen, lauten, überfüllten Wirtshaus: Zusammen mit den anderen Mädchen von der Paradise Street aß ich eine fettige Fleischpastete, und die Geschichten sprudelten nur so, und das Gelächter war herzhaft und die Kameradschaft ehrlich.

Wenn das Essen vorbei war, wurde den Herrn Portwein und Madeira serviert, während die Damen im Salon an ihren Gläsern mit Fruchtlikör oder Ratafia nippten und darauf warteten, dass die Männer sich zu ihnen gesellten. Manchmal spielte jemand auf einem Klavier, und immer war das Instrument völlig verstimmt. Irgendwann erhob sich die Gastgeberin – für die Gäste ein Zeichen, dass es Zeit war, sich zu verabschieden. Offensichtlich wagte es niemand zu gehen, ehe sie ihre stille Einwilligung dazu gegeben hatte.

Abgesehen von den Abendessen nahmen wir auch Einladungen zu Teenachmittagen und ungezwungeneren Spiel- oder Tanzabenden wahr. Die Villen der Gastgeber befanden sich alle in den wohlhabenden Vierteln Garden Reach, Chowringhee und Alipur.

Besonders ermüdend fand ich das endlose, belanglose Geplauder. Bei meiner Arbeit im Lyceum hatte ich mir eine gehobene Aussprache angewöhnt, den gleichen Tonfall, den auch Faith und Shaker hatten – doch jetzt musste ich mich stets darauf konzentrieren, um nicht versehentlich in den alten Akzent zurückzufallen. Abgesehen von der Energie, die mich das kostete, hatte ich das Gefühl, Teil einer Kunstwelt zu sein: eine Schauspielerin auf der Bühne. Mit dem Unterschied, dass das Stück niemals endete, nicht einmal wenn die Tür zu meinem Zimmer hinter mir zufiel, denn auch dann war ich nicht allein, waren die *ayah* und der Junge, der den Fächer bediente, anwesend.

Die ersten Wochen meines Aufenthalts erschienen mir wie ein langes Warten darauf, endlich das Land zu sehen. Im Gegensatz zu Meg, der es gestattet war, sich mit anderen verheirateten Damen zu treffen, durfte ich nirgendwohin gehen, es sei denn Mrs Waterton und Faith begleiteten mich. Doch abgesehen von Besuchen in anderen Villen war unser einziges Ausflugsziel der *maidan* im Zentrum von Kalkutta. Und natürlich blieben auf dem Weg dahin die Vorhänge in der Sänfte stets zugezogen. Als wir das erste Mal dorthin getragen wurden, hatte ich kurz durch die Vorhänge gespäht und einen Blick auf schmutzige, übel riechende Straßen und verwinkelte Gassen erhascht, das verschlungene Gedärm Kalkuttas. Nachdem ich mir einen Tadel von Mrs Waterton eingehandelt hatte, saß ich von nun an in der gleichen Haltung da wie Faith, die behandschuhten Hände im Schoß, bis wir am *maidan* ankamen. Die riesige grüne Esplanade wurde gerühmt wegen ihrer Orangenhaine und der gepflegten Sandwege, auf denen man Spaziergänge unternehmen konnte. Sie war umfriedet von einer Reihe blühender Bäume. Indern, abgesehen von *ayahs* sowie Gärtnern und ihren Gehilfen, die sich um das heruntergefallene Laub kümmerten, war der Zutritt verboten. Wir setzten uns auf weiß gestrichene Bänke und plauderten, so als würden wir uns in England befinden. Immer wieder wurden Faith und ich ermahnt, das Wetter zu genießen, das nicht länger als bis Ende Januar andauern würde. Die kurze kühle Jahreszeit kannte nicht die intensive Hitze und lähmende Feuchtigkeit der kommenden heißen Saison, die Hautausschläge, Schwärme von Fliegen und Stechmücken mit sich bringen würde.

»Sie wird nur allzu bald wiederkommen«, warnte Mrs Waterton mit geschürzten Lippen. »Nur zu bald. Und dann werden Sie Indien erst richtig kennen lernen.«

Wenn man es mir nur erlaubt hätte.

15. Dezember 1830

Lieber Shaker,

Indien ist eine Erziehungsanstalt. Und ich bin eine Tabula rasa, ein leeres Blatt, das nur darauf wartet, mit allem beschrieben zu werden, was Indien ausmacht. Egal, was die Zukunft bringen wird, so sagt mir mein Instinkt, dass dieses Land mich prägen wird.

Immer wieder erstaunt mich die Rolle und Haltung der Engländer in diesem Land, auch wenn ich noch nicht lange genug hier bin, um tiefere Einblicke zu haben. Doch die Erfahrungen, die ich in diesem ersten Monat gemacht habe, erwecken in mir ein Gefühl des Unwohlseins: Es missbehagt mir, in eine Rolle der Wichtigkeit gedrängt zu werden, die ich als vollkommen unnatürlich empfinde. Obwohl ich von den Indern bisher nur mit bewundernswerter Freundlichkeit behandelt worden bin, hegen die Engländer eine unterschwellige Feindschaft gegenüber den braunhäutigen Menschen. Stell dir das vor, Shaker, dabei ist es *ihr* Land. Die Ostindische Kompanie – man nennt sie hier zwanglos John Company – ist wie ein unerbittlicher Herr, der das indische Volk in eine Richtung zwingt, in die es gar nicht gehen will. Und Eng-

länder aus einfachen Verhältnissen legen hier, kaum dass sie angekommen sind, ein herrisches Verhalten an den Tag, als wäre es ihr Recht, nein, ihre Pflicht.
Manchmal weiß ich selbst nicht, wie ich es aushalte.
Man nennt Kalkutta die »Stadt der Paläste«, doch ich würde sie eher als die »Stadt der Gegensätze« bezeichnen. Garden Reach, die Gegend, in der Faith und ich bei Mr und Mrs Waterton wohnen, ist eine Welt für sich, beherrscht von großen, weißen quadratischen Gebäuden im klassizistischen Stil. Dank der John Company. Aber nicht weit von den eleganten Geschäften und wohlhabenden Villen reihen sich schmutzige Lehmhütten, und am Ufer des Flusses werden Leichen verbrannt. Über dem Jasminduft hängen der Gestank von offen liegenden Abwässern und ein penetranter Verwesungsgeruch.
Shaker, du kannst dir nicht vorstellen, was man hier zu sehen bekommt. Ich habe herausgefunden, dass die Watertons einen Diener eingestellt haben, der den lieben langen Tag am Ufer hinter der Villa steht. Und seine Aufgabe ist es, wann immer eine Leiche angeschwemmt wird – an der sich bereits die Geier gütlich tun –, sie wieder ins Wasser zu befördern, damit sich die Leichen am Ufer nicht auftürmen. Als ich ihn zufällig bei seiner grässlichen Arbeit entdeckte, stand dem Mann die Angst ins Gesicht geschrieben. Gestenreich bedeutete er mir, dass ich mir die Augen bedecken und sofort von diesem Ort fliehen solle, über dem ein Ekel erregender Verwesungsgeruch hing; als fühlte er sich verantwortlich für das, was ich gesehen hatte, und hätte Angst, dass man ihn dafür bestrafen könnte. Der arme Mann.
Den Indern wird kaum medizinische Hilfe zuteil. Neulich fragte ich Mrs Waterton, warum es hier so viele offensichtlich kranke und verstümmelte Menschen gebe. Sie lachte mich aus – was bin ich nur für ein dummes Mädchen! Ihre Reaktion kränkte mich, doch verbarg ich meine Gefühle, denn sie ist nichtsdestotrotz meine Gastgeberin. Dann erzählte sie mir, dass die »Heiden« be-

stimmten Riten huldigten, welche sie als Heilmethoden begriffen, doch das sei alles purer Unsinn, wie sie mir versicherte. Meines Erachtens ist an ihren Heilmethoden jedoch mehr dran, als Mrs Watertons Verstand begreifen kann, doch behielt ich meine Meinung für mich. Dann fragte ich sie, ob es Inder gebe, die in den Genuss der medizinischen Versorgung durch die Ärzte der Ostindischen Kompanie kämen. Daraufhin schüttelte sie nur den Kopf und sagte: »Also wirklich!«

Ich muss meine Zunge im Zaum halten.

Abgesehen von Faith und mir ist eine weitere Frau im Haus der Watertons zu Gast. Ihr Name ist Meg Liston, eine interessante Persönlichkeit. Von ihr lerne ich so manches.

Jetzt hast du eine Adresse, für den Fall, dass du mir schreiben willst.

Ich hoffe, dass es dir gut geht, und bete für dich.

Deine
Linny

Meg mit ihrem lebendigen Interesse für Indien machte mir Hoffnung darauf, dass auch ich eine Zukunft in diesem Land haben könnte. Beispielsweise vertraute sie mir an, dass sie ein Buch über indische Heiligtümer und Tempel schreiben wolle, außerdem war sie dabei, eine Reihe von Zeichnungen von den hiesigen Bräuchen anzufertigen. Sie war voller Vorfreude auf die Reise nach Lucknow, denn dann könnte sie unterwegs weitere Motive in den Dörfern finden. Meg scheute nicht davor zurück, sich offen mit Mr Waterton auseinander zu setzen.

»Es ist doch wirklich ein Kinderspiel, wenn man sich nicht gegenüber Rivalen aus Europa behaupten muss, Mr Waterton«, sagte sie eines Abends kurz vor der angekündigten Ankunft ihres Mannes. »Und nach dem Sieg – ich sollte wohl besser sagen vernichtenden Sieg – über die Marathen vor über zwanzig Jahren haben Sie auch keine indischen Gegner mehr. Die Kompanie herrscht über immer größer werdende Teile Indiens, und dennoch weigern Sie sich, mit den Menschen hier sinnvoll zu kommunizieren.«

Das linke Auge von Mr Waterton zwinkerte heftig. »Es liegt uns sehr am Herzen, die Heiden zu lehren, was der Allmächtige uns gegeben hat. Ohne uns gäbe es nur Anarchie in diesem Land. Nur der gehorsame Inder ist ein guter Inder, und der ist ganz und gar von uns abhängig. Wir müssen darauf vertrauen, dass unsere Werte für Ordnung sorgen werden.«

»Unsere Werte? Ha!«, sagte Meg. Schnell führte ich meine Serviette zum Mund, um ein Lächeln dahinter zu verbergen. »Und was haben wir mit unseren Werten bisher erreicht?«

»Meg? Darf ich Ihnen noch etwas von dem Kompott geben?«, fragte Mrs Waterton, die ihrem Mann einen matten Blick zuwarf. »Der Koch hat sich solche Mühe gegeben, ein gutes Kompott zustande zu bringen. Ich habe mit ihm mindestens …«

»Was wir erreicht haben?«, wiederholte Mr Waterton Megs Frage. »Nun, Mrs Liston, schauen Sie sich doch um. Glauben Sie denn nicht an die natürliche Hierarchie unserer Gesellschaftsordnung? Glauben Sie nicht, dass wir britischen Männer und Frauen an der Spitze einer solchen Ordnung stehen und deshalb in der Lage sind, hier für Ruhe zu sorgen und den Menschen Aufklärung zu bringen?«

»Und was lässt uns glauben, dass ausgerechnet wir an der Spitze dieser Gesellschaftsordnung stehen?«, fragte ich.

Als sich alle Köpfe zu mir drehten, war mir mit einem Mal beklommen zumute.

»Genau, Linny«, sagte Meg. »Sehen Sie, sie stimmt mir zu. Wir sind die neue Generation. Linny, ich … und Faith« – wie sie zögernd hinzufügte – »sind Frauen mit Selbstvertrauen, die bereit sind, die Herausforderung anzunehmen, Teil eines größeren Ganzen zu sein.«

Faith gab einen kaum hörbaren Laut von sich, der sowohl Zustimmung als auch Ablehnung bedeuten konnte. Am liebsten hätte ich sie geschüttelt – warum sagte sie nichts? Es hatte eine Zeit gegeben, da hätte sie zu allem etwas zu sagen gehabt – zu viel, wie ich manchmal dachte. Aber es war, als ob sie einen Teil von sich zu Hause in Liverpool gelassen hätte. Vielleicht hatte sie das Gefühl, dass die alte Faith darin gescheitert war, sich einen Ehemann zu sichern, und dass sie nun einen neuen Anlauf machen musste, indem sie perfekt die Rolle in der Gesellschaft spielte, die man von einer Frau ihres Standes erwartete. Ich nahm mir vor, mit ihr darüber zu reden.

»Oh, ihr Lieben«, sagte Mrs Waterton, die nun ihr Lächeln verloren hatte. »Es tut mir Leid, aber wir werden wohl auf der Veranda, wo es etwas kühler ist, unseren Kaffee zu uns nehmen müssen. Bitte. Lasst uns auf die Veranda gehen.« Sie war aufgestanden, also mussten auch wir uns erheben und ihr nach draußen folgen. Mr Waterton entschuldigte sich, um im Billardsaal eine Zigarre zu rauchen. Jetzt, da Mrs Waterton wieder auf ihre bestimmende Art den Ton angab, kehrte das Gespräch einmal mehr zum Wetter und seinen Einfluss auf die Blumen zurück.

»Der schöne Phlox und die liebliche Kapuzinerkresse werden beim ersten heißen Lufthauch die Köpfe hängen lassen«, rief sie aus.

Ich sah, wie Megs Brust sich hob und senkte, während sie steif auf der Stuhlkante saß. Sie beteiligte sich weder an der Unterhaltung, noch schien sie Mrs Waterton Aufmerksamkeit zu schenken, die krampfhaft versuchte, das schleppende Gespräch in Gang zu bringen. Schließlich entschuldigte sie sich, erhob sich und schlenderte in Richtung Garten. Sofort folgte ihr der *mali* mit einem Gartenstuhl, für den Fall, dass sie sich ausruhen wollte. Ungeduldig scheuchte sie ihn davon. Doch der *mali* stellte den Stuhl ab und kauerte sich daneben, ohne Meg auch nur eine Sekunde aus den Augen zu lassen, falls sie doch noch ihre Meinung ändern und seine Dienste benötigen sollte.

Kaum war sie außer Hörweite, schüttelte Mrs Waterton den Kopf. »Ich frage mich, wie ihr Mann mit ihr fertig werden wird. Sie ist einfach zu sehr darauf erpicht zu zeigen, was sie alles weiß. Kein schöner Zug. Nein, keineswegs.«

Ich warf Faith einen verstohlenen Blick zu, die abwesend an einem Rattanstück zupfte, das aus dem Geflecht ihres Sessels abstand. In ihrem blassroséfarbenen Batistkleid und den passenden rosafarbenen Satinslippern bot sie einen reizvoll-schmachtenden Anblick.

Am folgenden Wochenende traf Megs Mann ein. Er war ein gut aussehender junger Mann mit einer schwarzen Binde über dem linken Auge, was seine etwas verwegene Erscheinung nur noch unterstrich. Voller Vorfreude auf die bevorstehenden Abenteuer, reisten sie bald darauf ab. Schon beim Abschied wusste ich, dass ich Meg vermissen würde. Ich beneidete sie; sicherlich gab es weitere englische Frauen, die ihren eigenen Weg gingen, doch sie waren bei weitem in der Minderheit.

Einen Monat waren wir nun in diesem Land, und noch immer hatte ich nichts vom ursprünglichen Indien gesehen. Ich lebte ein Leben wie in England, aß englisches Essen, redete Englisch und bekam nur das zu sehen, was sorgfältig für meine Augen ausgewählt worden war. Instinktiv spürte ich, dass ich Indien lieben könnte, und allmählich überkam mich Verzweiflung: Wann und unter welchen Umständen würde ich in der Lage sein, das wirkliche Kalkutta kennen zu lernen, oder gar das ganze Land? In Kalkutta war ich noch mehr eine Gefangene, als ich es in Liverpool oder Everton gewesen war.

Kurz vor Megs Abreise hatte ich sie gefragt, ob es ihr schwer falle, auf ihren Mann zu warten, bei den Watertons so ruhig und untätig herumzusitzen, ehe sie ihr eigenes Leben beginnen könne. *Ihr wirkliches Leben,* wie Chinese Sally immer gesagt hatte. Ich nahm an, dass auch Meg ihre Ehe so sah.

»Ich habe gelernt, Geduld zu haben, seit ich in Indien lebe«, sagte sie. »Und etwas, das mir dabei geholfen hat, ist ein paschtunisches Sprichwort: ›Die Geduld ist bitter, doch ihre Frucht schmeckt süß.‹«

Seither rief ich mir dieses Sprichwort immer wieder ins Gedächtnis.

Faith hingegen schien keines Sprichworts zu bedürfen. Sie schien sich vollkommen damit zu begnügen, gesetzte Ausflüge zum *maidan* zu unternehmen, Mrs Waterton bei der Planung der Mahlzeiten zu helfen, Einladungskarten zu beantworten oder im Garten zu sitzen. Und, nicht zuletzt, sich an dem nimmer enden wollenden Reigen gesellschaftlicher Aktivitäten zu beteiligen. Faith hatte Recht gehabt: Es gab mehr als dreimal so viel Männer wie Frauen.

Faith' Verhalten bereitete mir zusehends Kopfzerbrechen. Anfangs hatte ich gedacht, dass sie mit der Zeit ihre gute Laune wieder zurückgewinnen würde, wenn sie sich nur erst von den Strapazen der Reise erholt haben würde. Doch im Laufe der Wochen zeigte sich stattdessen, dass sie offensichtlich beschlossen hatte, die engen gesellschaftlichen Fesseln zu akzeptieren, statt sich von ihnen zu befreien, wie sie es in Liverpool versucht hatte. Wenn ich es wagte, ihre stumme Einwilligung in den müßigen, oberflächlichen Lebensstil von Garden Reach in Frage zu stellen, bekam ich eine schnippische Antwort.

»Man kommt nicht nach Indien, ohne ein bestimmtes Ziel zu verfolgen, Linny«, entgegnete sie. »Die Gesellschaftssaison ist nun mal wichtig.« Sie befestigte eine Locke, die sich aus ihrer Frisur gelöst hatte. »Ich habe jedenfalls nicht vor, als ›Leergut‹ wieder nach Hause geschickt zu werden.«

Sie tat ihr Bestes. Wenn auf einem Fest ihr lautes Lachen aus dem Nachbarzimmer erklang, war ich wohl die Einzige, die den verzweifelten Unterton in ihrer Stimme wahrnahm. Immer war sie umringt von Männern. Wenn wir von einer Party zurückkamen, schlüpfte sie zu mir ins Zimmer und setzte sich auf mein Bett, um mir von jedem Einzelnen von ihnen zu berichten. Ein dunkelhäutiger, schüchterner junger Mann war ihr Favorit. Er hieß Mr Snow, Charles – wie sie mir anvertraute. Er sprach wenig, schien jedoch von ihrem unbeschwerten Geplauder und dem schimmernden Ton ihres Haars fasziniert zu sein.

Mich langweilten die vielen jungen Männer, die uns mit prüfendem Blick bedachten, wenn wir den Salon betraten. Keiner von ihnen interessierte mich. So sehr ich mich bemühte, es gelang mir einfach nicht. Ein paar von ihnen machten einen schmallippig-tugendhaften Eindruck, doch die meisten waren hochnäsig. Wie sie selbstzufrieden einherstolzierten, erinnerten sie mich an die Pfauen auf den Rasenflächen, die ein Rad schlugen.

Ich fragte mich, ob es daran lag, dass ich, im Gegensatz zu den anderen jungen Damen, die Männer einst nur allzu gut kennen gelernt hatte.

Es war auf einer Party in der Woche vor Weihnachten, als ich Somers Ingram begegnete.

Er war groß und mit seinem welligen dunklen Haar und dem penibel gestutzten Schnurrbart auf altmodische Art gut aussehend. Seine Augen waren dunkelbraun, seine Züge ebenmäßig – eine Adlernase, volle Lippen und ein kräftiges Kinn. Seine Haut war sonnengegerbt. Als wir einander vorgestellt wurden, beugte er den Kopf über meine Hand, hielt sie einen Moment länger als nötig und schenkte mir ein Lächeln. Diesen Typ Mann kannte ich sehr gut. Doch vielleicht nahm ich unter der Oberfläche des strahlenden Lächelns und der arglosen Miene noch etwas anderes wahr, etwas, das er sorgfältig kontrollierte. Ich erwiderte sein Lächeln und sagte, wie erfreut ich sei, seine Bekanntschaft zu machen.

»Sie sind also mit dem November-Schiff angekommen?«, fragte er.

»Ja. Und wie lange leben Sie schon in Indien?«

»Mehr als vier Jahre.«

»Sie müssen in der Zwischenzeit ein paar unvergessliche Erfahrungen gemacht haben.«

Es war ein Spiel. Die immergleichen Fragen, die immergleichen Antworten. War er ebenso gelangweilt wie ich?

»Ja, das habe ich. Und welchen Eindruck haben Sie von Indien gewonnen?«

Diese Frage war mir von jedem jungen Mann gestellt worden, mit dem ich gesprochen hatte. Normalerweise sagte ich meine auswendig gelernte Antwort auf, die ich Faith und andere junge Damen hatte äußern hören – wie wunderbar und außergewöhnlich ich alles fände, wie exotisch Indien sei und wie sehr es sich von England unterscheide. Alles Lügen, denn man hatte es mir bisher nicht gestattet, irgendwelche Eindrücke von Indien zu gewinnen. Die einzigen Eindrücke, die ich hatte, waren die, wie die Engländer sich in diesem Land gebärdeten – der unendliche Druck der gesellschaftlichen Regeln, der Snobismus, der sich in der streng hierarchischen Ordnung des Staatsdienstes spiegelte, die Tatsache, dass man nur englische Gerichte aß, die Verachtung, die man den Dienern entgegenbrachte. Indien hingegen war noch immer von verlockender Rätselhaftigkeit für mich.

An jenem Abend jedoch war ich müde und hatte schlechte Laune. Ich seufzte. »Ach, ich wünschte, ich wäre in der Lage, mich mit den Dienern richtig zu unterhalten, um mir einen Eindruck verschaffen zu können«, sagte ich. »Sie müssen recht gut Hindi sprechen, nachdem Sie schon so lange hier sind, Mr Ingram.«

»Nur das Nötigste. Befehle und Tadel hauptsächlich.«

Einen Augenblick herrschte Stille. Mr Ingram wartete darauf, dass ich etwas sagte. Sollte ich ihm zustimmen und mich damit einmal mehr den Konventionen beugen? Nein. Ich blickte ihm direkt in die Augen, und mir war, als ob ich darin einen wesentlichen Charakterzug entdeckte. Er war kein Mann, mit dem zu spaßen war. Also würde er es möglicherweise schätzen, wenn ich ihm meine ehrliche Meinung sagte. »Nun, mir genügt das nicht. Seit längerem versuche ich, mir die Sprache anzueignen, aber es ist schwer. Deshalb praktiziere ich meine Kenntnisse, indem ich mit den Dienern im Haus der Watertons Hindi rede. Doch sie sprechen nur widerwillig in ihrer Sprache mit mir. Ich weiß nicht, ob es daran liegt, dass meine Aussprache nicht korrekt ist, oder weil sie Angst haben, mir zu antworten.«

»Wahrscheinlich weder noch.« Mr Ingrams Augen verschmälerten sich ein wenig. »Sie fühlen sich nicht wohl, wenn Sie sich auf ihr Niveau hinabbegeben. Es verunsichert sie. Ich verstehe nicht, warum Sie sich die Mühe machen. Wenn Sie ein paar Brocken Hindi beherrschen, um ihnen Anweisungen zu erteilen, genügt es. Diese Leute sind wie Kinder, wirklich. Am besten man behandelt sie mit fester Hand. Und Beständigkeit. Die Welt, in der sie leben, ist so konfus, so undiszipliniert, dass es eine Wohltat für sie ist, wenn man ihnen sagt, was sie zu tun haben, und wenn sie wissen, was sie erwartet, wenn sie nicht gehorchen.«

Wieder antwortete ich nicht. Er war also wie alle anderen, arrogant und selbstgerecht. Ich überlegte, was Meg ihm wohl entgegnet hätte, doch fiel mir keine spontane Erwiderung ein. Ich war enttäuscht von ihm: Zuerst hatte ich gedacht, in Mr Ingram etwas entdeckt zu haben, das ihn von den anderen Männern unterschied.

Umgeben von all den in Seide und feinen Wollstoffen gewandeten Menschen und angesichts des oberflächlichen Geplauders und des gekünstelten Gelächters, das von allen Seiten auf meine Ohren einströmte, wuchs mein Ärger. Ich hatte keine Lust mehr, mit diesem Mann zu sprechen, und Mr Ingram musste ähnlich empfinden: Seine Augen wanderten rastlos durch den Salon. Doch die Höflichkeit gebot es, das Gespräch nicht so einfach abzubrechen.

»Haben Sie Familie in England, Mr Ingram?«

»Nein, ich habe niemanden mehr dort. Meine Mutter starb, als ich noch ein Kind war. Bis zum Tode meines Vaters vor fünf Jahren lebte ich in London, doch dann habe ich beschlossen, mein Glück hier zu versuchen. Sind Sie aus London, Miss Smallpiece?« Mit einem Mal blickten seine Augen mit großer Intensität in meine.

»Nein, aus Liverpool.«

»Ich hatte noch nie die Gelegenheit, diese Stadt zu besuchen. Dann lebt Ihre Familie dort?«

»Meine Eltern leben ebenfalls nicht mehr. Zuletzt habe ich bei einer Tante und einem Cousin gewohnt.« Ich war stets darauf bedacht, meine Antworten so einfach wie möglich zu halten.

»Ich nehme an, Ihre Verwandten leben in Mount Pleasant.«

»Nein, im Norden der Stadt, in Everton. Aber sagten Sie nicht, Sie seien nie in Liverpool gewesen, Mr Ingram?«

Seine Miene blieb unverändert, aber er blinzelte, dann führte er flüchtig die Fingerknöchel zu seinem Schnurrbart. In dem Bruchteil einer Sekunde, ehe er antwortete, wusste ich, dass er lügen würde. Wer selbst ein guter Lügner ist, erkennt unschwer einen anderen. »Nun, man hört von Orten, auch wenn man nicht selbst dort war.«

»Sicher.«

Er räusperte sich, hob das Kinn und blickte über meine Schulter, und im nächsten Moment trat ein älterer Herr an meine Seite. Mr Ingram nutzte die Gelegenheit, um uns vorzustellen und sich dann zu entschuldigen.

Später an jenem Abend, als wir uns gerade verabschiedeten, sah ich Mr Ingram im Gespräch mit einem jungen Mann. Ein Glas in der Hand, schien er dem anderen interessiert zuzuhören. Ich beobachtete ihn ein paar Sekunden, doch dann schaute Mr Ingram auf, sodass sich unsere Augen begegneten. Beide hielten wir dem Blick des anderen etwas zu lange stand. Keiner von uns lächelte.

Ich fand den gut aussehenden Mr Ingram gleichermaßen faszinierend wie beunruhigend. Er rief Fluchtinstinkte in mir wach. Doch woher diese Mischung aus Faszination und Widerwillen rührte, war mir ein Rätsel. Bald sollte mich dieses Gefühl in doppelter Hinsicht in Angst und Schrecken versetzen.

Aber ich eile meiner Geschichte voraus.

Neunzehntes Kapitel

Am nächsten Morgen fragte ich Faith, ob sie Somers Ingram kennen gelernt habe. Sie bejahte meine Frage und gestand mir, dass sie ihn sehr charmant finde. »Er hat eine wichtige Position in der Kompanie, habe ich gehört«, sagte sie. »Er sorgt für ziemlichen Gesprächsstoff: So jung eine solche Karriere zu machen. Und offensichtlich stammt er aus wohlhabenden Verhältnissen. Man munkelt, dass er diesen Karrieresprung dem Einfluss seiner Familie zu verdanken hat. Aber man soll ja nicht alles glauben, was die Leute so reden.«

Ich nickte.

»Warum fragst du, Linny?«

»Gestern Abend habe ich seine Bekanntschaft gemacht. Ich fand ihn ziemlich arrogant.«

»Nicht im Geringsten, Linny. Wenn jemand arrogant ist, dann Mr Whittington. Bist du je in die Verlegenheit gekommen, dich mit ihm unterhalten zu müssen?« Und so plauderte sie weiter über andere Junggesellen, während ich ihr längst nicht mehr zuhörte. Ich fragte mich, welches Geheimnis Mr Ingram verbarg und wann unsere Wege sich wieder kreuzen würden.

Unsere Wege kreuzten sich erneut beim Silvesterball im Kalkutta-Club, mit dem man feierlich das Jahr 1831 einläutete. Der Großteil von Kalkuttas gesellschaftlicher Elite hatte sich eingefunden, mehr als dreihundert Gäste. Seit zwei Wochen war meine Tanzkarte bereits voll. Ich trug das Ballkleid, das ich auf Faith' Betreiben noch in Liverpool hatte anfertigen lassen. Es war aus goldfarbenem Brokat und Pergamentseide und wurde ergänzt durch ein zartes Schultertuch aus Spitze, das den tiefen Ausschnitt verhüllte. Als ich mich in dem länglichen Ankleidespiegel betrachtete, fand ich, dass ich im Kerzenlicht, das dem Kleid einen besonderen Schimmer verlieh, ziemlich großartig aussah.

Mein Aussehen hatte sich verändert – seit ich am Morgen nach jener schrecklichen Nacht, da Shaker mich gerettet hatte, entgeistert mein Spiegelbild betrachtet hatte. Mein Haar war wieder füllig und glänzte, meine Augen leuchteten, mein Teint war rein.

Kaum waren wir angekommen, ertappte ich mich dabei, wie ich mit den Augen nach Somers Ingram suchte. Während des Empfangs und Abendessens konnte ich ihn nicht ausmachen, doch kaum hatte der Tanz begonnen, kam er geradewegs auf mich zu und verbeugte sich.

»Miss Smallpiece«, sagte er, und wieder kam ich nicht umhin, seine Haltung, die Glätte seiner gebräunten Haut und seine vollen Lippen zu bewundern. »Dürfte ich das Vergnügen haben, Miss Smallpiece um einen Tanz zu bitten, Mrs Waterton?« Damit reichte er mir seine behandschuhte Hand.

Mrs Waterton hielt meine Tanzkarte etwas von sich weg, um die darauf stehenden Namen besser entziffern zu können. »Oh, Mr Ingram«, trällerte sie aufgeregt, »ich kann Ihren Namen gar nicht auf Miss Smallpiece' Karte entdecken.«

»Aber Mrs Waterton«, sagte Somers Ingram in schmeichelndem Ton, »es kommt doch darauf an, ob Miss Smallpiece bereit ist, mir die Ehre zu erweisen.«

»Mrs Waterton?«, fragte ich und schaute sie an. Ich wollte mit ihm tanzen – liebend gern sogar.

»Aber natürlich, meine Liebe. Ich werde mich inzwischen bei Ihrem enttäuschten Tanzpartner entschuldigen, der gleich nach Ihnen suchen wird.«

Wir umrundeten in einem fließenden Walzer die Tanzfläche. Unsere Konversation bewegte sich zunächst auf ungefährlichem Terrain. Mr Ingram sprach davon, wie hervorragend der Ball organisiert sei, dass er ein Problem mit seinem *khansana* habe, berichtete von einem sportlichen Ereignis, dem er kürzlich beigewohnt habe.

»Sie sind ein ausgezeichneter Tänzer, Sir«, sagte ich, die eine Hand auf seiner Schulter, die andere in seiner.

»Danke, Miss Smallpiece«, sagte er und zog mich ein wenig näher an sich, sodass ich seine Hüfte an meiner spürte. Nie zuvor hatte ein Junggeselle mich so kühn an sich gezogen – die meisten achteten auf einen gebührenden Abstand. »Ich meine jedoch eine gewisse Zögerlichkeit in Ihrem Schritt zu verspüren. Langweilen Sie sich beim Tanzen, oder fehlt es Ihnen an der nötigen Übung?«

Seine wenig schmeichelhafte Äußerung schockierte mich, und ich blieb mitten in einer Drehung stehen. »Und ich finde Ihre Worte ziemlich gedankenlos, Sir!« Ich legte so viel Empörung in meine Stimme, wie ich konnte. Er gab mir also zu verstehen, dass es mir wohl an Tanzerfahrung in Ballsälen und Tanzsalons ermangelte, und das gefiel mir ganz und gar nicht. »Nicht alle sind so talentiert wie Sie, Mr Ingram«, sagte ich herausfordernd. »Und es gibt durchaus Frauen, die es vorziehen, ihre Zeit mit intellektuelleren Beschäftigungen zu verbringen als mit Tanzen.« Mit Genugtuung sah ich, wie seine Augen sich weiteten. »Tatsächlich lässt Ihre Fertigkeit auf dem Tanzparkett darauf schließen, dass Ihre Talente eher auf dem mechanischen Gebiet liegen und dass Sie intellektuellen Themen eher wenig Interesse entgegenbringen.«

Er lachte, ein offenes, vergnügliches Lachen. »Sehr gut gekontert, Miss Smallpiece, Sie haben mich ordentlich gescholten, richtig so. Natürlich sind Sie eine leichtfüßige und gute Tänzerin. Ich habe diese kühne Äußerung nur gemacht, weil ich das Gefühl hatte, Sie würden sich bei Veranstaltungen wie dieser langweilen, und ich fragte mich, wie Sie wohl angesichts einer Behauptung reagieren würden, die nicht ganz in den Rahmen der üblichen Nettigkeiten fällt, die wir alle gezwungen sind von uns zu geben, Tanz für Tanz.«

Wie ein Blitz aus heiterem Himmel traf mich die Erkenntnis, dass er meine Gefühle absolut durchschaute. Und dass er die Unverschämtheit – nicht den Mut – besaß, es mir ins Gesicht zu sagen. Das bedeutete, dass er aus meinen Worten herausgehört hatte, was ich so gründlich zu verbergen suchte.

Wir reihten uns wieder in die Schar der Tanzenden ein.

»Sie wollten mich also auf die Probe stellen? Nicht wahr?«

Er lächelte. »Man könnte es so sagen, und, Miss Smallpiece, ich freue mich, dass Sie meinen Test bestanden haben. Sie haben gute Nerven, was den meisten jungen Frauen, denen ich hier begegnet bin, fehlt. Und Geist – mir ist nicht entgangen, wie es in Ihren Augen blitzt. Ich muss Ihnen ein Kompliment aussprechen – die goldenen Pfeile, die Sie in meine Richtung schleudern, stehen Ihnen ausnehmend gut.«

Er flirtete jetzt ganz offen. Gerade hatte er mich noch beleidigt, und jetzt überhäufte er mich mit Komplimenten. Ich wusste nicht, wie ich mit einem Mann wie Somers Ingram umgehen sollte.

»Welche Position bekleiden Sie in der Kompanie, Mr Ingram?«, fragte ich und atmete tief ein.

»Ich bin Chefrevisor.«

Ich hatte keine Ahnung, welche Aufgaben das beinhaltete. »Wie interessant.«

»Glauben Sie wirklich? Und warum? Es würde mich interessieren, was Sie an meinem Job ›interessant‹ finden.«

Hatte er schon wieder meine Gedanken gelesen? Wie konnte er es wagen, mich auf diese Weise in Verlegenheit zu bringen? Andere Männer hätten das Kompliment angenommen und ein wenig über ihre Position berichtet, sodass ich mir einen Eindruck von ihren Aufgaben hätte machen können, statt meine Reaktion in Frage zu stellen.

»Sie haben keinen blassen Schimmer davon, was ein Chefrevisor tut?«

Ich schnalzte mit der Zunge und lächelte provozierend.

Ich spürte, dass ich ebenso gut flirten konnte wie er. »Also wirklich, Mr Ingram, Sie sind unmöglich.«

»Nun kommen Sie schon, Miss Smallpiece, das passt nicht zu Ihnen.«

»Was passt nicht zu mir?«

»Die Beleidigte zu spielen. Und es passt auch nicht zu Ihnen, zu behaupten, meine Arbeit sei interessant, obwohl Sie gar nicht wissen, welche Aufgaben meine Position umfasst, und, was viel wichtiger ist, es Sie auch gar nicht interessiert?«

Ich setzte zu einer Antwort an, als der Tanz endete. Er geleitete mich zu Mrs Waterton zurück.

»Hätten Sie die Freundlichkeit und würden es mir gestatten, später nochmals mit Miss Smallpiece zu tanzen?«, fragte er mit einer Verbeugung.

»Es gibt so viele junge Männer, die um einen Tanz mit ihr gebeten haben«, sagte Mrs Waterton und fächelte sich mit meiner Tanzkarte Luft zu. »Ich fürchte, Miss Smallpiece würde den Eindruck erwecken, unhöflich zu sein.«

»Aber natürlich.« Mr Ingram verbeugte sich wieder. Ich verspürte einen Anflug von Enttäuschung, vermischt mit Erleichterung darüber, dass er nicht abermals die Gelegenheit haben würde, mich mit seinem ungebührenden Verhalten vor den Kopf zu stoßen.

»Aber vielleicht ergibt sich gegen Ende des Abends nochmals die Möglichkeit für einen Tanz«, fügte Mrs Waterton hinzu.

Mr Ingram beugte den Kopf über meine Hand, die er die ganze Zeit über nicht losgelassen hatte, und presste die Lippen auf meinen Handschuh. »Ich freue mich darauf«, sagte er und wandte sich zum Gehen.

Doch er ließ sich nicht mehr blicken. Ich verspürte eine Art Verlust – nein, nicht Verlust. Nein, es war nicht, dass ich ihn vermisste. Vielmehr vermittelte mir die Tatsache, dass Mr Ingram mich nicht zu einem letzten Tanz bat, das gleiche Gefühl der Frustration, das ich auch als Gast bei den Watertons hatte. Die ganze Zeit über fühlte ich mich eingesperrt, während Indien vor der Tür lag und nur darauf wartete, von mir entdeckt zu werden.

Das nächste Mal trafen wir uns Ende Januar bei einer Soiree im Kalkutta-Club. Seine Haut war noch gebräunter, als wäre er in letzter Zeit häufig unter freiem Himmel gewesen. Umringt von anderen Gästen, tauschten wir die üblichen Phrasen über die üblichen Themen aus – das Wetter (kühl und angenehm), Architektur (die Renovierung einiger Räume des Writer Building), indische Politik (es gab Gerüchte über Spannungen zwischen der englischen Verwaltung und dem Radscha von Mysore) sowie Nachrichten aus der Heimat (die aufregenden Fortschritte auf dem Gebiet der Dampfschifffahrt).

Nachdem die anderen Gäste allmählich weitergeschlendert waren und wir uns unvermittelt allein in der Nähe einer der Verandatüren wiederfanden, erlaubte ich mir eine persönliche Bemerkung. »Sie sehen gut aus, Mr Ingram. Haben Sie sich in letzter Zeit sportlich betätigt?«

»Die ganze letzte Woche war ich jagen und habe das herrliche Wetter genossen, das uns nicht mehr lange die Ehre erweisen wird, fürchte ich. Wir müssen es nutzen, solange es uns noch gewogen ist. Reiten Sie gern, Miss Smallpiece?«

Ich nestelte an meiner Manschette. »Nicht besonders.« Ich war noch nie auf einem Pferd gesessen.

»Und ich dachte, es gefällt Ihnen, in der kühlen Jahreszeit in Sonne und Wind durch die Landschaft zu galoppieren und die Gegend zu erkunden. Hatten Sie je die Gelegenheit dazu?«

Wenn er nur wüsste, wie sehr ich mich danach sehnte.

»Hätten Sie vielleicht Lust, an einer Landpartie teilzunehmen? Gemeinsam mit Mr und Mrs Weymouth sowie ein paar Freunden, darunter auch einige andere junge Damen, plane ich für nächste Woche einen Ausflug.«

»Ich glaube leider nicht, Mr Ingram. Vielen Dank für Ihre Einladung, aber …«

»Bitte lassen Sie Koketterie beiseite, Miss Smallpiece. Sie

steht Ihnen nicht zu Gesicht, wie ich Ihnen neulich bereits sagte.«

»Ich bin nicht kokett«, erwiderte ich verärgert.

»Wirklich nicht? Was ist es dann? Wissen Sie denn nicht, wie klar Ihr Gesichtsausdruck Sie verrät? Ich kann sehen, wie Sie innerlich mit sich streiten. Was hindert Sie daran, meine Einladung anzunehmen? Nun kommen Sie schon, Miss Smallpiece, und sagen Sie die Wahrheit. Ich wette, Sie brennen förmlich darauf, in meiner Gesellschaft zu sein.«

Ich war zutiefst verärgert. Seine Anmaßung hatte mir die Hitze in die Wangen getrieben. »Eine Dame hat es nicht nötig, sich zu rechtfertigen«, sagte ich.

»Eine Dame vergisst sich auch nicht. Sie können Ihre Gereiztheit ja kaum verbergen ...«, sagte er tadelnd.

»Ich schätze Ihre Umgangsformen nicht besonders, Sir«, sagte ich leise. »Und dennoch kann ich Ihnen versichern, dass ich mich nicht vergesse. Niemals.«

Die Art, wie er eine Augenbraue hochzog, ließ mich noch ärgerlicher werden. »Wirklich?« Sein Blick bohrte sich in meinen. Dann führte er seinen Mund ganz nah an meine Wangen, sodass seine Lippen meine Haut berührten. »Das glaube ich Ihnen nicht.« Ich spürte seinen warmen Atem, als er die Hand auf meinen Unterarm legte und ihn streichelte. Ein Verhalten, das weit über das schickliche Maß hinausging.

Das Blut pulsierte mir in den Ohren. Sein Gesicht war nur wenige Zentimeter von meinem entfernt, und er lächelte. Ein herablassendes Lächeln, mit dem er mir zu verstehen gab, wie er mich sah: Dass ich so wie alle anderen dummen Mädchen sei, dass ich wegen seiner Nähe im nächsten Moment sicherlich ohnmächtig werden würde, um dann in seine Arme zu sinken. Ich fand ihn attraktiv, und gleichzeitig hasste ich ihn und seinen selbstsicheren Charme und seine Unverschämtheit.

Ich brachte mein Gesicht noch näher zu seinem. »Mr Ingram«, flüsterte ich, und er drehte den Kopf ein wenig, sodass ich direkt in sein Ohr sprechen konnte, »nehmen

Sie gefälligst Ihre verfluchte Hand von meinem Arm.« Die Worte explodierten aus mir heraus, heiß und brennend; ich versuchte, so viel Gehässigkeit wie möglich in sie zu legen.

Er zog so abrupt den Kopf zurück, als hätte ich ihn geohrfeigt. Und in diesem Moment wurde mir bewusst, was ich getan hatte: Somers Ingram hatte mich dazu gebracht, mich zu vergessen. Die vergangenen beiden Monate war es mir vorbildlich gelungen, mich wie eine Dame zu benehmen – egal, welche inneren Kämpfe ich dabei ausstand. Doch dann kam dieser Mann und provozierte mich so, dass ich für einen Augenblick vergaß, welche Rolle ich spielte. Er hatte den Köder ausgeworfen, und ich hatte ihn ohne nachzudenken aufgepickt.

Somers Ingram blickte mir direkt in die Augen, und das, was ich in seinen sah, ließ mich sofort den Blick senken. *Wie konnte ich nur so dumm sein? Ich hatte mir solche Mühe gegeben.*

»Habe ich Ihre Worte richtig verstanden, Miss Smallpiece?« Er nahm seine Hand von meinem Arm und trat einen Schritt zurück. Sein triumphierender Blick zeigte mir ganz klar, dass er zufrieden war, mich so weit gebracht zu haben.

»Ich … ich …« Ich legte eine Hand an meine heiße Wange, spürte, wie die Schweißtropfen unter meinem Korsett perlten.

Kurz um sich blickend überzeugte sich Mr Ingram davon, dass niemand uns beobachtete. Dann nahm er meine Finger in seine Hand, leicht nur, und dennoch war seine Berührung viel zu intim. Mit dem Daumen rieb er über die Innenfläche meiner Hand, und seine Liebkosung jagte mir eine Gänsehaut über den Rücken. Dann sagte er leise und amüsiert: »Meine liebe Miss Smallpiece, das letzte Mal, dass ich eine solche Sprache vernommen habe, war in einem türkischen Dampfbad in East London.«

Ich war sprachlos.

Mr Ingram ließ meine Hand los und trat etwas zurück, um einen schicklichen Abstand zwischen uns zu bringen.

»Miss Smallpiece, ich finde Ihre … offene Art, sich auszudrücken, erfrischend. Ich selbst bin ebenfalls ein Freund offener Worte, unter gewissen Umständen. Sie bleiben also bei Ihrem Nein zu einem Reitausflug?«

Ich machte auf dem Absatz kehrt und verließ ihn mit raschelnden Röcken und in der Hoffnung, wenigstens bei meinem Abgang die Würde gewahrt zu haben.

Am 31. Januar fand bei den Clutterbucks ein Spielabend statt, zu dem die Watertons, Faith und ich eingeladen waren. Ich war gut aufgelegt: Am Nachmittag während eines Ausflugs in den *maidan* hatte ich Faith dazu überredet, sich mit mir eine halbe Stunde davonzustehlen. Das achtsame Adlerauge von Mrs Waterton war eine Zeit lang abgelenkt gewesen: Sie hatte eine alte Bekannte getroffen, deren Mann weit oben im Norden des Landes stationiert war und die zu Besuch in Kalkutta weilte. Die beiden hatten sich lange nicht gesehen und waren bald in ein Gespräch vertieft, während Faith und ich gelangweilt auf der gegenüberliegenden Bank saßen. Und als ich sie kurz unterbrach, um zu fragen, ob Faith und ich ein wenig im *maidan* spazieren gehen könnten, nickte Mrs Waterton abwesend.

Kaum waren wir außerhalb ihrer Sichtweite, zog ich Faith zu dem Weg, der aus dem *maidan* hinausführte. Vor dem Eingangstor legte ich meinen Arm in ihren und zog die zögernde Freundin durch die Reihe der wartenden Rikschas und Sänften.

»Linny! Linny, halt, wo gehen wir denn hin?«, fragte sie mit vor Aufregung geröteten Wangen.

»Ich weiß nicht. Doch das ist ja gerade das Schöne daran«, sagte ich lachend.

»Wir dürfen das nicht, Linny. Was, wenn uns jemand sieht? Was, wenn uns etwas zustößt? Was, wenn jemand …«

Ihre halbherzigen Einwände ignorierend, zog ich sie einfach weiter, und eine Minute später fanden wir uns auf einem Markt wieder. Blumen – die einzigen mir bekannten Sorten waren Rosen und Tagetes – lagen bunt gemischt auf großen Haufen, andere Stände boten Früchte und Gemüse an, die ich nie zuvor gesehen hatte. Vor einem Marktkarren hielt ich an, zog mir den Handschuh aus und strich mit den Fingern über die verschiedenen Formen und Farben. Der Mann mit dem Turban, der neben dem Karren gekauert hatte, sprang auf und hielt mir eine purpurrote Frucht hin. Ich schüttelte den Kopf und erklärte ihm in gebrochenem Hindi, dass ich kein Geld bei mir hätte. Daraufhin drückte er mir die Frucht sanft in die Hand und machte ein *salaam,* die respektvolle Verbeugung, bei der der Zeigefinger der rechten Hand an die Stirn geführt wird. Er wollte mir die Frucht also schenken. Ich beugte den Kopf, und er nickte würdevoll.

»Was ist das? Was wirst du damit machen?« Faith klammerte sich an meinen Arm.

»Ich weiß es auch nicht, aber ich konnte die Frucht doch nicht ausschlagen, das hätte ihn beleidigt.«

Wir folgten weiter den engen Wegen zwischen den Ständen und atmeten den Geruch von heißem Öl, Knoblauch und Tabak ein. Ich entdeckte Ingwer und Nelken, doch die meisten der Gewürze konnte ich nicht benennen. In einem Moment hatte man den erhabenen Duft von Sandelholz in der Nase und im nächsten den stechenden Geruch von gebranntem Kuhdung, woraufhin Faith sich eine Hand vor die Nase hielt. Als wir an einem Stand vorbeikamen, wo Frauen auf Kohlebecken Teigfladen backten, wurde mir bewusst, dass ich Hunger hatte. Mit einem Mal hörte ich ein paar Takte einer fremdländischen Musik, Glockengebimmel sowie das Knarren der Radachsen eines Ochsenwagens.

Unvermittelt hielt ich inne, um mit geschlossenen Augen zu lauschen, woher die Geräusche kamen.

»Warum bleibst du stehen, Linny? Weißt du, wie wir zum *maidan* zurückkommen? O Gott, schau dir das Kind dort an. Ist es denn ganz allein?«, fragte Faith.

Als ich die Augen öffnete, sah ich einen nackten Jungen von etwa zwei Jahren, der auf dem festgetretenen Lehmweg mit kleinen Schritten entlangwatschelte. An seinem Handgelenk war eine rote Schnur befestigt, und als ich ihr mit den Augen folgte, sah ich, dass sie am Handgelenk einer jungen Mutter endete. An der Hand hielt sie ein etwas größeres Kind, das sie schützend an ihren Sari drückte, während sie mit einem Händler um ein Stück gelben Baumwollstoff feilschte, den sie mit der anderen Hand befingerte.

»Nein, schau, da ist seine Mutter«, sagte ich zu Faith.

Das Kind kam trippelnd zu mir, blieb vor meinen Füßen stehen und schaute zu mir empor. Dann klammerte es sich mit der Faust an den gepunkteten Popelinestoff meines Rocks. Ich legte ihm lächelnd die Hand auf seinen dunklen Haarschopf. Sein Haar fühlte sich seidig an.

»Du darfst ihn nicht berühren, Linny«, sagte Faith atemlos. »Du wirst dir noch eine ansteckende Krankheit holen.«

»Aber er ist doch noch ein Baby. Schau, wie hübsch er ist.«

»Aber es ist schamlos, dass man ihn quasi nackt herumlaufen lässt.«

Das Kind sah die glänzend rote Frucht in meiner anderen Hand und ließ meinen Rock los, um beide Hände danach auszustrecken. Seine Augen waren riesig und leuchtend schwarz, und er ließ den gleichen hellen Laut vernehmen, den Babys auf der ganzen Welt ausstoßen, wenn sie etwas wollen. Als ich die Frucht in seine ausgestreckte Hand legte, gab es einen Ruck an der Schnur. Seine Mutter beobachtete uns mit besorgtem Blick, doch ich lächelte ihr zu. Ihre Miene entspannte sich, und sie erwiderte mein Lächeln.

Faith zupfte an meinem Ärmel. »Wir müssen jetzt zurück, Linny, wir sind schon viel zu lange fort. Mrs Waterton wird vielleicht schon nach uns suchen lassen, und sie wird nicht lange brauchen, um zu merken, dass wir nicht im *maidan* sind.«

»Ist gut, lass uns gehen«, sagte ich und warf einen letzten Blick auf das Kind, das auf seinen O-Beinchen zu seiner Mutter watschelte und ihr lachend die Frucht in seiner Hand zeigte.

Im Grunde genommen war es ein typischer Markt, dachte ich, der sich gar nicht so sehr von den Märkten unterschied, die ich als Kind in Liverpool gekannt hatte.

Faith seufzte vor Erleichterung auf, als die ordentlich geschnittene Hecke des *maidan* in Sicht kam. »Sind wir nicht herrlich lasterhaft, Linny?« Sie war sichtlich erleichtert, dass wir unseren kleinen Ausflug heil überstanden hatten. Unser Ungehorsam schien für sie einem kühnen Raubüberfall gleichzukommen. »Mrs Waterton würde in Ohnmacht fallen, wenn sie wüsste, wo wir gewesen sind.«

»Wir werden dafür sorgen, dass sie es nicht erfährt«, sagte ich und lächelte ihr zu. Die alte Faith kam der neuen in die Quere. Ehe ich mir meinen Handschuh wieder überstreifte, hielt ich ihn mir an die Wange. Er barg einen Hauch des rauchig-würzigen Dufts nach dem Indien, das ich so gern kennen lernen wollte. Ich hakte mich bei Faith unter, und dann gingen wir schnellen Schritts zu unserm Ausgangspunkt zurück.

Als wir am Abend bei den Clutterbucks eintrafen, war ich noch immer erfüllt von dem unerwarteten Geschmack der Freiheit. Außer uns waren einige andere Gäste da, und es dauerte nicht lang, ehe Mr Ingram und ich uns vor einer der offenen Verandatüren begegneten. Zwar verspürte ich auch einen winzigen Anflug von Erregung tief in meiner Brust, vor allem aber war ich beunruhigt, als ich ihn sah: Weder wollte ich mit ihm sprechen, noch wollte ich, dass er mich wieder in der anzüglichen Art mit Blicken maß, die mich letztendlich dazu gebracht hatte, das Gesicht zu verlieren. Außerdem fürchtete ich, dass er meine gute Laune verderben könnte. Alles, was ich wollte, war etwas frische Luft zu schnappen. Drinnen drängten sich die Menschen, die Luft war erfüllt von den Parfumdüften der Damen sowie von Oleander, Jasmin und Königin der Nacht, denn überall standen riesige Vasen mit Blumen.

Mr Ingram jedoch ließ mich nicht so ohne weiteres passieren, ohne mich anzusprechen, auch wenn ich den Kopf demonstrativ zur anderen Seite drehte. »Nun, Miss Smallpiece, wie schön, Sie wiederzusehen«, sagte er, die Höflichkeit in Person.

»Danke, Sir, ebenso.« Ich versuchte, meiner Stimme einen angenehmen Ton zu verleihen, während ich es vermied, ihm in die Augen zu sehen.

Die Spannung, die zwischen uns hing, war greifbar.

Ein schlanker junger Kellner in gestärkter weißer Hose, Jackett und mit Turban stand in der Nähe. In den Händen hielt er ein Tablett mit kannelierten Gläsern, die mit einer purpurnen Flüssigkeit gefüllt waren und kaum hörbar klirrten. Eine feine Linie von Schweißperlen schimmerte am Rand seines Turbans. Schließlich kam er ein Stück näher und hielt mir das Tablett entgegen, den Blick jedoch auf Somers Ingram geheftet.

»Claret? Oder vielleicht einen Madeira?«, fragte Mr Ingram.

»Nein, danke.« Dennoch verharrte der Kellner, wo er stand.

Mr Ingram nahm ein Glas, und noch immer rührte sich der junge Mann nicht von der Stelle, woraufhin Mr Ingram ihn mit wenigen auf Hindi gemurmelten Worten entließ.

In diesem Moment klatschte die Gastgeberin in die molligen Hände und verkündete, dass wir uns in Zweiergruppen zu einer Whistpartie einfinden sollten.

»Miss Smallpiece, ich werde ein wenig in den Garten gehen und eine Zigarre rauchen. Ich habe kein Interesse an Kartenspielen, bei denen nichts auf dem Spiel steht.« Er zeigte sein einstudiertes Lächeln und stellte sein Glas auf einem Tisch ab.

Ich beobachtete, wie er durch die Verandatür verschwand. Er hatte so getan, als hätte es diese unerfreuliche Szene zwischen uns zehn Tage zuvor nie gegeben. Ich atmete tief ein und versuchte mich zu beruhigen, indem ich mir einredete, dass sein Anstand ihn daran hindern würde, meine ordinäre Bemerkung von neulich einem Dritten gegenüber zu erwähnen.

Ich spielte eine kurze Whistpartie, doch war ich unruhig und nervös. Ich hatte das Gefühl, mir gleich die Zunge abbeißen zu müssen, wenn Mrs Clutterbuck mich noch ein einziges Mal fragen würde, was Trumpf war, oder falls sie noch mal jammerte, sie bekomme stets nur ein schlechtes Blatt. Als ein Spiel zu Ende war, klinkte ich mich aus, schlüpfte durch die offene Verandatür nach draußen und über die breite Steintreppe hinab in den Garten der Villa.

Er war wunderbar. Hinter einer Gruppe brusthoher Cannalilien wuchsen Tempelfrangipani mit ihren zarten, wie kunstvoll gemeißelten Blüten, die jenen schweren Duft verströmten, der mich von Anfang an betört hatte. Der Vollmond stand weiß und hell am Himmel. Ich hielt an, um eine Frangipaniblüte zu pflücken und sie mir hinters Ohr zu stecken. Mit einem Mal hatte ich ein seltsames Gefühl, so als ob ich im nächsten Moment in den Sternenhimmel schweben würde. Es war ein beunruhigendes, doch auch erhebendes Gefühl. Der Händler, der mir die unbekannte Frucht geschenkt hatte, kam mir in den Sinn, und ich musste lächeln. Dann rief ich mir die Berührung des sich seidig anfühlenden Babyhaarschopfs in Erinnerung. Unwillkürlich hob ich die Arme und drehte mich im Kreis. Ich spürte, wie sich etwas Kaltes, Hartes, Dunkles in meinem Inneren löste. Und dann wurde mir mit einem Mal bewusst, dass das, was ich fühlte, Glück war. Ich bin glücklich, dachte ich. Ich bin in einem Garten in Kalkutta. Ich bin Linny Gow, und dieses Leben hier ist nicht nur ein Traum. Das ist mein Leben. »Ich bin glücklich«, sagte ich in die verschlungene Schönheit des Gartens hinein. Die Worte fühlten sich voll und rund, silbrig und hell an, als würde sich der Mond in ihnen spiegeln. Es war, als ob ich mein ganzes bisheriges Leben hindurch den Atem angehalten hätte, sodass sich meine Brust wie zugeschnürt anfühlte. Doch nun, da ich jene Worte ausatmete, *Ich bin glücklich,* konnte sie sich zum ersten Mal wieder ausdehnen.

Ungestört verharrte ich im Mondlicht und beruhigte meine aufgewühlten Sinne. In den lauten, stickigen Salon zurückzukehren war mir jetzt unmöglich. Langsam folgte ich dem Fußweg, der zu den Behausungen der Dienerschaft führte, den einfachen Lehmhütten, die sich schief gegen die schwarze Mauer lehnten. Ein gedämpftes Stimmengewirr ertönte sowie ein monotones, träges Trommeln. Vor einer Hütte saß eine junge Frau mit dem Rücken zur Wand und stillte ihr Baby. Als sie mich sah, sprang sie auf und versuchte gleichzeitig, sich mit ihrem Sari die Brust zu bedecken und mich mit einem *salaam* zu grüßen. Der Säugling, dem man so unvermittelt die Brust entzogen hatte, wimmerte.

»Bitte«, sagte ich in meinem gebrochenen Hindi, »bitte, lassen Sie sich nicht stören.«

Während ich weiter dem Trampelpfad folgte, kam ich an Männern und Frauen vorbei, die vor ihren Hütten herumsaßen, vor sich primitive Kerzen, die aus Binsen und Talg hergestellt wurden. Alle erhoben sie sich, sobald ich in ihre Nähe kam, und unterbrachen ihre leise Unterhaltung. Ich wusste, dass ich sie verlegen machte, indem ich mich zu ihren Behausungen vorgewagt hatte, und dennoch setzte ich meinen Weg fort und lächelte ihnen aufmunternd zu. Etwas weiter hinten stand noch eine Hütte, und im Mondlicht konnte ich klar erkennen, dass der schmale Weg, der zu ihr führte, im weiten Bogen wieder zurück zur Villa verlief. Ich war froh, dass ich den Weg nicht wieder zurückgehen und die Diener ein zweites Mal aufschrecken musste.

Als ich die letzte Hütte erreicht hatte, vernahm ich die charakteristischen Geräusche zweier sich paarender Menschen und blieb unwillkürlich stehen, um durch die Türöffnung in die nur vom Mondlicht erhellte Hütte zu blicken. Ich konnte undeutlich die Umrisse zweier Gestalten ausmachen und nahm ihre rhythmische Bewegung wahr. Rasch wollte ich weitergehen, doch der raue, schnelle Atem eines Mannes ließ mich innehalten, in den sich das Stöhnen eines zweiten Mannes mischte. In diesem Moment sah ich, dass es sich nicht um Mann und Frau handelte, sondern dass beides Männer waren. Meine Augen gewöhnten sich schnell genug an das dämmrige Licht, um zu sehen, dass einer auf allen vieren kauerte, sein schlanker, dunkler Körper im Mondlicht glänzend. Der andere, größer und von kräftigerer Statur, kniete hinter ihm. Er trug ein weißes Hemd, dessen Perlenknöpfe im Rhythmus seiner heftigen Hüftstöße blinkten.

Gerade als ich mich abwenden und weggehen wollte, drehte der Mann auf den Knien den Kopf in meine Richtung, und ich starrte in das Gesicht von Somers Ingram. Sofort hielt er in der Bewegung inne, und ich hatte das Gefühl, dass das Trommeln aus der Ferne stärker wurde. Der andere Mann, in dem ich nun den jungen Kellner aus dem Salon erkannte, drehte den Kopf ebenfalls zur Türöffnung und stieß einen spitzen Schrei aus. Mr Ingram zog sich aus ihm zurück, und der Junge rollte auf die Seite, wo er hastig nach seinem Hemd griff, um es sich vor das Gesicht zu halten.

Es hatte keinen Sinn, so zu tun, als hätte ich nichts gesehen. »Es tut mir Leid, wenn ich hier hereingeplatzt bin.« Die Worte hörten sich gespreizt, ja komisch in meinen Ohren an. »Es tut mir wirklich schrecklich Leid. Ich ... ich habe mich verirrt.«

Mr Ingram starrte mich an, ohne sich die Mühe zu machen, seine Blöße zu bedecken. Noch immer war seine Erektion zu sehen, als er sich auf die Fersen hockte.

Ich drehte mich um und rannte atemlos davon. Warum verspürte ich nur diesen Schock angesichts dessen, was ich gesehen hatte?, fragte ich mich. Ich, die ich nicht nur jede erdenkliche Form der Perversion mit angesehen hatte, sondern daran beteiligt gewesen war. Ich schalt mich wegen meiner Dreistigkeit, allein in der Nacht herumzuspazieren und mir dadurch meine Hochstimmung von zuvor zunichte zu machen, mir selbst auf diese Art meine gute Laune zu verderben. Ich nahm die Frangipaniblüte, die ich mir hinter das Ohr gesteckt hatte, und schleuderte sie zu Boden. War ich enttäuscht, weil ich Somers Ingram in einer solchen Situation ertappt hatte? Oder war ich wütend, weil er mich während unserer Gespräche so in Verlegenheit gebracht, sich einen Spaß mit mir erlaubt hatte, und das obwohl er eine Vorliebe für junge Männer hegte und sich gar nicht für

Frauen interessierte? Er war nie an mir interessiert gewesen, und ich wurde mir bewusst, dass mich das verletzte.

Ich war nicht weit gekommen, als ich Schritte hinter mir auf dem Kies knirschen hörte und Somers Ingram mich einholte. »Miss Smallpiece?«

Ich drehte mich zu ihm herum. Sein Äußeres war wieder perfekt und makellos, wie es zuvor im Salon gewesen war. »Ich denke nicht, dass wir etwas zu besprechen haben, Sir«, sagte ich mit erhobenem Kinn.

»Bitte erlauben Sie mir, Sie zum Haus zurückzubegleiten.« Ohne meine Einwilligung abzuwarten, ergriff er meinen Arm und legte ihn bestimmt in seine Armbeuge.

Als ich versuchte, mich zu befreien, verstärkte er seinen Griff. Nachdem es mir nicht gelang, ihm den Arm zu entziehen, bemühte ich mich, meinen Schritt zu beschleunigen, doch er machte keine Anstalten, schneller zu gehen.

»Miss Smallpiece, lassen Sie mich ganz offen mit Ihnen sprechen.«

Ich stieß abfällig die Luft aus. »Denken Sie etwa, dass es etwas gibt, worüber ich mit Ihnen reden wollte?«

Er nahm seinen Arm weg, doch dann fasste er mich am Oberarm und drehte mich unsanft zu sich herum, sodass ich sein Gesicht im Mondlicht sah. »Sehen Sie« – er schien sich nicht im Geringsten darum zu kümmern, ob ich mit ihm reden wollte oder nicht –, »was soeben vorgefallen ist, ist Teil dessen, was mich seit einiger Zeit an Ihrer Person beunruhigt, Miss Smallpiece. Was Sie gesehen haben … Sie haben in keiner Weise so reagiert, wie jede andere Dame Ihrer Gesellschaftsschicht reagiert hätte, wenn sie mich mit meinem Ganymed ertappt hätte. Sie sind nicht schreiend und schockiert davongelaufen oder in Ohnmacht gefallen. Sie sind nicht so verstört gewesen, um kein Wort mehr herauszubringen, wie man es von einer englischen Jungfrau gemeinhin erwarten würde. Bei einem Anblick übrigens, den die meisten sich nicht einmal in ihren sündigsten Träumen vorstellen könnten, so sorgsam wird über ihre Unschuld gewacht. Ich sehe noch Ihren Gesichtsausdruck vor mir, als Sie uns … *in flagranti delicto* erwischten, darf ich so sagen? Sie waren verblüfft. Sie waren weder schockiert noch bestürzt. So als ob Sie Dinge gesehen hätten, die eine wohl erzogene junge Dame aus England niemals sehen sollte. Habe ich Recht?« Der Griff seiner Hand brannte durch die dünne Seide meines Ärmels auf meiner Haut.

Ich wusste, dass ich mich an einem Abgrund befand – ein falscher Schritt, und ich würde in die Tiefe stürzen. »Ich verstehe nicht, was Sie sagen wollen.« Ein verzweifelter Ton hatte sich in meine Stimme geschlichen, und ich ärgerte mich darüber.

»Diese Tatsache in Verbindung mit Ihrer überraschenden Ausdrucksweise während unserer letzten Unterhaltung gibt mir zu denken.«

Er weiß es, er weiß es, tönte es in meinem Kopf.

»Geht es Ihnen nicht gut, Miss Smallpiece? Vielleicht haben Sie doch einen kleinen Schock von der Aufregung erlitten. Sie sehen blass aus.« Und er besaß die Kühnheit zu lächeln.

Ich löste meinen Arm aus seiner Umklammerung, raffte meine Röcke und rannte durch das taunasse Gras, ohne darauf zu achten, dass ich meine Slipper ruinierte. Zurück im Salon, suchte ich mir eine ruhige Ecke und setzte mich in einen Sessel. Ich atmete tief durch und fächelte mir Luft zu. Die ganze Zeit schaute ich verstohlen zur Verandatür und fragte mich, wie ich reagieren würde, sollte er sich abermals zu mir gesellen. Ich hatte inzwischen zu viele Fehler gemacht und verspürte eine schreckliche Angst.

Aber er kam nicht, und als Mrs Waterton eine halbe Stunde später vorschlug, nach Hause zu gehen, war ich zutiefst dankbar.

Zwanzigstes Kapitel

Am fünften Februar waren Faith und ich zu einem Kammermusikabend in einem Haus in Alipur eingeladen, wo einige Junggesellen wohnten – darunter auch Somers Ingram. Der Abend wurde von der Damensektion des Kalkutta-Clubs gegeben. Mrs Waterton versicherte mir und Faith, dass diese Damen (die Ehefrauen von Männern, die höhere Positionen in der Kompanie bekleideten) den Junggesellen hin und wieder dabei halfen, Einladungen zu geben, so lange bis sie eine Frau gefunden hatten. »Es ist für die jungen Herren eine willkommene Abwechslung, wenn sie einmal Gastgeber sein dürfen«, erklärte sie uns.

Kaum hatte ich gehört, dass Mr Ingram einer der Gastgeber war, suchte ich krampfhaft nach einer passenden Ausrede, um die Einladung auszuschlagen. Faith jedoch konnte es kaum erwarten hinzugehen: Sie hatte Mr Snow, der ebenfalls dort sein würde, näher kennen gelernt. »Wenn du mich nicht begleitest, Linny, wird Mrs Waterton sagen, dass auch ich nicht gehen darf. Bitte, du musst – tu es wenigstens für mich.«

Schließlich gab ich nach, obwohl mir klar war, dass es wieder unangenehm für mich werden würde. Andererseits konnte ich Mr Ingram ohnehin nicht für immer und ewig aus dem Weg gehen, solange ich im Hause Waterton zu Gast war.

Das Haus war spärlicher möbliert als die Villen der verheirateten Paare und deshalb auch luftiger. Abgesehen von den Damen des Clubs, die geschäftig umhereilten, war die

Gästeschar jünger. Es war lauter, die Gespräche waren ungezwungener, und die allgemeine Stimmung war weniger steif und formell.

Augenblicklich erschien Charles Snow am Eingang, um Faith zu begrüßen und sie am Arm in den Salon zu führen, beide angeregt in ein Gespräch vertieft. Ich setzte mich mit einer Gruppe anderer junger Damen in den Salon, um zu plaudern und an einer Limonade zu nippen.

Doch als wir in das Musikzimmer gebeten wurden, war Mr Ingram wie aus dem Nichts kommend an meiner Seite. »Miss Smallpiece«, sagte er.

»Mr Ingram«, erwiderte ich kühl. Ich überließ es ihm, den Ton unserer Unterhaltung anzugeben.

Seine Miene war undurchdringlich. »Es ist schön, dass Sie gekommen sind. Willkommen in meinem Haus.«

»Danke.«

»Ich hatte gehofft, Sie bald wiederzutreffen, Miss Smallpiece. Tatsächlich habe ich mich um die Organisation dieses Abends bemüht, um nicht allzu viel Zeit verstreichen zu lassen bis zu einem Gespräch. Ich hatte mir schon überlegt, Ihnen eine Karte zu schicken und Sie um einen Besuch zu bitten, doch fürchtete ich, dass Sie es ausschlagen würden. Doch selbst wenn das nicht der Fall gewesen wäre, dann wäre Mrs Waterton die ganze Zeit anwesend gewesen.«

»Und warum sollte Ihnen die Anwesenheit von Mrs Waterton unangenehm sein, Mr Ingram?«

Ohne sogleich meine Frage zu beantworten, führte er mich einen breiten Flur entlang. Einen Blick über die Schulter werfend überlegte ich mir, ob ich mich seinem Griff entziehen und zu den anderen zurückkehren sollte. Keiner schien jedoch zu bemerken, dass wir uns in die andere Richtung entfernten. Mit dem Rücken zu uns, strömten die Gäste in Richtung Musikzimmer.

Nachdem er mich in ein Zimmer geführt hatte, schloss er die Tür hinter uns. Es war ein Schlafzimmer mit einem Himmelbett. Die Fenstertüren zur Veranda am hinteren Ende des Hauses waren weit geöffnet.

»Ist das Ihr Zimmer, Mr Ingram? Wie unschicklich von Ihnen, mich hierher zu bringen.« Mein Blick fiel auf einen *punkah-wallah* in der Ecke, der träge an der Schnur des Fächers zog. »Für was für eine Art Frau halten Sie mich eigentlich, mich in das Schlafzimmer …«

Er ließ mich nicht ausreden. »Lassen wir doch dieses Versteckspiel. Tatsache ist, dass Sie und ich uns vollkommen ungestört unterhalten müssen.« Sein bestimmter Ton sagte mir, dass ich ihn von Anfang an richtig eingeschätzt hatte. Als er mir im schummrigen Licht des Zimmers das Gesicht zuwandte, sah ich, dass er die Maske hatte fallen lassen, die er ebenso wie ich in Gesellschaft trug. Und in diesem Augenblick erkannte ich seinen wahren Charakter: Er war ein Mann, der die unverbrüchliche Überzeugung hegte, alles zu bekommen, wonach ihm gelüstete. Zu welchem Preis auch immer.

»Ich muss einfach auf das Thema zu sprechen kommen, Miss Smallpiece. Das Thema der unglücklichen Entdeckung, die Sie an dem Spielabend bei den Clutterbucks gemacht haben.«

»Ich wüsste nicht, was es da noch zu besprechen gäbe. Was Sie tun – Ihre Vorlieben und Praktiken – stellt wohl kaum ein Thema dar. Zumindest nicht für mich.«

Somers Ingram ließ sich auf einem gepolsterten Stuhl nieder und starrte mich neugierig an. Dass er sich setzte, während ich stand, brachte klar und deutlich seine Geringschätzung mir gegenüber zum Ausdruck: Es war eine beleidigende Geste. Sein forschender Blick war mir unangenehm, und ich nahm ebenfalls auf einem kleinen Stuhl mit Armlehnen Platz.

Obwohl draußen eine erfrischende abendliche Brise wehte, herrschte im Zimmer eine dicke, stickige Luft, die von dem quadratischen *punkah* über uns träge hin- und hergewälzt wurde. In der Ferne hörte ich, wie ein Kammermusikstück verklang. Dann ertönte Applaus, ehe das Ensemble zu den vertrauten Takten eines Prélude von Mozart ansetzte.

Ich verharrte auf meinem Stuhl, obwohl ich am liebsten

mit der hochnäsigen Attitüde aufgestanden wäre, die ich Tag für Tag um mich herum beobachtete, um Mr Ingram allein zu lassen mit der Taktik, die er verfolgte. Er hatte keine Macht über mich. Ich war frei, zu tun und zu lassen, was ich wollte. Und dennoch blieb ich.

»Ich kenne euch Mädchen von der Fischereiflotte nur zu gut«, sagte er. »Alle macht ihr euch verzweifelte Hoffnungen. Ihr tut, was ihr nur könnt, um euch einen Ehemann zu angeln, ist es nicht so? Die Angst, als Leergut nach Hause geschickt zu werden, sitzt euch beständig im Nacken. Wie ein Damoklesschwert hängt sie über euren hübschen Köpfen, vom dem Moment an, da ihr den Fuß auf indischen Boden setzt. Und deshalb wollte ich Sie fragen, ob es etwas gibt, das ich für Sie tun kann, damit Sie die Geschichte, in die Sie zufällig hineingestolpert sind, vergessen können: Könnte ich Sie vielleicht einem der Männer vorstellen, die noch nichts von den Qualitäten ahnen, die Sie anzubieten haben?«

»Ich brauche Ihre Hilfe nicht, Mr Ingram. Und wie ich Ihnen bereits sagte, die Art, wie Sie leben, geht mich nichts an. Es besteht kein Grund, mich zu bestechen. Ich kann sehr wohl Geheimnisse für mich behalten. Im Übrigen bin ich nicht eine dieser verzweifelten Kreaturen, die Sie beschrieben haben. Möglicherweise bin ich gar nicht so erpicht darauf, einen Ehemann zu finden, wie Sie glauben mögen.« Seine Stimme hatte so verächtlich geklungen, als er zuvor von der »Fischereiflotte« und von »Leergut« gesprochen hatte, dass ich den brennenden Wunsch hatte, ihn in seine Schranken zu weisen, ihm zu zeigen, dass ich nicht wie die anderen Mädchen war.

Er gab sich wenig beeindruckt von meiner Rede und setzte stattdessen ein Lächeln auf. Doch gleichzeitig bemerkte ich die Schweißperlen auf seiner Stirn und wie er schnell mit den Fingerknöcheln über seinen Schnurrbart fuhr. Eine Geste, die ich inzwischen an ihm kannte und die er machte, wenn er nervös war. Ich schöpfte wieder Selbstvertrauen.

Er schlug die Beine übereinander. »Es gibt keinen anderen Grund für eine unverheiratete junge Dame, um nach Indien zu kommen, oder etwa doch? Oh, natürlich gibt es ein paar junge Damen, die unter dem Vorwand kommen, sich um einen unverheirateten Bruder oder eine verwitwete Mutter kümmern zu müssen, doch wir alle kennen den wahren Grund. Vielleicht gründet Ihre kühne Behauptung – dass Sie nicht verzweifelt Ausschau halten – auf der Tatsache, dass Sie bisher nicht besonders erfolgreich waren? Man kommt schließlich nicht umhin zu beobachten, dass Sie häufig allein in einer Ecke sitzen.«

Ich sah ihn unverwandt an. »Ich bin als Begleiterin meiner Freundin hierher gekommen, Faith Vespry.«

»Und sobald Ihre Freundin eine gute Partie gemacht hat, wollen Sie nach England zurückkehren?«

Ich zögerte. Niemand hatte mich bisher nach meinen weiteren Plänen gefragt. »Nein. Das habe ich nicht vor. Zumindest nicht in nächster Zeit.« *Es gibt nichts dort, wofür es sich lohnen würde zurückzukehren, doch das würde ich niemals zugeben.*

»Und dann?« Sein Fuß wippte auf und ab. »Was tun Sie dann, wenn aus der eifrigen Miss Vespry eine Memsahib wird? Sie wird Sie nicht länger als Gefährtin brauchen, wenn sie einen Ehemann gefunden hat.«

»Ich bin mir noch nicht sicher. Ich ... ich dachte mir, dass ich mich vielleicht nach einer geeigneten Position umsehen könnte. In England war ich in einer Bibliothek beschäftigt. Weil ich es wollte, natürlich.«

Er neigte den Kopf zur Seite und starrte mich an. »Sie haben *gearbeitet?* Und Sie glauben, es sei möglich, das auch in Kalkutta zu tun? Also wirklich, Miss Smallpiece, das sollten Sie lieber für sich behalten. Mit solchen Neuigkeiten würden Sie sich glatt aus der hiesigen Gesellschaft hinauskatapultieren. In Indien stellt man keine weiße Frau ein, es sei denn sie ist verheiratet oder hat das Pech, als alte Jungfer sitzen geblieben zu sein. Was geht nur in Ihrem Kopf vor?«

Ich stand auf. »Sie sind einfach zu unverschämt, Mr Ingram. Ich weiß nicht, warum ich überhaupt hier geblieben bin, um mir das alles anzuhören. Wir werden kein Wort mehr über Ihr … kleines Abenteuer verlieren. Ich würde Sie niemals mit meinem Wissen bedrohen, auch wenn auf Ihre Praktiken Todesstrafe durch Hängen steht. Und wenn wir uns künftig bei Gesellschaften begegnen, gehen wir uns am besten aus dem Weg.«

Er neigte den Kopf zur Seite, seine Augen wurden schmal. Wieder war er respektlos sitzen geblieben, als ich aufgestanden war. »Sie überraschen mich immer wieder aufs Neue, Miss Smallpiece. Wie kommt es, dass Sie wissen, dass Verkehr unter gleichgeschlechtlichen Partnern ein Verbrechen ist? Und was wissen Sie überhaupt darüber, Miss Smallpiece? Allein die Tatsache, dass Sie darauf zu sprechen kommen …«

Ich hob das Kinn und starrte zur Tür.

»Da ist etwas an Ihnen, das nicht …«, sein Blick wanderte zu den geöffneten Verandatüren, »… nicht ganz …«, wieder unterbrach er sich, »… ich kann es nicht genau beschreiben.« Sein Lächeln erstarb zu einer schmalen Linie unter seinem Schnurrbart. »Ich habe mich schon immer für einen Mann mit hervorragender Menschenkenntnis gehalten. Und allmählich sehe ich, wie bei Ihnen alles zusammenpasst. Die Tatsache, dass die Männer einen Bogen um Sie machen. Ihre Behauptung, nicht darauf aus zu sein, sich einen Ehemann zu angeln. Es kommt mir beinahe so vor, als ob Sie keine Männer *mögen,* Miss Smallpiece. Ja, ich glaube, das ist es«, sagte er und nickte, als ob ihn die plötzliche Erkenntnis erstaunte. »Sie können sich noch so Mühe geben, es zu verbergen, doch nun, da ich darüber nachdenke, fällt es mir wie Schuppen von den Augen. Und die Männer spüren Ihre Abneigung. Es gibt keinen anderen Grund für Ihre Zurückhaltung, nicht wahr? Es ist schließlich nicht so, dass Sie keine Reize hätten. Und auch wenn Sie nicht der Inbegriff einer konventionellen Schönheit sind, so können Sie es sehr wohl mit den jungen Damen hier aufnehmen. Wir können doch ganz offen miteinander reden, finden Sie nicht, Miss Smallpiece?«

Auf halbem Weg zur Tür hielt ich inne. »Warum glauben Sie eigentlich, Sie könnten mit mir auf eine so unverschämte und plump-vertrauliche Art sprechen?« In meinem Hinterkopf hörte ich ein warnendes Flüstern. Mit einem Mal wünschte ich mir, Faith würde kommen und nach mir sehen. Aus der Ferne war noch immer die Musik zu hören. Über meinem Kopf schwang träge das *punkah,* und aus der Dunkelheit hinter der Veranda ertönte der Schrei eines Pfaus, gefolgt von dem melancholischen Gackern einer Henne.

Mr Ingram ließ ein bellendes Lachen vernehmen. »Vertraulich? Nun, ist es nicht so, dass Sie mich in einer überaus vertraulichen Position gesehen haben?«

In dem Moment fiel ein Gecko aus den Dachsparren auf den Ärmel meines blass-lavendelfarbenen Seidenkleids. Ich schnappte nach Luft und versuchte, die kleine Echse zu verscheuchen, doch das Tier klammerte sich fest an den Stoff meines Ärmels. Ohne zu zögern stand Mr Ingram auf, um mir, wie jeder Gentleman es getan hätte, zu Hilfe zu eilen. In wenigen langen Schritten war er bei mir, um mich von dem Gecko zu befreien. Doch als er ihn von meinem Ärmel lösen wollte, krallte sich der Gecko fester an den feinen Stoff, sodass mein Ärmel bis zum Ellbogen nach oben rutschte.

Die Hand um das kleine Reptil geschlossen, verharrte Mr Ingram eine Zeit lang wie erstarrt. Ich blickte in sein Gesicht und sah einen seltsam erstaunten Ausdruck. Dann nahm er den Gecko fest zwischen Daumen und Zeigefinger. »Komm und schaff das Tier hier raus«, rief er und reichte ihn dem *punkah-wallah,* der aus seiner dunklen Ecke hervorhuschte.

Während ich meinen Ärmel wieder hinabzog, bemerkte ich, dass Mr Ingram noch immer mit diesem seltsamen, nachdenklichen Ausdruck auf meinen Arm starrte. Mit einem Mal wurde seine sonnenverbrannte Haut blass, als wäre das Blut aus seinen Adern gewichen.

»Lassen Sie mich das noch einmal sehen«, sagte er. »Das Muttermal auf der Innenseite Ihres Unterarms.« Das leise Dröhnen in meinem Kopf schwoll zu einem Läuten von

Alarmglocken an. Das Blut pulsierte in meinen Adern, so als wäre Mr Ingrams Blut in meine Gefäße gepumpt worden. Und während sein Gesicht kalkweiß geworden war, stand meines in Flammen. Mit flatternden Fingern strich ich den Ärmel glatt und machte keine Anstalten, seiner Forderung nachzukommen.

Seine Augen wanderten über mein Haar, mein Gesicht, und dann griff er ohne Vorwarnung nach meiner Hand und schob den Ärmel grob zurück. Abermals starrte er auf mein Muttermal in Form eines Fisches, dann ließ er abrupt meinen Arm los und trat hastig ein paar Schritte von mir weg, so als hätte er Angst vor einer ansteckenden Krankheit.

Ich bedeckte mit der anderen Hand das Muttermal und schaute Somers Ingram bestürzt an. »Es ist ein Muttermal, einfach nur ein Muttermal, Mr Ingram«, sagte ich. »Nichts Ungewöhnliches.«

»Ich kenne dieses Mal. Ich habe es schon einmal gesehen.« Seine Stimme war leise, die Worte kamen stockend.

»Bestimmt nicht«, stammelte ich. Und im nächsten Moment, während Mr Ingram mich mit diesem seltsam verzerrten Ausdruck musterte, wusste ich, dass das Schlimmstmögliche eingetroffen war. Das, was er als Nächstes sagte, bestätigte meine Befürchtung.

»Ich habe Sie schon einmal gesehen, das ist mir jetzt klar geworden. Ihr Gesicht hätte ich nicht mehr erkannt, aber dieses Muttermal verrät Sie ganz klar. Entgegen meiner Behauptung bin ich sehr wohl einmal nach Liverpool gereist, und egal, wohin meine Wege mich führten, hatte ich schon immer die Gelegenheit, alle möglichen Sorten Männer – und Frauen – kennen zu lernen. Auch wenn ich an die meisten jener Begegnungen kaum mehr Erinnerungen habe, so gibt es Dinge, die man nicht vergisst, geht es Ihnen nicht auch so?«

Lieber Gott im Himmel, lass es nicht wahr sein, betete ich. Männer wie er sah man normalerweise selten auf der Paradise Street. War er damals ein Freier von mir gewesen? Aber würde ich mich denn nicht an sein Gesicht erinnern, auch wenn ich noch so viele gesehen hatte? Ich hatte immer geglaubt, mich an zu viele Dinge erinnern zu können – sogar an Details, die ich am liebsten vergessen hätte.

Ich stand da, wartete, während er mich mit einem Lächeln um die noch immer blutleeren Lippen anschaute, mit dem er mir zu verstehen gab: Er war sich sicher, meine Vergangenheit aufgedeckt zu haben, und würde sein Wissen dazu benutzen, mich zu zerstören. Das Lächeln besagte auch, dass es ihm Spaß machen würde. Aber warum? Ich hatte ihm versichert, dass sein Geheimnis gut bei mir aufgehoben sei. Und es stimmte: Ich interessierte mich nicht für die Geheimnisse anderer Leute. Ich hatte genug damit zu tun, mein eigenes zu wahren.

Als ich die Schultern straffte, spürte ich mit einem Mal ein Ziehen in meiner Narbe, als wäre es eine frische Wunde. Wessen auch immer er mich beschuldigte, ich würde es beharrlich leugnen müssen. »Ich habe keine Ahnung, worauf Sie anspielen. Ich verlange von Ihnen, mir endlich zu sagen, was Sie zu sagen haben, Sir.« Dabei versuchte ich, meine Stimme höflich, aber bestimmt klingen zu lassen, doch zu meinem Schrecken merkte ich, wie sich der alte spitze Tonfall wieder einschlich. Ich schluckte. Ich hatte begonnen, mir einzureden, dass jene alte Stimme – nicht nur die Intonation, sondern auch der schrille Ton – für immer verschwunden wäre, auch wenn ich mich in einem Moment der Bestürzung womöglich zu einer rauen Bemerkung hinreißen ließe. Doch als sie sich in jenem Moment erneut Bahn brach, wusste ich, dass sie – wie auch die Jahre in der Back Phoebe Anne und Paradise Street – tief in mir steckte. Egal, wie sehr ich mich auch bemühte, sie aus meinem neuen Leben fern zu halten.

»Es ist wohl besser, Sie setzen sich wieder, Miss Smallpiece. Es scheint Ihnen nicht gut zu gehen, ganz und gar nicht.«

In sein Gesicht war die Farbe in Form zweier hektischer Flecken auf seinen Wangenknochen wieder zurückgekehrt. »Lassen Sie mich Ihnen behilflich sein«, sagte er und fasste mich an den Oberarmen, um mich rückwärts zu dem Stuhl zu führen und mich sanft auf die gepolsterte Sitzfläche zu drücken.

Er beobachtete mich eine Weile. Dann sah er sich langsam im Zimmer um. Der *punkah-wallah* war in seine dunkle Ecke zurückgekehrt, nachdem er den Gecko auf der Veranda abgesetzt hatte. Doch der Junge war, wie ich wusste, für Mr Ingram wie Luft. »Nun weiß ich, welches Geheimnis ich in Ihrem Gesicht entdeckt hatte, ebenso wie in Ihrem Körper. Jetzt weiß ich ganz genau, was Sie sind.«

Nicht *wer,* sondern *was*. Eine Hure.

Man war mir auf die Schliche gekommen. Es war aus und vorbei.

Ich fiel nicht in Ohnmacht. Etwas, Verzweiflung womöglich, brachte mich dazu, den dichten Nebel in meinem Kopf zu durchdringen und mich vom Stuhl zu erheben. Ich rannte, rannte weg von Somers Ingram und hinaus auf den menschenleeren Flur, am Musikzimmer vorbei, wo ich die heiße, parfumgeschwängerte Luft roch, den Gesang der Hörner und Violas hörte. Ich rannte hinaus auf die breite Auffahrt, wo einer der Diener mich anhielt und ich mit Verzweiflung in der Stimme den dringenden Wunsch äußerte, nach Hause gebracht zu werden. Seine ruhige Miene unter dem hohen Turban verriet keinerlei Überraschung angesichts einer jungen Engländerin, die wie von Furien getrieben flüchtete. Er machte einem der umstehenden Sänftenträger ein Zeichen, und sofort kam ein Junge herbei, der eine kleine Sänfte zog.

Ich weiß nicht mehr, wie ich dem *boyee* die Adresse nannte und wie ich zum Haus der Watertons gelangte. Die Diener, die mich, kaum hatte ich den Fuß über die Schwelle gesetzt, umringten, entließ ich ebenso wie die *ayah* und fiel vollständig bekleidet auf mein Bett. Sofort überkam mich eine Eiseskälte, meine Zähne schlugen aufeinander, und ich fror erbärmlich, obwohl die Nacht alles andere als kühl war. Schließlich hörte ich Faith' Stimme im Flur, hörte das Rascheln von Taft, als sie die Tür aufstieß und ins Zimmer spähte, und wie die Tür wieder geschlossen wurde, nachdem sie dachte, dass ich schlief.

Mit einem Mal wurde mir schrecklich übel.

Als Faith hörte, wie ich mich in die Waschschüssel erbrach, kam sie in mein Zimmer. Sie legte ihre kühle, zarte Hand an meine Wange und sagte: »Wir haben uns alle Sorgen gemacht, wo du hingegangen bist. Noch bevor die Erfrischungen gereicht wurden, kam ich zurück, um dich zu suchen. Ich hoffe, es ist nicht Malaria, Linny. Hast du denn dein Chinin genommen?«

Ich nickte. »Es ist nicht Malaria«, flüsterte ich. »Vielleicht habe ich etwas gegessen, das mir nicht bekam.«

»Denkst du, dass es das Pfauen-*pilau* von heute Mittag war, das du nicht vertragen hast? Es war ein wenig zu viel Öl darin. Oder aber der Mandelpudding. Kann ich dir irgendetwas bringen?« Ihr Blick fiel auf die Matte vor meinem Bett. »Wo ist deine *ayah?*«

»Ich habe sie weggeschickt, weil ich allein sein wollte. Ich will einfach nur schlafen, und morgen wird es mir bestimmt wieder besser gehen.« Wieder begannen meine Zähne zu klappern.

»Es ist mir egal, was du sagst, ich werde jetzt nach deiner *ayah* schicken. Sie soll dir helfen, dir dein Nachthemd anzuziehen. Du kannst unmöglich allein bleiben, wenn du krank bist. Und wenn es dir in der Nacht wieder schlechter geht, dann soll sie mich rufen.«

Ich nickte, zu schwach, um ihr zu widersprechen. Kurz darauf betrat die *ayah* mein Zimmer. Ich ließ es zu, dass sie mich auszog und mir die Frisur löste, mir mein Nachthemd überstreifte, mir Hände und Gesicht mit kühlem Wasser wusch. Doch auch der ruhige Rhythmus ihres Atems, als sie auf ihrer Matte einschlief, vermochte meine Übelkeit nicht zu lindern, deren Ursache nicht schlechtes Essen war, sondern abgrundtiefe Angst. Ich wusste, dass ich keinen Schlaf finden würde. Nicht in jener Nacht, und vielleicht für viele weitere Nächte nicht.

Einundzwanzigstes Kapitel

Ein Tag verging, dann ein zweiter, an dem ich mein Zimmer nicht verließ. Faith erzählte ich, dass ich mich noch immer schwach fühlte. Mrs Waterton drängte darauf, einen Arzt zu rufen, doch versicherte ich ihr, dass meine Unpässlichkeit von allein wieder vergehen würde, wobei ich ihr zu verstehen gab, dass sie mit meinen Monatsbeschwerden einherginge.

Unfähig zu schlafen, zu essen oder zu lesen, wanderte ich in meinem Zimmer umher, nahm hier einen Gegenstand auf, um ihn dort wieder hinzustellen.

Am dritten Tag war ich so aufgewühlt vom ständigen Grübeln darüber, was Mr Ingram mit seiner Entdeckung anfangen würde, dass ich es nicht mehr länger auf meinem Zimmer aushielt. Beim Abendessen mit den Watertons und Faith konzentrierte ich mich darauf, so normal wie möglich zu erscheinen. Ich fühlte, wie mein Mund lächelte, fühlte, wie das Essen, trocken wie Asche, mir in der Kehle stecken blieb, hörte meine Stimme belanglosen Unsinn plappern. An diesem Abend fand im Club ein Fest statt. Mr Snow hatte Faith eingeladen, als seine Begleitung zu erscheinen, und auch die Watertons würden daran teilnehmen. Ich beteuerte, dass sie unbedingt hingehen sollten, während ich mich noch zu schwach für die Party fühlte. Allein die Vorstellung, Mr Ingram zu begegnen, jagte mir eine unermessliche Angst ein. Andererseits fragte ich mich, ob es nicht besser wäre, ihm gegenüberzutreten, um zu erfahren, was er vorhatte.

Die Sänfte der Watertons war kaum außer Sichtweite

des Hauses, als der *chuprassi* im Salon erschien. Ich saß am Schreibtisch, eine Feder in der Hand und ein leeres Blatt Papier vor mir. Ich wollte an Shaker schreiben, da ich hoffte, dass der Akt des Niederschreibens belangloser Dinge meine aufgewühlte Seele beruhigen würde.

Der *chuprassi* rückte seine auffällige rote Schärpe zurecht und kündigte den Besuch von Mr Ingram an. Die Feder fiel mir aus der Hand und hinterließ auf dem jungfräulichen Blatt einen hässlichen Fleck. Hatte er das Haus beobachtet, um sicherzugehen, dass ich allein war? Abermals offenbarte er einen unehrenhaften Charakterzug, dachte ich, unangekündigt zu erscheinen, noch dazu in einem Moment, da ich ohne Anstandsdame war. Doch dann stieß ich abfällig die Luft aus – als ich erkannte, wie heuchlerisch meine Gedanken doch waren: Es waren die gleichen Gedanken der Frauen, die ich insgeheim verachtete. Außerdem war es zu spät, um sich über die Frage des Anstands Sorgen zu machen, soweit es diesen Mann betraf.

Der *chuprassi* führte Mr Ingram in den Salon, gefolgt vom *khitmutgar*. Während der *chuprassi* unter zahlreichen Verbeugungen rückwärts hinausging, trat der *khitmutgar* an die Anrichte, um dunklen Rum in ein Kristallglas zu gießen. Dann reichte er auf einem Tablett mit Intarsien Mr Ingram das Glas, ehe er zu mir kam und sich verbeugte.

»Nein, ich möchte nichts zu trinken, danke«, sagte ich, und er verbeugte sich abermals, ehe er seinen gewohnten Platz an der Anrichte einnahm.

»Linny«, sagte Mr Ingram. Lächelnd nahm er einen Schluck von seinem Rum. »Es hat wohl keinen Sinn mehr, länger dieses Miss-Smallpiece-Theater zu spielen, nachdem ich weiß, wer du bist, nicht wahr?«

Ich erhob mich, trat auf ihn zu und erwiderte sein gespieltes Lächeln mit einem gleichermaßen gespielten. »Das Einzige, was mich interessiert, ist hier zu bleiben. Was natürlich unmöglich wäre, wenn das, was Sie zu wissen glauben, die Runde machen würde. Sie haben nichts davon, wenn Sie mir einen Strich durch die Rechnung machen, *Mr Ingram.*«

Bei der Äußerung seines Namens legte ich die gleiche Betonung in meine Stimme wie er kurz zuvor, als er meinen Vornamen ausgesprochen hatte. »Sie werden meine Geheimnisse für sich behalten und ich Ihre.« Die Aussicht, seiner Reputation Schaden zufügen zu können, war wenigstens ein schwacher Hoffnungsschimmer für mich. Seine nächsten Worte machten ihn zunichte.

»Also drohst du mir? Glaubst du wirklich, dass auch nur ein Mensch etwas auf dein Geschwätz geben würde? Glaubst du, dass irgendjemand dir – einer jungen Gans, frisch aus England angekommen – mehr Vertrauen schenken würde als mir – einem hervorragend positionierten Mann, der in Kalkutta hohes Ansehen genießt? Alles, was über deine Lippen käme, würde aufgefasst werden als die Rache einer verbitterten Frau, die von dem Mann ihres Herzens abgewiesen wurde. Wie jämmerlich von dir zu glauben, du könntest mich einschüchtern.«

»Dann haben Sie also Ihre Verleumdungskampagne bereits begonnen? Und muss ich damit rechnen, noch diese Nacht das Haus meiner Gastgeber zu verlassen?«

Es schien ihm Freude zu bereiten, mich leiden zu sehen. Lächelnd schüttelte er den Kopf.

»Oder werden Sie sich Ihr Wissen aufsparen, um sich im geeigneten Moment damit Befriedigung zu verschaffen?«, schrie ich. »Sie denken, Sie können mich missbrauchen, wie Sie vorgeben, es bereits einmal getan zu haben, auch wenn es sich meiner Erinnerung entzieht: Ihre Vorstellung scheint nicht gerade grandios gewesen zu sein.«

Ich sah, wie sich sein Kiefer anspannte.

»Weder war ich damals an einem solchen Handel interessiert, noch bin ich es heute. Meine Neigung richtet sich eher, wie du dich überzeugen konntest, auf das starke Geschlecht. Auch wenn ich nie selbst deine Dienste in Anspruch nahm, habe ich dein Muttermal wiedererkannt. Jetzt weiß ich, dass es während eines Aufenthalts in Liverpool war, als gewisse Umstände mich mit der Schattenwelt dieser Stadt in Berührung brachten.«

Ich hatte noch immer keine Erinnerung an ihn, bis auf einen winzigen Ahnungssplitter vielleicht, der jedoch nicht in mein Bewusstsein vorzudringen vermochte.

»Hast du schon viele Angebote von Männern erhalten, die dich ausführen wollten, Linny? Oder gar Aussicht auf Heiratsanträge? Hat dir jemals ein Mann hier ernsthaft Aufmerksamkeit geschenkt?«

Es machte kaum Sinn, Somers Ingram hinters Licht führen zu wollen. Ich wusste ebenso gut wie er, dass ich die jungen Männer Kalkuttas der Reihe nach verschreckt hatte. Zumindest hatte ich mich so verhalten, dass sie sich in meiner Gegenwart unwohl fühlten und keine weiteren Annäherungsversuche machten. Ich wusste, wonach sie suchten: eine wohl erzogene, möglicherweise auch kokette, unterwürfige Frau – gab es denn eine andere Sorte Frau in diesen Kreisen? Doch diese Rolle mit Vollendung zu spielen gelang mir nicht. Mochte ich ihren Geschichten auch noch so viel Interesse entgegenbringen, eines wollte mir nicht gelingen: kokett die Augen niederzuschlagen, wie ich es bei anderen jungen Frauen beobachtet hatte.

Ich schüttelte den Kopf.

»Aber wie, denkst du, kannst du sonst in Indien bleiben, Linny, wenn nicht bald ein Heiratsantrag in Sicht ist?«

»Wie ich sagte, ich … vielleicht … indem ich eine entsprechende Anstellung finde.«

»Linny, hör endlich auf zu träumen.« Süßlich herber Rumgeruch stieg mir in die Nase.

Er hatte Recht, ich wusste es. Fast von Anfang an hatte ich begriffen, dass ich einen Mann finden müsste, wenn ich in Indien bleiben wollte. Doch ich hatte es mir nicht eingestehen wollen. Ohne die Aussicht auf eine Heirat würden Faith und ich maximal fünf bis sechs Monate bei den Watertons bleiben können, und wir waren bereits im vierten Monat unseres Aufenthalts. Wenn ich mir selbst gegenüber ehrlich war, war mir klar, dass nichts daran vorbeiführte, einen Mann hereinzulegen, und inzwischen war es mir beinahe egal, welcher Mann das war. In Anbetracht der Aussicht, wieder nach Liverpool zurückkehren zu müssen, war ich zu allem bereit. Ich wollte um jeden Preis in Indien bleiben. Ich würde jemanden heiraten – irgendjemanden. Die Worte, die ich Shaker gegenüber geäußert hatte, kamen mir wieder in den Sinn: dass ich in Indien nicht zu heiraten gedächte. Doch wenn es die einzige Möglichkeit für mich war, nicht nach England zurückkehren zu müssen … Hier, wo einem unzählige Diener zur Verfügung standen, ein jeder mit einer bestimmten Aufgabe, hätte ich als Frau keine anderen Pflichten als zu repräsentieren. Und alles, was damit verbunden war, würde ich mit der Zeit lernen: bei Tisch endlose, langweilige Gespräche zu führen, den Dienern Anweisungen zu geben, Partys zu organisieren und Diners zu planen. Und was den Rest anbelangte, so würde es einer Frau wie mir sicherlich nicht schwer fallen, hin und wieder einem gesichtslosen Ehemann zu Willen zu sein. All diese Dinge wären eine Kleinigkeit für mich, und ich war bereit, sie in Kauf zu nehmen, um in Indien bleiben zu können. An einem Ort, wo mein Herz sich zum ersten Mal in meinem Leben geöffnet hatte. Wenn ich schon ein Leben als Gefangene fristen sollte, dann wollte ich es lieber in Indien tun, wo ich wenigstens gelegentlich ein wenig Freiheit genießen könnte. Außerhalb der mit Vorhängen verhängten Sänfte, außerhalb des *maidan* und des Kalkutta-Clubs.

Meine Gedanken wanderten zu Meg Liston, die mit ihrem Ehemann in der Wildnis Ausritte unternahm. Eine Frau, die ein Buch schrieb. Die die Freiheit hatte, auf Entdeckungsreise zu gehen. Vielleicht wäre das auch für mich möglich.

»Hörst du zu, Linny? Ich sagte gerade, ich hätte einen Plan.«

Ich blinzelte. »Einen Plan?«

Mr Ingram setzte sich auf das Sofa und deutete mit dem Kopf auf den gegenüberstehenden Stuhl.

»Ich bleibe lieber stehen.«

»Wie du willst. Also hör zu, was ich mir während der letzten paar Tage ausgedacht habe.« Sein Blick wanderte durch den Salon, ehe er sich wieder in die braune Flüssigkeit in seinem Glas vertiefte. »Ganz einfach. Ich brauche eine Frau. Ich kann es nicht länger aufschieben. Ursprünglich hatte ich vor, mir jemanden aus der Fischereiflotte herauszupicken. Tatsächlich war ich schon drauf und dran, mir den kleinen Wellensittich mit der Trällerstimme zu schnappen, mit dem du angekommen bist, Miss Vespry. Sie sah aus, als ob sie leicht zufrieden zu stellen wäre, und hübsch genug, um nicht fluchtartig den Frühstückstisch verlassen zu müssen, wenn sie auftaucht. Auf der anderen Seite macht sie einen reichlich flatterhaften und wenig stabilen Eindruck. Ich würde auch wetten, dass sie eine Heidenangst vor der Berührung durch einen Mann hat, und das hätte mir die erste Zeit über geholfen – denn sie hätte keinerlei Erwartungen an mich gehabt.« Er fuhr sich mit den gespreizten Fingern durchs Haar und blickte noch immer in sein Glas, ehe er mich ansah. »Wie auch immer, vergiss Miss Vespry. Erst gestern Abend ist mir dann eingefallen, dass nicht nur der Zeitpunkt nicht besser sein könnte, sondern dass wir das ideale Paar sind, Linny.«

»Ein Paar? Sie und ich? O nein, das sind wir ganz bestimmt nicht. Wagen Sie es bitte nicht, mich mit Ihnen auf eine Stufe zu stellen. Das ist eine Beleidigung.«

Er lachte laut und spontan auf. »Wie amüsant – dass du, eine Liverpooler Straßenhure, dich beleidigt fühlst, wenn man dich auf eine Stufe mit mir stellt.« Wieder lachte er laut und herzhaft und gab dem *khitmutgar* ein Zeichen. Sofort eilte der große Mann mit dem Silbertablett herbei. Sein hennagefärbter Bart zitterte, als er es Mr Ingram hinhielt, sodass dieser sein Glas darauf abstellen konnte. Dann ging er damit hinüber zum Büfett und brachte es gefüllt zurück, um sich dann wieder unauffällig zurückzuziehen.

Somers Ingram nippte an seinem Glas. »Und ob wir ein Paar sind, meine Liebe, und zwar aus dem einfachen Grund, dass wir beide ein Geheimnis zu verbergen haben. Und deshalb können wir uns gegenseitig nützlich sein. Und ein weiterer Umstand ist für uns von Vorteil, nämlich dass wir beide keine Bindungen auf dieser Welt haben.«

Aus den Augenwinkeln beobachtete ich den *khitmutgar* in seinem dunklen Winkel neben dem Büfett, dessen Augen keinen Moment vom Boden aufblickten. »Und warum haben Sie es so eilig zu heiraten?«

Wieder nahm er einen Schluck von seinem Rum. »Ich bin kurz davor, mein Erbe anzutreten. Mein Vater hat mit seinem hervorragenden Instinkt und durch Spekulation ein Vermögen im Immobilienhandel gemacht, auch wenn er es in späteren Jahren zum Teil wieder vergeudet hat, wegen ... seiner Verschwendungssucht.« Er unterbrach sich und schüttelte in einer ungeduldigen, wütenden Geste den Kopf. »Ich bin der einzige Erbe. Auch wenn ein Großteil verloren ist, so ist das Erbe noch immer recht ansehnlich. Zwar wird es mir nicht erlauben, mich bereits jetzt als Privatier zurückzuziehen, doch ist es umfangreich genug, um mir ein angenehmes Leben zu gestatten. Das Testament meines Vaters sieht vor, dass ich es mit fünfundzwanzig antreten kann, sofern alle Bedingungen erfüllt sind. Und eine Bedingung ist, dass ich bis dahin verheiratet bin. In nicht ganz drei Monaten werde ich fünfundzwanzig.« Er leerte das Glas in einem Zug.

»Was ich sagen will, Linny, ist, dass wir beide im selben Boot sitzen, oder willst du das leugnen? Und die einfachste Lösung ist deshalb, dass wir heiraten. Das würde dir ermöglichen, in Indien zu bleiben. Auch ich liebe dieses Land, trotz des Schmutzes, des Durcheinanders und der Götzenverehrung. Ich weiß zwar nicht, was dich an diesem Land fasziniert, ich jedenfalls schätze es, dass ich hier leben kann, wie es mir gefällt. Man muss nur mit der Wimper zucken, und schon springt einer der unzähligen Diener auf, um einem jedweden Wunsch zu erfüllen. Ganz zu schweigen von der Fülle junger, frischer Männer, die sich glücklich schätzen, der Liebhaber eines *pukka sahib* zu sein.

Indien ist ein wunderbares Land für jemanden wie mich. Wäre ich ein halbes Jahrhundert früher geboren worden, wäre ich wahrscheinlich als freier Händler oder Glücksritter hierher gekommen. Doch die Zeiten freien Handels gehören der Vergangenheit an. Nun tragen wir die Verantwortung, die Inder zu regieren. Nein, nicht nur zu regieren – ihnen zu helfen. Indien ist ein Land, das auf der Stelle tritt.« Er hielt kurz inne. »Meine Position in der der John Company ist mit einem Ansehen verbunden, wie ich es mir in London niemals erarbeiten könnte. Und indem ich dich heirate, Linny, werde ich wohlhabend genug sein, um mehr oder weniger tun zu können, was mir beliebt, ohne mein gesellschaftliches Gesicht zu verlieren. Ein heißblütiger junger Mann – hurra! – und das Einzige, was ihm noch fehlt, ist eine Frau, die zu ihm passt. Allmählich fragt man sich, warum ich noch immer Junggeselle bin – nachdem die fünfte Fischereiflotte in den Hafen eingelaufen ist, seit ich in diesem Land bin. Die Leute werden sich womöglich wundern, warum noch immer keine dieser reizenden Damen es vermocht hat, mich zu ködern. Wo doch all die übereifrigen Matronen weiß Gott ihr Bestes geben, um sich als Heiratsvermittlerinnen hervorzutun und für mein häusliches Glück zu sorgen.«

Der *khitmutgar* trat wieder mit erhobenem Tablett auf ihn zu, doch Mr Ingram verscheuchte ihn mit einer ungeduldigen Handbewegung. »Du musst zugeben, dass du den besseren Teil des Handels bekommen würdest, Linny. Du könntest in Indien bleiben, wie du es dir wünschst, während ich jemanden zusätzlich zu versorgen habe. Andererseits würdest du es mir erlauben, in den Genuss der Freiheit und des Gelds zu kommen, die ich benötige, um mir all meine Wünsche und Bedürfnisse zu erfüllen. Natürlich würde es keine Kinder geben. Ich habe nicht vor, dich anzufassen. Die offizielle Version würde selbstverständlich lauten, dass du keine Kinder bekommen kannst. Womit du dir des Mitgefühls der anderen Frauen sicher sein könntest.«

»Und wenn ich ablehne? Schließlich könnte es jemand anderen geben, der mich heiraten wollte.« Nach einem Strohhalm greifen, das war es, was ich tat, ich wusste es.

Mr Ingram stellte sein leeres Glas auf den Tisch neben dem Sofa. Dann nahm er sich eine Zigarre aus dem Humidor und roch genüsslich daran. »Wenn du Nein sagst, nun, meine liebe Linny, dann wirst du dich auf dem nächsten Schiff wiederfinden, das nach England Segel setzt. Und jeder, der etwas darstellt in Kalkutta – und alle anderen auch, denn nichts liebt man hier so sehr wie Tratsch –, wird wissen, wer oder was Miss Linny Smallpiece in Wirklichkeit ist. Das Gerücht, dass du eine Hure der billigsten Sorte bist – hinterher wird keiner mehr wissen, wer es in die Welt gesetzt hat –, wird sich in Windeseile verbreiten. Stell dir nur vor, wie die arme Miss Vespry dastehen wird! Die Watertons werden zutiefst gedemütigt sein. Und die Männer werden sich in stillem Einvernehmen zunicken, mit einem Mal wissend, welchen Geruch sie in deiner Gegenwart wahrgenommen hatten. Und bald wird man auch tuscheln, dass du dich sogar ein, zwei Männern im Club angeboten hast.« Er steckte sich das Zigarrenende zwischen die Lippen. »Und die Damen wären zutiefst schockiert, doch auch sie werden sich gegenseitig bekräftigen, dass ihnen schon immer etwas spanisch vorkam an dieser Linny Smallpiece.« Er schüttelte den Kopf. »Und natürlich wird die Nachricht Liverpool erreichen. Schlimm für deine Verwandten – eine Tante und ein Cousin, nicht wahr? Oder war das auch nur ein Lügenmärchen? Was immer auch der Fall ist – das Zuhause, das du zuletzt hattest, wird dir nicht mehr offen stehen. Du warst wirklich meisterhaft darin, Linny, andere hinters Licht zu führen, nicht wahr?« Er erwartete keine Antwort. »Was für einen langen Weg du zurückgelegt hast. Ich kann mir gar nicht vorstellen, wie du es geschafft hast, diese Stufe zu erklimmen.« Er seufzte. »Bewundernswert. Beinahe mag ich dich für das, was dir gelungen ist.«

Ich ging zur Verandatür und schaute in die Dunkelheit hinaus. Mit einem Mal hatte dieses Land etwas Bedrohliches, Dunkles, wie ein Raubtier auf dem Sprung. »Auch wenn ich Ihr Angebot annehmen sollte, wie könnten wir die tatsächliche Natur unserer Beziehung vor anderen verbergen? Denn es wird uns kaum möglich sein, so zu tun, als wäre Zuneigung im Spiel.«

»Ganz einfach, wirklich. Wir sind beide Meister der Verstellung. Wir werden als Mann und Frau unter einem Dach leben, aber so wenig Zeit wie möglich miteinander verbringen. Wir müssen nicht einmal gemeinsam zu Abend essen, es sei denn, wir haben Gäste. Durch meine Position hier …«, er schnipste mit dem Finger, und der *khitmutgar* trat zu ihm und hielt ihm ein Streichholz hin, »… bin ich ein beschäftigter Mann. Oft bin ich wochenlang unterwegs. Außerdem liebe ich es, im Dschungel jagen zu gehen. Wir müssen uns also nicht besonders oft sehen. Und wenn wir gezwungen sind, als Paar aufzutreten, etwa wenn wir Gäste haben oder ausgehen, dann wirst du ganz einfach deine Rolle als perfekte Ehefrau spielen. Das ist beinahe alles, was von dir erwartet wird.

Ansonsten verlange ich von dir nur zwei Dinge«, fuhr er fort. »Als Erstes darfst du mit niemandem auch nur ein Wort darüber reden, was ich vielleicht mit wem tue. Das ist natürlich klar. Und zweitens, solltest du jemals wieder in deine früheren Gewohnheiten zurückfallen, und sei es auch nur ein einziges Mal, und mich mit deiner Hurerei blamieren, wirst du mein Haus in kürzerer Zeit verlassen haben, als ich brauche, um diese Zigarre zu rauchen. Mit nichts als deinen Kleidern auf dem Leib. Ich werde mir keine Hörner aufsetzen lassen.«

Als der *khitmutgar* ihm das brennende Schwefelholz an die Zigarrenspitze hielt, sog er tief ein. Im plötzlich auflodernden Schein der Streichholzflamme sah ich sein attraktives Gesicht aufblitzen, und ich fragte mich, ob ich mich von seinem kühnen Angebot verführen lassen würde. Im nächsten Moment erschauderte ich, als ich mir vorstellte, welche Hölle er aus meinem Leben machen würde und dass ich für den Rest meines Lebens nach seiner Pfeife würde tanzen müssen.

»Linny? Verstehst du, was ich sage?«

»O ja, Mr Ingram, ich verstehe durchaus.«

»Und du bist einverstanden mit meinem Plan?«

Als ich nicht antwortete, stand er auf und stellte sich hinter mich. »In drei Tagen wird ein Schiff, die *Bengal Merchant*, nach England segeln. Du könntest unter den Passagieren sein, in Schande davongejagt, solltest du dir deine Antwort nicht sorgfältig überlegen.«

Ich hatte ihm gesagt, dass ich etwas Bedenkzeit bräuchte. Am frühen Morgen des dritten Tages packte ich meine Schrankkoffer und schickte meine *ayah* zu Mrs Waterton, um ihr zu sagen, dass ich abreisen würde. Anschließend ging ich in Faith' Zimmer und weckte sie auf. Ich setzte mich auf den Bettrand und sagte ihr, was ich vorhatte.

Auf ihrem Gesicht spiegelte sich anfänglich Ungläubigkeit, dann Verwirrung, schließlich Enttäuschung und Traurigkeit. »Du willst Kalkutta verlassen? Jetzt? Aber – *warum,* Linny? Ich verstehe es nicht. Und außerdem dachte ich, dass wir eine Abmachung getroffen hätten, dass du bei mir bleiben würdest, bis … nun, bis ich entweder wieder nach Hause reisen würde oder aber, was ich hoffe, einen Grund hätte, um hier zu bleiben. Es ist erst Februar. Die kühle Gesellschaftssaison endet offiziell erst Anfang April, doch auch dann ist noch keine Eile geboten.« Sie hatte sich in den Kissen aufgerichtet und starrte zu Boden. »Ich dachte, es würde dir hier gefallen, Linny, dass du nie zuvor so glücklich warst, und nun gehst du. Willst du wirklich nach Everton zurück? Ist es, weil du deinen Cousin und deine Tante vermisst? Hast du Heimweh?«

Noch ehe ich dazu kam, ihr zu antworten, fuhr sie schon fort: »Niemand, ich kenne wirklich niemanden, tritt die anstrengende Heimreise nach einem so kurzen Aufenthalt an. Das hat es noch nicht gegeben. Und … und …«, sie schaute mit flackerndem Blick um sich, als hoffte sie, irgendwo Unterstützung zu finden, um mich zum Bleiben zu bewegen, »… und meinem Vater wird es gar nicht gefallen. Er befindet sich an Bord eines Schiffs, das in wenigen Monaten hier sein wird. Er hat mir nur die Erlaubnis für die Indienreise erteilt, weil ich dich in den höchsten Tönen gelobt hatte. Und wenn er jetzt ankommt und du nicht mehr da bist … wird er Mr Smallpiece, deinem Vormund, berichten, dass du unsere Abmachung gebrochen hast, und er wird bestimmt beschämt sein … ich meine, dein Cousin, und damit wirst du leben müssen, wenn du nach Hause kommst. Du kannst also nicht abreisen, Linny. Du kannst einfach nicht.« Sie schlüpfte aus dem Bett und fasste mich bei den Armen, sodass ich gezwungen war, ihr ins Gesicht zu blicken. »Bitte. Sag, dass du bleiben wirst.«

Ich betrachtete ihr hübsches Gesicht. Seit dem Tag, an dem wir die Docks von Liverpool verlassen hatten, hatte sie sich verändert. Anfangs hatte ich gehofft, sie würde sich an die Andersartigkeit dieses Landes gewöhnen, doch es schien, als ob sie irgendwie aus der Bahn geworfen worden wäre, obwohl unsere Lebensweise englisch war. Sie war selbstgerecht geworden, begehrte längst nicht mehr so schnell auf wie in England, ja sie war nahezu ängstlich, während ich glaubte, meinen Platz in der Welt gefunden zu haben. Faith war außerhalb ihres Elements, ich war in meinem. Oder besser gesagt, war es gewesen.

»Ich kann dir nicht erklären, warum ich abreisen muss.« Inständig hoffte ich, dass Mr Ingram, nachdem ich ohne ein Wort gegangen war, sein Geheimnis für sich behalten würde. Auch wenn es nicht seinem Charakter entsprechen würde.

»Aber Linny, es ist immer noch Zeit«, sagte Faith.

»Wofür?«

»Dass jemand sich interessiert zeigt.«

»Aber du triffst dich doch regelmäßig mit Mr Snow?«

»Ich meinte nicht mich, sondern dich, Linny. Dass jemand um deine Hand anhalten könnte. Es besteht kein Grund zur Verzweiflung.«

»Das ist es nicht. Ich bin nicht deswegen hergekommen. Ich habe es dir schon in England gesagt, dass ich nicht beabsichtige zu heiraten. Ich dachte einfach ... dass ich ... irgendwie bleiben könnte.« Wie fadenscheinig sich meine Worte anhörten! Mir liefen die Tränen die Wangen hinunter, und ich erhob mich rasch und verließ Faith' Zimmer. Nur mit ihrem Morgenmantel bekleidet, folgte sie mir hinaus zur wartenden Sänfte. Dann kam auch Mrs Waterton angerannt, das Kleid in großer Eile angezogen, darunter kein Mieder, wie man klar erkennen konnte. Sie hob die Hände zum Himmel, das Gesicht zu einer Maske erstarrt. Hinter ihr sah ich

Mr Waterton den Kopf mit mürrischer Miene aus der Tür strecken, um ihn sogleich wieder zurückzuziehen.

»Das wirft kein gutes Licht auf uns, meine Liebe. Es wird so aussehen, als ob wir Sie nicht glücklich bei uns gemacht hätten. Einfach so abzureisen, ohne Begleitung. Und ich kenne auch nicht eine einzige verheiratete Frau, die mit der *Bengal Merchant* nach England segelt und sich um Sie kümmern könnte. Es ist einfach nicht richtig. Diese Dinge wollen sorgfältig geplant werden.«

»Ich habe den *chuprassi* gebeten, meine Schiffsreise zu buchen, Mr Vespry hat ja bereits meine Rückpassage bezahlt. Ich verspreche Ihnen, dass ich sehr wohl selbst auf mich aufpassen kann.« Dann bedankte ich mich bei ihr für ihre Gastfreundschaft, während die Sänftenträger mein Gepäck einluden. Als ich in der Sänfte saß, blickte ich durch den Spalt zwischen den Vorhängen zurück zu den beiden Frauen, die vor der wunderschönen, im Sonnenlicht weiß erstrahlenden Villa standen.

Auf dem Weg durch Kalkutta ließ ich die Vorhänge offen. Es würde das erste und letzte Mal sein, dass ich allein in dieser Stadt unterwegs war, und ich würde die Gelegenheit nutzen, sie mit all meinen Sinnen aufzunehmen. Wie bei unserer Ankunft überwältigte mich auch an diesem Morgen die Lebendigkeit der Farben im gelben Licht. Ich dachte an das bläuliche Licht in England – ein sanftes, einschläferndes Licht, das alles einlullte, als ob das Leben stillstand, als ob es alles über sich ergehen ließe. Hier hingegen, im gleißendhellen Licht, fühlte es sich an, als ob meine Augenlider weggebrannt wären – es war unmöglich, sie zu schließen.

Wir passierten das letzte Haus von Garden Reach und bogen in eine schmalere Straße ein. Auch hier waren die Häuser im europäischen Stil gebaut, allerdings kleiner und bescheidener. Es waren die Häuser der niedrigeren Angestellten des Staatsdienstes, Eurasier, die hier geboren waren und in deren Adern indisches Blut floss. Egal, wie viele Generationen die Vermischung des Blutes auch zurücklag, verhinderte diese doch, dass der Träger je über die niedrigen Ränge der John Company hinauskam. Dies war das Viertel der Mischlingskinder – Enkel und Urenkel aus der Verbindung von eingeborenen Frauen und Männern der John Company zu einer Zeit, als noch keine englischen Frauen in dieses wilde, abenteuerliche Land reisen durften. Einige sahen auffallend europäisch aus, andere hatten eine dunklere Hautfarbe und waren eher von indischem Aussehen.

Schließlich erreichten wir die Docks, wo es von Menschen nur so wimmelte, wie bei unserer Ankunft. Wieder kam mir der Morgen in den Sinn, als Faith und ich Liverpool verlassen hatten, wie der Nebel sich in unsere Kleidung eingenistet und unsere Herzen in eisige Kälte gehüllt hatte. Dann stellte ich mir vor, im gleichen Nebel anzukommen, mir mühsam eine Kutsche besorgen zu müssen und dann an der Paradise Street, Bold Street und dem Lyceum vorbei in die Whitefield Lane zu fahren. Ich stellte mir den Ausdruck auf Shakers Gesicht vor, das Leuchten in seinen Augen, wenn er mich sah. Und dann stellte ich mir vor, wie ich Jahre später noch immer in Everton lebte, eine vertrocknete alte Frau in schwarzem Mantel und mit schwarzer Haube. Und ich stellte mir vor, wie ich über Karteikarten gebeugt in der Bibliothek saß, mein Augenlicht schwindend und die Handschrift längst nicht mehr so fest und klar wie in jungen Jahren.

Während ich neben dem Berg an Gepäck auf dem Pier stand, bahnte sich ein fast nackter *sadhu,* ein heiliger Mann, herumwirbelnd und schreiend einen Weg durch die Menge. Sein Körper glänzte blau-schwarz unter einer Schicht Holzkohlenasche, mit der er sich eingerieben hatte. Sein dichtes, drahtiges Haar stand ihm wie zu Seilen gezwirbelt vom Kopf, sein Scheitel war blutrot von Zinnoberstaub. Auf seiner Stirn prangten drei horizontale weiße Linien, das Zeichen eines Shiva-Jüngers, wie ich wusste, des Todesgottes. Als er näher kam, hörte ich das Klappern und Rasseln der Perlenketten auf seiner Brust. Er kam geradewegs auf mich zu, als hätte er mich gesucht. Dann stand er vor mir mit seinen blutunterlaufenen Augen und schrie mir unter einem

Regen Speicheltröpfchen etwas ins Gesicht, sodass mir sein fauliger Atem entgegenschlug. Seine Worte verstand ich nicht, und dennoch wusste ich, was sie bedeuteten. Es war eine Warnung an mich, eine Vorahnung. Plötzlich trat ein Mann in Armeeuniform und mit Tropenhelm vor und stieß ihn grob von mir weg. Dann fragte er mich, ob alles in Ordnung sei, und ich nickte, ohne ein Wort herauszubringen.

Der *sadhu* war ein Zeichen für mich, so viel begriff ich.

Ich nahm wieder eine Sänfte. Als mir der *chuprassi* die Tür öffnete, starrte er mich an, dann sah er über meine Schulter und versuchte sich den Schock nicht anmerken zu lassen angesichts einer Frau, die so wenig Benehmen besaß, ohne Anstandsdame einen unverheirateten Gentleman in seinem Haus zu besuchen.

»Ich würde gern mit Mr Ingram sprechen«, sagte ich. »Ist er noch zu Hause?«

Er nickte, ohne sich von der Stelle zu rühren.

»Nun machen Sie schon«, sagte ich und drückte mich an ihm vorbei in die Eingangshalle. »Ich muss ihn dringend sprechen. Bitte melden Sie ihm meinen Besuch.« Als der Mann noch immer keine Anstalten machte, sich von der Stelle zu bewegen, ging ich durch die Eingangshalle und auf den Korridor zu, an dem das Zimmer lag, in dem Mr Ingram und ich jenes denkwürdige Gespräch geführt hatten. Es dauerte nicht lange, und ich zog eine Schar Diener hinter mir her, die mein kühnes Ansinnen in Angst und Schrecken versetzt hatte.

Vor der Tür blieb ich stehen und hob die Hand. Doch noch ehe ich anklopfen konnte, rüttelte ein Windzug an der Tür.

Drinnen war eine Bewegung auszumachen, dann rief Mr Ingrams Stimme: »Hazi, bist du das? Hast du meinen sauberen Kragen?«

Ich stieß die Tür auf. »Nein, ich bin es, Mr Ingram.« Damit trat ich vollends ein und schloss vor den besorgten Gesichtern der Diener die Tür.

Somers Ingram stand hinter seinem Schreibtisch. Er trug nur eine Hose und ein nicht zugeknöpftes Hemd ohne Kragen und mit offenen Manschetten. Ohne die übliche Pomade ringelte sich sein Haar über den Ohren und im Nacken. Trotz allem, was zwischen uns vorgefallen war, konnte ich mich seiner Anziehungskraft nicht erwehren.

Die Tür im Rücken, stand ich da, als er mit unbeweglicher Miene auf mich zukam. »Was verschafft mir die Ehre für diesen frühmorgendlichen Besuch?«, fragte er.

»Ich habe mich entschieden.«

Er kam noch näher, sodass ich den Geruch nach Seife und Stärke wahrnahm. »Und?« Obwohl er seine Gefühle zu verbergen versuchte, konnte ich sehen, wie seine Brust sich hob und senkte.

»Ich bin mit Ihren Bedingungen einverstanden.«

»… um meine Frau zu werden«, sagte er wie zur Bestätigung, doch seine Stimme klang weniger sicher und bestimmt als sonst. Als ich nickte, strich er sich mit dem Knöchel seines Zeigefingers über den Schnurrbart, so wie ich es bereits etliche Male beobachtet hatte. Und bei der unwillkürlichen Reaktion seines Körpers – sein heftiges Atmen, das leichte Beben in seiner Stimme, die vertraute Geste in Situationen, wenn er nervös war – überkam mich ein Anflug von Stolz. Stolz darauf, etwas erreicht zu haben, denn mit einem Mal wusste ich, wie sehr er auf diese Antwort gehofft hatte, mochte er sich auch noch so gleichgültig geben.

»Du hast dich richtig entschieden, Linny. Wir sind aus demselben Holz geschnitzt. Wir verstecken beide etwas, und beide haben wir allen Grund, uns an unsere Übereinkunft zu halten. Dadurch werden wir es leichter haben. Zwischen uns beiden besteht kein Grund zu heucheln. Wir verstehen einander, siehst du das nicht auch so?«

Ich antwortete nicht. Auch wenn er einen Teil von mir abstoßend fand, ebenso wie umgekehrt, so hatte ich begriffen, dass er trotz seines herrischen Gehabes auch in meiner Macht stand.

Zweiundzwanzigstes Kapitel

15. Februar 1831

Mein liebster Shaker,

es fällt mir schwer, dir diesen Brief zu schreiben, denn ich hätte niemals gedacht, diese Worte zu Papier bringen zu müssen. Ich weiß, dass du, wenn dich der Brief erreicht, gerade erst das Päckchen mit meinen ersten Briefen erhalten haben wirst. Damals habe ich dir über den Beginn meines neuen Lebens geschrieben, leichten Herzens, das alte Leben abschütteln zu können. In ganz anderer Stimmung kommt dieser hier zustande, schweren Herzens nämlich. Um es frank und frei zu sagen: Ich werde in vierzehn Tagen heiraten. Doch wenn du den Brief liest, werde ich schon ein paar Monate verheiratet sein.

Es handelt sich um ein unerwartetes und gleichermaßen unvorhergesehenes Ereignis. Was ich dir letzten Sommer vor meiner Abreise gesagt hatte, war die Wahrheit. Nur damit du dir keine falschen Vorstellungen machst: Diese Verbindung hat nichts mit romantischen Stelldicheins, Leidenschaft oder auch nur Freundschaft zu tun. Derlei Vorstellungen kannst du sogleich aus deinem Geist verbannen. Weder auf der Seite des Bräutigams noch auf der der Braut sind Gefühle im Spiel. Es ist eine Zweckheirat. Mehr kann ich nicht erklären, auch wenn du jetzt denken wirst: *Eine Zweckheirat? Hatte ich nicht eben diesen Begriff gebraucht, als ich ihr einen Heiratsantrag machte und ihr zu erklären versuchte, dass eine Ehe auf dieser Basis zwischen uns möglich wäre?*

Doch in diesem Fall, Shaker, ist sehr viel mehr im Spiel. Es gibt Dinge, die ich nicht erklären kann, eine Art Kettenreaktion, ausgelöst durch eine Episode meiner Vergangenheit, die so überstürzt zu dieser Ehe führte. Und jener dunklen Zeit meines Lebens habe ich es nun zu verdanken, dass ich Mrs Somers Ingram werden muss. Die Frau eines Gentleman aus London, der eine hohe Position in der Ostindischen Kompanie bekleidet.

Das muss fürs Erste genügen. Wie du aus meiner Handschrift unschwer ablesen kannst, bin ich alles andere als ruhig und ausgeglichen. Bitte vergib mir, und bitte, bitte, bitte diktiere jemandem einen Brief als Antwort. Jede Postsendung aus England erwarte ich mit großer Ungeduld. Doch sollte es dir unmöglich sein, mich zu kontaktieren, dann werde ich es verstehen. Doch abermals bitte ich dich, Shaker, mich nicht gänzlich aus deinem Leben zu verbannen, denn in vielerlei Hinsicht habe ich das Gefühl, dich jetzt noch mehr zu brauchen als zuvor.

In tiefster Zuneigung

Linny

Shaker zu schreiben empfand ich als die schwierigste Seite meiner Heirat mit Somers, wie ich ihn nun nannte, sogar noch schwieriger, als es Faith zu sagen. Noch an jenem Morgen hatten Somers und ich die Details unserer Hochzeit festgelegt: Sie sollte so bald wie möglich stattfinden, denn Somers legte keinen Wert auf verlogene Rituale, die üblicherweise mit einer Brautwerbung einhergingen. Als ich zu den Watertons zurückkehrte, fand ich Faith blass und antriebslos auf der Veranda vor, hinter ihr ein Boy, der ihr mit einer Pfauenfeder Luft zufächelte. Sie setzte sich abrupt auf und war einen Moment lang sprachlos, als sie mich sah.

»Du bist nicht abgereist«, stammelte sie und sprang auf. »Hast du es dir anders überlegt?«

Ich nickte.

»Ich wusste, du würdest es nicht fertig bringen, mich zu verlassen, Linny. Ich wusste es.« Sie umarmte mich.

»Lass dir erzählen, was ich vorhabe, Faith«, sagte ich. »Bitte setz dich. Bitte!«

Sie ließ sich wieder auf das Sofa zurücksinken, und augenblicklich begann der Junge von neuem, ihr Luft zuzufächeln.

Ich setzte mich neben sie. »Ich werde heiraten, Faith.«

Sie presste ihre Hand auf meine, und ich spürte, wie sich ihre Fingernägel in meine Haut gruben. »Heiraten? Aber … aber wen denn? Es hat doch niemand …«

»Ich weiß. Es ist alles sehr schnell gekommen. Ich werde Somers Ingram heiraten.«

Faith runzelte die Stirn. »Somers Ingram? Mr *Ingram?«*

»Ja.«

»Er hat dir nie auch nur einen Besuch abgestattet. Ich habe kaum gesehen, dass ihr euch unterhalten habt oder dass du mehr als ein-, zweimal mit ihm getanzt hättest. Ich … ich weiß nicht, was ich davon halten oder sagen soll, Linny.«

In der eintretenden Stille hörte man nur den Lufthauch des Fächers.

»Die Hochzeit wird in zwei Wochen stattfinden, am achtundzwanzigsten Februar. Somers – Mr Ingram – sagt, dass es ansonsten zu spät sei wegen der einsetzenden Hitze.«

Faith nahm ihre Hand weg und stand auf. »Nun. Du bist ganz schön raffiniert. Ich sehe, dass du durchaus in der Lage bist, dich um deine Belange zu kümmern. Und ich hatte Mitleid mit dir.« Zornesröte stieg ihr ins Gesicht. »Man könnte meinen, du hast einen schwarzen Hindu-Zauber hinter meinem Rücken praktiziert – und nicht nur hinter meinem. Es ist allgemein bekannt, dass Mr Ingram, einer der begehrtesten Junggesellen, bisher nicht zu haben war. In Anbetracht seiner hohen Stellung in der Kompanie … nun, Linny, wirst du zu einer äußerst angesehenen Dame werden, nicht wahr? Du wirst, was den Rang betrifft, an Mrs Waterton vorbeiziehen.«

Ich schluckte. Noch hatte ich mir keine Gedanken über meine Position in der kalkuttischen Gesellschaft gemacht.

»Es heißt, zahlreiche Mädchen hätten ein Auge auf ihn geworfen, doch vergeblich«, fuhr Faith fort. »Es gibt natürlich die üblichen Gerüchte, dass er eine indische Geliebte hat, oder ... nun, das andere.«

»Und wie lautet dieses andere Gerücht?« War das, was Somers Ingram so sorgfältig zu verheimlichen trachtete, vielleicht ein offenes Geheimnis? Doch das, was Faith als Nächstes sagte, machte mir klar, dass dem nicht so war.

»Dass er womöglich eine Frau sucht, die ... nun, eine Frau, der etwas Luderhaftes anhaftet ... dass er in einer Frau etwas anderes sucht als eine wohlerzogene Ehefrau. Und wer weiß, vielleicht strahlst du etwas aus, das sich dem bloßen Auge entzieht, Linny. Was ist es, was Mr Ingram so sehr zu dir hinzieht? Was ist es, das wir anderen Frauen offensichtlich nicht haben? Und warum hattest du das Gefühl, eure Beziehung vor mir verbergen zu müssen? Wie konntest du nur so selbstsüchtig sein?«

»Es hat nichts mit Selbstsucht oder dergleichen zu tun, Faith.«

»Nein? Du hast mir nicht einmal anvertraut, dass Mr Ingram dich interessiert. Und ich habe mich noch dazu lächerlich gemacht, als ich vor ein paar Wochen meinte, Mr Ingram würde sich von mir angezogen fühlen, nachdem Mr Snow noch immer zu schüchtern war, um den nächsten Schritt zu machen. Hoffentlich hast du dich schön amüsiert über mich.« Sie raffte ihren Rock und rauschte an mir vorbei in Richtung Tür, wo sie innehielt. »Gut, aber erwarte bitte nicht von mir, dass ich zu deiner Hochzeit komme, Linny Smallpiece, denn ich betrachte dich nicht länger als meine Freundin. Ich hätte auf meinen Instinkt hören sollen und auf all die anderen Stimmen in Liverpool, die mich warnten, dass du möglicherweise kein guter Umgang für mich seist. Weißt du das, Linny? Dass mehr als einer mich davor gewarnt hat, mich mit dir einzulassen? Bereits heute früh, als du mir deinen Entschluss mitgeteilt hast, Indien verlassen zu wollen, dachte ich, dass sie Recht gehabt haben. Und nun das – zu heiraten, ehe man um meine Hand angehalten hat! Du, die ich dich aus der eintönigen Bibliothek herausgeholt habe und aus einem noch eintönigeren Leben, um dich mit meiner Gutherzigkeit und dem Geld meines Vaters hierher zu bringen. Du konntest es nicht oft genug betonen, wie wenig dir an einer Heirat gelegen sei, und nun wagst du es, dich als Erste unserer Flotte zu verloben – noch dazu mit einem derart absurd frühen Hochzeitstermin! Mir kommt es vor, als ob alles, was du mir bisher gesagt hast, eine Lüge gewesen sei. Es ist einfach zu viel für mich, Linny. Zu viel.«

Mit raschelnden Röcken verschwand sie in der Tür und ließ mich mit dem Jungen und dem Pfauenfederfächer zurück, dessen träger Rhythmus auch nicht ein einziges Mal außer Takt geriet.

Die arme Mrs Waterton. Sie hatte sich noch nicht von dem Schock meiner Abreise erholt, als ich sie in ihrem Zimmer aufsuchte, wo sie sich auf einem Sofa ausruhte, auf der Stirn ein kühlendes Tuch.

Als ich ihr erzählte, was ich gerade Faith erzählt hatte, war sie, wie vorauszusehen, abermals schockiert. Sie hörte nicht auf zu wiederholen: »Mr Ingram? Mr Ingram, tatsächlich! Mr Ingram!«, und brachte deutlich ihr Erstaunen zum Ausdruck, dass ein Mann wie Mr Ingram eine Frau wie mich überhaupt zur Kenntnis genommen hatte. »Aber warum so schnell? Warum muss die Heirat denn so überstürzt stattfinden? Eine Hochzeit erfordert so viel Planung, und um die Verlobungszeit richtig auszukosten, muss sie Monate vorher festgesetzt werden. Ende Februar ist einfach unmöglich.«

»Es tut mir Leid, Mrs Waterton, aber Mr Ingram besteht auf diesem Termin.«

»Können Sie ihn denn nicht davon überzeugen, dass Sie sich einfach mehr Zeit lassen müssen, Linny, dann könnte die Hochzeit in den ersten Herbsttagen stattfinden, wenn die kühle Jahreszeit nach der Hitze besonders erfrischend und wohltuend ist?«

Ich schüttelte den Kopf. »Ich bedaure, Mrs Waterton, aber ich fürchte, das wäre aussichtslos.«

Einen Moment lang schwieg sie, und ich sah, wie ein Schleier des Misstrauens über ihr Gesicht fiel. Doch dann holte sie tief Luft, erhob sich und breitete die Arme aus. »Nun, wie auch immer, lassen Sie mich Ihnen gratulieren, meine Liebe. Ich bin sicher, Sie werden glücklich werden.« Es folgte eine steife Umarmung.

Ich war ihr dankbar, wusste ich doch, wie schwierig die Situation für sie war, und dennoch gab sie sich Mühe, sich erfreut zu zeigen.

Mit gefasster Miene trat sie zurück. Ich wusste, dass ihre vorbildliche Etikette es nicht zuließ, weitere Worte über die bizarre Situation zu verlieren. Ebenso klar war mir, dass sich binnen weniger Stunden die Neuigkeit in der kalkuttischen Gesellschaft verbreitet haben würde. »Es wird nicht einmal genug Zeit bleiben, sich in Ruhe der Einladungskarten zu widmen«, seufzte sie. »Nun, das Erste, was wir tun müssen, ist ein Hochzeitskleid nähen lassen.« Damit öffnete sie die Tür zum Salon und rief: *»Koi-hai?* – Ist da jemand?« und schickte nach dem *durzi*.

So unerwartet mit einer derart gewichtigen Aufgabe wie ein Hochzeitskleid zu nähen betraut, lief der *durzi* aufgeregt hin und her. Doch dann rief er einen kleinen Kreis von Kollegen zu Hilfe, und innerhalb einer Woche Arbeit rund um die Uhr war das Brautkleid fertig. Selbstverständlich unter der Ägide von Mrs Waterton. Sie hatte mir gesagt, was das Beste für mich sei – womit sie durch die Blume bedeutete, dass ich keine Ahnung hätte –, und nachdem ich ihr Gast war, noch dazu ein ziemlich schwieriger, hatte ich mich ihren Anweisungen zu fügen. Natürlich war ich erleichterter, als sie ahnte, ihr die Planung der Hochzeit und die Brautkleidfrage zu überlassen. Statt mich damit zu bestrafen, was eigentlich ihre Absicht war, machte sie es mir einfach, mein Versteckspiel weiterzuspielen, denn ich hatte tatsächlich keine Ahnung, was ein solches Ereignis an Planung und Organisation erforderte: Noch nie war ich bei einer Hochzeit zu Gast gewesen. Am nächsten war ich einer Hochzeit gekommen, als ich einmal gerade an einer Kirche vorbeiging, als Braut und Bräutigam die Stufen herabschritten.

Das Kleid war aus der feinsten elfenbeinfarbenen Seide und hatte weite Gigotärmel. Da der Mode entsprechend nur ein tief ausgeschnittenes Kleid in Frage kam, war Mrs Waterton am Rande einer Ohnmacht, als sie die Narbe auf meiner Brust sah. Stets hatte ich den Makel mit einem Spitzenbesatz, Schal oder Fichu verborgen, und nicht einmal Faith war seiner ansichtig geworden. Die einzigen Menschen in Indien, welche die Narbe kannten, waren meine *ayah* und der *durzi*.

»Oh, meine Liebe. Ich wusste ja nicht … Ich weiß ehrlich gesagt nicht … nun …« Mrs Waterton war vollkommen durcheinander. Sich heftig Luft zufächelnd sank sie erschöpft in einen Sessel, während ich umringt von drei *durzis* mitten in ihrem Schlafzimmer stand. In ihren Augen bemerkte ich einen Funken Mitleid und hoffte, dass es ihren Ärger über diese Unannehmlichkeit besänftigen würde.

Nach ausgiebiger Beratung mit den *durzis* schlugen diese vor, eine Schleife am Halsausschnitt anzubringen. Mit einem Mal voller Mitgefühl, geriet sie ins Schwärmen wegen meiner wohlgeformten Schultern und des zarten Teints meiner Haut. Das bisschen, was noch von meinem »Gebrechen« zu sehen sei, könne man leicht mit Puder überdecken.

Dann bewunderte sie die hohe Taille und den umgekehrten Dreispitz-Einsatz im Rock, der meine wohl geformten Hüften betonte, während das Weidenrutengerüst das Kleid wunderbar weit ausstellte – womit das Kleid ein herausragendes Beispiel der neuesten Londoner Mode sei.

Was bleibt von der lieblosen Zeremonie zu berichten? Wir hatten auf ein Aufgebot verzichten können, und offensichtlich waren auch keine Geburtsurkunden oder andere Papiere erforderlich. Das Wort von Mr und Mrs Waterton genügte vollauf, um die Integrität meiner Person zu bezeugen, und in ihrer gewohnt resoluten Art hatte Mrs Waterton sich auch um diese Formalitäten gekümmert. Der Gottesdienst fand in der St.-John's-Kirche statt. Als der Geistliche meinen Namen aussprach – Miss Linnet Smallpiece –, bemerkte ich, wie Somers' Augen sich zu mir drehten. Er kannte nicht einmal meinen vollen Vornamen, sondern nur die Abkürzung. Wie noch oft an jenem Tag musste ich an meine Mutter denken und schämte mich, weil alles so falsch war.

Der Empfang fand im Ballsaal des Government House statt und ließ nichts zu wünschen übrig. Zu den Gästen zählten Freunde und Bekannte der Watertons, Somers' Freunde sowie die Mädchen der Fischereiflotte. Mrs Waterton war ständig umringt von dem Schwarm Matronen, der ihr mit grimmiger Miene zu Hilfe geeilt war, um dieses Fest zu organisieren, das so schockierend schnell anberaumt worden war. Der Großteil dieser Damen behandelte mich kühl und distanziert, ja beinahe unhöflich – wahrscheinlich hatten sie selbst für eine ihrer Töchter oder eines ihrer Gastmädchen ein Auge auf Mr Ingram als möglichen Heiratskandidaten geworfen.

Doch trotz der Wolken, die den Tag trübten, war es dem äußeren Anschein nach ein gelungenes Fest. Der Ballsaal erstrahlte im Licht der Kristalllüster und unzähliger Spiegel, und hübsche, mit blauem Satindamast überzogene Sofas standen zwischen den langen Reihen von stahlend weißen *chunam*-Säulen. Ein raffinierter weißer Hochzeitskuchen thronte auf einem Ständer und wurde eingerahmt von einer ganzen Batterie Geschenke – Vasen, Vorlegebesteck aus Silber, Uhren, alle erdenklichen Dekorationsgegenstände, die dazu angetan waren, das neue Heim eines jungen Paars wohnlich zu machen. Fiel es jemandem auf, dass Braut und Bräutigam nach der Messe kaum ein Wort miteinander sprachen? Wohl kaum. Während Kellner in tadellosen Uniformen Tabletts mit feinen Sandwichs reichten, wurde mein Gatte von einer Schar Freunde in das Rauchzimmer entführt. Indessen wurde ich umringt von anderen jungen Frauen, die nicht aufhörten mir zu versichern, wie wundervoll doch mein Kleid sei, welch außergewöhnliche Geschenke ich bekommen hätte und wie glücklich ich doch sein müsse. Ihre lauten, betont heiteren Stimmen vermochten kaum ihre wahren Gefühle zu verbergen: Ich wusste, dass die meisten es mir übel nahmen, dass ausgerechnet ich, die sonderbare Miss Smallpiece, mir den begehrtesten Junggesellen von Kalkutta geangelt hatte, zumal bei vielen die eigene Hochzeit noch immer in weiter Ferne lag.

Entgegen ihrer Drohung, nicht an meiner Hochzeit teilzunehmen, war Faith doch erschienen – um dem Gerede keinen Vorschub zu leisten, wie ich annahm. Die vergangenen zwei Wochen hatte sie eine sorgfältige Distanz gewahrt: Wenn Mrs Waterton emsig um mich herumsprang, schob sie Kopfschmerzen oder Müdigkeit vor und blieb auf ihrem Zimmer. Doch während des langen Hochzeitsnachmittags setzte sie ein Lächeln auf, das sie keine Sekunde verließ.

Mir war, als ob ich über der Szenerie schweben würde. Wie in Trance lächelte ich, nahm Komplimente entgegen, nickte. Irgendwann brachten seine Spießgesellen Somers wieder zurück, und mir war augenblicklich klar, dass während der vergangenen Stunden reichlich Portwein und Brandy seine Kehle hinabgeflossen waren. Er legte den Arm um meine Schultern – auch für eine Hochzeit ein unangemessenes Verhalten, wie ich wusste – und gab mir einen feuchten Kuss auf die Wange.

»Mr Ingram«, trällerte ich, wohl wissend, dass unzählige Augenpaare auf uns ruhten, »ich glaube, es ist Zeit für uns zu gehen.« Dann legte ich kokett eine Hand an sein Ohr, als wollte ich ihm etwas Liebevoll-Vertrauliches zuflüstern, und sagte: »Du solltest deine Schauspielerei nicht übertreiben, Somers. Schließlich habe ich einen guten Ruf zu verlieren.«

Woraufhin er herzhaft lachte. Auch die anderen stimmten in das Lachen ein. Obwohl sie nichts verstanden hatten, meinten sie, gerade einem bewegenden Moment zweier sich Liebender beigewohnt zu haben.

Als Somers und ich uns verabschiedeten, hielt ich nach

Faith Ausschau, doch sie war nirgendwo zu sehen. Ich hatte so sehr gehofft, dass sie sich wieder beruhigt hätte und mir wenigstens Glück für mein neues Leben wünschen würde.

Schließlich kam Mrs Waterton auf mich zu und umarmte mich. »Seien Sie stark, Linny. Beten Sie heute Nacht zum Herrn, und seien Sie gewiss, dass auch ich dafür beten werde, dass Ihr Martyrium erträglich sein möge.«

Ich sah ihr in die tränennassen Augen. Waren das tatsächlich Tränen des Mitgefühls, oder weinte sie vor Erschöpfung – und Erleichterung, dass sie nicht länger verantwortlich für mich war? »Danke, Mrs Waterton, für alles, was Sie für mich getan haben, und für Ihre Gebete. Ich werde sie bestimmt gebrauchen können.« Dann – zum einen, weil ich wirklich in ihrer Schuld war, aber auch weil sie es bestimmt hören wollte – fügte ich hinzu: »Sie waren wie eine Mutter zu mir, ich werde Ihre Freundlichkeit nie vergessen.«

Jetzt hielt sie ihre Tränen nicht mehr zurück und zog mich in die Arme, streichelte mir übers Haar und sagte leise, sodass niemand anders es hören konnte: »Erlauben Sie mir also, wie Ihre eigene Mutter zu sprechen. Halten Sie Ihr … Sie wissen, Ihr …«, sie berührte sanft die Schleife an meinem Ausschnitt, »… halten Sie es von Ihrem Nachthemd bedeckt. Es könnte Ihren Gatten erschrecken, wenn er es gleich beim ersten Mal sehen würde. Lassen Sie ein wenig Zeit ins Land gehen und bereiten Sie ihn darauf vor, damit er nicht schockiert ist.«

»Das werde ich.« Als ob irgendetwas an mir Somers Ingram hätte schockieren können. Er würde meine Narbe ohnehin nie zu Gesicht bekommen. »Das ist ein weiser Rat.«

Dann stiegen Somers und ich in die prunkvoll ausstaffierte Hochzeitssänfte, um nach Alipur gebracht zu werden, in Somers' Junggesellenresidenz. Seine Mitbewohner waren solange in ein anderes Quartier umgezogen, bis Somers ein angemessenes Haus für uns gefunden hatte.

Ich war erschöpft von dem Tag und nicht zuletzt von der Anstrengung, die es mich gekostet hatte, eine glückliche, aufgeregte junge Braut zu spielen. Somers war sehr betrunken, auch wenn er sich Mühe gab, seine Würde zu wahren. Kaum hatte der *chuprassi* uns ins Haus geführt, traten der *khansana* und eine kleine Frau vor, die offensichtlich auf uns gewartet hatten. Die Frau, bekleidet mit einem einfachen weißen, von blauen Fäden durchwirkten Sari, kniete sich zu meinen Füßen nieder und erbot mir den *salaam*.

»Deine *ayah*, Linny«, sagte Somers mit leicht verschliffener Aussprache.

Die Frau erhob sich und blieb mit gesenktem Kopf vor mir stehen.

»Ich gehe zu Bett«, sagte er. »Sie wird dich auf dein Zimmer begleiten. Deine Koffer müssten inzwischen gebracht worden sein, nehme ich an.« Er mied meinen Blick und blinzelte heftig.

Ich nickte. Auch wenn mir klar war, dass er kein physisches Interesse an mir hatte, fühlte ich mit einem Mal eine seltsame Leere in mir. In jenem Moment hätte ich lieber eine bedeutungslose körperliche Begegnung hingenommen als diese beunruhigende Einsamkeit.

»Gute Nacht dann«, sagte er und ging leicht schwankend den Flur hinunter. Sein *khansana* folgte ihm mit ausgestreckten Armen, bereit, ihn aufzufangen, falls er stürzen sollte.

Noch immer standen die *ayah* und ich da, bis ich begriff, dass sie auf eine Anweisung von mir wartete. »Bringst du mich dann bitte in mein Zimmer?«

Daraufhin drehte sie sich um und tappte barfuß den Flur entlang. Vor einer Tür, weit entfernt von Somers' Schlafzimmer, blieb sie stehen und ließ mich in einen Raum eintreten, der in dämmrigen Kerzenschein getaucht war. Noch immer ohne ein Wort zu sagen, half sie mir aus meinem Hochzeitskleid und in mein Nachthemd, dann löste sie mein Haar. Anschließend holte sie Rosenwasser und wusch mir Gesicht, Hände und Füße. Als sie mich zugedeckt hatte, ließ sie das Moskitonetz herab. Wenn sie sich darüber wunderte, dass eine Braut die Hochzeitsnacht allein verbrachte, so blieb ihre Miene ausdruckslos.

»Sprichst du Englisch?«, fragte ich.

Zum ersten Mal blickte sie mir durch das feinmaschige Netz hindurch in die Augen. »Ja, ein wenig Englisch«, sagte sie. Ihre Stimme klang leise und melodiös. »Wünscht Memsahib, dass ich bleibe?«

Beim Klang meines neuen Titels zuckte ich zusammen. »Ja, bitte bleib«, sagte ich mit betont fester Stimme.

Doch als sie die Kerzen ausgeblasen hatte, klaffte eine noch tiefere Einsamkeit in mir. Beinahe lautlos ließ sich die *ayah* auf einer Matte in der Ecke nieder.

»Wie heißt du?«

»Malti.«

»Hat dein Name eine Bedeutung?«

Einen Augenblick lang herrschte Stille, dann sagte sie leise: »Er bedeutet eine kleine Blume. Sehr klein und zart.«

Wieder Stille. Dann sagte ich: »Man nennt mich zwar Linny, aber mein richtiger Vorname lautet Linnet. Das ist ein Vogel. Auch klein und zart.«

»Sehr gut, Memsahib.«

Und so lagen wir in der Dunkelheit, eine kleine indische Blume und ein kleiner englischer Vogel.

Dreiundzwanzigstes Kapitel

Gleich am ersten Tag unserer Ehe sagte mir Somers, ich müsse zweimal die Woche Gäste einladen und alle Einladungen annehmen, die ins Haus flatterten. Offensichtlich waren die Paare der kalkuttischen Gesellschaft darauf erpicht, auf unserer Gästeliste zu stehen, denn Somers Ingram war ein bedeutender Mann in der Kompanie, einer, der es sich erlauben konnte, üppige Diners zu veranstalten, außerdem konnte man sich in seinem Glanz sonnen.

Seine Position interessierte mich nicht: Ich kümmerte mich ebenso wenig darum, wie er seine Tage verbrachte, wie er sich darum kümmerte, was ich tat. Abends bemerkte ich jedoch oft, wie müde er war, eine große Verantwortung musste auf seinen Schultern lasten.

Es fiel mir leicht, gemeinsam mit dem Koch die Speisepläne festzulegen, eine Aufgabe, die keine besonderen Kenntnisse erforderte. Beim Abendessen hingegen mussten Somers und ich das glückliche junge Paar abgeben, und das war wesentlich anstrengender. Aber wir waren beide großartige Schauspieler. Bisweilen, wenn ich Somers über die meterlange blütenweiße Damasttischdecke hinweg zulächelte – wenn das Kerzenlicht sich auf dem polierten Silber widerspiegelte und das Lachen der Gäste erklang –, glaubte ich beinahe, wir seien wirklich, was wir vorgaben zu sein. In Gesellschaft war er äußerst charmant, und ich fühlte mich von dem Strahlen, das von ihm ausging, umfangen. Doch sobald die Haustür sich hinter dem letzten Gast geschlossen hatte, erlosch sein Charme und er verschwand mit einer

Flasche Brandy auf sein Zimmer. Und nachdem ich mich allein in mein Zimmer zurückgezogen hatte, gewahrte ich mit einem Mal, wie steif mein Nacken war, wie meine Gesichtsmuskeln schmerzten von der engen Maske, in die ich sie gezwängt hatte.

Manchmal, wenn es besonders heiß und ich müde war, entglitt mir die Maske. Und Somers war der Erste, der es bemerkte, um es mir hinterher sogleich vorzuhalten.

Nach einem besonders anstrengenden Abend, als Somers sich mir zuwandte, spannte sich mein Körper in Erwartung der Vorwürfe, die er mir gleich machen würde.

»Warst du heute besonders müde, Linny?«, fragte er, und der ruhige Ton seiner Stimme erstaunte mich.

Ich nickte. »Hat man mir das angesehen?« Nachdem er einen respektvollen Ton angeschlagen hatte, war ich bereit, ihm auf halbem Wege entgegenzukommen. »Ich habe mir so viel Mühe gegeben, Somers, aber Major Cowton hat so viel geredet, dass es mir wirklich schwer fiel, ihm die ganze Zeit aufmerksam zuzuhören.«

»Ich fand den heutigen Abend ebenfalls anstrengend.« Er seufzte.

Plötzlich überkam mich der Anflug eines warmen Gefühls für ihn. Ich legte eine Hand auf seinen Ärmel. »Müssen wir denn so oft Leute einladen?«

»Ich fürchte, es geht nicht anders. Man erwartet es von uns.« Seine Augen wanderten zu meinem Haar. »Dein Haar ist wunderschön heute Abend.«

»Malti hat sich eine neue Frisur ausgedacht«, sagte ich. Wo war seine Arroganz geblieben, wo das übliche Wortgefecht, in dem der eine den anderen übertreffen wollte?

»Nun, dann gute Nacht«, sagte Somers, doch hatte seine Stimme einen leicht zögerlichen Klang, und ich meinte – beinahe – Einsamkeit herauszuhören. Und ich war ebenfalls einsam, und wie einsam ich war in dem unversiegbaren Strom von Gästen, die bei uns ein und aus gingen und mir nichts bedeuteten. In diesem Moment wurde ich von einer unerwarteten Emotion überrascht. Ich schlang die Arme um seinen Hals und legte den Kopf an seine Brust.

Augenblicklich löste er sich von mir. »Warum tust du das?« Seine Stimme hatte wieder den üblichen Klang, wenn er mit mir sprach.

»Ich weiß nicht«, sagte ich wahrheitsgemäß. »Ich fühlte … nun, ich hätte das wohl nicht tun sollen, nicht wahr?« War ich so abstoßend für ihn, dass er nicht einmal meine Berührung ertragen konnte?

Ohne mir zu antworten ließ er mich in der Eingangshalle stehen. Aus dem Speisezimmer hörte ich, begleitet von den typisch gedämpften Geräuschen, wie der Tisch abgedeckt wurde.

Sechs Wochen nach meiner Hochzeit heiratete Faith Charles Snow. Auch ihre Hochzeit war ein überstürztes Ereignis, doch längst nicht so verheißungsvoll wie in meinem Fall: eine einfache kirchliche Trauung, in der sie das Ehegelübde ablegten, gefolgt von einem kleinen Empfang. Die arme Mrs Waterton – sie musste den Tag verflucht haben, da sie ihr Haus für junge Damen als Gäste geöffnet hatte. In weniger als einem Jahr hatte sie die Flammen löschen müssen, die eine freimütige und unzähmbare Mrs Liston in den Gemütern entfacht hatte, dann hatte sie vollkommen überstürzt meine Hochzeit organisieren müssen, um sich zuletzt auch noch mit den furchtbaren gesellschaftlichen Konsequenzen auseinander zu setzen, die der Skandal der Heirat von Faith und Charles nach sich zog.

Als Faith' Vater drei Wochen nach meiner Hochzeit in Kalkutta angekommen war, hatte Mr Snow bereits um die Hand seiner Tochter angehalten, so hieß es. Nachdem Faith all meine Einladungen unbeantwortet gelassen hatte, erfuhr ich aus zweiter Hand davon. Es verging kein Tag, ohne dass ich an sie dachte. Ich vermisste sie und weigerte mich zu glauben, dass sie endgültig auf unsere Freundschaft verzichten wollte. Manchmal ertappte ich mich dabei, wie ich mir vorstellte, wie sie über ein kleines Vorkommnis lachen oder es genießen würde, wenn ich ihr von dem Buch erzählte, das ich gerade las. Im Geiste unterhielt ich mich ab und zu mit ihr.

Ihr Vater hatte ihr einen Strich durch die Rechnung gemacht und ihr die Heirat mit Mr Snow verboten. Zuerst wusste keiner den Grund, doch dann verbreitete sich das Gerücht wie ein über die Ufer getretener Fluss in der englischen Enklave von Kalkutta: Charles Snow war ein Eurasier, was bis zur Verlobung niemand gewusst hatte. Später – als wir wieder miteinander Kontakt hatten – vertraute Faith mir an, dass Charles sie von seiner Abstammung in Kenntnis gesetzt hatte, doch hatte sie sich keine Vorstellung davon gemacht, welchen Skandal diese Tatsache nach sich ziehen würde. Keiner wusste zu sagen, wer die Kunde in Umlauf gebracht hatte, doch als Charles mit der Frage nach der Wahrheit konfrontiert wurde, leugnete er – ein ehrenwerter Mann – nicht. Abgesehen von seinem leuchtend schwarzen Haar deutete nichts an seinem Äußeren darauf hin, dass seine Mutter eine Inderin gewesen war. Sie war im Kindbett gestorben. Mr Vespry war außer sich vor Wut angesichts der Schande, die seine Tochter durch eine Heirat mit einem Mischling auf die Familie bringen würde. Man erzählte sich, dass er sie auf der Treppe des Kalkutta-Clubs angeschrien habe, er würde sie enterben, sollte sie Charles Snow heiraten.

Kurz darauf war Faith zu mir gekommen. Ohne vorher eine Besuchskarte zu schicken, stand sie eines Tages mit Tränen in den Augen im Eingang. Wortlos nahm ich sie in die Arme, und sie erwiderte meine Umarmung. Es war, als ob mir eine riesige Last von den Schultern fiele, und obwohl ich ihre Schwierigkeiten bedauerte, freute ich mich über den Neubeginn unserer Freundschaft.

Als wir endlich im Salon saßen und ich die Diener hinausgeschickt hatte, sprach ich ganz offen mit ihr: »Liebst du ihn, Faith?«

»Linny, und ob. Nie hätte ich gedacht, jemals so für einen Menschen zu empfinden. Doch niemand – wirklich keine Menschenseele – unterstützt mich. Und obwohl ich mir so wünschte, dass wenigstens du zu mir hältst, würde ich es auch verstehen, wenn dem nicht so wäre.« Ihre Unterlippe war aufgesprungen, denn sie biss sich unaufhörlich darauf. »Und dennoch hatte ich das Gefühl, dass du mich verstehen könntest, und deshalb bin ich zu dir gekommen, in der Hoffnung, dass du mich nicht wieder wegschicken würdest. Deshalb habe ich auch keine Karte geschickt, weil ich Angst hatte, abgewiesen zu werden.«

»Aber natürlich werde ich dir beistehen, Faith«, sagte ich ruhig. Wer wusste es besser als ich, wie wichtig es war, seinem Instinkt zu folgen. »Wenn eine Heirat mit Charles das ist, was du wirklich wünschst, natürlich.«

Die Erleichterung stand ihr ins Gesicht geschrieben. »Ich konnte es nicht länger ertragen, dich nicht mehr als Freundin zu haben, Linny, obwohl du allen Grund hättest, mich abzuweisen, nachdem ich dich so unfreundlich behandelt habe.« Die Tränen liefen ihr über die Wangen, und ich nahm mein Taschentuch aus dem Ärmel und reichte es ihr. Sie schien weder an Handschuhe noch Retikül gedacht zu haben. »Ich muss dir wie eine dumme Gans vorgekommen sein, als du mir von deinen Hochzeitsplänen erzähltest. Ich hatte so Angst ...« Sie hielt inne, unschlüssig, ob sie fortfahren sollte, dann holte sie tief Luft und sagte: »Es war Angst, meine liebe Linny, Angst, dass man mich nach Hause schicken würde. Die ganze Zeit über hatte ich so gehofft, dass Charles mir einen Antrag machen würde, und dann kamst du und kündigtest so vollkommen unerwartet an, dass du heiraten würdest, und ... es tut mir Leid, Linny. Bitte verzeih mir. Seit Charles um meine Hand angehalten hat und ich weiß, wie tief er für mich empfindet, bin ich ein ganz anderer Mensch. Ich bin glücklich, Linny, so glücklich, wie ich es seit – nun, ich weiß nicht wie langer Zeit nicht mehr gewesen bin. Die Drohungen meines Vaters sind mir egal. Und es macht mir auch nichts aus, dass Charles nicht länger Beamter ist und in den Rang eines niederen Angestellten degradiert wurde, und dass unser Lebensstil dadurch sehr beschränkt sein wird. Sobald ich in sein Gesicht schaue, wird mir bewusst, dass ich nichts auf all das Geschwätz gebe. Er liebt mich, und ich liebe ihn.« Sie seufzte tief und mit bebendem Atem auf.

Ich ergriff ihre Hände. »Dann musst du ihn heiraten, Faith. Wie oft kommt es schließlich vor, dass man jemanden liebt und diese Liebe erwidert wird?«

Sie versuchte ein unsicheres Lächeln. »Ich wusste, dass es richtig war, mit dir zu reden. Mir ist jetzt klar, wie unmöglich ich mich verhalten habe, seit wir Liverpool verlassen haben. Du hingegen warst so tapfer und so stark. Egal, was ich je zu dir gesagt habe, sollst du wissen, dass ich niemand anderen als dich als Reisebegleiterin hätte dabeihaben wollen. Kannst du mir noch einmal verzeihen?«

Ich lächelte. »Aber natürlich. Und ich bin so glücklich für dich, Faith. Lass uns für immer Freundinnen bleiben!«

»Aber du bist nun eine verheiratete Lady, die gesellschaftlich so viel höher steht als … nun, ich werde nicht mehr derselben Klasse angehören wie du, Linny.«

»Ich werde es nicht zulassen, dass gesellschaftliche Schranken uns trennen.« Ich schnalzte mit den Fingern. »Ich werde dem Geschwätz die Stirn bieten, sollte es jemand wagen über unsere Freundschaft zu lästern.«

Sie umarmte mich. »Ist es nicht wunderbar, Linny, so tief geliebt zu werden? Stell dir nur vor, wir beide als Memsahibs in Kalkutta. Hättest du dir das je erträumt?«

»Nein«, sagte ich ehrlich. »Nie im Leben.«

So entschied Faith sich für Charles, ungeachtet dessen, dass sie sich ihres Erbes, einer elterlichen Unterhaltszahlung und der Möglichkeit beraubte, je wieder nach Liverpool zurückzukehren. Ich mochte Charles. Er war bescheiden und strahlte eine innere Ruhe aus. Zuvor war er als Kommissar in einem der Büros der Kompanie tätig gewesen, doch unmittelbar nach Bekanntwerden seiner Abstammung hatte man ihn degradiert. Dadurch hatte sich auch sein Einkommen auf einen Bruchteil dessen verringert, was er ehemals verdient hatte. Kaum hatten sie geheiratet, wurde Faith vom Großteil der englischen Gemeinde gemieden, die Einladungen zu Abendessen, Spielabenden und Ähnlichem blieben aus. Auch wenn gesellschaftliche Veranstaltungen zuvor eine wichtige Rolle für Faith gespielt hatten, hoffte ich dennoch, dass sie darüber hinwegkäme. Sie musste nun aus der Stärke ihrer Beziehung zu Charles Kraft schöpfen, und ich dachte, dass sie an seiner Seite wieder neu aufblühen würde.

Doch als ich versuchte, die beiden in unseren Kreis aufzunehmen, erwies sich das als großer Fehler. Nachdem Somers und ich vier Monate verheiratet waren, überließ er es mir, aus einer Reihe von Namen, die er bestimmt hatte, die jeweilige Gästeliste zusammenzustellen. Für jenen Abend hatte ich unter anderem zwei frühere Mädchen der Fischereiflotte eingeladen, die Faith und ich gut kannten. Sie waren inzwischen mit zwei Männern verlobt, die Somers schätzte, zwei früheren Arbeitskollegen von Charles, bevor er in Ungnade gefallen war. Um die Etikette zu wahren, hatte ich als Begleitpersonen für die beiden unverheirateten Paare ein älteres Ehepaar eingeladen, das Somers seit seiner Anfangszeit in Indien kannte. Charles und Faith lud ich ein, ohne Somers davon in Kenntnis zu setzen.

Kaum wurden Mr und Mrs Charles Snow im Salon angekündigt, wo die anderen Gäste sich bereits versammelt hatten, senkte sich eine betretene Stille über den Raum. Ich löste mich von der Gästeschar und ging dem jungen Paar entgegen. Faith sah bezaubernd aus in ihrem geblümten Popelinekleid; der rotbraune Ton ihres Rocks harmonierte perfekt mit ihrem Haar. Ihre Augen jedoch waren aufgerissen und zeigten, wie unsicher sie war. Charles stand aufrecht und mit gestrafften Schultern neben ihr.

»Bitte, kommt doch rein«, sagte ich. Doch als ich mich umwandte, entdeckte ich kein einziges freundliches Lächeln, kein Willkommensgruß wurde auch nur gemurmelt. Somers drehte den beiden den Rücken zu, um betont laut mit einem der anderen Herren über eine unbedeutende Angelegenheit zu sprechen und somit den Ton für den Abend anzugeben.

Es war furchtbar; so sehr ich mich auch bemühte, die beiden in das Gespräch einzubeziehen, es war hoffnungslos, denn auch sie selbst waren gehemmt und wenig gesprächig. Als ich in Charles' dunkle, intelligente Augen blickte, schämte ich mich, ihn und Faith einer solchen Situation ausgesetzt zu haben.

Kaum war der letzte Gast gegangen, wirbelte Somers auf dem Absatz zu mir herum. »Wie konntest du es wagen, mir das anzutun?«, sagte er grollend. »Von all den idiotischen, unangemessenen …«

»Erzähl mir bloß nicht, dass du mit diesen Leuten übereinstimmst, Somers«, sagte ich müde. »Hattest du mir nicht selbst gesagt, du hättest vorgehabt, Faith den Hof zu machen, kurz nachdem wir beide in Kalkutta angekommen sind? Und dank ihrer bin ich hierher gekommen, und sie …«

Er fiel mir ins Wort. »Diese verdammten Mischlinge! Sie sind alle gleich mit ihrem lächerlichen Akzent, nach vorn katzbuckelnd, um dir in den Rücken zu fallen, sobald du dich herumdrehst. Ein Blutgemisch eben«, sagte er höhnisch. »Wer auch nur einen Tropfen schwarzes Blut in sich hat, kann es unmöglich verbergen. Auf die eine oder andere Weise tritt es immer zutage.«

»Ehe du es wusstest, hast du Charles ohne weiteres akzeptiert. Außerdem unterscheidet sich sein Akzent kein Deut von deinem.«

»Ich habe schon immer den Verdacht gehabt, dass etwas mit ihm nicht stimmt«, sagte Somers. »Genauso wie ich spürte, dass du etwas verbirgst, von dem Augenblick an, da ich dich sah. Ich kann Betrug förmlich riechen. Du müsstest das inzwischen wissen.« Er wandte sich von mir ab, um in sein Zimmer zu gehen, doch dann blieb er abrupt stehen und sah mir in die Augen. »Wage es nicht noch mal, mich so zu demütigen. Hast du mich verstanden?«

»Ja.«

Er verharrte einen Augenblick und starrte mich durchdringend an, dann machte er auf dem Absatz kehrt und ging mit langen, wütenden Schritten zu seinem Zimmer, wo er die Tür laut hinter sich zuschlug.

Am nächsten Tag sandte ich Faith eine Nachricht mit der Bitte, mich am frühen Nachmittag zu besuchen, wenn Somers wieder zur Arbeit gegangen war. Die Karte kam zurück mit nichts als einem großen »JA!« darauf.

Als sie erschien, ergriff ich ihre Hände. »Es tut mir so Leid wegen gestern Abend, Faith. Bitte verzeih mir. Ich hätte niemals gedacht, dass man euch so schäbig behandeln würde.«

Faith drückte meine Hände. »Es ist schon gut. Charles wollte von Anfang an nicht kommen. Ich war es, die schmollte und nicht aufhörte zu jammern, du seist meine einzige Freundin in Kalkutta und dass ich es ihm niemals verzeihen würde, wenn wir die Einladung nicht annähmen. Ach, wenn ich das doch unterlassen hätte. Doch ich hatte ebenso wenig wie du eine Ahnung, dass unsere Anwesenheit für solch einen Skandal sorgen würde.«

15. Juni 1831

Lieber Shaker,

danke, danke, danke! Ich kann dir gar nicht sagen, wie sehr mein Herz raste, als ich deinen Brief bekam. Augenblicklich habe ich die erlesene Handschrift von Mr Worth erkannt. Wie nett von ihm, für dich zu schreiben! Beschriftet er noch immer die Plakate für die Veranstaltungen?

Ich war traurig, als ich vom Tod deiner Mutter hörte. Ich kann mir vorstellen, wie schwierig dieses Jahr für dich gewesen sein muss, wo sie ständig deiner Hilfe bedurfte. Aber wie nett von Celina Brunswick und ihrer Mutter, dir einen Beileidsbesuch abzustatten. Faith äußert sich immer nur lobend über Celina und ihre zahlreichen Vorzüge, insbesondere was ihr musikalisches Talent betrifft. Vier Monate bin ich nun schon eine Memsahib – eine verheiratete Frau. Somers, mein Mann, der von Haus aus sehr wohlhabend ist, hat, kaum dass wir zwei Monate verheiratet waren, ein schönes Haus in Chowringhee gekauft. Das Viertel ist sehr großzügig angelegt und befindet sich in bester Lage: begünstigt durch den Lufthauch, der vom Fluss herüberweht, und inmitten Schatten spendender Vegetation. Unser Haus ist eine Stuckvilla, umgeben von einem grünen Garten. Sie ist wirklich sehr hübsch, aber viel zu groß, sodass jedes Geräusch widerhallt. Somers liebt schöne Möbel und Dekors, und so füllen sich die Zimmer zusehends mit englischen Möbeln, Teppichen und Kunstgegenständen, Dinge, denen ich wenig abgewinnen kann.

Ich liebe dagegen die großzügigen Veranden, die an der Vorder- und Rückseite des Hauses angebracht sind. In der heißen Jahreszeit – wir befinden uns gerade mittendrin – erweisen sie sich als Lebenselixier. Wir werden zurzeit von heißen Winden heimgesucht, die jedoch nur – wie man mich gewarnt hat – die Vorläufer des Monsuns sind, mit dem in einem Monat zu rechnen ist. Die Sonne, die ich bei unserer Ankunft so willkommen geheißen hatte, hält uns jetzt unerbittlich und bedrohlich in ihrem Griff. Das Licht ist so hell und strahlend, dass jede Farbe – aus Bäumen, Straßen, Gärten, Steinen, ja selbst aus unseren Gesichtern – weicht. Man muss sich davor hüten, irgendwelche Oberflächen zu berühren, denn die glühende Kraft der Sonne lauert überall. Auf der Haut spüre ich ihre Schärfe, und in der lähmenden Luftfeuchtigkeit hat sich auf meiner Haut ein Hitzeausschlag gebildet. Es gibt Insekten, die aller Beschreibung spotten. Und meine Worte, so ich überhaupt die Energie aufbringe, etwas zu sagen, scheinen dahinzuschmelzen, noch ehe sie meinen Mund verlassen haben.

Doch trotz dieses grausamen Gottes – je intensiver die Hitze, desto süßer die Früchte, desto schwerer der Duft der Blüten.

Währenddessen bleibe ich in meinem Bau, umringt von allen möglichen Einrichtungen, die mir zu etwas Kühle verhelfen: Da sind die stets präsenten Deckenfächer – die *punkahs* –, auch wenn sich ihr Nutzen im Grunde darauf beschränkt, die dicke, heiße Luft umzuwälzen. Dann gibt es die *tatties* – Jalousien aus Schilfrohr, die vor sämtlichen Fenstern und Türen herabgelassen sind und ständig mit Wasser besprenkelt werden, in der Hoffnung, dadurch die Brise zu kühlen, die zwischen den Fasern hereinweht. Und sogar ein Klimaapparat steht mir zur Verfügung – ein Gerät, das gekühlte Luft versprühen soll, jedoch trotz des ohrenbetäubenden Lärms, den es verursacht, recht wenig ausrichtet.

Wenn Somers zu Hause ist, sind wir damit beschäftigt, Gesellschaften zu geben oder auf Gesellschaften zu gehen. In der Zeit zwischen elf und zwei – wenn die Sonne am höchsten steht – herrscht ein munterer Austausch von Besuchskarten und kurzen Besuchen, was ich als recht ermüdend empfinde. Doch wenn Somers auf Reisen ist, was häufig vorkommt – auf Wildschweinjagd im Dschungel oder auf Besuch bei anderen Niederlassungen der Kompanie in Madras oder Bombay –, Shaker, dann öffnet sich mir meine indische Welt; allerdings muss ich meine diesbezüglichen Unternehmungen geheim halten. Und vielleicht ist es das, was meine Person ausmacht und wobei ich mich am wohlsten fühle. Allmählich erkenne ich ganz klar, dass ein großer Teil meines Lebens ein Geheimnis ist und immer eines bleiben wird.

Wenn Somers außer Haus ist, sage ich alle Einladungen höflich und bedauernd ab und bleibe stattdessen zu Hause, wo ich barfuß herumlaufe, die *dhuri*-Brücken zur Seite schiebe und die Kühle der Steinböden genieße. Ich höre nicht auf zu lesen – im Club gibt es eine kleine, aber wohl sortierte Bibliothek, deren häufiger Besucher ich bin. Wenn Somers nicht da ist, lasse ich nicht kochen, was einen schmollenden Koch nach sich zieht. Doch auch wenn er beleidigt ist, verzichte ich auf das Fleisch, das sonst nicht fehlen darf – Wild, Rind, Hammel, Schwein, Kalb und Geflügel –, sowie all die anderen schweren englischen Speisen, die unser armer *biwarchi*

sich solche Mühe gibt zuzubereiten – häufig mit kuriosem Ergebnis.
Die Diener halten mich für verrückt, bis auf Malti, meine *ayah* (ihr Name bedeutet ›kleine, zarte Blume‹ und ist ihr auf den Leib geschnitten). Sie tun so, als würden sie mich nicht heimlich anstarren, wenn ich in einen von Maltis Saris barfuß und mit offenen Haaren durch das Haus tanze, mich von Reis, Mandeln, Zuckermelonen, Mangos und gelegentlich einem Curry ernähre. Immerhin haben sie insoweit ihre Scheu abgelegt, um mit mir kurze Gespräche auf Hindi zu führen, sofern der ›Burra Sahib‹ nicht zu Hause ist. Inzwischen spreche ich diese Sprache ganz passabel.
Und ich habe Reiten gelernt. Auch das musste ich in aller Heimlichkeit tun – wie hätte ich den feinen englischen Ladys in Kalkutta erklären können, dass ich niemals auf einem Pferd gesessen hatte? Selbst das kleinste Kind lernt hier reiten, kaum dass es laufen kann. Ich habe einen Reitstall weit weg vom Club ausgesucht, dort gibt es einen eurasischen Pferdeführer mit viel Geduld, der meine mangelnde Praxis nicht hinterfragte. Binnen weniger Monate fand ich mich im Sattel gut zurecht. Zwar habe ich mich bisher noch nicht über Hindernisse gewagt, komme aber in allen Gangarten so gut zurecht, um nicht wegen unzulänglicher Reitkünste aufzufallen.
An anderen Tagen gehe ich, unter dem Vorwand, einkaufen zu müssen, in Kalkutta auf Entdeckung. Doch was kümmert mich das Einkaufen, Shaker? Du kennst mich gut genug, um zu wissen, dass dieser Zeitvertreib, der für die englische Memsahib von so großer Bedeutung ist, mich nicht interessiert. Stattdessen gebe ich Malti, meiner Vertrauten, eine Einkaufsliste, drücke ihr einen großen Korb in die Hand und stelle ihr einen Jungen zur Seite, um ihr beim Tragen zu helfen. (Ich habe das Gefühl, dass sie mich anbetet, und zwar aus keinem anderen Grund, als dass man sie mit der Aufgabe betraut hat, auf mich aufzupassen.) Dann bringt eine Sänfte sie zum

Hogg-Markt, um dort einzukaufen, was für die nächsten Mahlzeiten nötig ist, oder zu Taylor's Emporium, wo in den langen sauberen Regalreihen alles zu haben ist, was das englische Herz begehrt: glänzendes Silber, weißes Porzellan, Kristallgläser, Schmuck und was sonst noch. Malti fühlt sich dabei wichtig und ist glücklich, dass ich ihr so viel Vertrauen entgegenbringe. Sie hat mir erzählt, dass sie von ihresgleichen beneidet werde, die meisten Memsahibs würden ihre *ayahs* niemals mit solcher Verantwortung betrauen.

Und während Malti sich um die Einkäufe kümmert, Shaker, mache ich meine Streifzüge, beispielsweise in den offenen Basaren. Der bedeutendste ist der Bow-Basar mit seinen kunterbunten, wenngleich auch schmuddeligen Ständen. Du kannst dir ja nicht vorstellen, welche Fülle von Waren es dort gibt, Dinge, die ich noch nie zuvor gesehen habe – auch nicht in all den Büchern über Indien – und von denen ich nicht wusste, dass es sie gibt. Geheimnisvolle Götzenstatuen oder Masken werden feilgeboten, bunte Stoffe, scharfe, aromatische Gewürze, Gummiharze und große Korbflaschen mit Öl und Rosenwasser. Man bekommt Elfenbein aus Ceylon und Nashornleder aus Sansibar. Auf den Märkten bin ich übrigens sicher; den Memsahibs begegnet man hier überall mit großem – wenngleich falschem, wie ich vermute – Respekt. Falsch, weil den Indern nichts anderes übrig bleibt. Der Respekt erwächst nicht aus Bewunderung, sondern beruht auf unserer Hautfarbe. Ein Umstand, der mich stört, auf der anderen Seite habe ich herausgefunden, dass Indien ein Land ist, in dem der Wert eines Menschen von der Kaste abhängt, in die er hineingeboren wurde.

So wie England auch. In dieser Beziehung, und nur in dieser, ähneln sich die beiden Länder.

Ich nehme an, dir ist zu Ohren gekommen, dass Faith nicht lange nach mir heiratete, denn sie hat Celina einen Brief geschrieben. So oft ich kann, treffe ich sie, allerdings ist ihre Gesundheit nicht die beste. Ihr Mann, Mr

Snow, ist ein netter, ernster und bedachter Mann und betet sie an. Sie ist zwar sehr glücklich in ihrer Ehe, doch kommt sie nicht so gut mit dem Durcheinander in Indien zurecht. Sie sagte mir, dass sie erwäge, nächstes Jahr einen Heimatbesuch zu machen, was ich für eine weise Entscheidung halte. Allerdings wird sie erst wieder zu Kräften kommen müssen, um die Strapazen einer solchen Reise zu meistern.

Hab nochmals Dank für deinen Brief, Shaker. Seit ich Liverpool – vor fast einem Jahr – verließ, habe ich mich immer wieder bemüht, die Hoffnung nicht zu verlieren, dass du mir doch noch schreiben würdest. Als dein Brief dann kam, war es, als ob eine Tür aufgeschwungen wäre.

Und nochmals, Shaker, meine tiefste Anteilnahme am Tod deiner Mutter.

Wie immer
deine Linny

PS: Falls du mir in Zukunft schreiben möchtest, so richte deine Briefe bitte an Mrs Somers Ingram, denn das ist der Name, mit dem ich nun angesprochen werde.

Es gab Bereiche in meinem Leben, die ich Shaker nicht offenbarte. Ich hatte ihm nicht geschrieben, dass ich manchmal auf den Friedhof der St.-John's-Kirche ging, aus Angst, dass er mich für morbide halten könnte. Für manche englischen Frauen war der Friedhofsbesuch eine Art zwanghafter Zeitvertreib. »So vergeht der Ruhm der Welt, hier liegt er begraben« war über dem Friedhofstor zu lesen. Hier fand ich eine friedvolle Stille, die es mir gestattete, die Erinnerung an meine Mutter wachzurufen und meinem kleinen Mädchen nahe zu sein. Viele – viel zu viele – Babys waren hier bestattet: gestorben an Cholera, an Dünndarmentzündung, Pocken, Fieber, hinweggerafft von … dem unerklärbaren, schrecklichen Sog Indiens. Und trotz der Traurigkeit beim Anblick der unzähligen Kindergrabsteine fand ich an diesem Ort Frieden. Nachdem die Regenzeit begonnen hatte und die Inschriften der Grabsteine reingewaschen waren, sodass die Lettern nun grün bemoost hervorstachen, hatte ich das Gefühl, an einer heiligen Stätte zu weilen.

Es gab auch Dinge, die ich zufällig sah und von denen ich Shaker nichts berichtete. Eines davon war ein *suttee*. Obwohl von der Regierung ein Jahr zuvor verboten, kam ich eines Tages an den rauchenden Resten eines Scheiterhaufens vorbei. Eine Witwe hatte sich selbst angezündet und war verbrannt. Nach den beiden Kindern zu urteilen, die neben dem Haufen dunkler Asche und den grauenhaften menschlichen Überresten weinten, war sie noch jung gewesen. Ob die beiden Jungen verstanden, dass ihre Mutter sich nicht nur für ihren Vater geopfert hatte – durch ihren Tod stellte sie seine Wiedergeburt sicher –, sondern auch für sie, ihre Kinder? Dadurch dass sie gegangen war, um im Jenseits ihren Platz zu Füßen ihres Mannes einzunehmen, hatte sie auch dafür gesorgt, dass das ganze Familienvermögen ihnen zufiel.

Eines Nachmittags stand ich im Schatten zwischen zwei Tempeln und beobachtete, wie eine Schar Männer einen anderen Mann hinter sich herzerrte, dessen Gliedmaßen mit Stofffetzen gefesselt waren. Sie zogen ihn auf eine Lichtung zwischen zwei Schreinen, wo sie ihn zwangen, sich niederzuknien und den Kopf auf einen Holzblock zu legen. »Choor, choor«, murmelte die schnell anwachsende Menge. Jetzt war mir klar, dass es sich bei dem Mann um einen Dieb handelte.

Als Nächstes führte ein Elefantenführer einen sanftmütigen Elefanten, der in verschiedenen Farben mit rituellen Mustern bemalt und an den Fesseln mit klingenden Glöckchen behängt war, auf die Lichtung. Mit einem Mal herrschte eine für dieses Land uncharakteristische Stille. Auf einen Befehl des Elefantenführers hin erhob sich das riesige, faltige Bein des Tiers über den Kopf des Diebs. Langsam, fast zart und rücksichtsvoll senkte sich der Fuß im bimmelnden Klang der Glöckchen und zerquetschte den Schädel des Diebs auf dem Holzblock. Ich konnte den Blick nicht abwenden. Die andachtsvolle Stille hielt auch dann noch an, als der Elefant weggeführt wurde und die Menge sich allmählich zerstreute. Sofort eilten zwei *sudras*, Unberührbare, herbei, um den Körper des Hingerichteten fortzuschaffen, am Hals nichts mehr als eine rötlich breiige Masse. Die verbleibenden Menschen bildeten einen großen Zirkel um die in Fetzen gekleideten *sudras*. Als sie nicht weit von meinem Versteck mit ihrer grauenvollen Last vorbeizogen, übergab ich mich.

Als ich wieder zu dem Basar zurückgegangen war, kaufte ich ein Päckchen *pan* und kaute die zerstoßene Mischung aus Gewürzen, Blättern und Betelnüssen, um meinen geschundenen Magen zu beruhigen. Dabei hörte ich einem verschrumpelten alten Blinden zu, der auf seiner Sitar spielte: eine Musik ohne jede Melodie und dennoch von ätherischem Klang. Als er fertig gespielt hatte, hob er das Gesicht gen Himmel, und ich sah, wie Freudentränen über seine Wangen strömten. Ich kauerte mich neben den Mann und drückte den Rest meines *pans* in seine Hand. Er ergriff meine Hand, ließ die Finger über Handrücken und Handgelenk gleiten und wisperte einen zahnlosen Segen. Ich fühlte einen Schauder des Widerwillens – gemischt mit einer anderen Emotion, und ich glaube, es war Neid, was ich empfand. Ja. Er hatte keine anderen Wünsche als seine Sitar und ein wenig Sonnenlicht. Er kannte seinen Platz in der Welt und hatte sich damit abgefunden.

Mein Lebensweg hatte mich an einen sicheren Platz geführt – ein wunderbares Haus, wo es mir an nichts fehlte, materiell gesehen. Und dennoch fühlte ich mich oft, als gehörte ich nicht an diesen Ort. Woher kam dieser dumpfe Schmerz, der mich quälte, obwohl ich ein Leben in Luxus führte?

Als ich mich von dem Blinden entfernte, schalt ich mich ob meiner selbstsüchtigen Gedanken.

Vierundzwanzigstes Kapitel

Faith bereitete mir Sorgen. Charles und sie waren gezwungen, in dem ziemlich heruntergekommenen Viertel zu wohnen, das den niedrigen Angestellten der Kompanie vorbehalten war. Ihr Haus befand sich am äußersten Ende der Chitpore Road in einer Reihe wacklig gebauter Bungalows, wo in Spalten und Ritzen der Mauern das Unkraut spross.

Als ich Faith das erste Mal besuchte, befanden wir uns mitten in der heißen Jahreszeit, die Hitze war kaum zu ertragen. Der Bungalow war klein, aber hübsch; die Einrichtung zeugte davon, dass Charles in Indien aufgewachsen war, und war ganz anders als in den Häusern in Garden Reach, Alipur und Chowringhee, die ich normalerweise besuchte. Mit den Rattanmöbeln und den runden Messingtischchen erweckte es auf gefällige Weise einen schlichten Eindruck; die weißen Wände waren mit wenigen gewebten Wandbehängen geschmückt und die Böden mit angenehm duftenden Binsenmatten ausgelegt. Trotz ihres gesellschaftlichen Abstiegs schien Faith in der ersten Euphorie nach ihrer Heirat glücklich zu sein und das Leben einer Hausfrau zu genießen. Es gab keine Schatten spendende Veranda, stattdessen ging die Hinterseite des Bungalows direkt auf einen Hof hinaus – dadurch war es im Haus erstickend heiß.

Nur ein Minimum an Bediensteten stand Faith zur Verfügung: ein dünnes, verhuschtes Mädchen von zwölf Jahren diente ihr als *ayah,* deren jüngerer Bruder war für alle Reinigungsarbeiten zuständig, während ein älterer Diener umherschlurfte, ohne wirklich einer sinnvollen Aufgabe nachzugehen. Mit drei anderen Haushalten teilte man sich einen Koch, einen *dhobi* und einen *durzi*.

Im Laufe der Zeit, während Kalkutta unter einer lähmenden Hitzeglocke lag, wurden Faith' Antworten auf meine Karten, womit ich sie einlud, mich tagsüber zu besuchen, oder anbot, ihr einen Besuch abzustatten, immer zögerlicher. Unter verschiedenen Vorwänden – die Hitze, Unpässlichkeit, ein Problem mit einem Diener – übermittelte sie mir bedauernd ihre Entschuldigungen. Nachdem ich sie drei Wochen lang nicht gesehen hatte, entschloss ich mich trotz der glühenden Nachmittagssonne kurzerhand zu einem Besuch.

An der Tür wurde ich von der *ayah* empfangen, die mich in den winzigen Salon führte. Während das Mädchen mich in der stickigen Luft allein ließ, um die Hausherrin zu holen, kam ich nicht umhin, die weißen Ameisen zu bemerken, die über die Binsenmatten krabbelten, ebenso wenig wie den säuerlichen Geruch von lange nicht gewaschenem Leinen. Die Stoffbespannung des *punkah* war mit einer dicken Schicht Staub bedeckt, und auf dem kleinen, runden Teakholztisch, den ich durch die Türöffnung sah, stapelte sich schmutziges Geschirr. Nach einiger Zeit kam endlich Faith herein. Sie war blass, ihr Kleid zerknittert, und Strähnen ihrer Haare hatten sich aus den Haarklammern gelöst.

»Hallo, Linny«, sagte sie. »Ich habe einfach nur im Bett gelegen, um mich in der Hitze nicht bewegen zu müssen. Entschuldige bitte den Zustand meines Hauses, aber wir haben in letzter Zeit überhaupt keinen Besuch empfangen. Es ist einfach zu heiß.«

»Natürlich. Niemand scheint in dieser brütenden Hitze irgendetwas zustande zu bringen, nicht wahr?«

Wir setzten uns, und Faith schickte die *ayah* hinaus, um uns gekühlten Tee zu bringen, den sie zusammen mit einem Teller Gebäck servierte. Das Mädchen verströmte einen starken Geruch nach *ghee,* mit dem sie ihr Haar zum Glänzen brachte. Faith schenkte dem Teller mit den Plätzchen keinerlei Beachtung, doch ich bemerkte, dass sie von mehliger Konsistenz waren.

Unser Versuch, Smalltalk zu machen, scheiterte, da Faith ziemlich verwirrt zu sein schien: Zwischendurch gab sie der *ayah* Anweisungen für den Koch, um sich dann zweimal eines Besseren zu besinnen und sie durch neue zu ersetzen. Dem Jungen trug sie kleinere, unwichtige Aufgaben auf, während sich Schwärme von Fliegen über den Geschirrberg hermachten. Und als ich ankündigte, dass ich mich in der nächsten halben Stunde auf den Heimweg machen wollte, lief sie wie ein gefangenes Tier im Salon umher und blickte immer wieder aus dem Fenster.

»Bist du sicher, dass es dir gut geht, Faith?«, fragte ich. Mir fiel auf, dass sie weder Korsett noch Petticoat trug; ihr Kleid aus Ekrüseide hing schlaff an ihr herab, und unter den Achseln und am Rücken zeichneten sich Schweißflecken ab. In dieser Hitze wechselte ich mindestens viermal am Tag die Kleidung; Malti ließ kühlende Bäder für mich ein und hatte stets frische Kleidung parat.

Abwesend sah sie mich an. »Ja. Ich dachte nur, dass Charles heute früher als sonst nach Hause käme. Das hoffte ich zumindest. Ich hasse es, allein in diesem Haus zu sein.«

»Du bist nicht allein. Du hast die Diener, und in den Bungalows, mit denen ihr den Hof teilt, gibt es andere Frauen. Besuchst du sie gelegentlich?«

Sie sah vom Fenster weg. »Ich dachte nur ... Ich hoffe, dass er kommt, bevor du gehst.« Sie trat zu mir. »Es sind die Diener, sie beobachten mich ständig, und ich habe das Gefühl, dass sie mich nicht mögen.«

»Vielleicht solltest du mehr ausgehen. Ich weiß, wie schwer es ist, sich in dieser Hitze aufzuraffen, aber es ist nicht gut, sich den ganzen Tag einzuschließen und niemanden zu sehen.«

»Ich werde nicht zu denselben Gesellschaften eingeladen wie du, Linny.«

»Aber ich gehe nicht nur zu diesen Gesellschaften, sondern mache mich oft mit Malti auf den Weg, um etwas zu unternehmen. Im Kalkutta-Club gibt es beispielsweise eine kleine Bibliothek.«

»Charles ist dort nicht länger Mitglied.«

»Aber ich könnte dich als meinen Gast mitnehmen.«

»Es ist alles so ermüdend«, sagte Faith. Und als ich mich von ihr verabschiedete, schien sie noch zerstreuter – regte sich über den unaufgeräumten Tisch auf und machte sich Sorgen, dass das Abendessen Charles' Ansprüchen nicht genügen könnte.

Es gab durchaus Aspekte meines Lebens in Kalkutta, die mir weniger gefielen, doch im Großen und Ganzen war ich zufrieden. In der Bibliothek verbrachte ich unzählige glückliche Stunden. Mr Penderel, der ältere Herr, der Aufsicht hatte, kannte mich inzwischen. Ich glaube, er freute sich, wenn jemand zur Tür hereinkam: Wann immer ich in Abständen von fünf bis sechs Tagen die Bibliothek aufsuchte, um mir zwei neue Bücher auszuleihen, war keine Menschenseele dort. Nach ein paar Monaten hatte es sich Mr Penderel zur Gewohnheit gemacht, die Neuzugänge, die frisch mit dem Schiff eintrafen, für mich beiseite zu legen. Das erste Mal, da er gesehen hatte, wie ich die Art der Bindung eines besonders schönen Bands betrachtete, runzelte er missbilligend die Stirn.

»Ich versichere Ihnen, Mrs Ingram, Sie werden keine Milben finden. Bevor ich die Bücher ins Regal stelle, überprüfe ich jedes einzelne, ebenso wenn jemand ein Buch ausgeliehen hat und es zurückbringt. Mir liegt sehr viel daran, darauf zu achten, dass die Bücher in diesem Klima erhalten werden.«

»Oh, ich habe gar nicht nach Milben geschaut, Mr Penderel. Mich interessieren vielmehr die Details, wie das Buch gemacht ist. Hier ist beispielsweise eine seltsame Naht« – ich zeigte ihm die Stelle –, »wie ich sie noch nie zuvor gesehen habe.«

»Also nun«, sagte Mr Penderel, während seine Augen aufleuchteten, »dann sind Sie also an den Büchern an sich interessiert?«

»O ja. Ich beschäftige mich mit der Machart von Büchern seit … nun, seit ich ein junges Mädchen war. Die Buchmacherkunst hat mich schon immer fasziniert.«

Daraufhin beeilte sich Mr Penderel, mir eine ganze Auswahl verschiedener Bücher zu bringen, und wir brachten eine gute halbe Stunde damit zu, uns über die Einbände und die Drucktechnik zu unterhalten. Lange schon hatte ich mich nicht mehr so inspiriert gefühlt wie nach diesem Gespräch.

Alles in allem dachte ich in jenen ersten Monaten meiner Ehe, dass mein Leben – angesichts der Besuche bei Faith und in der Bibliothek sowie Somers' häufiger Abwesenheit, wenn er seinen ganz privaten Vergnügungen nachging – den höchstmöglichen Grad an innerer Zufriedenheit erreicht hätte.

18. Juli 1831

Lieber Shaker,

der Juni verabschiedete sich mit dem Hereinbrechen des Loo – eines heißen Westwinds. Vor dem feinen, roten Sand, den er mitführt, gibt es kein Entkommen; ebenso hinterhältig wie ein übler Geruch, bahnt er sich durch Ritzen und Spalten seinen Weg in das Innere der Häuser, nistet sich in Augen, Nase und zwischen den Zähnen ein. Es schien mir, als hätte er sich sogar auf meine Sinne gelegt, um sie zu ersticken. Selbst die sonst durch nichts zu erschütternde Dienerschar hat er rastlos werden lassen.

Manchmal wehte er mit einem derartigen Ingrimm, dass er klapprige Häuser vom Boden fegte und Bäume entwurzelte. Es heißt, dass er die Engländer in den Wahnsinn treibt, und vielleicht ist es tatsächlich so – dass sich sein unaufhörliches Geheul wie eine Entzündung in das Gehirn frisst und zu einer zeitweisen Geistesschwäche führt. Wenn er endlich verstummt, hält jeder inne, horcht auf, als würde die plötzliche Stille eine neue Bedrohung bergen.

Kaum ist der Loo erstorben, kommt der erste Monsunwind, der sich ohne Vorwarnung über die Stadt hermacht. Es ist, als ob der Himmel seine Pforten geöffnet hätte, um Wannen voll warmen Wassers über Kalkutta zu ergießen. Die Straßen werden überflutet von schlammigen Flüssen, sodass sie angesichts der schweren Röcke, die ich hinter mir herziehe, und der Schicht aus Petticoats und Krinolinen, die ich zu tragen gezwungen bin, wenn ich das Haus verlasse, kaum mehr begehbar sind. Die täglichen sintflutartigen Regengüsse dauern ein paar Stunden, um dann so unvermittelt zu versiegen, wie sie eingesetzt haben. Die heiße, stickige Luft in ihrem Gefolge macht einem das Atmen schwer, so als hätte man ein feuchtes Gewebe vor der Nase. Nach einer kurzen, trügerischen Pause, in der eine schimmernde Sonne am tiefblauen Himmel treibt, sammeln sich die nächsten Wolken, das Blau verwandelt sich in ein Unheil verkündendes Schiefergrau, und der Monsun kehrt mit neu geschöpfter Kraft zurück.

Grüner Schimmel, so hell und glitzernd wie Smaragde, sprießt über Nacht und bedeckt alles, was aus Papier, Stoff oder Leder besteht – sogar im Haus. Und jetzt weiß ich auch, welchen Zweck die geheimnisvollen Blechdosen erfüllen, die sich in einer Ecke meines Schlafzimmers stapeln und in denen ich nun meine Kleider aufbewahre. Wenn keine Besucher angekündigt sind, decken die Diener alle Einrichtungsgegenstände mit Leintüchern zu. Die meiste Zeit verbringe ich auf der Veranda vor meinem Schlafzimmer.

Durch die offenen Fenster kommen Schwärme von Fliegen herein, und eine ganze Bandbreite fliegender, kriechender und krabbelnder Insekten scheint der feuchtheißen Luft zu entspringen. Gestern beim Abendessen beobachtete ich Silberfische, weiße Ameisen, Stinkkäfer, Raupen und Tausendfüßler, ganze Armeen, die sich ihren Weg zum und über den Tisch bahnten. Was einem das Essen nicht gerade zum Genuss werden lässt. Kaum werden die Deckel und Tücher über den Schüsseln gelüftet, beginnt ein Flattern und Schwirren, und auch ganze Heerscharen von jungen Dienern mit ihren Fliegenwedeln vermögen angesichts dieser Invasion nichts auszurichten. Hinter meinem Stuhl steht ein Junge, dessen Aufgabe es ist, mit einem Löffel die größten Exemplare der Käfer und anderer Insekten, die mir auf den Schultern und im Haar landen, wegzubugsieren. Somers indessen ist dazu übergegangen, seine Mahlzeiten in der akribisch sauberen und beinahe versiegelten Gentlemen's Lounge im Verwaltungsgebäude einzunehmen.

Niemand anderem als dir könnte ich es anvertrauen, Shaker, aber ich finde einige dieser Insekten faszinierend. Es gibt Motten mit grazilen, zarten Flügeln, die aussehen wie gesponnenes Gold. Einen prächtigen Tausendfüßler, grün und gelb gestreift und über zwanzig Zentimeter lang, habe ich eingefangen und über eine Woche in einem großen Einweckglas gehalten. Morgens fütterte ich ihn mit Blättern und schaute ehrfürchtig zu, wie er sein Mahl mampfte. Und sogar die Fliegen, Shaker – die Fliegen! Sie haben nichts mit der Stubenfliege gemein, die wir in England kennen, hier gibt es welche mit burgunderfarbenem oder tiefgrünem Körper. Ich habe gelernt, das Bett mit Schichten von glattem Musselin einzuhüllen, und bevor ich nachts hineinsteige, ziehe ich jedes einzelne Laken zurück und untersuche es sorgfältig, um sicherzugehen, dass ich keinen schläfrigen Skorpion als Bettgenossen habe. Anschließend überzeuge ich mich davon, dass der Leinenbaldachin über meinem Bett sicher und stabil gespannt ist. Eines Nachts wurde ich unangenehm geweckt, als mir ein walnussgroßer Mistkäfer aufs Gesicht fiel – das erste und letzte Mal, da ich allzu nachlässig mit meiner nächtlichen Inspektion war. Außerdem habe ich entdeckt, dass mein Badeschwamm ein ideales Versteck für einen Skorpion ist.

Jeden Morgen nehme ich meine Dosis Chinin ein – einen erschreckend großen Löffel voll, und der bittere Geschmack lässt mich schaudern. Man hat mich gewarnt, dass man sich vor allem in der heißen Jahreszeit mit Malaria ansteckt. Somers hatte sich in seinem ersten Jahr hier mit der Seuche infiziert (vor fünf Jahren) und erleidet immer wieder Rückfälle.

Wenn er krank ist, will er mich nicht in der Nähe haben, nur die Diener, die ihn pflegen, haben Zutritt zu seinem Zimmer. Dennoch habe ich ihn schon stöhnen und klagen gehört, dass er das Gefühl habe, brutale Hände würden seine Knochen verdrehen und das unaufhörliche Schmettern einer Kesselpauke malträtiere seine Ohren, sodass er fürchte, verrückt zu werden. Von seinen Eltern hat er mir kaum etwas erzählt, aber in seinem Delirium ruft er wie ein kleiner Junge nach seiner verstorbenen Mutter, um im nächsten Moment seinen grausamen Vater zu verfluchen, der ihn in seinen Albträumen verfolgt.

Während seiner letzten Fieberattacke zitterte er so heftig, dass er einen Zahn verlor. Armer Mann!

Und damit werde ich für heute schließen, doch nicht ohne dir, lieber Shaker, zu versprechen, dass ich bald wieder schreiben werde.

Herzlichst,
deine Linny

Ich vermied es, mehr als ein paar wenige Zeilen über Somers zu schreiben, denn was gab es von ihm schon zu berichten? Anfangs glaubte ich nicht, dass er ein böser Mensch sei, sondern lediglich einer, der vollkommen mit sich selbst beschäftigt ist. Wir fuhren fort, uns wie zwei desinteressierte, aber höfliche Nachbarn zu behandeln, die dasselbe Haus miteinander teilen. Manchmal, wenn er zu viel getrunken hatte oder vielleicht auch enttäuscht war wegen eines verpatzten Rendezvous, beschimpfte er mich und wurde gemein. Am nächsten Tag entschuldigte er sich mit einem Geschenk – einem mehr oder weniger wertvollen Schmuckstück, etwas Unpersönlichem, das er durch einen Laufburschen bei Taylor's Emporium besorgen ließ. In diesen Momenten wurde mir klar, dass Somers durchaus verstand, dass sein Benehmen unangebracht war, und obwohl ein aufrichtiges Lächeln oder ein nettes Wort mir mehr bedeutet hätten, akzeptierte ich den unnützen Tand als seine Art, sich zu entschuldigen.

Hin und wieder kam es vor, dass ich Somers dabei ertappte, wie er mich musterte, doch wenn ich ihn fragte, ob er mit mir über etwas reden wolle, sah er schnell weg und leugnete, mich angestarrt zu haben. Ich spürte, wie unglücklich er tief im Innern war, ein Zustand, den er mit Charme und seiner betont männlichen Art zu überdecken versuchte. Als ich ihn einmal nach seiner Kindheit in London, nach seinem Vater und seiner Mutter fragte, wich er mir aus.

Im Grunde genommen weigerte er sich, über irgendwelche persönlichen Aspekte seines Lebens zu sprechen – egal, ob sie seine Vergangenheit oder die Gegenwart betrafen. Ebenso wenig wollte er wissen, wie ich meine Zeit verbrachte. Wenn ich ihn nach seiner Arbeit fragte, sagte er, dass sie für mich nicht interessant sei. Und wenn ich ihm von den Büchern erzählen wollte, die ich las, und von meinen Gesprächen mit Mr Penderel, schien er gelangweilt. An den Abenden, die wir in befremdlicher Zweisamkeit verbrachten, sprachen wir über den Haushalt, die Diener und Einladungen, die wir zu geben oder anzunehmen gedachten. Über Herzens- und Geistesangelegenheiten sprachen wir nie.

Als der Monsun nachließ, im Schlepptau die herrliche, kühle Jahreszeit, begann die Spirale unserer Ehe sich abwärts zu drehen. Ich war fast ein Jahr in Indien. Somers, der sich das angenehme Wetter zunutze machte, war mit ein paar anderen Männern fast drei Wochen auf einer Jagd gewesen. Als er sonnenverbrannt nach Hause kam, war er müde und missmutig, da die erhoffte Trophäe ausgeblieben war. Schuld daran waren natürlich die Kulis, die unfähig gewesen seien, den Urwald richtig abzukämmen. Er erzählte, dass es zwar jede Menge Wild gegeben habe – Tiger, Panther, Samburs und Wildschweine –, doch nachdem einer von ihnen durch einen Tatzenhieb eines verletzten Tigers zu Tode gekommen war, seien die Kulis vollkommen verschreckt gewesen. »Die verdammten Feiglinge«, fügte er hinzu. »Danach kletterten sie beim leisesten Rascheln im Busch auf einen Baum und ließen die Wildschweine entkommen.«

»Aber sie hatten ja auch Grund, Angst zu haben …«

»Es gibt keine Entschuldigung, Linny. Es ist ihr Job, und sie werden dafür bezahlt.« Wir waren im Salon mit seiner gedämpften, formellen Atmosphäre, wo ich auf dem Damastsofa saß und bis zu Somers' Ankunft ein Buch gelesen hatte; wie ein Raubtier im Käfig lief er vor mir auf und ab. Noch nie hatte ich ihn in derart schlechter Laune erlebt, deshalb schwieg ich und ließ ihn über seinen missratenen Ausflug schimpfen. Schließlich schrie er nach den Dienern, woraufhin eine ganze Schar herbeigeeilt kam. Er verlangte, dass man Badewasser auf sein Zimmer bringe, außerdem wünschte er zum Abendessen ein herzhaftes englisches Mahl mit mehreren Gängen, darunter Lammschlegel, Roastbeef mit Kartoffelbrei und Yorkshire-Pudding. Dann nahm er eine Flasche Portwein aus der Anrichte und verschwand damit für den restlichen Nachmittag.

Am frühen Abend lud er mich ein, mit ihm zu essen. Die Speisen wurden mit dem üblichen Tamtam serviert – die Teller aus Sèvres-Porzellan, die silbernen Platten und das Besteck auf Hochglanz poliert. Nach jedem Bissen nippte Somers an seinem Glas mit Wasser verdünntem Madeira, woraufhin der *khitmutgar* es rasch wieder auffüllte.

Während er schwerfällig sein Fleisch schnitt und langsam und genüsslich kaute, trank ich Wasser aus einem Kristallkelch und schob appetitlos einen Bissen rosafarbenes Roastbeef auf meinem Teller hin und her.

Schließlich sah Somers auf. »Ist das Fleisch nicht nach deinen Vorstellungen zubereitet?« Seine Aussprache klang verschliffen; ich hatte ihn noch nie so betrunken erlebt und fragte mich, ob sich ein weiterer Malariaanfall ankündigte.

»Ich habe erst spät zu Mittag gegessen und bin nicht hungrig genug für ein so üppiges Mahl.«

»Nun, dann lass dir etwas anderes bringen. Rahul«, sagte

er zu einem Jungen, der mit einem Stapel Servietten an ihm vorbeiging, »nimm Mrs Ingrams Teller mit.«

Der Junge schaute auf den Tisch. Seine Augen weiteten sich, dann senkte er den Kopf.

»Nimm ihren Teller mit, Rahul«, wies Somers ihn erneut an.

Den Kopf noch immer gesenkt, ging Rahul langsam rückwärts Richtung Tür.

»Somers, du weißt, dass er das nicht kann«, sagte ich. »Ruf bitte jemand anderen, um …«

Im selben Augenblick stieß Somers den Stuhl mit einem lauten Geräusch zurück und war mit einem Satz bei dem Jungen. Grob packte er ihn an seinem dünnen Arm, sodass die Servietten wie befreite Tauben zu Boden flatterten. »Wenn ich dir sage …«

Ich war ebenfalls an Rahuls Seite geeilt und versuchte, Somers' Griff von ihm zu lösen. »Lass ihn in Ruhe.«

»Er hat zu gehorchen, wenn ich ihm einen Befehl erteile.« Somers' Gesicht war von tiefer Röte überzogen, und sein Griff verstärkte sich. »Der Bursche hier mag nicht gern Befehle ausführen. Das habe ich heute bereits feststellen müssen, Rahul, oder etwa nicht?«

Also ging es nicht nur um den Teller. Sofort wurde ich von Mitleid gegenüber dem Jungen ergriffen, der nicht älter als vierzehn war und am ganzen Leib zitterte. Ich mochte mir gar nicht ausdenken, was vor wenigen Stunden mit ihm geschehen war, als ich Somers schlafend wähnte. »Somers«, sagte ich in ruhigem Ton, »lass ihn los.«

»Wie kannst du es wagen, mir vor den Dienern zu widersprechen?«

»Er ist Hindu. Er darf keinen Teller berühren, auf dem sich Rindfleisch befindet, das weißt du ganz genau.« Ich sprach noch immer betont leise, während ich versuchte, Somers' Finger vom Arm des Jungen wegzuziehen. »Du könntest ihn schlagen, bis er ohnmächtig ist, und dennoch würdest du ihn nicht dazu bringen, deinen Befehl auszuführen. Geh und hol Gohar, Rahul«, sagte ich. »Gohar kann den

Teller abräumen. Somers, lass ihn *los.*« Das letzte Wort sagte ich mit mehr Nachdruck, als ich je an den Tag gelegt hatte, seit ich mit Somers verheiratet war.

Im nächsten Moment lächelte Somers mich an. Eine unnatürliche Grimasse. Dann ließ er abrupt Rahuls Arm los. Mit wehenden Hemdzipfeln floh der Junge aus dem Zimmer. Sekunden später war ein anderer Diener da und räumte geräuschlos meinen Teller ab. Die restlichen Diener, die sich im Speisezimmer aufhielten – der *punkah-wallah, khitmutgar* und die Jungen mit den Fliegenwedeln –, gingen ihrer jeweiligen Aufgabe nach, als wäre nichts geschehen.

Wir setzten uns wieder. Mechanisch führte Somers Gabel um Gabel seines Mahls zum Mund. Ich nahm eine Feige von der Platte mit dem Obst und den Nüssen, die vom Kerzenschein beleuchtet in der Mitte der Tafel stand. Als ich in die Frucht biss, zog sich mir die Kehle zusammen – die Feige war überreif. Gleichzeitig sah ich den feinen Regen rötlichen Fleischsafts, der auf Somers' cremefarbener Weste versprüht war, und die Linie aus Schweißperlen, die sich von seinen Koteletten bis zum Hemdkragen zog.

Abgesehen vom Flattern einer Motte über dem Kerzenleuchter saßen wir in Stille gehüllt da, bis Somers zu Ende gegessen hatte. Dann verließ er wortlos den Tisch.

Als ich mich für das Schlafengehen richtete, dachte ich, dass der Vorfall vorbei und vergessen sei. Doch gerade als Malti mir in mein Nachthemd geholfen hatte, kam Somers herein. An den Türstock gelehnt, entließ er sie mit einem gebellten Befehl. Sie musste sich seitwärts an ihm vorbeidrücken, um ihn nicht zu berühren, als sie hinausschlüpfte. Er war noch nie in mein Schlafzimmer gekommen, ebenso wenig wie ich seines aufgesucht hatte.

»Somers«, sagte ich, »warum …« Ich brach ab, als ich sah, dass er eine Reitpeitsche hinter dem Rücken vorgezogen hatte.

»Solltest du mich jemals wieder vor einer anderen Person demütigen, wirst du an diese Nacht zurückdenken und beten – denn das hier soll dir nur eine Warnung sein.«

»Was meinst du damit? Du wirst mich nicht schlagen, Somers«, sagte ich mit Selbstvertrauen. Nicht wenn sich zwanzig Diener in Hörweite befinden, dachte ich.

»So, das werde ich nicht?« Er wartete für die Dauer eines Herzschlags, ehe er lächelnd näher kam, so als könnte er meine Gedanken lesen. »Du glaubst, dass die Diener dir zu Hilfe eilen werden? Hast du die Regeln, die in diesem Land herrschen, noch immer nicht begriffen? Bist du wirklich so blind, dass du glaubst, dass es irgendjemanden kümmert, was mit dir geschieht? Dass einer dieser unterwürfigen Köter mich daran hindern würde, meine Frau in ihre Schranken zu weisen?«

Ich öffnete den Mund, doch ehe ich etwas sagen konnte, hatte er mich an der Knopfleiste meines Nachthemds gepackt und mich zu sich herangezogen. Mochte ich auch noch so mit den Fäusten gegen seine Brust trommeln, gegen seine Kraft, durch Wut und Alkohol aufgeladen, vermochte ich nichts auszurichten. Er schleuderte mich aufs Bett, und eine Öllampe, die nicht angezündet war, fiel zu Boden, woraufhin sich das Zimmer mit dem Geruch des Kokosöls erfüllte. Mein Nachttisch war ebenfalls umgestürzt. Mühelos drehte er mich auf den Bauch und presste mich, mir das Knie ins Kreuz stemmend, auf die Matratze. Während er mich mit der einen Hand am Handgelenk festhielt, schlug er mit der anderen mit der Reitpeitsche auf mich ein. Ich spürte, wie der dünne Stoff meines Nachthemds mir in Fetzen am Rücken hing und sich die Lederriemen sengend in meine Haut gruben. Während Somers auf mich eindrosch, schrie und fluchte ich, die übelsten Ausdrücke gebrauchend, die ich von meinen alten Freundinnen kannte – die Sprache von Helen und Annabelle, Dorie, Lambie und Skinny Mo. Plötzlich hielt er inne, und ich blickte über die Schulter zu ihm zurück. Seine Brust hob und senkte sich vor Anstrengung und war schweißbedeckt, ebenso wie sein verzerrtes Gesicht. Der seltsam verklärte Blick in seinen Augen, mit dem er auf meinen blutigen Rücken herabstarrte, war, wie ich mit Schaudern begriff, ein Ausdruck von Wollust und sinnlicher Intimität. Er schleuderte die Peitsche von sich, knöpfte sich die Hose auf und zerrte mich an der Hüfte auf die Knie. Während er mit seiner Hose beschäftigt war, entwand ich mich seinem Griff, drehte mich mit dem Gesicht zu ihm und hielt mir, ein Stück entfernt auf der Matratze kauernd, die Bettdecke vor den Körper. Sein Blick wanderte zu seiner Erektion, dann stieß er einen leisen Fluch durch die Zähne aus und wandte sich abrupt ab.

»Ich habe nicht die Energie, meinen Samen an dich zu verschwenden«, sagte er und stand auf, stopfte sich das Hemd in die Hose und knöpfte sie zu. »Und ich will mich nicht mit dir besudeln. Rahuls enger, kleiner Hinduarsch ist hundertmal sauberer, als du es je sein könntest. Stattdessen sollte ich es dir mit dem Griff meiner Reitgerte besorgen, doch auch der ist für dich zu schade.«

Damit ging er, und ich wusste mit einem Mal, dass der Handel, den ich eingegangen war, mehr beinhaltete, als ich vorausgesehen hatte. Ich war Somers' Gefangene, ebenso wie ich Ram Munts Gefangene gewesen war.

Am nächsten Nachmittag, als ich auf der Veranda saß, kam Somers mit seiner üblichen Entschuldigung an. Ich war erst um die Mittagszeit aus dem Bett gekrochen, denn jede Bewegung schmerzte mich. Die Peitschenhiebe würden Narben hinterlassen, das wurde mir schmerzlich bewusst. Kaum war Somers in der Nacht zuvor gegangen, kam Malti in mein Zimmer geeilt. Sie weinte und jammerte unaufhörlich auf Hindi, während sie mich wusch und die Wunden versorgte. Die sanften Bewegungen ihrer Hände, die eine nach Mandeln duftende Salbe auf meine Haut strichen, waren eine Wohltat für mich. Als ich dann endlich in meinem Bett lag, setzte sie sich daneben und wiegte mich mit einem sanften Gesang in einen unruhigen Schlaf. Als ich in der Morgendämmerung aufwachte, saß sie noch immer neben meinem Bett, den Kopf an die Bettkante gelehnt.

Und nun stand Somers vor mir, in der Hand einen großen Weidenkorb, den er zu meinen Füßen abstellte.

»Was ist das?«, fragte ich, ohne in den Korb zu schauen. Im nächsten Moment wurde der Deckel angehoben und die Schnauze eines kleinen Hunds blickte heraus. Ich nahm seinen kleinen, knochigen Kopf in die Hände und blickte in seine bernsteinfarbenen Augen.

»Er ist eine Kreuzung aus verschiedenen Rassen. Ich kann den indischen Namen nicht aussprechen, aber angeblich ist er das Ergebnis einer komplizierten, handverlesenen Züchtung. Offensichtlich gedeiht diese neue Rasse mit ihrer robusten Konstitution und dem kurzen Fell im indischen Klima besonders gut. Diese Hunde werden auch nicht von der Räude befallen, wie unsere Rassen aus England. Sie können sehr scharf werden, sind aber auch sehr anhänglich.« Somers sprach mit ruhiger Stimme, gefärbt mit einer Nuance, die ich noch nicht an ihm kannte. War es Scham oder gar Reue? »Sie lassen sich übrigens nicht leicht züchten«, fuhr er fort, »und man kann sie nur sehr schwer bekommen, zumindest muss man in der Regel eine gewisse Zeit warten. Ich hatte also Glück, diesen hier so schnell aufzutreiben. Bei ihm ist ein großer Anteil Terrier im Spiel, würde ich mal sagen, nach seinem drahtigen Körperbau zu schließen. Es gibt einen Mischling, der sie für die Engländer hier züchtet.«

Ich nahm den Hund aus seinem Korb und setzte ihn auf meinen Schoß. Er war zwar noch klein, doch ich spürte seine kräftigen Hinterbeine, als er sich unbeholfen aufrichtete, dabei auf meinem rutschigen Rock Halt suchend, und mir die Vorderpfoten an die Brust legte, um mir das Gesicht abzulecken.

»Er hat einen Hindunamen, aber du kannst ihn natürlich auch anders nennen. Er ist schon seit ein paar Wochen stubenrein, und es sollte dir keine große Mühe bereiten, ihn zu erziehen, wie der Züchter mir versicherte.« Er beugte sich vor, um den Hund hinterm Ohr zu kraulen. »Sie sind ausgezeichnete Spürhunde.« Der Stummelschwanz wedelte aufgeregt hin und her.

Ich schaute Somers an. Seine Augen waren blutunterlaufen, und er hatte tiefe Tränensäcke. Mir fiel auf, dass er seit unserer Hochzeit zugenommen hatte, sein Gesicht war aufgedunsen. Er sah erbärmlich aus, und nicht nur wegen des Alkohols. Ich wusste, dass er sich schämte für das, was er mir angetan hatte.

Dennoch dankte ich ihm nicht für den Hund. Ich würde ihm nie mehr für etwas danken, nahm ich mir vor. Tatsächlich war ich auch nicht dankbar für die diversen Geschenke, die er im Laufe unserer Ehe als Entschuldigung für seine Ausbrüche angebracht hatte. Eine Woche zuvor hatte ich ein Parfümflakon ausgeschlagen, was zu einer kleinen Auseinandersetzung führte; damals hatte ich mir vorgenommen, seine Geschenke in Zukunft immer abzulehnen.

Doch das Hündchen auszuschlagen brachte ich nicht übers Herz. Noch nie hatte ich ein Lebewesen für mich gehabt.

Ich nannte ihn Neel, das Hinduwort für Blau: Sein glänzendes Fell war tiefschwarz und schimmerte bläulich.

Fünfundzwanzigstes Kapitel

12. März 1832

Mein liebster Shaker,

vielen Dank für deinen Brief. Wie schön, über dein wachsendes Interesse für die Homöopathie zu lesen, die offensichtlich auch in England immer mehr Zuspruch findet. Auch die Inder verwenden eine Reihe pflanzlicher Mittel gegen alle möglichen Arten von Gebrechen. Wenn es dich interessiert, könnte ich Malti fragen, welchen von diesen Mitteln sie tatsächlich heilende Wirkung zuschreibt.

In ein paar Tagen werde ich zu einem Kurort in den Bergen aufbrechen, und vor meiner Abreise wollte ich unbedingt noch diesen Brief an dich aufgeben. Ich werde nach Simla reisen, einen Ort, der weit entfernt im Himalaya-Gebirge liegt. Dort werde ich bleiben, bis die heiße Jahreszeit vorüber ist. Nach meiner Erfahrung im letzten Jahr war ich erleichtert, als Somers vorschlug, dass ich die nächsten Monate fern des Staubs und der Hitze von Kalkutta verbringen sollte. Den Sommer in den Bergen zu verleben, so wurde mir beschieden, sei ein Muss für uns Memsahibs – sofern der Ehemann es sich leisten kann und man selbst in der Lage ist, die Strapazen einer solchen Reise gut zu überstehen: Die Reise führt fast zweitausend Kilometer nördlich, zuerst auf einem *budgerow* auf den Flüssen Hooghly, Ganges und Yamuna, gefolgt von einem langen Weg hinauf in die Berge, den wir Frauen auf einem *dooli* zurücklegen. Den Sommer in den kühlen, grünen Bergen zu erleben muss wohl äußerst angenehm sein. Anscheinend bereitet es den Memsahibs kein Kopfzerbrechen, ihre Männer in der Hitze der Stadt schmachtend zurückzulassen, während sie die dünne, aromatische Bergluft genießen.

Ich bin sehr froh, dass Faith sich dazu entschlossen hat, mich zu begleiten. Somers hatte auf einer Reisebegleitung bestanden – was für eine Ironie des Schicksals, nicht wahr, wenn man bedenkt, auf welche Weise ich nach Indien kam?

Aber um Faith mache ich mir wirklich Sorgen, Shaker. Es scheint ihr nicht gut zu gehen, und zwar im tiefsten Innern. Manchmal frage ich mich, ob sie von ihrer Mutter die Neigung zur Melancholie geerbt hat. Doch sobald ich mich behutsam nach ihrem Befinden erkundige, zeigt sich Faith verschlossen. Zwar ist Charles sehr liebevoll zu ihr, doch die Umstände ihres Lebens verschlimmern ihren Gemütszustand zusehends. Wenn ich an das fröhliche, lachende Mädchen denke, das ich in Liverpool kennen lernte, wird mir das Herz schwer. Ich habe große Angst um sie und wünschte, ich könnte ihr helfen.

Aber vielleicht wird der Aufenthalt in Simla ihr neuen Lebensmut geben.

Herzlichst,
Linny

PS: Guggal (indisches *bedellium)* birgt ein duftendes Harz, das gegen Wassersucht und schmerzhafte Gelenkschwellungen hilft.

Als ich Faith vorschlug, mich auf der Reise zu begleiten, sagte ich ihr und Charles, dass Somers bereits einen Bungalow gemietet habe (Wahrheit), dass er die Reise organisiert und bezahlt habe (wahr) und einverstanden sei, dass sie mit mir reise (eine Lüge). Charles drängte sie, die Gelegenheit beim Schopf zu packen. Es verstand sich von selbst, dass er sich die Reise seiner Frau nicht leisten konnte. Faith sagte, sie könne es nicht ertragen, so lange von ihm getrennt zu sein, doch wusste ich, dass Charles keineswegs wollte, dass sie eine weitere heiße Jahreszeit in Kalkutta verbrachte. Im vergangenen Jahr hatte sie unter starkem Schüttelfrost gelitten, erst einen Furunkelausschlag und dann Gürtelrose bekommen, die sich in der Regenzeit noch verschlimmerte.

Körperlich hatte sie sich von ihrer Krankheit wieder halbwegs erholt, doch ihre frühere Leichtigkeit und Unbeschwertheit waren ihr abhanden gekommen. Seither saß sie oft stundenlang schweigend und vor sich hin brütend am Fenster. Charles vertraute mir an, dass er fürchtete, seine Frau würde eine zweite heiße Jahreszeit in der Stadt nicht überleben, nachdem sie sich erst vor kurzem von ihrer schweren Krankheit erholt hatte. Nachdem auch sie eingewilligt hatte, war er außer sich vor Freude bei der Aussicht, dass sie in der frischen Bergluft von Simla zu neuen Kräften käme. Charles wünschte sich sehnlichst, dass Faith wieder lachen und lesen könnte, lebhafte Gespräche führen und Vögel zeichnen würde, die sie so liebte. Insgeheim hoffte er wohl auch, dass sie in Simla ohne seine Gegenwart gesellschaftlich eher akzeptiert wurde. Eine perfekte, wenngleich auch nur vorübergehende Lösung, wie er es nannte.

Somers indessen war außer sich vor Wut, als ich ihm sagte, ich hätte Faith als Begleiterin eingeladen. Ich hatte mit diesem Ausbruch gerechnet und war bereit, die Konsequenzen zu erdulden. Absichtlich erzählte ich ihm erst in der Nacht vor unserer Abreise davon, als er sich gerade auf den Weg zum Club machen wollte.

Er runzelte missbilligend die Stirn. »Nein. Du weißt sehr wohl, dass ich bereits Mrs Partridge als deine Begleiterin ausgewählt habe.« Er drehte den Hut in den Händen, und die Abdrücke seiner Daumen zeichneten sich auf dem weichen Gewebe ab. »Wie kommst du dazu, eigenmächtig eine solche Entscheidung zu treffen? Schließlich habe ich mich schon vor mehr als einem Monat mit Colonel Partridge darüber verständigt, außerdem wollte seine Frau ohnehin nach Simla reisen und ist gern bereit, einen Bungalow mit dir zu teilen und deine …«

»Und jeden meiner Schritte zu beaufsichtigen, Somers?«

»… deine Begleiterin zu sein. Wir hatten uns darauf geeinigt, dass du nicht ohne Begleitung fährst. Und nun wagst du es erneut, den Namen Ingram zu beflecken, indem du weiterhin Kontakt mit dieser Frau pflegst! Gut, du wirst dir etwas einfallen lassen müssen, um deine voreilige Entscheidung rückgängig zu machen.« Er legte die Hand auf den Türknauf – für ihn war die Angelegenheit damit erledigt.

Ich hielt ihn am Ärmel zurück. »Das ist unmöglich. Ich habe sie eingeladen, und sie hat zugestimmt, also ist es abgemacht, dass sie mich begleitet. Dann werden wir eben zu dritt reisen, und dich sollte es nicht weiter kümmern.« Ich hielt den Atem an. Die Erfahrung hatte mich gelehrt, dass jede Provokation meinerseits Somers zu einem Gewaltausbruch reizte. Und warum auch immer, manchmal ertappte ich mich dabei, wie ich ihn absichtlich herausforderte. Ich wusste genau, was ich tat, wenn ich ihm in Gesellschaft über den Mund fuhr oder gelegentlich seine Anweisungen in Haushaltsdingen untergrub. Es war, als wollte ich herausfinden, wie weit ich gehen konnte, ehe er gewalttätig wurde. An seinem Gesicht konnte ich ablesen, wann die Grenze erreicht war, und dennoch fand ich einen abartigen Gefallen daran, ihn noch weiter zu reizen. Rückblickend denke ich, dass ich auf diese Weise versuchte, seine Aufmerksamkeit auf mich zu ziehen – auch wenn es mir nichts anderes einbrachte als Angst und Schmerzen. Auf irgendeine Art wollte ich Zugang zu ihm haben, und wahrscheinlich war das meine einzige Möglichkeit, ihn dazu zu bringen, eine Reaktion zu zeigen.

Jetzt packte er mich am Arm und wirbelte mich zu sich herum. Mit den Fingerknöcheln versetzte er mir einen Schlag gegen das Kinn, und während ich zu Boden stürzte, schlug die Tür hinter ihm so heftig zu, dass ein goldgerahmtes Porträt König Williams IV. von der Wand fiel und das Glas neben mir auf dem Steinboden in tausende Stücke zersplitterte.

Am nächsten Morgen, dem 15. März – den Iden des März – war es dunstig und warm. Faith, Charles, Muriel Partridge und ich standen am schlammigen Ufer und schauten zu, wie die Reisekoffer und Kisten auf den langen, flachen Lastkahn geladen wurden, welcher die Diener und das Gepäck in den nächsten drei Wochen transportieren würde. Ein behelfsmäßiges Zelt am Ende diente als Schlafplatz für die Diener und die Mannschaft des Kahns. Wir drei Frauen würden auf einem kleineren, flachen *budgerow* reisen, einer Mischung aus Hausboot und Kahn.

Mrs Partridge war eine säuerliche, affektierte Frau. Doch nachdem sie bereits zwei Sommer in Simla verbracht hatte, erwies sie sich trotz ihrer übertrieben beflissenen Art und, obgleich ich sie nicht mochte, als hilfreich. Sie hatte uns manch nützlichen Rat erteilt – welche Dinge unerlässlich sowohl für die Reise als auch für unseren Aufenthalt in Simla waren. Ihr Mann war ebenso affektiert und hochnäsig wie sie; die Position, die er zuletzt in der Armee innegehabt hatte – ein Jahr zuvor war er in den Ruhestand versetzt worden –, schien ihn mit einer beachtlichen Portion Selbstherrlichkeit ausgestattet zu haben.

Somers und ich hatten die beiden gelegentlich eingeladen, obwohl ich von Anfang an eine gehörige Abneigung gegen das Ehepaar hegte.

Jede von uns hatte drei Schrankkoffer, worin unsere Kleider sorgsam zwischen Flanell und Wachspapier lagen. Dazu teilten wir uns eine riesige Kiste mit Bettzeug und Handtüchern, zwei Kisten mit Küchenutensilien, und in einer Kiste befanden sich meine Bücher und Schreibmappen sowie Faith' Zeichenblöcke. Außerdem hatte ich eine Kiste mit wärmeren Kleidern für die Diener packen lassen. Wir nahmen unsere eigenen *ayahs* mit ebenso wie unseren *dhobi* und zwei Diener für Reinigungsarbeiten. Einen Koch und zwei Träger hatten wir eigens für die Reise eingestellt.

»Was für ein Brimborium«, sagte Charles. »Ich kann mir nicht vorstellen, wie der ganze Ballast die schmalen Bergstraßen hinaufgeschafft werden soll.«

Mrs Partridge rümpfte die Nase. »Das ist nur halb so viel, wie die meisten anderen Frauen mitnehmen.«

»Du wirst mir eine Nachricht schicken, dass ihr gut angekommen seid, versprichst du mir das?«, sagte er zu Faith. Seine Augen sahen so jung aus und zugleich besorgt.

»Das habe ich dir doch bereits gesagt«, antwortete Faith. »Bitte mach dir keine Sorgen. Heutzutage verreisen so viele Menschen in die Berge. Es ist bestimmt nicht gefährlich!« Ich sah, dass ihre Handschuhe nicht richtig zugeknöpft waren und ihr Haar seinen früheren Glanz verloren hatte.

Unsere Aufmerksamkeit wurde durch Mrs Partridge in Anspruch genommen, die am Uferrand stand und einem Mann, der es sich auf einem der Schrankkoffer bequem gemacht hatte, zurief: »Weg da! Stehen Sie augenblicklich auf! Sie dürfen sich nicht auf unser Gepäck setzen!« Der Mann achtete gar nicht auf sie, sondern verschränkte er die Arme vor der Brust und schaute in die andere Richtung.

»Im Übrigen«, raunte ich Charles zu, »würde es niemand wagen, uns zu belästigen, solange wir in Mrs Partridges Gesellschaft sind.«

Er lachte sein jungenhaftes Lachen, bis sein Blick an meinem geschwollenen Kinn haften blieb. Schweigend wandte er sich Faith zu. Während er ihr Kinn umfasste, beugte ich mich diskret hinab, um Neels Leine aufzuheben, doch aus den Augenwinkeln sah ich, wie er sie ein letztes Mal küsste. Seine Lippen ruhten sanft auf ihrem Mund, und dann beugte er sich über ihren Nacken, als wollte er noch einmal ihren Duft einatmen. Faith umarmte ihn fest, und so standen sie eine Weile da, unbekümmert darüber, in der Öffentlichkeit Zärtlichkeiten auszutauschen; jedermann konnte sehen, wie sehr sie sich liebten. Ich dachte daran, wie Somers und ich auseinander gegangen waren, und ein schmerzhafter Stich durchfuhr mich.

Früh am Morgen hatte er in mein Zimmer geschaut, ehe er ins Büro ging. Ich lag noch im Bett. Im Türrahmen stehend, knöpfte er sich umständlich sein Jackett zu. »Nun«, sagte er nach einer Weile, »gute Reise.«

»Das werden wir bestimmt haben.«

»Also, bis dann.«

»Ja, bis dann.« Und fort war er.

Jetzt, da ich am Ufer des Hooghly stand und den Rufen der Männer zuhörte, welche die Kähne beluden, schob ich dieses letzte Bild meines Ehemanns vor meinem inneren Auge beiseite. Fünf Monate würde ich weg sein – je einen Monat würden wir für Hin- und Rückreise benötigen. Bei dieser Aussicht war ich beinahe so aufgeregt wie damals, als wir an den Docks von Kalkutta anlegten. Doch nun würde ich wirklich das Indien entdecken, nach dem ich mich so sehr sehnte.

In den ersten Tagen, als das Ufer noch nicht allzu sehr von *moonge* bedeckt war – einem groben Gras, das zweimannhoch wuchs –, bat ich die emsigen Schiffsmänner, so nah ans Ufer zu fahren, dass ich hinausspringen konnte, um flotten Schritts neben dem Kahn spazieren zu gehen. Neel liebte es, an meiner Seite herumzuhüpfen, obgleich ich ihn an die Leine legte, nachdem er anfangs hinter einem Nagetier hergejagt und im Busch verschwunden war. Faith zog es vor, in einem festgeketteten Rattanstuhl zu sitzen und auf den Fluss zu starren. Ich hatte das Gefühl, dass sie sich mehr und mehr in sich zurückzog, und suchte verzweifelt einen Weg, sie aus ihrer Lethargie zu holen. Sie war meine einzige wahre Freundin, und auch wenn ich mein früheres Leben vor ihr geheim hielt, fühlte ich mich ihr gerade durch diesen Umstand noch tiefer verbunden. Sie hatte immer an mich geglaubt, an das, was ich war – oder das, zu dem ich geworden war –, und ihr Vertrauen erfüllte mich mit einem Stolz, den ich nie zuvor kennen gelernt hatte. Ein Leben ohne Faith konnte ich mir nicht mehr vorstellen; während sie einst mein Anker gewesen war, so war ich nun diejenige, die sich darum bemühte, sie im Gleichgewicht zu halten, wenn sie in die Finsternis zu stürzen drohte. Ich war fest entschlossen, unsere gemeinsame Zeit in dem kühlen, grünen Simla dazu zu nützen, sie aus ihrem düsteren Gemütszustand herauszuholen. Simla würde sie bestimmt an ihre Heimat erinnern, und dann, so hoffte ich, würde ich wieder das vor Leben sprühende Mädchen in ihr erkennen, dem ich bei dem Vortrag über indische Schmetterlinge begegnet war, an jenem Abend, der so lange zurückzuliegen schien.

Wir hatten den Hooghly verlassen und fuhren nun durch das Gangesdelta, ein riesiges, zerklüftetes, von Mangroven bewachsenes Sumpfgebiet, das Sunderbans genannt wird, was, wie mir einer der Bootsleute verriet, »schöner Wald« bedeutet. Dieser Fluss roch ganz anders, ein tiefer, erdiger Geruch, der sich noch verstärkte, je weiter wir nach Norden fuhren. Gelegentlich trug eine Brise den Rauch eines Dungfeuers aus einem unsichtbaren Dorf herüber. Noch immer ging ich am Ufer spazieren, wann immer es möglich war. Doch eines Tages bemerkte Mrs Partridge eine Bambusstange, an die ein buschiger Zweig befestigt war und die aus dem sumpfigen Grund herausragte.

»Du da! Hallo, du da!«, kreischte sie und deutete mit dem Zeigefinger auf einen der Männer, der sich am vorderen Ende des Kahns zu schaffen machte. Er war der Bootsführer und konnte ein wenig Englisch. Als er sich nach ihr umdrehte, fuhr sie mit dem Finger in Richtung der Bambusstange, und er folgte ihm mit dem Blick. »Was ist das?«, wollte sie wissen.

»Oh, Lady Sahib, das ist nur ein Zeichen.«

»Ein Zeichen? Und was bedeutet es?«

»Jemand sagt uns, dass an dieser Stelle ein Tiger einen Menschen zu Abend gegessen hat«, sagte er ganz nonchalant.

»Haltet sofort den Kahn an!«, kreischte Mrs Partridge.

Ich lächelte Faith vom Ufer aus verschmitzt zu und rollte mit den Augen.

»Es tut mir Leid, Lady Sahib, aber wir können nicht anhalten. Kahn hinter uns wird sonst mit uns zusammenstoßen. Wir müssen immer weiterfahren.«

»Mrs Ingram!«, schrie Mrs Partridge wild gestikulierend. »Kommen Sie augenblicklich zurück aufs Schiff!« Bei ihrem

Gezeter stob ein riesiger Schwarm Baumfledermäuse auf, die in einem Dornenbusch gedöst hatten, und flog panisch davon.

Ich hob Neel auf und rannte an der Seite des Kahns entlang, um an einer günstigen Stelle an Bord zu springen. »Mrs Partridge, diese Bambusstange sah aus, als ob sie schon vor Monaten aufgestellt worden sei. Ich bin sicher, dass keine Gefahr droht«, sagte ich.

»Sie werden diesen Kahn nicht wieder verlassen. Wie konnte ich es Ihnen nur erlauben? In den Sunderbans ist der bengalische Königstiger zu Hause. Ich werde es nicht zulassen, dass Sie einer Raubkatze zum Opfer fallen, solange Sie unter meiner Aufsicht stehen.«

»Unter Ihrer Aufsicht?«, fragte ich.

»Mrs Ingram«, sagte Mrs Partridge und wölbte die Brust vor, »nachdem ich die Älteste auf dieser Reise bin, fühle ich mich dazu verpflichtet, dafür zu sorgen, dass alles reibungslos vonstatten geht. Junge Damen wie Sie scheinen nicht akzeptieren zu wollen, dass ein Verhalten, das in England ganz selbstverständlich ist, in Indien nicht angemessen ist. Wir werden jetzt nicht weiter darüber diskutieren – Sie bleiben auf dem Kahn. Und bitte, Mrs Ingram, ziehen Sie Ihren Tropenhelm tiefer ins Gesicht. Ihre Nase ist schon leicht gerötet.«

Während wir den zahlreichen Schleifen des Ganges folgten, schaute ich den drahtigen Männern zu, wie sie würdevoll und scheinbar ohne je müde zu werden Stunde um Stunde ihre Stangen in den Grund stießen. Wir kamen an Dörfern und kärglichen Städtchen vorüber, und der Fluss verwandelte sich kurz in eine von überfüllten Booten und Kähnen befahrene Wasserstraße. Als wir die Anzeichen von Zivilisation wieder hinter uns gelassen hatten, glitten wir an kleinen Reisfeldern vorbei, die von Schlammdämmen umgeben waren, um das zum Wachstum der Pflanzen benötigte Wasser einzufrieden. Frauen, die bunten Saris um die Hüften hochgebunden, machten sich mit unförmigen Holzschaufeln an den Pflanzen zu schaffen. Es gab auch größere Felder, manche, auf denen gelber Senf wuchs, und dazwischen immer wieder hoch und wild wachsende Jute. Hier lag der braune Fluss verlassen und einsam unter der sengenden Sonne. Hin und wieder sah ich den Kopf einer Wasserschildkröte oder die flache Nase eines Krokodils, das unsere Fahrt mit schläfrigen Augen verfolgte. Meistens jedoch wurde die unbewegliche Oberfläche des Flusses nur von den blubbernden Blasen eines Fischs durchbrochen oder wenn eine Schar Wasserkäfer, aufgestört durch den Kahn, panisch paddelnd auseinander stob.

Faith las bisweilen, doch ihren Zeichenblock nahm sie nie zur Hand. Eines Nachmittags, als Mrs Partridge am anderen Ende des *budgerows* im Schatten schlief und wir nebeneinander in unseren Stühlen saßen, fragte sie mich: »Wann, glaubst du, wirst du dein erstes Kind erwarten, Linny? Somers und du, ihr seid nun schon ein Jahr verheiratet.«

Ich streckte die Hand aus und kraulte Neels Ohr. »Ich weiß es nicht.«

»Machst du dir keine Sorgen deswegen?«

Ich musste an die englischen Kinder denken – jene, welche die Strapazen der Geburt überlebt hatten, die Hitze und die Seuchen. Viele von ihnen machten einen blassen und teilnahmslosen Eindruck. Eingehüllt in Schichten von Kleidungsstücken und mit kleinen Tropenhelmen bedeckt, wurden sie zu ihren Reit- oder Polostunden gebracht, lernten sie in frühen Jahren schon, ihre *ayahs* herumzuscheuchen. Es gab keine englischen Kinder in Indien, die älter als sechs waren, wie mir Meg Liston erzählt hatte. Und all die winzigen Gräber auf dem Friedhof von St. Church kamen mir in den Sinn. Schließlich rief ich mir Baby Frances in ihrem Grab unter dem Ilexbusch in Erinnerung. Doch ich hatte mich für eine Ehe entschieden, die es mir versagte, je wieder die Erfahrung eines strampelnden Kindes in meinem Schoß zu machen.

»Linny? Sehnst du dich nicht nach einem Baby?«, fragte Faith, nachdem ich ihr noch immer eine Antwort schuldete.

»Ich denke, dass es in der Hand des Schicksals liegt«, sagte ich und war dankbar, als eingerahmt von der Flussschleife, der wir gerade folgten, ein kleines Dorf in Sicht kam und für Ablenkung sorgte.

Abends, wenn die Kähne für die Nacht an einer geeigneten Stelle ankerten, stellte die Mannschaft sich in Reih und Glied vor Mrs Partridge auf, woraufhin diese jedem Einzelnen eine bestimmte Anzahl Rupien in die schwielige Hand abzählte. Dann sprangen sie vom *budgerow,* um durch das seichte Wasser auf den größeren Lastkahn zu wechseln, wo sie ein Abendessen, bestehend aus einer Holzschüssel Curry, *chapattis* und einem Teller Früchte, erwartete. Wenn wir mitten in der Wildnis ankerten, legten sich die Männer einfach auf Deck des Lastkahns. Die Moskitos wurden mit in Becken brennenden Kohlefeuern in Schach gehalten, und ein paar *chowkidars* waren jeweils zur Bewachung unserer kleinen Flotte eingeteilt. Machten wir in der Nähe einer kleinen Stadt Halt, entfernten sich nach dem Abendessen ein paar der Leute lautlos vom Kahn. Obwohl am nächsten Morgen die gleiche Anzahl von Männern in *dhotis* auf dem *budgerow* erschienen, fiel mir auf, dass es nicht immer dieselben waren wie die, welche am Tag zuvor so geschickt mit den langen Stangen hantierten; nur der Kahnführer wechselte nicht.

An der Mündung des Yamuna in den Ganges wurden unsere Kähne in den kleineren Fluss geleitet. Schließlich sahen wir, wie die Sonnenstrahlen vergoldete Kuppeln erleuchten ließen, sich auf den Dächern und Türmen der Tempel und Moscheen verfingen, als wir an Delhi vorüberglitten. Geräusche, die mir von Kalkutta vertraut waren, klangen in der Entfernung leicht verzerrt herüber – Glockengebimmel und Gesang, Schreie und Gelächter. Die *ghats,* die zum Fluss hinabführten, waren bevölkert von Menschenmengen, einige sitzend, andere stehend, und wieder andere badeten oder wuschen in den Fluten Wäsche. Ein Kind, das auf den Schultern seines Vaters saß, winkte zu unserem *budgerow* herüber, und ich winkte zurück. In der untergehenden Sonne schimmerte das Elfenbein der Gebäude in allen möglichen Schattierungen von Gelb und Orange, während sich die Stadt allmählich aus unserem Blickwinkel entfernte.

Eine tiefe Ruhe herrschte auf dem Fluss, bis wir schließlich ein winziges Dorf erreichten, wo die Reise auf dem *budgerow* zu Ende ging. Am Ufer warteten Wagen und Lasttiere, die man mieten konnte, ebenso wie Männer, die bereit waren, uns zu tragen. Wir waren drei Wochen auf Flüssen unterwegs gewesen, und nun begann die letzte Etappe unserer Reise auf dem Landweg.

Eine Stunde später fanden wir uns auf einer schmalen Straße wieder, die geradewegs auf das Gebirge zulief; die Diener luden die schweren Schrankkoffer auf die von schwerfälligen Ochsen gezogenen Karren.

»Nehmen Sie in einem der *doolies* Platz«, wies uns Mrs Partridge an. Damit kletterte sie auf die mit Stroh gefüllte Matratze einer Sänfte und zog die Vorhänge zu. Faith tat es ihr gleich. Ich stieg in die letzte Sänfte, ließ jedoch die Vorhänge offen. Als jeder der vier *boyees* eine Tragestange ergriff und die Sänfte sich erhob, wurde ich in die Polster zurückgeworfen. Da der Weg meist anstieg, war es unmöglich, aufrecht zu sitzen. Also lehnte ich mich zurück, an meiner Seite Neel, der den Kopf auf meinen Bauch legte, und betrachtete die raue Felswand, die den Weg zur Bergseite hin begrenzte. In den Felsritzen wuchsen kleine rote Blumen und Flechten, ein untrügliches Zeichen dafür, dass wir uns in einer kühleren Region befanden.

Als wir uns einem ausgetrockneten Bachbett näherten, stimmten die *boyees* einen Gesang an; vom keuchenden Einatmen der staubigen Luft klangen ihre Stimmen brüchig. Ich lauschte auf die Worte und hielt den Atem an, als ich bemerkte, dass sie über Mrs Partridge sangen: Das Lied bestand hauptsächlich aus Kommentaren über ihr ausladendes Hinterteil und ihre schrille Stimme, die klinge wie die einer läufigen Hyäne. Ich fragte mich, ob und wie viel Hindi sie wohl verstand.

Sechs Tage ging es über waghalsige Gebirgswege, die Nächte verbrachten wir in primitiven Zelten oder einfachen Strohbungalows, errichtet von Engländern, die lange vor uns diesen Weg genommen hatten.

Ich liebte es, nachts draußen vor unserer Behausung zu sitzen und in das Feuer zu schauen. Im Nu senkte sich die Dämmerung herab, dann erstarb das Vogelgezwitscher, und im Wald um uns herum wurde es still. Der Geruch des Holzfeuers war süßlich und hielt die Moskitos fern. Die einfachen Mahlzeiten schmeckten besser als alles, was ich bisher in den vornehmen Speisezimmern von Kalkutta gegessen hatte. Ich schlief gut, und morgens erwachte ich mit einer ungekannten Energie.

Endlich näherten wir uns Simla. Als wir am Fuße der zerklüfteten Gebirgsausläufer Rast machten, wehte uns eine angenehme Brise entgegen. Nachdem die *boyees* sich ausgeruht hatten, begannen wir mit dem Aufstieg. Mich hielt es nicht länger in meinem *dooli:* Ich kletterte hinaus und ging zu Fuß. Rhododendren leuchteten flammendrot auf den Hängen. Als wir schließlich auf der von Pinien gesäumten Gebirgsstraße die Ausläufer der Stadt erreichten, wurde mein Blick von ihrer majestätischen Schönheit gefangen genommen.

Über zweitausend Meter hoch gelegen, waren die Häuser der Gebirgsstadt auf dem hohen, halbmondförmigen Grat erbaut, der sich am Fuße des Mount Jakko erstreckt. Die Gebäude ähnelten englischen Häusern, darunter Fachwerk-Cottages, und dennoch hatten sie einen indischen Einschlag. Affen kletterten plappernd über die Dachziegel, während aus dichten Wäldern Hirtenstare und Elstern ihr Lied erklingen ließen. Ich konnte eine Kirchturmspitze erkennen und die bedeckten Stände eines indischen Basars. Mrs Partridge wusste sofort, wo sich unser Bungalow befand. Wie die meisten anderen auch hatte man ihn mit einem unangebrachten englischen Namen versehen: Constancia Cottage. Im Gegensatz zu der übertriebenen Verspieltheit unserer Villa in Chowringhee nahm sich der verputzte Lehmbau mit dem

Strohdach eher klein und bescheiden aus. Er beherbergte drei Schlafzimmer, ein Esszimmer und ein großes Wohnzimmer mit einem Kamin, der erste, den ich seit England zu Gesicht bekam. Die Küche war wie üblicherweise in einem separaten kleinen Bau hinter dem Haus untergebracht, in der Nähe der Hütten der Bediensteten. Ich rannte von Fenster zu Fenster und stieß die Holzläden auf. Vom Wohnzimmer und dem winzigen Schlafzimmer, das zur Vorderseite lag, schaute ich auf das gigantische Bergmassiv des Himalaya, das sich mit seinen schneebedeckten Gipfeln majestätisch vor dem zarten, blauen Himmel abzeichnete. Das Esszimmer und die anderen beiden Schlafzimmer blickten auf die baumbestandenen Hügel, die zur Ebene hin abfielen, sowie, in weiter Ferne wie ockerfarbene Bänder schimmernd, den Sutleij und den Ganges.

»Ist das nicht wunderbar?«

»Ja, ja, es ist herrlich«, stimmte Faith meinem Ausruf zu. Aufgeregt ergriff ich ihre Hand und versuchte sie zu einem Tanz mitzuziehen. Aber sie stand steif da, die Augen auf die Berge gerichtet.

Mrs Partridge warf mir einen tadelnden Blick zu, ehe sie auf das größte Schlafzimmer zuwatschelte, wo sie die Tür fest hinter sich ins Schloss zog. Ein schweres Seufzen war zu hören und das Knarren eines hölzernen Bettrahmens. Faith entwand sich mir, als würde meine Berührung sie schmerzen, und ich sah traurig zu, wie sie sich in das zweite hintere Schlafzimmer zurückzog und geräuschlos die Tür schloss.

Sechsundzwanzigstes Kapitel

20. Mai 1832

Lieber Shaker,

wie soll ich Simla beschreiben? In meinem Tagebuch habe ich es in aller Ausführlichkeit getan, und ich hoffe sehr, dass du in der Lage sein wirst, diesen höchst seltsamen Ort zu sehen, hören und zu riechen, nachdem ich dir einige Passagen daraus zu lesen gebe. Ich habe versucht, es so niederzuschreiben, dass ich mich immer an Simla erinnern werde, außerdem bekommst du auf diese Weise einen Eindruck von meinem derzeitigen Leben.

Am einfachsten ist es wohl, wenn ich das ganze Städtchen als eine merkwürdig verzerrte Vision Englands bezeichne, als ein verwackeltes Bild in einem indischen Spiegel. Es ist zweifelsohne Chota Vilayat – das kleine England Indiens, wie es oft genannt wird.

Doch trotz dieser heimatlichen Vertrautheit an einem fern abgelegenen Ort liebe ich ganz besonders die Schönheit und vor allem die Freiheit, die er für mich bedeutet. Wenn ich früh genug aufwache, springe ich zum Fenster hinüber, um zuzusehen, wie die gegenüberliegenden Gipfel des Himalaya einer nach dem anderen in der aufgehenden Sonne Feuer fangen. Tagsüber wandere ich die Promenade auf und ab, die große breite Straße im Zentrum, die Mall genannt wird und auf der einzigen flachen Ausdehnung in der ganzen Gegend erbaut wurde. Links und rechts ist sie gesäumt von unzähligen englischen Läden und einem geschäftigen indischen Basar. Es

gibt sogar einen kleinen Musikpavillon, wo einmal die Woche ein Orchester enthusiastisch, wenngleich auch in falschen Tönen sein ganzes Repertoire zum Besten gibt.
Tagsüber ist die Mall bevölkert mit Ponys und Rikschas, die auf Passagiere warten. Damensättel kann man sich mieten, für den Fall, dass eine der Memsahibs Lust auf einen Ausritt hat. Die *jhampanis,* welche mit den Rikschas die steilen Dorfstraßen hochstrampeln müssen, sind bedauernswert, und oft erfordert es einen zusätzlichen Mann, der ziehen, und einen weiteren, der hinten schieben muss, um die korpulenteren Damen den Berg hinaufzubugsieren. Manche Ladys ziehen es vor, ein *dandy* zu nehmen, ein Tragegestell mit einem zwischen zwei Bambusstangen gespannten Tuch als Sitzfläche. Gleich an meinem ersten Tag in Simla wurde mir klar, dass die Engländerinnen ihre Gewohnheiten keineswegs ablegen, wenn sie die Stadt verlassen – fest entschlossen, sich nicht zu verausgaben. Ich glaube, dass diese Bewegungslosigkeit die Ursache vieler ihrer Leiden ist, wirklicher oder auch nur eingebildeter.
Ich miete mir jeden Morgen ein Pony. Es gibt eine weite, von Pinien gesäumte Ebene, die Annandale genannt wird, wo alle Arten von Sport getrieben sowie Picknicks und Volksfeste abgehalten werden. Dahinter erstrecken sich kleinere Berge, und dorthin zieht es mich meistens. Zurück von meinem Ausritt, setze ich mich gern auf eine der Bänke, die entlang der Mall aufgestellt sind, und lausche dem Gesang der Amseln und Kuckucke, während ich dem Treiben der einheimischen Bevölkerung zuschaue.
Englische Kinder in makellosen Matrosenanzügen oder Matrosenkleidchen trippeln in Begleitung ihrer in einen schneeweißen Sari gehüllten *ayah* vorbei. Jeden Tag nach dem Mittagessen wartet ein Elefant mit einem herrlich dekorierten *howdah* auf der Mall, und quiekende Kinder werden in kleinen Gruppen vorsichtig in den mit einem Baldachin versehenen Sitz gehoben und herumgeführt, stolz ihren *ayahs* zuwinkend.

Derweil gehen die Engländerinnen einkaufen, trinken Tee oder Kirsch-Brandy in einem der zahlreichen Straßencafés – und statt den verhassten Tropenhelm tragen zu müssen, versuchen sie einander in der Pracht ihrer Kopfbedeckung zu übertreffen. Die mit Blumen und Federn geschmückten Hauben nehmen sich geradezu monströs aus im Vergleich zu den schlichten, unbedeckten Köpfen der Inderinnen, deren Haare vom Öl des *Eclipta alba* glänzen.

Weil es hier kühler ist, ist es den feinen Damen auch vergönnt, auf die üblichen Stadtkleider aus schlaffem Musselin zu verzichten und stattdessen Kleider aus Baumwolle und Kattun zu tragen, die vom Halsausschnitt bis zum Saum mit steif gestärkten Rüschen besetzt sind. Mit ihren riesig ausgestellten Röcken, der breitkrempigen Haube und einem spitzenbesetzten Sonnenschirm nimmt jede Memsahib sehr viel mehr Platz auf den Trottoirs in Anspruch als die Inderinnen, die flink und mit klirrenden Arm- und Fußreifen an den steifen Damen vorbeihuschen. In ihren Rüstungen aus Korsetts wirken diese vollkommen unbeweglich, ja wie von Hals bis Hüfte steif gefroren. Auch ihre Gesichter scheinen mir bisweilen ebenso erstickt wie ihre Körper. Und vielleicht auch ihre Seelen.

Zwar sind die Damen bei weitem in der Überzahl, doch gibt es auch ein paar Herren hier. Einige von ihnen bekleiden in Simla irgendeine Position, andere wiederum haben Frauen, die gerade in England sind. Ich habe beobachtet, dass die Männer, die allein hier Urlaub machen, die Gesellschaft von gelangweilten Damen suchen. Und es scheint, als ob dieser Kurort mit seiner sorglosen, sommerlichen Atmosphäre die Damen für derlei Aufmerksamkeiten empfänglicher werden lässt; eine Freizügigkeit, die sie in ihrer gewohnten Umgebung wohl kaum zu zeigen wagen würden.

Soldaten vom königlichen Regiment der Indischen Armee, die an verschiedenen Stützpunkten im Land stationiert sind, machen hier ebenfalls Urlaub; in ihren scharlachroten Uniformen stechen sie aus der Menge der übrigen Urlauber hervor. In der ruhigen Kurortatmosphäre von Simla, so heißt es hinter vorgehaltener Hand, scheint es sie nicht allzu viel Mühe zu kosten, Damen vom rechten Weg abzubringen. Wie in Kalkutta gibt es hier einen ermüdenden Reigen von Gesellschaften und Bällen und Picknicks.

Ich habe in Simla eine ganz eigene Freundschaft geschlossen, Shaker – auch wenn es nicht die Sorte Freundschaft ist, die andere Memsahibs gutheißen würden, nämlich die mit unserem Koch. Er ist ein dunkelhäutiger, etwas mürrischer Bursche von der Westküste. Anfangs war er gar nicht glücklich über meine Besuche in der Küche und warf mir wütende Blicke zu, während er seine Töpfe in einer Zinkwanne mit Sand schrubbte.

Statt bei Tee und Kuchen im beliebten Peliti's dem Müßiggang zu frönen, so wie Mrs Partridge es liebt, oder die englischen Läden zu durchstöbern, gehe ich morgens auf den indischen Markt, um alle möglichen Zutaten zu kaufen, die mir ins Auge springen. Inzwischen kenne ich all die Gemüse- und Obstsorten mit Namen, die mir anfangs völlig fremd waren. An manchen Tagen schwanke ich unter dem Gewicht der Okras, Auberginen, Yamswurzeln, Mangos und Lychees, die ich in Körben nach Hause schleppe, um sie dann auf dem schiefen, irdenen Küchenboden abzustellen.

Es hat ein paar Wochen gedauert, bis ich Dilip, der über das Reich der Küche regiert, so weit hatte, dass er mir einige seiner Geheimnisse offenbarte. Doch die Tatsache, dass ich jetzt ganz passabel Hindi spreche, hat, glaube ich, dazu beigetragen, dass ich ihn für mich gewinnen konnte. Ich achte penibel darauf, ja nie Überraschung oder gar Bestürzung zu zeigen – egal, ob es sich um den beißenden Geruch von Senföl handelt, das er zum Dünsten benutzt, oder den süßlichen Geruch, den der *daali,* der Herd, verströmt, unter dem getrocknete Kuhfladen verfeuert werden. Dieser Herd besteht aus einem Ziegelquader – in der Mitte befindet sich ein Loch für den Topf und an der Seite eine Öffnung für den Rauchabzug. Und als Backofen dient eine längliche Blechdose, die man auf dem Herd platziert.

Nach einer Weile vertraute Dilip mir an, dass schließlich jedermann wisse, dass Memsahibs nicht kochen könnten, und deshalb hatte er angenommen, dass mein Interesse nur geheuchelt sei, um in Ruhe spionieren zu können. Ob ich ihn verdächtigte, irgendwelche schrecklichen Dinge anzustellen?, fragte er mich mit zusammengekniffenen Augen. Glaubte ich etwa, dass er die Eier mit bloßen Händen unter den Reispudding mische oder die Suppe mit Hilfe seines Turbans püriere? Oder hielt ich ihn zu noch Schlimmerem fähig? Hatte ich vielleicht die Geschichte des beleidigten *bobajee* gehört, der angeblich ein Curry mit gemahlenem Glas versetzte und Belladonna in das *kedgeree* gab?

Ich lachte über seine Anekdoten, nahm einen Backstein zur Hand und begann, ein Stück Lammfleisch auf einem Brett flach zu klopfen. Eine Weile schaute er mir zu, und nach mehreren Besuchen ging er dazu über, mir zu zeigen, wie man indische Gerichte zubereitet – aber nur unter der Voraussetzung, dass es unter uns bleibe. Und da ist es wieder, Shaker, mein Leben scheint nur aus Geheimnissen zu bestehen.

Und so bereite ich jetzt scharfe *mulligatawany*-Suppen zu, Ziegencurrys und Fisch-*kedgerees*. Dilip hilft mir, die richtigen Ingredienzien in den glänzenden, aus Messing bestehenden *dechis* zu geben, und anschließend setze ich das Gefäß auf den Backsteinherd.

Faith – sofern sie überhaupt etwas zu sich nimmt – und ich essen anschließend gemeinsam die von mir zubereiteten Mahlzeiten; ich habe ihr anvertraut, wie ich einen Großteil meiner Zeit verbringe, aber gegenüber Mrs Partridge verlieren wir beide selbstverständlich kein Wort darüber. Sie besucht dagegen die Geschäfte, in denen

es englische Gerichte zu kaufen gibt, und bringt kalte Wildpasteten nach Hause, gebratenes Huhn und Zunge. Ihr Tütchen mit indischen Süßigkeiten versteckt sie vor uns – denn sie kann unmöglich zugeben, dass sie eine Schwäche für *sumboosaks* hat, mit Frischkäse und Mandeln gefüllte Kuchen, oder die zarten *babas,* Gebäckstücke mit einer Füllung aus pürierten Datteln; und dass die große Schachtel mit *dol-dol,* die der Reinigungsjunge unter dem Sofa fand, ihr gehört, stritt sie vehement ab.
Ein gewisser Friede ist in Simla über mich gekommen, Shaker. Hier fühle ich mich auf ganz simple Weise frei. Am Nachmittag, wenn ich allein im Garten bin, trage ich einen einfachen Baumwollrock; um ehrlich zu sein habe ich aufgehört, Korsett und Krinoline zu benutzen. Auch wenn Mrs Partridge darüber entsetzt ist, wen kümmert's? In einer Hängematte schaukelnd, mit Neel an meiner Seite, lese ich ein Buch oder schaue ganz einfach duftigen, weißen Wolken nach, die sich tief über den Berggipfeln sammeln, um dann in lang gezogenen, verstreuten Schleierwolken davongeblasen zu werden. Über mir lässt eine frische Brise die kühlen, grünen Blätter und scharlachroten Blüten der Rhododendren rascheln, und ein einheimischer Vogel schimpft mich mit seinem aus drei Tönen bestehenden Trillerruf aus. Mindestens einmal jeden Nachmittag stolziert ein Pfau verächtlich durch den schattigen Teil des Gartens, vor jedem Schritt ein schuppiges Bein anmutig in der Luft balancierend. Und jedes Mal muss ich dann die Hand auf Neels bebenden Rücken legen und ihn zurückhalten.
Ich brauchte ein paar Wochen, um zu begreifen, warum ich hier einen so tiefen Frieden empfinde. Bis mir bewusst wurde, dass es das Fehlen von Geräuschen ist. Immer habe ich inmitten von Geräuschen gelebt. Zuerst in Liverpool, dann in Kalkutta. Kalkutta! Es gibt keinen geräuschvolleren Ort auf der ganzen Welt: Gesänge, das Läuten von Glocken, das immer irgendwo in der Stadt ertönt – untermalt vom Bimmeln kleinerer Glocken –,

dann das hohe, schrille Tuten von Rohrblatthörnern, Getrommel, und über allem der Geräuschteppich menschlicher Stimmen. Als ich die erste Nacht hier im Bett lag, fragte ich mich, auf welches Geräusch ich horchte. Bis mir klar wurde, dass ich das Knarren des *punkah* vermisste – der hier in Simla überflüssig ist –, ein Geräusch, das mich Nacht für Nacht in den Schlaf begleitete, seit ich in Indien angekommen bin.

Stets war ich inmitten der Geräusche des Lebens, und so sehr ich den Herzschlag Kalkuttas liebe, so schätze ich die Ruhe hier, wo das Leben wie an unsichtbaren Fäden aufgehängt zu sein scheint. Ich fühle einen tiefen Frieden, ja, aber dennoch warte ich auf etwas. Worauf, weiß ich nicht.

Danke für deine Geduld, diesen allzu lang geratenen Brief zu lesen. Ich habe ihn unter meinem Lieblingsrhododendron geschrieben. Jetzt stelle ich mir vor, wie du ihn in der Whitefield Lane in Everton empfängst und wie du von Zeit zu Zeit in den englischen Himmel blicken wirst, während du ihn liest und dir vorstellst, wie ich unter dem indischen Himmel sitze.

Immer deine
Linny

PS: *Eclipta alba* wird manchmal auch als falsches Gänseblümchen bezeichnet. Mit seinem Öl werden nicht nur die Haare schwarz und glänzend gemacht, es hilft auch gegen durch Pilze hervorgerufene Entzündungen und bei Augenkrankheiten. Ich habe noch ein weiteres Mittel kennen gelernt, *manjith* – englischen Krapp. Die pulverisierte Wurzel dieser Pflanze dient anscheinend der Blutreinigung und wirkt gegen innere Entzündungen.

An einem der folgenden Tage sah ich einen Gefangenen. Am Ende des Städtchens gab es eine armselige Holzbude; eine Weile schien sie verlassen und unbenutzt, sodass ich ihr nie Beachtung schenkte. Aber an jenem Tag, als ich mein

Pony zurück in die Stadt brachte, sah ich, wie mehrere Soldaten den Mann in Richtung dieser Holzhütte zerrten und stießen. Es war ein Paschtune, das erkannte ich an seinen langen, schmalen Augen, seiner Größe und den goldenen Ohrringen, die an seinen Ohrläppchen glitzerten. Sein schwarzes Haar, das ihm lose über die Schultern fiel, war mit einer dicken Schicht Staub bedeckt, wodurch die Intensität der Farbe ein wenig abgemildert wurde.

Unwillkürlich kam mir meine erste Begegnung mit einem Paschtunen in den Sinn – als wir an den Docks von Kalkutta ankamen. Ich erinnerte mich auch an Mrs Cavendishs Warnung vor dem grimmigen Temperament dieses Volks. Ähnlich wie jener Mann damals war auch dieser äußerst auffallend. Trotz der groben Behandlung, die man ihm zuteil werden ließ, gelang es ihm, seine Würde zu bewahren. Sein Gesicht hatte nichts Verschlagenes oder Gewalttätiges. Was warf man ihm vor? Sicherlich handelte es sich um ein schwereres Vergehen, so, wie die Soldaten ihm den Lauf ihrer Gewehre in den Rücken stießen und ihm immer wieder mit ihren schweren Stiefeln in die Fersen traten. Ich fragte mich, wie er es fertig brachte, diese unbeteiligte Miene beizubehalten – so als würde er über der demütigenden Behandlung stehen.

Ein weiterer Soldat führte sein Pferd am Zügel, einen riesigen schwarzen Hengst, der schnaubend und wiehernd den Kopf auf und ab warf. Als ich Mr Willows sah, einen der Ladenbesitzer auf der Mall, ließ ich mein Pony anhalten und erkundigte mich bei ihm, was passiert sei.

»Es handelt sich um ein Vergehen, über das ich gegenüber einer Dame nicht sprechen kann. Ich hoffe jedoch, dass man ihn hängt. Wenngleich die Todesstrafe zu mild dafür ist, was er getan hat«, fügte er hinzu. »Aber gehen Sie jetzt besser nach Hause, Mrs Ingram. Allein der Anblick eines solchen Menschen ist eine Beleidigung für unsere Augen.«

Während ich mein Pony antrieb, sagte ich lautlos: *Ein Paschtune aus Afghanistan* – wie an meinem ersten Tag in Indien. *Ein Paschtune aus Afghanistan.* »Sie nennen sich Paschtunen«, hatte Mrs Cavendish gesagt.

Am Abend hörte ich dann, was es mit dem Paschtunen auf sich hatte – das heißt, ich hörte zwei Versionen der Geschichte. Mrs Partridge, die sich selbst für eine Autorität auf dem Gebiet des Tratschs in Simla hielt, erzählte mir die erste. »Es ist einfach zu schrecklich, um es zu erzählen«, sagte sie mit glänzenden Augen zu Faith und mir, sich wiederholt die Lippen leckend.

»Hat er … hat er jemanden ermordet?«, fragte Faith und warf mir einen bedeutsamen Blick zu.

»O nein, es ist schlimmer als das, meine Liebe, viel schlimmer.«

»Aber was könnte schlimmer als ein Mord sein?«, wandte ich ein. *Was könnte schlimmer als ein Mord sein?*

Mrs Partridge zog die Augenbrauen hoch. »Er hat die junge Mrs Hathaway geschändet.«

Faith bedeckte sich mit der Hand den Mund. »Sie meinen …?«, fragte sie mit erstickter Stimme.

»Ja.« Mrs Partridge nickte. »Sie ist am Boden zerstört, das ist ja klar. Er hat ihr hinter dem Picknickplatz aufgelauert, wobei ich auch nicht weiß, was sie allein dort zu suchen hatte. Man hat mir gesagt, dass sie sich physisch wieder erholen würde, doch wird sie niemals mehr vergessen können, was diese Bestie ihr angetan hat. Man kann nur hoffen, dass kein Kind dabei herauskommt. Das würde für die arme Olivia bestimmt den Tod bedeuten. Können Sie sich vorstellen, ein Halbblut austragen zu müssen, ein schwarzes *baba?* Und der arme Ehemann! Oh, allein der Gedanke, dass diese Frau von einem Eingeborenen geschändet wurde, macht mich krank. Könnte es etwas Schrecklicheres geben?«

Ich wagte nicht, Faith anzuschauen. Hatte Mrs Partridge vergessen, was Charles war, oder war sie angesichts dieser vollkommen neuen und erregenden Sensation einfach nur gedankenlos?

»Damit werden Ihre einsamen und langen Ausritte natürlich ein Ende haben, Linny. Es könnte ebenso gut Ihnen zugestoßen sein. Er muss auf der Lauer gelegen haben, bis eine von uns unbegleitet vorbeikam.«

Ich hatte nicht die Absicht, auf meine Ausritte zu verzichten. »Ist so etwas schon einmal vorgekommen? Dass ein Paschtune etwas Derartiges getan hat? Ich dachte, dass sie großen Respekt genießen?«

»Gelegentlich kommen welche von ihnen hier vorbei. Aber in der Regel gehen sie unauffällig ihren Geschäften nach. Doch auch wenn sie sich noch so viel auf ihre Ehre einbilden, so können sie wohl furchtbar gewalttätig werden, wie man ja jetzt gesehen hat.« Sie blähte die Nasenflügel auf und spannte die Kiefermuskeln an. »Ich nehme an, dass er der Versuchung einfach nicht widerstehen konnte, als er eine junge, weiße Frau unbeschützt sah. Sie haben es alle auf eine von uns abgesehen. Die Dunklen zieht es immer zu den Weißen hin, wissen Sie. Aber nie umgekehrt.«

»Also wirklich, Mrs Partridge«, sagte ich. Arme Faith, die sich diesen Unsinn anhören musste! Ich dachte an Olivia Hathaway, ein ziemlich flatterhaftes Ding, nicht unhübsch, aber stets überdreht und auffallend gekleidet. »Was wird jetzt mit dem Mann geschehen?«, fragte ich. »Mr Willows sagte, dass er gehängt wird.«

»Aber natürlich. Man wird sich auch gar nicht erst mit einer Gerichtsverhandlung herumschlagen. Es ist offensichtlich, dass er es getan hat, und an der Todesstrafe ist nicht zu rütteln. Man wird ihn hängen und seinen Leichnam den Schakalen und Hyänen im Wald zum Fraß vorwerfen.«

Unvermittelt stand Faith auf, um in ihr Zimmer zu gehen; ich sah, dass jede Farbe aus ihrem Gesicht gewichen war.

Später beugte Malti den Kopf zu mir herab, als sie mir das Haar bürstete. »Es ist nicht, wie Memsahib Partridge erzählt hat«, flüsterte sie mir ins Ohr.

Ich blickte in den Spiegel und beobachtete, wie sie mit der silbernen Bürste in langen Strichen durch mein Haar fuhr. Ihr ovales Gesicht war in sorgenvolle Falten gelegt. »Erzähl weiter«, forderte ich sie auf.

»Memsahib Hathaways *ayah* weiß, wie es wirklich war. Sie war dabei.«

»Sie hat gesehen, wie Mrs Hathaway vergewaltigt wurde?«

Malti schüttelte den Kopf. »So etwas ist gar nicht vorgekommen. Zumindest war der Paschtune nicht beteiligt, kein Mann hat sie vergewaltigt.«

Irgendwo hatte ich schon einmal gehört, dass die dünne Bergluft zu Wahnvorstellungen führen konnte. Ich legte die Hand auf die Bürste und drehte mich auf dem Stuhl um. »Was meinst du damit, Malti? Hat sich Mrs Hathaway das alles nur eingebildet?«

Malti ließ sich anmutig zu meinen Füßen auf dem Boden nieder. »Ich weiß, dass Sie gerecht sind, Mem Linny. Ihnen will ich es erzählen, denn Trupti, Memsahib Hathaways *ayah,* ist meine Schwester.«

»Deine Schwester?« Malti hatte nie etwas von ihrer Familie erzählt, obwohl ich sie immer wieder danach gefragt hatte. Doch sie zuckte immer nur die Schultern und sagte, dass ihre Familie für mich keine Bedeutung habe. »Lebt sie in Delhi, wo Olivia Hathaway herkommt?«

»Ja.«

»Und wann hast du deine Schwester zuletzt gesehen?«

»Vor fünf Jahren. Und wir dachten, dass wir einander nie mehr begegnen würden; zumindest nicht für viele Jahre. Sie können sich also vorstellen, wie sehr ich mich freute, als wir hier ankamen und …«, sie schluckte, ehe sie fortfuhr, »… und nun, bekommt Trupti wegen dem, was vorgefallen ist, ernsthafte Schwierigkeiten. Ich bin ihre älteste Schwester, Mem Linny, und es ist meine Pflicht, ihr zu helfen.«

»Natürlich, aber jetzt erzähl erst einmal, was vorgefallen ist.«

Ohne den Blick zu senken, berichtete sie: »Memsahib Hathaway hat sich mit einem Soldaten eingelassen. Sie wissen schon, das, was zwischen Männern und Frauen vorkommt. Sie treffen sich im Wald hinter dem Picknickplatz. Und Trupti sitzt etwas weiter entfernt, um ihre Memsahib zu warnen, wenn jemand kommt.« Malti nahm die Bürste in die Hand und säuberte sie von ein paar blonden Strähnen, die sich zwischen den Borsten verfangen hatten. »Aber heute war Trupti nicht aufmerksam genug. Ihre Lady und der Soldat lagen schon so lange zusammen im Gras, und da ist sie eingeschlafen. Und als sie aufwachte, sah sie, wie eine kleine Gruppe *sahibs* mit ihren Waffen vorbeikam, wohl um zu jagen, wahrscheinlich die rundlichen Laufvögel, die diesen durchdringenden Schrei ausstoßen.«

Ich nickte.

»Sie hatten Trupti nicht gesehen, also versuchte sie, sich durch die Büsche zu schleichen und ihre Lady zu warnen. Aber sie war zu spät. Die *sahibs* hatten die Bewegung zwischen den Bäumen gesehen und nahmen ihre Gewehre in Anschlag und feuerten, wahrscheinlich dachten sie, es handelte sich um einen Bären, der vom Wald herabgekommen war, woraufhin Mrs Hathaway einen Schrei ausstieß. Der Soldat bedeckte seinen roten Rock mit dem weißen Tuch, auf dem sie gelegen hatten, und ergriff auf seinem Pferd die Flucht. Während er sich in den Wald retten konnte, blieb Memsahib Hathaway allein und mit offenen Kleidern zurück. Trupti hielt sich noch immer versteckt und hörte, wie ihre Lady schrie, wohl in Panik, weil man sie entdeckt hatte. Die *sahibs* liefen zu ihr hinüber und halfen ihr, sich zu bedecken. Als die Engländer sie fragten, was geschehen sei, wer ihr das angetan habe, erzählte sie schluchzend, dass ihre *ayah* sie einfach allein gelassen habe und dass ein Mann auf einem schwarzen Pferd vorbeigeritten sei und sich auf sie gestürzt habe, um sich an ihr zu vergehen. Sie deutete zu Trupti hinüber, die im Gebüsch kauerte, und sagte, sie habe alles beobachtet, sei ihr aber nicht zu Hilfe geeilt. Daraufhin schlug der *burra sahib* meine Schwester mit den Fäusten und seinem Gewehr.

Zu seinem Unglück war der Paschtune heute auf dem Basar; er war auf dem Heimweg in Richtung Nordwesten, wo er über die Grenze wollte, und machte hier Halt, um einzukaufen.« Sie brach ab und knetete den Stoff ihres Saris zwischen den Fingern.

»Sagte Olivia ausdrücklich, dass es sich bei dem Mann um einen Paschtunen handelte?« Ich musste an sein Gesicht denken: sein festes Kinn, die schmalen Augen, daran, wie er die Schläge hinnahm, ohne mit der Wimper zu zucken.

»Nein, Mem Linny. Sie sagte, sie sei in ihrem Elend ohnmächtig geworden und könne ihn nicht beschreiben.«

»Also fiel der Verdacht wegen des schwarzen Pferdes auf ihn?«

Malti nickte.

Ein paar Minuten saßen wir schweigend da.

»Warum hast du mir das erzählt, Malti?«, fragte ich. »Ich werde es nicht ertragen können, mit anzusehen, dass der Paschtune unschuldig mit dem Tode bestraft wird.«

»Memsahib Hathaway macht Trupti verantwortlich für das, was geschehen ist. Sie hat sie schon entlassen, den anderen hat sie gesagt, weil Trupti ihr nicht beigestanden hat. Morgen wird sie nach Delhi zurückkehren. Die Memsahib will sie aus Simla weghaben, wegen dem, was sie weiß. Aber Trupti würde nie ein Wort darüber verlieren, außer mir gegenüber. Und nun, da sie ihre Stelle verloren hat, weiß sie nicht, wie sie ihre Kinder satt bekommen soll, die in Delhi bei unserer Mutter leben.«

»Was kann ich nur machen, Malti? Ich glaube nicht, dass irgendjemand aus der englischen Gemeinde an Mrs Hathaways Geschichte Zweifel hegen wird. Und der Soldat war offensichtlich mehr um seine eigene Ehre und Zukunft besorgt als um ihre. Malti, was kann man nur tun?«

Maltis Gesicht wurde verschlossen. »Ich hätte Ihnen nicht die Wahrheit erzählen sollen. Das war unfair von mir, Mem Linny. Ich habe meiner Schwester versprochen, dass ich ihr helfen werde, aber ich wusste nicht, wie, deshalb habe ich es Ihnen erzählt.«

Ich kratzte an der schwieligen Stelle an meinem Finger, die vom Federkiel herrührte. »Lass mich darüber nachdenken und eine Nacht darüber schlafen, Malti. Vielleicht werde ich morgen alles klarer sehen.«

Siebenundzwanzigstes Kapitel

Ich fand keinen Schlaf. Ich dachte an Olivia, eine leichtsinnige Frau auf der Suche nach romantischer Liebe, und ihren Soldaten, einen Mann von so niedrigem Charakter, dass er die Frau, mit der er gerade geschlafen hatte, schmählich im Stich ließ, um nicht auf frischer Tat ertappt zu werden. Und ich dachte an Trupti, die mit Schimpf und Schande nach Delhi zurückgeschickt und nie mehr als *ayah* oder überhaupt als Bedienstete bei einer englischen Familie unterkommen würde. Der Ausdruck in Maltis Augen kam mir in den Sinn, als sie mir von ihrer Schwester erzählte, die Art, wie sie die Augenbrauen hochzog, in der Hoffnung, ich könnte etwas für sie tun. Doch am meisten musste ich an den Paschtunen denken und seine stolze Haltung gegenüber seinen Peinigern. Ich stellte mir vor, wie er hier sterben würde, in diesem Städtchen, das zu unserem Vergnügen errichtet worden war, und ob seine Familie je erfahren würde, was ihm zugestoßen war.

Als ich so dalag und sich die Gedanken in meinem Kopf jagten, hörte ich ein sanftes Klopfen an der Tür. Ich setzte mich auf. »Ja?«, flüsterte ich, um Malti nicht zu wecken.

Die Tür öffnete sich, und Faith stand im Schein des Mondlichts im Zimmer, die Arme um die Taille geschlungen. »Linny, habe ich dich geweckt?«

»Nein, ich kann nicht schlafen. Geht es dir nicht gut?«

»Nein, aber … ich muss mit dir reden.« Sie kam zum Bettrand, und ich sah Tränen auf ihren Wangen glitzern.

»Dir ist kalt. Komm unter die Bettdecke.« Ich setzte Neel

auf den Boden, woraufhin er zu Maltis Matratze hinübertappte und sich zu ihren Füßen einrollte.

»Oh, das kann ich nicht«, sagte Faith, und da begriff ich, dass sie noch nie das Bett mit jemand anderem als Charles geteilt hatte.

»Komm nur, hier gibt es genügend Platz.«

Wie zerbrechlich sie in ihrem dünnen Nachthemd aussah, auf das ihr rotes Haar in wirren Strähnen herabhing, dachte ich.

Sie setzte sich mit dem Rücken zu mir auf den Bettrand. »Lass mich einfach hier sitzen, ich will dir nicht ins Gesicht sehen, wenn ich es dir erzähle.« Sie schwieg eine Weile. »Es geht um etwas, das Mrs Partridge heute Abend gesagt hat.«

»Das war sehr grob von ihr, Faith. Es tut mir so Leid, aber du weißt doch, wie gedankenlos sie ist.«

»Ich habe solche Angst, Linny.«

»Wovor denn?« Ich sah, wie ihre Schultern unter dem dünnen Stoff zuckten.

»Ich erwarte ein Kind, Linny.«

Ein Gefühl der Erleichterung durchströmte mich. Ich rutschte etwas näher zu ihr. Das war also der Grund für ihre Trägheit, ihr Desinteresse an allem, ihre sorgenvolle Zerstreutheit. »Aber das ist doch wunderbar, nicht wahr? Charles liebt dich, und ...«

»Wir hatten uns darauf geeinigt, dass wir keine Kinder bekommen. Wir waren beide der Meinung, dass es einem Kind gegenüber unfair wäre. Es heißt, dass die Kinder in der dritten Generation immer dunkelhäutig sind, Linny. Und ich habe die Hoffnung, mich mit meiner Familie auszusöhnen, noch nicht aufgegeben. Ich dachte, wenn ich Charles mit nach Hause brächte, wenn sie ihn erst kennen lernten – in Kalkutta hat mein Vater jeden Kontakt mit ihm abgelehnt –, dass sie dann die gleichen wunderbaren Eigenschaften an ihm wahrnehmen würden wie ich, dass sie dann einlenken würden. Aber wenn es ein Kind gibt, noch dazu ein dunkelhäutiges Kind, Linny ...« Ihr Kopf zitterte leicht. »Nein. Charles hat mich zu einer Inderin gebracht, Nani

Meera – ich glaube, sie ist eine Tante oder entfernte Verwandte von ihm –, und sie hat mir gewisse Mittel gegeben, die ich vorher und nachher benutzen sollte, um zu … zu verhindern, dass ich schwanger werde. Sie ist Hebamme.«

Ich nickte, obwohl sie mich nicht sehen konnte.

»Aber es hat alles nichts genützt«, flüsterte sie.

»Und dennoch wird Charles sich freuen. Außerdem, vielleicht wird das Kind …« Ich wusste nicht, wie ich sie trösten sollte.

»Es gibt kein ›Vielleicht‹, Linny. Charles weiß es nicht. Ich hatte gehofft, dass ich es auf der Reise verlieren würde.« Sie barg das Gesicht in den Händen. »Ich habe versucht, nicht mehr daran zu denken, einfach so zu tun, als wäre es nicht geschehen. Aber heute Abend, als Mrs Partridge diese abscheulichen Dinge über ein schwarzes *baba* sagte …« Ihre Schultern zuckten. »Es macht alles keinen Sinn mehr, Linny. Zu Hause hatte mein Leben keinen Sinn, und hier ist es auch nicht besser.«

Sie ließ es zu, dass ich sie zu mir auf die Matratze zog und die Arme um sie legte, auch wenn sie mir noch immer den Rücken zuwandte. Ihre Knochen fühlten sich so spitz an wie die eines Vogels, und ihr Haar duftete nach Jasmin. Seit meine Mutter gestorben war, hatte ich nicht mehr die Arme um jemanden gelegt, während ich schlief, auch wenn wir Mädchen in der Jack Street dicht gedrängt auf einer Matratze lagen.

»Keinen Sinn? Wie kannst du so etwas sagen? Du hast Charles, und jetzt …«

»Rede nicht davon, Linny, ich kann den Gedanken daran nicht ertragen.«

Während ich den Duft von Faith' Haar einsog, ihre wärmende Nähe spürte, schlief ich ein.

Noch vor Faith und Mrs Partridge wachte ich auf. Im frühen Morgenlicht lag ich im Bett, schmiedete Pläne und dachte mir ein paar Lügen aus. Als Erstes rief ich nach Malti, um ihr zu sagen, dass ihre Schwester mit uns nach Kalkutta kommen und bei uns arbeiten könne, wenn wir wieder die Heimreise antraten; egal, was Sahib Ingram dazu sagte, irgendwie würde ich das schon hinbekommen. Malti küsste mir die Hände und dann die Füße, obwohl ich sie daran zu hindern versuchte. »Jetzt geh zu ihr und sag ihr, dass wir sie auf unserer Reise über Delhi mitnehmen werden«, sagte ich. Ich wollte nicht, dass Malti sah, wohin ich ging. Sobald sie weg war, zog ich mich an und huschte durch das verschlafene Städtchen, bis ich die fensterlose Hütte am Stadtrand erreichte.

Beim Näherkommen sah ich einen Soldaten an der Mauer lehnen, der sich augenblicklich Gewehr bei Fuß neben den Eingang stellte, als er mich kommen sah. Die Tür stand offen, und mein Blick fiel auf ein Stück feuchten, irdenen Fußbodens, einen Strohhaufen sowie einen Fuß, der in einem schwarzen Stiefel steckte.

»Ma'am? K-kann ich Ihnen helfen?«, stammelte der Soldat. »Das hier ist ein behelfsmäßiges Gefängnis und kein Ort für eine Dame.« Auf dem Boden neben ihm stand ein halb leer gegessener Blechteller. Ich fragte mich, ob der Gefangene wohl auch etwas zu essen bekam.

»Ich bin absichtlich hier«, sagte ich. Dann nannte ich ihm meinen Namen und erklärte ihm, dass mich mein Gewissen die ganze Nacht keinen Schlaf habe finden lassen; es gehe mich zwar nichts an, aber als Christin empfände ich es als meine Pflicht, die Wahrheit zu sagen. Die Lügen kamen mir ohne jede Schwierigkeit über die Lippen – schließlich war mein ganzes Leben eine Lüge. Nur wenn ich gezwungen war, aufrichtig zu sein, geriet ich ins Straucheln. Ich fuhr fort, dass ich zu dem Zeitpunkt, da Mrs Hathaway geschändet wurde, auf dem Markt gewesen sei und den Paschtunen dort gesehen habe, der dann zum anderen Ende der Stadt hinausgeritten sei, also direkt in die entgegengesetzte Richtung vom Picknickplatz. »Wo hat man ihn gefunden?«, fragte ich.

Da der Soldat nicht antwortete, schöpfte ich neuen Mut. »Am anderen Ausgang von Simla, nicht wahr? Aber wie ich

Ihnen ja sagte, sah ich ihn eben nicht in der Nähe von Annandale, sondern wie er Richtung der westlich gelegenen Berge die Stadt verließ.«

Ein Schatten huschte über sein Gesicht. »Warum – Mrs Ingot – sagten Sie? Warum interessiert Sie das Schicksal dieses Bast…, pardon, dieses dreckigen Arabers?«

»Ingram«, sagte ich und stellte mich so aufrecht wie möglich hin. »Mrs Somers Ingram aus Kalkutta. Mein Mann bekleidet eine leitende Position im Staatsdienst. Auch wenn ich der armen Mrs Hathaway sehr viel Mitgefühl entgegenbringe, so gibt es in der Gegend hier, das müssen Sie zugeben, eine Menge schwarzer Schafe. Sagte sie denn ausdrücklich, dass es ein Paschtune gewesen sei?«

Der Soldat machte ein noch verdrießlicheres Gesicht. »Mrs Ingram, Ma'am«, sagte er, »ich bin eigentlich auf Urlaub in Simla, und man hat mich gebeten, hier Wache zu halten, allerdings nicht in militärischer Funktion.« Er war sehr jung, hatte einen blassen Flaum über der Oberlippe. Wahrscheinlich war er nur ein oder zwei Jahre jünger als ich, doch hatte ich mich bewusst für eine Kleidung entschieden, die mich älter aussehen ließ – ein dunkelblaues Seidenkleid, dazu eine blaue Haube, deren blaue Bänder mit weißen Spitzen eingefasst waren, sowie blaue Glacéhandschuhe. Ich hob das Kinn und senkte die Augenlider, während ich mit ihm sprach.

»Und wer ist Ihr Vorgesetzter? An wen kann ich mich in dieser Angelegenheit wenden?«

»Das wäre Major Bonnycastle, Ma'am. Aber er ist nicht hier. Wie ich bereits sagte, sind wir nicht in militärischer Mission hier, Ma'am. Das war in Simla bisher auch nicht nötig.«

Wieder warf ich einen Blick durch die offene Tür. Das Klirren einer Kette war zu hören, und der Stiefel war nicht mehr zu sehen. »Also wird der Paschtune hier bleiben, bis ein Dienst habender Offizier erscheint?«

Der Soldat fühlte sich zusehends unwohl in seiner Haut und blinzelte heftig. »Das glaube ich nicht, Ma'am.«

»Was werden Sie denn dann mit ihm machen?«

Der Adamsapfel in seinem mageren Hals hüpfte auf und ab. »Bitte, Mrs Ingram, Sie sollten sich nicht mit einer derartigen Angelegenheit befassen. Wir werden uns um ihn kümmern, sodass keine der Damen je wieder etwas von ihm zu befürchten hat. Aber nun muss ich Sie bitten zu gehen. Das hier ist kein Ort für eine Dame.« Und wie zur Bestätigung ließ sich in diesem Augenblick eine bedrohlich wirkende Krähe mit lautem Flügelschlag auf dem Dach der Hütte nieder. Sie öffnete den Schnabel und legte den Kopf schräg, während sie den Teller fixierte. Mit einem Krächzen stieß sie hinab und pickte im Flug einen Knochen auf, ehe sie sich über den Kopf des schwarzen Pferdes hinweg in die Lüfte erhob, das vor dem Vogel scheute und dessen Flanken nervös zuckten.

Ich redete mir ein, dass ich alles versucht hatte, was in meiner Macht stand. Den Gedanken, dass die Soldaten den Paschtunen einfach so hängen würden, schob ich zunächst beiseite, doch dann fiel mir das unsichere Blinzeln des jungen Soldaten ein, was mir wenig ermutigend schien. Sicherlich würde Olivia Hathaway nicht Abstand nehmen von ihrer Version der Geschichte und sei es auch nur um einzuräumen, dass das Pferd nicht schwarz, sondern braun oder grau gewesen sei, oder dass es sich nicht mit Bestimmtheit um einen Paschtunen gehandelt habe. Ich bezweifelte, dass sie sich überhaupt noch einmal dazu äußern würde, zudem würde man nicht weiter in sie dringen.

Als ich zurückkehrte, saß Faith im Garten. Ihre Hand umklammerte ein feuchtes Taschentuch, doch meinte ich ein Glühen an ihr wahrzunehmen, einen Ausdruck, der mir neue Hoffnung gab, auch wenn sie schrecklich blass war. Erst ein paar Tage zuvor hatte Mrs Partridge sich nicht einer Bemerkung enthalten können, indem sie Faith fragte, ob sie Kreide gegessen habe, um sich eine solche Blässe zuzulegen.

Neel lag zu ihren Füßen im Gras, daneben ein Stapel Bücher. Ein Anblick, der mich noch hoffnungsvoller stimmte.

»Du siehst besser aus, Faith«, sagte ich ehrlich. »Mach dir keine Sorgen wegen des Babys. Egal, was passiert, du kannst immer auf Charles und seine Liebe zählen.«

»Ja«, sagte sie, den Blick nachdenklich auf Neel geheftet. »Ich glaube jetzt auch, dass alles irgendwie in Ordnung kommt.«

Ich lächelte ihr zu. »O Faith, ich bin so froh, dass du das sagst. Ich habe mir solche Sorgen um dich gemacht.«

Sie sah mir ins Gesicht. »Ich möchte dir gern diese Bücher hier schenken, Linny«, sagte sie und berührte den Stapel mit der Spitze ihres Pantoffels.

»Aber warum denn?«

»Ich werde sie nicht lesen. Doch du liebst Bücher, und ich will, dass du sie nimmst.«

»Ich kann sie nicht annehmen, Faith. Natürlich wirst du sie irgendwann lesen. Komm doch mit mir ausreiten!« Ich streckte die Hand nach ihr aus.

»Mir ist nicht nach einem Ausritt, Linny. Ich muss noch einige Dinge erledigen.«

Ich fragte mich, was das für Dinge sein mochten. »Bitte, Faith, wir werden ein Picknick machen, und ich weiß einen wunderbaren Ort, wo wir hinreiten können. Ich habe auch eine Landkarte.«

»Nicht heute.«

»Morgen dann?«

Sie schwieg, doch dann lächelte sie. Es war lange her, dass ich sie zuletzt lächeln gesehen hatte, und es sah nicht natürlich aus, eher wie eine Grimasse. »Können wir einen größeren Ausritt machen, in die Berge vielleicht?«

»Warum nicht?«

»Gut, dann lass uns morgen ausreiten.«

»Ich verspreche dir, Faith, wir werden einen wunderbaren Tag haben.«

Als ich im Bett lag, spürte ich, wie sich in meine Freude über den bevorstehenden Ausritt die Sorge um den Gefangenen mischte, und ich nahm mir vor, auf dem Heimweg von unserem Ausflug nochmals zum Gefängnis zu gehen. Vielleicht hielt dann ein anderer Soldat Wache, bei dem ich mehr erreichen könnte. Wieder kam mir in den Sinn, wie enthusiastisch Faith plötzlich gewesen war bei der Aussicht, in die Berge zu reiten. Vielleicht würde sie die Fähigkeit, glücklich zu sein, doch wieder zurückerlangen.

Kurz nach Sonnenaufgang wachten wir auf. Neel ließ ich in Maltis Obhut zurück. In der Küche wartete Dilip auf mich, in den Händen einen Korb mit zwei Lederschlaufen. Ein warmer Duft nach frisch gebackenem Teig erfüllte die Hütte. Er musste mitten in der Nacht aufgestanden sein, um frische *chapattis* zu backen.

»Ich sagte dir doch, dass es nichts Spezielles sein muss, Dilip. Etwas Käse und Obst hätten es auch getan.«

Beleidigt schob er das Kinn zurück und hielt mir den Korb hin. Ich blickte hinein und sah *chapattis,* Safranreis, ein Glas Melonenmarmelade mit Ingwer und ein Behältnis mit Ziegenkäse und Champignons.

Ich bedankte mich kurz, wohl wissend, dass er ärgerlich werden würde, wenn ich zu viel Aufheben um die Geste machte. Dann holte ich Faith, und zusammen gingen wir die festgetretene Sandstraße hoch, die zur Mall führte. Es war ein herrlicher Morgen, dessen Ruhe nur durchbrochen wurde vom schrillen Schrei eines schwarzweißen Wiedehopfs.

So früh am Tag war der Pferdeknecht der Einzige, den wir am Stall antrafen; der *syce* trug ein fadenscheiniges Tweedjackett über seinem weißen *dhoti.* Er kauerte dösend unter einem grün belaubten Tamarindenbaum und sprang auf, als er uns sah. Die beiden Ponys, zu denen er uns führte, hatten Blumen in den geflochtenen Mähnen. Er zog ihre Sattelgurte fest, während ich den Korb auf der einen Seite von Utas Sattel festband. Sie war ein hübsches, weiß geschecktes Pony, Faith bekam einen grauen Wallach namens Rami zugewiesen.

Im Schritt ritten wir auf den dicht behaarten Tieren in Richtung Stadtausgang, und ich breitete vor meinem Sattel ein zerknittertes Stück Papier aus.

»Was ist das?«, fragte Faith. Sie machte einen ruhigen, zufriedenen Eindruck, ihre Züge wirkten entspannter als sonst. Ich wunderte mich über die Veränderung, die mit ihr vorgegangen war.

»Das ist eine Landkarte. Merkeet, ein Junge, der an einem Gewürzstand auf dem Markt arbeitet, hat sie für mich gezeichnet. Als ich einmal eine Frau aus den Bergen in ihrer *burkha* bewunderte, erzählte er mir, dass in Ludhiana ganz besondere *burkhas* mit Perlen hergestellt werden. Der Ort ist gar nicht weit entfernt, so hat er zumindest behauptet, und ich dachte, dass wir dorthin reiten und unser Mittagessen zu uns nehmen könnten.« Ich schaute mir die Skizze näher an. »Wir müssen wohl diesem Höhenzug hier folgen, bis wir zu einem Fluss kommen.«

Faith breitete die Falten ihres gelben Rocks ordentlich über ihren Damensattel. »Bist du sicher?«

»Ja, schau mal. Hier beginnt der Himalaya, und das hier ist die Straße, die zu dem Fluss hinabführt. Wir können uns gar nicht verirren.« Plötzlich hatte ich das gleiche Gefühl wie damals, als Faith und ich uns heimlich aus Mrs Watertons Obhut davongeschlichen und den *maidan* verlassen hatten, um den Basar zu erkunden. Dieses Mal würden wir uns von dem finsteren Gesicht von Mrs Partridge entfernen, um die Gegend hier zu entdecken. Wir würden nach Herzenslust galoppieren und bräuchten uns nicht darum zu kümmern, wenn unsere Röcke im Wind flatterten oder unser Haar zerzaust wurde. Wir würden nach Lust und Laune lachen und aus voller Brust singen können.

Doch nachdem wir schätzungsweise zwei Stunden geritten waren, begann ich, an Merkeets Kartografiekünsten zu zweifeln. Wir waren dem Grat bis zu einem flachen Bach gefolgt. Im leichten Trab folgten wir dem ausgetrockneten Kieselsteinflussbett, und je weiter wir kamen, desto dichter wurde die Bewaldung an beiden Ufern. Über uns brannte die Sonne. Faith hatte seit Simla kein einziges Wort mehr gesprochen.

»Hinter der nächsten Biegung wird bestimmt Ludhiana in Sicht kommen!«, rief ich über die Schulter zurück. Noch war ich nicht bereit zuzugeben, dass es vielleicht ein Fehler war, sich so weit von Simla zu entfernen.

Doch hinter der nächsten Krümmung mündete der Bach in eine feuchte Schlucht, und da es keine andere Möglichkeit gab, lenkte ich Uta in eine schmale Öffnung zwischen den Bäumen, in der Hoffnung, dass dort ein Pfad war. Immer wieder mussten wir mit dem Arm dornige Zweige zur Seite biegen, während die Pferde sich mühsam ihren Weg bahnten. Und dann, vollkommen unvermittelt, lag eine mit Gänseblümchen bewachsene Wiese vor uns.

»Ist das nicht schön!«, rief ich aus und ließ den Blick über die weite Lichtung schweifen. Auf drei Seiten wurde sie von Bäumen gesäumt, doch am hintersten Ende fiel sie etwas steiler ab, und da aufeinander getürmte, gigantische Felsklötze die Seite begrenzten, konnte ich nicht sehen, was dahinter lag. »Lass uns hier Rast machen«, sagte ich zu Faith, als sie mit Rami neben mir zu stehen kam, »und später werden wir am besten wieder denselben Weg zurückgehen. Ich glaube nicht, dass wir heute noch nach Ludhiana gelangen werden.«

»Gut«, sagte Faith und starrte zu den Felsbrocken hinüber. »Breite du inzwischen das Picknick aus, ich werde mich hier ein wenig umsehen.«

»Uta lässt sich die Gänseblümchen schmecken«, rief ich ihr nach, doch Faith antwortete nicht, sie war dabei, Rami in Richtung der offenen Seite der Wiese zu dirigieren. Während ich das Essen auspackte, pflügte mein Pony mit dem Maul genüsslich durch die Gänseblümchen und rupfte Grasbüschel aus. Faith kam wieder zurückgeritten und setzte sich zu mir; hungrig wie ich war, hatte ich zu essen angefangen. Es war windig hier oben.

»Bitte iss auch etwas, Faith, koste wenigstens davon. Bitte, du musst!«, bettelte ich.

Sie nahm ein *chapatti,* ich sah jedoch, dass sie den Fladen nur zwischen den Fingern zerkrümelte, um aus den

Stückchen ein kleines Nest vor sich im Gras zu formen. Die frische Brise blähte ihren Rock, sodass er sie wie ein goldener Ring umgab; ihre Haube war zurückgerutscht, einzelne Haarsträhnen hatten sich aus den Nadeln gelöst, und der Wind zupfte in allen Richtungen an ihnen. Immer wieder warf sie einen Blick zu den Felsklötzen hinüber.

»Was ist hinter den Felsen?«, fragte ich sie.

»Nichts; ein steiler Abhang über einem Felsplateau, nichts weiter.«

Ich legte den Oberkörper zurück und streckte mich im duftenden Gras aus. Über mir war der blaue Himmel, und nur das beruhigende Malmen der grasenden Ponys war zu hören. Plötzlich hatte ich das Gefühl, als ob die Erde unter mir erbebte, und ich setzte mich abrupt auf und fragte Faith, ob sie es auch gehört habe. Ein Wiehern durchbrach die Stille. Es war Uta. Sie trabte in Richtung des Felsrands hinüber, während Rami aufgeregt einen Kreis beschrieb.

»Uta!«, rief ich und sprang auf die Füße. Faith hatte Ramis Zügel ergriffen und sich in den Sattel geschwungen. »Was hat sie nur so erschreckt?«, fragte ich sie.

Aber Faith schien mich gar nicht zu hören. Sie entfernte sich, zuerst im Trab, doch dann ließ sie das Pony angaloppieren; ihre Haube flog davon, wurde in die Luft gewirbelt und verschwand plötzlich im Nichts.

Irgendetwas ließ mich meinen Blick von ihr abwenden, während sie auf den Felsrand zugaloppierte. Ich sah, wie ein Mann zu Pferd am anderen Ende der Lichtung zwischen den Bäumen herausgaloppiert kam. Der Boden unter meinen Füßen vibrierte unter dem Hufschlag des mächtigen Tiers. Alle paar Sekunden erhob sich der Reiter in den Steigbügeln, um sich umzusehen. Wie ein Blitz durchfuhr mich die Erkenntnis, dass es der Paschtune war. Ich drehte mich zu Faith um, deren Rock sich hinter ihr im Wind bauschte wie ein Segel.

Auf der Mitte der Lichtung stehend, sah ich, wie Faith auf den Abgrund zuritt, vom anderen Ende galoppierte der Paschtune auf mich zu. Statt anzuhalten, erhob sich Faith in den Steigbügeln, fast wie in einer Parodie dessen, was der Paschtune gerade getan hatte. Doch im Gegensatz zu ihm blickte sie nicht zurück. Wie von einer magischen Kraft angezogen, ritt sie auf den Felsrand zu, drosch mit der Reitgerte auf Rami ein, zwang ihn immer näher an den Abgrund. Als das Pony kurz vor der Felsnase abzuwenden versuchte, trieb sie es noch ein Stückchen weiter. Im nächsten Augenblick ließ sie die Zügel los – ich sah, wie sie die Hände hochriss, und als Rami schließlich doch abbremste und einen Schlenker zur Seite machte, flog Faith in einem anmutigen Bogen über seinen Kopf hinweg, wie von unsichtbarer Hand gestoßen. Mein Verstand weigerte sich zu begreifen, was ich gerade sah: Faith hatte sich aus dem Sattel geworfen und war im Begriff, über die Felskante hinauszufliegen.

Mit wehendem Rock, der weiße Petticoat im Sonnenlicht aufblitzend, gefolgt von der Scherenbewegung ihrer Beine – das Bild, wie sie in die Luft flog, erschien mir wie eine Pantomime, eine gelb-weiße Scheibe, die eben noch in der Luft wirbelte, um in der nächsten Sekunde ins Nichts zu tauchen. Ich schloss vor Grauen die Augen, und im selben Moment explodierte der Schmerz in meiner Schulter.

Der Paschtune preschte auf mich zu, und meine Beine gaben nach. Ich fühlte mich wie eine zerbrochene Puppe auf jener Wiese, während ein schrecklicher Schrei in meinem Kopf widerhallte. Im nächsten Augenblick begriff ich, dass ich es war, die den Schrei ausgestoßen hatte, denn etwas Katastrophales musste sich gerade ereignet haben, und was immer jetzt geschehen würde, es konnte nur noch schlimmer sein.

Achtundzwanzigstes Kapitel

Ich war wieder auf dem Schiff, mit dem ich nach Indien gekommen war, lag in meiner Hängematte, vom Sturm hin- und hergeworfen. Sämtliche Knochen taten mir weh. Aus dem Gang vor unserer Kabine hörte ich Stimmen, die etwas riefen, das ich nicht verstand. Unter mir spürte ich ein Hämmern, so als ob der Schiffsrumpf über Felsblöcke schleifen würde; ich hatte Angst, dass sie die Planken aufreißen könnten und ich untergehen würde. Im Versuch, mich an meine Matte zu klammern, merkte ich, dass ich den linken Arm nicht bewegen konnte. In einem unermüdlichen Rhythmus schaukelten die Wellen auf und ab, pressten mir die Rippen zusammen, von wo der Schmerz über den linken Arm zu meiner Schulter kroch. Das Gesicht gegen die harte Oberfläche meines Lagers gepresst, fiel mir das Atmen schwer. Mit Mühe hob ich den Kopf ein wenig an, und frische Luft schlug mir entgegen. Als ich die Augen öffnete, sah ich, wie mein linker Arm seltsam verdreht unter meinem Kopf hing, als wäre ich aufgehängt.

Und dann fiel es mir wie Schuppen von den Augen. Der hämmernde Rhythmus war der Hufschlag; ich lag über einem Pferderücken und sah, wie die Erde vorüberflog. Mir wurde übel, der Schmerz in meiner Schulter verstärkte sich. Ich bog den Kopf zur Seite, und meine Nase stieß an etwas Warmes und Hartes, das der Auf- und Abwärtsbewegung des Tieres folgte – es war ein Bein.

Mein Blick wanderte hoch zu der breiten Brust und dem gemeißelten Gesicht des Paschtunen, und dann war es wieder da: das letzte schockierende Bild von Faith, wie sie in die Luft flog. Vielleicht hatten mir meine Augen auch etwas vorgegaukelt. Vielleicht war sie auf dem weichen Gras der Lichtung aufgekommen, hatte sie es gar nicht absichtlich getan, so wie es mir erschienen war, vielleicht war sie gar nicht …

Ich weigerte mich, das Wort zu denken. Ich musste zurück und sie suchen. Ich versuchte, mich zu befreien, mit den Füßen zu strampeln, als etwas Hartes gegen meine Waden schlug, was mich wütend machte. Panik überkam mich – ich musste mich befreien, musste zurück und Faith suchen. Mit dem rechten Arm vergeblich Halt suchend, hob ich den Oberkörper etwas an, doch der Paschtune stieß meinen Kopf mit den Händen zurück – die mit einem dicken, groben Seil zusammmengebunden waren –, so beiläufig, wie wenn man nach einer Fliege schlägt. Mit einem dumpfen Geräusch schlug ich mit der Nase gegen die harten Muskeln des Pferdes, und ein überwältigender Schmerz durchfuhr mich. Etwas Warmes füllte mir Nase und Mund, ich bekam keine Luft mehr, und wieder spürte ich, wie ich in eine schwankende Schwärze stürzte.

Als ich vom Pferd gezogen wurde, kam das Bewusstsein wieder. Ich öffnete die Augen, doch um mich herum war es dunkel. Der Paschtune hielt mich fest, seine gefesselten Hände vor meinem Gesicht, ein Arm über meinen Mund gelegt. Sein Körper war reglos und hart: Wären nicht seine Wärme und sein heftiger Atem gewesen, so hätte ich gemeint, an einem Fels zu lehnen. Neben uns hörte ich das Pferd schnaufen. Nach einer Weile machte ich einen dünnen Streifen matten Lichts weit entfernt aus, und die Dunkelheit und der modrige Geruch sagten mir, dass wir in einer Höhle waren. Das gefilterte Licht kam von der Öffnung, die hinter Bäumen versteckt liegen musste. Das Pferd stieß ein leises Wiehern aus, woraufhin der Paschtune den Arm von meinem Mund nahm, um das Tier zu beruhigen. Ich versuchte, mich ganz zu befreien, stieß einen Schrei aus, und sofort spürte ich wieder den harten Griff, der sich mir um die Rippen legte, gefolgt von einem harten Schlag gegen Mund und Nase, und erneut kam ein Schwall Blut hervor. Das Pferd schnaubte schwach, doch als der Paschtune etwas zischte, verstummte es. Beim Versuch zu atmen, drangen blubbernde Geräusche aus meiner Nase.

Hufschläge donnerten vorbei, und sekundenlang legte sich ein Schatten auf den Lichtspalt am Höhleneingang, der Spalt wurde wieder hell, und wieder schob sich donnernd ein Schatten davor. Ich zählte sieben Schatten: Sieben Männer waren auf der Jagd nach dem Paschtunen. Ein gurgelnder Laut entrang sich meiner Kehle, doch wusste ich, dass ich nicht schreien konnte.

Noch als längst keine Schatten mehr zu sehen, kein Hufschlag mehr zu hören war, standen wir reglos da, sodass ich jegliches Zeitgefühl verlor. Schließlich nahm der Paschtune die Hände von meinem Gesicht, und ich schlüpfte durch den Ring, den seine gefesselten Arme bildeten, sank zu Boden, als ob meine Beine aus Gummi wären.

Ein schwacher Lichtstrahl traf mein Gesicht, und ich setzte mich zitternd auf. Ein stechender Schmerz durchfuhr meine linke Schulter, und ich schrie auf. Am Eingang stehend, versuchte der Paschtune, die Fesseln an seinen Handgelenken an der Felswand aufzureiben. Als er sah, dass ich wach war, sagte er etwas.

»Ich verstehe Sie nicht«, erwiderte ich auf Englisch, und als ich seinen fragenden Blick sah, wiederholte ich es auf Hindi.

»Kommen Sie her«, sagte er auf Hindi.

»Nein.«

Mit einem Satz war er bei mir, zog mich am Haar hoch.

»Lassen Sie mich gehen. Ich will zurück zu der Wiese, ich muss meine Freundin suchen.« Ich wand mich unter seinem Griff, doch die Kopfhaut schmerzte.

»Machen Sie dieses Seil hier auf!« Er ließ mein Haar los und hielt mir die gefesselten Hände hin. Seine Handgelenke waren wund gescheuert und bluteten. »Los, machen Sie die Seile auf«, sagte er wieder. Seine Stimme klang nicht wie die eines Vergewaltigers, eines Mörders, sie hatte auch nicht den hochmütigen Ton von Somers' Stimme oder den drohenden Unterton, mit dem Ram gesprochen hatte. Sie hörte sich ganz einfach männlich an und rau vor Erschöpfung. Im Übrigen, hatte ich eine Wahl? Also machte ich mich an seinen Fesseln zu schaffen, auch wenn meine linke Hand nicht zu gebrauchen war. Schließlich schaffte ich es, die Knoten zu lösen.

Er atmete tief durch, rieb sich die Handgelenke und führte dann das schwarze Pferd an die Öffnung der Höhle. Er riss Büschel des langen Grases aus, das dort wuchs, um das Tier damit trockenzureiben.

»Meine Freundin«, sagte ich abermals, »ich muss zu meiner Freundin zurück.«

»Wir können jetzt nicht zurück. Die *ferenghi* suchen mich noch immer.«

»Aber ich kann Ihnen nicht helfen. Lassen Sie mich wenigstens gehen.«

»Sie würden sie hierher führen.«

»Nein, das würde ich bestimmt nicht tun.« Wieder stach der Schmerz in meiner Schulter, und ich verzog das Gesicht, als ich das helle Blut sah, das den Kattun meines Kleides tränkte.

»Sie wurden von einer Kugel getroffen.« Seine Hand mit einem Büschel schweißgetränkten Grases hielt inne. »Sie haben nach mir gezielt, aber Sie getroffen.«

Ich sah ihn an. »Warum haben Sie mich nicht einfach dort auf der Wiese gelassen?«

Er fuhr fort, das Pferd abzureiben. »Ich dachte, dass Sie mir von Nutzen sein könnten.«

»Von Nutzen?«

»Als Geisel, falls sie mich eingeholt hätten. Ihre Freundin ist tot.« Er sprach beruhigend auf das Pferd ein, das mit einem Huf scharrte.

»Tot?« Meine Stimme zitterte – obwohl ich es tief im

Innern gewusst hatte. Von dem Augenblick, da ich Faith gesehen hatte, wie sie auf den Abgrund zugaloppierte, sich aus dem Sattel hob, hatte ich gewusst, was sie im Begriff war zu tun. Vielleicht hatte ich es auch schon seit längerem gewusst, dass es keine Heilung gab für ihr Leiden. »Sind Sie sicher?«

»Ja, ich bin sicher. Sie ist in die Tiefe gestürzt, und da unten sind nur Felsen, ein ausgetrocknetes Flussbett. Und es ist ein weiter Weg, bis man da unten ankommt.«

»Lassen Sie mich trotzdem gehen.« Ich hatte vergeblich versucht, meiner Stimme Festigkeit zu verleihen. *Faith, warum habe ich dir nicht gesagt, dass du wie eine Schwester für mich warst? Warum habe ich nicht mehr unternommen, um dich zu trösten?*

»Ich kann Sie noch nicht gehen lassen. Sobald ich sicher sein kann, dass die Soldaten nach Simla zurückgekehrt sind, lasse ich Sie frei. Sie werden fast einen ganzen Tag brauchen, um zurückzukehren, und bis dahin wird mein Abstand groß genug sein, damit Sie ihnen nicht mehr nützlich sein können.« Von seinem Ohr über den Hals zog sich ein getrockneter Streifen Blut. Sein Ohrläppchen, an dem er einen Ohrring getragen hatte, war gerissen.

Wie hatte er nur flüchten können, fragte ich mich. »Ich würde den Engländern nicht helfen, denn ich weiß, dass Sie nicht getan haben, was man Ihnen vorwirft.«

Zum ersten Mal sahen wir einander in die Augen. Man hatte ihn geschlagen: Ein Auge war unter einer violetten Beule zugeschwollen, die Unterlippe war aufgerissen. Sein Hemd hing ihm in Fetzen über die Brust, die mit dunklen Flecken übersät war. Durch das Haar sah ich den goldenen Schimmer seines zweiten Ohrrings.

»Ich weiß, dass Sie es nicht getan haben«, wiederholte ich. »Ich weiß es.« Warum war es so wichtig für mich, dass er das verstand?

»Woher wissen Sie, was ich getan oder nicht getan habe?«

»Ich weiß, dass die Frau gelogen hat, um sich und ihren

Liebhaber zu schützen. Als ich das erfahren hatte, ging ich zum Gefängnis und sagte dem Soldaten, der dort Wache hielt, dass Sie nicht schuldig sind.«

Der Paschtune widmete sich wieder seinem Pferd, während ich mich auf den Boden setzte, den Rücken an die Felswand gelehnt. Schließlich ließ er das Grasbüschel fallen und bog die Zweige des Buschs über die Höhlenöffnung. »Es ist schon spät. Wir werden hier übernachten. Morgen früh können Sie nach Simla zurückkehren.«

Der Schmerz hämmerte unaufhörlich in meiner Schulter. Ich drehte mich zur Seite. *Faith, o Faith.*

Ich schrie auf. Der Paschtune kniete über mir, in der Hand einen kleinen Zweig, dessen Ende brannte. Wie hatte er ein Feuer zustande gebracht?, fragte ich mich durch den Nebel in meinem Kopf – hier, wo Boden und Wände feucht waren.

Zuerst hatte ich versucht, mich auf dem Boden in eine erträgliche Position zu bringen, doch der Schmerz hatte mich keine Ruhe finden lassen. Mit einem Mal fühlte ich mich so elend, Hitze und Durst plagten mich, dass ich ein Wimmern nicht unterdrücken konnte. Irgendwann setzte ich mich auf, doch hatte ich das Gefühl, allein in der Höhle zu sein. Es war zu dunkel, um irgendetwas zu erkennen. Ich vernahm auch keine Atemgeräusche, weder von dem Mann noch von dem Pferd. War er schon gegangen? Ich hörte meine Zähne klappern; und obwohl mir unerträglich heiß war, zitterte ich am ganzen Körper. Und plötzlich war er da mit dem brennenden Zweig in der Hand.

»Wasser«, sagte ich auf Englisch, aber es gab kein Wasser, stattdessen fühlte ich, wie der Stoff an meiner Schulter barst, gefolgt von einem merkwürdigen Brutzeln. Und im nächsten Moment dachte ich, dass ein Raubtier mich angefallen hätte, und ich schrie, als seine Zähne sich in mein Fleisch gruben und daran rissen. Die Flamme wurde heller, bis ich in ihrem Licht versank.

»Kommen Sie, wachen Sie auf«, hörte ich und öffnete die Augen. Ein Stoß Äste und Zweige brannte in der Höhle und warf ein schummriges Licht. »Es ist fast Morgen, und ich muss mich auf den Weg machen, ehe sie die Suche nach Ihnen beginnen«, sagte der Paschtune.

Ich starrte ihn an, ohne ihn wirklich zu erkennen, nicht nur wegen der Dunkelheit, sondern weil meine Augen seltsam verschleiert waren. Ich versuchte, den Schleier wegzublinzeln, doch es war, als ob meine Lider bleischwer wogen. Ich machte die Augen zu.

»Ich habe die Kugel aus Ihrer Schulter entfernt, die Wunde wird bald heilen.«

Wieder öffnete ich die Augen und drehte den Kopf zur Seite, um die Wunde anzuschauen, und selbst diese kleine Bewegung brachte den Schmerz zurück, doch war er nicht mehr so brennend wie in der Nacht. Ein Umschlag aus Schlamm bedeckte meine Schulter, der Ärmel hing mir in Fetzen am Arm.

»Nun kommen Sie«, sagte er und führte sein Pferd zum Ausgang.

Während ich ihm stolpernd folgte, berührte ich mit der Hand das Gesicht und fühlte getrocknetes Blut. Die Sonne war noch nicht aufgegangen, doch der Himmel hatte seine tiefe Schwärze verloren. »Sie müssen dorthin gehen«, sagte er und deutete in eine Richtung. »Ihre Leute werden Sie schon finden.«

Damit schwang er sich scheinbar mühelos auf sein Pferd. »Es gibt einen Fluss, nicht weit von hier. Wenn Sie immer der Sonne folgen, können Sie ihn nicht verfehlen.«

Ich nickte, doch mein Kopf war so schwer, dass mich selbst diese Bewegung Mühe kostete. Langsam, Schritt für Schritt entfernte ich mich von dem Paschtunen. Ich schwankte.

»Nein«, rief er. »Schauen Sie, wo es am Himmel allmählich heller wird. Sie gehen in die falsche Richtung.«

Ich sah zurück zu ihm und versuchte auszumachen, welche Richtung er meinte, doch im Morgengrauen flirrten er und sein Pferd, als stünden sie unter einem Wasserschwall oder in lichterlohen Flammen. Plötzlich kam der Boden mir entgegen. Mir schwirrten die Ohren, dann spürte ich, wie der Paschtune mich so mühelos hochhob, als wäre ich ein Kind. Der Rock bauschte sich um meine Hüften, als er mich rittlings auf den schwarzen Pferderücken setzte. Ich griff nach der dicken Mähne, die sich rau zwischen meinen Fingern anfühlte. Dann schwang sich der Paschtune hinter mir auf den Hengst; seine Arme ruhten links und rechts von mir, als er das Seil aufnahm, das er um den Kopf und durch das Maul des Pferdes geschlungen hatte und das ihm als behelfsmäßiger Zügel diente.

Eine Weile, die mir wie Stunden vorkam, ritten wir in zügigem Galopp. Ich war so erleichtert, nach Simla zurückgebracht zu werden, dass ich mich entspannt gegen seine Brust lehnte, der aufgehenden Sonne entgegenblinzelnd. Mein Kopf fühlte sich leicht und schwer zugleich an, und ich hatte Mühe, das Kinn nicht immer wieder auf die Brust sinken zu lassen. Am unerträglichsten war der Durst: Meine Zunge war zu trocken, um mir die Lippen zu lecken. Ich versuchte, nicht an Faith zu denken, versuchte, überhaupt nicht zu denken, nicht daran, wie man die Nachricht in Simla aufnehmen oder gar wie sie Charles treffen würde, der mir seine Frau anvertraut hatte. Als mir bewusst wurde, dass meine Wangen feucht waren, verfluchte ich meine Schwäche. Ich presste die Augenlider zusammen. *Du hast schon Schlimmeres als das hier überlebt, Linny. Viel Schlimmeres.*

Als das Pferd anhielt, öffnete ich die Augen, in Erwartung, die vertraute Umgebung von Simla zu sehen. Der Paschtune hielt mich unter der rechten Achsel fest und ließ mich vom Pferd gleiten. Meine Beine fühlten sich wacklig an, und an den Innenseiten meiner Schenkel spürte ich eine schmerzende Starre.

Wir befanden uns in einem lang gezogenen, grünen Hochtal. Ringsherum blühten Blumen – wilde Tulpen, blaue und weiße Iris, gelber Senf. Hinter dem Pinienwald, der die Wiese begrenzte, erhoben sich gigantisch die Berge. Vor uns lag ein schmales Flussband, in der Sonne schimmernd. Unsicher ging ich zum Wasser und fiel am schlammigen Ufer auf die Knie, um mit der Wölbung der rechten Hand Wasser zum Mund zu führen. Als ich meinen Durst gestillt hatte, wusch ich mir vorsichtig das Gesicht, darauf bedacht, meine schmerzende Nase nicht zu berühren. Als ich mich tiefer beugte, um den verkrusteten Umschlag von meiner Schulter zu waschen, rief der Paschtune:

»Lassen Sie es drauf!« Er führte sein Pferd zum Ufer. »Die Wunde heilt schneller, wenn Sie den Umschlag drauflassen.«

Nachdem er Wasser getrunken, sein Pferd getränkt und sich Gesicht, Haare und Hals gewaschen hatte, drehte er sich mit dem Gesicht gen Osten, ging in die Knie, beugte den Oberkörper nach vorne und berührte mit der Stirn den Boden, um zu beten, eine Gebetshaltung, die ich von unseren moslemischen Dienern zu Hause kannte.

»Wie weit ist es noch bis Simla?«, fragte ich, als er sich wieder erhoben hatte. Tief im Innern ahnte ich jedoch, dass wir eigentlich längst in Simla hätten sein müssen, nach der Strecke zu urteilen, die wir zurückgelegt hatten. Aber vielleicht war ich noch immer vom Fieber und dem pochenden Schmerz in meiner Schulter durcheinander; womöglich waren wir noch gar nicht so lange unterwegs.

»Ich bringe Sie nicht nach Simla.«

Meine Beine gaben unter mir nach. Ich kauerte mich auf das harte, feuchte Ufer. »Faith«, flüsterte ich mit geschlossenen Augen, die Arme um den Oberkörper geschlungen und vor und zurück schaukelnd. »O Faith, was habe ich getan?« Ich setzte mich auf den Boden, zog die Beine an und legte die Stirn auf die Knie. »Wo sind wir denn dann?«

»Wir sind in der Nähe von Kulu.«

»Kulu.« Ich versuchte mich zu erinnern, ob ich diesen Namen je gehört hatte, doch erstreckten sich meine geografischen Kenntnisse nur bis zum südlichen Himalaya und zur nordwestlichen Grenze zu Afghanistan. »Gehört das noch zu Indien?« Meine Stimme war nur mehr ein Flüstern.

»Ja, Kulu liegt an der Grenz zu Kaschmir.«

»Warum haben Sie mich hierher gebracht?« Ich schaute zu ihm hoch. Doch mit der Sonne in seinem Rücken konnte ich seine Züge nicht ausmachen.

Er antwortete nicht, und ich legte den Kopf wieder auf die Knie.

»Ich weiß, dass Sie die Wahrheit sagen«, begann er nach einer Weile. »Ich habe Ihre Stimme wiedererkannt, es ist dieselbe, die mit dem *ferenghi* gesprochen hat, auch wenn ich nur wenig von dem verstand, was Sie sagten.« Er machte eine Pause, als müsste er sich die Worte erst zurechtlegen. »Sie haben versucht, mir das Leben zu retten, also konnte ich Sie nicht allein zurücklassen, mit der Gefahr, dass Sie womöglich Ihr Leben verlieren würden.

Andererseits durfte ich es nicht riskieren, Sie in die Nähe von Simla zu bringen, ebenso wenig wie Sie so schwach und hilflos zurückzulassen. Sie brauchen Wasser, und Sie haben Wundfieber. Wenn die *ferenghi* Sie nicht innerhalb eines Tages gefunden hätten, wären Sie vielleicht …« Er strich mit dem Finger durch die Pferdemähne. »Also bringe ich Sie in ein Zeltlager nach Kaschmir. Wir werden heute und morgen reiten müssen, um dorthin zu gelangen. Im Lager werden Sie sich ein paar Tage erholen, und dann sorge ich dafür, dass jemand Sie sicher nach Simla zurückbegleitet.«

Ich wusste nicht, was ich sagen sollte. Kaschmir: Was wusste ich von diesem Land? Ich hatte von hohen, schneebedeckten Bergen gelesen, üppigen Pinienwäldern.

»Sie haben nichts zu befürchten«, sagte er.

»Ich habe keine Angst«, erwiderte ich so fest wie möglich.

Er senkte den Kopf, dann führte er sein Pferd zu einem Dickicht, wo er es an einem Baum festband. Ich hörte, wie er es Rasool nannte. Für eine Weile verschwand er im Wald, um dann mit Pilzen und Beeren zurückzukommen, die er in der Wölbung seines zerrissenen Hemds gesammelt hatte. Mir fiel auf, wie feinmaschig der Stoff verarbeitet war, und über dem Hemd trug er eine offene, bestickte Weste. Seine Taille zierte eine breite, aus orangefarbenen und gelben Fäden gewebte Schärpe, seine schwarzen Hosenbeine steckten in hohen Lederstiefeln.

Als ich seine vernarbten Hände und die abgebrochenen Fingernägel mit den schwarzen Rändern sah, war ich versucht, die Pilze und Beeren, die er mir anbot, auszuschlagen. Aber dann besann ich mich eines Besseren: Konnte ich in dieser Situation wählerisch sein? In meinem Zustand – noch immer fühlte ich mich fiebrig und hatte Schmerzen – brauchte ich Wasser und war darauf angewiesen, das zu essen, was zur Verfügung stand. Und ob ich je wieder nach Simla zurückkehren konnte, lag allein in der Hand des Paschtunen.

Nachdem wir ausgeruht waren und Rasool ausreichend gegrast hatte, schwang der Paschtune mich wieder auf den Pferderücken. Dieses Mal setzte er sich vor mich. Als er Rasool zum Galopp antrieb, schlang ich die Arme fest um seine Schärpe. Immer wieder versuchte ich, etwas von der Landschaft um uns herum aufzunehmen, doch musste ich mich vor allem darauf konzentrieren, mich mit Knien und Armen festzuklammern. Was mir, mit nichts als dem Rock, dem dünnen Petticoat und der Batistunterhose zwischen meiner Haut und dem Pferderücken, zusehends schwerer fiel. Alle paar Stunden machten wir an einem rauschenden Bach Halt, um zu trinken; dann ging ich ein wenig spazieren, um meine starren Muskeln zu lösen. Ich spürte, dass ich zwischen den Schenkeln wund gescheuert war.

Irgendwann machten wir am Rand eines dunklen Waldes Rast. Der Paschtune deutete mit dem Kinn auf eine riesige Tanne, woraufhin ich mich auf das schwammige, kühle Moos darunter setzte; es dauerte nicht lang, und ich schlief ein. Als ich wieder erwachte, knisterte ein Feuer auf der kleinen Lichtung. Der Paschtune kam zu mir herüber, um mir einen auf einem Ast aufgespießten, gebratenen Vogel zu bringen. Das Fleisch war gut durchgebraten, die Haut knusprig braun. »Was ist das für ein Vogel?«, fragte ich.

Er nannte mir einen Hindinamen, den ich nicht kannte. Neben der Feuerstelle lag ein weiterer Vogel, der noch nicht gerupft war, um den Hals hatte er eine Pflanzenranke geschlungen.

»Ich glaube, es ist ein Waldhuhn«, sagte ich auf Englisch und biss herzhaft in das geschmackvolle Fleisch, sodass mir der Fleischsaft über das Kinn lief. Während ich aß, beobachtete ich den Paschtunen, wie er fachmännisch den zweiten Vogel rupfte. Als er ihn über dem Feuer briet, wurde ich abermals vom Schlaf übermannt, in der Hand noch einen halb abgenagten Knochen.

Mitten in der Nacht wachte ich auf, die Beine steif, die Muskeln verkrampft, doch der Schmerz in der Schulter hatte etwas nachgelassen. Der Paschtune saß hinter dem flackernden Feuer. Der Schein der tanzenden Flammen unterstrich seine hohen Wangenknochen und vollen Lippen. Ich hatte das Gefühl, als hätte er mich angestarrt, vielleicht täuschte ich mich aber auch, und er hatte in die Flammen geblickt, in seinen Augen der Widerschein der Glut.

Wieder fiel ich in einen tiefen Schlaf, und als ich am nächsten Morgen aufwachte, war ich mir nicht sicher, ob ich seinen Blick wirklich gesehen oder ihn nur geträumt hatte.

Als ich in das getupfte Sonnenlicht blinzelte, das durch die Zweige schien, spürte ich jede Faser meines Körpers. Alle Spuren eines nächtlichen Feuers waren getilgt, und ich sah weder den Paschtunen noch sein Pferd. Panik überkam mich, und ich versuchte aufzustehen.

Meine Beine drohten unter mir nachzugeben, und ich griff nach einem Zweig, um mich daran festzuhalten. Ich richtete mich auf, beugte vorsichtig den linken Arm, hob ihn ein wenig an: Nur noch ein leiser Schmerz meldete sich. Als Nächstes untersuchte ich die Kruste an der Rückseite meiner Schulter, berührte vorsichtig die Wunde, und als ich die Hand zurückzog, war kein Blut mehr an meinen Fingern.

Meine Kleider fühlten sich so steif an wie meine Glieder; Erde und Piniennadeln klebten daran, und auf der Vorderseite meines Kleids prangten Fettflecken von dem Mahl des Vorabends. Ich machte ein paar vorsichtige Schritte. Die Innenseiten meiner Schenkel schmerzten, und die Unterhose klebte mir am Körper, als hätte ich meine Tage bekommen, doch es war zu früh dafür. Als ich hinter die große Tanne ging, um mich zu erleichtern, bemerkte ich, dass der Stoff mit Blut und Eiter getränkt war, die Haut an den Innenseiten meiner Schenkel war wund geritten.

Während ich auf die Lichtung zurückhumpelte, erschien der Paschtune mit Rasool zwischen zwei Bäumen. »In zwei Stunden werden wir Wasser finden«, sagte er, »und vor Einbruch der Dunkelheit hoffentlich im Lager sein.«

Als ich breitbeinig auf ihn zuhumpelte, musterte er mich, ohne etwas zu sagen. Ich wich seinem Blick aus, als er mich auf das Pferd setzte.

Schließlich kamen wir wieder an einen Fluss – wie sollte ich in diesem Zustand bloß weiterreiten, fragte ich mich. Ich glitt vom Pferderücken und ging zum Wasser. Und als ich mich ans Ufer kauern wollte, um zu trinken, konnte ich ein Stöhnen nicht unterdrücken.

Wieder rittlings auf dem Pferderücken, sog ich geräuschvoll den Atem ein, während ich versuchte, mich in eine andere Position zu bringen.

»Warum stöhnen Sie so?«, fragte er. »Ist der Schmerz in Ihrer Schulter wieder stärker geworden?«

»Es ist nicht meine Schulter«, sagte ich.

»Können Sie noch reiten?«

Ich nickte, doch ich sah, wie er mein Gesicht musterte.

»Es liegen noch viele Stunden vor uns. Sagen Sie es mir, wenn es nicht mehr geht.«

Ich nickte. »Könnte ich … ich muss …« Ich wusste das Hindiwort für Damensitz nicht, also schwang ich ein Bein über den Pferderücken und zuckte zusammen. »Wenn ich so reiten könnte, ginge es besser.«

Er blickte zum Himmel empor. »Wegen des zusätzlichen Gewichts, das Rasool tragen muss, sind wir nicht so schnell vorangekommen, wie ich hoffte. Und vor uns liegt noch ein schwieriger Pfad. In der Position können Sie ohne Sattel nicht reiten. Was fehlt Ihnen?«

Ich ließ mich zu Boden gleiten. Wie konnte ich vor diesem dunkelhäutigen Fremden zugeben, dass ich wund geritten, meine Haut mit nässenden Blasen bedeckt war? Ich legte die Hände auf die Hinterseite meines Rocks. »Ich bin noch nie in dieser Position geritten, so wie ein Mann. Meine Haut ist wund.«

Er ließ einen unwilligen Laut vernehmen. »Dann nehmen Sie das hier als Unterlage.« Er löste seine Schärpe. »Wir haben keine Zeit für dieses schamhafte *ferenghi*-Getue«, fügte er hinzu, als er sah, dass ich zögerte, und drückte mir die Schärpe in die Hand.

Ich legte die Stoffbahn zu einem dicken Bündel zusammen, zog den Rock hinten hoch und schob mir das wollene Polster in die Unterhose. Dann nickte ich ihm zu, und erneut schwang er mich auf Rasool.

Die Unterlage schützte meine aufgerissene Haut und brachte mir wenigstens etwas Erleichterung, doch nun rutschte ich ein wenig auf dem Pferderücken und musste mich an der Taille des Paschtunen festklammern. Er ließ Rasool angaloppieren, aber nur für ein kurzes Stück. Denn bald darauf sah ich einen hohen Gipfel vor dem glasklaren Himmel aufragen. Der Fuß des Berges war in Nebel getaucht. Tannen und Felsen schimmerten bruchstückhaft durch den weißen Schleier. Rasool musste nun mühsam einen steinigen, engen Pfad hochklettern, höher und immer höher. Die Luft wurde kühler. Schließlich wurde der Anstieg so steil, dass sich unter den Pferdehufen Erdbrocken und Geröll lösten und den Abhang hinabrollten. Um nicht zurückzukippen, klammerte ich mich an den Rücken des Fremden; die Wange an seine Weste geschmiegt, spürte ich seinen Herzschlag, roch seinen Geruch nach Schweiß und Tannennadeln, Pferd und frischer Luft.

Wie aus dem Nichts tauchte vor uns ein Plateau auf und dahinter die Ausläufer eines weiteren Gebirgszugs, dessen Gipfel sich flirrend im diesigen Sonnenlicht abzeichneten.

An einem von Pinien gesäumten See ließ der Paschtune Rasool anhalten. Ein plätscherndes Geräusch war zu hören, und als ich mich umsah, konnte ich die Ursache ausmachen: Ein kleiner Wasserfall sprudelte nicht weit von uns entfernt in den schmalen See. Als ich auf die Erde sah, erkannte ich zwischen Rasools Hufen wilde Erdbeeren und Akeleien. Hinter der weiten, grünen Ebene stand der westliche Himmel in orange- und rosafarbenen Flammen. Unwillkürlich musste ich an die Landschaftsgemälde von der Schweiz denken, die ich in den Reisebüchern im Lyceum angeschaut hatte. Sogar die Schönheit von Simla verblasste gegenüber dieser Landschaft. Doch während ich die großartige Szenerie betrachtete, schob sich die Erinnerung an Faith in mein Bewusstsein und legte sich wie ein Schatten über den Moment.

»Wir werden heute Nacht nicht weiterreiten«, sagte der Paschtune und durchbrach meine düsteren Gedanken. »Wir haben noch einige Stunden vor uns, und der Weg ist in der Dunkelheit zu gefährlich.«

Ich kletterte vom Pferd.

»Warten Sie hier«, sagte der Fremde und ritt mit Rasool weiter.

Ich trank am See Wasser, wusch mir Hände und Gesicht, dann stand ich eine Weile reglos am Ufer und betrachtete das wabernde Bild der Gebirgskette auf dem Wasserspiegel. Als der Paschtune zurückkam, hatte er eine mit Wildschweinstacheln verzierte Satteltasche in der Hand, von der er Zweige und Blätter abklopfte. Ich nahm an, dass er öfter Rast an diesem Platz machte und in der Nähe ein Versteck hatte.

Während er Rasool grasen ließ, setzte er sich neben mich auf die Erde und holte ein sauberes, weißes Tuch aus der Tasche. Als er es aufschlug, sah ich ein unförmiges Stück weißen Käse. Dann förderte er ein Messer zutage, schnitt den Käse in zwei Hälften und gab mir die eine. Mit wenigen Bissen hatte er die andere gegessen. »Das Wasser ist flach und fischreich. Sammeln Sie inzwischen Früchte«, sagte er, indem er eine Hand in die Tasche tauchte und ein Ledersäckchen herauszog, das mit einem Lederriemen umwickelt war. Er reichte es mir und sagte ein Wort, das ich nicht verstand. Ich schaute das Säckchen fragend an, löste den Riemen und sah eine glänzende, schwarze Substanz. »Das ist eine Pferdesalbe, für Wunden und Verletzungen. Benutzen Sie sie.« Er deutete erst auf meine Schulter, dann auf die Mitte meines Rocks.

Ich ging zu einer Schonung mit kleinen Bäumen, von denen einige blühten, während andere bereits kleine Früchte trugen. Der See hatte dort eine kleine Einbuchtung, wo sich die Weidenzweige mit ihren zarten jungen Trieben tief über das durchsichtige, saphirblaue Wasser neigten und einen natürlichen Sichtschutz bildeten.

Als ich mich nach dem Paschtunen umblickte, konnte ich durch den Schleier aus Zweigen nur einen Flecken seines weißen Hemds ausmachen, der sich am Ufer bewegte. Das kühle Wasser leckte träge am Sand, auf dem vereinzelt Grasbüschel wuchsen. Ich knöpfte mein Kleid auf, zog es aus. Es war so schmutzig und blutverkrustet, dass ich darin kaum mehr das saubere, efeugrüne Kleidungsstück wiedererkannte, das ich zwei Tage zuvor in der Früh angezogen hatte. Es kam mir vor, als wäre seither ein ganzes Leben vergangen. Nur noch mit Unterhemd und Petticoat bekleidet, schnürte ich die hohen Stiefel auf und zog sie mir mit einem erleichterten Seufzer aus. Dann rollte ich die Strümpfe hinab und entledigte mich auch ihrer. Ich grub die Zehenspitzen in die lehmige Erde und genoss einen Moment lang das kostbare Gefühl der Weichheit und Wärme.

Obwohl mein Haar völlig zerzaust war, wurde es noch immer von ein paar Nadeln gehalten. Ich löste es vollends und ließ die Nadeln in den Sand fallen. Dann befreite ich mich auch noch von der Unterwäsche und zog die zusammengefaltete Schärpe zwischen den schmerzenden Schenkeln hervor. Als ich so am Ufer stand und meine Haut von der warmen Abendluft umschmeicheln ließ, stieß ein Eisvogel über meinen Kopf hinweg ins Wasser. Ich sammelte meine Kleidungsstücke ein und tauchte einen Fuß in den See, dann den anderen. Der Grund war mit kleinen, glitschigen Steinen und weichem Schlamm bedeckt. Langsam stieg ich ins Wasser. Noch nie hatte ich in einem Fluss oder See gebadet, immer nur in dem beschränkten Gefäß einer Kupfer- oder Zinkwanne. Das kühle Wasser brannte auf meinen Wunden. Als ich bis zur Hüfte im Wasser stand, ließ ich mein Kleid, die Unterwäsche und Strümpfe auf dem Wasser treiben und tauchte den Kopf unter Wasser, um die Haare zu waschen. Anschließend schrubbte ich das Kleid, so gründlich es ging, und wusch die Strümpfe aus. Am schwierigsten war es, die Unterhose von der Kruste aus eingetrocknetem Blut und Eiter zu befreien.

Schließlich ging ich zum Ufer zurück, setzte mich auf die Schärpe und ließ mich trocknen. Dann rieb ich ein wenig von der seltsam riechenden Salbe auf die Wunde an der Schulter, auf die Innenseiten meiner Oberschenkel und zwischen die Beine. Zuletzt wrang ich Unterhemd, Petticoat und Kleid aus und kleidete mich mit einiger Mühe wieder an. Die Unterhose trug ich, zusammen mit den Strümpfen, Stiefeln und der Schärpe, in den Händen und ging zurück.

Er stand auf einem kleinen Fels ein paar Meter vom Ufer entfernt und schnitzte mit dem Messer die Spitze eines Astes. Einige Fische lagen bereits reglos neben ihm. Ich sah zu, wie er den Ast über den Kopf schwang, um ihn dann pfeilschnell ins Wasser zu stoßen. Ebenso rasch zog er ihn zurück, einen großen, zappelnden Fisch aufgespießt, dessen Schuppen metallisch glänzten. Er befreite ihn von der Astspitze, sammelte die ganze Ausbeute ein und hüpfte über die Felsen zurück zum Ufer.

Die verbliebenen Kleidungsstücke legte ich zum Trocknen in den Sand und ging zu den Bäumen hinüber, die kleine, feste Pflaumen trugen. Ich pflückte einige und sammelte sie in der Mulde meines nassen Rocks. Der Paschtune kauerte im Sand, wo er die Fische auf einem flachen Stein schuppte, ausnahm und filetierte, die Köpfe und Eingeweide vergrub er im Sand. Als ich näher kam, sah er auf und musterte mein nasses Kleid und die Pflaumen, die ich auf den Boden rollen ließ. Aus einem Stiefel nahm er einen Feuerstein, schichtete ein Bett aus Zweigen und trockenem Unterholz um den Stein und zündete ein Feuer an.

Später aßen wir den Fisch, die Pflaumen und winzige Erdbeeren, die ringsherum wuchsen. Als es dunkel wurde, legte er größere Äste auf das Feuer. Ich hielt die Füße in die Wärme und zog schließlich Strümpfe und Stiefel wieder an.

Mit einem Mal wurde mir bewusst, dass ich nicht mehr hungrig war. Und ich fühlte mich nicht mehr schmutzig. Meine Schulter schmerzte nur noch bei unachtsamen Bewegungen. Und wenn ich mich auf einen Beckenknochen lehnte, konnte ich auch ganz bequem sitzen. Der einzige Schmerz, den ich verspürte, war der Gedanke an Faith. Es war alles meine Schuld. Wenn ich nicht gewesen wäre, wäre sie noch am Leben. Sie säße im Garten des Cottage und würde lesen. Ich hatte es ihr ermöglicht, ihren Plan auszuführen. Die einzige wirkliche Freundin in meinem Leben hatte ich verraten.

Wir waren umgeben von seltsamen Geräuschen: Kleine Tiere raschelten im Unterholz, ein größeres Tier kreiste lauernd um uns herum. In der Ferne war der warnende Ruf eines Schakals zu hören und weit über uns das Kreischen eines Nachtvogels. Als Rasool ein zitterndes Wiehern ausstieß, sagte der Paschtune etwas in einer Sprache zu ihm, die ich nicht verstand, und augenblicklich war das Pferd ruhig.

»Was sprechen Sie für eine Sprache?«

»Paschtu. Die Sprache meines Volkes.«

»Aber Sie sprechen auch Hindi.«

»Hindi, Dari, Usbekisch, Urdu, Kaschmiri, Bengali und Pandschabi. Ich reise sehr viel in diesem Land und in meinem eigenen. Überall in diesen Regionen kann ich mich mit den Menschen verständigen. Nur nicht mit den *ferenghi,* den Ausländern. Ich ziehe es vor, ihre Sprache nicht zu lernen, auch wenn ich ungewollt ein paar Wörter aufgeschnappt habe.« Er nahm den Blick vom Feuer, um mich anzusehen, und ich erkannte, dass die Schwellung an seinem Auge und der Lippe zurückging. »Ihre Sprache.« Wieder senkte er den Blick, doch zuvor hatte ich in seinen Augen etwas gesehen, das mich beruhigte. Hatte ich die ganze Zeit über Angst vor ihm gehabt, auch wenn ich so tat, als wäre ich furchtlos? Ich war mir nicht sicher. Die schreckliche Erinnerung an Faith, Fieber und Schmerzen, die Unsicherheit, was mit mir geschehen würde, all das hatte meine Gefühle in den vergangenen zwei Tagen bestimmt. Und was fühlte ich jetzt? Wenn meine Schuldgefühle nicht gewesen wären, darüber, dass ich nicht erkannt hatte, wie verzweifelt Faith wirklich war und dass sie langsam zugrunde ging, hätte ich wohl keine Angst mehr gehabt; doch die Erkenntnis dieser Schuld war mehr als das Eingeständnis eines Fehlers.

Den Blick aufs Feuer gerichtet, sagte der Paschtune: »Sind Sie schon lange in Indien, da Sie die Sprache so gut beherrschen?«

Der Versuch einer Unterhaltung, wie seltsam, dachte ich. Hier saß ich vor einem Feuer in der Nähe der Grenze zu Kaschmir und unterhielt mich mit einem wild aussehenden Mann aus Afghanistan. »Nein, noch nicht sehr lange. Eineinhalb Jahre.«

Er nickte.

»Erzählen Sie mir von Ihrem Volk, den Paschtunen.«

Er warf einen Stock ins Feuer, wo er knisternd Flammen fing. »Da gibt es nicht viel zu erzählen. Ich gehöre zum Stamm der Ghilzai. Er zählt etwa hundertundfünfzig Menschen. Wir leben nicht an einem Ort, sondern ziehen umher; den Sommer verbringen wir in den kühlen Bergen und den Winter im Schutz eines Hochtals. Wir haben Schafe und handeln mit Wolle.« Er unterbrach sich und sah mich an. »Mein Volk liebt Musik, Dichtung und Spiele. Wir führen ein sehr einfaches Leben.«

Der Ausdruck in seinen Augen strafte seine Worte Lügen. Nichts an diesem Mann war einfach. Ich winkelte die Beine an und legte das Kinn auf die Knie. »Was haben Sie in Simla gemacht?«

»Ich fange wilde Pferde in den Hochtälern ein und reite sie zu. Dann verkaufe ich sie, entweder in Kabul oder Peschawar, manchmal aber auch weiter südlich in Indien. Vor einigen Tagen verkaufte ich eine kleine Herde in Radschpura, und auf dem Weg nach Kaschmir, wo ich eine andere Herde weiden habe, kam ich durch Simla.«

»Es tut mir Leid«, sagte ich und überraschte mich selbst mit diesen Worten.

»Es tut Ihnen Leid? Warum sollte es Ihnen Leid tun?«

»Weil man Sie so schlecht behandelt hat. Man hat Ihnen Unrecht getan.«

Er nickte, sein Gesicht wurde finster.

»Wie sind Sie entkommen?«

»Sie haben mich hinausgeführt. Um mich zu hängen.«

Ich hörte, wie ich scharf den Atem einsog.

»Rasool war in der Nähe angebunden. Ich rief ihn mit dem vertrauten Laut, auf den er immer hört. Er hat sich losgerissen und die Leute, die mich wegführten, angegriffen. Als sie sich vor seinen Hufen in Sicherheit brachten, sprang ich auf ihn, und bis sie ihre eigenen Pferde geholt und bestiegen hatten, war ich schon ein gutes Stück voraus.«

Er schwieg.

»Haben Sie Familie?«, fragte ich.

»Ich habe zwei Frauen.« Er beugte sich nach vorne, um Zweige auf die Glut zu häufen, und seine Züge wurden durch die Haarsträhnen verdeckt, die ihm ins Gesicht fielen. Als er sich zurücklehnte, schwangen die Haare wieder nach hinten. »Beide haben mir einen Sohn geschenkt. Allah war mir gnädig.« Unvermittelt blitzten seine Zähne in einem flüchtigen Lächeln auf – wohl in der Erinnerung an seine Kinder. In diesem Moment veränderten sich seine Züge, ließen ihn jünger erscheinen, als er mir bisher vorgekommen war. Seine Zähne waren weiß und ebenmäßig. Doch das Lächeln verschwand so schnell, wie es gekommen war.

Schweigend betrachteten wir das Feuer. Schließlich ergriff ich das Wort: »Ich habe einen Ehemann.« Ich weiß nicht, warum ich ihm das sagte.

»Natürlich«, erwiderte er und legte sich auf die Seite, den Kopf in die Hand gestützt. Durch den Hitzeschleier konnte ich nur die Silhouette seines Körpers ausmachen, den Bogen seiner Hüfte, die kräftige Statur seiner Schulter.

»Wie heißen Sie?«, fragte ich über den Hitzeschleier hinweg.

»Daoud«, sagte er, »ich bin das Oberhaupt der Ghilzai.«

Neunundzwanzigstes Kapitel

Ich stützte mich auf einen Ellbogen und blickte in das allmählich erlöschende Feuer. In der Morgendämmerung sah ich, dass der Mann mit dem Namen Daoud schlief, seine Wimpern zeichneten sich dunkel gegen die Haut ab. Die Bartstoppeln bildeten einen dichten Schatten auf seinen Wangen.

Ich legte mich zurück, um den Himmel zu betrachten, der sich rosa zu färben begann. Ein Hauch von Blütenduft stieg mir in die Nase, und ich atmete ihn tief ein. Als ich ein Rascheln im Baumwipfel über mir vernahm, schaute ich nach oben und sah ein Paar goldener Pirole. Sich putzend, pickten sie mit ihren winzigen Schnäbeln an ihren Federn, plusterten ihr Brustgefieder auf und bewunderten einander mit ihren glänzenden Augen. Plötzlich flogen sie mit lautem Flügelschlag auf, und ich sah den Grund – ein großer, grüner Specht mit purpurrotem Kopf hatte sich auf einem Ast im selben Baum niedergelassen und starrte mit der Überheblichkeit des Hausherrn auf mich herab. Schließlich begann er, mit seinem langen, scharfen Schnabel den Stamm zu bearbeiten. Im selben Moment, als das klopfende Geräusch ertönte, war Daoud auf den Füßen, das Messer griffbereit in der Hand. Mit achtsamen, abgehackten Kopfbewegungen blickte er sich um.

Ich setzte mich auf, wobei meine steifen Glieder schmerzten, und deutete in den Baumwipfel. Als er den glänzenden, heftig pickenden Kopf sah, zuckte er gelangweilt die Schultern und steckte das Messer in den Stiefel zurück. Er wandte sich um und betrachtete die still daliegende Oberfläche des Sees. Dann entledigte er sich in einer geschmeidigen Bewegung seiner Weste, streifte sich das Hemd über den Kopf und ging zum Ufer. Überrascht stellte ich fest, dass seine Haut blass und keineswegs von der Sonne verbrannt war, wie ich es erwartet hatte. Er wusch sich Gesicht, Haare, Brust und Arme, dann richtete er sich auf und schüttelte sich, während die Wassertropfen in alle Richtungen spritzten. Als Nächstes zog er das Messer aus dem Stiefel und schabte sich über Kinn und Wangen. Schließlich ging er am Ufer entlang und verschwand hinter einem Felsblock. Ich begab mich zu der grün eingefriedeten Einbuchtung, wo ich schon am Tag zuvor gebadet hatte, und befühlte vorsichtig meine Wunden und Blasen, die über Nacht getrocknet waren. Ich wusch mir das Gesicht, kämmte mit den Fingern durch die Haare und zog die Unterhose an.

Zum Frühstück aßen wir neben der schwarzen Feuerstelle den übrig gebliebenen Fisch und eine Hand voll Erdbeeren. Dann bedeckte Daoud die Holzkohle mit Sand, ehe er einen Pfiff ausstieß, woraufhin Rasool angetrottet kam. Mit einer Kopfbewegung deutete er auf die Schärpe, die ich neben die Satteltasche gelegt hatte, und ich nahm sie, faltete sie zusammen und stopfte sie in die Unterhose, ohne diesmal weiter darüber nachzudenken.

Die nächsten paar Stunden kamen wir rasch voran. Während wir durch die Ausläufer der Berge ritten, wurde mir mit einem Mal bewusst, dass meine Brüste gegen seinen Rücken gepresst waren und wie sich seine Hüften unter meinen Händen anfühlten. Es war weiter nichts und dennoch seltsam.

An einem kleinen Teich hielt Daoud an, um Rasool trinken zu lassen. Vor uns lag ein Tal, ein grünes, frisches Paradies, übersät mit blühenden Frühlingsblumen: Winziger blauer Enzian und rote Veilchen stritten sich mit größeren, verschiedenfarbigen Anemonen um die Vorherrschaft.

»Sind wir in Kaschmir?«, fragte ich, woraufhin Daoud nickte.

»Nirgendwo ist die Landschaft von so erhabener Schönheit«, erklärte er stolz. »Weiter nördlich kann der Winter sehr lang sein und sehr grausam. Die Kaschmiri warten auf den Frühling wie der Habicht auf die Beute. Die Geburt der warmen Jahreszeit ist nur von kurzer Dauer, doch es ist ein Anblick, der Seele und Geist besänftigt. Jedes Jahr versuche ich es so einzurichten, dass ich bei Frühlingserwachen in Kaschmir bin.« Er deutete zu einem kleinen, baumbewachsenen Berg. »Hinter den Bäumen liegt eine kleine Kaschmiri-Siedlung. Dort lasse ich meine Pferde weiden, und ein paar meiner Leute halten sich ebenfalls dort auf. Sie werden ein paar Tage bei den Frauen der Siedlung bleiben.«

Er wandte sich wieder um, doch ehe er Rasool zum Weiterreiten antrieb, fragte er: »Wie heißen Sie?«

»Linny«, sagte ich und fügte hinzu: »Linny Gow.« Ohne nachzudenken war mir mein Mädchenname über die Lippen gekommen. Hier wollte ich Linny Gow sein, nicht Linny Smallpiece und schon gar nicht Linny Ingram. In diesem Umfeld musste ich niemandem etwas vorspielen. Zum ersten Mal seit einer langen Zeit würde ich diejenige sein, die ich war.

»Linny Gow«, wiederholte er. Der Name klang wie Musik aus seinem Mund.

Eingefriedet von einem Wäldchen und in der Nähe eines Bachs gelegen, war das Lager eine Ansammlung schwarzer Zelte und kleiner Pferche, die mit Steinen oder Lattenzäunen begrenzt waren. Auf einer größeren, eingezäunten Koppel graste majestätisch anzusehen eine Pferdeherde, und in kleineren Koppeln sah ich einzelne Stuten mit ihren Fohlen. Als Rasool durch den rauschenden Bach platschte, stieß eine aufgedunsene, humpelnde Ziege mit räudigem Fell ein lautes und klagendes Meckern aus.

Wir waren angekommen. Vier Tage hatten wir gebraucht, um diese Siedlung zu erreichen – nur vier Tage, und dennoch befanden wir uns in einer vollkommen anderen Welt als der, die ich in Simla zurückgelassen hatte. Mein Atem beschleunigte sich. Was erwartete mich hier? Würden mir die Menschen hier feindselig begegnen? Würde Daoud mich beschützen?

Kaum hatte das Pferd den festen Grund des Ufers erklommen, waren wir umringt von Männern, Frauen und Kindern, die alle durcheinander redeten und gestikulierten. Die Männer waren wie Daoud mit schwarzen Hosen, weißem Hemd und bestickter Weste bekleidet; einige trugen einen weißen Turban. Alle waren sie von kräftiger Statur. Manche hatten akkurat gestutzte, dünne Schnurrbärte. Die Frauen waren von etwas hellerer Hautfarbe, einem weichen Karamellton, die Augen haselnussbraun, während ihre Haare, die sie zu einem Zopf geflochten über dem Rücken trugen, tiefschwarz waren. Sie trugen lange, weite Baumwollkasacks in verblichenem Blau, Grün, Lila oder Purpurrot, und unter den wadenlangen Röcken schauten schwarze Hosen hervor, deren Steg bis zur Höhe der Fesseln reichte. Ihre Schuhe waren aus einem weichen, bestickten Leder gefertigt und liefen vorne spitz nach oben. Die meisten Frauen hatten dunkelblaue Kappen auf, an denen lose ein Schleier hing. Manche hatten den Schleier zurückgeschlagen, während ihn andere vor dem Gesicht trugen. Alle waren sie behangen mit Silberschmuck – Arm- und Fußreifen, Ohrringen oder auch Nasenringen, woran die verheirateten Moslemfrauen zu erkennen waren, wie ich wusste.

Als Daoud sich vom Pferd schwang und mich heruntterhob, wurde es mit einem Mal still. Ein Kind, das auf dem Arm seiner Mutter saß, sagte etwas in einer schrillen, durchdringenden Piepsstimme, woraufhin es mit einem scharfen Wort zum Schweigen gebracht wurde. Niemand schenkte mir ein Lächeln oder trat auf mich zu. Alle starrten mich an, und ich senkte den Blick, als mir bewusst wurde, wie seltsam ich auf sie wirken musste.

Als Daoud das Wort ergriff, blickte ich wieder auf. Daraufhin sprang ein vielleicht zwölfjähriger Junge in moslemischer Jodhpurhose vor, um das Seil um Rasools Hals zu ergreifen. Stolz führte der junge *syce* das große Pferd fort, dann trat ein älterer Mann vor und kam auf Daoud zu. Sie begrüßten einander, indem sie sich mit der Brust berührten. Auf eine Frage des Alten drehten sich alle Augen in meine Richtung; dann sprach Daoud, lange und ausführlich, während sein Blick immer wieder zu mir wanderte. Nur allzu gern hätte ich ihn verstanden, ich hoffte, dass das, was er ihnen sagte, sie nicht gegen mich einnehmen würde. Schließlich sah ich, wie einige der Frauen nickten, nicht unfreundlich, und meine Angst verlor sich.

Schließlich sah Daoud mich an. »Die Frauen werden sich um Sie kümmern«, sagte er auf Hindi. »Es sind Frauen vom Stamm der *gujars* – Kaschmiri-Nomaden. Ihre Männer hüten die Ziegen weit oben in den Bergen, und sie werden dafür bezahlt, meine Männer mit Essen zu versorgen. Mahayna!«, rief er.

Eine junge Frau mit einem Baby, das sie in einem Tuch auf der Hüfte trug, trat vor. »Mahayna spricht etliche indische Dialekte«, erklärte er. Er wandte sich zu ihr und sagte auf Hindi: »Diese *ferenghi* heißt Linny. Sie spricht Hindi. Gib ihr zu essen, frische Kleidung und nimm sie in deinem Zelt auf.« Damit entfernte er sich in großen Schritten, gefolgt von seinen Männern.

Die Frau sah ihm mit ihren schlehenförmigen Augen nach, dann drehte sie sich zu den anderen Frauen um und sagte etwas in einer hohen Stimme. An die zwanzig Frauen sammelten sich jetzt um mich, und als sie die Arme ausstreckten, um mit ihren rauen Händen mein Kleid, meine Haut und mein Haar zu befühlen, stand ich steif da, die Fäuste an die Seiten gepresst. Leise murmelnd gaben sie Kommentare ab, als ob ich ein Tier wäre, dessen Wert es abzuschätzen galt. Vielleicht hatten sie nie zuvor eine weiße Frau gesehen, kam mir in den Sinn.

Schließlich brachte das Mädchen namens Mahayna die Frauen zum Schweigen. Das Baby auf ihrer Hüfte musste zirka ein Jahr alt sein, es hatte riesige Augen und einen dunklen, krausen Haarschopf. Eine Weile stand sie schweigend vor mir, sodass mein Herz zu klopfen begann: Wartete sie auf irgendeine Reaktion von mir? Ich streckte die Hand aus, um das pummelige Händchen zu streicheln. »Du hast ein süßes Kind«, sagte ich. »Ist es ein Mädchen oder ein Junge?«

Das war wohl genau die richtige Geste gewesen: Mahaynas Gesicht öffnete sich zu einem breiten Grinsen, das mehrere Zahnlücken entblößte. »Ein Sohn. Mein erstes Kind, das überlebt hat.«

Ich erwiderte ihr Lächeln. »Ein Sohn. Du hast Glück. Allah hat dich gesegnet.«

Das Baby spielte mit meinen Fingern, und unwillkürlich hauchte ich einen Kuss auf seine kleine Faust.

Mahayna stand noch immer grinsend da, dann übersetzte sie für die anderen Frauen, was ich gesagt hatte. Die nickten und atmeten im Verein aus, was sich anhörte wie: »Ah – aha«, in Zustimmung zu dem, was ich über das Baby gesagt hatte. Plötzlich, wie aus dem Ärmel geschüttelt, tauchten vor mir weitere Babys auf – wurden aus den Falten der Kasacks geschält oder hinter dem Rücken vorgeholt. In mit Blumen bestickte Musselinhemdchen gekleidet, auf dem Kopf winzige Käppchen, wurden mir die Säuglinge und Kleinkinder eines nach dem anderen entgegengedrängt.

»Berühr sie, bitte«, sagte Mahayna. »Die Berührung durch eine *ferenghi*-Frau soll Glück bringen.«

Gehorsam streichelte ich flaumige Wangen und mit Grübchen versehene Patschhändchen, schenkte den Müttern ein Lächeln, während ich die Köpfe der Kinder tätschelte, die sich zu meinen Füßen drängten. Schließlich nahm mich Mahayna bei der Hand und führte mich, gefolgt von der Gruppe Frauen und Kinder, zu einem Zelt. Mahayna bedeutete mir, mich zu setzen, und ich ließ mich auf dem heruntergetretenen Gras neben dem Zelt nieder. Auch die anderen Frauen setzten sich im Kreis auf den Boden.

Geschäftig lief Mahayna in das Zelt hinein und wieder heraus, rührte dann in einem verbeulten schwarzen Topf, der über einem Feuer hing. Mit einer Blechtasse füllte sie eine Portion von einem Gericht in eine irdene Schüssel, das sich *dal* nannte, wie ich wusste. Mit einer schwungvollen

Bewegung hielt sie mir die Schüssel entgegen. Ich streifte mir die Haare aus dem Gesicht, um dann unter Mahaynas aufmerksamem Blick mit den Fingern die Mischung aus zerstoßenen Linsen und Reis zum Mund zu führen. Als ich zu ihr hochschaute und sagte: »Es schmeckt gut, das *dal,* Mahayna«, klatschte sie vor Freude in die Hände. Die Frauen sahen sich lächelnd an und unterhielten sich leise, bis ich die Schüssel leer gegessen hatte.

Als ich Mahayna das leere Gefäß reichte, ließ sie einen Pfeifton vernehmen, woraufhin die Frauen verstummten und aufstanden, ihre Kinder nahmen, um zu ihren Zelten zurückzukehren. Mahayna setzte ihr Baby neben mich ins Gras. »Sie werden mit ihrer Arbeit nicht fertig werden, wenn sie noch länger hier herumsitzen und dir zuschauen«, erklärte sie. Sie deutete auf das Kind, das mich feierlich anstarrte. »Er heißt Habib.« Ihr Blick streifte meinen Bauch. »Wie viele Kinder hast du?«

»Ich habe keine Kinder«, sagte ich.

Mahaynas Gesicht wurde traurig. »Mit Allahs Willen wirst du bald ein Kind bekommen«, sagte sie mit vertrauensvoller Miene. Während sie mit einem Stock in dem dampfenden Kessel rührte, hellten sich ihre Züge wieder auf. »Die Frauen des Oberhaupts bekommen schnell ein Kind.«

Zuerst dachte ich, sie nicht richtig verstanden zu haben, denn sie sprach Hindi mit einem Akzent. Doch dann schüttelte ich den Kopf. »Ich bin nicht Daouds … nicht seine Frau. Nein.« Das Baby begann zu wimmern und krabbelte zu seiner Mutter.

Mahayna knöpfte ihr Kasackkleid auf, holte eine schwere Brust heraus und legte das Baby an, das augenblicklich zu saugen begann, wobei es zufrieden die Händchen ausstreckte, um mit dem baumelnden Ohrring der Mutter zu spielen.

»Ich bin seit drei Jahren hier, seit ich geheiratet habe. Jedes Jahr ziehen Daoud und seine Männer hier durch. Ich habe viele Geschichten über die Ghilzai gehört, Daouds Stamm.« Sie lächelte, doch war es nicht das Lächeln, das ich zuvor an ihr gesehen hatte, nicht so offen, sondern geheimnisvoll.

»Ich werde zu meinen Leuten zurückkehren«, sagte ich. Es wäre zu mühsam gewesen, ihr zu erklären, was vorgefallen war. »Ich werde nicht hier bleiben.«

Sie nickte und betrachtete den Kleinen. Seine Augenlider wurden schwer, und er sog nur noch schwach an der Brust.

»Ist dein Mann bei den Ziegen in den Bergen?«

Sie machte eine vage Kopfbewegung in Richtung der Berge. »Ein Teil der Männer kommt einmal in der Woche herunter, um sich mit Proviant einzudecken. Aber die anderen müssen immer bei den Herden bleiben, denn zu dieser Jahreszeit werden viele Zicklein geboren, und es muss jemand dabei sein, falls es Schwierigkeiten gibt.«

Ich beobachtete, wie sie das eingeschlafene Baby neben sich ins Gras legte. »Warum sind Daouds Männer hier?«

»Sie bringen die Wildpferde, die sie einfangen, in unser Dorf, um sie zuzureiten und sie anschließend zu verkaufen, ehe sie nach Afghanistan zurückkehren. Wir geben ihnen zu essen und waschen ihre Kleidung. Sie fassen uns nicht an, sonst würden unsere Männer ihnen nicht erlauben, bei uns ihren Geschäften nachzugehen. Unsere Männer werden reichlich von den Paschtunen für unsere Gastfreundschaft entlohnt.«

Ich konnte mir kaum vorstellen, dass sie schon seit drei Jahren verheiratet war. »Wie alt bist du, Mahayna?«, fragte ich.

»Ich bin sechzehn, aber viele der Frauen beneiden mich.« Sie sagte es mit einer Selbstverständlichkeit, die ohne jegliche Überheblichkeit war. »Ich bin keine *gujar*. Mein Mann brachte mich aus einem Dorf in der Nähe von Srinagar mit, der größten Stadt in Kaschmir. Mein Vater ist ein gebildeter, weiser Mann. Als er meine Brüder in den verschiedenen indischen Sprachen unterrichtete, hörte ich heimlich zu. Eines Tages erwischte er mich dabei und schlug mich, denn ein Mädchen soll nicht lernen. Doch mir gefiel es, und ich fuhr fort, heimlich dem Unterricht zuzuhören. Ein Sprichwort sagt: ›Klugheit bei Mädchen ist zum Nachteil der Väter.‹ Doch in meinem Fall traf das nicht zu. Als er einen hohen Preis für mich erzielen konnte, war er nicht unglücklich darüber. Den *gujars* bin ich nämlich von großem Nutzen, denn wenn Leute aus dem Süden kommen, um Ziegen von uns zu kaufen, ruft man mich zu den Verhandlungen hinzu, damit ich übersetze.«

Sie nahm einen halb fertigen Korb von der Zeltwand hoch und machte sich daran, die Weidenruten in einem komplizierten Muster weiterzuflechten. »Bald«, sagte sie, »wirst du dir frische Kleidung anziehen können. Die anderen Frauen kümmern sich gerade darum.«

Ich sah zu, wie das Behältnis unter ihren Fingern zusehends Gestalt annahm.

Es dauerte keine Stunde, und vier Frauen tauchten mit Kleiderstapeln auf den Armen auf. Sie zogen mich am Ärmel und redeten laut durcheinander. Mahayna hatte den Topf mit dem *dal* vom Feuer genommen, und nun kochte eine große Dose mit Wasser über dem Feuer. Aus den Falten ihres Kasackkleids förderte sie zwei verzierte Täschchen zutage, schüttelte aus einem einige Blätter auf die Handfläche und fügte sie dem Wasser hinzu. Wie auf Kommando ließen sich die anderen Frauen anmutig auf den Knien nieder und holten unter ihren Kasacks ihre mitgebrachten Tassen hervor – die Falten ihrer weiten Gewänder schienen ihnen als eine Art Retikül zu dienen.

Dann tauchte jede der Frauen ihre Tasse in das kochende Wasser, und Mahayna ließ das zweite Täschchen herumgehen. Anschließend reichte sie mir eine Tasse mit der dampfenden, bernsteinfarbenen Flüssigkeit, und ich tat es den anderen Frauen gleich und nahm eine Prise der weißen Substanz aus dem Behältnis, die sich als grobkörniger Zucker entpuppte. Wie die anderen blies ich in die heiße Flüssigkeit, um sie nach einer Weile mit dem Zeigefinger umzurühren. Dann nippte ich an dem Tee, der ganz anders schmeckte, als ich ihn gewohnt war, aber dennoch köstlich war. Eine Teerunde war zusammengekommen, die Damen waren unter sich und plauderten unaufgeregt. Ich erinnerte mich an die Nachmittagstees in Kalkutta und Simla und schimpfte mich im selben Atemzug, dass ich es meinen Gedanken erlaubte, an diese Orte zurückzukehren. Meine letzte Teegesellschaft in Simla, die bei einer jungen Frau aus Lucknow stattfand, hatte ich mit Faith besucht. In ihrem pfirsichfarbenen Crêpe-de-Chine-Kleid hatte sie bezaubernd ausgesehen. Doch ihre zarte Porzellantasse hatte in der Untertasse leise geklirrt, wie mir jetzt in den Sinn kam.

Ich stellte die Tasse neben mich ins Gras und atmete langsam und tief ein – die Trauer um Faith war wieder mit voller Wucht zurückgekehrt. Während der letzten Stunden hatte ich den Schmerz fast vergessen gehabt.

Als die Frauen ihre Tassen geleert und sie mit dem Ärmel ausgewischt hatten, ehe sie sie wieder unter ihren Kasacks verschwinden ließen, war Habib aufgewacht. Mahayna nahm ihn auf den Arm und bedeutete den Frauen, ins Zelt hineinzugehen. Kaum hatte ich es betreten, machte sich die Älteste unter den Frauen an den Knöpfen meines Kleids zu schaffen.

»Gib uns deine Sachen«, wies Mahayna mich an. »Wir werden sie waschen und ausbessern.«

Ich zog mein Kleid, Stiefel und Strümpfe aus und stand in Unterhemd und Petticoat da. Mahayna streckte die Hand aus und befühlte die Spitze. Die anderen Frauen standen da und warteten, bis ich auch den Petticoat und schließlich das Hemd ausgezogen hatte. Als sie meine vernarbte Brust und die Narben sahen, die Somers' Reitpeitsche auf meinem Rücken hinterlassen hatte, sowie die frische Wunde an meiner Schulter, trat plötzlich Stille ein.

Ich deutete auf meine Brust. »Ein Messer in der Hand eines bösen Mannes«, sagte ich, und sie nickten und riefen »ah«, als Mahayna meine Worte übersetzte. Ich drehte mich um, um ihnen den Rücken zu zeigen. »Das stammt von einem Wutausbruch meines Mannes.« Wieder nickten sie, und ich berührte meine Schulter. »Und das ist von der Kugel eines englischen Soldaten. Ein Missverständnis.«

Es war alles so einfach.

Zuletzt zog ich mir die Unterhose aus und nahm Daouds Schärpe zwischen den Beinen hervor; als sich der frisch gebildete Schorf von meinem Fleisch löste, sog ich vernehmlich die Luft zwischen den Zähnen ein. »Vom langen Ritt auf dem großen Pferd«, erklärte ich Mahayna. Die Frauen ergingen sich in Mitleidsbekundungen. Eine holte ein Musselintäschchen aus ihrem Kasack hervor.

»Daoud hat mir seine Pferdearznei gegeben«, sagte ich und versuchte, mich möglichst ungezwungen zu geben, während ich nackt zwischen ihnen stand. Ich bemerkte, wie einige mein Schamhaar und dann meine Kopfhaare ansahen – offensichtlich erstaunt über die unterschiedlichen Farben.

»Layla hat eine ähnliche Medizin, aber für Menschen«, sagte Mahayna. Sie deutete mit einer Kopfbewegung zu der Frau mit der Hakennase, die gerade dabei war, meine Narben mit einem Puder zu bestäuben, während sie unablässig mit Mahayna redete. »Layla stellt Medizin aus Pflanzen her«, erklärte sie. »Dieses Pulver muss man dreimal täglich benutzen, dann heilen die Wunden rasch. Aber du musst sie offen lassen, denn die Luft hilft, sie zu trocknen.«

Schließlich gab mir Layla das Täschchen, und ich legte die Hand auf ihren Arm, um ihr zu danken.

Jetzt waren die Kleider an der Reihe. Eine Frau hielt mir eine voluminöse, schwarze Hose hin; ich stieg hinein und zog die Schnur, die durch den Bund verlief, um die Taille fest. Eine andere Frau streifte mir einen burgunderfarbenen Kasack über den Kopf – ein *kamis,* wie sie mir erklärte –, und wieder eine andere bearbeitete mein Haar mit einem kunstvoll verzierten Kamm aus aromatisch duftendem Holz. Schließlich kniete sich die älteste Frau, deren Gesicht von Pockennarben gezeichnet war, vor mich hin, in der Hand zwei Paar Schuhe. Barfuß stieg ich in das weiche Veloursleder der niedrigen Stiefel, und sie schnürte sie für mich zu. Die festen Sandalen mit den hochgebogenen Spitzen stellte sie an die Seite.

»Diese ziehst du über die Stiefel, wenn du das Zeltlager verlässt. Sie schützen deine Füße vor spitzen Steinen«, erklärte Mahayna.

Während sie meine Kleidung vervollständigten, ging Mahayna mit Habib auf dem Arm in eine Ecke des Zelts, um dort in einer riesigen Stofftasche zu wühlen. Schließlich kam sie mit einem Paar kunstvoll verzierter Silberohrringe zurück. Ich dachte an den billigen Schmuck, den ich auf der Paradise Street gekauft, und an die Juwelen, die Somers mir – meist nach einem seiner Ausbrüche – geschenkt hatte. Doch diese spontane, freundschaftliche Geste trieb mir die Tränen in die Augen. Ich bedankte mich bei ihr und befestigte die Ohrringe an meinen Ohrläppchen.

Mahayna zeigte ihr zahnlückenhaftes Lächeln. »Nun siehst du wie eine von uns aus«, sagte sie. »Zumindest von hinten.« Sie wiederholte ihre Bemerkung in der Sprache ihrer Freundinnen, woraufhin alle lachten und der kleine Habib in die Händchen klatschte.

Als ich später mit Mahayna zum Fluss ging, um Wasser zu holen, sah ich Daoud. Er saß mit zwei Männern zusammen, und ihr Gespräch verstummte, als wir vorübergingen. Er nickte mir zu, und als ich aus den Augenwinkeln sah, dass er mein verändertes Aussehen begutachtete, stieg mit einem Mal Hitze in mein Gesicht. Etwas geschah in mir, das ich nicht verstand, eine Veränderung, die ich jedoch ergründen wollte. Wenn ich ihn erblickte, regte sich das gleiche Gefühl in mir, das ich auch empfand, als meine Brüste gegen seinen Rücken gepresst waren, ich seine Hüften unter meinen Händen spürte. Jede andere Frau hätte wohl über meine Naivität gelacht – ein Mädchen, das mit hunderten von Männern geschlafen hatte und diese körperliche Regung nicht zu deuten wusste. Und dennoch war das Gefühl so neu, so unbekannt für mich, auf seltsame Weise erregend und unangenehm zugleich.

In der Nacht lag ich auf einer weichen Schicht Steppdecken in Mahaynas Zelt. Es war eine laue Nacht, und die Zipfel des Eingangs waren zurückgeschlagen. Bisweilen hörte ich in der Ferne ein Bellen; vielleicht von den Hunden, die zum Lager gehörten und nachts in den nahe gelegenen Bergen jagen gingen. Ich hörte Habibs forderndes Grummeln, gefolgt von einem Rascheln und schließlich einem zufriedenen Saugen und Schlucken. Dann war es wieder ruhig im Zelt. Wieder musste ich an Faith denken und an Charles – wie würde er die Nachricht wohl aufnehmen? Mit einem Mal wurde mir bewusst, dass ich kaum je an Somers gedacht hatte, seit dem Tag, als wir in Simla aufgebrochen waren. Würde er mich ebenfalls für tot halten, falls sich die Nachricht nach Kalkutta verbreitete, ehe ich wieder nach Simla zurückkehrte? Nach außen hin würde er Trauer zeigen, doch insgeheim würde er sich womöglich freuen. Wäre es nicht besser für ihn, wenn ich tot wäre? Jetzt, da er sein Erbe angetreten hatte, könnte er viele Jahre den trauernden Witwer spielen und sich der Sympathie und des Mitgefühls seiner Landsleute sicher sein. *Der arme Mann,* würden die Matronen hinter behandschuhten Händen flüstern, *er hat sie ja so geliebt, diese seltsame Frau, dass er nie über ihren Tod hinweggekommen ist. Und jetzt zieht er es vor, zurückgezogen zu leben; kein Wunder, dass es uns nicht gelingt, ihn für andere Frauen zu interessieren. Keine scheint dem Vergleich mit seiner Liebsten standhalten zu können.* Wie enttäuscht er sein würde, wenn er hörte, dass ich nach Simla zurückgekehrt war; und er würde sich wünschen, dass Faith statt meiner zurückgekommen wäre und ich statt ihrer auf dem felsigen Grund des Flussbetts läge.

Ich blickte zur Zeltöffnung, ließ es zu, dass meine Gedanken zu Daoud wanderten, dem Umriss seines Rückens, als er am Ufer stand, seinen Schenkeln, die sich gegen den Pferdeleib pressten. Seinem Geruch. Und wieder war es da, dieses Gefühl der Rastlosigkeit.

Am nächsten Tag half ich Mahayna bei der Zubereitung des Essens und spielte mit Habib. Daoud bekam ich nicht zu sehen. Bald würde er auftauchen, um mir zu sagen, wie und wann ich nach Simla zurückkehren könnte.

Später, am Nachmittag, als ich Habibs Doppelkinn mit einem Grashalm kitzelte, schob sich ein Schatten vor das Sonnenlicht. Als ich aufsah, erblickte ich einen kleinen, stämmigen Mann in schmutzigem Hemd und noch schmutzigerer Hose. Er hatte einen mehrere Tage alten Bart, und sein von Linien gefurchtes Gesicht und seine rotgeränderten Augen sahen müde aus. Zuerst sah er auf mich und Habib hinab, dann trat er vor und warf einen Blick ins Zelt.

»Mahayna!«, brüllte er, obwohl es offensichtlich war, dass sie sich nicht im Zelt aufhielt. Augenblicklich fing Habib zu schreien an, und ich nahm ihn hoch und drückte ihn an meine Brust.

»Sie ist unten am Fluss, um Wasser zu holen!«, rief ich über das Weinen des Babys hinweg, doch der Mann starrte mich nur verständnislos an. Er ließ den Sack, den er über der Schulter getragen hatte, auf den Boden sinken. Eine Frau, die vor dem Eingang des gegenüberliegenden Zelts saß, rief etwas herüber, daraufhin drehte er mir den Rücken zu, stand breitbeinig, die stämmigen Arme über der Brust verschränkt da und sah in Richtung des Flusses.

Kurz darauf kam Mahayna in Sicht, anmutig einen irdenen Krug auf dem Kopf balancierend. Beim Zelt angekommen, setzte sie den Krug auf den Boden und streckte die Arme nach Habib aus.

»Das ist mein Mann, Bhosla«, sagte sie mit atemloser Stimme zu mir. »Er ist seit zwei Wochen nicht mehr von den Bergen heruntergekommen.« Sie band sich das Tragetuch mit dem Baby um, ehe sie zu dem großen Topf ging und eine Schüssel mit einer Portion Fisch-und-Pilz-Eintopf zu füllen begann. Mit niedergeschlagenen Augen reichte sie ihrem Mann die Schüssel, woraufhin er etwas Unfreundliches schnaubte und mit dem Kopf in meine Richtung deutete. Sie antwortete ruhig, doch in einem merkwürdig flachen Ton, den ich noch nie an ihr gehört hatte, wenn sie mit mir oder anderen Frauen sprach.

Ihre Antwort schien Bhosla zufrieden zu stellen. Den Rücken mir noch immer zugewandt, hockte er sich auf den Boden und aß schlürfend und in atemberaubender Geschwindigkeit seine Schüssel leer.

Ich spürte die angespannte Stimmung und sagte: »Ich gehe ein wenig spazieren.« Mahayna nickte geistesabwesend, während sie einen Berg schmutziger Wäsche aus dem riesigen Sack zog, den ihr Mann mitgebracht hatte. Schweißgeruch stieg von der Wäsche auf.

Ich spazierte zwischen den Zelten durch, bis ich zu der Steinmauer kam, hinter der die kranke Ziege gehalten wurde. Über die Mauer gelehnt, betrachtete ich müßig die flohgeplagte Kreatur. Ein Junge kletterte nicht weit von mir entfernt auf die Mauer und pfiff der Ziege etwas zu. Der Ton erinnerte mich an eine Flöte oder den Schrei eines Habichts. Jedes Mal, wenn der Junge den Pfeifton ausstieß, richtete die Ziege die dumpfen, gelben Augen auf den Jungen und drehte sich in verwirrtem Gehorsam müde im Kreis, zuerst in die eine und dann in die andere Richtung.

Mein Blick schweifte zu den geschwungenen grünen Hügeln, die das Tal umgaben. Dahinter türmten sich die Berge auf, die schneebedeckten Gipfel verborgen hinter den Wolken, die sich an ihnen verfingen. Waren es dieselben Berge, die ich von Simla aus gesehen hatte, nur aus einer anderen Perspektive betrachtet? Ich dachte an die Zeichnungen auf der Karte, die ich in Kalkutta studiert hatte, und versuchte, mich zu erinnern, wo ich mich befand. Ob ich es je erfahren würde?

Ich entfernte mich von dem Jungen und der Ziege und gelangte zu einer offenen Wiese, wo eine Horde Kinder herumtollte. Sie spielten ein grausames Spiel. Es ging darum, einen Jungen oder ein Mädchen zu jagen, und sobald das Opfer gefangen war, wurde es von den anderen mit Tritten und Schlägen bedacht und an den Haaren gezogen, wobei sie sich köstlich dabei amüsierten. Soweit ich es beurteilen konnte, sollte das Opfer sich wehren und dabei so viel Schmerz wie möglich aushalten. Als ein kleiner Junge wütend in Tränen ausbrach, nachdem ein größeres Mädchen ihm den Finger ins Auge gestoßen hatte, ließen die anderen ihn einfach stehen und entfernten sich von ihm. Auf diese Weise geächtet, tappte der Kleine zu einem Felsen und setzte sich darauf, um dem Spiel verloren aus der Ferne zuzusehen.

Als die Kinder in verschiedene Richtungen davonstoben, schlenderte ich zu den Pferdekoppeln. In einer befand sich eine Herde unruhig kreisender Pferde, und in einer anderen sah ich eine Gestalt in der Mitte stehen; sie hielt in der einen Hand eine Peitsche mit kurzem Griff und um die andere ein Seil geschlungen, dessen zweites Ende am Halfter eines golden schimmernden Hengstes mit wilden Augen befestigt war. Es war Daoud.

Er trug nur eine Hose und seine hohen Lederstiefel; Brust und Rücken waren schweißbedeckt von der Anstrengung in der Sonne. Sein schwarzes Haar hatte er mit einem Lederriemen im Nacken zusammengebunden, sodass die klare Linie seines Kinns und der kräftige Hals gut zu sehen waren. Er hatte noch größere Ohrreifen angelegt. Sein Gesicht sah verändert aus; zwar war die Farbe der Blutergüsse noch bemerkbar, doch die Schwellungen waren abgeklungen. Von seinem finsteren, verachtungsvollen Ausdruck, den ich wahrgenommen hatte, als man ihn abführte, war nichts mehr zu sehen, ebenso wenig wie von seinen angespannten Zügen während unseres Ritts nach Kaschmir. Jetzt sah ich ein freies, wahrhaftiges Gesicht.

Immer wieder rief er dem schnaubenden Hengst ein Kommando zu. Konzentriert auf sein Tun, schien er mich nicht zu sehen. Ich legte die Arme auf die oberste Latte des Zauns und sah ihm zu. Irgendwann schien das Pferd erschöpft zu sein: Durch die geblähten Nüstern schnaubend, blieb es mit gesenktem Kopf stehen. Während Daoud sanft auf das Tier einredete, näherte er sich ihm. Als er ihm die Hand auf die Nase legte, warf der Hengst den Kopf nach oben, wobei weißer Schaum in Flocken durch die Luft wirbelte, doch blieb er weiterhin stehen. Ohne ihm direkt in die Augen zu sehen, stieß Daoud einen leisen Pfeifton aus, so wie er es getan hatte, um Rasool zu beruhigen, als er vor Angst zitternd in der Höhle stand. Der Hengst senkte abermals den Kopf, und Daoud legte die Stirn an die Stirn des Tiers. So standen Pferd und Mann mindestens eine Minute lang da, dann hob Daoud den Kopf, ruckte ganz sanft am Seil und ging mit dem folgsamen Pferd in Richtung Gatter. Dort nahm ihm Daoud das Halfter ab, woraufhin das Tier vor Freude buckelnd und nach hinten austretend über die Koppel sprang. Eine Weile sah Daoud ihm lächelnd zu, ehe er die Lederschlaufe löste, das Gatter einen Spaltbreit öffnete und hinausschlüpfte.

»Ein wunderschönes Pferd!«, rief ich.

Er sah zu mir herüber. »Ja«, antwortete er. Ich sah, dass etwas in seinem Ausdruck sich verschloss, und bedauerte, ihn durch meine Anwesenheit gestört zu haben. Er wickelte den Lederriemen seiner Peitsche um die Hand. »Kümmert man sich gut um Sie?«

Ich nickte. Ich wollte ihm etwas sagen, doch wieder verwirrte mich dieses seltsame Gefühl der Erregung.

»Sie sind gekleidet wie eine *bakriwar*, eine Ziegenhirtin, nur Gesicht und Haare verraten Sie«, sagte er.

Als er auf mich zukam, beschleunigte sich mein Atem, doch dann ging er an mir vorbei, und der Geruch seines schweißglänzenden Körpers stieg mir in die Nase.

»Warten Sie einen Moment«, sagte ich, woraufhin er sich zu mir umdrehte. »Ich … wann kann ich nach Simla zurückkehren?«

Daouds Blick wanderte zu den Wolken, dann sagte er: »Wenn Sie wollen, werde ich dafür sorgen, dass Sie morgen jemand begleitet.«

Er wartete auf meine Antwort – warum sagte ich nicht einfach: »Ja, ja, bitte morgen, so schnell wie möglich …«?

»Obwohl es nicht gerade günstig wäre«, fügte er hinzu.

»Warum nicht?«

Er spielte mit den geflochtenen Lederriemen seiner Peitsche. »Es gibt nur einen *gujar*-Jungen hier, der als Führer durch die Berge in Frage kommt, und er ist gleichzeitig unser *syce*. Die Reise nach Simla und zurück wird sieben bis acht Tage dauern. Und um die acht Tage – vielleicht auch zehn – werden wir noch brauchen, um die Pferde zu bändigen und zuzureiten, ehe wir sie nach Peschawar bringen. Der *syce* ist in dieser Zeit für meine Männer eine große Hilfe. Andererseits habe ich mein Versprechen gegeben, dafür zu sorgen, dass man Sie sicher nach Simla bringt. Wenn Sie es nicht länger erwarten können, dann …«

»Nein!«, hörte ich mich sagen.

Daouds Gesicht hatte mit einem Mal einen seltsamen Ausdruck. Er schlug sich leicht mit der Peitsche gegen die Hüfte. »Werden sich Ihre Leute keine Sorgen machen?«

Ich sagte nichts.

Er hielt die Peitsche still. »Also ist es Ihr Wunsch, noch einige Tage im Lager zu bleiben?«

»Ja. Das will ich«, sagte ich nach einigen Sekunden.

»Gut.« Damit drehte sich Daoud auf dem Absatz um und entfernte sich mit großen Schritten. Als er mich allein in der ruhigen, nach Blüten duftenden Nachmittagssonne von Kaschmir stehen ließ, fühlte ich mich verloren.

Und während ich ihm nachblickte, konnte ich plötzlich das Gefühl benennen, das mich zunächst so verwirrt hatte.

Verlangen.

Dreißigstes Kapitel

Was hatte ich mir bisher unter Verlangen vorgestellt? Ich dachte wohl, dass es sich um ein kleines Ding handelte, ein vorübergehendes Gefühl, das sich in dem Teil des Körpers einnistete, mit dem die körperliche Liebe ausgeführt wurde; und wenn es befriedigt wäre, würde es einfach wieder in seinen Bau zurückkehren. Ich hatte mir nicht vorgestellt, dass es ein Eigenleben hatte, dass es das ganze Sein erfüllen, dass es sich sogar in die Gedanken einnisten würde. Dass man es nicht einfach wegschieben konnte. Ich hatte fast zwanzig Jahre gebraucht, um diese Erfahrung zu machen, obwohl ich sieben Jahre lang – im Alter zwischen elf und siebzehn – selbst als Objekt der Begierde missbraucht worden war. Und mit einem Mal erkannte ich auch den Unterschied zwischen Begierde und Verlangen.

Und warum musste es ausgerechnet dieser offensichtlich desinteressierte Mann sein, dieser Fremde, der in keinerlei Verbindung mit mir und meinem Leben stand, der mich dieses Gefühl begreifen lehren sollte? Der mir die Augen öffnete dafür, warum es Männer und Frauen zueinander hinzog? Doch vielleicht war es genau diese unerklärliche Seite des Verlangens, die seine Opfer so hilflos macht.

Daoud war von der Koppel weggegangen und hatte mich mit diesem Gefühl zurückgelassen. Nie hatte er mich berührt, es sei denn, um mich um die Taille zu fassen und auf Rasools Rücken zu heben. Ich wusste auch, dass er meine Wunde – sanft – mit Schlamm eingerieben hatte, nachdem er die Kugel herausgenommen hatte, doch währenddessen war ich bewusstlos gewesen. Wahrscheinlich hatte er sogar seine Entscheidung verflucht, mich als Geisel zu entführen, vor allem nachdem ihm bewusst geworden war, dass er mich den ganzen Weg nach Kaschmir mitschleppen musste, wodurch sich seine Flucht noch verzögerte. Von seinen Augen hatte ich den Ausdruck des Erstaunens abgelesen, als er mich in den *bakriwar*-Kleidern erblickte. Ich stellte mir vor, wie ich auf ihn wirken musste – klein und zart im Vergleich zu den starken Frauen, die ihn hier umgaben. Doch als ich ihn beobachtete, wie seine langen Finger mit den Peitschenzöpfen spielten, und seine glänzenden Rippen sah … fühlte ich etwas in mir … ein Ziehen tief in meinem Unterleib, das meine Knie weich werden ließ.

Eine Weile stand ich an der Koppel und sinnierte über dieses nie gekannte Gefühl, während sich die Luft etwas abkühlte und mir der Duft gebratenen Fleischs in die Nase stieg und den Mund wässrig werden ließ. Ich konnte mich nicht daran erinnern, wann ich zuletzt einen solchen Hunger verspürt hatte. Zwar kannte ich das schmerzende Ziehen eines leeren Magens, aber dieses Hungergefühl war ein anderes. Ich spürte eine solche Vorfreude auf das Essen, ein vollkommen neues, ungekanntes Gefühl, ein Sehnen, das zu dem anderen ungestümen Gefühl zu passen schien.

Schließlich kehrte ich zu Mahaynas Zelt zurück. Sie saß am Feuer und hielt Habib eine kleine Tasse an die Lippen. »Bhosla schläft«, erklärte sie. »Er hat ein paar Tage lang kaum geschlafen und gegessen. Einige Ziegen haben sich mit den Blättern eines Buschs vergiftet und wurden krank, und er und die anderen Männer waren Tag und Nacht auf den Beinen, um sich um sie zu kümmern.«

»Ist er wütend, dass ich bei euch im Zelt wohne?« Ich hatte das Gefühl, dass sie sich für das Verhalten ihres Mannes entschuldigte.

»Nein.« Mahayna schüttelte den Kopf. »Du bist willkommen.« Sie sprach die Worte fest und vertrauensvoll aus, jedoch ohne mich anzusehen. Stattdessen zupfte sie am flaumigen Köpfchen ihres Babys. »Iss«, forderte sie mich auf, und ich setzte mich und bediente mich mit den Fingern von den faserigen Fleischstücken aus dem Topf. Als ich mit den Zähnen Streifen davon abriss, lief mir fettiger Fleischsaft über das Kinn. Ich aß mit unersättlichem Hunger.

»Ich habe Daoud dabei zugesehen, wie er ein wildes Pferd bändigte«, sagte ich, als ich fertig war, mir die Hände an einem Büschel Gras abgewischt hatte und meine Finger über den gravierten Silberarmreif gleiten ließ, den Mahayna mir am Morgen gegeben hatte. Meine Gedanken wanderten zu Daouds schweißglänzender Brust, und ich erinnerte mich, dass ich am liebsten die Hand ausgestreckt hätte, um sie zu berühren.

Mahayna ließ einen leisen, kehligen Laut vernehmen – war sie belustigt? Ich sah sie an.

»Du wirst zu ihm gehen, glaube ich.«

Ich schüttelte den Kopf und spürte, wie mir die Ohrringe um die Wangen schwangen, so wie ich es bei Mahayna gesehen hatte. Hitze stieg mir ins Gesicht. »Warum sagst du das? Er ist ein Stammesoberhaupt, und ich bin eine *ferenghi*. Er hat zwei Frauen, ich habe einen Ehemann.«

Mahayna zuckte die Schultern. »Dein Mann hat dir keine Kinder geschenkt. Er schlägt dich. Das sind Gründe genug, um woanders Trost zu suchen.«

Sie sagte es so einfach, wie sie alles sagte. Trost suchen. Dass die körperliche Liebe Trost bringen könnte, schien mir eine merkwürdige Vorstellung. Den Männern, so hatte ich es jedenfalls immer gesehen, brachte sie Erleichterung. Frauen brachte sie Kinder. Aber Trost? Ich blickte in die silbrige Scheibe einer entfernten Sonne, die es eilig hatte, hinter die Berge zu tauchen. Mahayna und ich saßen schweigend da, als der nächtliche Himmel sich schwarz färbte. Nachdem sie Habib gestillt hatte und ihn ins Zelt trug, folgte ich ihr und wickelte mich in meine Steppdecke in dem engen Raum. Mahayna bettete das Baby auf einen Stoß Ziegenhäute in einer Ecke und legte sich zwischen mich und Bhosla.

Im Halbschlaf dachte ich, das Geräusch käme von den Hunden, doch es war nicht das gewöhnliche dünne Kläffen, das ich hörte, sondern ein raues, rhythmisches Bellen. Ich drehte mich um, zog mir die Steppdecke übers Ohr, als ein ersticktes Wispern mich vollends aufweckte. Ich öffnete die Augen und nahm die schräge Sihouette des Zeltes wahr. Das Wispern ertönte erneut, wütend diesmal. Es war Mahayna. Dann hörte ich wieder die gutturalen Laute, und natürlich kamen sie nicht von den Hunden, sondern von Bhosla und Mahayna. Das Stöhnen wurde lauter und drängender, um schließlich in einem ungehemmten Grunzen zu münden.

Ich lag steif da und spürte meine verletzte Schulter, denn ich lag auf der verletzten Seite. An Schlaf war zunächst nicht mehr zu denken. Ich wartete, bis ich Mahaynas ruhigen Atem zwischen Bhoslas Schnarchgeräuschen hörte, dann schlug ich die Steppdecke zurück und kroch geräuschlos aus dem Zelt.

Millionen von Sternen schienen hell am klaren Nachthimmel. Im Licht des Dreiviertelmonds waren die Umrisse des Lagers zu erkennen; eine frische Brise trug den Geruch nach Grün aus den Bergen herüber und ließ die Blätter der hohen Birken und der anmutigen Pappeln rascheln. Ich lüftete die Ziegenhaut, die den großen irdenen Wasserkessel neben der Zeltwand bedeckte, spritzte mir ein paar Wassertropfen auf die erhitzten Wangen und trank einen tiefen Schluck.

Dann ging ich durch das Lager – und ich war nicht die Einzige, die nicht schlief. In einem Zelt wimmerte ein Kind, aus einem anderen drangen die Stimmen von Männern. Wieder aus einem anderen hörte ich ersticktes Weinen. Ein kleiner, weißer Hund tauchte geräuschlos aus den Schatten hervor, schnüffelte mit gesträubtem Fell an meinen Zehen, um dann zockelnd wieder zu verschwinden. Die Art, wie der Hund mich akzeptierte, gab mir ein erhabenes Gefühl der Zugehörigkeit, das ich weder in Liverpool, Kalkutta noch in Simla je erfahren hatte.

Schließlich kam ich bei den Pferdekoppeln an. Es war der

einzige Ort, der mich anzog. Die Stirn an die harte Oberfläche der obersten Zaunlatte gelehnt, sah ich wieder das Bild vor mir, wie Daoud seine Stirn an die golden schimmernde Stirn des Hengstes gelegt hatte. Der Hengst sowie drei kleinere Pferde, die in einer Ecke standen, hoben aufmerksam die Köpfe. Ich hatte das Bedürfnis, Daouds Namen auszusprechen, und es war kaum mehr als ein Flüstern, das über meine Lippen kam, als ich ein Rascheln hinter mir vernahm und herumwirbelte.

Er saß auf einer Steppdecke, den Rücken an die rote Rinde einer Himalayazeder gelehnt. Sein *chapan* lag neben ihm. Hatte er mich seinen Namen aussprechen gehört?

»Beten Sie für Ihre Freundin?«, fragte er. Zunächst spürte ich Erleichterung, dann Scham. Meine Gedanken waren keineswegs so edel gewesen. Vom Zaun, wo ich noch immer stand, konnte ich sein Gesicht nicht ausmachen, nur die ausgestreckten Beine mit den Stiefeln erkannte ich.

»Und Sie vermissen Ihren Mann«, stellte er fest. Es war keine Frage.

Ich war des ewigen Lügens müde. »Ich vermisse meine Freundin und trauere um sie. Ihr Tod drückt mich – wie ein Stein hier«, sagte ich und legte die Hand aufs Herz. *Doch es ist mir egal, ob ich meinen Mann je wiedersehen werde,* wollte ich sagen, während das Hochgefühl, endlich über meine Gefühle reden zu können, übermächtig wurde. »Aber meinen Mann vermisse ich nicht.«

Ich hatte noch nie jemanden vermisst, bis auf meine Mutter. Dieses Gefühl kannte ich nur im Zusammenhang mit ihr. Hatte ich mich tatsächlich noch nie danach gesehnt, einem Mann nahe zu sein, seinen Geruch einzuatmen? Nein. Ich trat neben den Rand der Decke und versuchte, Daouds Gesicht zu erkennen.

Plötzlich stand er auf, und ich trat unwillkürlich einen Schritt zurück. »Sie sollten zu Mahaynas Zelt zurückkehren«, sagte er.

Ich wollte bei ihm bleiben. Das war es, was ich gehofft hatte zu finden, als ich zu den Koppeln kam.

Ich verschränkte die Arme über der Brust, zitterte, obwohl es nicht kalt war. »Warum sind Sie hier und nicht in einem Zelt?«

»Unter freiem Himmel fühle ich mich wohler. Außerdem will ich in der Nähe der Pferde sein.« Er machte einen Schritt vorwärts, hob den *chapan* auf und reichte ihn mir.

Ich nahm den Umhang und legte ihn mir über die Schultern. Der dicke Stoff, aus tausenden verschiedenfarbiger Fäden gewebt, war warm und barg den Geruch nach Holzrauch.

»Gehen Sie jetzt«, sagte er, doch er kam noch näher. Ich sah zu ihm auf.

»Gehen Sie, Linny Gow«, sagte er.

Als ich meinen Namen über seine Lippen kommen hörte, brachen all die verwirrenden Gefühle mit einer solchen Wucht über mich herein, dass ich mich abrupt umdrehte und zwischen den Zelten davonlief, begleitet von dem Bellen der Hunde.

Am nächsten Tag arbeitete ich an Mahaynas Seite. Ich war dankbar, dass Bhosla da war, sodass Mahayna sich nicht mit mir unterhielt. Mir war nicht nach einer Unterhaltung zumute; ich hatte Angst, etwas zu sagen, das ich selbst nicht verstand, vielleicht mein Sehnen und Verlangen zu verraten.

Frisch gekleidet, machte sich Bhosla schließlich auf den Weg, auf den Schultern einen Sack mit sauberer Kleidung und einem Vorrat an Lebensmitteln. Kaum war er außer Sicht, schnatterte und schwätzte Mahayna in einem fort. Mechanisch antwortete ich auf ihre Fragen, doch konnte ich nicht aufhören, daran zu denken, welche Macht Daoud über mich hatte.

Alle Männer, denen ich begegnet war, hatten etwas von mir gewollt: Ram, wegen der klirrenden Münzen, die ich ihm einbrachte; Shaker, um mich mit seiner Liebe zu ersticken; Somers, um an sein Erbe zu kommen und mit mir an seiner Seite seine wirkliche Veranlagung zu verbergen, vielleicht auch, um jemanden zu haben, den er tyrannisieren konnte. Alle brauchten sie mich auf die eine oder andere Art. Und indem sie mich brauchten, hatten sie aus mir ein Objekt gemacht.

Daoud wollte nichts von mir; er schien nichts zu brauchen. Auch allein war er ein vollständiger Mensch. Er erwartete nichts von mir, verlangte nichts, und ihm gegenüber brauchte ich keinen Teil meines Lebens zu verstecken, so wie ich es zu tun gezwungen war, seit Shaker mich bei sich in der Whitefield Lane aufgenommen hatte. Ich war so müde von der Heuchelei, die ich an den Tag legen musste, zuerst in Liverpool und dann in der künstlichen englischen Welt, die man in Indien errichtet hatte.

Hier in Kaschmir konnte ich ich selbst sein. Niemanden interessierte es, was mir angetan worden war und was ich getan hatte, am wenigsten Daoud. Ich spürte, wie ich mich öffnete, mein Innerstes aufschloss, wie die rostigen Angeln allmählich nachgaben. Es war, wie wenn sich ein Vogel mit dem *Wusch* seines Flügelschlags in die Lüfte erhob.

Ich war offen. Meine Gedanken, mein Herz, mein Körper. Ich wusste, was ich tun würde. All die Entscheidungen, die ich in der Vergangenheit getroffen hatte, sollten mir Sicherheit und Anerkennung einbringen, mein wahres Ich verbergen und mein Überleben garantieren. Alles war so schwer gewesen, überfrachtet mit der potenziellen Gefahr, entlarvt zu werden. Die Wahl, die ich jetzt traf, fiel mir leicht und war über jeden Zweifel erhaben.

Am Nachmittag des nächsten Tages, als ich Daouds *chapan* zurückbrachte, nahm ich etwas von dem Mittagessen mit. Indem ich ihm von Mahaynas Haseneintopf und frisches Wasser aus dem Fluss anbot, fühlte ich mich stark: Endlich konnte ich ihm auch etwas geben. Er nahm die Schüssel und setzte sich auf den Zaun, um zu essen. Währenddessen sah ich den Pferden zu. Als er fertig gegessen hatte, ergriff er die Flasche, legte den Kopf in den Nacken und ließ das Wasser durch die Gurgel rinnen. Mein ganzer Körper war wie aufgeladen, und ein hoher, heller Ton sirrte in meinem Kopf.

Als er mir Schüssel und Flasche zurückgegeben hatte, sprang er vom Zaun und sah mir in die Augen. »Fühlen Sie sich jetzt wohl hier?«

Ich nickte, sehnte mich danach, dass er meinen Namen aussprach.

»Sie verhalten sich nicht so, wie ich es von einer *ferenghi* erwartet hätte.«

Ich atmete tief ein. »Ich bin nicht wie die anderen Memsahibs, ich gebe nur vor, eine zu sein. Aber eigentlich gehöre ich nicht zu ihrer Schicht.«

Er stützte sich mit dem Ellbogen auf den Zaun. »Und warum tun Sie das?«

»Ich bin nicht in der gleichen Umgebung aufgewachsen wie die anderen. Ich hatte eine schmachvolle Kindheit und Jugend, die ich vor den anderen verbergen muss.«

Er sah mich unverwandt an. Ein Pferd wieherte, ein Kind schrie. »Ich habe Traurigkeit in Ihren Augen gesehen«, sagte er, »und mich gefragt, was der Grund ist. Lastet Ihre Vergangenheit so schwer auf Ihrer Seele?« Seine Augen waren nahezu schwarz.

»Ja. Selbst die Erinnerung daran ist mir verhasst. Und ich schäme mich wegen des Lebens, das ich führte.« Ihm gegenüber kamen mir diese Dinge so leicht über die Lippen.

»Vielleicht sollten Sie diese alten Lichter endlich ausgehen lassen. Es kostet zu viel Energie, sie am Brennen zu halten. Lassen Sie neue Lichter sich entzünden.«

Wir sahen beide zu den Pferden hinüber. Plötzlich überkam mich Schüchternheit, und ich meinte, ein ähnliches Gefühl auch an ihm wahrzunehmen. Das gab mir Mut, um das zu sagen, was ich ihm hatte sagen wollen. »Werden Sie heute Nacht wieder unter freiem Himmel schlafen?«

Er drehte sich zu mir um, und ich sah, wie er schluckte. Er nickte.

»Ich werde zu dir kommen«, sagte ich, und wieder nickte

er. Mein Herz schlug so kräftig gegen die Rippen, dass es schmerzte – ein wunderbarer, unbekannter Schmerz.

In jener Nacht begriff ich mehr, als ich je in meinem Leben begriffen hatte. Ich sah etwas, von dem ich bisher nicht einmal wusste, dass es existierte. Das erste Mal, als wir uns liebten – kaum dass ich mich neben ihn gelegt hatte –, ging alles sehr schnell, wir fanden nicht einmal die Zeit, uns unserer Kleider zu entledigen. Es war wie ein Akt der Verzweiflung. Doch dann, nachdem wir beide wieder Atem geschöpft hatten, streckte er die Hand aus und streichelte mein Gesicht mit einer Zärtlichkeit, die ich seinen schwieligen Händen niemals zugetraut hätte. Und diese Berührung ließ mich in einer Mischung aus Freude und Kummer erschaudern, sodass ich weinte. Ich, die ich niemals geweint hatte, war zu Tränen gerührt, weil eine Hand mein Gesicht streichelte. Er betrachtete meine Tränen, dann drückte er mein Gesicht an seine Brust, während er meinen Hinterkopf in der Wölbung seiner Hand barg. Den anderen Arm hatte er um mich gelegt. Da musste ich an Mahaynas Worte denken – sie hatte von Trost gesprochen.

Als meine Tränen getrocknet waren, setzte ich mich auf, um mir den *kamis* über den Kopf zu streifen. Ohne etwas zu sagen, betrachtete er die Narbe auf meiner Brust. Dann hob er den Blick, sah mir in die Augen und streckte die Hand danach aus, sodass sie die ganze Brust bedeckte – das, was von meiner linken Brust übrig geblieben war. Die Hitze seiner Haut durchströmte mich. Und dann drückte er mich sanft auf die Decke zurück und legte sich langsam auf mich. Dieses Mal ließen wir uns sehr viel Zeit, und ein Friede breitete sich in mir aus, der alle Geräusche aussparte. Ich hörte nicht mehr das Rascheln der Blätter, den rauschenden Fluss jenseits der Pferdeweiden, das Knurren und Kläffen der Hunde, das Schreien der Babys nach der Brust. Da war nur noch Stille sowie Daouds Atem, und an diesen Laut sollte ich mich für immer erinnern.

Später, Kopf und Körper von einer schmachtenden

Schwere, breitete Daoud seinen *chapan* über uns beide. Seinen Körper warm neben meinem, fiel ich in einen Halbschlaf.

Es war noch immer dunkel, als ich spürte, wie er mir eine Haarsträhne aus dem Gesicht strich, und ich setzte mich auf. Er reichte mir meinen *kamis*. »Vielleicht solltest du jetzt besser in Mahaynas Zelt zurückkehren?« Er sagte es sanft, doch ich wusste, dass es keine Frage war.

Ich hockte mich auf die Knie und zog das Hosenband in der Taille fest.

»Heute werde ich tagsüber wieder mit den Pferden arbeiten. Und in der Nacht« – er band sich die Schärpe um die Hüfte – »werde ich wieder hier schlafen.«

Ich nickte, dann ging ich zu Mahaynas Zelt zurück; einmal blieb ich stehen, um den Sternenhimmel zu betrachten.

Im Laufe der nächsten zehn Tage schien jeder einzelne Nerv in meinem Körper zum Reißen gespannt. Mittags brachte ich Daoud Essen; ehe er sich auf den Zaun setzte, um zu essen, ging er zum Fluss, um sich zu waschen. Während er aß, sprachen wir manchmal kein Wort, doch bisweilen erzählten wir uns von unseren jeweiligen Leben. Ich offenbarte ihm meine Kindheit, und er berichtete mir von seiner. Von seinen Frauen und Kindern sprach er nicht; ebenso wenig erzählte ich von Somers. Wir sprachen auch nicht davon, dass er bald nach Peschawar gehen würde und ich nach Simla. Nachts besuchte ich ihn unter der Zeder, blieb ein paar Stunden, um noch vor Sonnenaufgang in Mahaynas Zelt zurückzukehren.

In der elften Nacht versammelten er und seine Männer sich um das Feuer, und ein paar schlugen Trommeln aus Ziegenhäuten. Eine Gruppe Kinder pfiff eine Melodie, zwei Männer tanzten um die Flammen. Die Frauen hielten sich im Schatten auf und sahen aus einiger Entfernung zu. Habib hatte etwas Fieber, sodass Mahayna bei ihm im Zelt geblieben war, doch ich saß inmitten der anderen Frauen im Gras.

Als die Männer ihre Trommeln niederlegten, begannen sie abwechselnd zu erzählen. Obwohl ich den Sinn der Worte nicht verstand, erkannte ich am Rhythmus ihrer Worte, dass es sich um Gedichte handelte. Auch Daoud sagte etwas in Paschtu auf, um dann unvermittelt in Hindi zu wechseln. »Wenn dein Gesicht vor mir verborgen ist wie der Mond in einer dunklen Nacht, vergieße ich Sterne aus Tränen, und meine Nacht bleibt schwarz trotz jener leuchtenden Sterne«, rezitierte er und blickte in die Flammen. Dann wechselte er wieder zum Paschtu, ehe der Mann neben ihm aufstand, um ein paar Verse aufzusagen.

Ich war so ergriffen von seinen Versen, die er in einer Sprache aufgesagt hatte, die nur wir beide verstanden, dass nichts anderes mehr zu mir durchdrang, während seine Worte in meinen Gedanken nachklangen. Der Sinn jener Worte und das Bild von Daouds Lippen, als sie die Silben formten, prägten sich unauslöschlich in mein Gedächtnis ein.

Als ich, eine Stunde nachdem im Lager Ruhe eingekehrt war, zu den Koppeln kam, wehte eine leichte Brise. Daoud wartete neben seinem Pferd auf mich. »Diese Nacht ist wie zum Ausreiten geschaffen«, sagte er, und so wie er es auf jenem Ritt nach Kaschmir immer getan hatte, legte er mir die Hände um die Taille, um mich auf die weiche Decke auf Rasools Rücken zu heben. Dann schwang er sich hinter mir aufs Pferd.

»Erinnerst du dich an das erste Mal, als wir zusammen geritten sind?«, fragte ich, während wir uns vom Lager entfernten.

»Ja.« Er trieb den Hengst an, und schon fiel Rasool in einen Galopp. So leichtfüßig, wie er galoppierte, seine klappernden Hufe sicher auf dem Grund auftretend, schien ihm die Gegend vertraut zu sein. Als wir ein Stück in die Bergausläufer hineingeritten waren, parierte Daoud den Hengst in den Schritt. Von Daouds Armen umfangen, die vor mir die Zügel hielten, lehnte ich mich gegen seine Brust, spürte seinen Atem auf meinem Haar. Nachdem wir wohl eine Stunde geritten waren, vielleicht auch mehr, kehrten wir zum Lager zurück. Noch immer schweigend, saß Daoud ab, und ich ließ mich ebenfalls zu Boden gleiten.

Nachdem er sein Pferd auf die Koppel gebracht hatte, nahm er mich bei der Hand und führte mich zu seiner Decke unter der Himalayazeder. Mit dem Rücken an den Baumstamm gelehnt, saßen wir dicht nebeneinander.

»Was waren das für Verse, die du heute Abend am Feuer aufgesagt hast?«, fragte ich nach einer Weile.

»Es sind Verse, die der persische Dichter Dschami schrieb. Sein Grab befindet sich in Herat.« Damit zog er mich auf die Decke und breitete den *chapan* über uns aus. Auch wenn er mich nicht berührte, konnte ich ihn riechen. Die Hitze seines Körpers barg die verschiedenen Gerüche – nach Pferd, Leder, Holzrauch –, die ich in den vergangenen Tagen so lieben gelernt hatte. Als er keine Anstalten machte, mit mir zu schlafen, legte ich den Kopf auf seine Brust und schlief bald darauf ein.

Irgendwann in der Nacht wachte ich auf und vernahm Daouds gleichmäßigen Atem. Ich setzte mich auf und lüpfte den Zipfel des *chapan*. Doch Daoud packte mich beim Handgelenk.

»Ich dachte, du schläfst«, flüsterte ich. Er war nur ein paar Zentimeter von mir entfernt, doch konnte ich seine Augen nicht erkennen. »Ich gehe jetzt zu Mahaynas Zelt zurück.«

Ein paar Sekunden vergingen, ehe er das Wort ergriff: »Bleib bei mir heute Nacht.« Wieder zog er mich zu sich auf die Decke. Als wir uns im Gleichklang unserer Körper bewegten, sagte er meinen Namen – seine Stimme wie ein erstickter Schrei an meiner Wange. Es war das erste Mal in all diesen Nächten, in denen wir uns liebten, dass er meinen Namen aussprach.

Als ich die Augen öffnete, blickte ich in die Schönheit des heraufdämmernden Tages, während die Sonne hinter den

Baumspitzen aufblitzte und den Himmel über dem Himalaya in ein flirrendes Saphirblau tauchte. Daoud lag nicht neben mir, er musste aufgestanden sein, nicht ohne seinen *chapan* behutsam um mich gewickelt zu haben. Ich schlug den Umhang zur Seite und setzte mich auf. Mit den Fingern kämmte ich mir durch die Haare und sah zur Koppel hinüber.

Die Pferde waren nicht mehr da.

Mein Blick schweifte in Richtung des Lagers. Eine Frau kauerte vor einem Feuer, stocherte mit einem Holzlöffel in einem Topf. Ein magerer Hund, den Ringelschwanz vorsichtig eingezogen, schnüffelte an Pferdeäpfeln in der Nähe eines Zelts. Eine Krähe stolzierte kühn um eine erloschene Feuerstelle herum, mit dem Schnabel die zu Boden gefallenen Krumen des vergangenen Abendessens aufpickend.

Das Lager sah verändert aus. Kleiner. Einige der Zelte fehlten. Ich sprang auf die Füße, ergriff den *chapan* und rannte zu Mahaynas Zelt. Sie war gerade dabei, Habib ein sauberes Hemdchen anzuziehen.

»Wo sind sie?«, fragte ich atemlos. »Die Paschtunen – wo sind sie?«

»Ihre Zeit hier ist zu Ende gegangen«, sagte Mahayna. »Sie sind früh heute Morgen Richtung Norden aufgebrochen.«

»Nein!«, schrie ich so laut, dass Habib mich mit angstvollen Augen anstarrte. »Daoud würde nicht gehen, ohne sich von mir zu verabschieden.«

Mahayna legte die Hand auf Habibs Köpfchen. »Hat er sich nicht auf irgendeine Weise verabschiedet, vielleicht auf eine Art, die du zunächst nicht verstanden hast? Ohne Worte zu gebrauchen? So wie es Männer oft tun, nicht wahr?«

Ich blickte in ihre wachen Augen, ehe ich auf den Boden sank, die Beine anwinkelte und die Stirn auf die Knie legte. »Ja«, murmelte ich, und ich dachte daran, wie er mich gebeten hatte, die Nacht bei ihm zu verbringen, dachte an sein Schweigen, seine Sanftheit und die Art, wie er meinen Namen ausgesprochen hatte. Und natürlich an die Verse, die er für mich rezitierte. »Ja, du hast Recht, er hat sich verabschiedet.«

»Du wusstest, dass er wieder gehen müsste, ebenso gut wie du weißt, dass dein Platz bei deinem Volk ist«, sagte Mahayna. »Auch wenn mir nicht entgangen ist, dass du eine andere Frau wurdest, seit du hier ankamst. Du besitzt nun einen Kern aus Glück. Aber du musst ihn tief in dir vergraben und ihn ruhen lassen. Von Zeit zu Zeit kannst du ihn berühren, doch lass ihn einen winzigen Samen bleiben. Brich die Hülse nicht auf, um ihn keimen zu lassen; denn dann würden die Triebe deine Gefühle für deinen Mann ersticken, und das würde dich nur unglücklich machen.«

Die Stirn auf den Knien, kauerte ich weiter am Boden und schaute auch nicht auf, als ich den Lufthauch spürte, mit dem Mahayna an mir vorbeiging. Schließlich hob ich den Kopf und presste mir den *chapan* ans Gesicht, sog seinen Geruch tief ein. Dann verließ ich das Zelt, um ihr zu helfen.

Draußen wartete der *syce*, ein kleiner, zäher Bursche mit ruhigen, braunen Augen. Augenblicklich sprang er auf, als er mich sah, und Mahayna stellte ihn mir vor, sein Name war Nahim; er würde mich nach Simla zurückbegleiten.

»Nahim hat den ganzen Kaschmir und den Norden Indiens mit den *gujars* bereist, seit er ein kleines Kind war. Niemand kennt seine Eltern oder den Ort, von dem er stammt; er taucht einfach in einem der Lager auf, um bei der Arbeit mit den Pferden zu helfen. Er ist bekannt für seinen Orientierungssinn. Daoud hat ihm eine der gezähmten Stuten dafür gegeben, dass er dich sicher zurückbringt, ein stolzer Lohn und mehr, als Nahim sich erträumt hätte. Er ist überglücklich.«

Der dunkelhäutige, barfüßige Junge machte eine tiefe Verbeugung, dann stand er da, darauf wartend, dass man ihm sagte, was zu tun sei. Da er kein Hindi sprach, trafen wir mit Hilfe von Mahaynas Übersetzungskünsten die nötigen Verabredungen. Dann sprang er davon, um wenige Minuten später zurückzukehren; er bedeutete mir, dass ich auf seinem Pferd reiten sollte, während er mit einem stämmigen Pony vorlieb nahm, das mit Proviant und Schlafdecken zu beiden Seiten des runden Bauchs beladen war.

Ich legte mir den *chapan* um die Schultern, schwang mich in den weichen, bequemen Ledersattel. Meine Wunden waren verheilt, auch wenn rosafarbene Narben zurückgeblieben waren. Mahayna reichte mir Daouds bestickte Satteltasche. »Darin sind deine Kleider und Schuhe«, sagte sie.

Ich wusste, dass die Zeit des Abschieds gekommen war, mein Aufenthalt in dem Zeltlager in Kaschmir war kaum mehr als ein Traum gewesen. Und dennoch hatte ich das Gefühl gehabt, als sei es »mein wirkliches Leben«, wie Chinese Sally immer gesagt hatte. Nein, vielleicht nicht mein wirkliches Leben, es war wohl eher so, dass ich mich zum ersten Mal wahrhaftig gefühlt hatte. Nun würde ich also zur englischen Enklave zurückkehren, zu meinem falschen Selbst, zu Somers und der Hölle, die mich in Kalkutta erwartete. Ich nahm die langen Ohrringe ab.

»Bitte behalte sie.«

»Aber dein Armreif …«, wollte ich protestieren, doch Mahayna schüttelte den Kopf.

Ich legte mir die Ohrringe wieder an, öffnete die Satteltasche, zog den weißen Petticoat heraus und hielt ihn ihr hin. »Vielleicht kannst du daraus ein Kleidchen für dein zweites Baby nähen.«

Mahayna lächelte. »Mein Verstand bittet Allah um einen zweiten Sohn, doch mein Herz wünscht sich eine Tochter, auch wenn es Bhosla nicht gefallen würde.« Sie nahm den Petticoat und hielt ihn sich vor die Brust. »Es würde ein hübsches Festtagskleid für sie abgeben.«

Die Stute schnaubte ungeduldig.

»Nun musst du gehen«, sagte Mahayna. »Nahim nimmt die kürzeste Route, dann wirst du in drei, vier Tagen bei deinen Leuten sein. Er ist ein guter Junge, du kannst ihm vertrauen.« Damit wandte sie sich mit strenger Miene an Nahim, gab ihm mit kurzen, scharf klingenden Worten ein paar Anweisungen. »Möge Allah mit dir sein«, sagte sie, zu mir gewandt.

»Und möge der Herr mit dir sein«, sagte ich, dann folgte ich Nahim auf meiner Stute aus dem Lager. Einmal hielt ich mein Pferd an und drehte mich nochmals um und winkte Mahayna zu, um die sich inzwischen eine Traube von Frauen versammelt hatte. Dann gab ich meinem Pferd mit den Zügeln einen leichten Klaps auf den Hals, woraufhin es lostrabte, um das Pony vor uns einzuholen.

Die nächsten drei Tage folgte ich wortlos dem *syce*. Wann immer er anhielt, um zu essen, die Pferde zu tränken oder sich zu erleichtern, tat ich es ihm gleich. Und wenn er den Kopf in den Nacken legte, um einem goldenen Adler zuzusehen, wie er träge am Himmel kreiste, schaute auch ich nach oben. Einmal bemerkte ich, wie ein unvermitteltes Lächeln sein Gesicht erhellte, und als ich seinem Blick folgte, sah ich ein Paar kleiner, rotbrauner Murmeltiere, die vor der Öffnung ihres Baus auf den Hinterläufen saßen. Als Nahim einen Laut ausstieß, antworteten ihm die Tierchen mit einem vorwurfsvollen Pfeifen.

Einmal drehten sich die Ohren seines Ponys aufgeregt nach vorne, und er ließ es anhalten; auch meine Stute blieb gehorsam stehen, sobald ich leicht an den Zügeln zog. Er deutete auf eine Staubwolke am anderen Ende der Wiese, die wir gerade überquerten. Als sie näher kam, sah ich eine Herde langmähniger Wildponys, zumeist Stuten mit ihren Fohlen.

Abends briet Nahim zähe Scheiben Ziegenfleisch auf dem offenen Feuer, und ich aß, auch wenn ich keinen Hunger hatte und kaum schmeckte, was ich kaute. In dicke Steppdecken gehüllt unter dem Sternenhimmel liegend, presste ich mir den *chapan* ans Gesicht und fiel in einen tiefen, traumlosen Schlaf. Es war, als ob ich kaum mehr etwas fühlte: Alles war auf eine winzige Größe reduziert, die nichts mit den Bergen, Wäldern und Wiesen zu tun hatte, die ich mit blinden Augen durchquerte. Ich lebte noch immer in jener anderen Welt aus Fleisch und Hitze, Erregung und entfesselter Gefühle. Noch waren Panik und Einsamkeit nicht an die Oberfläche gedrungen. In jenen ersten Tagen, da Daoud gegangen war, begriff ich noch nicht, dass ich mich verändert hatte und nie mehr die Frau sein würde, die ich gewesen war, ehe ich ihm begegnete. Dass meine Erlebniswelt reicher geworden war, dass ich aber auch einen neuen, unbekannten Schmerz empfinden würde, um vieles stärker als alles, was ich bisher erlebt hatte. Das, was ich zurückließ, war noch so lebendig in mir; ich klammerte mich daran wie ein Kind an seine Mutter. Das, was vor mir lag, war unwirklich, weit weg und verschwommen wie die Hitzewellen, die unter der indischen Sonne von den Ebenen aufstiegen.

Am zweiten und dritten Tag ging es in leichtem Trab oder im Schritt durch Schatten spendende Zedernwälder; winzige gelbe Blumen blühten im Moos und verbreiteten Honigduft. Stundenlang kletterten unsere Pferde einen Berg hinauf, während Nahim scheinbar mühelos zwischen hervorstehenden Wurzeln den Pfad fand. Unvermittelt tauchten wir schließlich aus den dunklen Wäldern auf, und vor uns lag ausgebreitet ein tiefes, sonnenbeschienenes Tal.

Am späten Vormittag des vierten Tages hielten wir am Fuß eines steiniges Berges an, wo nur ein schmaler, von Dornenbüschen überwucherter Pfad durch das Dickicht führte. Nahim saß von seinem Pony ab, nahm es beim Zügel und bedeutete mir, es ihm gleichzutun. Er gab dem Pony einen Klaps auf das Hinterteil und trieb es an, sodass es dem Pfad hinauffolgte. Keuchend kletterte ich hinter meiner Stute den steilen Abhang hinauf und hielt mich bisweilen an ihrem Schweif fest, wenn ich auf dem steilen Hang ins Rutschen geriet.

Nach dem mühevollen Anstieg erreichten wir schließlich eine grasbewachsene Kuppe. Nahim löste die bestickte Satteltasche vom Sattel meines Pferds, öffnete sie und nahm das gewaschene, efeugrüne Kleid heraus. Er schüttelte es aus und reichte es mir. Verblüfft schaute ich erst das Kleid, dann

Nahim an. Er drückte es mir in die Hand, griff erneut in die Satteltasche, förderte meine Stiefel zutage, um sie zusammen mit der Satteltasche vor meine Füße fallen zu lassen. Dann streckte er den Arm aus und deutete den Berg hinab.

Als ich seinem schmutzigen Finger mit den Augen folgte, sah ich die vertraute Kirchturmspitze, die zwischen den strohgedeckten Dächern von Simla emporragte. Schon führte Nahim die Stute und das Pony in Richtung der Büsche, durch die wir gekommen waren. »Warte!«, rief ich. Er hielt an, und ich rannte zu der Stute, um den farbenprächtigen *chapan* unter dem Riemen hervorzuziehen, mit dem er am Sattel befestigt war. Sekunden später tauchte Nahim in das Dickicht ein, und die Zweige schlossen sich hinter ihm und den Tieren. Ganz allein stand ich auf der Bergkuppe.

Nach einer Weile faltete ich das Kleid zusammen und stopfte es zusammen mit den Stiefeln in die Satteltasche zurück; dann warf ich mir Tasche und *chapan* über die Schulter, ehe ich langsam dem gewundenen Pfad folgte, der abwärts nach Simla führte.

Einunddreißigstes Kapitel

Eine halbe Stunde später erreichte ich den Stadtrand. Straßen und Gärten lagen ruhig da – vom Sonnenstand zu schließen, aßen wohl die meisten Familien zu Mittag. Als ich durch die fast leere Mall ging, unterbrachen die wenigen Frauen, die unterwegs waren, ihre Gespräche, um mir hinterherzustarren. Obwohl sie mich kannten, ebenso wie ich sie kannte, waren sie von meinem unvermittelten Auftauchen nach all der Zeit so schockiert, dass sie kein Wort herausbrachten. Doch, eine sagte: »Mrs Ingram?« und griff sich an den Hals, während sie ein paar Schritte auf mich zumachte. Nachdem ich jedoch nichts erwiderte, hielt sie inne. Ich war so überrascht angesichts dessen, was ich in den gut drei Wochen meiner Abwesenheit alles vergessen hatte: wie blass sie aussahen, wie steif sie in ihren Rüstungen aus Kleidungsstücken wirkten. Und ihre Reaktionen – ihr ungläubiger Gesichtsausdruck, während sie sich hinter vorgehaltener Hand etwas zuflüsterten – bewirkten den ersten winzigen Riss in meinem Bewusstseinsschleier, der sich nur allzu bald zu einem klaffenden Spalt weiten sollte, durch den ich erkannte, dass ich lebendiger war als je zuvor. In ihren Gesichtern sah ich mein eigenes gespiegelt, und dieser Schock brachte mich nicht nur nach Simla zurück, sondern in mein Leben als Mrs Ingram, mit allem, was es bedeutete.

Währenddessen versuchte ich mich darauf zu konzentrieren, was ich sagen würde, wenn ich den Bungalow erreichte, doch ich war nicht in der Lage, einen logischen Gedanken zu fassen. Würde Mrs Partridge überhaupt noch dort sein? Als ich in die Seitenstraße einbog, die zum Constancia Cottage führte, spürte ich eine Hand auf der Schulter. »Ma'am?«

Es war ein Soldat in seiner makellosen, roten Uniform. »Brauchen Sie Hilfe, Ma'am? Ich habe Sie durch die Mall gehen sehen und dachte, dass Sie … dass Sie vielleicht in Schwierigkeiten seien.«

Ich sah an meinen staubigen Kaschmiri-Kleidern und zu den spitz zulaufenden Sandalen hinab; meine Haare hingen mir zerzaust bis zur Taille herunter. »Ich … Nein, eigentlich nicht. Ich bin nur …« Ich machte eine Geste in Richtung des Bungalows.

Der Soldat erwiderte langsam: »Gehe ich richtig in der Annahme, dass Sie die andere junge Dame sind, die …« Er verstummte, und ich nickte.

»Nun, dann erlauben Sie mir, dass ich Sie nach Hause begleite. Ich könnte mir vorstellen, dass es einige Menschen gibt, die froh sein werden, Sie lebendig zu sehen.« Er streckte die Hand nach der Satteltasche und dem *chapan* aus, doch ich hielt beides fest umklammert.

Als wir das Haus betraten, dachte ich zunächst, dass niemand da sei, doch dann kam Malti aus dem Schlafzimmer von Mrs Partridge, in der Hand eine blumenverzierte Porzellanschüssel. Bei meinem Anblick blieb sie ein paar Sekunden reglos stehen, dann stieß sie einen Schrei aus und ließ die Schüssel fallen, die auf dem Boden in tausend Stücke zerbrach. Den Schal vor das Gesicht pressend, rannte sie schreiend aus dem Flur und zur Hintertür hinaus.

»Ich nehme an, sie hielt Sie für einen Geist, Ma'am«, sagte der Soldat. »Sie sind ja so abergläubisch.« Als ein Wimmern ertönte, drehte er sich um, und über die Schulter zurückblickend, sah ich Neel in der Türöffnung zu meinem Schlafzimmer sitzen.

»Neel«, sagte ich, ging in die Knie und streckte einen Arm aus, mit dem anderen umklammerte ich noch immer Satteltasche und *chapan*. Der Hund sauste über den rutschigen Boden, wild mit dem Schwanz wedelnd. Kurz bevor er bei mir anlangte, blieb er abrupt stehen, um sich winselnd zurückzuziehen.

»Was ist los, Neel?« Wieder näherte er sich mir und ging in Kauerstellung, den Schwanz zwischen den Hinterbeinen eingezogen. Als ich ihn mit der ausgestreckten Hand berühren wollte, fletschte er die Zähne und ließ ein kurzes, ängstliches Bellen vernehmen. »Kennst du mich denn nicht mehr, Neel?«

Der Soldat räusperte sich. »Verzeihung, Ma'am, aber ich würde mal annehmen, dass es am Geruch der Sachen liegt, die Sie anhaben und mit sich tragen. Diese Hunde riechen Nomadenblut – sie sind eigens dafür gezüchtet. Wenn man sie lässt, reißen sie einen Zigeuner in Stücke.«

Ich sah die Satteltasche und den *chapan* an.

»Wenn Sie erst gebadet und die Sachen verbrannt haben, wird er wieder ganz normal sein.« Als von der Hintertür her laute Stimmen erklangen, sah er von Neel weg, der noch immer leise knurrte.

Mrs Partridge, gefolgt von Malti und den anderen Dienern, stürmte herein, und ich erhob mich. Die Inder verbargen sich hinter dem breiten Rücken der Memsahib und beäugten mich ängstlich. Von Kopf bis Fuß musterte mich Mrs Partridge. »Wo kommen Sie her?«, fragte sie. Kein Anzeichen der Freude oder Erleichterung, einfach nur eine sachlich-nüchterne Frage.

»Ich war … in den Bergen … Ich weiß nicht. Wirklich, Mrs Partridge, ich weiß nicht.« Mit einem Mal war ich so erschöpft, dass jedes Wort schmerzte.

»Sieht nicht so aus, als ob Ihnen etwas Schlimmes zugestoßen wäre«, sagte sie schließlich. Ihre Stimme klang jetzt unsicher, so als ob sie sich nicht zwischen Erleichterung und Bestürzung entscheiden könnte.

Ich fühlte mich, als würde man mir eine Schlinge um den Hals legen. Die Stille dehnte sich aus, und ich bemerkte, wie sich Mrs Partridges Augen mit Tränen füllten, während ihr Unterkiefer zitterte – auch wenn ich wusste, dass ihr Mitleid nicht mir galt. Ich stellte mir vor, wie Soldaten Faith'

Leiche gebracht hatten. Worte sprudelten aus mir heraus: »Wir wollten ein Picknick machen, Mrs Partridge. Ein Picknick. Ich wusste ja nicht, was sie …«

»Seien Sie ruhig«, sagte sie, wieder ganz Herr der verzweifelten Lage. Ihre Stimme war tödlicher als je zuvor während einer ihrer zahlreichen Schimpfkanonaden, die ich in der Vergangenheit über mich hatte ergehen lassen müssen. »Ich will nichts von dem hören, was Sie zu sagen haben. Wir wissen alle sehr wohl, dass Faith niemals zu diesem Ausflug aufgebrochen wäre, hätten Sie sie nicht dazu angestachelt. Das arme Mädchen«, sagte sie. »Und nun ist sie tot. Tot und liegt unter der Erde.«

Wie falsch sie war! Faith war ihr reichlich egal gewesen – sie war mindestens so schockiert wie Somers, als sie erfuhr, dass sie uns begleiten würde. Jetzt wusste ich, dass sie absichtlich so verächtlich über die eklatanten Unterschiede der Hautfarben vor Faith gesprochen hatte – nur um sie zu verletzen.

Ein Taschentuch an die Nase gepresst, fuhr sie fort: »Sie war wohl augenblicklich tot.« Sie entfernte das Taschentuch und starrte mich an. »Nachdem die Soldaten ihre sterblichen Überreste geborgen hatten, suchten sie, mit der Unterstützung sämtlicher Männer aus Simla, die ganze Gegend nach Ihnen ab, Linny. Doch schließlich mussten sie aufgeben. Niemand hat danach mehr damit gerechnet, Sie lebend zu sehen.« Mit kaltem Blick musterte sie mein Äußeres. »Nun, hier sind Sie also und sehen nicht so aus, als ob es Ihnen schlecht ergangen wäre. Wenn man von Ihrem heidnischen Aufzug einmal absieht.«

»Charles?«, fragte ich. »Hat man ihn benachrichtigt?«

»Ich habe umgehend eine Nachricht an das Büro der John Company in Delhi geschickt, natürlich nicht nur an Mr Snow adressiert, sondern auch an Mr Ingram. Von dort aus wurden die Herren verständigt. Mr Snow habe ich vom tragischen Tod seiner Frau in Kenntnis gesetzt und Mr Ingram darüber, dass man Sie vermisst. Es machte natürlich keinen Sinn, dass die Männer hierher kamen. Was hätten sie schon tun können.« Wieder nahm sie mein Äußeres in Augenschein. »Ich will gar nicht hören, wo Sie all die Zeit waren. Reden Sie bitte nicht davon.« Damit wandte sie sich ab und ging auf ihr Zimmer zu.

Wie ich sie hasste! »Sie waren nicht dabei, als Faith starb«, sagte ich ruhig. »Und Sie wissen nicht, was geschah. Niemand weiß es. Niemand außer mir.«

Mrs Partridge drehte sich um. »Glauben Sie, ich hätte nicht gesehen, in welchem Zustand sie sich befand? Wie unglücklich sie war? Sie hätte jemanden gebraucht, der sich um sie kümmert, eine wahre Freundin, die sie nicht in die Wildnis hinausschleppt und mehr an sich als an ihre Bedürfnisse denkt. Was sie von Ihnen gebraucht hätte, Linny, wäre Ihre ruhige Gesellschaft gewesen, Spaziergänge durch die Mall, Tee bei Peliti's, jemanden, der sie zum Sticken und Zeichnen ermunterte. Aber sicherlich nicht einen Ponyausflug in die Berge. Und nun ist sie tot. In den Abgrund gestoßen von diesem schrecklichen Wilden. Oh, das alles ist ja so furchtbar.«

»Hat man Ihnen dieses Märchen etwa aufgetischt?«

Sie überging meine Frage. »Nun? Wie haben Sie ihn dazu gebracht, nicht auch Sie zu töten?« Sie rümpfte die Nase und schüttelte den Kopf, so als widerte allein die Vorstellung sie an. »Je früher wir abreisen, desto besser.« Sie öffnete die Tür zu ihrem Schlafzimmer.

»Abreisen?«

»Ich habe geplant, morgen die Heimreise anzutreten. Zuerst nach Delhi«, sagte sie über die Schulter zurück, »wo Colonel Partridge zurzeit in spezieller Mission weilt. Dort werde ich bleiben, bis sein Auftrag erledigt ist und wir gemeinsam nach Kalkutta zurückkehren. Die ganze Angelegenheit ist einfach zu erschütternd, um länger hier zu bleiben. Bei alldem, was geschehen ist, wurde mir die Sommersaison gründlich verdorben. Zuerst Mrs Hathaway, dann Sie und die liebe Mrs Snow ... Sie können natürlich gern mitkommen und Ihre Reise nach Kalkutta von Delhi aus fortsetzen. Ich kann mir nicht vorstellen, dass Sie alleine hier bleiben wollen. Auch würde Ihr Mann es bestimmt nicht wollen.« Hatte sie besondere Betonung auf die Worte »Ihr Mann« gelegt? Aber vielleicht klang es nur in meinen Ohren so seltsam, da es mir nicht gelingen wollte, an Somers zu denken – ich hatte schon so lange nicht mehr an ihn gedacht. »Und gar nicht davon zu reden, welchen Empfang man Ihnen hier bereiten würde. Ich kann mir nicht vorstellen, dass irgendjemand Sie noch in seine Pläne einbeziehen würde. Ich könnte mir denken, dass man Sie als … nun, es fällt mir einfach kein freundlicher Ausdruck dafür ein, was man von Ihnen denken würde. Wenn man bedenkt, dass Sie verantwortlich sind für Faith' Tod, und sich fragt, wo Sie die ganze Zeit über gesteckt und was Sie in der Wildnis getrieben haben – kann man es den Leuten dann verübeln, dass sie schockiert wären, Sie noch länger in ihrem Kreis zu wissen?« Damit schloss sie fest die Tür zu ihrem Schlafzimmer hinter sich.

Ich sah zu den ängstlich zusammengedrängten Dienern. Der Soldat war inzwischen gegangen. »Malti«, sagte ich, als ich ihre weit aufgerissenen Augen sah, »du musst keine Angst haben. Ich bin es nur, und ich bin dieselbe, die ich vorher war.« Was natürlich nicht stimmte.

Doch Malti starrte mich noch immer an, während sie den Mund weiterhin mit einem Zipfel ihres senffarbenen Saris bedeckte. Schließlich ließ sie den Stoff sinken. »Aber wo waren Sie, Mem Linny? Und Ihre Kleidung …«

»Bitte bereite ein Bad für mich vor, Malti, ich bin sehr müde und will einfach nur schlafen, wenn ich gebadet habe.« Ich ging in mein Zimmer. Auf dem kleinen Tisch in der Ecke sah ich ein Buch liegen, ein schmales Bändchen mit Gedichten von Shelley. Faith' Lieblingsbuch. Sie musste es dorthin gelegt haben, ehe wir aufbrachen. Ich nahm es, fuhr mit den Fingern über den weichen Maroquin-Einband und fächerte mit dem Daumen den Goldschnitt auf. Ich öffnete das Buch auf der Seite mit dem Lesebändchen, wo das Gedicht mit dem Titel »Wenn die Lampe zersplittert« markiert war. In ihrer kleinen, krakeligen Schrift hatte sie an den oberen Rand geschrieben: »Für Linny, deren Stärke ich immer bewundert habe. Lass dein Licht nie ausgehen. Für immer, deine Gefährtin Faith.«

Ich schloss fest die Augen. Nach einer Weile schlug ich sie wieder auf und versuchte, das Gedicht zu lesen:

Wenn die Lampe zersplittert,
Liegt tot das Licht vom Staub erfasst,
Wenn die Wolken abgewittert,
Ist der Regenbogen verblasst …

Ich konnte nicht weiterlesen. Ich fiel auf die Knie, drückte das Buch an meine Brust und wippte vor und zurück, bis Malti an die Tür klopfte, um mir zu sagen, dass das Bad fertig sei. Erst als ich aufstand, wurde mir bewusst, dass ich geweint hatte.

Es schien, als ob ich in letzter Zeit leicht in Tränen ausbrach.

Am Abend ging ich mit Neel zum Friedhof bei der Christ Church. Kaum hatte ich wieder meine gewohnten Kleider an, kam er zu mir, schmiegte sich in meine Arme und wollte mir das Gesicht ablecken. Den *chapan* und die Satteltasche hatte ich am Boden eines Schrankkoffers versteckt. Auch die Silberohrringe und den Armreif, die Mahayna mir geschenkt hatte, bewahrte ich auf, die Kleider, die ich trug, hatte ich jedoch Malti gegeben, um sie zu verbrennen.

Das Grab war mit vertrockneten, farblosen Blumengestecken geschmückt. Ich nahm sie weg und pflanzte einen Goldregen in die Erde, den ich im Garten des Bungalows ausgegraben hatte. Jedes Jahr würde er Faith' Lieblingsblüten hervorbringen, die langen, gelben, hängenden Blütenrispen, welche den Busch in einen goldenen Sprühregen tauchten.

Die anderen Gräber, die ich zurückgelassen hatte, kamen mir in den Sinn – das meiner Mutter in dem feuchten, überfüllten Friedhof bei der Our-Lady-and-St.-Nicholas-Kirche und das meines tot geborenen Babys unter dem Ilexbusch mit seinem rosa gemaserten Grabstein. In der Abenddämmerung setzte ich mich neben den Grabhügel mit dem kleinen Baum, die Luft um mich herum mit Blütenduft erfüllt, der Himmel silbrig, das Vogelgezwitscher allmählich ersterbend. In dieser lieblichen Atmosphäre wurde mir bewusst, dass jene, die ich liebte, aus meinem Leben verschwanden. Und wieder kamen mir die Tränen.

Auf der Reise nach Delhi sprachen Mrs Partridge und ich nicht miteinander. Ich nehme an, sie dachte, mich mit ihrem Schweigen zu bestrafen; dabei war ich dankbar, mit meinen Gedanken in Frieden gelassen zu werden, die hin und her wirbelten zwischen Trauer und einem brennenden Glühen, das mich nie verließ. Ich dachte unaufhörlich an Daoud, und ich dachte an Charles und wie ich ihm gegenübertreten würde, wenn ich in Kalkutta wäre.

Nachdem Mrs Partridges Koffer an einem der *ghats* in Delhi ausgeladen waren, dankte ich ihr für ihre Begleitung, nicht ohne mich für die Unannehmlichkeiten zu entschuldigen, die ich ihr verursacht hatte. Hochmütig deutete sie ein Nicken an, und ich dachte, dass sie sich nun schweigend verabschieden würde, doch sie konnte sich einer letzten Bemerkung nicht enthalten. »Ich hoffe, dass bis zu dem Zeitpunkt, wenn Colonel Partridge und ich nach Kalkutta zurückkehren, sich der Wind um Ihre Unternehmungen gelegt haben wird. Wenn es etwas gibt, das ich nicht ertrage, dann ist es ein Skandal.«

Nun war es an mir zu schweigen, obwohl es mir schwer fiel, den Mund zu halten. Ich wandte den Blick ab, damit sie nicht meinen verächtlichen Ausdruck angesichts ihrer Heuchelei sah.

Die Träger herumkommandierend, betrat sie die glitschigen Stufen des *ghats* und verschwand in der Menge, die sich am Ufer drängte. Malti hatte ich weggeschickt, um ihre Schwester zu holen.

Als sie mit Trupti und deren ältesten Tochter Lalita, die

zwölf oder dreizehn sein musste, zurückkam, legte das *budgerow* wieder ab. Die Fahrt auf dem Ganges erschien mir diesmal lang und müßig. Das Wasser hatte eine milchige Farbe, die Luft war drückend, als wäre der Himmel eine über mich gestülpte Kupferschüssel, die mich in ihrer stehenden, stickigen Luft gefangen hielt. Die Früchte, die wir aßen, waren überreif, übersät mit kleinen Fliegen, und der würzige Geruch der Currys, welche die Mannschaft zubereitete, drang mir aufdringlich in die Nase. Malti, Trupti und Lalita sprachen so leise miteinander, dass ich sie kaum hörte. Sie waren so eifrig auf mein Wohlergehen bedacht, als wäre ich schwer krank gewesen und würde langsam wieder genesen.

Diesmal hatte ich keine Lust, parallel zum Kahn am Ufer spazieren zu gehen wie auf der Hinreise nach Simla, die Jahre zurückzuliegen schien. Ich las nicht, saß einfach nur in einem Sessel, so wie Faith es getan hatte, und betrachtete die vorüberziehende Landschaft.

Es kam mir vor, als würden wir niemals in Kalkutta ankommen.

Doch schließlich, vier Wochen nachdem wir Simla verlassen hatten, war ich in meinem alten Leben, im Haus in Chowringhee zurück.

Somers war noch im Büro, als ich dort ankam, und ich war erleichtert, dass ich ein wenig Zeit hatte, um mich zu sammeln, ehe ich ihm unter die Augen treten musste. Als er nach Hause kam, saß ich mit Neel im Schoß auf der Veranda. In einem makellosen perlgrauen Anzug, weißem Hemd mit Binder und mit einem blendend weißen Taschentuch in der Brusttasche stand er vor mir. Er hatte sich noch größere Koteletten wachsen lassen. Ich hatte ganz vergessen, wie attraktiv er war, geschmeidig wie ein Wiesel.

»Es scheint also, dass es dir gut geht?«, fragte er. Ohne eine Antwort abzuwarten, fuhr er fort: »Ein bisschen dünner vielleicht, und deine Haut ist von der Sonne ausgedörrt – ganz so wie es einer Lady geziemt –, aber ansonsten scheint deine Eskapade dir nicht geschadet zu haben.« Die letzten Worte spuckte er nahezu aus.

»Eskapade?«

Er lehnte sich gegen die steinerne Balustrade, lässig ein Bein über das andere gekreuzt, die Arme vor der Brust verschränkt, und musterte mich. »Ich will wissen, was genau passiert ist.«

Ich konnte kaum atmen. Bilder von Daoud schwirrten mir im Kopf, seine Hände, die mich berührten, sein Gewicht, erstaunlich leicht, auf meinem Körper. »Aber hat Mrs Partridge dir nicht über alles ...«

»Sie schrieb, dass du ein behelfsmäßiges Gefängnis besuchtest, wo ein Paschtune darauf wartete, gehängt zu werden, nachdem er eine junge Frau vergewaltigt hatte. Das war einen Tag bevor du Mrs Snow dazu überredetest, Simla zu verlassen und zu irgendeinem gottverlassenen Ort zu reiten.«

»Mein Besuch beim Gefängnis hat nichts damit zu tun. Ich bin mit Faith zu einem Picknick aufgebrochen. Dann gerieten wir mitten in die Soldaten, die den entlaufenen Häftling jagten.« Ich traute mich nicht einmal das Wort Paschtune auszusprechen, aus Angst, meine Stimme nicht mehr kontrollieren zu können. »Und Faith ... sie ... ihr Pony ...« Ich brach ab. Auf der nicht enden wollenden Reise von Simla nach Kalkutta hatte ich mir geschworen, niemandem zu erzählen, was ich gesehen hatte, wie Faith aus eigenem Willen durch die Luft segelte, um sich in den Tod zu stürzen. Es war besser, wenn Charles – und alle anderen auch – glaubte, dass es sich um einen Unfall handelte. »Jedenfalls stürzte Faith eine Felswand hinab. Und ich ... der Mann, der entlaufen war, entführte mich.«

»Warum?«

»Ich nehme an, er wollte mich als Geisel gebrauchen. Ich weiß es nicht genau. Schließlich konnte ich mich nicht mit ihm verständigen.« Und so ging das Lügen weiter.

»Und wo bist du all die Wochen gewesen?«

Ich scheuchte Neel auf den Boden und stand auf. »Warum fragst du mich auf diese Weise aus? So kalt, als ob ich mir das, was geschehen ist, ausgesucht hätte. Glaubst du, ich *wollte,* dass man mir eine Kugel in die Schulter jagte – wusstest du überhaupt, dass die Soldaten mich angeschossen haben? – oder dass man mich auf einem wilden Ritt in ein Nomadenlager an einem entfernten Ort irgendwo in den Bergen entführte?«

Somers schwieg, wodurch er es mir noch schwerer machte. Ich spürte, wie sich seine Augen in meine Gedanken bohrten, sahen, wie Daoud und ich auf der Decke unter der Himalayazeder lagen.

»Was hast du all die Zeit in dem Lager gemacht?«

»Ich habe bei einer jungen Frau im Zelt gewohnt, ihr geholfen, die Mahlzeiten zuzubereiten und Wäsche zu waschen, und auf ihr Baby aufgepasst. Nach einer Weile brachte mich einer der Nomadenjungen nach Simla zurück.« Meine Stimme klang unnatürlich laut in meinen Ohren.

»Und was war mit dem Paschtunen, der dich entführt hatte? Und all den anderen Männern?«

»Was soll mit ihnen gewesen sein?«

»Sie waren doch sicherlich erfreut, dich in ihrer Mitte zu haben – eine junge Frau mit blonden Haaren, weicher, weißer Haut.« Er trat auf mich zu. »Hat es dir Spaß gemacht, Linny? Haben sie dich rumgehen lassen, Nacht für Nacht?« Er legte mir eine Hand an den Hinterkopf und grub mir die Finger in die Haare. »Los, erzähl es mir. Sind sie von der Natur ebenso reich ausgestattet wie ihre Pferde? Mögen sie es auf die raue Art?« Seine Finger zogen meinen Kopf an den Haaren zurück, sodass ich gezwungen war, ihm ins Gesicht zu sehen. Seine Stimme war belegt, und ich konnte seinen Tabak- und Whiskeyatem riechen. Er presste sich an mich, und ich fühlte seine Erektion.

Abrupt entwand ich mich seinem Griff. »Hör auf damit, Somers. Niemand hat mich angefasst, niemand hat mir etwas getan.«

»Bist du sicher, Linny? Einmal eine Hure, immer eine Hure. Sicherlich musstest du doch etwas dafür tun, dass man dich am Leben gelassen hat.«

»Nein!«, schrie ich, und er erhob die Hand. »Nein«, sagte ich, leiser diesmal, und senkte den Blick. »Nichts ist vorgefallen, Somers. Nichts«, flüsterte ich.

Ich wusste, worauf er aus war. Er war dabei, sich in Wut und Erregung hineinzusteigern, ein Prozess, der unweigerlich in einen Gewaltausbruch münden würde. Vielleicht wollte er aber auch sein Bild von mir bestätigt haben, um einen Grund zu haben, um mich zu verstoßen. Es würde ein Leichtes für ihn sein, die Leute davon zu überzeugen, was ich in seiner Vorstellung im Nomadenlager getan haben musste, um mich dann in Ungnade hinauszuwerfen. Niemand würde Mitleid mit mir haben, wenn Somers es darauf anlegte, mich als eine gefallene Frau zu verleumden. Sicherlich wurde bereits über mich gemunkelt – an den Docks war ich ein paar Engländerinnen begegnet, die mich kannten. Und natürlich hatten Faith' Tod und mein Verschwinden bereits die Runde in der Society von Kalkutta gemacht. Mindestens einen Monat lang würde es ein Gesprächsthema bei den Dinnerpartys sein. Und wenn Somers noch Öl ins Feuer goss … O ja. Somers kannte Mittel und Wege, und er hatte Freunde, während ich niemanden mehr hatte. Ich wartete noch immer darauf, dass er zuschlug.

Doch er tat es nicht. Er musste meine Kapitulation gespürt haben, meine Lethargie, wusste, dass ich mich nicht zur Wehr setzen würde. Doch das würde ihm keine Befriedigung verschaffen. Er zog die Hand zurück und legte sie an die Seite.

»Jedenfalls hat es sich wieder einmal gezeigt« – er war noch nicht fertig mit mir –, »dass man dir nicht vertrauen kann. Ich werde dich also rund um die Uhr beaufsichtigen lassen müssen. Man schickt dich nach Simla, und schon kommt eine Engländerin wegen dir ums Leben. Und hier verbrüderst du dich mit den Indern. Glaubst du, ich hätte in all der Zeit seit unserer Hochzeit deine geheimen Machenschaften nicht mitbekommen? Ich habe Leute, die mir alles berichten, Linny, Leute, die dich an den unappetitlichsten Orten gesehen haben.«

Ich sah zu Neel hinab.

»Von nun an also nur noch Unternehmungen, die ich billige, damit das klar ist. Du brauchst Disziplin und Grenzen, die man dir setzt. Ich habe dich an einer zu langen Leine gelassen, und damit ist jetzt Schluss. Im Übrigen wird dich, nach dem was geschehen ist, jede andere Frau meiden.« Damit machte er auf dem Absatz kehrt.

Ich rannte in mein Schlafzimmer, öffnete den Schrank und faltete eines meiner geblümten Baumwollkleider auseinander. Darin eingeschlagen war der *chapan*. Ich nahm ihn und vergrub das Gesicht in dem gewebten Wollstoff. Einen Augenblick lang spendete der Geruch Trost, doch dann wurde ich von einer solchen Traurigkeit übermannt, dass ich auf die Veranda vor meinem Schlafzimmer hinausschwankte, so wie Somers, wenn er vom Malariafieber überwältigt wurde. Ich lehnte mich über das breite Steingeländer und würgte, doch es kam nichts. Dann fiel ich auf die Knie und ließ die Gefühle zu, die ich seit dem letzten Morgen in Mahaynas Zelt zurückgehalten hatte.

Auf dem Steinboden lag ich eine Zeit lang auf dem *chapan* eingerollt da und schluchzte. Ich war von tiefem Schmerz erfüllt, darüber, was ich gefunden und wieder verloren hatte. Während ich all die Jahre zuvor nie eine Träne vergossen hatte, konnte ich seit meiner Zeit mit Daoud nicht mehr aufhören zu weinen.

Eine Woche nachdem ich wieder zu Hause war, erwachte ich mit schwerem Kopf von einem Nachmittagsschlaf. Vom heißen Wind wie erschlagen, war ich auf dem Korbsofa auf der Veranda eingeschlafen. Ganz Kalkutta lechzte nach Regen, man sandte hoffnungsvolle Blicke zum Himmel. Ich war träge, die Kleider klebten mir am Körper, und ich dachte an die erfrischende Kühle von Simla und Kaschmir.

Die Gedanken, die dann kamen, konnte ich nicht ertragen, also stand ich auf, um im Garten spazieren zu gehen, wo die netzartigen Schatten der Neem-Bäume die stechenden Strahlen der Sonne nicht abzuhalten vermochten. Unter den Bäumen wuchsen in sorgsam gepflegten Beeten Tabak- und Portulakpflanzen, die robust genug waren, um auch in dieser Hitze zu blühen. Ich schlug die Richtung zum Bungalow der Diener ein, der beinahe ganz überwuchert war von einer heftig sprießenden Jasminhecke, die der *mali* auf mein Geheiß hin wild wachsen ließ.

Ich fragte mich, wie es Maltis Schwester erging. Sie war nun für das Bügeln der Kleidung zuständig, während Lalita, ihrer Tochter, das Glätten des Leinenzeugs oblag – der Bett- und Kissenbezüge, Tischdecken und Servietten.

Der Bedienstetenbungalow war ein solide errichtetes Holzgebäude mit vier Räumen; frisch mit Wasser bespritzte *tatties* bedeckten die Fenster. Eine kleine Elfenbeinstatue von Ganesch thronte auf einem Zedernsims über der Tür. Ich streckte die Hand aus, um die glatte Oberfläche zu berühren – das sollte Glück bringen –, als ich von drinnen ein unterdrücktes Stöhnen hörte.

Ich blickte durch den offenen Eingang und sah Lalita auf der Seite eingerollt auf einem Schnurbett liegen; Schweißperlen glänzten auf ihrer Stirn.

»Lalita?«, sagte ich. »Bist du krank?«

Das Mädchen rappelte sich rasch auf. »Nein, Memsahib«, sagte sie, die Hände vor den Bauch gepresst.

»Soll ich deine Mutter holen?«

»Nein, nein. Meine Mutter hat mich hierher geschickt.« Sie sah elend aus, trat nervös von einem Fuß auf den anderen. »Ich kehre jetzt wieder zu meiner Arbeit zurück, Memsahib. Es geht bestimmt bald vorüber.«

Sie hatte wohl ihre Menstruation. »Nein, Lalita, bleib hier und ruh dich aus.«

»Vielen Dank für Ihr Verständnis, Memsahib. Meine Mutter erledigt meine Arbeit, während ich hier bin.« Sie sperrte ihre großen, braunen Augen auf. »Werden Sie auch Sahib Ingram nichts sagen?«

»Aber natürlich nicht. Bleib so lange hier, bis du dich wieder in der Lage fühlst zu arbeiten.«

Auf halbem Weg zurück zum Haus blieb ich stehen.

Nachdenklich schaute ich zum Bungalow, dann zum Haus. Ich raffte meinen Rock und eilte in mein Zimmer und zu meinem Sekretär, wo ich meinen in Kalbsleder gebundenen Monatskalender herausnahm. Ich schlug ihn auf der Seite des aktuellen Monats auf, blätterte zurück zum vergangenen und dann zum Monat davor.

Als ich mich auf den mit Chintz bezogenen Stuhl fallen ließ, glitt mir das Buch aus den Fingern. Meine Hände zitterten, während ich sie mir gegen den flachen Bauch presste – so wie Lalita es kurz zuvor getan hatte.

Ich erwartete ein Kind von Daoud.

In jener Nacht begann die Regenzeit. Ich saß auf meiner Veranda, blickte in das feine Gewebe aus dampfender Feuchtigkeit und Regen, der zunächst so sanft einsetzte, dass er kaum zu sehen, kaum zu hören war. Doch als die Dunkelheit hereinbrach, steigerte sich der Regen zu einem stetigen Trommeln, um sich dann in mächtigen Rinnsalen in die gebackene Erde zu graben. Noch immer wie unter Schock stehend, ging ich hinaus in den Garten. Was sollte ich tun? Wie konnte ich das Kind austragen? Ich fiel auf die Knie, vor mir eine rasch anschwellende Pfütze, deren Oberfläche vom herabpeitschenden Regen durchlöchert wurde. Ich blickte zum Himmel, ließ es zu, dass die brennenden Fäden mir gegen Augen, Lippen, Hals schlugen. Ich dachte an Faith, die sich und ihr ungeborenes Kind in den Tod gestürzt hatte. Ich dachte an Meg Liston und daran, wie sie das Leben mit allem, was es ihr bot, angenommen hatte. Ich dachte daran, wer ich gewesen war – nicht Miss Linny Smallpiece oder Mrs Somers Ingram, sondern Linny Gow in der Paradise Street; wie entschlossen ich damals gewesen war, mir mein eigenes Leben aufzubauen.

Lange Zeit kauerte ich auf den Knien, bis das Peitschen des Regens nachließ und nur noch das rhythmische Tropfen von den Blättern zu hören war. Die Luft war rein gewaschen, der Mond segelte durch die zerzausten Monsunwolken und beschien die winzigen Seen, die sich in den Mulden der Erde gebildet hatten; es war, als ob Edelsteine um mich herum glitzerten.

Eine Kerze in der Hand, kam Malti, um nach mir zu sehen. Eine leichte Brise ließ die Flamme flackern. »Mem Linny?«, sagte sie, und es war fast nur ein Flüstern. Sie streckte die Hand aus, um mir aufzuhelfen.

Ich ergriff sie, stand auf und hob das Kinn. Ich würde einen Weg finden, um das Kind zu behalten. Das Kind bildete die Brücke zu meinem Erwachen, zum Erwachen meines neuen Lebens. In den wenigen Stunden, seit ich von seiner Existenz erfahren hatte, war mir bewusst geworden, dass ich es lieben und dass es irgendwie meine Rettung sein würde.

Zweiunddreißigstes Kapitel

Eines Tages Ende Juli schloss ich die Eingangstür des Hauses und trat in den glühenden Ofen von Kalkutta hinaus. Ich zog den Tüllschleier von meinem breitrandigen Tropenhelm herab, sodass die obere Hälfte meines Gesichts beschattet war, und spannte den Sonnenschirm auf. Malti folgte mir.

Wir stiegen in die Sänfte, die jetzt jeden Tag vor dem Haus wartete. Somers hatte sie zusammen mit vier *boyees* gemietet; ob Malti und ich nun ausgingen oder nicht, Stunde um Stunde, Tag für Tag wartete die Sänfte im Vorgarten. Die *boyees* hatten strikte Anweisung, mich nur zu den Orten zu bringen, die Somers ausdrücklich abgesegnet hatte – in den *maidan,* zu Taylor's Emporium oder in eine der Villen anderer Engländer, mit denen er verkehrte. An diesem Tag wies ich die Jungen an, mich zum Club zu bringen, wo ein Treffen der Damensektion der Botanischen Gesellschaft abgehalten wurde. Somers hatte ich erzählt, dass ich in Erwägung ziehe, der Gesellschaft beizutreten, eine Lüge.

Seit ich aus Simla zurück war, hatte ich einem Treffen beigewohnt, doch hatte ich mich angesichts der neugierigen Blicke der anderen Frauen unwohl gefühlt. Ein paar Mädchen, die ich aus der ›Fischereiflotte‹ kannte, hatten mir zögerlich zugelächelt und sich erkundigt, ob ich mich wieder erholt habe – niemand wagte es, das auszusprechen, was mir, wie sie vermuteten, in Simla zugestoßen sein musste. Als ich die ehrliche Anteilnahme in den Augen einer Frau sah, nachdem ich ihr versichert hatte, dass es mir gut gehe, war ich verblüfft. Offensichtlich waren das Lächeln, das ich auf manchen Gesichtern sah, die Versuche, sich mit mir zu unterhalten, und die wenigen Einladungen, die seit meiner Rückkehr eingingen, tatsächlich Anzeichen der Akzeptanz und der Freundschaft mir gegenüber. Vielleicht gab es eine Frau hier – oder auch mehrere –, die meine Freundin hätte werden können, doch ich stieß sie zurück.

Es war, als ob mir alles in einem neuen Licht erschien, und ich wusste, es lag daran, dass etwas von mir abgefallen war, eine Angst, die es mir unmöglich gemacht hatte, den Engländern ohne Misstrauen zu begegnen. Mir wurde bewusst, dass ich diejenige gewesen war, welche eine Schranke zwischen mir und den anderen aufgebaut hatte – um mich zu schützen, in der Gewissheit, dass jeder meiner Schritte beobachtet und beurteilt wurde.

Doch nun war nicht die Zeit, um sich über die anderen englischen Damen den Kopf zu zerbrechen. Jetzt ging es um eine schwerer wiegende Angelegenheit.

Als wir beim Club ankamen, blieb Malti in der Sänfte sitzen, um auf mich zu warten. »Das Treffen dauert etwa eine Stunde, und hinterher werden Erfrischungen gereicht, was nochmals eine Stunde dauern wird«, sagte ich zu ihr.

Ich betrat das Gebäude, durchquerte die Eingangshalle, folgte einem langen Korridor und schlüpfte durch eine Hintertür wieder hinaus. Als ich eine Woche zuvor in der Bibliothek gewesen war, hatte ich den Hintereingang entdeckt. Ich spannte den Sonnenschirm auf und betrat mit gesenktem Kopf die Straße, wo ich einem vorbeikommenden Rikschaführer ein Zeichen machte. Der *dschampani* war ein dürrer, kleiner, schweißbedeckter Mann, dessen verhutzeltes, braunes Gesicht einer Walnussschale ähnelte. Er kam herüber, ich sprach ein paar Worte in Hindi mit ihm und stieg dann in die wackelige Kiste, wo ich mich auf das harte Brett niederließ, das zwischen die zwei Seitenwände genagelt war. Der Träger nahm die beiden Zugstangen auf und rannte los, um mich immer weiter in das Gewirr enger Straßen zu bringen; hie und da musste er den von Wasserbüffeln gezogenen Karren und heiligen Bullen ausweichen, deren Stirn mit *kumkum* und deren Hals mit Jasmingirlanden geschmückt waren. Die uralten Straßen schlängelten und bogen sich – ein wie absichtlich errichtetes Labyrinth, um böse Geister in die Irre zu führen, die sich Kalkuttas Innenstadt nähern wollten.

Der Mann rannte durch stinkende Gassen, gewandt anderen Rikschas, Ziegen, Hunden und Hühnern ausweichend. Babys weinten, Kinder lachten und schrien, Frauen und Männer redeten in einem Sperrfeuer verschiedener Dialekte aufeinander ein. Bettler und Krüppel bevölkerten die engen Gassen; immer wieder versuchte jemand, an meinem Rock zu ziehen, als die Rikscha vorüberrollte. Die Rinnsteine quollen über von Essensabfällen sowie tierischen und menschlichen Exkrementen. Ein kleines Kind, nicht älter als drei, hielt ein totes, steifes Kätzchen im Arm, das von Maden übersät war. Mein Körper wurde von jedem Schritt, den der Rikschaführer machte, erschüttert.

Es wird dir nicht übel werden, befahl ich mir. Mein Magen rebellierte. Ich wünschte, ich hätte eines der *poppadums* gegessen, die Malti mir zusammen mit dem Kamillentee serviert hatte. Doch um diese Uhrzeit konnte ich nichts zu mir nehmen, nicht einmal einen Schluck kühlen Tee. Da die Rikscha keine Bedeckung hatte und der beißendheiße Wind, wann immer wir eine Kreuzung überquerten, Wolken von rotbraunem Staub aufwirbelte, war es unmöglich, meinen Sonnenschirm aufgespannt zu lassen. So brannte die Sonne erbarmungslos auf meinen Tropenhelm herab.

Irgendwann bewegten sich die geäderten Beine des Rikschaführers langsamer, und ich sah, dass wir die Elendsviertel verlassen hatten und in eine ruhigere Gegend gelangten. Nach dem Dreck und Gestank, den wir durchquert hatten, boten die kleinen Holzhäuser mit den winzigen Vorgärten einen erfrischend sauberen Anblick.

Jedes der Häuser sah ich mir sorgfältig an, bis ich eines entdeckte, das mit einer Ranke aus japanischem Geißblatt überwuchert war. Ich ließ den *dschampani* anhalten, doch als ich aus dem wackligen Gefährt ausstieg, musste ich mich an der splittrigen Seite festklammern, um nicht das Gleichgewicht zu verlieren.

Nachdem das Klingeln in meinen Ohren nachgelassen hatte, sah ich den Rikschaführer fragend an, und er nannte mir einen Preis. Mir fiel auf, dass das Weiß seiner Augen gelblich verfärbt war und seine Haut über den mageren Wangenknochen spannte, und ich bezahlte, ohne zu handeln. Sichtlich verwirrt starrte er auf die überzähligen Münzen in seiner Hand, dann sah er mich an.

Ich ging zum Eingang und rief leise durch die Matte, welche die Türöffnung bedeckte: »Nani Meera?« Als eine sanfte Stimme antwortete, bog ich die Matte zur Seite und ging hinein. In dem abgedunkelten Raum war es beinahe kühl. Einen Moment lang konnte ich kaum etwas erkennen bis auf eine Bewegung an der einen Seite des Zimmers. Nachdem sich meine Augen an das schummrige Licht gewöhnt hatten, sah ich eine schöne, junge Frau in einem glänzenden, türkisfarbenen Sari, die mit gekreuzten Beinen auf dem mit sauberen Matten ausgelegten Boden saß. Ein pummeliges, kleines Mädchen lag in ihrem Schoß, das bis auf eine Talismankette um die Taille nackt war. Die Augen des Babys waren mit Kajal betont, sodass sie in dem Gesichtchen riesig wirkten. Während die Mutter mit kreisenden Bewegungen Öl in den kleinen Körper massierte, hielt das Baby vollkommen still. Die Frau sah mich fragend an.

»Ich hoffe, Nani Meera hier anzutreffen«, sagte ich in Hindi. »Man hat mir nur gesagt, sie wohnt in einem Haus mit Geißblatt.«

»Sie sind am richtigen Ort«, antwortete die Frau auf Englisch. »Nani kommt jeden Augenblick zurück. Bitte nehmen Sie Platz.« Sie wandte sich wieder dem Baby in ihrem Schoß zu.

»Danke.« Ich setzte mich in einen der bequemen Korbsessel, die mit weichen Kissen gepolstert waren, und fragte mich, wie es kam, dass diese junge Frau so fließend Englisch sprach.

Ein leichter Duft nach Sandelholz stieg mir in die Nase.

Neben einem der zahlreichen schmalen Fenster hing ein Glockenspiel, das aus mehreren Messingstäben sowie ovalen, blauen Glasperlen bestand. Wann immer ein Luftzug durch die Jalousien wehte, erklang ein zartes, zerbrechliches Gebimmel. In der Mitte der mit Vögel- und Blumenschnitzereien verzierten niedrigen Teakholztruhe vor den beiden Sesseln stand eine getöpferte Schüssel, die mit Kieselsteinen gefüllt war; dazwischen wuchsen Narzissen, die in orangefarbener Pracht blühten. Eine Türöffnung, die mit einem Vorhang aus bernsteinfarbenen Glasperlen verhängt war, führte zu einem angrenzenden Raum. Daneben stand ein hoher Schrank, ebenfalls aus Teakholz, der bis auf zwei Griffe aus Elfenbein in Gestalt zweier winziger Affen unverziert war.

Dem Baby fielen vor Wohlbehagen immer wieder die Augen zu. Als die Frau mir den Blick zuwandte, sah ich, dass ihre Augen von einem bemerkenswerten Lila waren, das auf die gleiche milchige Art schimmerte wie die Blütenrispen des Chinabeeren-Baums im Garten. Ich lächelte ihr matt zu, während ich noch immer gegen die aufsteigende Übelkeit ankämpfte, als der Perlenvorhang vor der Tür mit einem melodischen Klirren geteilt wurde. Eine große, schlanke Frau in einem blendend weißen Sari, der nur von einem einzigen längs verlaufenden Goldfaden durchbrochen war, betrat den Raum. Nicht mehr jung, hatte sie noch immer eine stolze Haltung – das Kinn erhoben, den Rücken gerade.

Ich stand auf, legte die Hände senkrecht vor der Brust aneinander und neigte den Kopf. Die Frau grüßte ebenfalls mit dem rituellen *namaste,* und ich sah, dass ihre Handflächen mit Henna gefärbt waren.

»Ich bin Linny Ingram«, sagte ich in Hindi. »Und Sie sind Nani Meera?«

Die Frau nickte. »Die bin ich«, erwiderte sie auf Englisch, wie die junge Frau zuvor.

»Charles hat mir von Ihnen erzählt«, sagte ich.

Ein Lächeln erhellte ihr Gesicht. »Ah.« Dann wurden ihre Züge traurig. »Er hat so wenig Glück gehabt. Und Faith, sein kleiner, roter Nestling. Ich habe gesehen, wie krank ihr Geist war, und versucht, mit Charles darüber zu reden, doch er wollte nichts davon wissen.« Ihre Stimme hörte sich an wie das sanfte Flüstern des Windes, wenn er über das Gras streicht.

Einen Moment lang schloss ich die Augen. Zu hören, dass auch sie gewusst hatte, dass Faith krank war, tröstete mich ein wenig.

Ein paar Sekunden standen wir uns schweigend gegenüber, als würden wir Faith unseren stillen Tribut zollen. Ich ergriff als Erste wieder das Wort. »Ich habe Charles gestern gesehen.«

»Er leidet schrecklich und kommt oft vorbei, auch wenn ich kaum etwas tun kann, um ihn zu trösten.«

Es war schwer gewesen, hinter Somers' Rücken Charles zu treffen, doch nach einer ausgefeilten Planung und einem ausgeklügelten Austausch von Nachrichten war es mir dann doch gelungen. Charles hatte mich in einer zu dieser Tageszeit kaum besuchten Teestube erwartet, die von den niedrigen Beamten frequentiert wurde. Kaum sahen wir uns an, strömten auch schon die Tränen.

Charles war dünn geworden, seine zerknitterten Kleider schlotterten ihm um den Körper. Sein Haar sah ungekämmt aus, sein Gesicht unrasiert. Nachdem wir uns wieder einigermaßen gefasst hatten, führte er mich zu einem Tisch am Fenster. Augenblicklich nahm er meine Hände in die seinen und bat mich, ihm jede Einzelheit meiner gemeinsamen Zeit mit Faith in Simla zu erzählen. Ich bemühte mich, ihn mit glücklichen Erinnerungen aufzuheitern, doch wusste ich, dass allein meine Anwesenheit schmerzhaft für ihn sein musste. Ich erzählte ihm, dass kein Tag verging, ohne dass sie nicht mit großer Liebe von ihm sprach, davon, dass sie ihr ganzes Leben mit ihm zusammen verbringen wollte. Charles zuliebe hatte ich mir diese halbe Wahrheit zurechtgelegt. Ich wusste, dass ich Faith' Geheimnis nicht verraten durfte – dass sie sein Kind erwartet hatte –, denn diese Nachricht würde ihn nur in noch größere Verzweiflung stürzen. Er bedrängte mich, ihm die Umstände ihres

Todes in allen Einzelheiten zu berichten, denn er könne nicht eher Ruhe finden, als bis er alles wusste. Also spann ich mein Gespinst aus Halbwahrheiten und Lügen weiter und versicherte ihm, dass Faith nicht gelitten habe, dass sich der Sturz blitzschnell ereignet habe und dass sie augenblicklich tot gewesen sei – dass sie zuvor gesungen und den Ritt genossen habe.

Zum Schluss bat ich ihn, mir die Adresse von Nani Meera zu geben. Er fragte mich weder, wie ich von ihr wusste, noch was ich von ihr wollte.

Als wir uns verabschiedeten und ich in seine schimmernden Augen sah, wusste ich ebenso wie er, dass es besser war, wenn wir uns vorerst nicht mehr trafen.

Nani Meera wandte sich an die junge Frau. »Yali, würdest du für Mrs Ingram etwas Melone holen, bitte?«

Wortlos erhob sich die Frau und verschwand mit dem Baby durch den bernsteinfarbenen Perlenvorhang. Dem Klimpern der Glasperlen folgte gleich darauf das leise Klirren von Geschirr.

»Und was führt Sie zu mir, Mrs Ingram?« Nani Meera setzte sich in den zweiten Korbsessel und bedeutete mir, ebenfalls wieder Platz zu nehmen.

»Bitte nennen Sie mich Linny.« Ich rutschte auf die Stuhlkante und spielte mit der Fransenborte aus schwarzer Seide, die das Polster schmückte. »Es fällt mir nicht leicht, über die Angelegenheit zu reden«, fuhr ich nach einer Pause fort. »Ich habe mit niemandem davon …« Als Yali mit einem Tablett zurückkam, unterbrach ich mich. Auf einem weißen Teller waren saftige, purpurrote Melonenscheiben angerichtet und auf einem anderen mit Zuckerguss überzogene Plätzchen.

»Fahren Sie ruhig fort. Yali ist meine Assistentin und meine Tochter«, sagte Nani Meera lächelnd. Die junge Frau lächelte ebenfalls und stellte das Tablett auf der Teakholztruhe ab, ehe sie sich wieder zurückzog. Erneut ertönte von der anderen Seite des Glasperlenvorhangs das ruhige Klappern von Geschirr.

»Bitte, seien Sie versichert, Linny, dass es kaum etwas

gibt, das ich noch nicht gehört habe, und dass ich niemanden verurteile.« Sie sah mir in die Augen. »Sind Sie gekommen, weil Sie das Kind nicht austragen wollen, das unter Ihrem Herzen wächst?«

Ich öffnete den Mund, und meine Hände fassten unwillkürlich zum Bauch. »Nein.« Ich sah hinab, dann wieder zu der Frau. »Aber man sieht es doch nicht. Noch nicht?«

»Beruhigen Sie sich. Es ist meine jahrzehntelange Erfahrung. Ich sehe, was andere nicht sehen. Ist das Kind also gewünscht?«

»Ja.« Instinktiv hatte ich Vertrauen zu ihr. »Aber es ist nicht von meinem Mann.«

»Sind Sie sicher?«

»Ja.«

»Weiß Ihr Mann, dass Sie schwanger sind?«

»Nein. Und das darf er auch nicht. Noch nicht.«

»Wie kann ich Ihnen dann helfen?«

»Ich will, dass mein Mann denkt, dass es sein Kind ist. Eine andere Möglichkeit gibt es nicht.«

»Und der Vater des Kindes?«

Ich nahm einen tiefen Atemzug. »Er ist … aus einer ganz anderen Welt. Wir werden uns nie mehr sehen. Mein Mann weiß nicht, dass er existiert.«

»Wenn Ihr Mann nichts von diesem anderen Mann weiß, wo ist dann das Problem? Warum lassen Sie ihn dann nicht einfach in dem Glauben, es sei sein Kind?«

Ich starrte auf die Elfenbeingriffe in Gestalt zweier Affen an der Schranktür. »Mein Mann berührt mich nicht. Er sucht seine Befriedigung bei Männern. Unsere Ehe ist nie vollzogen worden.« Diese Frau hatte etwas an sich, das mir die Wahrheit leichter über die Lippen kommen ließ, als ich es je für möglich gehalten hätte.

Nani Meeras Blick wanderte von meinen Haaren über das Gesicht zu meinen Händen, die im Schoß verschränkt lagen. Ich hielt sie ganz ruhig.

»Ist sein *lingam* bei Ihnen kraftlos?«

»Ja, es sei denn …«

Sie wartete geduldig, dass ich weitersprach.

»… wenn er mir wehtut – wenn er mich schlägt, will er mich auf brutale Weise nehmen, aber er schafft … es nicht.«

Sie nickte und rieb sich mit dem Zeigefinger das Kinn. »Ich glaube, es gibt einen Weg, wie ich Ihnen helfen kann, aber der Rest liegt natürlich bei Ihnen.« Sie ging zu dem hohen Schrank hinüber und öffnete die Tür, ehe sie die Finger über die Reihen kleiner Schubladen gleiten ließ, die mit unverständlichen Zeichen beschriftet waren. »Es gibt zahlreiche Kräuter und heilige Pflanzen in Indien. Einige davon können entweder zum Nutzen oder zum Schaden eingesetzt werden.« Ihre Finger hielten an einer Schublade inne, sie zog sie auf und holte eine lange, flache Blechdose heraus. Sie öffnete die Dose und entnahm ihr eine große Prise eines braunen Pulvers, die sie in die Mitte eines Leinentuchs gab.

»Was ist das?«

»Das ist *bhan,* ein mildes Aphrodisiakum, das aus Hanfsamen hergestellt wird und die sexuelle Potenz verlängert.« Damit zog sie eine andere Schublade auf und entnahm ihr ein weiteres Mittel. »Das ist pulverisierter Samen des Banyan-Baums, ebenfalls ein Aphrodisiakum. Und ich füge noch ein weiteres hinzu.« Sie zog eine andere Schublade auf. »Nur eine winzige Prise von den pulverisierten Blättern des Datura, denn in größeren Dosen wirkt es als starkes Beruhigungsmittel, man muss es also mit großer Umsicht verwenden.« Sie schlug die Zipfel des Tuchs zusammen und verknotete sie, ehe sie es mir reichte.

Ich starrte auf das Leinensäckchen.

»Sie müssen sicherstellen, dass Ihr Mann die ganze Mischung auf einmal einnimmt. Ich nehme an, dass er als Engländer Alkohol trinkt?«

Ich nickte.

»Streuen Sie das Pulver in seinen Drink und rühren ihn gut um. Er wird es nicht merken, und der Alkohol wird den Effekt noch verstärken. Kurz nachdem er es ausgetrunken hat, müssen Sie ihn dazu bringen, dass er das Stadium der Erregung erreicht, von dem Sie sprachen. Er wird vielleicht ein wenig durcheinander sein, aber er wird seine Aufgabe mit Kraft erfüllen, vielleicht sogar mehr als einmal.«

Wieder nickte ich.

»Sind Sie am Anfang Ihrer Schwangerschaft? In der sechsten oder siebten Woche?«

»Ja.«

»Sie müssen darauf achten, sich nicht zu überanstrengen, sodass Sie nicht zu früh niederkommen, wie es den Engländerinnen hierzulande oft passiert. Wenn Sie anderthalb Monate zu früh gebären, ist das noch immer im üblichen Rahmen, doch wenn das Kind sehr viel früher und gesund und munter zur Welt kommt, wird auch der naivste Mann Verdacht schöpfen.« Sie sah mir in die Augen. »Sie sagten, der Vater des Kinds gehöre einer anderen Welt an. Wenn er Inder ist, dann wissen Sie sicherlich, dass das Kind möglicherweise …«

»Er ist kein Inder«, unterbrach ich sie. Daouds schwarzes Haar und seine dunklen Augen kamen mir in den Sinn, doch auch die Blässe seiner Haut an den Teilen seines Körpers, die nicht der Sonne ausgesetzt waren. Ich konnte einfach nur beten, dass die physischen Merkmale des Babys nicht zu verräterisch sein würden. Dabei versuchte ich mich mit dem glücklichen Umstand zu trösten, dass Somers ebenfalls schwarze Haare und dunkle Augen hatte.

»Gut. Wie sind Sie hierher gekommen?«, fragte sie.

»In einer Rikscha. Anders ging es nicht, da mein Besuch geheim bleiben muss.«

»Eine offene Rikscha ist in der Mittagshitze nicht empfehlenswert. Ich werde Yali bitten, Ihnen eine Sänfte mit Baldachin kommen zu lassen.« Sie teilte den Glasperlenvorhang und ging in den angrenzenden Raum, von wo ein leises Gemurmel zu hören war; mit einem großen Glas dünner, weißer Flüssigkeit kam sie zurück: »Kokosnussmilch.«

Ich nippte an dem süßen Getränk. »Ihre Tochter ist sehr schön. Sie hat Augen, wie ich sie noch nie gesehen habe.«

»Ihr Vater war der Besitzer einer Teeplantage in der Nähe von Darjeeling«, erklärte sie.

»Ihr Mann?«

Nani Meera lächelte. »Nein. So wie Sie, Linny, habe auch ich einen Mann aus einer anderen Welt geliebt.« Sie nahm wieder Platz. »Ich war die *ayah* seiner Kinder, während ich mir gleichzeitig das Wissen einer Medizinfrau aneignete. Seine Frau fiel der Krankheit zum Opfer, an der so viele Engländerinnen hier leiden, so wie Faith auch. Mit der Zeit wurde ich zu seiner … Gefährtin.«

Als Yalis Baby im Zimmer nebenan einen Laut von sich gab, blinzelte Nani Meera. Dann sah sie auf das Glas in meiner Hand. »Trinken Sie. Es wird Ihnen gut tun.« Ihre Hände ruhten in ihrem Schoß. »Schließlich brachte ich Yali zur Welt. Auf der Plantage lebten ein englischer Aufseher und seine indische Frau. Kurz nach Yalis Geburt gebar dessen Frau einen Sohn, doch sie starb bei der Geburt. Ich nahm das Kind als Yalis Milchbruder auf und habe es lieben gelernt, als wäre es mein eigenes.« Sie lächelte mir zu. »Es war natürlich Charles.«

Als die Türglocke bimmelte, wanderte ihr Blick zum Eingang. »Kommen Sie«, sagte sie und erhob sich. Sie reichte mir die Hand. »Ihre Sänfte ist da.«

Ich stellte das leere Glas auf die Truhe, nahm ihre Hand und drückte sie. »Danke, Nani Meera«, sagte ich und griff nach meinem Retikül. »Sagen Sie mir, was ich Ihnen schulde.« Ich öffnete das Stoffportemonnaie und nahm ein paar Münzen heraus.

Aber die Frau schüttelte den Kopf. »Das ist ein Geschenk von mir, weil Sie Charles' Freundin sind. Ich wünsche Ihnen viel Erfolg bei der Ausführung Ihres Plans«, fügte sie hinzu und zog die Matte vor dem Eingang zur Seite. »Ich hoffe, dass das Mittel wirkt.«

»Meine Zukunft – und die Zukunft meines Kindes – hängen davon ab«, sagte ich.

Dreiunddreißigstes Kapitel

Als ich in der Sänfte von Nani Meeras Haus zurück zum Club getragen wurde und von dort aus nach Hause, hatte ich das Gefühl, dass jede einzelne Minute eine Zeitverschwendung war. Es war ein Wettlauf mit der Zeit. Was, wenn Somers am nächsten Tag ankündigen würde, dass er für mehrere Wochen verreisen wolle, so wie er es schon oft getan hatte? Dann wären alle meine Bemühungen vergebens. Ich musste noch an diesem Abend, nach dem Essen, handeln.

Als Somers sein Dessert aß, betrat ich das Speisezimmer, in den Händen ein Tablett mit einem zu drei Vierteln gefüllten Glas. Im gleichen Moment stand Somers auf.

»Der *khitmutgar* hat dir deinen Brandy vorbereitet«, sagte ich und reichte ihm das Glas. Mein Blick fiel unwillkürlich auf den Schritt seiner Hose: Ich wusste, was ich zu tun hatte, um seine Männlichkeit zum Leben zu erwecken. Als ich an die physische Gewalt dachte, die mich erwartete, falls Somers die erhoffte Reaktion zeigte, spürte ich, wie sich mir die Kehle zuschnürte … doch dann wurde diese Angst von einer anderen überlagert: dass das Mittel keine Wirkung zeigen würde.

Er nahm das Glas und sah mich an. »Bist du neuerdings unter die Diener gegangen?«

Ich schnalzte ärgerlich mit der Zunge. »Ich habe den *khitmutgar* in der Eingangshalle getroffen und dachte, dir einen Gefallen zu tun, Somers.«

Er nahm einen großen Schluck. »Einen Gefallen? Seit wann spielst du die pflichtbewusste Ehefrau? Bisher hast du keine besonderen Anstrengungen unternommen.«

Es würde einfach werden, das spürte ich. Seit meiner Ankunft aus Simla juckte es ihn in den Fingern, mich zu schlagen. »Was für ein Idiot du bist«, sagte ich, indem ich die Hände in die Hüften stemmte – die Liverpooler Hure herauskehrend. »Du wirst mir nie eine Chance geben, nicht wahr? Du bist nichts als ein arroganter Narr, dem ich es nie recht machen kann, egal, welche Anstrengungen ich unternehme.«

Er stürzte den Rest seines Glases hinunter und stellte es unsanft auf den Tisch. Ich sah, wie seine Augen glitzerten, auf die gleiche Weise, wie Neels Augen, wenn ich seinen Lieblingsball aufnahm. »Wie kannst du es wagen? Hast du vergessen, woher du kommst? Was ich für dich getan habe?« Er wischte eine Haarsträhne zurück, die ihm in die Stirn gefallen war, und fuhr sich mit den Fingerspitzen über den Schnurrbart. Ich sah, dass seine Hand zitterte. *War es möglich, dass das Mittel so rasch wirkte?*

»Ich habe deine tyrannische Art satt, Somers. Du schreibst mir jeden Schritt vor, den ich außer Haus mache. In Zukunft werde ich gehen, wohin ich will.« Ich sagte es mit meiner Paradise-Street-Stimme, die mir noch immer leicht über die Lippen kam.

Er kniff die Augen zusammen, doch ich sah, dass seine Pupillen geweitet waren. *Ja. Er war bereit.* Seine Hände waren zu Fäusten geballt.

»Fass mich nicht an«, sagte ich mit einem herausfordernden Lächeln. »Wag es nicht, mich zu berühren.«

Diese Drohung brachte das Fass zum Überlaufen. Rückwärts ging ich aus dem Esszimmer, drehte mich auf der Schwelle um und rannte den Flur entlang in mein Zimmer. Dort angekommen, schlug ich die Tür hinter mir zu und lehnte mich dagegen. »Geh hinaus«, befahl ich dem *punkah-wallah,* der sofort auf die Veranda floh. Mit voller Wucht warf sich Somers gegen die Tür, sodass ich zu Boden geschleudert wurde. Breitbeinig stand er über mir.

»Undankbare Hure«, murmelte er. Er zog das Jackett aus und legte es über eine Stuhllehne. Dann streifte er den goldenen Ring vom Finger, steckte ihn in die Westentasche und rollte die Ärmel seines Hemdes auf. Dann nahm er Neels lange Lederleine, die auf dem Ankleidetisch lag, und kam wieder auf mich zu.

»Nein, Somers! Bitte tu mir nicht weh!«, zwang ich mich auszurufen.

Er wickelte das Ende der Leine um die Hand. Ich rappelte mich vom Boden auf und warf mich mit dem Gesicht nach unten auf mein Bett, und schon sauste die Lederleine durch die Luft. Er murmelte etwas, doch ich konnte ihn nicht verstehen. Als die Leine auf meinen Hüften aufschlug, wurde der Schlag durch die Schichten meiner Kleider etwas abgefangen. Je mehr ich schrie und um Gnade bat, desto wütender peitschte die Leine auf mich herab. Schließlich warf er mich auf den Rücken, und ich sah, dass sein Hosenschlitz aufgeknöpft war. Im nächsten Moment bog er mit Gewalt meine Knie auseinander, schlug Rock und Petticoats hoch und zerrte an meiner Unterhose. Dann packte er sein Glied in einer Mischung aus Überraschung, Triumph und Begierde und rammte es in mich. Es fühlte sich an, als ob ich auseinander gerissen würde. »Ist es das, was dir gefällt, hm?«, fragte er, meine Schultern mit den Händen festklammernd, während er heftig in mich stieß. »Das hast du doch vom ersten Moment an gewollt, als du mich gesehen hast, nicht wahr, du Hure?«

Er schloss die Augen und hob das Kinn, während er so heftig in mich stieß, dass ich um die Gesundheit des Babys fürchtete – doch wusste ich, dass ich ihn nicht aufhalten durfte. Als würden seine Kräfte nie nachlassen – so wie Nani Meera es gesagt hatte –, stieß er immer weiter in mich, mit vor Anstrengung zitternden Händen, die sich krampfhaft um meine Schultern klammerten. Während ich darauf wartete, dass er endlich zum Höhepunkt kam, schloss ich die Augen und versuchte den Ort in meinem Kopf zu finden, in dessen Obhut ich mich in all den Jahren in Liverpool immer geflüchtet hatte. Aber ich fand ihn nicht mehr. Es gelang mir nicht wie früher, mich in die Lüfte zu erheben und wegzufliegen, meinem Körper zu entfliehen. Ich wurde nicht länger beschützt von meiner inneren Rüstung, die mich damals unversehrt gelassen, die es mir erlaubt hatte, so zu leben, wie ich es musste, zuerst als Kind und dann als junge Frau.

Nun wusste ich, was dieser Akt bedeuten konnte. Durch Daoud hatte ich unermessliche Zärtlichkeit und Freude darin erfahren. Somers' bestialische Art hingegen war die schlimmste Vergewaltigung, die ich jemals erlitten hatte. Nie mehr seit jenem ersten Mal, als mein Vater mich an Mr Jacobs verkaufte, hatte ich mich so geschändet gefühlt. Es war, als ob mich Daouds Art, mich zu lieben, wieder gereinigt, alle schrecklichen Erinnerungen getilgt hätte. Ich biss mir auf die Unterlippe, bis ich Blut schmeckte, während ich Somers' rasendes Stoßen über mich ergehen ließ. Irgendwann – ich hatte das Gefühl nach einer Ewigkeit – spürte ich, wie er sich anspannte, um dann grunzend und schwer und unter heftigen Zuckungen über mir zusammenzubrechen, während er mir seinen Atem scharf ins Ohr blies. Schließlich lag er still da, und sein Atem beruhigte sich, bis ich nichts mehr vernahm.

Ich versuchte, mich unter seinem Gewicht zu bewegen, aber er war noch schwerer geworden, seltsam schlaff lag er auf mir, und noch immer konnte ich ihn steif in mir fühlen. *Was, wenn er tot ist? Was, wenn Nani Meera zu viel von dem Datura beigemischt und ich ihn umgebracht habe?*

»Somers«, sagte ich und stemmte mich mit den Händen gegen seine Brust. »Somers!« Ich schlug ihm ins Gesicht, woraufhin er einen Laut ausstieß. Seine Lider flatterten. »Steh auf«, sagte ich mit leiser, kalter Stimme. »Steh auf und mach, dass du hier rauskommst.«

»Was?«, flüsterte er und öffnete die Augen. Seine Pupillen waren geweitet und tiefschwarz, sein Gesicht war von unnatürlichem Rot.

»Du hast dein Vergnügen gehabt, geh jetzt.«

Er setzte sich auf, betrachtete mein Kleid und die Schicht Petticoats, die sich um meine Hüfte bauschten, die zerrissene Batistunterhose, die verwickelt an einem Bein hing. Mein Haar, das mir in Strähnen ins Gesicht hing.

Er stemmte sich vom Bett hoch, löste hastig die Leine, die immer noch um seine Hand gewickelt war, und ließ sie zu Boden fallen. Schwerfällig zog er Unterhose und Hose hoch und knöpfte sich mit zittrigen Fingern den Hosenschlitz zu. Er versuchte, etwas zu sagen, doch er brachte nur ein Krächzen hervor, dann leckte er sich die Lippen und räusperte sich. »Also bist du doch nicht aus Stahl, wie es den Anschein hatte«, sagte er. »Ich habe dich zum Weinen gebracht.«

Ich befühlte meine Wangen. Sie waren nass. Meine Lippen schmeckten salzig.

»Du solltest mich nicht wütend machen, Linny, vielleicht war dir das eine Lehre.«

Ich zog den Rock über die Beine und drehte mich auf die Seite. »Ich brauche Malti«, sagte ich ruhig, »schick Malti zu mir. Ich will ein Bad nehmen und mich von deinem Schleim reinigen.«

Dann ging er und kam erst spät am folgenden Abend mit blutunterlaufenen Augen und zerknitterten Kleidern zurück. Für den Rest der Woche sprachen wir kein Wort.

In der ersten Septemberwoche saß ich im rissigen Ledersessel vor Dr. Haverlocks Schreibtisch. Er war ein alter Mann mit wässrigen Augen und Fettflecken auf Jackett und Schleife. Der Farbe seiner Haut nach zu schließen hatte er Gicht. Mit einem kleinen Skalpell säuberte er sich die Fingernägel. Seit mehr als zwanzig Jahren war er einer der Ärzte der englischen Gemeinde in Kalkutta, wie Mrs Waterton mir erzählt hatte, als ich ihr anvertraute, dass ich einen Arzt aufsuchen müsse.

Mit glühenden Wangen nahm sie meine Hand. »Ist es …?«

»Ich glaube, ja«, sagte ich.

Sie sah entzückt aus. Tatsächlich war sie eine der wenigen Frauen, die mich nach wie vor zum Tee zu sich nach Hause einlud. Trotz der Aufregung, die ich ihr beschert hatte, schien sie einen Narren an mir gefressen zu haben. »Ich hatte mir bereits Sorgen gemacht, denn dieses Klima erschwert es so mancher Frau. Sie müssen sehr auf sich Acht geben, damit Sie sich nicht überanstrengen. Wenn ich an Ihrer Stelle wäre, würde ich mich ins Bett legen und dort bleiben, bis es so weit ist.«

Nun lehnte sich Dr. Haverlock in seinem durchgesessenen Sessel zurück. »Wie kann ich Ihnen helfen?«

»Seit einiger Zeit ist mir morgens schrecklich übel.« Ich blickte auf den Schoß und senkte die Augenlieder. »Und manchmal fühle ich mich ohne ersichtlichen Grund so benommen. Heute Morgen zum Beispiel, als ich den gebratenen Speck roch, den mein Mann zum Frühstück aß ...«

»Natürlich«, fiel er mir ins Wort. »Wahrscheinlich ist ein Kind unterwegs.« Er nahm eine große Prise Schnupftabak aus einem lackierten Döschen auf seinem Schreibtisch und sog das Pulver schniefend ein. »Ihr erstes?«

Ich nickte.

»Haben Sie irgendwelche Fragen?«

Ich schüttelte den Kopf. »Aber ... werden Sie mich nicht ... untersuchen?«

»Dafür besteht kein Grund. Die Symptome sprechen für sich. Wir werden uns nur anschauen, wann es auf die Welt kommen wird. Wann war Ihre letzte Regel?«

Wieder senkte ich den Blick. »Anfang Juli«, log ich.

Der alte Mann studierte einen abgegriffenen Kalender. »Achten Sie auf Anzeichen Ende März.« Damit erhob er sich, richtete sich ächzend auf und zog eine Silberuhr aus seiner Westentasche. Er klickte den Deckel auf und hielt sich das Zifferblatt vor die Augen. »Das wäre es dann, Mrs ... Wie war gleich der Name?«

»Ingram. Mrs Somers Ingram.«

Das Gesicht von Dr. Haverlock hellte sich auf, und er sah mich zum ersten Mal, seit ich sein Zimmer betreten hatte, mit Interesse an. Er klopfte sich Schnupftabak vom Ärmel. »Ah, Somers Ingram. Gut, gut, ich nehme an, Ihr Gatte wird sich glücklich schätzen, wenn er die Nachricht vernimmt, was?«

»Ja.« Ich nahm Handschuhe und Retikül und ging zur Tür. Dr. Haverlock folgte mir.

»Wenn Sie irgendwelche Beschwerden haben, kommen Sie wieder vorbei«, sagte er, und seine Stimme klang jetzt wärmer, nachdem Somers' Name gefallen war. »Ruhen Sie sich so viel wie möglich aus. Kein gewürztes Essen, keine Aufregung oder Hysterie, und in ungefähr siebeneinhalb Monaten wird alles vorüber sein.« Er lächelte mir väterlich zu, tätschelte mir die Schulter. »Ganz schöne Schweinerei, so eine Geburt, aber ein nötiges Übel, wie ich fürchte.«

Ich zwang mich zu einem Lächeln. »Danke, Dr. Haverlock.«

Er kam mir zuvor und öffnete die Tür. »Mrs Ingram, wenn Ihre Niederkunft einsetzt, sollten Sie nach einer unserer Frauen schicken, um Ihnen beizustehen. Vertrauen Sie sich ja keiner indischen Hebamme an.«

»Aber natürlich nicht, Dr. Haverlock«, antwortete ich in süßlichem Ton. Kaum fiel die Tür mit einem dumpfen Geräusch hinter mir ins Schloss, verschwand mein Lächeln.

Als ich es Somers noch am selben Abend sagte, huschte eine ganze Bandbreite unterschiedlicher Emotionen über sein Gesicht. Überraschung, Bestürzung, Misstrauen. »Wie meinst du das, ein Kind?«

»Du hast es wohl vergessen, Somers? Die Nacht vor ein paar Wochen, als du mit Neels Hundeleine …«

Er hob eine Hand. »Gut, gut. Verdammt. Ich will kein Kind, Linny. Ich habe von Anfang an gesagt, dass es keine Kinder geben würde.«

»Du hast auch gesagt, dass du mich nie berühren wirst.«

Er setzte sich und streckte die Beine aus. »Mir liegt absolut nichts an der Vaterschaft.«

Ich wartete, dass er weitersprach.

»Nun«, fuhr er schließlich fort, »wir können es jetzt nicht mehr ändern. Vielleicht wird es dich ja auch zur Raison bringen.«

Ich nickte. »Vielleicht.«

18. September 1832

Lieber Shaker,

dir und Celina meine besten Wünsche. Ich war so erfreut, von eurer Verlobung zu hören. Du hast das Datum eurer bevorstehenden Hochzeit nicht erwähnt. Wird sie bald stattfinden?

Ich bin viel früher als vorgesehen von Simla zurückgekehrt; ich nehme an, dass sich die Nachricht von Faith' Tod auch in Liverpool verbreitet hat. Es war furchtbar, Shaker, und ich weiß nicht, ob ich je über den Schock hinwegkomme. Jeden Tag denke ich an sie, und ich habe auch mit ihrem Mann gesprochen, den ich in meine Gebete einschließe. Er ist ein so guter Mann, der Faith ergeben war und nun betäubt von seinem Schmerz ist.

Welches Glück du hast, nach London zu reisen, um einige Zeit bei dem angesehenen Dr. Frederick Quin zu studieren. Ich bin schon jetzt gespannt, wie sich die homöopathische Praxis macht, die er in der King Street eröffnen will (war es nicht diesen Monat?), und auf all das, was du bei ihm gelernt hast.

Trotz der Traurigkeit, die mich wie eine Wolke einhüllt – und ganz bestimmt ergeht es Celina ebenso –, weiß ich sicher, dass unsere liebe Freundin gewünscht hätte, dass wir in unserem Leben ein wenig glücklich sind. Du scheinst voller freudiger Erregung angesichts der Aussicht zu sein, bald eine neue Welt der Medizin zu betreten, und Celina wird dir in der Tat eine wunderbare Gefährtin sein. Und auch ich bin von neuer Hoffnung beseelt: Ich erwarte ein Kind und bin sehr glücklich.

Meine herzlichsten Wünsche,
Linny

PS: Ein Tee aus den Blättern des *asagandh* – eines unscheinbaren Strauchs, der in England als Winterkirsche bekannt ist, hilft gegen Fieber und Nervosität.

Somers und ich sprachen nicht mehr über meine Schwangerschaft, auch wenn ich manchmal bemerkte, wie er mit einem Anflug der Besorgnis meinen wachsenden Bauch betrachtete. Ich schickte Malti mit einer Nachricht zu Nani Meera, um sie zu fragen, ob sie mir helfen würde, wenn die Zeit gekommen sei. Auch traf ich Vorkehrungen, damit sie mich regelmäßig in Chowringhee besuchen kam, wo ich sie natürlich im Bungalow der Diener empfing. Sie untersuchte mich mit ihren warmen, trockenen Händen und versicherte mir, dass die Schwangerschaft normal verlaufe. Ich sagte ihr, dass ich bereits einmal ein Kind bekommen hatte, woraufhin sie mich beruhigte, dass es das zweite Mal einfacher sei.

Während der nächsten Monate empfand ich einen tiefen Frieden. Die Einladungen, die wir erhielten, sagte ich bedauernd und unter dem Vorwand meiner Schwangerschaft ab – meist nahm Somers sie alleine wahr – und verbrachte meine Zeit am liebsten auf der Veranda. In der sich rasch herabsenkenden Dämmerung Kalkuttas wartete ich darauf, dass die erfrischende abendliche Brise raschelnd durch die Blätter fuhr, und lauschte dem Zirpen der Grillen sowie dem Quäken der Frösche und fragte mich, ob das Baby wohl auch diese Laute vernahm. Als die Hitze gegen Ende der heißen Jahreszeit nachließ, konnte ich endlich wieder eine Nadel in der Hand halten, ohne dass sie meinen schweißnassen Fingern entglitt, und ich begann zu nähen. Mit Maltis Hilfe brachte ich Babykleidung zuwege – winzige Hemdchen, Westen und Petticoats.

Stets war Neel an meiner Seite. Als ich das erste Strampeln verspürte, freute ich mich und war zufrieden, dass das Baby, das Daoud und ich gezeugt hatten, in meinem Bauch zu gedeihen schien. Ich verdrängte den Gedanken, was wäre, wenn es mit dunkler Haut auf die Welt käme. Stets hielt ich mir Daouds helle Hautfarbe vor Augen, die keineswegs dunkler war als Somers', sowie seine kräftigen, weißen Zähne, seine geschickten Hände, seinen muskulösen Körper. Dennoch kannte ich die Konsequenzen, die ich würde ziehen müssen, sollten die körperlichen Merkmale meines Kindes meinen Betrug ans Licht bringen: Dann müsste ich zusammen mit dem Kind verschwinden. Wohin und wie, das wusste ich nicht, und ich weigerte mich, mir diesen Albtraum vorzustellen.

Als es kühler wurde, wuchs mein Bauch zusehends; meinen *durzi* wies ich an, mir bequemere Kleider zu nähen. Somers hasste diese weich fließenden Kittel, sagte mir, ich böte einen widerlichen Anblick, wenn ich mich ohne Mieder in meinen unförmigen Nachmittagskleidern im Sessel räkelte. Er untersagte mir, diese Kleider zu tragen, doch wenn er nicht zu Hause war, tat ich es dennoch.

Eines Morgens kurz vor Neujahr beobachtete er, wie ich mich aus einem tiefen Lehnstuhl erhob und mich mühsam bückte, um Neel hochzuheben. »Die McDougalls haben uns eingeladen, mit ihnen zu feiern. Ich sagte ihnen, dass ich käme, aber dass du das Haus nicht mehr verlässt. Du bist so unförmig«, schalt er mich. »Hast du nicht noch – wie viel? – drei Monate? Sagte Dr. Haverlock nicht, dass der Termin Ende März sei?«

Ich klappte Neels Ohr nach oben und besah mir die Unterseite. »Ja. Aber das Baby wird wahrscheinlich früher kommen. Er versicherte mir, dass es eher selten ist, dass wir Engländerinnen hier in Indien mit dem extremen Klima das Kind volle neun Monate austragen. Und weil ich von Natur aus klein und schmal bin, wirke ich nun mal dicker als eine große Frau.« Ich hielt inne. Somers war nicht dumm. Ich musste vorsichtig sein und durfte nicht zu viele Ausreden gebrauchen.

Am Morgen des 26. Februar 1833 wartete ich, bis Somers das Haus verlassen hatte, dann schickte ich Malti nach Nani Meera.

»Es ist ein guter Tag für eine Geburt«, sagte Malti lächelnd. »Als ich heute Morgen aufgestanden bin, sah ich einen Schwarm der sieben Brüder am Himmel. Das ist ein Zeichen für einen Jungen.« Sie klatschte in die Hände. »Ich werde allen Dienern Bescheid sagen, damit sie das *puja* für Sie machen.«

Die liebe Malti – sie war meine einzige Verbündete, stets führte sie zuverlässig jede meiner Anweisungen aus. Als sie gegangen war, lag ich allein auf dem Bett und hatte Angst, während ich mir den Geburtsschmerz ins Gedächtnis rief.

Als Nani Meera und Yali eine Stunde später mein Zimmer betraten, entfuhr mir ein Schrei der Erleichterung. Wenige Sekunden später massierte mir Yali die Schläfen mit einer kühlen und scharf riechenden Substanz. Währenddessen legte Nani Meera Handtücher, ein scharfes Messer sowie eine Auswahl an Kräutern und Ölen bereit. Und am frühen Nachmittag presste ich meinen Sohn in ihre wartenden Hände.

»Es ist ein gesunder Junge«, sagte sie, während sie geschickt die Nabelschnur durchtrennte und das glänzende Baby hochhielt. »Seinem Geschrei nach zu urteilen wird er wahrscheinlich tapfer und dickköpfig werden, wie seine Mutter.«

Ich hob den Kopf und betrachtete ihn mit Herzklopfen, aus Angst vor dem, was ich erblicken könnte. Doch er sah ganz einfach nur wie ein Neugeborenes aus – die Haut rötlich, das knittrige Gesichtchen zu einer wütenden Grimasse zusammengezogen – und wimmerte vor sich hin, als wollte er sich über die unbequeme Reise beschweren, die man ihm zugemutet hatte. Sein Haar war ein nasses Büschel dunklen Golds.

Malti klatschte abermals in die Hände und lachte, als die ersten Schreie des Babys in einem empörten Geheul mündeten, während Yali es fest mit einem warmen Tuch abrieb. »Hören Sie nur, wie er schreit«, sagte Malti. »Niemand wird sich trauen, sich mit ihm anzulegen.« Sie nahm Yali das Baby ab und wickelte es locker in ein Flanelltuch. Nachdem Nani Meera mir geholfen hatte, ein frisches Nachthemd überzuziehen und ich bequem in einem Stapel Kissen lehnte, legte sie mir meinen Sohn in den Arm.

Während Malti die schmutzige Bettwäsche zusammenraffte und Yali die Tasche mit den mitgebrachten Utensilien packte, zog Nani Meera einen Stuhl an mein Bett heran.

Sie strich sanft über den feuchten Haarschopf des Neugeborenen. »Er hat Ihr blondes Haar«, sagte sie. »Sehen Sie nur, es glänzt bereits wie die ersten hellen Strahlen von Surya.«

Ich nahm ihre Hand in meine. »Danke, Nani Meera. Sie haben mir und ihm« – ich hauchte einen Kuss auf seine Stirn – »die Chance gegeben, Glück zu finden.«

Nani Meera drückte mir die Hand. »Ich habe Ihnen nichts gegeben, Linny. Sie allein sind die Schöpferin Ihres Schicksals.«

Yali legte ein Päckchen auf den Nachttisch. »Lösen Sie das in einem Glas Wasser auf und trinken Sie es heute Nacht«, sagte Nani Meera. »Sie sind völlig unversehrt von der Geburt. Hören Sie nicht auf die Ratschläge der Memsahibs, die Sie besuchen werden. Sie werden Ihnen empfehlen, lange Zeit im Bett zu bleiben, aber davon werden Sie nur schwach. Auch wird man Ihnen sagen, dass es nicht gut ist, wenn Sie das Baby zu oft berühren, doch auch das ist ein Irrtum. Das Kind hat bisher nur die Wärme Ihres Körpers und Ihren Herzschlag kennen gelernt. Und so unvermittelt diese Geborgenheit zu verlieren muss für ein so winziges Wesen ein großer Schock sein. Ich weiß, dass es bei Ihrem Volk so üblich ist, aber vielleicht rührt daher die zögerliche Art, wie die Engländer miteinander umgehen, wie sie vor jeder Berührung zurückschrecken, als hätten sie Angst, sich zu verbrennen. Halten Sie Ihren Sohn im Arm, Linny, halten Sie ihn fest an Ihre Brust. Wiegen Sie ihn und singen Sie ihm etwas vor und lassen Sie ihn Ihre Liebe spüren. So habe ich es mit Yali und mit Charles gehalten, und beide haben sie keine Angst, ihre Gefühle zu zeigen.«

Das Baby bewegte sich und drehte das Köpfchen zu meiner Brust.

»Haben Sie eine Amme eingestellt?«

»Nein.«

Nani Meera lächelte. »Das dachte ich mir schon. Damit

haben die englischen Ladys noch mehr Grund, sich den Mund über Sie zu zerreißen.«

»Das ist mir egal.«

»Gut. Sie müssen sich gegen diese Elstern wappnen. Yali wird Malti anweisen, einen Sud aus Kumin und zartblättrigem Spargel zuzubereiten, um den Milchfluss anzuregen. Und nun müssen Sie noch etwas tun, das Ihre ganze Kraft erfordert.«

Ich sah sie fragend an.

»Sie müssen Ihrem Mann helfen zu glauben, dass es sein Kind ist. Es wird Ihnen möglicherweise nicht leicht fallen, wenn Sie Ihren Sohn betrachten und dabei an seinen Vater denken.« Wieder berührte sie das Köpfchen des Jungen, dann legte sie mir die flache Hand auf die Stirn. »Darf ich einen Segen sprechen?«

Ich nickte.

»Sie ist zum Licht ihres Hauses geworden: eine rote Flamme in der Schale einer Öllampe. Sie hat seinen Sohn zur Welt gebracht, dessen Land der trommelnde Regen in einen lieblichen Blumenteppich verwandelte.«

Meine Augen füllten sich mit Tränen, als ich mich der Berührung ihrer warmen Hand überließ.

»Es ist ein uralter Spruch – Ainkurunuru«, sagte sie, während ihre Hand noch immer auf meiner Stirn ruhte. Ich spürte, wie Hitze und Kraft auf mich überströmten. »Haben Sie schon einen Namen für Ihren Sohn?«

Ich nahm die winzige Babyfaust und hauchte einen Kuss darauf. »David. Er soll David heißen.«

Vierunddreißigstes Kapitel

Die Hände in den Taschen, stand Somers in der Tür.

»Komm und sieh ihn dir an«, sagte ich. In diesem Moment war ich so voller Glück, dass es sogar Somers einschloss. Ich klopfte auf die Stelle neben mir im Bett, und er kam, doch ohne sich zu setzen.

»Willst du ihn halten?«

Er schüttelte den Kopf. »Er sieht gesund aus, soweit ich das beurteilen kann.«

»Ja, es geht ihm gut. Etwas klein zwar, weil er früher kam, aber gesund.«

»Gut, er wird Somers heißen, würde ich vorschlagen.«

»Wie bitte?«

»Sein Name wird Somers sein.« Seine Stimme klang ungewöhnlich flach.

»Ich dachte, wir würden ihn David nennen.«

»Warum David?«

»Ich weiß nicht, aber dieser Name hat mir schon immer gut gefallen. Er bedeutet ›der allseits Geliebte‹.« Während ich das sagte, betrachtete ich das Baby, in der Hoffnung, nicht allzu entschlossen zu klingen. Wenn Somers merkte, wie wichtig es mir war, dass dieses Kind auf den Namen David getauft wurde – seine einzige Verbindung zu Daoud –, würde er sich mit mir streiten. Und gewinnen.

»Also David Somers Ingram«, räumte er ein.

Das Baby zog eine Grimasse, gähnte und öffnete blinzelnd die Augen.

»Er hat meine Haare, Somers, aber deine Augen … im

Moment sind sie noch dunkelblau, wie die meisten Augen Neugeborener. Aber sie schimmern dunkel.« Ich blickte zu Somers auf. »Ich habe das Gefühl, dass sie schwarz werden, wie die seines Vaters.«

»Schon möglich. Gut.« Unverwandt starrte er auf das Kind, mit dem unverbindlichen Ausdruck, der so charakteristisch für ihn war. Mit Herzklopfen wartete ich, dass er weitersprach. »Ich werde wohl am besten zum Abendessen in den Club gehen.«

Ich nickte lächelnd. Er schien keine Sekunde überlegt zu haben, ob das Kind in meinen Armen anders aussah als alle anderen englischen Kinder.

Später am Abend, als ich David gestillt hatte, ließ Malti Neel vom Garten in mein Zimmer. Er rannte zum Bett und sprang auf das Fußende. Dort hielt er inne und schnüffelte mit der Nase in der Luft.

»Hallo, Neel«, sagte ich. »Komm her und begrüß David.« Ich schlug den Zipfel des dünnen Flanelltuchs zurück und hielt ihm das Baby hin, das eingeschlafen war. Den Schwanz seltsam steif nach oben gebogen, kroch Neel zu mir hoch. Seine lieben, ockerfarbenen Augen sahen mich an, dann schnüffelte er am Betttuch. Augenblicklich drang ein leises Knurren aus seiner Kehle, und er fletschte die Zähne.

Ich packte David und presste ihn fest an meine Brust. Von der abrupten Bewegung aufgeweckt, fing er an zu weinen, woraufhin Neel wütend zu kläffen begann.

Somers erschien in der Tür. »Was zum Teufel ist das für ein Gejaule?«, rief er. »Neel!«

Doch der Hund hörte nicht auf zu bellen, als er mit gespreizten Beinen und gerecktem Schwanz zurückwich.

Plötzlich fielen mir die Worte des Soldaten in Simla ein. *Diese Hunde riechen Nomadenblut. Wenn man sie lässt, reißen sie einen Zigeuner in Stücke.*

»Nimm den Hund mit raus, Somers. Nimm ihn bitte mit.« Meine Stimme bebte vor Angst.

»Ruhe jetzt«, brüllte Somers, packte Neel im Nacken

und schaffte ihn hinaus. Ein paar Minuten später kam er zurück. »Du bist ja ganz grün im Gesicht. Kein Grund zur Aufregung. Ich nehme an, Neel passt es einfach nicht, die zweite Geige spielen zu müssen.«

»Wo ist er jetzt?«

»Ich habe ihn draußen angebunden und ihm einen Hammelknochen gegeben. Warte ein, zwei Tage ab, und er wird sich an die neue Situation gewöhnt haben.«

»Nein. Ich will, dass du ihn morgen zu den Lelands bringst. Ivy hätte so gern einen Hund für Alexander, bevor sie nächste Woche nach Barrackpore ziehen.«

Somers blinzelte. »Ich dachte, dein Herz hinge an ihm.«

»Das stimmt auch. Ich will nur nicht, dass er in der Nähe des Babys ist. Irgendwie traue ich ihm nicht.«

»Du kannst mit ihm machen, was dir beliebt«, sagte Somers und zuckte die Achseln. »Ich gehe jetzt zu Bett.«

Eine Stunde später ließ ich David in Maltis Obhut und ging hinaus, um nach Neel zu sehen. Ich streichelte ihn und hielt ihn fest, küsste seinen knochigen Schädel. »Du würdest hier nicht mehr glücklich sein«, flüsterte ich und benetzte sein Fell mit meinen Tränen. Er wedelte mit dem Schwanz und leckte mir das Gesicht ab.

Während ich auf den kühlen Stufen saß und ihn im Schoß hielt, unterdrückte ich mein Schluchzen. Ich liebte ihn ebenso wie er mich, und dennoch musste ich mich von ihm trennen.

1. Februar 1834

Lieber Shaker, liebe Celina,

ich bin sicher, ihr findet euch mit Leichtigkeit und Freude in euerem neuen Leben als verheiratetes Paar zurecht. Während der ganzen Weihnachtszeit habe ich immer wieder an euch und eure Hochzeit gedacht.

Dein Studium der Homöopathie hört sich faszinierend an, Shaker, und ich wünsche dir weiterhin viel Erfolg.

Bald ist Davids erster Geburtstag. Ich kann es kaum glauben, dass fast schon zwölf Monate vergangen sind, seit er

auf die Welt kam. Ich habe das Gefühl, dass das vergangene Jahr besonders rasch vorüberging, auch wenn mir die einzelnen Tage eher lang vorkommen.
Ich hoffe, dass auch euch beiden bald die Freude eines Kindes zuteil wird, so wie ich sie empfinde.
In Liebe
eure Linny

PS: Das *gadahpurna,* in England als Bärenklau bekannt, blüht zu Beginn der Regenzeit, weshalb es auch »der Regengeborene« genannt wird. Es wird gegen Schlangen- und Rattenbisse angewendet sowie bei Gelbsucht.

Das Jahr verging auf erträgliche Weise. Davids physische und emotionale Bedürfnisse hielten mich auf Trab – Maltis Hilfe nahm ich nur für kleinere Verrichtungen in Anspruch. Ich konnte es nicht ertragen, von meinem hübschen Baby getrennt zu sein, und so schlief der Kleine in meinem Bett. Dieses ganze erste Jahr ließ ich ihn kaum eine Sekunde aus den Augen. Er half mir nicht nur, das Leben mit Somers und die erstickende Präsenz der englischen Enklave zu ertragen, sondern war mir eine lebendige Erinnerung an meine Zeit mit Daoud.

Doch als sein erster und dann sein zweiter Geburtstag ins Land gingen und er anfing herumzutollen und mich nicht mehr so brauchte, spürte ich, wie die Einsamkeit wieder in mein Leben zurückkehrte. Immer länger und tiefer wurden die Augenblicke steter Unruhe und Verzweiflung, wenn Davids Lächeln eine unstillbare Sehnsucht nach Daoud in mir hervorrief, nach der Zeit, die ich mit ihm verbracht hatte, nach seiner Umarmung. Ein unerklärlicher Schmerz bemächtigte sich meiner, der sich mir wie eiserne Spangen um die Rippen legte und mich nie mehr verließ.

Ich war eine Außenseiterin in meinem Haus, eine Außenseiterin im britischen Indien. Inzwischen verbrachte ich, wie die anderen Engländerinnen auch, viel Zeit mit Einkaufen in den englischen Läden, oder ich ging mit David und Malti im *maidan* spazieren. Auch die Ausflüge in der Sänfte, um die Frauen von Somers' Kollegen zu besuchen, gehörten inzwischen zu meinem Programm. Sie schienen mein »Martyrium« vergessen zu haben, ohnehin kamen jedes Jahr neue Frauen mit der ›Fischereiflotte‹ an, die kaum etwas über mich wussten, bis auf die Tatsache, dass ich die Frau eines leitenden Angestellten und gesellschaftlich nicht allzu aktiv war. Doch nichtsdestotrotz fand ich die bewertenden Blicke anderer Frauen zusehends erstickend. Es schien, als hätten sie es sich zum Ziel gemacht, die englischen Traditionen hier in Indien strikter zu befolgen, als sie es zu Hause getan hätten. Wenn ich an meinen dunkeläugigen Sohn dachte, versetzte ihre strenge, unnachsichtige Haltung mich in Angst und Schrecken. Ich wagte es nicht, an die Konsequenzen zu denken, sollte eines Tages die Wahrheit ans Licht kommen. Mit der Zeit wurde ich immer vorsichtiger im Umgang mit ihnen, so wie ich es gegenüber Somers geworden war, stets darauf bedacht, ja nicht ihre Aufmerksamkeit zu erregen oder die zerbrechlichen Grenzen ihrer engen Welt zu verletzen.

Es ging so weit, dass Somers keinen Grund mehr fand, um mich mit der Peitsche zu schlagen, auch wenn er mich hin und wieder noch ohrfeigte: Weil ich mich geändert hatte, war er nicht länger daran interessiert, mir Gewalt anzutun. Das Spiel hatte seine erregende Seite verloren: Er betrachtete mich als gebrochen. Ich erinnerte mich daran, wie Daoud mit sanfter Hand die Wildheit der Pferde gebrochen hatte. Somers' Taktik war eine vollkommen gegensätzliche, und um meines Sohnes Willen hatte ich mich ihm unterworfen.

So verlief mein Leben in ruhigen Bahnen, wenngleich in selbst gewählter Isolation. Meine einzige Freude war David, doch wusste ich, dass ich nicht ewig so weitermachen konnte – in einem Zustand, in dem meine Nerven bis aufs Äußerste strapaziert waren.

Als David fast drei war, hörte ich durch Zufall von einer Hand voll Frauen, die sich regelmäßig in einem Haus am anderen Ende von Garden Reach trafen, um Broschüren für die neu ankommenden Engländerinnen zusammenzustellen. Der Inhalt erstreckte sich von elementarem Hindi, das man im Umgang mit den Dienern benötigte, über Rezepte – sowohl englische als auch indische Gerichte – bis zu den harmloseren klimabedingten Krankheiten, gegen die man sich wappnen musste. Hier war etwas, das mich aufhorchen ließ und das mein verloren geglaubtes Interesse neu entfachte: Bücher zu kreieren. In der Gruppe wurde ich willkommen geheißen, und ich begann an einer Broschüre über indische Heilpflanzen zu arbeiten. Die Seiten wurden auf einer uralten Druckerpresse gedruckt, die man uns aus Madras zur Verfügung gestellt hatte. Mr Elliot – er war mit der Frau verheiratet, in deren Haus wir uns trafen – bediente die Presse. Das letzte Mal als ich bei den Elliots gewesen war, hatte ich den Damen gezeigt, was ich noch über das Binden von Büchern aus der Buchbinderei in Liverpool erinnerte. Wir hatten einfache Baumwolleinbände mit Blumenmuster hergestellt sowie Zeichnungen auf weißem Pergament angefertigt. Auch hatte ich mich an einem Einband aus roter Seide versucht, den ich mit Goldfäden und farbigen Fäden einfasste.

Diese Nachmittage waren äußerst wichtig für mich geworden. Es war so lange her, dass ich mich auf etwas gefreut und mich nützlich gefühlt hatte.

Eines Abends kämmte ich mir das Haar und summte zufrieden vor mich hin, während ich an die Zusammenkunft am folgenden Tag dachte. Die kühle Jahreszeit hatte gerade erst begonnen, und wie immer zu dieser Zeit hob sich die Stimmung der Menschen. Ich atmete tief die frische Luft ein, die durchs Fenster hereinwehte, und kniff mir in die Wangen, um Farbe in sie zu bringen, während mir das üppige Rot meines Seideneinbands in den Sinn kam.

In dem Moment betrat Somers mein Zimmer. Er stand in der Tür, und ich betrachtete sein Spiegelbild, ehe ich mich zu ihm umwandte.

»Ich habe gehört, dass du dich mit diesen Leuten triffst, den Buchleuten, Linny.«

Ich ließ die Bürste in den Schoß sinken. »Ich denke, dass die Broschüren sehr nützlich sind, vor allem die neu angekommenen Frauen wissen sie zu schätzen. Ich wünschte, ich hätte so etwas gehabt, als ich …«

»Du wirst nicht mehr dorthin gehen.«

Mein Lächeln erstarb. Ich stand auf und machte einen Schritt auf ihn zu. »Aber … warum? Es ist eine Veranstaltung für Damen. Du sagtest, ich könne daran …«

Wieder fiel er mir ins Wort. »Es ist eine Veranstaltung, an der auch indische Frauen teilnehmen, Linny.«

»Es gibt ein paar Eurasierinnen darunter, aber …«

»Sie sind alle Mischlinge, so wie Elliot, der als einfacher Büroangestellter arbeitet.«

»Mr Elliot ist gebildet, von besonnener Art und im Übrigen ein Gentleman. Seine Frau ist äußerst charmant. Was macht es denn schon, wenn …«

»Hast du deine Lektion seit der Geschichte mit dieser Snow-Frau noch immer nicht gelernt?«

»Sie hieß Faith.«

»Du scheinst vergessen zu haben, dass ich dir nur erlaube, Kontakt mit Menschen zu pflegen, in deren Adern reines normannisches oder sächsisches Blut fließt.«

»Glaubst du, dass ihre Hautfarbe auf den Seiten abfärbt, Somers?«

Seine Kiefermuskeln spannten sich. »Wir bemühen uns, diesen Schweinestall, der sich Indien nennt, auszumisten, und wir arbeiten alle zusammen daran – dich eingeschlossen, ob es dir passt oder nicht –, um daraus so weit wie möglich ein ordentliches Land zu machen. Wir sind die Überlegenen, und deshalb haben wir eine moralische Verpflichtung.«

»Und ich habe das Gefühl, mich genau auf diese Weise nützlich zu machen – Broschüren für Frauen zu erstellen, die frisch aus England ankommen, ihnen zu helfen, diese Kultur zu begreifen und sich hier zurechtzufinden.«

»Es geht nicht um die Broschüren, es geht um den Umgang, den du pflegst. Wie ich sagte, es kommt überhaupt nicht in Frage, dass du dort weiter hingehst.« Er trat auf mich zu.

Mein Herz raste vor Wut. »Du erwartest einerseits von mir, dass ich mich unserer ›moralischen Verpflichtung‹ stelle, andererseits erlaubst du es mir nicht, Verantwortung zu übernehmen?«

»Du kannst es hindrehen, wie du willst, Linny. Die Sache ist die, dass du deine Zeit so verbringst, wie ich es für angemessen halte. Du bist die Frau eines *burra sahib,* und nicht die eines niederen Beamten. Du wirst mich nicht nochmals blamieren.«

»Warum sollte meine Beschäftigung dich blamieren? Mr Elliot sagte …«

»Ich weiß sehr wohl, was er sagte.«

»Du hast mit ihm gesprochen?« Ich blickte in Somers' missmutiges Gesicht. »Bist du eifersüchtig, Somers, weil ich etwas Sinnvolles tue? Vielleicht passt es dir einfach nicht, dass ich überhaupt etwas arbeite. Außerdem bringt man mir großen Respekt entgegen – wusstest du das? Ist es das, Somers, ist es das?«

Er lachte hämisch auf. »Arbeit? Du nennst das *Arbeit?«* Seine Stimme wurde lauter. »Ich werde mir diesen Unsinn nicht länger anhören.« Vollkommen unvorbereitet traf mich seine Ohrfeige. Beim Geräusch, das ertönte, als seine flache Hand auf meine Wange klatschte, hörte ich einen erstickten Schrei. Beide drehten wir uns gleichzeitig zur Tür um und sahen David, der die Augen mit den Händen bedeckt hatte.

»David, Darling. Mama ist nichts passiert. Schau«, sagte ich und versuchte zu lächeln, als er die Augen aufschlug.

Er rannte zu Somers und schlang seine Ärmchen um dessen Beine. »Du sollst Mama nicht schlagen. Du darfst nicht, es ist schlecht, wenn man jemanden schlägt.« Ich zog ihn von Somers weg und drückte ihn an mich.

Somers nestelte an den Manschetten seiner Ärmel. »Mama war ungezogen, David. Und wenn sie ungezogen ist, muss ich sie bestrafen.«

David versuchte, sich aus meiner Umarmung zu befreien. »Mama ist nicht *ungezogen*. Das stimmt nicht.« Sein Körper war angespannt, seine Lippen zusammengepresst. Sein Gesicht zeigte keinerlei Furcht, stattdessen sah ich Wut darin.

»Es scheint, dass man auch dich nicht ausreichend diszipliniert hat, David.« Ärgerliche Röte überzog Somers' Wangen. »So redet man nicht mit seinem Vater.«

Ich drückte David noch fester an mich, da ich jeden Moment erwartete, dass Somers seinen Gewaltausbruch gegen den Jungen richten würde. Er hatte David noch nie geschlagen, tatsächlich ging er dem Jungen aus dem Weg, mied es, sich in seiner Nähe aufzuhalten. Doch ich wusste, dass es nur eine Frage der Zeit war, bis etwas Schreckliches geschah.

Doch Somers ging an uns vorbei. Das erste Mal, seit ich ihn kannte, sah ich einen beschämten Ausdruck in seinem Gesicht. Es hatte ein Kind von nicht einmal drei Jahren gebraucht, um ihn so weit zu bringen.

Später in jenem Jahr fand ich etwas Neues, um mir die Zeit zu vertreiben. Etwas, das ich weder mit den falschen Leuten noch in der falschen Gegend von Kalkutta tat. Ich fand Trost in der Substanz, die aus dem *Papaver somniferum* gewonnen wird, dem Mohn.

Kurz nach Davids drittem Geburtstag im Jahr 1836 vernahm ich mit Freude, dass Meg und Arthur Liston von Lucknow nach Kalkutta zurückgekehrt waren. Ich hatte noch nicht die Gelegenheit gehabt, sie zu sehen, als eine Einladung für David zum zweiten Geburtstag von Gwendolyn Liston, Meg und Arthurs Tochter, ins Haus flatterte.

Vielleicht konnten wir unsere Freundschaft wieder aufleben lassen, dachte ich; ich erinnerte mich daran, dass ich 1830, als wir uns bei den Watertons kennen lernten, das Gefühl gehabt hatte, eine ähnliche Lebenseinstellung zu haben wie Meg.

Doch als ich sie erblickte, erschrak ich. Sie sah ausgemergelt und schläfrig aus. Die Pockennarben in ihrem Gesicht fielen mehr auf als damals, vielleicht durch ihre Blässe noch hervorgehoben. Ich war mir nicht einmal sicher, ob sie sich überhaupt an mich erinnerte. Nachdem sie mich freundlich begrüßt hatte, sagte sie mir, sie habe Elizabeth Wilton gebeten, ihr die Namen der Kinder aus der Nachbarschaft mitzuteilen, und diese hatte ihr auch Davids Namen genannt. Ich war enttäuscht, dass sie offensichtlich nicht mehr wusste, wer ich war; sie schien auch nur eine unscharfe Erinnerung an ihre Zeit bei den Watertons zu haben. Doch ich war sicher, wieder die selbstbewusste, eigensinnige Frau in ihr zu finden, die sich nicht um die Meinung anderer scherte, sobald wir uns unter vier Augen unterhielten.

Die Party für die Kinder fand unter einem großen, gestreiften Zelt statt, wo für die Kleinen, beaufsichtigt durch ihre *ayahs,* eine Vorstellung mit akrobatischen Einlagen von Affen und sprechenden Vögeln gegeben wurde. Nach dem Kuchen durften die Kinder auf einem verspielten kleinen Pony reiten, wobei die kleinen Mädchen und Jungen – darunter auch David – fest in einem Reitring saßen.

Wir Mütter blieben in dem durch Jalousien abgedunkelten Salon, aßen raffiniert zubereitete Petits Fours und tranken Limonade. Als ich den Blick durch den überdekorierten Raum schweifen ließ, bemerkte ich zwischen kleinen Palmen und Farnen eine Huka auf einem Marmortisch. Die Wasserpfeife bestand aus einem Messinggefäß und einem tönernen Pfeifenkopf sowie einem Saugrohr, das wie eine Schlange um die Pfeife gewunden war und in einem Elfenbeinmundstück endete. Ich ließ die Finger über die glatte, runde Oberfläche gleiten. Sie fühlte sich warm an.

»Ein hübsches *hubble-bubble,* Meg«, sagte ich, als sie sich zu mir gesellte. Ich ertappte mich in letzter Zeit öfter dabei, wie ich mich der ›Hobson-Jobson‹-Sprache bediente, obwohl ich mir vorgenommen hatte, nie die Nonsens-Wortmischungen zu gebrauchen, welche die Engländer in Indien erfunden hatten. »Raucht Mr Liston die Huka?«, fragte ich und nahm das Mundstück zwischen die Finger.

Sie lachte. »Nein, es ist meine. Durch das Wasser ist

das Rauchen viel angenehmer«, erklärte sie. »Es kühlt den Rauch, ehe er in den Mund gelangt. Oh, meine Liebe, da kommt meine kleine Gwendolyn, sie scheint sich den Rock zerrissen zu haben!« Sie lief auf ihre Tochter zu, die schluchzend hereinkam. Als ich wieder allein bei der Huka stand, nahm ich das Mundstück zwischen die Lippen. Es war glatt und barg einen Hauch eines süßen Geschmacks.

Nachdem Meg ihr Kind getröstet und es zu seiner *ayah* zurückgeschickt hatte, kam sie wieder zu mir. Die anderen Frauen standen in Grüppchen verteilt im Salon und unterhielten sich angeregt. »Würden Sie gern mal eine Pfeife mit mir rauchen?«, fragte Meg und lächelte abwesend. Sie hatte wohl auch vergessen, dass wir uns damals mit dem vertrauten Du angesprochen hatten.

»Oh, ich rauche nicht. Ich mag nicht einmal den Geruch von Somers' Zigarren.«

»Sie Dummchen, Sie müssen ja auch keinen Tabak darin rauchen.« Damit zog sie eine kleine Schublade heraus, die sich unter der weißen Marmortischplatte befand, und holte eine Schatulle aus Mangoholz hervor. Sie ließ den Deckel aufschnappen, woraufhin ich im Innern sechs schwarze Kügelchen liegen sah, jede etwas größer als eine Erbse.

»Was ist das?« Mit der Spitze meines Zeigefingers berührte ich eine Kugel, die sich klebrig anfühlte.

»Das ist ›weißer Rauch‹. Opium. Ziemlich harmlos. Sie wissen, die Substanz, die auch im Laudanum enthalten ist. Und was würden wir ohne unser Laudanum machen? Es hat mir durch drei Geburten geholfen.«

»Drei?«, sagte ich, um mir im nächsten Moment auf die Unterlippe zu beißen. Gwendolyn war Megs einziges Kind.

»Nehmen Sie es nicht auch dann und wann ein?«

Ich schüttelte den Kopf.

»Aber sicher, als Sie Ihren kleinen Sohn zur Welt brachten …« Sie sah mir ins Gesicht. »Ich kenne keine Frau, die nicht große Mengen davon nimmt, wenn sie ein Kind gebärt. Warum sollte man darauf verzichten?«

Ich murmelte etwas Unverbindliches.

»Nun, das nächste Mal sollten Sie es jedenfalls probieren. Sie sollten auch für Ihren Sohn ein paar Präparate auf der Basis von Opium besorgen, wenn er krank wird – Godfrey's-Konzentrat oder Mother Bailey's.«

»Wenn er Bauchkrämpfe hat, bekommt er Kräutertees von meiner *ayah,* und die scheinen ihre Wirkung zu tun«, sagte ich.

Meg hob die Augenbrauen. »Hat er noch nie Furunkel gehabt oder Hitzepocken, oder Ohrenschmerzen? Und was ist mit Fieber, in der heißen Jahreszeit?« Ihre Stimme klang leise, insistierend.

Ich fragte mich, warum ich mich mit einem Mal schuldig fühlte, nur weil ich offensichtlich ein so gesundes Kind hatte.

»Gwendolyn bekommt eine Dosis des Konzentrats, wann immer sie überdreht ist oder nicht schlafen kann. Es ist jedenfalls gesünder als Gin, auf den auch viele zurückgreifen. Ich finde, dass Godfrey's wie ein Zaubertrank wirkt, ›für einen Penny Frieden‹, wie es auf dem Etikett so schön heißt. Danach schläft sie sofort ein. Ich werde Ihnen eine Flasche davon mitgeben – ich habe eine ganze Kiste mitgebracht.«

Elsies Baby kam mir in den Sinn, dem damals in einer Seitenstraße der Paradise Street eine Überdosis von Mother-Bailey's-Beruhigungssirup eingeflößt worden war.

»David war schon immer ein unkompliziertes Kind. Ich habe Glück gehabt.«

Meg strich mit dem Finger über die Huka. »Dann ist ja gut. Aber das hier, das ist keine Medizin, sondern eine Art Sport. Manchmal paffe ich am Nachmittag ein paar Züge, wenn alle anderen ihr Mittagsschläfchen halten. Viele meiner Freundinnen in Lucknow rauchen es. Wir nannten es ›Freude der Träumenden‹. Warum kommen Sie nicht nächste Woche irgendwann vorbei und probieren es mit mir aus?«

»Ich bin mir nicht sicher …«

»Kommen Sie, Linny, Sie sind doch die Memsahib, die

dort drüben in dem großen, verriegelten Haus wie eine Einsiedlerin lebt! Würden Sie nicht auch gern ein wenig Spaß haben?«

Ich betrachtete ihre grünen Augen mit den schweren Lidern, fühlte, wie mich ihr starrer Blick seltsam anzog. »Gut. Nächste Woche. Aber, Meg, ich werde es nur ein einziges Mal versuchen.«

Als sie träge nickte, begriff ich, dass Meg nicht länger das kühne Wesen war, das ich einst kannte, das freimütig und unverfroren ihre Ideale verkündete. Die Frau, die jetzt vor mir stand, wirkte ebenso ausgezehrt und teilnahmslos wie all die anderen Engländerinnen, die allzu lange unter der indischen Sonne gelebt hatten.

Fünfunddreißigstes Kapitel

Am Dienstag darauf saß ich in Megs Salon und lauschte dem trägen *Wusch-Wusch* des gerüschten *punkah. Ich hätte nicht kommen sollen.* Aber in unserem Haus war es sogar noch stickiger und ruhiger als sonst. Somers war auf einem zweiwöchigen Jagdausflug, und David war die meiste Zeit mit Malti auf der Veranda. Er hatte mit seinen Trommeln und dem Tamtam gespielt, und jeder Schlag auf die gespannte Ziegenhaut hallte schmerzhaft in meinem Schädel wider. Sogar das Ticken der Uhr auf dem Sockel war unnatürlich laut gewesen; kaum je hatte ich ein derart überwältigendes Bedürfnis verspürt, meinem dunklen Gefängnis zu entfliehen.

Schließlich hatte ich den *chuprassi* mit einer Nachricht zu Meg geschickt, und er war postwendend mit ihrer Antwort zurückgekommen, dass sie sich auf meinen Besuch freue. Mit langsamen Schritten kam sie in den Innenhof, ihr Lächeln ließ ihre Wangenknochen hervortreten. An diesem Tag erinnerte sie mich stärker an die Meg, die ich bei den Watertons kennen gelernt hatte, und ich freute mich. Vielleicht hatte ich mich das letzte Mal in meinem Urteil über sie doch getäuscht. Diesmal erschien sie mir aufmerksamer und interessierter.

»Linny! Ich bin ja so froh, dass du gekommen bist«, sagte sie mit glühenden Augen. Sie schien sich doch wieder an unsere vertrauensvolle Anrede zu erinnern, dachte ich.

»Bist du sicher, dass du nicht zu beschäftigt bist?«, fragte ich. »Ich hätte meinen Besuch natürlich schon gestern ankündigen sollen, aber …«

Meg machte eine wegwerfende Handbewegung. »Beschäftigt? Womit soll man in diesem Land schon beschäftigt sein? Komm, setz dich neben mich.«

»Meg, ich will dich so vieles fragen. Über deine Reisen mit Mr Liston, zum Beispiel. Du musst inzwischen einiges gesehen und erlebt haben.«

Doch wieder machte sie eine wegwerfende Handbewegung, als sei das, was ich sagte, überhaupt nicht von Bedeutung. »Man kann sein Leben nicht damit verbringen, von einem Ort zum anderen zu eilen. Sicherlich wirst auch du erkannt haben, dass es unserer ganzen Energie bedarf, überhaupt hier auszuharren.«

»Aber hast du nicht an deinem Buch über indische Heiligtümer weitergearbeitet? Oder über die hiesigen Brauchtümer? Du hast dich so auf dein Vorhaben gefreut ...«

Einen Augenblick lang wirkte Meg nachdenklich. »Das hatte ich fast vergessen. Wie kommt es, dass du dich an meine verrückten Pläne erinnerst?« Sie zuckte die Schultern. »Damals war ich jung und leicht zu begeistern, aber das ist lange her.«

»Es sind nur sechs Jahre.«

»Sechs Jahre in Indien – für eine Frau – sind wie zwölf Jahre zu Hause. Auch du wirst dich verändert haben, Linny. Oder bist du noch immer die gleiche Person, die du warst, als du damals ankamst?«

Ich schüttelte den Kopf.

»Na also«, sagte sie in beinahe triumphierendem Ton, so als freute sie diese Tatsache.

Sie zog einen kleinen Bambustisch ans Sofa heran und stellte die Huka darauf und daneben das Kästchen aus Mangoholz. Dann nahm sie eine kleine Öllampe von einem Beistelltisch und zündete sie an. »Nun kann's losgehen«, sagte sie und klatschte, einem in der Türöffnung stehenden Diener zugewandt, in die Hände. »Sag dem Koch, er soll Tee zubereiten und ihn rasch bringen«, wies sie ihn an. Der Junge verbeugte sich und huschte davon. »Man bekommt nämlich einen schrecklichen Durst davon«, erklärte sie.

»Schau mir einfach zu, wie ich es mache, dann kannst du es probieren«, fuhr sie fort. »Manche haben beim ersten Mal das Gefühl, auf wogender See zu sein, aber das geht schnell vorüber. Achte einfach nicht darauf.« Sie lächelte. »Und entspann dich.«

Sie zog eine lange Haarnadel aus ihrem nachlässig hochgesteckten, dunkelblonden Haar und spießte eines der Kügelchen des schwarzen Opiums auf. Dann hielt sie die Nadel über die Öllampe, und als es weich war, streifte sie es am Rand des Pfeifenkopfs ab. Schließlich nahm sie das Mundstück zwischen die Lippen. Ein lautes Zischen ertönte, als sie ein paar Mal tief daran sog, dann war es unvermittelt ruhig, während sie den Atem anhielt. Plötzlich entließ sie eine lange Dampffahne durch die Nasenlöcher, und der warme Rauch wirbelte sanft um meinen Kopf. Ich atmete ein und schmeckte den dunkel-süßen, leicht fauligen Geschmack.

Meg lehnte den Kopf gegen das glänzende Sofakissen, das Mundstück noch immer in der Hand. Ihr Blick war auf etwas gerichtet, das sich weit weg befand und sich meinen Blicken entzog.

Ich wartete eine Weile, dann hielt ich es nicht länger aus. »Meg?«, flüsterte ich.

Sie blinzelte, rollte mit den Augen. Nur eine schmale grüne Iris umgab die tiefschwarzen Pupillen.

»Soll ich es jetzt versuchen, Meg?«

Schweigend und offensichtlich mit einiger Mühe bereitete sie die Huka für mich vor. Ich nahm das Mundstück zwischen die Lippen und sog den warmen Rauch ein, der geradewegs in meine Lungen drang. Augenblicklich fühlte ich mich benommen, aber es war nicht unangenehm.

Nach einer zeitlosen Weile hörte ich mich selbst wie aus weiter Ferne sagen: »Ja, jetzt verstehe ich es.«

Die Zeit verrann in eine schattige Dämmerung, entleerte sich, um sich wieder auf sich selbst zurückzuspulen, verflüchtigte sich wieder und faltete sich wieder zurück, so ging es eine endlose Weile. Ich war der farbige Glassplitter, der sich zwischen zwei flachen Tellern und zwei Spiegeln in dem kuriosen Instrument verfangen hatte, das ich mir als Kind in Liverpool vor die Augen gehalten hatte, als ich in einem staubigen Gang von Armbrusters Trödelladen stand.

Ich war nichts weiter als ein winziges Stückchen eines größeren, sich unendlich verändernden Musters. Mir war, als ob ich den Herzschlag meines Lebens in den Adern spüren konnte, und ich hieß dieses trügerische Signal willkommen.

Rasch gewöhnte ich mir an, jeden zweiten Tag für ein, zwei Stunden bei Meg vorbeizuschauen. Nach den ersten Zügen verfielen wir in Schweigen, und ich schwelgte in der friedlichen, traumgleichen Lethargie, die mich durchrieselte. Allmählich lernte ich, meine Visionen in eine bestimmte Richtung zu lenken – ich erhob mich in die Lüfte und schwebte über dem wunderschönen Tal in Kaschmir. Das war anfangs so, als ich die Gestalt und das Muster meiner Träume noch bestimmen konnte.

Manchmal saß ich rittlings vor Daoud auf seinem Rappen und spürte die schützende Wärme seiner Brust im Rücken; und dann wieder lag ich in seinen Armen und fühlte seinen muskulösen Körper auf meinem. Doch das waren Empfindungen, die keine körperliche Begierde in mir hervorriefen. Es war einfach ein zeitloses Träumen, das sich veränderte und in das ich immer tiefer eintauchte. Daoud schien mir Geschichten zu erzählen, fließende, poetische Sätze, obwohl er niemals sprach. Es war eine Unterhaltung, in der ich vollkommen glücklich war, während meine Gedanken in einem Meer der Wärme dahintrieben. Irgendwann verflüchtigte sich der Traum, und ich kehrte zum Sofa in Megs Salon zurück, noch immer getragen von einer angenehmen Welle der Euphorie.

Ich war Meg dankbar. In jenen ersten Tagen, als wir, das Opium und ich, um einander warben, war ich überzeugt davon, dass sie mir das Leben gerettet hatte.

Auf dem Heimweg in der von Vorhängen abgedunkelten Sänfte hatte ich das Gefühl, als ob das Blut in meinen Adern von einer schwebenden Flüssigkeit ersetzt worden wäre, die leichter als Luft war. Und sobald ich die Vorhänge zurückzöge, würde ich in die reglose, drückende Luft von Kalkutta hinausschweben.

Doch das Beste war, dass Daouds Gesicht noch Stunden nach meinem Besuch bei Meg bei mir blieb: Wie das Porträt einer Gemme schien sein Bild vor meinem inneren Auge eingemeißelt zu sein.

Nach ein paar Wochen erkannte ich, dass es unhöflich und eigennützig von mir war, Meg nur zu besuchen, um mit ihr die Huka zu rauchen, auch wenn es ihr zu gefallen schien. Ich wusste, dass sie jeden Nachmittag rauchte, ob ich bei ihr war oder nicht.

»Meg«, fragte ich sie eines Tages, »könnte ich selbst auch etwas Opium kaufen?«

»Sicher. Es gibt einige große englische Kompanien, die es im Norden Indiens anbauen. In Patna wird die größte Bandbreite an Sorten kultiviert. Mr Liston war geschäftlich in Patna, und er sagt, dass es dort riesige Fabriken gibt, mit großen Hallen, in denen der Opiumsaft getrocknet und dann zu Kugeln gerollt wird – wobei jede einzelne so groß wie das Zimmer hier ist. Kannst du dir das vorstellen? Es gibt Lagerräume mit Regalen, die bis unters Dach reichen, die fünfmal mannshoch sind und wo Tonnen davon gelagert werden. Das meiste wird allerdings zu Kuchen geformt und nach China verkauft. Es ist eine gute Möglichkeit für die Firmen, Verluste auszugleichen.« Sie goss von dem Tee ein, der stets bereitstand. »Hat dein Mann dir nie von dem Problem mit den Chinesen erzählt?«

Ich schüttelte den Kopf. Somers und ich unterhielten uns nicht mehr. Tatsächlich sprachen wir gar nicht miteinander, es sei denn wir waren mit David im selben Raum.

»Um den hohen Bedarf unseres Landes an chinesischer Seide und Tee zu decken, musste England in Silberbarren bezahlen. Nun wollen wir unser Silber zurück, und nachdem die Chinesen kein Interesse an unseren Textilien haben, sind sie nur allzu erpicht auf Opium. Arthur sagt, dass mehrere Tausend Tonnen jährlich nach Kanton gehen. Alles per Schiff. Und dieser ganze Aufwand, wenn man bedenkt, dass das Opium keine andere Wirkung zeigt als ein Glas Wein, oder bei unseren Männern eine Zigarre …«

»Wird es hier in Kalkutta auch verkauft, oder hast du es aus Lucknow mitgebracht?«

Meg zuckte die Achseln und sah mich an. »Es ist so einfach, wie Tee zu kaufen, Linny. Ich werde meinem *box-wallah* sagen, er soll dir etwas davon bringen, dann kannst du in Zukunft selbst vereinbaren, welche Menge du benötigst und in welchen Abständen du es geliefert haben willst. Es ist allerdings recht teuer. Du musst in Rupien bezahlen, er nimmt keine unterschriebenen Zettel wie die anderen Händler. Sorgt dein Mann dafür, dass du über eine bestimmte Summe Geld verfügen kannst?«

Ich zwang mich zu einem Lächeln. »Ich habe Rupien.«

»Gut. Mein Händler kommt immer Freitagmorgen, sieh zu, dass du zu Hause bist, dann werde ich ihn anschließend zu dir schicken. Er heißt Ponoo.«

Ponoo war ein schielender, halsloser Mann, der an der linken Hand alle Finger verloren hatte. Er hatte nicht nur Opium in seinem Sortiment, sondern auch Dosen mit Sardellenpaste, französische Haarbänder und Küchenutensilien. Hin und wieder kaufte ich einem dieser Hausierer etwas ab – wenn mir wegen der Hitze oder des lähmenden Monsuns nicht danach war, das Haus zu verlassen.

Kurz nach zehn war Ponoo an der Hintertür. Er hielt mir eine kleine Dose hin und nannte mir einen Preis. Schnell ließ ich die Rupien, die ich aus dem Safe in Somers' Zimmer genommen hatte, in seine fingerlose Hand gleiten. Somers hatte offensichtlich noch nicht bemerkt, dass ich über die Existenz des Safes Bescheid wusste. Dachte er, dass ich nie sein Zimmer betrat, wenn er abwesend war? Der Safe befand sich hinter einer losen Trennwand in seinem Schreibtisch; im ersten Jahr unserer Ehe hatte ich ihn aus purer Langeweile an einem regnerischen Nachmittag entdeckt. Er gab mir nie Geld. Wenn ich einkaufen ging, musste ich mit einem formlosen, von mir unterschriebenen Zettel bezahlen, wie alle anderen Frauen auch. Diese Zettel wurden dann an ihn zurückgesandt, damit er die Summen beglich. So hatte er die absolute Kontrolle über meine Ausgaben.

In dem Safe bewahrte er verschiedene Dokumente, Geschäftspapiere und eine verschlossene Geldkassette auf. Ich brauchte nicht lang, um den Schlüssel zu finden; er lag zwischen den Seiten eines Buchs. Bereits in den ersten Monaten unserer Ehe hatte ich angefangen, Geld zu entnehmen; ich versteckte es in einer Blechdose, um es vor Feuchtigkeit und Insekten zu schützen. Jedes Mal, wenn ich etwas Geld entwendete, spürte ich das gleiche Gefühl von Macht, das mich auch überkam, als ich als Mädchen meine Freier bestahl. Offensichtlich führte Somers nicht Buch über die Summen, die er hineintat oder entnahm. Dessen war ich mir sicher – hätte er es bemerkt, so wäre es zugleich das letzte Mal gewesen: Selbst wenn sein Verdacht nicht sofort auf mich fiele, so hätte er womöglich die Diener verdächtigt, und ich hätte es nicht ertragen zuzusehen, wie er sie für etwas bestrafte, das ich getan hatte. Dann hätte auch ich seine Hand zu spüren bekommen, und Somers hätte dafür gesorgt, dass ich die Geldkassette nie mehr zu sehen bekam.

Nachdem der *box-wallah* gegangen war, gab ich Malti ein paar Rupien und schickte sie zum Basar, um eine Huka zu kaufen, wobei ich ihren verwirrten Gesichtsausdruck kurzerhand überging. Sie kam mit einer kleinen, doch prächtig aussehenden Wasserpfeife zurück, Wasserbehälter und Pfeifenkopf waren aus mit Drachenmustern verziertem Silber, das Mundstück aus kostbarer, grüner Jade.

Ich nahm mir vor, die Pfeife nur gelegentlich zu rauchen – wenn ich mich besonders elend fühlte. Diesem Vorsatz blieb ich eine Woche treu, doch dann wurden die Abstände immer kürzer, sodass Ponoo mich regelmäßig freitags besuchte. Allerdings achtete ich darauf, dass ich die Huka nur dann rauchte, wenn David schlief oder mit Malti auf der Veranda spielte, und natürlich nie, wenn Somers zu Hause war. Mochte mir Meg auch noch so versichern, wie verbreitet und angesehen der Gebrauch der magischen schwarzen Bällchen war, so beschlich mich stets ein schlechtes Gewissen, wenn ich mich dem Genuss des weißen Rauchs ergab.

Später gewöhnte ich mir dann an, eine normale Pfeife zu rauchen, es war weniger umständlich als die Huka.

24. Juni 1837

Lieber Shaker, liebe Celina,

dass die Manchester-Liverpool-Eisenbahn fertig gebaut ist, hört sich wunderbar an, ebenso wie euer Umzug in euer neues Heim in Cheshire. Es muss herrlich sein, dem Lärmen und Treiben Liverpools zu entfliehen und die frische Luft und den Frieden auf dem Land zu genießen.

Es tut mir Leid, dass ich in letzter Zeit so wenig geschrieben habe. Hier scheint die Zeit stillzustehen. In der Hitze gleitet mir die Feder aus den Fingern. Die ständig mit Wasser besprühten *tatties* sind ebenso wenig wie der neumodische Klimaapparat geeignete Waffen gegen diese glühende Hitzezange, die sich als Sonne ausgibt. Eine unbeschreibliche Lethargie hält die Menschen gefangen. Selbst das Denken ist kaum möglich, eine traurige Erkenntnis, nachdem die Gedanken doch eigentlich das einzige Mittel sind, um gegen dieses Klima anzugehen, müsste man meinen.

Die Hitze streckt überallhin ihre Fühler aus, bis in den hintersten Winkel des Hauses.

Ich fühle mich wie ein Blatt an einem unserer Neem-Bäume, staubbedeckt, ausgeblichen, mit einem dünnen Stiel an einem matten Ast hängend, der ehedem stark und gesund war. Und sollte der Stiel nachgeben und ich auf den Weg darunter fallen, würde ich augenblicklich vom Besen des stets bereitstehenden Dieners hinweggefegt werden.

David wächst. Er ist ein wunderbares Kind.

In Liebe,
eure Linny

PS: Ich muss dir gelegentlich über die Wirkung und den Gebrauch von Zimt schreiben.

Sechsunddreißigstes Kapitel

Heiße Jahreszeit, 1838

Ich sah auf den schlafenden David hinab und sang: *»Nini, baba, nini«,* »Schlaf, Kindchen, schlaf«.

Immer wieder wälzte er sich hin und her, und Strähnen seines blonden Haars klebten ihm an der Stirn. Ich strich sie zurück und kühlte sein Gesicht mit einem feuchten Tuch. Wieder sang ich: »*Nini, baba, ni…«*

»Linny, hör auf mit diesem Unsinn!«

Somers lehnte schwer gegen den Türstock. Das Haar klebte ihm an den Schläfen, und sein Hemd hatte feuchte Flecken. Ich stand auf, zog das Netz über Davids Bett herab und nickte zum *punkah-boy* hinüber, der daraufhin noch kräftiger den Fächer bediente.

»Weck ihn bitte nicht auf«, flüsterte ich und trat auf den Flur hinaus. »Es ist ohnehin so schwer, ihn in dieser Hitze zum Schlafen zu bringen.«

Somers schüttelte den Kopf. »Was musst du ihm auch diese verdammten indischen Kinderlieder vorsingen, als ob er noch ein Kleinkind wäre. Es reicht schon, dass Malti ihn verhätschelt.«

»Alle *ayahs* verhätscheln die Kinder, die man ihnen anvertraut, sonst wären sie keine *ayahs.«*

»Und daher ist es so gut, dass die Kinder nicht länger als fünf, sechs Jahre unter ihrem Einfluss sind. Es schadet ihnen.«

Ich sah weg; seine Worte klangen so obszön.

»Er ist ein kräftiger Bursche und schon über fünf und sollte auch als solcher behandelt werden. Das Beste, was ihm passieren kann, ist, dass er innerhalb des nächsten Jahres nach England geschickt wird.«

Der Atem stockte mir. Bislang hatte ich diesen Gedanken immer verdrängt. Er war einfach zu überwältigend. Ich würde es nicht ertragen können, mich von David zu trennen, doch bezweifelte ich, dass Somers mir erlauben würde, ihn nach England zu begleiten. Er hatte es mir oft genug klar gemacht, dass ich immer unter seiner Aufsicht bleiben musste, dass ich nie frei sein würde.

»Ja«, fuhr Somers fort, »er braucht eine gute Ausbildung, und vor allem muss er lernen, sich zu benehmen. Allein die Tatsache, dass du ihn zusammen mit den Kindern der Diener barfuß herumlaufen lässt, ist eine Schande. Und dass er auch noch Hindi plappert ... die Sprache der Eingeborenen ist gespickt mit unanständigen Wörtern und unmoralischen Vorstellungen. Ich weiß nicht, wie lange ich noch diesem abwegigen Treiben zuschauen soll.«

Wie konnte er es wagen, von unmoralischem Verhalten zu reden, er, der sich an Jungen verging, der nicht davor zurückschreckte, die Hand gegen seine Frau zu erheben?

»Wenigstens ist er gesund und kräftig«, erwiderte ich. »Ist das nicht das Wichtigste? Die Friedhöfe in Indien sind überfüllt mit den Gräbern englischer Kinder.«

Maltis Worte kamen mir in den Sinn, als wir tags zuvor im Garten beim Blumenschneiden innegehalten hatten, um David zuzusehen, wie er aufgeregt mit der siebenjährigen Tochter des *mali* plauderte. »Mein David-*baba* ist nicht wie die anderen englischen Kinder«, hatte Malti gesagt, während sie mit den Augen jeder seiner Bewegungen folgte.

David war in der Sonne dunkler geworden – oft vergaß er, den verhassten Tropenhelm zu tragen, und dennoch bekam er keinen Sonnenbrand. Er hatte eine Fülle blonder Locken, und dazu kontrastierten seine schwarzen Augen, die funkelten, als er auf Hindi über die riesige Kröte redete, die er und das Mädchen im Garten gefangen hatten. Die

Kleine hielt die bebende Kreatur fest zwischen den Händen, während David sie berührte.

»Ja, David-*baba* ist mehr wie ein eingeborenes Kind, stark und unerschütterlich, nicht wahr, Mem Linny? Er wird nicht ständig krank wie die anderen englischen *babas* hier und ist nicht so teilnahmslos und nervös wie sie. Komm, mein *choti baba«*, rief sie, »komm und gib deiner *ayah* einen Kuss.«

David runzelte die Stirn. »Ich bin kein kleines Baby mehr, Malti, nicht wahr, Mama? Ich bin ein Krieger und werde auf meinem Pferd in die Schlacht ziehen. Die Kröte ist unser Gefangener, der Kaiser von China!« Damit rannten er und das Mädchen davon, und ich dachte, wie so oft in letzter Zeit, wie ähnlich er seinem Vater doch war, geradeaus und stolz und gutherzig.

Jetzt blinzelte ich im schummrigen Licht des Korridors, als ich Somers den Blick zuwandte. Er hatte sich so verändert in den sieben Jahren, die ich ihn nun kannte. Von der blendenden Erscheinung war nichts mehr zu sehen: Bedingt durch das reichhaltige Essen, hatte er noch mehr zugenommen, sein Gesicht war vom vielen Trinken aufgedunsen, und er hatte sich einen Vollbart wachsen lassen, der ihn älter aussehen ließ. Was würde nur aus David und mir werden?

»Mem Linny«, rief Malti leise an der Schlafzimmertür, »Ihre Damen sind nun da.«

Ich öffnete die Tür. »Hast du sie in den Salon gebeten?«

»Natürlich. Sie sehen heute sehr schön aus, Mem«, fügte Malti hinzu, während sie meinen gerüschten Rock in Augenschein nahm. »Sie müssen öfter Ihre feinen Kleider tragen.«

Ich atmete tief ein, ehe ich mein Gesicht zu einem Lächeln zwang und zum Salon ging. »Hilda. Und Jessica. Wie schön, euch zu sehen.«

Meine Gäste erhoben sich, dann hauchte jede einen flüchtigen Kuss auf meine Wangen. Sie waren die Frauen von Somers' Kollegen; für mich war dieser Austausch von

Besuchen ermüdend – wir pflegten nur Kontakt, weil unsere Männer zufälligerweise zusammenarbeiteten.

»Fühlst du dich jetzt besser, meine Liebe?«, fragte Hilda und machte einen besorgten Schmollmund. »Somers sagte, es sei dir nicht gut gegangen, letzte Woche. Wir haben dich so beim Musikabend der Sawyers vermisst. Es war recht vergnüglich, auch wenn die höheren Töne von Frederick Jewitts Viola noch immer eher einem Quietschen ähneln.«

»Mir geht es gut, danke«, sagte ich, während ich mich zu erinnern versuchte, wann die Party bei den Sawyers stattgefunden und ob ich überhaupt davon gehört hatte. Ich wusste, dass Somers oft bei solchen Abenden vorbeischaute, um sich dann unter dem Vorwand, dass es mir nicht gut gehe, bald wieder zu verabschieden; wobei er anschließend selten auf direktem Wege nach Hause kam.

»Ich muss sagen, Linny, wenn Kranksein bei mir mit Abnehmen verbunden wäre, dann hätte ich nichts dagegen. Wie schaffst du es, deine Taille so schmal zu halten? Das kann unmöglich an deinem Korsett liegen.«

»Sie hat nur ein Kind zur Welt gebracht. Daher kommt es, Hilda«, bemerkte Jessica. »Glaub mir, du kannst machen, was du willst, aber nach sechs Geburten bewahrst du dir unmöglich eine solche Taille.« Mit reuevollem Ausdruck sah sie an ihrer unförmigen Gestalt hinab und wählte dann ein Sahneteilchen von dem neben ihr stehenden Tablett.

»Nun, Linny, du musst David einen kleinen Bruder oder ein Schwesterchen schenken«, sagte Hilda und tätschelte mit dem geschlossenen Fächer meine Knie. Dann zog sie einen kleinen Spiegel aus ihrem Retikül, ließ ihn aufschnappen und inspizierte den Schopf rotorangefarbener Fransen, der sich auf ihre Stirn ergoss. »Wie alt ist er jetzt, fünf? Ehe du dich versiehst, wird er nach Hause geschickt werden, und dann brauchst du weitere Kinder, die dich davor bewahren, einsam zu sein.« Sie ließ den Spiegel wieder zuschnappen und versenkte ihn in ihrem Retikül. »Nachdem meine Sarah und Florence inzwischen in England sind, würde ich verrückt werden, wenn ich nicht noch meine kleine Lucy hätte. Und wenn es so weit ist, dass sie gehen muss, wird hoffentlich Sarah wieder zu uns zurückkehren.«

»Ja«, stimmte ich ihr zu und schüttelte den Kopf, als der *khitmutgar* mir ein Glas Limonade anbot.

»Habt ihr gehört, was gestern im *maidan* passiert ist?«, fragte Jessica.

Dankbar dafür, dass sie das Gespräch auf ein anderes Thema brachte, lehnte ich mich vor.

»Es war das Merkwürdigste, das ich je gesehen habe«, fuhr sie fort und leckte sich eine Flocke Schlagsahne von ihrem Daumen. »Dieser … dunkle Mann, kein Inder, nicht dass ihr denkt, saß auf einem riesigen schwarzen Pferd und ritt in aller Seelenruhe über den *maidan*. Manche sagten, er habe die Engländerinnen angeglotzt. Das habe ich nicht beobachtet, aber könnt ihr euch das vorstellen? Es war wirklich empörend.«

Hilda ergriff das Wort. »Ich war auch dort«, sagte sie triumphierend, als hätte sie eine heroische Tat vollbracht. »Wir fragten uns natürlich alle, was er dort sucht. Ein großer Kerl, der sich doch tatsächlich die Frechheit herausnimmt, sich für uns zu interessieren. Ich nehme mal an, dass er genug von seinesgleichen hat und fasziniert war vom Anblick weißer Frauen. Das Blut gefror mir in den Adern, als er in meine Richtung sah.« Kokett berührte sie eine rote Haarsträhne, die sich aus ihrer Haube ringelte. »Natürlich hat man ihn rasch hinausbugsiert, aber … o Linny, ist dir nicht gut?«

Ich stand auf und tätschelte mir mit zitternden Händen den Bauch. »Ich glaube, ich habe mich doch noch nicht richtig erholt, was immer es war, das mir neulich so auf den Magen schlug.«

»Setz dich, Linny. Atme tief durch. Hilda, erzähl du inzwischen die Geschichte zu Ende.«

»Nun, er war ganz schön unverfroren, alles andere als ein Gentleman – natürlich, wie sollte er auch. Jedenfalls war er ein Angehöriger irgendeiner fremdländischen Rasse. Und saß auf einem Ross, als ob ihm der Platz gehörte.«

»Ich hoffe, ihr entschuldigt mich«, stammelte ich und verließ fluchtartig das Zimmer. Draußen wurde mir schummrig vor den Augen, und ich musste mich an die Wand lehnen.

»Sie wird es nicht mehr lange aushalten«, hörte ich Hilda sagen. »Die Frauen mit schwachen Nerven überleben das hier nicht lange. Sie ist bis auf die Knochen abgemagert. Und ihre Augen wirken irgendwie seltsam, findest du nicht auch? Sie sind so dunkel, zu dunkel.«

»Vor allem tut mir ihr Mann Leid. Ihre Gesellschaft kann ja nicht besonders angenehm sein, krank wie sie immer ist. Kein Wunder, dass nicht mehr Kinder kommen. Er weiß wahrscheinlich, dass ein weiteres sie umbringen würde. Der arme Mann.«

Ich rang um Fassung und suchte mein Schlafzimmer auf. *Wann war ich zu einem der Opfer geworden, die Indien in so großer Zahl forderte, eine von den zerbrechlichen, nervösen Frauen? Die Beschreibung hätte ebenso gut auf Faith gepasst. Oder Meg.*

Am Abend, nachdem ich David zu Bett gebracht hatte, ging ich im vorderen Garten spazieren. Langsam schlenderte ich zur Akazie neben dem Tor und fuhr mit den Fingern über die rissige Rinde. Ich hatte das Gefühl, dass ein leichter Geruch nach Regen in der Luft lag. Würde der Monsun dieses Jahr so früh kommen?

Als unvermittelt das heisere Bellen eines Schakals aus der Dunkelheit jenseits des Hauses ertönte, hörte ich über mir einen gummiartigen Flügelschlag. Ich legte den Kopf in den Nacken und sah, wie sich zwei Fledermäuse, groß wie Krähen, aus dem Wipfel der Akazie erhoben, mit ihren gerippten, schwarzen Flügeln den verblassenden Himmel zerteilend. Ich lehnte mich an den Baumstamm und suchte mit den Augen die leere Straße ab, die allmählich von der Dunkelheit verschluckt wurde, und horchte angestrengt auf einen Hufschlag. Es kam immer wieder mal vor, dass ein Paschtune durch Kalkutta ritt. Es bedeutete nichts.

Noch lange blieb ich so stehen, die Augen auf die Straße geheftet, die zum *maidan* führte. Bis sich schließlich die

Leuchtkäfer als tanzende Punkte am schwarz gefurchten Himmel abzeichneten und die Sichel des Mondes am Himmel hing. Vom Eingang hörte ich Somers rufen, dass ich gefälligst hereinkommen solle.

Am nächsten Morgen saß ich auf der Veranda und las dieselbe Seite immer wieder von neuem. Ich hatte höchstens ein, zwei Stunden geschlafen, und mein Kopf schmerzte. Als Malti von ihrem täglichen Einkauf zurückkam, bemerkte ich einen bestürzten Ausdruck in ihrem Gesicht. Während sie hineinging und ein neues Tintenfass auf den Sekretär stellte, murmelte sie leise vor sich hin.

»Was ist, Malti?«, fragte ich und ging durch die Schwingtür ins Schlafzimmer.

Malti sah mich von der Seite an. »Nichts, Mem Linny.« Sie ordnete geschäftig das Briefpapier, die Federn und die Bücher, die auf dem Schreibtisch lagen. Dann unterbrach sie sich und sah mich an.

»Es gibt doch etwas, Malti. Du musst es mir sagen.« Ich leckte mir über die Lippen. »Hast du … etwas gesehen? Etwas … Außergewöhnliches?«

»Ich habe nichts gesehen«, erwiderte sie kurz angebunden.

»Gab es irgendeinen neuen Tratsch?«

Malti schob das Tintenfass auf dem polierten Holz vor und zurück. »Sie fragen sonst auch nicht danach, worüber sich die Leute den Mund zerreißen.«

»Nun, heute frage ich dich aber, ob du etwas gehört hast.«

»Es ist es nicht wert, wiederholt zu werden, Mem. Viele der anderen *ayahs* haben ihren Zungen erlaubt, so spitz zu werden wie die ihrer Mistresses. Sie haben einfach zu wenig zu tun und denken sich Geschichten aus, um sich die Zeit zu vertreiben.«

Ich setzte mich auf den Stuhl neben dem Schreibtisch. »Und was sind das für Geschichten, Malti?«

Ihre freundlichen Gesichtszüge verzerrten sich schmerzlich. »Es wurde wieder über diesen Mann gesprochen, von der nordwestlichen Grenze. Die *ayahs* behaupten, er reitet über den *maidan* und schaut die englischen Ladys an. Man sagt auch, dass er einen Namen genannt hat.« Sie schüttelte den Kopf, runzelte die Stirn. »Können Sie sich so einen Unsinn vorstellen? Man wird ihn wohl verhaften. Diese Art von Benehmen werden sie nicht akzeptieren, und … Mem Linny, was haben Sie?« Sie sah auf ihre dunklen Hände hinab, und ich folgte ihrem Blick. Erst dann bemerkte ich, dass ich sie umklammerte.

»Hat ihm jemand gesagt, wo ich lebe? Weiß er, wo er mich findet?«

»Oh, Mem Linny, beruhigen Sie sich. Machen Sie sich keine Sorgen. Es sind nur die furchtbaren Erinnerungen an unsere Zeit in Simla, die Ihnen diesen Schrecken einjagen. Und sicherlich wollen die verbitterten Ladys nur ein wenig Unruhe stiften, weil … Mem Linny? Was machen Sie?«

Ich rannte zum Ankleidetisch, steckte meine langen Haarsträhnen hoch, während meinen zitternden Händen Haarnadeln entglitten, die sich auf dem Boden verteilten. Dann knöpfte ich den Kragen meines Kleides zu und wirbelte zu Malti herum. »Sehe ich einigermaßen präsentabel aus?«

Maltis Gesicht verschloss sich. »Natürlich, Mem Linny. Wie immer.« Ihre Stimme klang bedächtig. »Aber nun kommen Sie und setzen Sie sich wieder. Ich werde Ihnen eine Pfeife vorbereiten. Das wird Sie beruhigen. Und dann bringe ich Ihnen eine Tasse Tee.«

»Ich will keine Pfeife. Komm mit mir. David – wo ist David?«

»Er spielt heute Nachmittag mit den Wilton-Kindern, Mem Linny, erinnern Sie sich nicht mehr?«

»Nimm mein Retikül, Malti, und komm.« Ich rannte den Flur entlang und rief Malti zu, sie solle sich beeilen. Meine graue Tasche an die Brust gepresst, kam sie zögerlich hinter mir her. Als ich die Haustür erreichte, trat diensteifrig der *chuprassi* vor.

»Bitte, Malti, beeile dich. Kannst du nicht ein wenig

schneller gehen?« Ich bedeutete dem *chuprassi,* die Tür zu öffnen, doch gerade, als er die Hand auf den Messinggriff legte, schwang sie nach innen auf.

Ich hielt die Luft an.

Somers' massige Gestalt füllte den Türrahmen aus. »Hallo, Linny.« Er klang sehr leise.

Ich wich rückwärts vor ihm zurück, prallte in Malti, die das Retikül fallen ließ.

Somers starrte darauf. »Wolltest du gerade ausgehen, Linny?« Er hatte die Schwelle noch nicht übertreten.

»Nein … Das heißt ja, Malti und ich wollten zum *maidan* gehen … Das tun wir ja oft zu dieser Zeit, nicht wahr, Malti?« Ich drehte mich zu ihr um. Die *ayah* stand mit offenem Mund da.

Somers kam herein, ohne die Tür hinter sich zu schließen. »Du wolltest in der größten Mittagshitze einen Spaziergang machen, ohne Tropenhelm oder Sonnenschirm und noch dazu in diesem Aufzug?« Zwei hektische Flecken erschienen auf seinen Wangen.

Ich sah an meinem schlaffen Kleid hinab, bemerkte die Fettspritzer an einem Ärmel und dass an der Taille ein Knopf fehlte. »Was … was machst du um diese Zeit zu Hause?«

»Fieber«, sagte er knapp. Sein alter Feind, die Malaria. »Ich gehe ins Bett. Malti, du wirst deiner Mistress nicht erlauben, das Haus zu verlassen. Hast du verstanden?«

Ich berührte ihn am Ärmel. »Aber Somers, ich will ja nur …«

Unwillig schüttelte er meine Hand ab und erwischte mich dabei mit dem Ellbogen am Nasenrücken. Helle Funken explodierten hinter meinen Augen.

»Ich verbiete es dir. Du wirst mich nicht zum Gespött der Leute machen, indem du in der Öffentlichkeit wie eine Hure herumläufst, die du ja auch bist.«

Ich hörte, wie Malti nach Luft schnappte, hörte das Rascheln von Stoff, als der *chuprassi* einen Schritt zurücktrat.

»Im Übrigen habe ich deinen Anblick satt. Hure.«

Am liebsten hätte ich ihm ins Gesicht gespuckt, ihm mit

erhobenem Kinn gesagt, dass ich, ja, immer noch eine Hure sei. Es juckte mich, ihm entgegenzuschleudern, dass David nicht sein Sohn sei, dass ich tatsächlich war, was er mir all die Jahre immer vorgeworfen hatte, dass ich mich mit einem anderen Mann vergnügt hatte, o ja, und dass David ein Kind der Liebe war und nicht die Folge einer brutalen Vergewaltigung. Aber natürlich konnte ich es ihm nicht sagen. Das, was ich die letzten fünf Jahre vor ihm verborgen hatte, war mein Trumpf. Die Anstrengung, die Lippen zusammenzupressen, ließ mich zittern. Ich wollte mich an ihm vorbeischieben.

Doch plötzlich streckte er die Hand aus, packte mich an der Vorderseite meines Kleids. Man hörte das Reißen von Stoff, und ich blieb schockiert stehen. Somers starrte auf seine Faust hinab, auf den Wulst aus Popelin und Batist, den sie umklammerte – er hatte sogar ein Stück meines Unterhemds weggerissen –, und wieder zu mir zurück. Seine Augen waren nun auf meine entblößte Brust geheftet. Alles Blut wich aus seinem Gesicht, sodass er von einer Sekunde auf die nächste kreidebleich war. Als er zurücktaumelte, sprang der *chuprassi* herbei, um ihn aufzufangen.

Während Malti vor mich trat und ihren Schal über meine nackte Brust hielt, ließ Somers die Stofffetzen fallen und deutete mit dem ausgestreckten Zeigefinger auf mich. Er zitterte am ganzen Körper.

»Was ist los, Somers?«, sagte ich mit gepresster Stimme. Ich stieß Malti zur Seite und baute mich vor ihm auf, sodass meine Narbe gut sichtbar war. »Dir gefällt der Anblick wohl nicht? Ich dachte, du wüsstest alles, was es über mich zu wissen gibt.«

»Mem Linny! Mem Linny!«, schrie Malti. »Bitte! Machen Sie ihn nicht wütend! Bitte!« Sie bedeckte sich das Gesicht mit den Händen und weinte.

Somers schüttelte den *chuprassi* ab und straffte sich. »Was ist das?«, flüsterte er, das Gesicht noch immer kreidebleich, die Stirn mit Schweißtropfen übersät.

»Was das ist? Nun, wonach sieht es für dich aus? Wie die

Berührung eines ehemaligen Freiers vielleicht?« Es war mir gleichgültig, wie ich mich anhörte, während der pure Hass, den ich für ihn empfand, mich überflutete.

Doch noch ehe Somers etwas antworten konnte, krümmte er sich unter Stöhnen zusammen; gestützt vom *chuprassi,* schleppte er sich den Flur entlang und in sein Zimmer. Im selben Moment rannte ich durch den noch immer offen stehenden Hauseingang hinaus, rannte so schnell ich konnte, die Auffahrt hinunter, während meine Schritte auf dem Kies knirschten. Mein beschleunigter Atem dröhnte laut in meinem Kopf, ich spürte, wie sich mir die Brust von der ungewohnten Anstrengung zuzog. Ich hatte das Ende der Einfahrt noch nicht erreicht, als mich große, behandschuhte Hände von hinten packten.

Es war der *chuprassi,* den Somers mir hinterhergeschickt haben musste, um mich zurückzubringen. Ich versuchte, mich zu befreien. »Lass mich los«, stammelte ich. »Mach, was ich dir sage!« Doch seine Arme hielten mich wie eine eiserne Zange umfangen, und als ich mich nach ihm umdrehte, sah ich keinerlei Regung in seinem Gesicht, während ich mich wie ein Kätzchen in seiner Umklammerung wand. Malti war an meine Seite geeilt, und noch immer in Tränen aufgelöst, bemühte sie sich, meine Blöße mit ihrem Schal zu bedecken, während der *chuprassi* mich ins Haus zurücktrug.

Die Aufregung hatte meine Kräfte aufgezehrt, ich konnte mich nicht mehr wehren; den Kopf an seine Brust gelehnt, ließ ich es geschehen, dass mich der große Diener in mein Zimmer trug und mich aufs Bett legte.

Später befahl ich sowohl dem *punkah-wallah* als auch Malti, mein Zimmer zu verlassen.

»Ich möchte Sie nicht allein lassen, Mem Linny«, flehte sie mich an. »Sie dürfen jetzt nicht allein sein. Sie sind zu aufgeregt.«

Doch schließlich, nachdem ich sie davon überzeugt hatte, dass ich schlafen wolle, ging sie hinaus, jedoch ohne die Tür ganz zu schließen. Ich wusste, dass sie im Flur bleiben würde, um jeden meiner Schritte zu überwachen. Ich setzte mich vor den Spiegel an meinem Ankleidetisch, sah auf meine Hände, die ineinander im Schoß lagen, ruhig und weiß wie zwei tote Tauben.

War Daoud wirklich hier in Kalkutta, um mich zu suchen? Ich musste es herausfinden. Ich würde zum *maidan* gehen, egal, was Somers sagte oder mir antat. Irgendwie würde ich hinaushuschen und wenn nötig den ganzen Weg zu Fuß gehen. Ich atmete tief ein und blickte in den Spiegel.

Lange Haarsträhnen fielen mir glanzlos über die Schultern. Mein Gesicht war dünn, und auf dem Nasenrücken war eine rötliche Schwellung zu sehen. Die Haut spannte sich durchsichtig über den Wangenknochen. Es durchrieselte mich kalt, als ich mit einem Mal die Vision meines Schädels unter dem mageren Fleisch sah. Meine Lippen waren schmal geworden, und unter den Augen zeichneten sich farblos Tränensäcke ab. Ich musste daran denken, wie ich in Shakers Zimmer zum ersten Mal mein Spiegelbild bei hellem Tageslicht gesehen hatte. Wenn ich damals schockiert gewesen war, so war ich es jetzt um ein Vielfaches mehr.

Was bildete ich mir eigentlich ein? Natürlich war es nicht Daoud. Wovon träumte ich? Dass Daoud mich zu sich auf sein Pferd ziehen würde, um dann mit mir zu fliehen? Was für eine Närrin ich war, um das zu glauben, wie konnte ich nur so dumm sein! David – wie könnte ich David zurücklassen, mein Kind, mein Leben. Meine Träumereien über Daoud hatten nichts mit der Wirklichkeit zu tun – Fantasien eben. Ich hatte ihn nicht einmal einen Monat lang gekannt, und das lag sechs Jahre zurück. Hatte ich nicht selbst Nani Meera erzählt, dass er einer anderen Welt angehöre, einer Welt, die niemals meine werden könne?

Wieder betrachtete ich mein Spiegelbild. Wo war all die strahlende Hoffnung geblieben, die mich erfüllt hatte, als ich nach Indien kam? Nicht einmal mehr das Bild der Frau vermochte ich zu erkennen, die sich einst Linny Gow nannte.

Ich bereitete eine Pfeife vor und rauchte, bis ich nichts mehr spürte.

Siebenunddreißigstes Kapitel

Die Malaria war zurückgekommen, die Somers in Abständen immer wieder in ihrem Griff hielt. Und dieser Anfall war der schlimmste, den ich je bei ihm erlebt hatte. Schreckliche Kopfschmerzen plagten ihn, verbunden mit Übelkeit und Erbrechen. Dann wieder wurde er von einem in dieser Stärke nie da gewesenen Schüttelfieber gepackt. Das Fieber stieg und stieg und ließ seine Haut austrocknen und rissig werden; er befand sich im Stadium des Deliriums. Und dann begann das Schwitzen: Die ganze Flüssigkeit schien aus seinem Körper zu fließen, während die Temperatur sank. Vollkommen geschwächt, fiel er in einen stundenlangen, tiefen Schlaf. Dr. Haverlock kam jeden Tag zur Visite. Die ganze Zeit über durfte ich das Haus nicht verlassen; auch wenn Somers mich nicht persönlich überwachen konnte, hatten die Diener strikte Anweisung, mich nicht aus den Augen zu lassen: Er musste ihnen ein ansehnliches Trinkgeld gegeben haben. Ich konnte die Schwelle der Haustür nicht überschreiten, ohne dass der *chuprassi* mit verschränkten Armen vorausging, und wenn ich im Garten spazieren ging, folgte mir der *khansana* auf Schritt und Tritt.

Am vierten Abend seiner Krankheit schickte Somers nach mir. Gegen dicke Kissen gelehnt, lag er im Bett, als ich das Zimmer betrat, in dem sich außer ihm niemand aufhielt. Er sah nicht mehr fiebrig aus, doch seine Haut schimmerte feucht im gedämpften Licht der Öllampen. Im Zimmer hatte sich der Geruch nach Krankheit eingenistet, ein muffiger Pesthauch, der mir den Atem verschlug, obwohl ich wusste, dass Somers das Schlimmste überstanden hatte. Er sah mich angewidert an, und das Gefühl beschlich mich, dass er sich nach jedem Anfall mit neuer Kraft und Gehässigkeit vom Krankenlager erhob.

»Sobald ich das hier überstanden habe, werde ich Vorkehrungen für deine Abreise treffen«, sagte er.

»Abreise?«

Er wedelte matt mit der Hand. »Du wirst zusehends zur Belastung für mich. Diese letzte Eskapade, als du versuchtest, wie eine Verrückte auf die Straßen von Kalkutta hinauszurennen, hat mich zu dieser Überzeugung gelangen lassen. Glaubst du wirklich, dass irgendjemand erstaunt wäre – oder sich auch nur einen Gedanken machen würde, wenn du verschwunden wärst? Wem würde es schon auffallen, Linny, abgesehen von den Dienern?«

Ich versuchte zu schlucken: Ich wusste, dass meine Zukunft vom Verlauf der nächsten wenigen Minuten abhing. »Wirst du uns nach England schicken?«

Er starrte mich blicklos an. Als er nicht antwortete, dachte ich zuerst, dass er doch noch zu schwach sei. Doch als er wieder das Wort ergriff, klang seine Stimme fest und klar. »Bist du dir eigentlich bewusst, dass du auf Hindi gesprochen hast, Linny? Bist du dir eigentlich bewusst, dass du nicht mehr Englisch redest?«

»Es tut mir Leid«, sagte ich und wiederholte meine Frage auf Englisch.

»Uns? Was meinst du mit ›uns‹?«

Ich antwortete langsam, war auf der Hut: »Nun, David und mich. Du hast ja erst vor kurzem gesagt, dass es Zeit für ihn ist, mit seiner Erziehung zu beginnen. Ich könnte mit ihm leben, wo immer du es für richtig hältst. In London zum Beispiel, dort könnte er deine alte Schule besuchen.«

Er hustete trocken, dann machte er den Versuch eines Lächelns. »Glaubst du, ich würde dir zutrauen, meinen Sohn zu erziehen? Du bist opiumsüchtig, Linny. Alles an deinem Verhalten deutet darauf hin. Du hast dich in jeder Hinsicht auf widerliche Weise verändert.«

Der Boden neigte sich unter meinen Füßen. Ich streckte eine Hand aus, um mich am Bettpfosten festzuhalten, ehe ich mich auf einen Stuhl neben dem Bett setzte. »Ich würde damit aufhören, Somers. Ich kann das, wenn ich es will.«

»Jeder kann sehen, wie verbraucht und fertig du bist. Ich nehme an, dass die meisten denken, du seist verrückt. Man fragt nicht einmal mehr nach dir oder wundert sich, warum du mich in letzter Zeit nicht mehr zu gesellschaftlichen Anlässen begleitest. Nein, ich plane, einen angenehmen Ort für dich zu finden, wo du dich … ausruhen kannst. Einen Ort – vielleicht irgendwo in der indischen Prärie –, wo man gut für dich sorgt und wo du dir oder jemand anderem nichts antun kannst. Aber wenn du lieber nach Hause willst, müsste ich mir eben eine andere Möglichkeit überlegen.«

Ich nickte energisch. »Ja, Somers, das würde ich vorziehen. Nach Hause zu gehen.« Wenn ich nur nach England zurückkönnte, würde ich einen Weg finden, um David nahe zu sein. Shaker würde mir dabei helfen.

»Gut, ich stimme dir zu, dass das die bessere Lösung ist. Es gibt ein paar Einrichtungen in London, wo man dich für eine lange Zeit – so lange es eben nötig sein wird – in Gewahrsam nehmen kann.«

»In Gewahrsam?« Ich brauchte dreißig Sekunden, um den Sinn dieses Wortes zu begreifen. »In einem … Irrenhaus?«

»Ein Irrenhaus, meine Liebe? Muss man unbedingt einen solch unschönen Begriff gebrauchen?« Er brachte ein Lächeln zustande. »Man kümmert sich um dich, während du dich für lange Zeit ausruhst. Es ist schließlich allseits bekannt, dass sich das Leben in Indien bei manchen Menschen so auswirkt. Du wärst nicht die erste Memsahib, welche dem Klima hier nicht gewachsen ist. Jeder würde das verstehen, und nicht eine Menschenseele würde meinen Entschluss in Frage stellen. Tatsächlich«, fuhr er selbstzufrieden fort, »frage ich mich, wer außer David und Malti sich Sorgen machen würde, was aus dir geworden ist? Und David ist ein Kind – er wird bald vergessen. Malti wird entlassen, außerdem zählt ihre Meinung ohnehin nicht.«

Wieder überkam mich ein Schwindelanfall. Es war Zeit für eine Pfeife. Mir schauderte, und der Schweiß rann mir vom Haaransatz in den Nacken; es fühlte sich an, als würden winzige Insekten unter meiner Haut umherkrabbeln. Ohne nachzudenken, zog ich den Gazeschal aus dem Dekolletee und wischte mir damit über Wangen und Nacken.

Zuerst herrschte Stille, dann ertönte ein erstickter Schrei vom Bett her. Somers richtete sich in den Kissen auf, um mit einem zittrigen Finger auf meine Brust zu deuten, so wie er es wenige Tage zuvor getan hatte.

Ich blickte auf die Narbe hinab. »Wieder frage ich mich, warum du so reagierst«, sagte ich leise. »Sicherlich bist du nicht so bestürzt, weil du dir Sorgen machst wegen einer alten Verletzung, die mir zugefügt wurde. Ehrlich gesagt, dachte ich auch nicht, dass mein Körper von irgendeinem Interesse für dich ist, nach all der Zeit.«

Er ließ sich wieder zurücksinken, während sein Mund sich öffnete und wieder schloss. »Jetzt weiß ich es«, krächzte er. »Jetzt weiß ich, wann ich das zum ersten Mal sah«, fuhr er heiser fort, den Blick starr auf meine Narbe gerichtet. »Da war etwas ... etwas – und ich wusste zunächst nicht, was es war. Aber ... ja, ich glaube ...«

Ich hörte seinem irren Gestammel kaum zu. Meine Gedanken kreisten nur noch um eines: dass ich meinen Sohn nie mehr sehen, dass er ohne mich aufwachsen würde, um später irgendwann zu erfahren, dass seine Mutter auf einem stinkenden Strohhaufen in einer dunklen Steinzelle eines Irrenhauses dahinvegetierte. Ich stellte mir vor, wie Somers alles daransetzte, um auch noch die letzte Erinnerung in ihm zu tilgen, die er an seine Mutter hatte, und, schlimmer noch, ihm seine eigenen perversen Vorstellungen einzupflanzen.

Der alles überragende Drang, David vor dieser Zukunft zu beschützen, verlieh mir eine Stärke, die ich lange nicht mehr verspürt hatte. Ich warf den Schal achtlos zu Boden und zog das Oberteil meines Kleides ein Stück nach unten und beugte mich über das Bett, sodass Somers die ganze vernarbte Brust sehen konnte. »Das hat ein früherer Freier in Liverpool angerichtet. Ein hübscher Anblick, nicht wahr? Und dennoch habe ich es überlebt. Ich habe die Attacke eines Geisteskranken überlebt, und ich werde überleben, was auch immer du mir anzutun gedenkst, Somers. Du wirst nicht gewinnen.«

Ein würgendes Geräusch ertönte, und er hielt sich die Faust vor den Mund.

»Andererseits sollte der Anblick meines zerstörten Fleischs dir Vergnügen bereiten statt Unbehagen, hätte ich erwartet. Schließlich war mein Schmerz das Einzige, was dir Befriedigung verschafft hat während unserer elenden Ehe.«

»Ich weiß«, sagte er hinter seiner Faust, und noch immer klang seine Stimme äußerst erregt, »ich weiß jetzt, warum ich den Fisch erkannt habe.«

Ich lehnte mich wieder im Stuhl zurück. Den Fisch, fragte ich mich. Dann erinnerte ich mich wieder an die Episode in seinem Junggesellenzimmer, wo er mein Muttermal erkannt haben wollte.

Er nahm die noch immer zur Faust geballte Hand vom Mund und legte sie auf die Bettdecke. »Beinahe wäre es mir gelungen, meinen Aufenthalt an jenem dunklen Ort an der Mersey zu vergessen«, sagte er. Er sprach leise, eher wie zu sich selbst. Mühsam richtete er sich in den Kissen auf. »Und du hast Recht, du hast überlebt. Wie, werde ich nie erraten. Im Grunde sollte von dir nichts weiter übrig geblieben sein als ein von den Fischen abgenagter Haufen Knochen.«

Jetzt war ich es, die sich eine Faust vor den Mund presste. In der Stille, die auf seine Bemerkung folgte, dämmerte eine schockierende Erkenntnis in mir herauf. Es war eine Erkenntnis, die zu entsetzlich war, zu unglaublich, um sie zuzulassen. Mit einem Mal zitterte ich in der stickigen Luft des Zimmers, meine Zähne klapperten so fest, dass mir der Kiefer schmerzte.

»Hatte ich meinen Diener nicht angewiesen, deinen Körper in die Mersey zu werfen?« Somers hatte sich beinahe wieder unter Kontrolle; er sprach leise, aber mit fester Stimme. »Und hatte Pompey nicht geschworen, dass er meinen Befehl ausgeführt hat? Er versicherte mir, dass niemand übrig geblieben sei, der noch etwas von dem, was in der Rodney Street geschehen war, hätte erzählen können.«

Und plötzlich hörte ich sie wieder, dieselbe rationale Stimme, die meinen Tod befahl, als ich, ein dreizehnjähriges Mädchen, gefesselt und geknebelt auf einem dicken Teppich vor einer Reihe Weckgläser lag, in denen Haarsträhnen schwammen. Die Haare toter Mädchen. Und der alte Mann, dem ein Scherenblatt im Auge steckte, lag noch neben mir. Der unbeschreibliche Gestank der Verwesung, der von ihm ausging, und der nach verbranntem Haar. Ich würgte, und mein Mund füllte sich mit säuerlichem Speichel.

Das war das Letzte, was ich erwartet hätte. Rodney Street. Mein alter Albtraum war mit ungekannter Kraft zurückgekehrt. Ein Wirbel ergriff mich, ließ mich in die Luft fliegen, und die alte Vision kam zurück: Wie mein Körper mit gebrochenem Genick in der gekalkten Grube lag, die mein Mörder geschaufelt hatte. Erneut musste ich würgen, als ich mich nach vorne lehnte und den Kopf über die Knie beugte.

Young Master, hatte Pompey ihn genannt.

»Ich musste Pompey bald darauf entlassen, es waren ihm einfach zu viele Fehler unterlaufen. Aber ich nehme an, dass nicht alles zu seinen Lasten geht. Auch ich hatte geglaubt, du wärst tot, als ich dich in jener Nacht sah. Du warst aufgeschnitten, längs über deiner linken Brust klaffte eine riesige Wunde. Ich habe das nackte Fleisch gesehen. Ich hätte schwören können, dass ich sogar dein Herz sah, das nicht mehr schlug. Aber natürlich ist das nur Einbildung gewesen.«

Ich wischte mir mit dem Handrücken über den Mund, hob den Kopf und sah ihn an.

Er leckte sich die Lippen, dann lächelte er, als würde eine lieb gewonnene Erinnerung ihn erfüllen. Und dieses Lächeln ließ mir noch mehr das Blut in den Adern gefrieren als seine Worte. »Wenn ich mich richtig erinnere, sahst du fast noch wie ein Kind aus, nachdem deine Haare abgeschnitten waren. Ganz anders als die beherrschte, selbstsichere Frau, die ich später in Kalkutta traf – nichts bis auf den verräterischen Fisch auf deinem Arm erinnerte mich an jene Nacht, die ich übrigens so schnell wie möglich aus meinem Gedächtnis gestrichen hatte.«

Um die stickige Luft einatmen zu können, sperrte ich den Mund auf; ich versuchte, so viel wie möglich davon in meine Lungen zu pumpen, während vor meinem inneren Auge die Illustrationen aus Shakers Medizinbüchern auftauchten, die zwei Zeichnungen von Albinus von den beiden Flügeln hinter dem Brustbein. Mir war bewusst, dass meine Lungen nicht gebläht und voll, sondern flach und geschrumpft waren. Sie pumpten nicht, füllten sich nicht mit der abgestandenen Luft. Mein Mund pumpte vergebens wie ein Fisch auf dem Trocknen. Ich wusste, dass ich dabei war unterzugehen. Das Bild jenes zerstörten Gesichts, der schreckliche Anblick der zuckenden Zunge, die blicklosen Augen, all das stand jetzt vor mir, wie von einer Reihe Kerzen beleuchtet.

Somers war der Sohn des Mannes, den ich getötet hatte.

»Es ist zu spät«, flüsterte ich, als ich endlich wieder die Kraft zum Sprechen fand. »Du könntest es nicht beweisen. Es ist zu spät, um mich wegen Mordes vor Gericht zu bringen.« *Ich muss David vor einer Zukunft mit Somers beschützen – und vor der Kenntnis meiner Vergangenheit.*

Ein Laut drang aus Somers' Kehle, der sich wie Lachen anhörte, ein schauderhaftes Knattern. »Vor Gericht bringen? Wegen Mordes? Das steht wohl außer Frage. Es gab ohnehin keinen Beweis für einen Mord. Es gab nur den Tod eines Mannes, der an Syphilis erkrankt und geisteskrank geworden war. Lange schien es, als ob er nie sterben würde. Ich dachte schon, er würde noch Jahre weiterleben. Tatsächlich hast du mir die Arbeit abgenommen, tatest, was ich mir zu tun gewünscht hätte, wenn ich die Nerven gehabt hätte. Bereits ehe er so krank wurde, war er ein grausamer, herzloser Mann. Kurz nachdem du ihn getötet hattest, verließ ich England, Linny. Ich wollte all das hinter mir lassen, vergessen.«

Stille senkte sich über das Zimmer. Ich atmete kurz und flach ein, so als müsste ich erst wieder das Atmen lernen.

»Niemand war glücklicher als ich, als er endlich unter der Erde war«, fuhr Somers nach einer Weile fort, in der nicht nur in meinem Kopf, sondern – das spürte ich – auch in seinem die Details jener Nacht abgespult wurden. »Dort konnten dann die Würmer die restliche Arbeit verrichten an seinem stinkenden Körper, an dem, was noch davon übrig war. Was seine Seele betrifft – ich glaube nicht, dass er eine hatte. Seit meinem zwölften Lebensjahr …«

»Ich will nichts mehr davon hören«, flüsterte ich, doch er ging darüber hinweg, als hätte er mich nicht gehört.

»… nahm er mich mit auf seine Streifzüge. Anfangs zwang er mich zuzuschauen, während er die Dirnen bestieg. Er hatte eine Schwäche für Frauen der unteren Schichten. Frauen wie dich, Linny. Nach einer Weile fing ich an, Gefallen an den Demütigungen zu finden, die er ihnen zufügte.«

Ich schüttelte unaufhörlich den Kopf, wollte, dass er aufhörte. Doch es war, als ob er sich an meinem Elend ergötzte, während er all die hässlichen Details Revue passieren ließ. Schließlich presste ich mir die Hände an die Ohren und senkte mit geschlossenen Augen den Kopf.

»Irgendwann zwang er mich dazu mitzumachen.« Er sprach so laut und klar, dass ich mich seinen Worten nicht verschließen konnte. »Die ganze Zeit stand ich unter der Fuchtel meines Vaters, er hielt mich wie einen Hausaffen. Manchmal schlug er mich, dann wieder warf er mir einen schmackhaften Brocken hin, doch solange er lebte, wäre ich angekettet gewesen. Und selbst im Tod ließ er mich nicht leben, wie ich wollte. Sehr früh hatte er erkannt, dass ich kein Interesse an Frauen hatte. Tatsächlich verschaffte er mir zunächst die Jungen, nach denen ich mich so verzehrte. Und dennoch verfügte er in seinem Testament, dass ich heiraten müsste, wenn ich an mein rechtmäßiges Erbe kommen wollte. Es war, als wollte er im Grab noch einmal herzhaft lachen.

Und so scheint es, als ob du in meinem Leben zweimal eine entscheidende Wende bewirkt hättest, Linny. Zuerst hast du meinen Vater getötet, und dann machtest du es mir möglich, an mein Erbe zu kommen. Du hast mir meine Freiheit gegeben. Zweimal.«

Als er schwieg, öffnete ich die Augen und nahm die Hände von den Ohren. Moskitos umschwirrten mich. Er neigte den Kopf und sah mich beinahe fröhlich an, so als wäre er erstaunt über das Glück, das er gehabt hatte.

Ich fiel neben seinem Bett auf die Knie. »Dann mach es wieder gut, Somers. Lass mich frei, dafür, dass ich dir die Freiheit geschenkt habe. Lass mich David nehmen und für immer mit ihm verschwinden.« Ich ergriff seine Hände; sie waren eiskalt. »Du wirst nie mehr von uns hören. Ich möchte nichts weiter von dir, nur die Freiheit.«

Sanft schüttelte er den Kopf, als wäre ich ein ungezogenes Kind, das er dabei erwischt hatte, wie es Süßigkeiten stahl. »Du hast mich nicht verstanden, nicht wahr, Linny? Wo du doch immer so ein kluges Mädchen warst.« Er zog seine Hände von meinen weg. »Weder kann ich dir trauen, wenn ich dich gehen lasse, noch kann ich dir meinen Sohn anvertrauen. Es gibt keinen anderen Weg, als dich sorgsam und auf legale Weise in Gewahrsam nehmen zu lassen, sodass keine weiteren Fragen über dich gestellt werden.« Eine ganze Weile blinzelte er nicht, wie die Augen einer Schlange. »Ich werde Dr. Haverlock bitten, so rasch wie möglich die nötigen Papiere vorzubereiten. Es wird mich nicht viel Überzeugungskraft kosten. Er muss dich nur anschauen, und ihm wird klar sein, dass du Hilfe brauchst. Was David betrifft … so werde ich ihm die Erziehung angedeihen lassen, die ich für richtig erachte. Ich werde nicht lange benötigen, um ihn so zu formen, wie er sein sollte.« Erneut wollte er einen seiner entsetzlichen Lacher ausstoßen, doch der Versuch mündete in einem Hustenanfall, und plötzlich schien er zu frösteln.

Während ich ihn anstarrte, wie er mit zitternden Gliedern dalag, der Bart von Speicheltropfen benetzt, stellte ich mir vor, wie sich sein abscheuliches Gesicht in die Fratze seines Vaters verwandelte. Ich rieb mir die Augen, um dieses Bild zu verscheuchen, doch der Albtraum blieb. Es schien so, als ob die böse Hand, die mich einst in einer höchst grausamen Laune des Schicksals in die Rodney Street geführt hatte, mich auch in diesen Raum gezerrt hätte. Ich stand auf und entfernte mich rückwärts vom Bett. Mit Entsetzen betrachtete ich den Mann, mit dem ich verheiratet war und der eine unermessliche Macht über mich besaß. In dem Moment wurde mir bewusst, dass sich sein Hass, seine perverse Lüsternheit und sein von Grund auf böser Charakter mit jedem Jahr, das verging, verschlimmern würden.

Das war der Mann, der mich zerstören wollte, ebenso wie meinen Sohn, indem er seine Erziehung übernahm.

Ich musste ihn daran hindern. Ich musste mein Kind beschützen.

Der Zeitpunkt musste perfekt sein, das war mir vollkommen klar. In jener Nacht machte ich kein Auge zu, stand aber dennoch früh auf und nahm ein Bad. Ich war überhaupt nicht müde. Dann rauchte ich meine Pfeife, jedoch nur, um zu verhindern, dass mein Körper von schmerzhaften Krämpfen befallen wurde. Malti bat ich, besondere Sorgfalt auf meine Frisur zu verwenden, und ich wählte mit Bedacht ein Kleid aus. Dann setzte ich mich an den Ankleidetisch und blickte in den Spiegel. Mit einem Mal verstand ich, wie sich Faith in ihren letzten Tagen in Simla gefühlt haben musste. Man fühlt sich wie von einer gewaltigen Kraft hochgehoben, als ob einem ein schweres Gewicht von den Schultern genommen würde – wenn man endlich mit absoluter Sicherheit weiß, was man tun muss. Weiß, dass es keinen anderen Ausweg gibt.

Malti sah mich prüfend an. »Mem Linny? Ich verstehe nicht ganz.«

»Was verstehst du nicht?« Ich drehte mich um und sah ihr ins Gesicht.

»Letzte Nacht waren Sie so durcheinander, als Sie aus Sahib Ingrams Zimmer kamen. Und heute Morgen scheinen Sie sich besser zu fühlen als seit langer, langer Zeit. Was ist das, was ich in Ihrem Gesicht sehe? Es sieht aus, als wären Sie glücklich. Aber das kann nicht sein, wo doch im ganzen Haus eine solche Traurigkeit herrscht.«

Ich lächelte sie an. »Ich bin auch nicht glücklich, Malti, noch nicht. Aber die Zukunft wird es zeigen. Wir müssen neue Lichter für die Zukunft anzünden.«

Noch verwirrter, schüttelte Malti den Kopf. Für den Rest des Tages saß ich auf der Veranda, spielte mit David. Meine Gedanken überschlugen sich, planten eine neue Zukunft. Einmal sah ich Dr. Haverlock am Fenster von Somers' Zimmer stehen und mich anstarren. Als er meinen Blick bemerkte, drehte er sich abrupt um und wandte sich wieder dem Patienten in seinem Bett zu.

»Willst du etwas, Linny?«, fragte Somers mit auffallend besorgter Stimme. »Oder hast du etwas vergessen?«

»Ich wollte dir nur frisches Wasser bringen.«

Somers machte eine Handbewegung zu dem vollen Krug auf seinem Nachttisch. »Aber Linny, du hast mir doch erst Wasser gebracht, kurz bevor Dr. Haverlock gekommen ist.«

»Nein, das muss einer der Diener gewesen sein.« Ich war an diesem Tag noch nicht in Somers' Zimmer gewesen.

Somers schüttelte den Kopf und lächelte nachsichtig. Dann hob er die Augenbrauen und warf Dr. Haverlock einen bedeutsamen Blick zu. *Sehen Sie?*

Der Arzt betrachtete meine Hände. Erst da wurde mir bewusst, dass ich sie nervös knetete. Augenblicklich hörte ich damit auf, doch Dr. Haverlock hatte sich bereits seinen Papieren zugewandt, um eifrig etwas aufzuschreiben. Als ich das Zimmer verlassen hatte, blieb ich im Flur stehen. Ich hörte, wie der Arzt zu Somers sagte, dass alles in Ordnung gehe, gefolgt von Somers' Versicherung, dass ihm die versprochene Summe ausgehändigt werde, sobald die Angelegenheit abgeschlossen sei.

Er schmiedete ebenfalls Pläne. Es war Zeit, dass ich meine zu Ende brachte.

Es war Freitag und deshalb nicht schwer, einen Vorrat an Datura zu kaufen, denn an diesem Tag kam wie gewöhnlich mein *box-wallah.* Der Strauch, der in England unter dem Namen Dorn- oder Stechapfel bekannt ist, zählt zu den heimischen Pflanzen Indiens. Er wächst wild in überwucherter Erde auf Ödland. Ich erinnerte mich daran, wie vorsichtig Nani Meera es anwandte. In kleinen Dosen half es, Keuchhusten oder Blasenerkrankungen zu lindern. Während die großen, weißen Blütenkronen einschläfernd wirkten, zeigten die pulverisierten Blätter eine weitaus größere Wirkung. Eine Überdosis führte zu einer tödlichen Vergiftung.

Er erholte sich zusehends, doch noch immer war Somers sehr schwach, und es gab Momente, da er äußerst müde und matt war. Am liebsten mochte er gesüßten, gekühlten Tee und ließ sich täglich Unmengen davon bringen. Sobald er danach schickte, holte ich den Tee persönlich beim Koch ab und brachte ihn auf Somers' Zimmer – so wie jede besorgte Ehefrau es getan hätte. Die Art, wie er mich anfangs anschaute, als ich mit dem Tablett in sein Zimmer kam, zeigte mir, dass er annahm, ich wollte ihm beweisen, dass ich nicht verrückt war. Ich bestärkte ihn in dieser Annahme.

Zunächst verwandte ich nur winzige Mengen. Ich musste vorsichtig sein: Es musste aussehen, als ob er wieder in die Fänge seines alten Feindes geraten wäre.

Innerhalb von zwei Tagen erlitt er wieder einen Rückfall. Sein Gesicht war ausgetrocknet und gerötet, und er konnte nur mit Mühe schlucken. Auffällig war auch, dass er unverständlich vor sich hin murmelte und seine Bewegungen unkontrolliert waren. Am dritten Tag fiel er in einen tiefen Schlaf, aus dem er erst nach unzähligen Stunden wieder erwachte: Ich wusste, dass er bald ins Koma fallen würde. Als er schließlich die Augen aufschlug, waren sie von gummiartigem Aussehen und die Pupillen erweitert. Wann immer er kurz zu Bewusstsein kam, flößte ich ihm wieder ein paar Schlucke Tee ein und schrie nach den Dienern, dass der Sahib unbedingt Flüssigkeit benötige.

Als ich händeringend vor Dr. Haverlock stand, sandte ich ein stilles Dankgebet zum Himmel dafür, dass die medizinischen Kenntnisse dieses Manns so dürftig waren. »Es sah aus, als ob er über den Berg sei«, sagte ich. »Was hat nur diese Wendung zum Schlechteren ausgelöst?«

Der Arzt schüttelte den Kopf. »Man weiß nie, wie eine fremde Seuche sich bei dem jeweiligen Opfer auswirkt.« Mit aufgerissenen Augen starrte ich ihn an. »Ich fürchte, sein Zustand hat sich erheblich verschlechtert. Meine Diagnose, Mrs Ingram, lautet Gehirnmalaria.«

Bestürzt legte ich mir die Finger an die Lippen. »Gehirnmalaria?«

»Sowohl die Tatsache, dass er zwischen Momenten des Bewusstseins und der Ohnmacht wechselt, als auch seine geistige Verwirrung sind Symptome dafür. Sollten Sie Anzeichen für Gelbsucht oder sogar Schüttel…«

»Aber – aber, er wird doch wieder gesund werden, nicht wahr?«

»Nun, Sie sollten sich nicht aufregen, meine Liebe, bei Ihrem nervösen Zustand …«

»Dr. Haverlock«, sagte ich und straffte die Schultern, »ich bin weder in einem nervösen noch anderen Zustand. Soll das heißen, dass sich Mr Ingram möglicherweise nicht von seinem Anfall erholen wird? Sagen Sie mir die Wahrheit, Dr. Haverlock!«

Der alte Mann nahm meine Hände in die seinen und setzte eine gespielte Mitleidsmiene auf.

Als Dr. Haverlock am nächsten Tag wiederkam, untersuchte er Somers flüchtig, um mich anschließend in Somers' Arbeitszimmer zu führen. »Bitte bereiten Sie sich auf das Schlimmste vor, meine Liebe«, sagte er.

Schweigend wartete ich darauf, dass er fortfuhr.

»Ihr Mann kann jederzeit sterben. Ich zweifle daran, dass er die Nacht überlebt.«

In gespielter Bestürzung kauerte ich mich in einen Sessel. Ich senkte den Kopf und bedeckte mir das Gesicht mit den Händen. »Bitte sagen Sie den Dienern, sie sollen das Zimmer verlassen«, sagte ich, ohne aufzublicken, »aber bleiben Sie bitte noch hier.« Als wir allein waren, hob ich den Kopf und blickte ihn an. »Ich wollte mich mit Ihnen unter vier Augen unterhalten, Dr. Haverlock«, sagte ich, ohne länger die erschütterte Ehefrau zu mimen.«

»Nun, Mrs Ingram, Sie müssen sich keine Sorgen machen. Bald werden Sie zu Hause sein, wo es Menschen gibt, die wissen, wie man sich um Sie kümmern muss, und die Ihnen über die schweren Zeiten, die Ihnen bevorstehen, hinweghelfen. Und machen Sie sich auch keine Sorgen wegen des Kindes. Mr Ingram hat strikte Anweisungen hinterlassen …«

Ich stand auf, ging energischen Schritts auf ihn zu und blieb dicht vor ihm stehen. »Glauben Sie wirklich, dass ich verrückt bin, Dr. Haverlock?«

Er wich meinem Blick aus. »Ihr Mann wusste, was das Beste für Sie ist. Es gibt verschiedene Möglichkeiten der Pflege von unglücklichen Menschen wie Ihnen, die …«

Ich unterbrach ihn: »Und es gibt verschiedene Möglichkeiten, nehme ich an, einen Mann wie Sie – wie soll ich es am besten ausdrücken – vielleicht davon zu überzeugen, die Wahrheit zu erkennen?«

Dr. Haverlocks Kinn zitterte, er war so leicht zu durchschauen, dass ich keine Mühe mit ihm hatte.

»Ich weiß, dass Sie müde sind von der vielen Arbeit. Sie haben Ihr ganzes Leben geopfert, um anderen Menschen zu helfen, Dr. Haverlock.« Die Worte flossen warm und fließend und sauber aus meinem Mund. »Sie haben es verdient, den Rest Ihrer Jahre in Wohlstand zu verbringen, egal ob hier oder zu Hause. Was immer für eine Summe mein Mann und Sie vereinbart haben, dafür dass Sie … eine Empfehlung in Bezug auf meine Zukunft und die meines Sohnes niederschreiben – ich bin bereit, diese Summe zu verdoppeln, wenn Sie jenes Schreiben meinen Händen anvertrauen. Dann werden wir kein Wort mehr darüber verlieren.«

Wieder zitterte sein Kinn, und ich wusste, dass ich ihn hatte. Er nahm meinen Arm und führte mich zum Sofa, wo er mir bedeutete, mich neben ihn zu setzen. Obwohl niemand sonst im Zimmer war, blickte er sich verstohlen um. »Vielleicht war ich tatsächlich ein wenig übereilt in meiner Beurteilung Ihres Zustands, meine Liebe«, sagte er. »Ihr armer Mann hat mich natürlich nur aus Sorge um Ihr und das Wohl Ihres Sohnes um diesen Gefallen gebeten.«

»Und natürlich war Somers ziemlich angegriffen von seiner Malariaerkrankung, die ihn all die Jahre schwer mitgenommen hat«, sagte ich. »Und wie Sie ja selbst gesehen haben, war er in der letzten Zeit geistig verwirrt. Ich verstehe sehr wohl, Dr. Haverlock« – meine Stimme wurde leise und nahm einen verschwörerischen Ton an –, »und wie gut ich verstehe, in welch unangenehme Lage das Ansinnen meines Mannes Sie gebracht hat. Deshalb bestehe ich darauf, dass Sie mir die Summe nennen, die Ihnen zusteht für die Belastung, der Sie durch diese Angelegenheit ausgesetzt sind. Also, wie hoch ist die Summe?«

Er räusperte sich umständlich. Was für ein gerissener Fuchs er war: Aus Angst, dass ich doch nicht bereit war, die Summe zu verdoppeln, zögerte er noch.

Ich ging zum Schreibtisch und zog eine Schublade hervor, um das eingeschlagene Päckchen herauszunehmen, das ich am Morgen hineingetan hatte, und ging damit zum Sofa zurück. Ich legte es zwischen uns, löste das Band und schlug das Papier zur Seite. Ein riesiger Berg Rupien kam zutage – die Summe, die ich all die Jahre über von Somers gestohlen und versteckt hatte. Es machte den Anschein eines königlichen Lösegelds.

Der Arzt leckte sich die dünnen, trockenen Lippen, und sein Atem beschleunigte sich. Ich konnte beinahe hören, wie es gierig in seinem Gehirn arbeitete. »Oh, Mrs Ingram, meine Liebe. Ich möchte wirklich nicht den Eindruck erwecken, habgierig zu sein, aber diese Angelegenheit hat mich, wie Sie ganz recht sagen, sehr viel Zeit und Mühe gekostet. Ich fühle mich tatsächlich sehr geschwächt in letzter Zeit. Allerdings wäre es nicht eben taktvoll, Ihnen die Summe zu nennen, die zwischen Mr Ingram und mir im Raum stand …« Wieder liebkosten seine Augen den Berg Geld neben sich.

Ich tätschelte seinen Arm. »Ich verstehe. Würden Sie bitte das Dokument holen, damit wir unseren kleinen Austausch vollziehen können?«

»Nun«, sagte er zögerlich, »ich bin mir nicht ganz sicher, was genau Sie meinen.«

»Das Gutachten, Dr. Haverlock«, sagte ich in süßlichem Ton und schob den Geldberg etwas näher zu ihm hin.

Den Blick auf die aufgetürmten Rupien neben sich geheftet, langte der Arzt in die Innenseite seiner Brusttasche, und ich hörte das beruhigende Rascheln eines gefalteten Dokuments.

Er reichte mir das Papier, und nachdem ich den Inhalt gelesen hatte, schlug ich das Geld wieder in das Papier ein, verschnürte es erneut zu einem Päckchen und hielt es ihm hin. Dann streckte ich die rechte Hand aus.

Er nahm sie, doch als er sich darüber beugen wollte, zog ich sie ein wenig zurück. Er hatte verstanden, ergriff meine Hand und schüttelte sie kräftig. Dann erhoben wir uns gleichzeitig, jeder seinen Gewinn an sich pressend, und tauschten ein Lächeln aus.

Wir waren zwei ebenbürtige Spieler. Beide hatten wir das bekommen, was wir am meisten wollten.

Es vergingen nur noch wenige Stunden, dann war es vorbei. Und in Somers' letzten schmerzvollen Momenten kniete ich mich neben sein Bett und streichelte ihm seine eingefallenen Wangen – in den Augen von Dr. Haverlock und den Dienern war ich die pflichtbewusste Ehefrau, die ihrem sterbenden Mann Trost spendete. Mein Gesicht war gefasst, doch in Gedanken sprach ich zu Somers. *Ich habe dich auf vielfache Weise hinters Licht geführt und betrogen, wie du es dir nie vorstellen könntest. Und nun ist es aus. Ich habe mein Leben gerettet und die Seele meines Kindes.*

Obwohl ihn in seiner todesnahen Verfassung alle Kräfte verlassen hatten, spürte ich, dass er begriffen hatte, dass ich trotz meiner Herkunft und Jugend die Stärkere von uns beiden war. Dass er nicht mehr in der Lage war, über meine Zukunft zu entscheiden. Ich spürte es an der Art, wie seine blicklosen Augen in den Höhlen flackerten und sich seine Lippen kaum merklich bewegten, so als wollte er etwas sagen. Doch ich legte ihm einen Finger an die Lippen, strich ihm das Haar zurück und hauchte einen Kuss auf die kalte, trockene Stirn. »Es ist alles vorbei, all der Hass und die Schmerzen, die du mir zugefügt hast«, flüsterte ich so leise, dass die anderen Anwesenden nur ein atemloses Murmeln hören konnten, die letzte Liebesbezeugung einer Frau ihrem sterbenden Mann gegenüber. »Ich habe dafür gesorgt«, wisperte ich ganz sanft, kaum mehr als ein Seufzen. Und als ich sah, wie seine Lider bebten, wusste ich, dass er mich hörte. Dass er mich verstand.

Ein leises Röcheln entrang sich seiner Kehle, seine Augen rollten nach oben, blickten zu den weichen Rüschen des *punkah* über ihm, und verharrten so, ohne noch einmal zu blinzeln.

Epilog

1840

Es ist einer jener großartigen Frühlingstage, wenn die Luft den Geruch der Erde birgt, die sich langsam erwärmt. Das Licht fällt in zarten, buttrigen Quadraten durch das geöffnete Fenster herein; das Rascheln der Birken, die unser Haus umgeben, ist ein Wispern. Ich stehe auf und gehe zum Fenster und lasse den Blick auf den jungen Trieben unseres herrlichen Gartens ruhen – denen der Glockenblumen und Iris, Blumen, die zu empfindlich sind für das heiße Klima Indiens. Ich habe gelernt, die Schönheit im nebligen Wetter Englands zu erblicken. Die Farben des Gartens, welchen die vibrierende Intensität der indischen Schattierungen fremd ist. Jetzt finde ich sie auf eine Art und Weise schön, wie es mir vor Jahren nicht möglich war. Ich bewundere sie.

Wir leben, David und ich, in einem Haus, dessen Garten wir uns mit dem Haus von Celina und Shaker teilen.

Shaker hat in Marigate, einem Dorf in Cheshire, eine kleine Apotheke und Praxis eröffnet. Im ganzen Land bekannt für seine ruhige, vertrauenserweckende Art und Fähigkeit, die richtigen Diagnosen für alle möglichen Arten von Krankheiten und Gebrechen zu stellen, untersucht er die Menschen mit ihren verschiedenen Symptomen und versorgt sie mit Heilpflanzen, egal ob es sich um physische oder psychische Beschwerden handelt. In den Praxisräumen drängen sich immer Patienten, und oft meinen sie, in Shaker einen Arzt vor sich zu haben, auch wenn er sie umgehend über das Missverständnis aufklärt: Er ist ein als Laie praktizierender Homöopath. An vielen Tagen helfe ich ihm in der

Apotheke – beim Pulverisieren von Pflanzen, Wiegen und Messen, während er die einzelnen Fälle mit mir bespricht.

Als ich letztes Jahr, nachdem die Testamentsabwicklung abgeschlossen war, nach England zurückkehrte, war ich erstaunt, wie sehr er sich verändert hatte. Er zittert noch immer, doch es gibt Momente, in denen er vollkommen ruhig ist: Wenn er David beobachtet oder Celina zuhört, die am Kamin sitzt und eine Geschichte vorliest. Das ist mir mehrmals aufgefallen, doch hüte ich mich, es ihm gegenüber anzusprechen, aus Angst, jene Augenblicke des Friedens zu zerstören, indem ich darüber rede.

Auch Celina hat sich verändert. Sie legt ein Einfühlungsvermögen an den Tag, dessen ich sie früher nicht für fähig gehalten hätte. Ich hatte sie als Frau mit kantigen Gesichtszügen und scharfer Zunge in Erinnerung, aber das war zu einer Zeit, als sie mich als Rivalin betrachtete. Diese Angst ist längst vorbei und vergessen, und ich glaube, dass das mächtige Band der Liebe, das zwischen beiden herrscht – das Gefühl zu lieben und geliebt zu werden –, diese Verwandlung in ihr vollzogen hat. Eine unauffällige Schönheit zeichnet sie nun aus; ihre Augen haben einen Glanz, den ich vor beinahe einem Jahrzehnt, als wir uns kennen lernten, nicht an ihr wahrgenommen hatte. Ohne zu zögern hieß sie David und mich willkommen, als wir vor ihrer Tür standen, und half mir, mich wieder an das Leben zu gewöhnen, von dem ich so lange getrennt gewesen war. Ich brauchte eine Weile, um meine frühere Energie und robuste Gesundheit zurückzugewinnen, doch sie schien Gefallen daran zu haben, mir zur Seite zu stehen, während ich allmählich wieder zu Kräften kam. Ob sie es von Shaker hat oder aber eine natürliche Begabung dafür besitzt, die erst durch ihn zutage kam – jedenfalls verfügt sie über heilende Kräfte.

Weder Shaker noch Celina wissen von Davids wirklichem Vater; ihr Bild von meiner Zeit in Indien gründet sich fest auf die Briefe, die ich ihnen von dort schrieb, und so soll es bleiben.

Wenn wir sonntags die Messe besucht haben, spazieren

David und ich auf der ruhigen, von Bäumen gesäumten Dorfstraße Hand in Hand nach Hause. Ein paar Schritte vor uns gehen Celina und Shaker, in ein lebhaftes Gespräch über die Predigt vertieft, oder über das, was es an Neuigkeiten in der Kirche zu hören gab. Währenddessen sprechen David und ich über Indien und darüber, wie unterschiedlich das Leben hier doch ist. Er hat klare Erinnerungen an Kalkutta – außer Kalkutta und dem Dorf hier kennt er keinen anderen Platz auf der Welt. Oft beschreibe ich ihm Liverpool – die Gebäude, die geschäftigen Straßen, die Eisenbahn. Ich habe ihm versprochen, dass wir diese Stadt bald besuchen, ebenso wie ich mit ihm auf dem riesigen dampfspeienden Ungeheuer nach Manchester reisen will.

Einen Monat nach meiner Rückkehr fuhr ich nach Liverpool, um einen Steinmetz damit zu beauftragen, einen schönen Grabstein aus hellgrauem Granit zu meißeln. Als er fertig war, reiste ich erneut nach Liverpool, um für die Grabsteinsetzung die Glocken der Our-Lady-and-St.-Nicholas-Kirche läuten zu lassen. Dann fuhr ich mit den Fingern über den Namenszug – Frances Gow –, der tief in den Stein gemeißelt war. Und darunter stand in gleichen Lettern: *In ewigem Gedenken. Die geliebte Mutter von Linny Gow.*

Den Anhänger trage ich jetzt mit Stolz – anderen Schmuck lege ich nicht mehr an.

Wenn die Zeit gekommen ist, werde ich David mit an das Grab seiner Großmutter nehmen. Vom anderen Grab, das ich ebenfalls besuchte, wird er nie erfahren. Versunken im weichen Gras, ist der rosa gemasert Stein kaum mehr zu sehen, doch der Ilexbusch ist noch immer da, und die stachligen Blätter glänzen in der Sonne.

David liebt die Geschichten, die ich ihm über Liverpool erzähle. Er hat schreiben gelernt und schickt Malti Briefe mit einfachem Wortlaut. Manchmal zeichnet er auch Szenen aus seinem Leben in England und schickt sie ebenfalls an seine *ayah*. Malti lebt mit Trupti und deren Kindern in Delhi. Sie müssen nicht mehr für andere arbeiten und sind vollkommen zufrieden mit ihrem Leben.

David wächst und gedeiht. Er ist jetzt sieben, ein kräftig gebauter Junge mit dunklen Augen, der gern mit seinen Freunden spielt und sich über die täglichen Unterrichtsstunden beklagt. In der Beziehung ist er ein ganz normaler Junge. In anderer Hinsicht nicht. Shaker und ich entdeckten das, als ich beschloss, dass er allmählich ein eigenes Pferd haben sollte. Wir nahmen ihn zu einem Stall mit, wo seine Wahl auf einen großen, glänzenden Rotschimmel fiel.

Zunächst dachte ich, dass das Pferd zu groß für ihn sei, doch er blieb hartnäckig. Und als er dann im Sattel saß, sah ich so klar seinen Vater vor mir – die Art, wie er die kurze Reitgerte hielt, ohne sie zu benutzen, wie seine kleinen, kräftigen Hände die Mähne kraulten, wie er sich nach vorne lehnte, um dem Pferd instinktiv etwas ins Ohr zu flüstern. Dann presste er die Beine an den Pferdeleib, und schon ging es im Galopp über die Wiese, während ich mit vor Verblüffung und Angst offen stehendem Mund zurückblieb und gleichzeitig eine überwältigende Freude verspürte, die mich sprachlos machte.

Shaker jagte ihm auf einer gesprenkelten Stute hinterher, und wenige Minuten später kamen sie Seite an Seite zu mir zurückgeritten, auf Davids Gesicht unverkennbare Freude und Shaker mit dem stolzen, nachsichtigen Lächeln eines Vaters.

Celina und er haben bislang noch nicht das Glück der Elternschaft erlebt und schenken David die Liebe, die sie ihren eigenen Kindern zuteil werden lassen würden. Sie sind unsere Familie; ich bin wie eine Schwester für sie, während David das von uns allen verhätschelte Kind ist.

Ganz anders als ich, die ich früh meine Mutter verloren habe, blüht David unter der Liebe zweier Frauen. David erinnert sich noch immer an den Mann, den er für seinen Vater hält, aber die Erinnerung verblasst zusehends; bald wird sie zu einem kleinen Bild geschmolzen sein, ähnlich dem Miniaturporträt einer Gemme. Shaker, der die Vaterrolle übernommen hat, ist freundlich und liebevoll. Und der Mann, der ihn tatsächlich gezeugt hat, wird – zumindest so lange David noch ein leicht zu beeindruckendes Kind ist – unbekannt für ihn bleiben.

Wenn er erwachsen ist – werde ich ihm dann die Blätter geben, die ich zuletzt in Kalkutta, in jener schrecklichen Zeit nach Somers' Tod beschrieben habe? Wer weiß? Hin und wieder nehme ich sie heraus, um die mit zittriger Hand geschriebenen und mit Tintenflecken übersäten Seiten zu lesen. Dann sehe ich mich – so wie ich damals war – mit den Augen eines anderen. Ich bewahre diesen Bericht gut auf, denn ich glaube, dass er irgendwann einmal wichtig für David sein könnte. Ich habe erfahren, dass es keine Sicherheit in diesem Leben gibt, keine Versprechen – anderen oder sich selbst gegenüber –, die immer gehalten werden können.

Es gibt Tage, an denen das Verlangen nach Opium so stark ist, dass ich physische Qualen erleide. Ich weiß, dass es sehr wohl möglich ist, dass ich dieses Verlangen immer in mir tragen werde, aber ebenso gut weiß ich, dass nichts mich je wieder dazu bringen kann, seine Sklavin zu werden. Zu unterschiedlichen Zeiten, meist unvermittelt und oft beim Aufwachen, verspüre ich diesen Rhythmus aus Ebbe und Flut, in den mich der weiße Rauch wiegte. Und wenn ich in diesen Momenten mein Leben als eine Abfolge von Irrtümern, Lügen und Betrug betrachte, überkommt mich eine tiefe Traurigkeit. Doch dann höre ich, wie nebenan mein Sohn mit seinem Welpen spricht, und weiß, dass meine lange Reise mich ausgerechnet hierher geführt hat und dass es richtig so ist. Jetzt kann ich es auch ertragen, mein Spiegelbild anzuschauen: Auch wenn meine Augen tiefer in ihren Höhlen liegen und die Haut darum herum mit feinen Linien durchzogen ist, sind sie klar. Ich sehe aus wie eine Mutter, eine ganz normale Frau.

Celina meint, dass es gut für mich wäre, wenn ich bald wieder einen Mann fände – einen einfachen Mann –, mit dem ich mein Leben teilen könnte. Vielleicht. Ich habe erfahren, dass ich fähig bin, Leidenschaft zu empfinden, Liebe zu geben und zu nehmen. Ich bin achtundzwanzig. Es ist noch Zeit.

Noch habe ich einen anderen Traum – und der hat nichts mit dem Opium zu tun. Dieser reale Traum, den ich, wenn ich es will, zu Leben erwecken kann, ist die Erinnerung an eine kupferfarbene Sonne, an das Tal in Kaschmir mit seinem Teppich aus Blumen. An Leidenschaft und Vollkommenheit. Dieser Traum hat meinen Albtraum ersetzt. Jetzt bin ich frei von allem, was mich so lange gefangen gehalten hat. Und ist das nicht schon genug?

Mein Buch über die Heilpflanzen Indiens ist fertig. Kurz nachdem ich nach England zurückkehrte, fing ich an, es zusammenzustellen, während ich ihm die Aufzeichnungen zugrunde legte, die ich in meinen Jahren in Indien niederschrieb. In ein paar Monaten wird es bei dem Londoner Verlag Carruthers erscheinen. Auch wenn ich hier unter dem Namen Linny Ingram bekannt bin, wird auf dem Umschlag Linnet Gow als Autorin stehen. Der Verleger meinte zwar, ich solle als Autorennamen »Eine Lady« wählen oder aber Mrs Somers Ingram. Aber natürlich sehe ich mich weder als das eine noch das andere.

Also schrieb ich ihm zurück, dass ich das Buch unter dem Namen, den ich ursprünglich angegeben hatte, veröffentlichen wolle – Linnet Gow. Wieder erhob er Einspruch und schlug stattdessen vor: L. Gow.

In meiner besten Handschrift erwiderte ich ihm, dass ich auf meinem Vorschlag bestünde: Bei allem Respekt, das tue ich.

Der Verlag wird sich meinem Wunsch sicherlich beugen, denn ich neige nicht dazu, klein beizugeben. Und egal, welche Namen ich bislang getragen habe, für mich selbst werde ich immer Linny Gow heißen, so wie meine Mutter mich getauft hat, der einzige Name, auf den ich stolz bin.

Danksagung

Meiner Agentin Sarah Heller bin ich zu tiefem Dank verpflichtet, denn sie hat mich bei diesem Projekt sehr unterstützt. Auch meiner Lektorin Harriet Evans danke ich – für ihren Instinkt, ihre Kenntnisse sowie die guten Fragen und dafür, dass sie mich immer wieder dazu angetrieben hat, noch mehr in die Tiefe zu gehen. Sie hat mir wesentlich dabei geholfen, dass dieses Buch dem idealen Entwurf meiner Vorstellung weitestgehend ähnelt. Mein allerherzlichster Dank gilt Catherine Cobain für ihre Unterstützung sowie Hazel Orme für ihre schlauen Vorschläge. Mein Dank gebührt auch Donna Freeman, Shannon Kernaghan, Irene Williams, Anita Jewell und Kathy Lowinger, die das Manuskript in seiner ursprünglichen Gestalt lasen und mich ermunterten weiterzumachen. Nicht zuletzt danke ich auch meinen Kindern Zalie, Brenna und Kitt dafür, dass sie mir so viel Verständnis und Unterstützung zukommen ließen. Egal, wie schwierig die Reise auch sein mag, stets sind sie bereitwillige Reisegefährten.